Nebelländer

Teil I:

Sturm auf Amber

Buch 1:

Väter und Söhne

von Thea Perleth

www.nebellaender.de

Impressum

© 2016 Thea Perleth
Thea Perleth
c/o
Papyrus Autoren-Club,
R.O.M. Logicware GmbH
Pettenkoferstr. 16-18
10247 Berlin
Email: thea.perleth@nebellaender.de
2. Auflage 2016
Umschlaggestaltung, Karten:
mediengrafix, Patryk Rybacki, Nürnberg

ISBN-13: 978-1534783911
ISBN-10: 1534783911

Für Janice

Thea Perleth

Inhaltsverzeichnis

Übersichtskarte

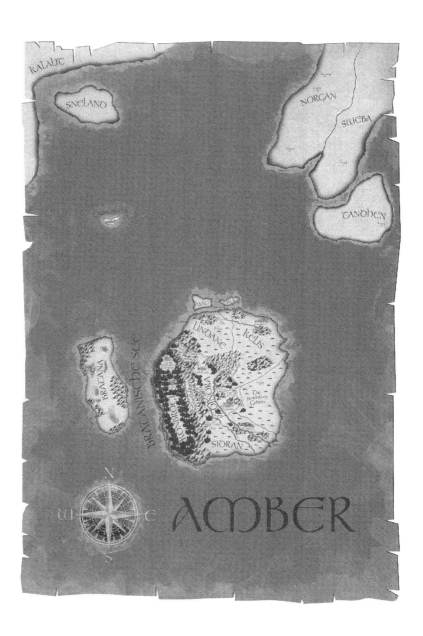

Karte von Amber

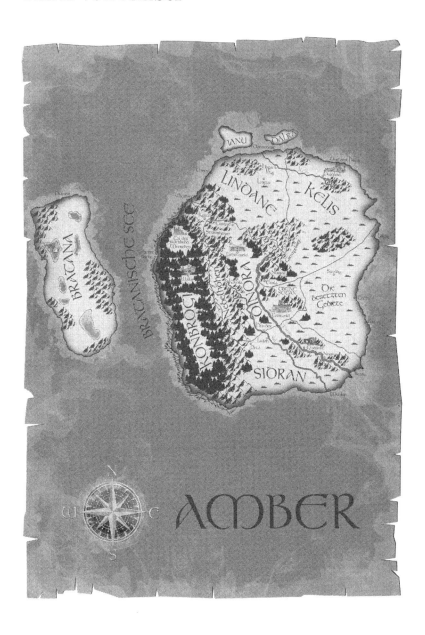

Prolog

Der Leichnam lag aufgebahrt in der Halle der Ahnen. Berrex schlich leise durch das Dunkel der Nacht zum offenen Sarkophag. Er glitt lautlos über die blanken Fliesen und stand mit kaltem Sinn an der sterblichen Hülle des Königs der Menschen. Selten bot sich einem Fürsten der Nebel solch ein Opfer. Es dürstete ihn danach, diesen Körper endlich zu besetzten. Erwartungsvoll legte Berrex seine Hand auf den Körper, um in den Toten zu schlüpfen, als die Erde zitterte. Berrex beachtete es nicht. Er richtete seine Aufmerksamkeit auf sein Vorhaben, bis der Boden unter seinen Füßen bebte, dass er wankte und beinahe fiel. Die wohlmeinende Dunkelheit, die ihn eben noch umschlossen hatte, wich einem flackernden, roten Feuerschein.

Fürst Ewen ist hier, schoss es Berrex für einen Augenblick durch den Kopf, doch ehe er weiter darüber nachdenken konnte, erhob sich ein Sturm. Die Türen und die Fenster wurden in die Ahnenhalle gedrückt. Splitter und Holzreste sausten Berrex um den Kopf. Er duckte sich und wollte immer noch nicht vom König ablassen, als sich ein mächtiges Brausen erhob, das ihn erfasste und nach hinten zur Türe hinaus drängte.

Als er verärgert vor der Ahnenhalle stand, war die Nacht einem Licht gewichen, das nebelhaft rot glühend Himmel und Erde erfasste. Der undurchdringliche Nebel hinderte ihn, das Gesicht der Gestalt zu sehen, die vor ihm stand. Erst als sich die Schleier lichteten, erkannte er Fürst Ewen, den Ältesten der Nebelfürsten. Berrex spürte die Gefahr und wandte sich blitzschnell ab. Er versuchte zu fliehen, doch es war zu spät. Ewens Macht hielt ihn bei sich, ob es ihm gefiel oder nicht. Ehe sich Berrex zu Ewen herumdrehte, sammelte er sich und wollte sich seiner Kräfte versichern. Doch zu seiner eigenen Überraschung fand er sich beinahe machtlos. Ein tiefer Schrecken erfasste Berrex und finstere Gedanken jagten durch seinen Kopf.

„Du kannst nicht fliehen, Berrex", sagte Ewen ohne Mitgefühl in der Stimme. „Du warst einst der Mächtigste unter uns, aber wir sind dir nun überlegen. Du wirst heute das Strafmaß erfahren für deine verachtenswerten Taten gegen die Menschen. Du wirst sie noch in dieser Stunde büßen."

Er zwang Berrex, ihn anzublicken. So standen sie sich gegenüber, Ewen, der älteste Nebelfürst, und Berrex, ihr gewählter Führer.

„Menschen, was kümmern dich diese schwachen Kreaturen?", bemerkte Berrex abfällig. „Wen kümmert es, ob sie leben oder tot sind? Sie sollten uns dienen, doch stattdessen schlossen wir Verträge mit ihnen, als wären sie uns ebenbürtig. Du, Ewen, solltest es besser wissen. Du warst derjenige der Fürsten, der sie am meisten ablehnte, als sie Amber vor Jahrhunderten besiedelten. Vor dem ersten Krieg, in dem wir sie gegen ihre Feinde unterstützten", warf ihm Berrex verächtlich entgegen. Er versuchte, Zeit zu gewinnen. Hoffte, die Hilfe seines Volkes könnte ihn noch retten, erahnte er doch seine Niederlage. „Wäre es nicht besser gewesen, wir hätten sie gleich damals in die Knechtschaft geführt?", fragte Berrex mit zweideutigem Sinn. Er sah kurz zur Ahnenhalle und dachte an den toten König, der sein hätte werden sollen. Er hasste Ewen, der ihm dabei im Weg stand. Berrex traute Ewen nicht, sah in die Ferne, als käme seine Rettung gleich hinter den Bergen hervor. Doch es rührte sich nichts dort. Da wusste Berrex, dass es Ewen ernst war und er die Wahrheit sprach.

Wütend trat er auf den Ältesten der Fürsten zu und wollte ihn am Kragen packen, als ein Feuerblitz vor ihm in den Boden fuhr. Berrex wich überrascht zurück.

„Deine Taten und die deines Volkes an den Menschen Ambers wurden entdeckt, Berrex. Die abtrünnigen Silven, wie sie ab jetzt genannt werden, dein gewissenloses und niederträchtiges Volk, wurden schon entmachtet und dir vorausgeschickt. Du wirst ihnen nun folgen. Nichts kann dich mehr retten. Auch nicht der tote König der Menschen, den du missbrauchen wolltest für deine niederen Gelüste", erklärte Ewen dem gefallenen Führer der Nebelfürsten mit eisigen Worten. Sein Blick ruhte kalt und abweisend auf Berrex, der nicht zu begreifen schien. Doch Berrex dachte fieberhaft über Ewens Worte nach. Ewen hatte recht. Er begehrte immer noch den leblosen Körper, der ihm die Sinnesfreude der Menschen eröffnen sollte. Er hätte ihn haben können, wäre ihm nicht Ewen im Weg gestanden. Ein irrer Sinn bemächtigte sich Berrex. Die hemmungslose Machtgier, die Berrex seit jeher beherrschte, ermöglichte ihm, ein letztes Mal Kraft zu schöpfen. Berrex bot zum letzten Mal unermessliche Stärke auf. Und noch ehe Ewen die Gefahr heraufziehen sah, stürzte sich Berrex auf ihn und krallte seine Fäuste um den Hals des älteren Fürsten. Er riss an ihm und versuchte, ihn zu Boden zu zwingen, um ihn dort zu ersticken. Doch als er Ewen dabei im krankhaften Wahn in die Augen blickte, fühlte Berrex überrascht, wie seine Kräfte unerbittlich schwanden. Er bemühte sich verzweifelt, den alten Mann endlich zu bezwingen. Ewen jedoch beeindruckten seine Versuche nicht, er war ihm überlegen. Als Berrex sich in einem alles verzehrenden Wahn an Ewens Körper festbiss, um doch noch als Sieger hervorzugehen, zwang ihn die Macht des Fürsten entschlossen zu Boden. Gleich einem Wurm duckte Berrex auf der Erde. Erbarmungslos auf sie gepresst. Unfähig sich zur Wehr zu setzen.

Ein leises Brausen und Gemurmel hob an. Als es anschwoll, wollte sich Berrex die Ohren verschließen, doch Ewen ließ es nicht zu. Berrex musste es aushalten, dieses wimmernde Wehklagen und das wilde Toben wütender Schreie der geschundenen Menschen, deren Furcht und Ohnmacht sich in schneidenden Tönen bündelten. Sie zermarterten Berrex das Hirn und den Sinn. Er konnte kaum noch atmen und ließ in seiner Not die eigenen Schreie vereinen mit den Stimmen der gemarterten Menschen.

Als sich das Tosen beruhigte, sprach Ewen Recht.

„Du und dein Volk werdet vom Rat der Fürsten nach Kyrta ins Vergessen verbannt. Eure Verbrechen gegen die Menschen sind damit gesühnt. Ihr werdet euch durch die Erde wühlen müssen, um jemals wieder das Licht der Sonne, die frische Brise des Windes oder den Regen zu spüren. Ihr seid auf ewig vergessen. Ohne eure Macht sollt ihr euch nach dem freien Leben sehnen und so bis zum Ende der Welt existieren", so trug es Ewens Stimme, so alt wie die Welt, in die Unendlichkeit hinaus.

Und Berrex fand sich wieder in einer finsteren Höhle der Nebelberge, die ihn höhnisch wispernd mit eisiger Kälte umfing.

König Halfdans Pläne

„Ilari, der König verlangt nach dir."

Der König kann mir den Buckel hinunterrutschen, dachte sich Ilari, der seine Mutter rufen hörte. Er war gerade dabei, mit bloßen Händen ein Eichhörnchen zu fangen, seit einer Stunde schon passte er das Tier vor seinem Bau ab. Er hatte es dort hineinlaufen sehen, und wenn er sich nicht irrte, musste es jeden Augenblick wieder herauskommen. Er beschloss, die Mutter zu ignorieren, und konzentrierte sich auf seine Aufgabe. Ihm fehlten noch zwei Eichhörnchenschwänze, um seinen Köcher fertig geschmückt zu haben, wie es von einem neunzehnjährigen Edelmann verlangt wurde.

„Ilari, du musst sofort kommen, sonst wird der König zornig."

Wieder hörte er sie rufen und wieder ging sie ihm auf die Nerven. Er hatte nicht vor, zum König zu gehen, denn dann müsste er wegen Prinz Borks Dummheiten zu Kreuze kriechen. Sollte König Halfdan doch zornig werden, aber diesmal war es sein Sohn, der die letzte Dummheit eingefädelt hatte. Jetzt stünde er, Ilari Thorbjörnsson, nicht zur Verfügung. Und gerade als er sich gestattete, einen kurzen, gequälten Blick in Richtung seiner Mutter zu werfen, die ihn ein drittes Mal rief, stobe das Eichhörnchen aus seinem Bau heraus, an ihm vorbei, den Baum hinauf. Ilari sah noch seinen feuerroten Schwanz in der Sonne blitzen, dann verschwand es im Dickicht der Blätter. Er lächelte. Gut gemacht, hast dich nicht zum Narren halten lassen. Ich jedoch werde jetzt zum König gehen, um mich bestrafen zu lassen. Ilari wusste, was ihm bevorstand. Er hatte am Vormittag mit Bork zusammen seinem Lehrer einen Streich gespielt, bei dem der heimtückische Fettsack der Länge nach in den Dreck gefallen war. Ilari und Bork hatten sich königlich dabei amüsiert. Deshalb hatten sich beide in den letzten Stunden unsichtbar gemacht. Doch Bork schien wie üblich gefunden worden zu sein. Er hatte kein Talent dafür, sich zu verbergen. Es war ihm entweder egal oder zu umständlich. So wie Ilari die Lage einschätzte, hatte sich Bork wieder als Verräter erwiesen, um seinen Strafen zu entgehen.

Wäre Bork nicht der Königssohn und Thronfolger des Landes, dann hätten ihn die anderen Söhne des Adels schon längst einmal die Hammelbeine lang gezogen. So aber ruhte sich Bork auf seiner Stellung aus. Er war hinterhältig und feige. Der Vater hatte Ilari schon tausendmal gewarnt, mit Bork herumzuziehen, denn alle ihre Unternehmungen hatten mit einer saftigen Strafe Ilaris geendet, der für alles alleine geradestehen musste. Bork übernahm nie die Verantwortung für irgendetwas, aber der Prinz hatte nun einmal die allerbesten Ideen und Ilari war im Überschwang ohne Zögern dazu bereit, sie sofort in die Tat umzusetzen. Zusammen waren sie unschlagbar und Bork belohnte ihn mit großzügigen Geschenken, wenn Ilari seine Strafe abgesessen hatte. Nicht umsonst war er im Besitz eines der schönsten Schwerter gelangt, die das Reich gesehen hatte. Bork hatte es für ihn anfertigen lassen, als er in den königlichen Verliesen eine Woche lang ausharren musste. Der König selbst besaß kaum ein besseres Schwert.

Als Ilari den Thronsaal betrat, abgehetzt und verschwitzt, die Haare klebten ihm an der Stirn und das Hemd war schweißig, sah er, dass sich der gesamte Rat eingefunden hatte. Alle schienen auf ihn zu warten. Er blickte angestrengt in die Runde und entdeckte neben dem König seinen Vater, Thorbjörn Helgison. Etwas weiter entfernt erkannte er Unna, die Tochter Olaf Tisdales, eines Jarls der nördlichen Länder, der ein mächtiger Herzog war. Unna lächelte ihm zu, bevor sie züchtig den Blick senkte. König Halfdan hatte ihren Blick gesehen und es gefiel ihm nicht, dass Ilari ihr Auserwählter zu sein schien. Das Gerücht um die zarten Bande, die sich zwischen den beiden entwickelten, schien richtig zu sein. Das erleichterte ihm alles. Er war sich jetzt ganz sicher, die richtige Entscheidung für Ilari getroffen zu haben. Nach diesem kleinen Auftritt musste er sich keine Gewissensbisse mehr machen. Ilari, der Sohn seines besten Freundes, stand ihm nahe.

Halfdan mochte den Jungen, der stets die Strafen für die Eseleien seines Sohnes Bork auf sich nahm. Er hatte Rückgrat, das gefiel dem König. Doch Unna war Bork, seinem ältesten Sohn und Thronfolger, vorbehalten, auch wenn er die feste Zusage des Vaters noch nicht hatte. Aber Herzog Olaf dachte darüber nach. Der Jarl zögerte noch, weil er wie Halfdan wusste, dass Bork und Unna sich verabscheuten. Um so lieber hätte Olaf sie an der Seite Ilaris gesehen. Halfdan ebenso, er war schließlich kein Unmensch, aber die Staatsräson hatte Vorrang. Die jungen Leute hingegen schienen nichts von seinem Vorhaben zu ahnen, vielleicht noch Bork, der so überlegen grinste.

Es war König Halfdan unangenehm, ihn so überheblich herumstehen zu sehen. Bork war wie sein Großvater, König Ingvar, verschlagen und hinterhältig. Der alte König hatte keinen Wert auf die Loyalität seiner Untertanen gelegt, er hatte sein Volk eingeschüchtert und es unterdrückt. Das war ein ständiger Stein des Anstoßes zwischen Vater und Sohn gewesen. Halfdan hatte den Tod des Vaters kaum abwarten können, der ihn streng mit der Knute erzogen und ihm kaum Spielräume gelassen hatte, seine eigenen Vorstellungen zu verwirklichen. Als er die Regierungsgeschäfte übernahm, musste er eine Menge Überzeugungsarbeit leisten, die Jarle, wie in Norgan die Herzöge hießen, wieder gemeinsam an einen Tisch zu bringen. Aber Halfdan einte letztlich das Reich, aber er vergrößerte es nicht, daran lag ihm nichts. Er handelte Verträge mit den Jarlen und deren Landesfürsten, den Hersen, aus, die seine Macht festigten, und er sah über seine Grenzen hinweg auf nützliche Allianzen und Handelsbeziehungen. Halfdan war ein Friedenskönig, einer, der die gesellschaftlichen Missstände der Bevölkerung im Auge hatte, ein Reformer. Er war nicht gerne König, aber er diente dem Volk nach bestem Wissen und Gewissen.

Sein Sohn Bork wünschte sich bestimmt ebenso sehnlichst sein Ableben herbei, wie er damals das seines Vaters. Dann würde Bork alles, was er mühevoll aufgebaut hatte, mit einem Handstreich wieder zerstören, dachte sich Halfdan oft. Deshalb wäre eine intelligente Frau an seiner Seite das Wichtigste, was er ihm mit auf den Weg geben könnte. Halfdan wusste, dass er Bork in die Regierungsgeschäfte einbinden sollte. Der König hatte sich, da sein ältester Sohn Sigurd in jungen Jahren erkrankt und seitdem gelähmt war, auf seinen zweitgeborenen Sohn Bork als Nachfolger festgelegt. Diese Entscheidung riss jedoch schon in der Planungsphase unüberwindbare Gräben auf. Halfdan war entsetzt darüber, wie ablehnend die Reaktion der Untertanen auf einen Kronprinz Bork war.

„Bork hat finstere Ecken in seinem Kopf. Er hat nicht das Zeug dazu, ein vernünftiger König zu werden", warnte ihn kürzlich Thorbjörn Helgison, Ilaris Vater und sein engster Berater und Freund.

„Ich weiß, aber was soll ich tun? Schließlich ist Bork mein Zweitgeborener. Ich kann mich nicht ohne Weiteres über ihn hinwegsetzten und Keldan, seinen jüngeren Bruder, zum Thronfolger ernennen."

„Aber Keldan ist wie du, und du hast das Recht, ihn zu deinem Nachfolger zu erklären. Du musst es nur tun. Niemand wird sich deiner Entscheidung in den Weg stellen, zumal Keldan beim Volk wesentlich beliebter ist als Bork."

„Ein König muss nicht beliebt sein", antwortete ihm Halfdan erschöpft. Vor Thorbjörn brauchte er sich nicht zurück zu nehmen. Sie kannten sich, seit sie Kinder waren, und Thorbjörn, der ihn an Ausgeglichenheit und Ruhe noch übertraf, hieb mit seinen Argumenten immer in die richtige Kerbe. Sein Rat war ihm unersetzlich.

„Da stimme ich dir zu, Halfdan, aber ein König muss gerecht und ausgewogen sein, und du weißt wie ich, dass Bork eher das Volk unterdrücken würde, um seine Machtgier zu befriedigen, als im Interesse des Volkes zu regieren."

Thorbjörn wusste, er rührte damit an einen empfindlichen Punkt. Aber er war der Meinung, dass man nicht oft genug darauf hinweisen konnte, wie schlecht Borks Charakter war. Er hielt sich deshalb nicht zurück, gerade weil er einen König Bork verhindern wollte.

„Verzeih bitte, Halfdan, wenn ich die Dinge beim Namen nenne. Bork ist ein Tyrann und ein Feigling, und unter einem König Bork würde es sich verflucht schlecht leben lassen", fügte er mit Inbrunst hinzu. Thorbjörn sagte es mit ehrlicher Überzeugung, denn er dachte des Öfteren darüber nach, sich mit seiner Familie vielleicht woanders anzusiedeln, falls dieser Umstand eintreten würde. Er war noch jung und kräftig genug, um sein Leben völlig umzukrempeln. Was ihn hier in Torgan hielt, war einzig seine Loyalität zu König Halfdan Ingvarson, der ihn brauchte und mit seiner absoluten Unterstützung rechnete. Wenn Halfdan wirklich dabeibliebe, Bork als Thronfolger zu bestätigen, dann wäre es jedoch an der Zeit, seine Fühler in andere Richtungen auszustrecken.

Als Halfdan Bork so im Thronsaal stehen sah, dachte er über dieses Gespräch nach, das vor noch nicht zwei Tagen geführt worden war. Seitdem ging ihm die Zukunft Norgans nicht aus dem Kopf. Zwei Nächte lang hatte Halfdan nicht geschlafen. Sigrun, seine Frau, und er hatten diese Nächte mit Gesprächen verbracht.

„Bork hat viele schlechte Eigenschaften, aber die können verschwinden, wenn du ihm die richtige Anleitung gibst und ihn von deinen Vorstellungen überzeugst", argumentierte Sigrun. Dabei hatte sie jedoch diesen bedenklichen Gesichtsausdruck, der ihn immer warnte, denn sie traute ihren eigenen Worten wohl nicht ganz.

„Und wenn du ihm eine starke Frau an die Seite stellst", argumentierte sie weiter. „Ich habe dabei Unna im Sinn. Sie ist die Richtige und die richtige Tochter des richtigen Vaters, denn Olaf Tisdales Macht in den nördlichen Ländern stünde dir dann zur Verfügung."

Halfdan lächelte. Seine Frau würde einen ordentlichen Strategen abgeben. Sie hatte völlig recht, ihm gefiele es schon, die Streitmacht Olafs hinter sich zu wissen.

Als der Morgen graute, waren die Würfel gefallen. Bork sollte Unna zur Frau haben, wenn Olaf zustimmte. Über eine mögliche Heirat ihrer beider Kinder hatten Halfdan und Olaf schon einige

Male geredet. Aber Olaf hatte jedes Mal gezögert, ihm eine Antwort zu geben. Olafs Schweigen irritierte ihn, aber Halfdan wusste, dass Olaf seine Tochter Unna liebte und sich sehr wohl Gedanken machte, ob er sie aus einer machtpolitischen Überlegung heraus verheiraten sollte. Außerdem hatte Olaf König Halfdan darauf hin gewiesen, dass sich Ilari von Unna angezogen fühlte und Unna seine Gefühle erwiderte.

Als Sigrun ihren Mann im Morgengrauen so zögern sah, ahnte sie, dass es um Unna und Ilari ging. Das halbe Reich plauderte schon von einer Verbindung zwischen den Kindern des großen Jarl Olaf Tisdale und seines besten und loyalsten Hersen, Thorbjörn Helgison. Alle hießen es gut, denn sowohl Unna als auch Ilari hatten ihre wohlmeinenden Fürsprecher.

„Sie wären ein wunderschönes Paar, Unna und Ilari, das weiß ich wohl, aber es wäre nicht in unserem Interesse. Glaube mir, mein Gatte, du musst eine Lösung finden, Ilari außen vor zu halten."

Halfdan nickte gedankenverloren. Er ersann gerade eine Lösung und war sich nur nicht so sicher, ob sie Thorbjörn gefallen würde. Er musste dringend mit ihm reden.

Als Thorbjörn wenig später von König Halfdans Plänen hörte, wurde er sehr lange sehr still. Er schwieg bedeutsam und Halfdan lehnte sich in seinem Sessels zurück, denn er wusste, es war besser, Thorbjörn nicht beim Denken zu stören. Dann kam wieder Leben in den Freund und Thorbjörn schien von einer weiten Reise zurückgekehrt zu sein.

„Wenn unsere Söhne zusammen sind, dann wage ich nicht darüber nachzudenken, was sie in ihrer Freizeit alles anstellten. Mein Ilari ist deinem Bork auf keinem Gebiet gewachsen, besonders nicht, wenn es darum geht, finstere Intrigen zu spinnen und sie in die Tat umzusetzten. Ilari hält immer mit und erst im Rückblick erkennt er alle Zusammenhänge. Trotzdem hält er zu Bork. Er behält sogar dann einen kühlen Kopf, wenn er begreift, wie ihn Bork benutzt hat. Ilari weiß seit einiger Zeit, wie es um seine Freundschaft zu Bork bestellt ist, und der Umgang mit ihm behagt ihm schon seit längerem nicht mehr", sagte Thorbjörn nachdenklich und blickte dabei Halfdan nicht in die Augen, sondern ließ seinen Blick durch ein Fenster auf den Hof hinauswandern. Es war zu privat, was er jetzt in Gegenwart seines Freundes, der auch sein König war, von sich gab. Halfdan nutze Thorbjörns kleine Pause.

„Bork behauptet immer, er mag Ilari. Er bezeichnet ihn gerne als seinen besten Freund, und das kommt aus seiner Sicht einer Art Zuneigung sehr nahe", bemerkte Halfdan vorsichtig. „Dein Sohn hat, so glaube ich, nichts von Bork zu befürchten. Trotzdem weiß ich um die Konkurrenz der beiden jungen Männer um meine Gunst und ich weiß auch, dass Bork sich der Überlegenheit deines Sohne bewusst ist. Ilari besitzt unerschütterliche Selbstsicherheit und einen unerschrockenen Mut. Das wirft einen Schatten auf die Beziehung der beiden. Und ich bin mir sehr sicher, dass Bork von der Zuneigung Unnas zu Ilari weiß. Wenn ich mich nicht irre, wäre er es gerne, der Unna heiraten darf. Wenn ich mich mit Olaf einige, dann wird die Freundschaft der beiden einen großen Riss erfahren, einen gefährlichen, den ich, solange ich lebe, noch zu kitten vermag. Aber wenn Bork mir als König nachfolgt, wird es für Ilari schwierig werden. Daher mein Vorschlag, über den ich dich bitte, sorgfältig nachzudenken."

„Ich denke darüber nach, aber ob ich dir dazu eine Antwort gebe, vermag ich nicht zu versichern."

Halfdan blickte Thorbjörn direkt in die Augen, denn er erwartete endlich eine Antwort von ihm, aber die verweigerte ihm Thorbjörn. Er hatte das Empfinden, hier sein eigenes Recht wahrnehmen zu müssen, denn es ging um die Zukunft seines Sohnes. Die beiden Männer sahen sich an. Sie kannten sich und sie waren beide sehr ehrlich miteinander. Zeit ihres Lebens hatten sie sich nicht betrogen. Daher wusste Thorbjörn, ohne dass es der Freund erwähnen musste, dass sich Halfdan für Bork als Nachfolger und aus Staatsgründen für Unna als Schwiegertochter entschieden hatte. Herzog Olaf war mit seinen Ländereien zu wichtig für den Erhalt der Regentschaft des Königs, als dass er es sich erlauben konnte, das Mädchen an Ilari zu verlieren. So weit konnte er Halfdan folgen. Aber er wollte trotzdem nicht seinem

Sohn im Wege stehen und verweigerte Halfdan daher seine Zustimmung zu dessen Vorschlag, Ilari in den Westen nach Amber zu schicken. Sollte Olaf seine Entscheidung fällen, ob er Ilari oder Bork als Schwiegersohn wollte. Doch ahnte Thorbjörn, dass sich König Halfdan über alles hinwegsetzen würde. Und er würde mit Ilari anfangen.

Als Ilari in den Thronsaal gerufen wurde, bekam Thorbjörn ein mulmiges Gefühl. Hier würde etwas beschlossen werden, das ihm das Herz zerreißen könnte und gegen das er sogar als Vater keinen Einspruch erheben konnte, ohne seine Beziehung zu Halfdan und die Stellung der Familie Helgison zu gefährden.

Der König sah genauer auf den jungen Mann, der nun vor ihm stand. Verschwitzt und störrisch, mit einer Haltung, die ihm jeglichen Respekt verweigerte. Ilari war ein harter Brocken. Mit seinen knapp neunzehn Jahren war er ruhig und besonnen. Er erschien älter als Bork, war es aber nicht. Zudem schien er endlos hochgewachsen zu sein. Seine flachsblonden Haare trug er etwas zu lang, aber gerade als er sie aus der Stirn strich, konnte man das kantige Gesicht des jungen Mannes erkennen, zu dem er sich herausgewachsen hatte. Ein hübscher Mann, nein, ein gut aussehender, genau wie der Vater, dem Borks Mutter immer hinterhergesehen hatte. Halfdan wusste, dass der Junge verlässlich und umgänglich war. Er stand zu seinem Wort, war klug und strebsam. Nur ein wenig zu wild und störrisch für seinen Geschmack, besonders wenn er sich im Überschwang mitreißen ließ, zum Beispiel von seinem Sohn. Aber daran konnte er noch wachsen. Wenn er dieses Temperament einmal abgelegt hätte, dann würde er sich dem Reich mit derselben Hingabe widmen wie der Vater. Dazu war es aber notwendig, dass er ausgebildet wurde und vor allen Dingen erst einmal verschwand. Denn Unna würde, wenn Bork sie heiraten wollte, sicher Ärger machen, wenn Ilari sich hier in Norgan aufhielte. Halfdan kannte ihr widerspenstiges Wesen. Daher hatte er Kraft seines Amtes, er war schließlich der König von Norgan, beschlossen, Ilari zu König Bornwulf Paeford an dessen Hof in Dinora zu schicken. Dort würde er die Sprache erlernen und den letzten Schliff bekommen. Er bekäme Einsicht in die Geschäfte des Königs Bornwulf, was Halfdan nur recht wäre. Er war der Meinung, man müsste die Sitten und Gebräuche anderer Länder gut kennen, wenn man später mit ihnen verhandeln sollte. Genug Gründe also, die dafür sprachen, dass Ilaris Schicksal beschlossene Sache war, was auch immer der Junge selbst oder sein Vater davon hielten.

„Komm, tritt näher, Ilari", bat er und winkte kurz mit der Hand. Ilari sah sich ein wenig verunsichert um. So schwerwiegend war sein Vergehen doch nicht gewesen, dass der ganze Thronrat anwesend sein muss, dachte er sich. In dem Moment, als er vor Halfdan stand und diesen abschätzenden Blick auf sich spürte, wusste er, dass er wegen wichtigerer Dinge gerufen worden war. Er entspannte sich, denn heute würde er nicht bestraft werden. Er sah, dass der König etwas mit ihm vorhatte. Er bemerkte dieses Blinzeln in den Augen des Monarchen, das er immer hatte, wenn er Freunden und Bekannten eine wichtige Ankündigung machte. Der Vater, dem er es einmal erklärte, lächelte nur über den Scharfsinn des Sohnes. Denn Ilari hatte recht. Auch Thorbjörn kannte dieses Blinzeln. Nur leider wusste er, dass demjenigem, dem Halfdan es schenkte, kein Gefallen getan wurde. Thorbjörn, der neben dem König stand, trauerte schon jetzt um den Sohn. Thorbjörn ahnte, Ilari würde schon nächste Woche in Richtung Dinora unterwegs sein und erst in einigen Jahren als erwachsener Mann zurückkehren. Er hoffte nur, dass Ilari sich nicht gegen den Beschluss des Königs auflehnen würde. Der Vater kannte das Temperament seines Sohnes und er wusste um dessen heimliche Zuneigung zu Unna. Ilari hätte schnell herausgefunden, weswegen er gehen musste. Und da geschah es auch schon.

„Ich soll weggehen nach Dinora? Norgan verlassen?", fragte Ilari zornig und stutze. Er blickte auf den Vater, dann auf Unna und wusste sicher, dass sie der Grund war. Denn er hatte Borks hochroten Kopf gesehen, den er immer bekam, wenn er bei einer Eselei oder Untat ertappt wurde oder sich eine Gemeinheit ausdachte.

Ilari dachte kurz nach und verstand. Er musste gehen, damit er nicht im Weg stand, wenn Unna demnächst Königin wurde, Borks Königin. Ilari erschrak, weil er wusste, dass Unna Bork verabscheute. Sie fand ihn lächerlich und hasste seinen hinterhältigen und unzuverlässigen Charakter. Er ist so falsch wie ein Dachs, sagte sie ihm einmal, und Ilari sah, dass sie Recht hatte. Und Bork machte sich nichts aus Unna, beide hatten es ihm einmal gestanden. Damals hatte er mit Unna darüber gelacht, und sie hatten zum ersten Mal ihre Zuneigung bemerkt , die von da an wuchs. Ilari dachte sich, er wäre eine gute Partie für die Familie des Herzogs, aber gegen einen Königssohn, und sei er auch noch so verdorben und dumm, konnte er nicht konkurrieren. Trotzdem wollte er nicht einfach widerspruchslos einlenken. Jarl Olaf, Unnas Vater, beobachtete interessiert den Jüngling, zu dem sich seine Tochter hingezogen fühlte, und musste unwillkürlich lächeln. Er ahnte, was in Ilari vorging, aber die Würfel waren gefallen. Es hatte keinen Sinn mehr zu rebellieren.

Junge, du wirst nichts erreichen, gebrauche deinen Verstand, überlegte er. Ein erwachsener Mann wüsste, wann er geschlagen wäre, aber dieser junge, tollkühne Heißsporn versuchte es tatsächlich. Er beobachtete, wie Ilari zum Einspruch Anlauf nahm.

„Mit Verlaub, Mylord, ich sehe keinen Grund, nach Dinora zu reisen. Ich will hier bleiben und euch hier weiter dienen."

Ilari äußerte sich laut vernehmbar und sah dem König in die Augen, die dieser jetzt zusammenkniff. Oho, jetzt will er mich erst recht loswerden, dachte Ilari und hatte recht damit.

„Nun Ilari,", sagte der König mit tiefer und ruhiger Stimme, „es ist im Sinne des Reiches, dass du nach Dinora gehst. Wenn du in einigen Jahren wieder zurückkehrst, dann wirst du ein wichtiger Mann sein mit unschätzbaren Erfahrungen und Wissen. Ein Botschafter deines Landes. Dafür wirst du dann auch reich belohnt werden von mir."

Der König lächelte immer noch, aber Ilari zog die Augenbrauen zusammen. Er zog sie so tief in sein Gesicht, dass Thorbjörn wusste, der Sturm war nicht mehr aufzuhalten. Er wollte eingreifen, als er den Sohn schon sprechen hörte.

„Bei allem Respekt, Mylord, ich werde keinesfalls nach Dinora gehen. Hier lebt meine Familie und ihr fühle ich mich zuallererst verpflichtet und eine Belohnung für meine Unterwürfigkeit will ich auch nicht haben, wenn ich wieder zurückkomme. Ich bin es nicht gewohnt, mich unterzuordnen und mich auch noch dafür bezahlen zu lassen. Ihr findet sicher einen bessern Kandidaten unter den Söhnen der großen Familien als mich, euer Land in Tamweld zu repräsentieren. Ich mache immer nur Ärger, Herr, das wisst ihr ganz genau. Ihr habt mich zu oft bestraft, als dass es euch entgangen sein könnte. Ich werde in Dinora sicher einen schlechten Eindruck hinterlassen und ein Botschafter meines Landes bin ich weder hier noch dort", argumentierte Ilari und sah abwartend auf den König, dessen Unterkiefer zu mahlen begann, als ob er einen aufkeimenden Ärger hinunterwürgen wollte.

Du bist es leid, dich mit mir auseinanderzusetzen, ich bin dir lästig, du musst mich loswerden, ohne dein Gesicht zu verlieren, aber was glaubst du, was ich für eine Wut in mir habe, dachte sich Ilari und brachte nicht das allergeringste Verständnis für Halfdan Ingvarson auf. Er sah die Verblüffung des Königs, der erstaunt Ilari anblickte, aber schon nach einigen Sekunden wieder die Fassung gewann. Das ist schlecht, denn jetzt habe ich verloren. Er wird mich über das Meer schicken, dachte Ilari. Er ist der König und nicht einmal Vater wird sich gegen diese Entscheidung stellen.

„Nun mein Junge", begann Halfdan noch gezügelt, sah aber gleichwohl Zorn und Einspruch in Ilaris Augen und fuhr deshalb nur noch schwer gedrosselt fort. „Dort wirst du sicher einen königlichen Eindruck hinterlassen, wenn du erst einmal alleine auf dich gestellt in einer fremden Umgebung mit fremden Sitten und Gebräuchen ohne Freunde und Familie bist. Dann wirst du schon etwas kleinlauter werden, davon bin ich überzeugt. Denn keiner wird dich mehr beschützen und vor Unbilden bewahren. Du wirst dann deine Worte auf die Goldwaage legen müssen, bevor du sie jemandem mitteilst. Außerdem wird man dich anfangs einfach nicht verstehen. Du bist dann sozusagen so sprachlos, wie du es hier schon besser gewesen wärst", schäumte der König angesichts dieser jugendlichen Halsstarrigkeit. Unna musste unwillkürlich lächeln. So hatte sie den König noch nie gesehen. Seine Stimme überschlug sich beinahe. Alle standen still und gefesselt im Saal, als Ilari gänzlich unbeeindruckt von des Königs Ärger erneut zornig die Stimme gegen Halfdan erhob. Und diesmal nahm er kein Blatt vor den Mund.

„Also ich werde hier ganz sicher niemals von irgendwem geschützt. Im Gegenteil, immer muss ich die Sünden eures Sohnes ausbaden, der sich hinter meinem Rücken versteckt. Es wäre besser, ihr würdet ihn nach Amber schicken, damit er dort zum Manne heranreift, denn dann würde sein Charakter geformt. Meiner hat schon seine endgültige Gestalt erhalten und die gereicht mir nicht zur Schande", stieß der junge Mann aufgebracht hervor. Die älteren Herren im Thronsaal sahen amüsiert auf den Jüngling, der sich gerade in Grund und Boden argumentierte. Unnas Vater war überrascht und erkannte, dass er diesen Jungen lieber an der Seite seiner Tochter gesehen hätte. Sie hatte ein feines Gespür, dachte er anerkennend. Aber sie hatte nun einmal die Möglichkeit, Königin zu werden. Irgendwie würde er sich Bork schon hinbiegen, hoffte er, ohne Illaris recht knappe Zusammenfassung des Charakters seines zukünftigen Schwiegersohnes außer Acht zu lassen.

Die Situation drohte zu eskalieren, da niemand einschritt. Der König und Ilari hatten sich beide in ihrem Zorn festgefahren. Es war allen Anwesenden klar, doch in den unwiederbringlichen Sekunden, die tatenlos verstrichen, ritt sich Ilari noch tiefer in die Ungunst des Königs hinein, denn er begriff ebenfalls, dass er verloren hatte. Alles war ein abgekartetes Spiel. Unna und Bork würden heiraten, wahrscheinlich während er dem Reich fern war. Ihm war jetzt alles egal und deshalb setzte er alles auf eine Karte. Ilari hatte nur diese eine Gelegenheit, die Frau zu gewinnen, mit der er sein Leben verbringen wollte. Er musste den Grund seiner Abreise auf den Tisch bringen hier und jetzt, sonst würde er vor Ekel vergehen. Also holte er Luft, fasste einen tollkühnen Plan und brachte den Mut der Verzweiflung auf. Er setzte dem König weiter zu.

„Mylord, nennen wir den Grund für euer Handeln beim Namen. Euer unermüdliches Schweigen darüber macht die Sache nicht besser. Ihr braucht, um euer Reich und eure Macht zu stärken, die nördlichen Länder, die dem Herzog Olaf unterstehen. Dafür wollt ihr ein starkes Bündnis schmieden und am besten geht das, wenn Familienbande geknüpft werden. Auf dem Schachbrett eurer Regierung stehen Unna und Bork, euer Sohn, und ich. Euch wäre es gleichgültig, wen Unna heiratete, wenn ihr sie nicht bei eurem wichtigsten Schachzug benötigtet. Sie ist die Dame, die euer Reich stärken wird, auch wenn euer Sohn sie gar nicht will. Ich aber will sie zur Frau haben, und sie hätte auch nichts dagegen, wenn sie die freie Wahl hätte. Nur weil ihr eure Macht in die Waagschale werft und alle Männer um ein wenig mehr Einfluss kämpfen oder euch einfach zu Kreuze kriechen, werden junge Menschen von euch gegen ihren Willen verschachert. Aber mit mir könnt ihr nicht so verfahren."

Ilaris Gesicht war hochrot angeschwollen, er war kurz davor, sein Schwert zu ziehen und es gegen den König zu richten. Sein Temperament war so ungezügelt, wie er es vorher noch nie erfahren hatte. Niemand schien ihn mehr bremsen zu können, und alle Anwesenden sahen gebannt auf die Szene, die ungeheure Fahrt aufgenommen hatte.

„Schluss, Junge!" mischte sich Thorbjörn ein, der noch schlimmeres Unheil für seinen Sohn befürchtete. „Du wirst nach Amber gehen an König Bornwulfs Hof in Tamweld, weil ich das will. Ich habe für dich die Entscheidung getroffen, denn du bist noch nicht erwachsen", rief der Vater und beendete damit Ilaris Ausbruch. Der junge Mann zögerte, war erst erstaunt und dann entsetzt über die Entscheidung seines Vaters. Ilari stand am Abgrund und es fehlte nicht viel, dann würde er stürzen. Gerade das versuchte der Vater zu verhindern. Alle Anwesenden sahen es. Auch Herzog Olaf versuchte, für Ilari einzutreten.

„Es ist doch ganz erstaunlich, mit welcher Wucht der Zorn eines jungen Mannes ausbrechen kann. Er hat Mut, dein Sohn,

Thorbjörn", sagte er lächelnd zu Thorbjörn. „Das soll ihm nicht zum Unheil gereichen. In einigen Jahren, wenn er gelernt hat, sich zu beherrschen, wird er eine Bereicherung für das Reich und die Regentschaft Borks und Unnas werden, nicht war, König Halfdan?"

Damit hatte Olaf den König unterstützt und öffentlich seine Zustimmung zum Vorschlag des Königs gegeben. Der war zwar immer noch aufgebracht, weil dieser Hitzkopf ihn vor seinem Thronrat angegriffen hatte. Aber er erkannte die Jugend des Jungen und gleichzeitig bekam er die Zustimmung des alten Jarls zur Vermählung der Kinder, die er wochenlang aufgeschoben hatte. König Halfdan schüttelte die Wut auf Ilari ab, fing an, dessen Mut zu schätzen, und verzieh ihm im Überschwang sofort. Er verstand ihn, denn Unna war wahrlich ein schönes Mädchen. Er war auch einmal jung gewesen und hatte sich unsäglich in eine Zofe der Mutter verliebt. Fast hätte er sein Reich für sie hingegeben, aber einige Jahre später wunderte er sich nur über seine Gefühle. So würde es Ilari ergehen, und er freute sich augenblicklich auf die Jahre, wenn er wieder nach Norgan zurückgekehrt wäre. Er stand auf, ging versöhnlich auf Ilari zu und legte ihm den Arm um die Schulter, den der Junge nur schwer ertrug. Halfdan spürte es, war dem Jungen aber nicht Gram. Er versicherte ihm und dem hinzugetretenen Vater noch einmal seines Verständnisses und winkte den Musikern aufzuspielen. Dann ging er zu Jarl Olaf und vergaß die unerquickliche Episode.

Ilari hatte immer noch seine Augenbrauen zusammengezogen. Er konnte seinen Ärger kaum verbergen und die umstehenden Männer lächelten. Die meisten waren ihm gewogen und hofften, sie kannten seine Freundschaft zu Bork, dass die Allianz der beiden in einer vernünftigen Regentschaft Borks enden würde. War der scharfe Verstand Thorbjörns Sohns doch so unschätzbar für alle. Wenn nur Unna nicht dazwischenfunkte und dem allem ein Ende setzte. Sie stand nachdenklich am Türrahmen gelehnt und sah sich im Thronsaal um. Dabei fiel ihr Blick sehr oft auf Ilari.

Überfahrt nach Amber

Ilari stand an der Reling des Schiffes, das ihn nach Amber trug.
Er erwachte wie aus einem Traum, denn immer, wenn er seine
Gedanken schweifen ließ, standen ihm die Ereignisse der letzten
Tage in Norgan vor Augen. Sein instinktloses Beharren hatte ihm
den Zorn König Halfdans eingebracht und die Ausweisung aus
Norgan.

Die Ratschläge seines Vaters kamen ihm ständig in den Sinn.
Thorbjörn riet ihm, sich in der Fremde besser zurückzuhalten.
Ein Wort, das auf der Zunge brannte, dort brennen zu lassen
und lieber aufmerksam die Situation zu erkunden. Zu wissen,
wann man sich besser aus dem Staub machte, wenn die tandhenischen Horden wieder ihr Unwesen trieben. Sich unverbrüchlich
zu verbünden und Freunde zu suchen. Oder wenigstens, wenn
das nicht fruchtete, sich den Respekt der Menschen in Tamweld,
in König Bornwulfs prächtiger Hauptstadt, zu erwerben.

Es hatte geregnet in Torgan, König Halfdans Hauptstadt, als
das Schiff ablegte. Seine Mutter stand trauernd im Hafen, der
sich eifrig für den Markttag bereit machte, und sah zu ihm herauf.
Ilari liebte den Markttag, er verpasste ihn nie. Erst hier auf dem
Schiff kam ihm in den Sinn, wie schön sein Leben doch bisher
gewesen war und wie schnell Halfdan es ihm zerstört und vor die
Füße geworfen hatte. Vor noch nicht einmal einer Woche war er
mit seinem Leben rundum zufrieden gewesen und jetzt dachte er
mit Grauen an die Zukunft.

Das Schiff brauchte acht Tage, um die Westküste Ambers zu erreichen. Sie kamen in einen Sturm und Ilari erbrach sich anfangs
häufig. Am dritten Tag ging es ihm besser. Er freundete sich mit
den Männern an, die ihn dafür liebten, dass er keinen Unterschied machte: Er, der Sohn eines Hersen und Mündel des Kö-

nigs, saß bei ihnen wie jeder andere. Die Händler, die mit ihm nach Amber fuhren, machten einen großen Bogen um das gemeine Schiffsvolk, aber Ilari hatte keine Lust auf ernste Gespräche mit ihnen, bei denen er immer die Rolle des unerfahrenen Grünschnabels zugewiesen bekam. Von den Seeleuten erfuhr Ilari einiges über ihr Leben und lernte ihre Sorgen kennen. Er war beeindruckt, wie wenig Zeit diese Männer zu Hause bei ihren Familien verbrachten und wie sehr sie ihre Kinder vermissten. Sie hatten von seiner unerfüllten Liebe zu Unna gehört und Ilari sah, dass er damit nicht alleine stand. Die Hälfte dieser Männer hatten ihre Angebetete nicht zur Frau bekommen, waren eine Zweckehe eingegangen, wie es die Edelleute praktisch immer taten, und kamen trotzdem gut mit ihren Frauen aus.

„Setze dich, junger Freund", bat ihn der Bootsmann am dritten Tag, als Ilari seine Übelkeit hinter sich gelassen hatte. Ilari, der mit sich alleine nichts anzufangen wusste, kam dieser Bitte gerne nach und gleich darauf saß er mit den Männern zusammen, die scheinbar vollkommen zufrieden waren.

„Du siehst noch ein wenig blass aus um die Nase", stichelte einer der Männer, ein wettergegerbter Älterer, freundlich. „Das wird bald besser werden. Wenn du wieder Appetit bekommst, bist du über den Berg."

„Bist wohl noch nicht so weit herumgekommen auf einem Schiff?", fragte ihn ein anderer freundlich. Ilari war erstaunt, wie interessiert die Männer an ihm waren, und er entspannte sich. Er versuchte, die letzte, verdorbene Woche zu vergessen und vor allen Dingen Unna, die er schrecklich vermisste. Das musste ihm wohl auf der Stirn geschrieben stehen, denn einer der Männer lachte mitfühlend und sagte: „Das wird schon. Wenn du lange genug fort bist, hast du das Weibsbild bald vergessen. Sie wird ja sowieso einen anderen heiraten. Mit dem konntest du nicht konkurrieren, denn alle Frauen wollen gerne eine Königin sein."

Ilari war erstaunt, dass die Männer offensichtlich von ihm und Unna wussten. Das machte ihn verlegen. Aber sie ignorierten seine Verlegenheit und sprachen einfach weiter.

„Wir haben das alle durchgemacht, bis auf Eskil, der hat das Mädchen bekommen, das er immer schon heiraten wollte. Aber wir anderen mussten uns in unsere vermaledeite Lage einfinden." Die Männer lachten, als sie sein fassungsloses Gesicht sahen, und Ilari schüttelte erstaunt den Kopf.

„Man gewöhnt sich", sagten sie. „Und Weibsbilder gibt es überall auf der Welt, manche sogar schöner als zu Hause. Jeder von uns hat die eine oder andere Geliebte in einem der ausländischen Häfen. Und die haben Kinder von uns in die Welt gesetzt. Gesunde kleine Racker, was wünscht sich ein Mann mehr. Wenn die amberländischen Frauen nur nicht so gläubig wären. Ständig beten sie zu ihren Göttern in ihren Tempeln, die wie Pilze aus dem Boden sprießen. Sie bauen ihre Tempel an jeden freien Platz und statten sie fürstlich aus. Die Reichtümer, die in diesen Gebetshäusern stehen, sind verführerisch. Schon sehr oft haben sich Kapitäne aus dem Norden auf den Weg gemacht, diese Priesterhäuser und Tempel zu plündern."

„Und das ist ein einträgliches Geschäft", erwiderte ein anderer zustimmend. „Ich war schon mehrmals bei einer solchen Plünderung dabei, obwohl Halfdan verboten hat, sich daran zu bereichern. Aber das ist so manchem norganischen Kapitän egal und den Tandhenern gleich gar. Die Tandhener haben mächtig eingesackt im Laufe der Jahre. Dan Asgerson und sein Bruder Leif, die Söhne des Königs Asger Sverrison in Tandhen, haben sich fest in Amber eingenistet und die ganze Osthälfte des Reiches steht nun schon unter ihrer Regentschaft."

Wieder lachten die Männer, aber es machte sich eine gewisse Nachdenklichkeit unter ihnen breit, und Ilari ahnte, dass es bei ihnen immer darum ging, ihren Lebensunterhalt zu verdienen, bevor sie zu alt und zu schwach waren, um sich ins gemachte Nest zu setzen. Da käme ihnen der eine oder andere Raubzug schon mächtig gelegen. Aber diese Nachdenklichkeit hielt nicht lange vor. Sie hatten schließlich einen adeligen, jungen Herrn in ihrer Mitte, der sich nicht zu schade war, bei ihnen zu sitzen. So fühlten sie sich gezwungen, ihm möglichst viele Ratschläge mit auf den Weg zu geben. Schließlich musste der arme Kerl für ganz lange Zeit alleine sein Schicksal meistern. Ilari sog alle Worte in sich auf wie ein trockener Schwamm.

„Wenn du das Schiff verlassen hast, musst du über Land weiterreisen bis nach Tamweld im Königreich Dinora", sagten sie ihm.

„Ein König Bornwulf regiert dort, ein kleiner und schwacher Mann, ein Dinoraner eben, der außer mit unserem König eine lockere Allianz mit dem König Erjk aus Sweba eingegangen ist, um bequem weiterzuleben. Aber du wirst ihn ja persönlich zu Gesicht bekommen, du als Sprössling einer Adelsfamilie. Lass dich aber nur nicht bekehren. Das ist langweilig, denn dann musst du ständig beten, wie es unsere Weiber in Amber dauernd tun."

Die Männer lachten, als sie sein erstauntes Gesicht sahen, und schlugen ihm freundschaftlich auf die Schulter.

Ein feiger Überfall

Ilari ging von Bord, als die Boten des Königs eintrafen, die ihn nach Tamweld bringen sollten. Er verließ das Schiff und wurde von einer Gruppe Dinoraner erwartet. Es waren dunkle Männer, kleiner als er, die ihn grimmig musterten. Ilari stand verloren vor den sechs Männern, die einen Kreis um ihn zogen. Wollten sie ihn schützen oder ihn einkreisen, fragte er sich und kam zu keinem Schluss, denn ein junger Mann bahnte sich seinen Weg durch die Wand der Soldaten, die ihn umringten. Ilari bemerkte ihn schon, ehe die Leiber der Männer eine Gasse bildeten, denn der junge Mann war hochgewachsen wie er und hell. Er hatte strahlend blaue Augen und einen aufgesetzt, arroganten Gesichtsausdruck, der Ilari noch weniger gefiel als die grimmigen Gesichter der dunklen Soldaten. Er trat auf ihn zu und legte ihm die Hand auf die Schulter.

„Folge mir zu den Pferden, Fremder. Mein König schickt mich, dich zu ihm zu bringen. Da wir Blonden nicht sehr beliebt hier sind, sollten wir uns beeilen, um den herumstehenden Männern keine Gelegenheit zu geben, über uns nachzudenken. Die Schlüsse, die sie daraus ziehen könnten, wären sicher nicht in unserem Sinn."

Er sagte es in einem perfekten Tandhenisch, das Ilari von zu Hause kannte und daher gut verstand. Doch es irritierte ihn, dass ein Dinoraner ihm so sehr glich und sich ausdrückte, als spräche er Tandhenisch als Muttersprache.

„Woher kommst du, sage es mir oder ich gehe keinen Schritt weiter", befahl ihm Ilari und blieb stehen, denn er befürchtete schon, den Tandhenern in eine Falle gegangen zu sein. Der Vater hatte ihn davor gewarnt und darauf hingewiesen, dass man in der Nähe eines Meeresufers vor den Tandhenern nie sicher sein konnte.

Der Blonde blieb für einen Augenblick stehen und ging dann weiter, ohne sich um Ilari zu kümmern. Im Gehen warf er ihm nur einen gehässigen Brocken zu.

„Du kannst gerne bleiben, wenn du aufgeknöpft werden willst. Ich rette dich nicht, denn ich bin mit meinen Männern dann schon Meilen weit entfernt. Aber es ist deine Entscheidung und dein Leben. Mit König Bornwulf komme ich schon klar, wenn ich ohne dich nach Tamweld komme, darüber musst du dir keine Gedanken machen."

Ilari hörte es und war sich zuerst unsicher, besann sich jedoch eines Besseren, als der blonde Hüne hinter einer Hausmauer verschwand. Ilari ging ihm zügig hinterher und das halbe Dutzend dunkler Männer folgte ihnen. Als er bei dem Fremden und den Pferden ankam, grinste ihn der sehr junge Mann wohlwollend an. Er schien keinen Groll mehr gegen ihn zu hegen.

„Ich heiße Oskar", sagte er und bat Ilari aufzusteigen. Er gab den Soldaten einige Anweisungen und ritt dann ungestüm los. Er hielt auf grüne, saftige Wiesen zu, die sich endlos erstreckten und deren Baumlosigkeit Ilari zuerst erstaunte und später langweilte, denn die Wiesen schienen nicht enden zu wollen.

Als die Gruppe den ersten Baumbestand erreichte, gelangten sie auch schon an die Grenze Dinoras. Dort am Grenzzaun standen dutzende, dunkler Wachleute, die Ilari noch unfreundlicher ansahen als die sechs, die mit ihm ritten.

Ilari fühlte sich zusehends unwohl, denn was würde wohl geschehen, wenn diese vielen Männer die Geduld mit ihm verlören? Hätte er Unterstützer und würden die sieben Dinoraner, die ihn begleiteten, wirklich Kopf und Kragen für ihn riskieren? Er glaubte zu wissen, dass sie sich aus dem Staub machen würden. Doch was der Tandhener täte, war ungewiss. Er konnte ihn bis jetzt nicht einschätzen, aber das gelang ihm bei Tandhenern sehr selten. Sie überschritten die Grenze Dinoras, eines Landes, das ihm mit seinem Baumbestand besser gefiel als das grasbewachsene Kelis, das sie hinter sich gelassen hatten.

„Wie lange dauert es noch, bis wir Tamweld erreichen?", fragte Ilari den Tandhener Oskar.

„Etwa vier Tage lang, denn Dinora ist das größte Land auf Amber und König Bornwulf Paeford ein mächtiger König", sagte Oskar arrogant und ritt ein wenig weiter nach vorne. Er wollte nicht mehr mit dem Norganer sprechen. So ritt Ilari in seinem Windschatten und ärgerte sich. Er spürte die Fremdheit und Machtlosigkeit, die ihn umgab und die ihm so ungeheuer unangenehm war.

Am zweiten Tag verschwand die Einsamkeit und Unruhe ein wenig und Ilari konnte die Landschaft mit großen Augen betrachten. Das Land hier war schon mitten im Frühlingserwachen, dabei schmolzen bei ihm zu Hause erst die letzten Schneeflecken weg. Es war schon angenehm warm und in der ersten Nacht schlief Ilari ohne die ihm zugewiesene Decke, denn er war kältere Nächte gewohnt. Der Morgen begann früh hier im Süden, und Ilari musste, als er nach der zweiten Nacht aufwachte, unwillkürlich lächeln, denn die aufgehende Sonne hatte ihn schon frühzeitig wach gekitzelt. Die Nacht hatte sich noch nicht ganz zurückgezogen. Ein Hauch der Sonnenstrahlen dieser ungeduldigen Sonne war schon zu sehen, als der taufrische Morgen graute. Da hörte Ilari ein sich Regen und sich Bewegen um sich herum. Das war ungewöhnlich, und wäre er nicht fremd gewesen hier, er hätte es sicher nicht bemerkt. So aber war er sich sicher, dass sich jemand an ihrem Lager zu schaffen machte. Er drehte sich um wie im Schlaf und rüttelte leise Oskar wach. Der kannte dieses Land und wusste sicher, was zu tun war. Als Ilari ihn leicht berührte, war Oskar sofort wach und hörte in die Nacht hinaus. Dann robbte er leise zu Ilari und flüsterte ihm ins Ohr.

„Greife dein Schwert und auf mein Zeichen stürme nach vorne. Versuche, die Pferde zu erreichen, und dann nichts wie weg von hier. Versuche nicht, mit den Männern zu kämpfen. Es sind zu viele. Du weißt doch noch, wo die Pferde stehen?", fragte Oskar ihn leise. Ilari nickte, er hatte nicht vor, zu viele Worte zu machen, denn sein Puls schlug so heftig, dass er glaubte, er spränge aus seiner Brust heraus.

Oskar stand leise auf und Ilari tat es ihm gleich. Dann nickte Oskar und beide liefen augenblicklich zu den Pferden, saßen auf und ritten in den aufkeimenden Tag hinein. Sie hörten den Tumult, der hinter ihnen entstanden war, und erkannten nun auch einzelne Stimmen der Männer, die Ilari eigentlich sicher nach Tamweld geleiten sollten. Ilari ritt vertrauensvoll immer hinter Oskar her. Als er versuchte zu ergründen, warum der Überfall erfolgt war, rief ihm Oskar atemlos entgegen.

„Nicht alle Dinoraner sind begeistert darüber, dass sich Tandhener auf Amber befinden. Und in Tamweld hat man ganz besonders etwas gegen die hellen Hünen aus dem Norden, die immer nur morden und plündern. Sie würden es lieber sehen, wenn niemand mehr ihr Leben stören würde. Deshalb gibt es Gruppen von Menschen, die sich gedungener Mörder bedienen, um jemanden wie dich zu ermorden. Und mich gleich mit, denn ich bin ihnen schon viel zu lange vor die Nase gesetzt worden. Vom König in seiner Familie erzogen habe ich mächtig Schwierigkeiten in Tamweld, aber du bist nun da, um mich zu unterstützen, falls wir das hier überstehen", sagte er lachend und trieb seinem Pferd die Sporen tiefer in die Flanken. Der Rappe bäumte sich vor Schreck ein wenig auf und wieherte, um dann noch schneller zu galoppieren. Ilari feuerte sein Pferd ebenfalls an und bald hatte er das Gefühl, den Verfolgern zu entkommen. Doch ganz ließen diese sich nicht abschütteln und so erreichten sie nach zwei anstrengenden Tagen Tamweld, die goldene Stadt König Bornwulfs.

Ilari hielt sein Pferd für einen Augenblick lang an und blickte auf die Stadt, die unter ihm an einem Fluss lag, wie er vorher noch keinen gesehen hatte. Wasser war ihm nicht fremd, aber die Tansa, die sich an der Stadt vorbeischlängelte, war in ihren Ausmaßen gewaltig. Die Stadt lag ruhig vor ihnen. Die weißen, schweren Mauern, die sie umgaben, schützten einen funkelnden Juwel, wie es schien. Die Dächer der strahlend weißen Stadt schienen mit Gold bemalt zu sein und glänzten und glitzerten in seinen Augen. Ilari staunte und Oskar, der neben ihm anhielt, sah das Staunen des Fremden mit großer Freude. Er war stolz auf seine Heimatstadt, die jeden Gast beim ersten Anblick in Staunen versetzte. Er wusste, was Ilari wissen wollte.

„Die Dachziegeln der Stadt sind mit feinem Blattgold überzogen", sagte Oskar und bemerkte eine winziges Zucken der Augenbrauen seines Gegenüber.

„Wer kann sich das leisten?" fragte Ilari atemlos.

„Die Bürger der Stadt sind wohlhabend und bauen gerne hohe bis zu dreistöckige Häuser, wie du sehen kannst, deren Dächer sie mit Gold überziehen lassen, damit sie ihre Pracht schon jedem Fremden von Weiten ankündigen. Und der Königspalast ist sogar an den Fensterläden mit feinem Gold überzogen. Die Sonne scheint länger als in deiner Heimat", sagte Oskar. „Wahrscheinlich, weil sie das goldene Leuchten unserer Stadt so liebt. Wenn du später durch die breiten Straßenzügen reitest, wirst du kaum eine finstere Ecke finden. Unsere Vorväter haben die Stadt so angelegt, dass die Straßen vom Sonnenlicht bestrahlt werden. Die hellen und weiten Plätze der Stadt sind von hohen Bäumen beschattet, die an den Straßen entlang gepflanzt sind. In ihrem Schatten finden sich die Bürger gerne zusammen. Die weißen, sauberen Häuser reihen sich dicht und schlank aneinander und haben im ersten Stock breite Balkone, die sich der Straße zuwenden. Hinter den Häusern schließen sich geläufige Gärten bis zur Burgmauer an. Vier Tore schaffen Einlass in die goldene Stadt unseres Königs, und inmitten all dieser Schönheit liegt der Palast, der so weiß und rein ist, wie ihn die Götter vor vielen hundert Jahren erbaut haben. So sagt man, aber das ist nur ein Kindermärchen. Doch weitläufig und vierstöckig ist der Palast, der die Bürgerhäuser überragt und von seinem höchsten Turm aus lässt er den Blick über die Stadt und die Tansa bis weit ins Hinterland hinein zu. Der weitläufige Innenhof ist mit Bäumen und kleinen Lauben angelegt und eine stabile Schlossmauer schützt den König in seinem Palast ein weiteres Mal", sagte Oskar stolz. „Doch nun müssen wir weiter. Du wirst bald die Pracht der Stadt bewundern können, glaube mir. Wenn sie dir nicht gefällt, dann wirst du deinen Kopf zukünftig unter den Arm tragen müssen." Er lächelte ein flüchtiges Lächeln und ritt dann wie vom Teufel gepeitscht ins Tal zum nördlichen Stadttor. Wusste er doch, dass ihnen die Verfolger hart auf den Fersen folgten.

„Öffnet uns", rief Oskar den Männern zu, die auf der Stadtmauer liefen und zu ihnen heruntersahen.

„Wer seid ihr", fragte einer der Männer unverschämt, der Oskar erkannt haben musste, aber keinerlei Anstalten unternahm, das Stadttor zu öffnen. Oskar bemerkte diese Scharade und ärgerte sich, aber dann wiederholte er seinen Befehl so gelassen wie möglich.

„Öffnet das Tor im Namen unseres Königs Bornwulf. Er hat mich geschickt, um einen Gast abzuholen, doch fremde Reiter bedrohten uns. Macht nun endlich das Tor auf."

Der Mann schien nachzudenken und gab seinen Leuten einen Befehl. Sie gingen nach unten an das Tor und Ilari hoffte nun verzweifelt, dass sich das Tor endlich öffnete, denn er verstand kein Wort von dem, was gesprochen wurde. Nur dass die Wachen sich zierten, das Tor zu öffnen, begriff er. Doch warum nur?

Die Torwächter öffneten auf Oskars Befehlen nun widerwillig das große nördliche Stadttor, durch das Ilari und seine Begleiter hineinkommen wollten. Es wurde nur bedächtig knarrend aufgeschoben, zwei Handbreit, nicht mehr. Oskar bemerkte es und sah auch die Blicke der Männer, die auf der Mauer verblieben waren und in das Land hineinschauten.

Das alles kam ihnen sehr verdächtig vor, und gerade als sich Oskar überlegte, warum das Tor sich so schwer öffnen ließe, sah er auf eine Horde schwarzer Reiter, die sich ihnen vom freien Feld vor dem Stadttor her näherten. Auch Ilari sah sie und er erschrak, denn er erkannte die gleiche Kleidung wie die der Männer, die ihn überfallen wollten, wenn es nicht sogar dieselben waren. Da sah Ilari, dass sich zu denen, die neu waren, noch die sechs anderen hinzugesellten, die sie verfolgten und sich nun schon fast bei ihnen befanden. Ilari wäre zu gerne in die Stadt hinter das sichere Tor geschlüpft, aber es war beileibe noch nicht weit genug geöffnet. Angst hätte sich nun seiner bemächtigen sollen, aber wie immer blieb Ilari ruhig und konzentriert. Er ergründete seine Möglichkeiten und begriff, dass sie tief im Schlamassel saßen.

Auch Oskar verlor die Geduld, denn er erwartete längst Hilfe aus der Stadt. Ilari, der den blonden jungen Mann ansah, bemerkte, wie sich Oskars Leib plötzlich straffte und dieser verstohlen fester in die Zügel seines Pferdes griff. Jetzt wurde Ilari doppelt unruhig. Er griff unwillkürlich an den Griff seines Schwertes. Als er den Schwertgriff in seiner Hand spürte, blickte er wieder auf Oskar und er entdeckte entsetzt, dass der junge Tandhener kein Schwert trug. Das ließ für einen Augenblick Ilaris Knie weich werden, denn das Stadttor hatte sich bisher um kaum mehr als zwei Handbreit geöffnet. Das Dutzend dunkler Boten hatte sie fast erreicht, sprang wie auf ein unsichtbares Kommando schweigend von den Pferden und stürzte entschlossen auf Ilari und Oskar zu. Oskar bemerkte die Gefahr und glitt hastig aus dem Sattel.

"Steig ab, Ilari, und komm an das Stadttor", rief er Ilari knapp zu, aber Ilari war schon ganz instinktiv auf dem Weg dorthin. Noch bevor Oskar seinen Satz beendet hatte, stand er mit ihm an der schmalen Toröffnung, die sich aber trotz ihrer gemeinsamen Anstrengung nicht weiter aufdrücken ließ, so als wären die Torwächter auf der anderen Seite fest entschlossen, sie nicht hereinzulassen. Ilaris Gedanken überstürzten sich. Da merkte er, wie ihm Oskar blitzschnell das Schwert entriss, sich vor ihn stellte und seine ganze Kraft aufwand, ihn durch den schmalen Einlass des schweren Tors zu drängen. Oskar hob das Schwert den unentschlossenen Männern entgegen. Die dunklen Reiter zögerten noch. Keiner schien zu wissen, was als Nächstes geschähe. Da rannte Oskar mit dem Schwert nach vorne auf die Verfolger zu. Er fuchtelte wie wild damit herum und Ilari bemerkte, dass Oskar wenig Erfahrung mit dem Schwert zu haben schien, aber er handhabe es auf eine natürliche und furchteinflößende Weise. Das schien die Reiter zu beeindrucken, auch weil sie den Mut in seinen Augen sahen, der ihn antrieb. So hielten sie Abstand und warteten ab.

„Jedem, der hier an mir vorbei will, kürze ich seinen Kopf. Ihr habt nur den einen, den ihr zu Markte tragen könnt", stellte Oskar fast schon lachend fest. „Denkt also gut darüber nach, ob ihr ihn mir wirklich überlassen wollt." Weil sich immer noch keiner rührte, trat er entschlossen einen kurzen Schritt nach vorne, um seinen Willen zur Tat zu unterstreichen. Immer noch zögerten die dunklen Männer. Der Junge schien seine Sache gut zu machen, denn die Reiter blickten sich blitzschnell an und stürzten wie auf einen schweigenden Befehl zu ihren Pferden. Sie saßen in aller Eile auf und hatten dabei nicht bemerkt, wie ihnen Oskar zügig nachsetzte. Den Letzten, den er erreichen konnte, riss er mit ungeheurer Wucht vom Pferd. Der arme Mann hatte seine Füße noch nicht sicher in den Steigbügeln befestigt. Dann stemmte Oskar ihn zu Boden und hielt ihm lächelnd das Schwert an die Kehle. Die anderen hielten kurz an, zögerten noch einen Augenblick, ihren Freund dem siegessicheren Tandhener zu überlassen, aber angesichts der Torwache, die sich endlich für Oskar entschieden hatte und jetzt johlend aus dem geöffneten Tor stürmte, besannen sie sich eines Besseren. Sie flüchteten, ohne sich noch einmal umzusehen. Die Torwache setzte den Reitern eine Zeitlang nach, bis sie umkehren mussten, denn die Flüchtenden wären außer Reichweite, wie sie behaupteten. Doch es wunderte Ilari, der ihnen zusah. Er war der Meinung, man hätte sich mehr anstrengen können, die flüchtenden Männer doch noch zu erreichen. Was diese Männer aber für das Beste hielten, wusste er nicht und es war im Grunde ganz egal, denn die Wachen eilten ihnen zum Schluss doch noch zur Hilfe, auch wenn sie es nur auf den Befehl des Hauptmannes getan hatten, der eben erschienen war. Doch prägte sich Ilari die Ereignisse ein, als er sicher die goldene Stadt Tamweld betrat.

Zusammen mit Oskar schleiften die Wachen den übermannten schwarzen Boten in die Stadt hinein hinter das Stadttor. Sie verschlossen es fest und Oskar überließ den Gefangenen dem Hauptmann der Wache, Cenhelm Barras.

„Achtet mir gut auf ihn, Cenhelm", rief Oskar dem älteren Mann zu, der einen gefährlichen Eindruck auf Ilari machte. Der nickte nur und sagte zu Oskar.

„Ich weiß, was ich zu tun habe, ihr müsst mich nicht umständlich an meine Pflichten erinnern. Wenn König Bornwulf den Gefangenen sprechen will, sagt ihm, er ist im Turm untergebracht bei den andern Insassen, nur ein wenig besser bewacht", knurrte Cenhelm griesgrämig. Dieser dahergelaufene blonde Grünschnabel sollte sich um seine Sachen kümmern. Obwohl er Mut hat, der Kleine, das musste man ihm lassen. Aber an die Anweisungen Bornwulfs hält er sich nicht, dachte Cenhelm mürrisch, denn er hatte gesehen, dass Oskar ein Schwert trug und merkte es sich. Oskar nickte und nahm Ilari am Arm. Er führte ihn zum Palast. Davor gab er ihm schnell sein Schwert wieder und Ilari steckte es dankbar lächelnd in die Scheide, die an seiner rechten Seite baumelte.

Im goldenen Palast von Tamweld

„Fast hätte ich falsch gegriffen", sagte Oskar leicht beleidigt. „Du bist ein Linkshänder, das muss man wissen. Das gibt es nicht oft. Du wirst immer den Überraschungsmoment auf deiner Seite haben", nickte Oskar Ilari anerkennend zu.

Sie waren am Palast angekommen und betraten den Thronsaal König Bornwulfs, nicht ohne dass Ilari sein wertvolles Schwert bei den Wachmännern zurücklassen musste. Er tat es ungern und Oskar, der ahnte, was in Ilari vorging, sprach die Wache an. „Er ist ein fürchterlicher Kämpfer aus dem hohen Norden und hat einmal sieben Männern auf einen Streich den Kopf gekürzt, weil sie sein Schwert behalten wollten, denkt daran", raunte er dem Wächter zu. Er sah den ungläubig erschrockenen Blick des Mannes. Deshalb setzte er noch eines drauf. „Also nimm dich in Acht und gib es ihm unversehrt wieder", Oskar lachte laut und Ilari, der ihn fragte, was vorgefallen war, erhielt keine Antwort, sondern nur ein glucksendes, befreiendes Lachen. Der Thronsaal hallte wieder von Oskars Stimme, und weil sich der junge Mann nicht wieder beruhigen konnte, deutete er Ilari lachend an, nach vorne an den Thron zu treten. Er blieb zurück, um sich zu beruhigen.

Als Ilari den Saal betrat und auf den Thron zuschritt, schoss ihm durch den Kopf, dass er nun zum zweiten Mal in kurzer Zeit verschwitzt und stinkend vor einen gekrönten Herrscher trat. Angesichts der blitzsauberen Umgebung schämte sich der junge Nordländer seiner noch mehr. Ilari verneigte sich wenig kniefällig vor Bornwulf, gerade so tief, wie es der Anstand gebot. König Bornwulf nahm es mit einem Lächeln zur Kenntnis und wusste, sein Sohn Raedwulf, der bei ihm am Thron stand, würde sich an seiner Stelle genauso verhalten, wenn er alleine in fremden Ländern wäre. Die fehlende Unterwürfigkeit des jungen Norganer war für ihn kein alarmierendes Zeichen, sondern nur der Ausdruck eines gesunden Selbstbewusstseins. Prinz Raedwulfs Blick hingegen verfinsterte sich sofort. Er lehnte Ilaris seiner Ansicht nach halsstarriges Benehmen ab.

„Haben euch meine Wachen sicher durch mein Land geführt?", fragte König Bornwulf Ilari mit einer auffallend tiefen und sympathischen Stimme. Bornwulf sprach Tandhenisch mit einem Ilari unbekannten Akzent, dafür aber fast fehlerfrei. Ilari fragte sich, woher der König seine Sprachkenntnisse hatte, mochte aber nicht weiter darüber nachdenken, denn ihm fiel ein junges Mädchen auf, das hinter dem Thron stand und ihn interessiert betrachtete. Er fand sie sehr hübsch anzusehen und musste an die Männer auf der Überfahrt denken. Sie hatten recht, auch hier lebten schöne Mädchen. Er riss sich von ihrem Anblick los und sah König Bornwulf wieder in die Augen. Der schmunzelte, denn er ahnte, ohne sich umzusehen, wen Ilari gerade erblickt hatte.

„Ich bestelle euch die allerbesten Grüße von meinem König Halfdan Ingvarson und seinen Wunsch, euch irgendwann einmal persönlich zu treffen, Mylord." Ilari bemühte sich, deutlich zu sprechen, denn er wusste um die auffällige Verschiedenheit der beiden nordländischen Sprachen. Er sah aber, dass es Bornwulf und einigen anderen Anwesenden keinerlei Schwierigkeiten bereitete, ihm zu folgen. Als er zur Seite blickte, sah er einen imponierend aussehenden, älteren Mann, groß gewachsen, mit wachen Augen neben dem Thron stehen, leicht hinter Prinz Raedwulf versteckt, der ihn auffällig musterte.

„Das wünsche ich mir auch, denn euer König macht einen gebildeten Eindruck", antwortete Bornwulf amüsiert und sah belustigt auf Ilari, der einen verwegen schmutzigen Eindruck hinterließ. Aber er erkannte auch, wie ruhig und gelassen der junge Mann sein Los ertrug und das beeindruckte ihn. Er konnte jedoch nicht in Ilaris Herz sehen und ablesen, wie ungern er hier war.

Ilari, der sich aufrichten durfte, begriff mit einem Mal ernüchtert, wie recht König Halfdan doch hatte, als er ihm die Sprachlosigkeit der Fremde in Aussicht stellte. Da fiel ihm wieder ein, dass der König eine Frage an ihn gerichtet hatte. Er sammelte sich und antwortete.

„Eure Männer waren herzlich und zuvorkommend zu mir und ich habe mich ausgesprochen sicher gefühlt in ihrer Gesellschaft", berichtete er dem König. Das war eine glatte Lüge, aber sollte er sich wie ein jammerndes Kind bei König Bornwulf über seine Begleiter beschweren? Ilari hielt an der norganischen Gepflogenheit fest, alleine mit seinem Schicksal zurechtzukommen. Man hatte in Norgan kein Kindermädchen, wenn man von einer Stadt in die andere reiste. Obwohl er hier heillos verloren gewesen wäre, hätte Oskar ihm nicht geholfen.

„Bis auf den einen unseligen Zwischenfall am Stadttor", bemerkte König Bornwulf einen Moment später. Er hatte sich vorher kurz mit Cenhelm Barras unterhalten, der ihm Kunde vom Überfall auf die Nordländer gebracht hatte.

„Ich entschuldige mich dafür, dass ihr so in Gefahr geraten seid in meiner Stadt. Das ist ein feiger Anschlag auf euer Gastrecht, welches ich euch für die Zeit eures Aufenthaltes in Tamweld gewähren möchte. Ich werde mich darum kümmern, dass so etwas nicht mehr vorkommen wird. Ihr seid mein Gast und das Mündel König Halfdan Ingvarsons.", sagte Bornwulf ernst und sah auf den Hauptmann der Wache, dem das Blut in den Kopf schoss. Er trug keine Schuld an diesem Überfall. Aber er verneigte sich vor König Bornwulf, der ihn weiterhin scharf anblickte.

„Die Wachleute hatten sich nur vorsichtig verhalten, aber zu keinem Zeitpunkt war das Leben der Nordländer in Gefahr, Sire", beharrte Cenhelm. Er verschwieg jedoch lieber, dass nur das mutige Eingreifen Oskar Ashbys das Schlimmste verhindert hatte.

„Nun gut", sagte Bornwulf leicht ärgerlich, „ihr könnt wieder gehen."

„Nur noch auf ein Wort, mein König", bat Cenhelm.

„Was gibt es?", fragte ihn Bornwulf. Weil er Cenhelm kannte, sah er, dass der Hauptmann ein Gespräch unter vier Augen verlangte. Vorher würde er von ihm nichts erfahren, das wusste

Bornwulf, da würden nicht einmal glühende Daumenschrauben helfen. Er seufzte.

„Gleich, Cenhelm, erst habe ich noch etwas zu tun." Cenhelm nickte und trat zur Seite.

Ilari verstand von der Unterhaltung kein Wort, er sah aber, dass Wichtiges gesprochen wurde. Er fühlte sich alleine und deshalb gab er sich trotzig erwachsen und besonnen.

Dabei blickte er erneut dem Mädchen in die Augen, das nun hinter dem Thron hervorgekommen war. Sie war gertenschlank und groß. Ilari war erstaunt, denn er erkannte, wer ihr Vater war. Sie war ihm wie aus dem Gesicht geschnitten und hatte Bornwulfs Gestalt, groß und athletisch, das genaue Gegenteil von dem, was die Männer auf dem Schiff von ihm behauptet hatten. Ilari begriff, dass er es hier mit einem ausgesprochen erhabenen König zu tun hatte, der sogar die Sprache der Eindringlinge sprach, woher er sie auch immer gelernt haben mochte. Es gab also wenigstens einige Personen in Dinora, mit denen er sich in seiner Muttersprache unterhalten konnte, außer dem Tandhener, mit dem er gekommen war. Bornwulf schien Tandhenisch nicht so ungern zu sprechen, wie er zuerst befürchtet hatte. Bornwulf Paeford musterte den neuen Gast noch einmal eindringlich, dann entließ er ihn zu einem großem Zuber Wasser und einer ausgiebigen Mahlzeit. Ilari verneigte sich und wollte gehen, hielt aber inne. Er zögerte diesen einen Moment, denn er konnte nicht anders und blickte ein letztes Mal verwundert auf das Mädchen, das vor ihm stand. Ihre Haltung war edel und sie blickte ebenso zurück. Ilari war angetan von diesem schönen, dunklen Mädchen. Sie hatte schwarzes, lockiges Haar und dunkle Augen, dazu ein makelloses, helles Gesicht und einen kirschenroten Mund, der mit ihren geröteten Wangen konkurrierte. Ilari glaubte, noch nie ein so schönes Mädchen gesehen zu haben, außer Unna. Diese wäre ihm zwar lieber gewesen, aber als er noch einen weiteren Blick auf das schöne Kind riskierte, tröstete er sich damit, dass auch hier wundervolle Mädchen lebten. Dieser zufriedene Gedanke spiegelt sich auf seinem Gesicht wieder und bereitete Prinz Raedwulf Unbehagen, denn er hasste es, wenn Männer seine kleine Schwester begehrlich ansahen. Einem dahergelaufenen Norganer verbot er besonders diese Blicke.

Dieses erste Zusammentreffen der beiden jungen Männer wurde von mächtigen Gefühlen belastet. Denn Ilari, der Raedwulfs Gesichtsausdruck richtig interpretierte, geriet angesichts dieser offenen Ablehnung sofort in Rage. Aber stinkend und hungrig blieb ihm nichts weiter übrig, als sich sich noch einmal zu verbeugen und sich zu entfernen. Raedwulf, der instinktiv einen Schritt nach vorne trat, um Ilari zu folgen, wurde durch eine energische Handbewegung des Vaters zurückgehalten.

„Bleib stehen und vergiss deine Vorbehalte. Ilari Thorbjörnson wird hier als unser Gast leben und du wirst dich ihm nur freundlich zuwenden", befahl er seinem ältesten Sohn mit einer besonderen Strenge, die Leana, seine Tochter, selten von ihm hörte. Ihr gefiel der junge Mann. Er war mindestens so leidenschaftlich hochfahrend, wie es ihr Bruder war, und sah dabei viel besser aus. Leana war zufrieden mit Ilaris Anwesenheit, aber sie musste gleichzeitig über Raedwulfs mahlende Kiefer lachen. Er trug schwer an der deutlichen Zurechtweisung durch den Vater.

Ilari hatte Leana Paeford, Bornwulfs jüngste Tochter, erblickt. Sie war so schön wie der Sommer, glich der Mutter aufs Haar und, wenn sie lachte, verloren sich die Blicke der Menschen in ihrem Antlitz. Sie wirkte fröhlich und aufgeschlossen und blickte Ilari wohlwollend an, er gefiel ihr. Leana fiel Bornwulf lachend um den Hals, als Ilari gegangen war, und flüsterte dem Vater ins Ohr.

„Er ist sehr hell, der fremde Mann. Wer ist er?"

„Ein Mündel des König Halfdan aus Norgan. Sein Vater ist ein Landesfürst und er wirkt reichlich müde."

„Und er stinkt etwas", ergänzte Leana lachend und kniff sich dabei die Nase ein wenig mit den Fingerspitzen zu. Dabei lächelte sie den Vater an, der sich sanft aus ihren Armen befreite. Leana, sein jüngstes Kind, war ihm das liebste. Er liebte alle seine acht Kinder, aber sie war ihm, gerade als er dachte, kein Kind mehr zu bekommen, in den Schoß gefallen und ihre wilden, dunklen Locken brachten ihn noch heute, nach dreizehn Jahren, aus der Fassung. Er würde sie am liebsten auf ewig bei sich behalten, aber er wusste, dass er sich langsam entwöhnen musste, denn schon bald würde sie verheiratet werden. Sie war beinahe alt genug. Bornwulf hasste die Zeit, wie sie verflog und ihm dabei die Jugend und die Menschen raubte, ohne die er nicht leben konnte. Wer Leanas Mann werden sollte, würde er ganz genau prüfen, denn um ihr Glück bangte er. Er sah ihr hinterher, als sie lachend aus der Türe hüpfte. Sicher hatte sie wieder eine Unternehmung im Auge, die ihre Dienerinnen um den Verstand bringen würde.

Er wendete sich seinem Hauptmann zu, der hinter dem Thron stand.

„Was gibt es nun, Cenhelm", fragte er ihn. Der König hatte den Kopf voller Ungereimtheiten und Cenhelm brachte neue mit, fürchtete er.

„Nun, mein König", sagte Cenhelm, „ich hatte die Möglichkeit, einen Blick auf die beiden jungen Männer zu werfen bei ihrer Ankunft."

„Das dachte ich mir schon. Kommt auf den Punkt, Cenhelm. Da ist doch noch etwas, was euch nicht gefällt, sonst würdet ihr kein solches Drama daraus machen."

„Ein Drama ist es wohl nicht, auch weil sie gut ausgegangen ist, diese Situation, die den beiden Fremden fast den Kopf gekostet hätte", begann Cenhelm.

„Einer ist euch nicht fremd, nämlich mein Ziehsohn Oskar Ashby, nur der andere erscheint euch fremd. Doch wirkt er genau betrachtet kaum anders als Oskar", sagte Bornwulf und blickte Zustimmung suchend um sich. Aber nur Raedwulf kniff beleidigt die Augen ein wenig zusammen, denn er fand sicher, dass die Nordländer endlich aus dem Land gejagt werden müssten.

„Ich sage es ungern, aber Oskar Ashby trug ein Schwert. Es war wohl Ilari Thorbjörnsons, denn ich sah, wie er es vor der Stadtmauer aus Ilaris Hand riss. Er hat das Dutzend Angreifer in Schach gehalten und den Norganer gerettet, indem er ihn durch den Spalt im Stadttor drückte und selbst die Angreifer bedrohte. Er wirkte dabei nicht ängstlich, Mylord. Wisst, ich habe schon viele wagemutige Männer gesehen, denen der Kampf Freude macht. Aber dieser Glanz in Oskars Augen, als er das Schwert führte, er tat es gerne und fühlte sich mit dem Schwert sicher, das war mir neu. Auch wenn er das Schwert linkisch führte, so sah man doch die Begabung des Jungen zum Schwertkampf." König Bornwulf war es leid, ewig das Getue um ein Schwert in Oskars Hand zu hören, denn er wusste schon, dass Oskar ein verteufelt guter Kämpfer war. Aber da er einmal fast einen Knappen getötet hatte, war ihm das Schwert auf alle Zeit verboten worden. Damit schien Cenhelm aber nicht einverstanden.

„Was wollt ihr mir sagen, Cenhelm? Wollt ihr Oskar für den Kampf ausbilden lassen? Ich werde dazu später eine Entscheidung treffen und ich danke euch, Cenhelm, mir den Sachverhalt nüchtern auseinandergesetzt zu haben."

„Nein, dem Jungen ein Schwert in die Hand zu geben, ist eine gefährliches Unterfangen. Sein Temperament ist unkalkulierbar. Ich wiederhole mich ungern, Mylord. Aber Oskar und ein Schwert ist eine gefährliche Kombination."

„Ich habe euch wirklich verstanden und werde eine Lösung finden. Kümmert ihr euch erst einmal um unseren neuen Gast im Turm. Ich muss wissen, wer hinter dem Angriff steckt."

„Nun, das eine weiß ich schon, nämlich, dass unsere beiden Nordländer schon vor zwei Tagen angegriffen wurden, aber fliehen konnten und heute diesen Angriff über sich ergehen lassen mussten. Die Schwarzen Reiter sind in der Stadt bekannt, Mylord, und ich sage es nur ungern, sie sind hier, um eure Macht zu untergraben. Sie sind eure Feinde. Wenn ich euren ausdrücklichen Befehl habe, alle meine Mittel anzuwenden bei der Befragung unseres Gastes, dann werde ich den einzigen dieser Männer, der uns durch Oskar Ashbys mutigen Streich in die Hände gefallen ist, so ausführlich zum Reden bringen, dass wir möglicherweise bald mehr wissen."

„Dann steht nicht so lange untätig herum, Cenhelm, sondern tut es gründlich", befahl ihm Bornwulf und schickte ihn mit einem Lächeln davon. Er verstand sein Handwerk, der Hauptmann, und schon bald wüssten sie mehr. Er nickte Cenhelm leicht zu und winkte ihn nach draußen. So entließ er den

Wachmann, den er wirklich aufrichtig schätzte. Cenhelm hatte völlig recht. Oskar brauchte einen Aufpasser, sonst lief er ihm aus dem Ruder. Plötzlich hatte Bornwulf die Lösung vor Augen. Ilari war seine Lösung.

Bornwulf stand auf, verabschiedete seinen Sohn und trat auf Herzog Aldwyn von Eldingham zu, der immer noch nachdenklich schweigend hinter dem Thron stand.

„Ich frage mich, wem der Anschlag galt, unserem neuen Gast oder Oskar Ashby, der sich wenig Freunde gemacht hat, seit er hierherkam. Das war vor ziemlich lange Zeit, Bornwulf."

„Du denkst zu negativ, Aldwyn. Du glaubst wie immer, es stecke eine Verschwörung hinter diesem Angriff. Vielleicht waren es einfach die Gefühle, die mit den Männern durchgegangen sind, angesichts dieser geballten nordländischen Kraft hier bei uns."

„Ich höre so einiges und spinne meine Fäden, und das, was ich höre, gefällt mir nicht. Ich weiß von einer Verschwörung gegen euch, gegen das Land und die Eindringlinge. Eigentlich gegen alles, aber wenn man die Nachrichten unter die Lupe nimmt und sortiert, dann bleibt ein Angriff auf euer Reich oder sogar auf eure Person oder Familie übrig. Ihr habt euch zu viele Feinde gemacht, Mylord. Indem ihr den kleinen Oskar hier aufgezogen habt, wurde der Feind mitten ins Nest geholt. So sagen es viele, auch recht vernünftige Menschen. Und Oskar tut das Seinige, die Stimmung gegen sich zu richten. Ich frage mich außerdem, warum die Wache des Stadttors den beiden erst so spät zur Hilfe geeilt ist. Erst als Cenhelm erschien, stürmten die Männer nach draußen. Das macht mir Sorgen, denn wenn in diese Dinge die Wachleute, nicht Cenhelm wohlgemerkt, verwickelt sind, dann geht der Verrat sehr tief. Cenhelm hat nicht Unrecht, wenn er das Auftauchen der Schwarzen Reiter als ungünstiges Zeichen sieht. Irgendjemand will euch von eurem Stuhl heben, mit aller Macht, die ständig wächst hier im Reich."

„Das ist sicher ein wichtiger Gedanke, trotzdem klingt alles noch sehr vage, Aldwyn", sagte Bornwulf irritiert, aber er ahnte, dass Aldwyn recht haben könnte, denn diese Art Zufall war unwahrscheinlich. Er erriet es genauso wie sein bester Freund und Berater, Herzog Aldwyn von Eldingham. Jemand musste von Ilaris Ankunft gehört haben, bevor er an Land kam. Wer auch immer das war, hatte diesen Schwarzen Reitern den Auftrag gegeben, Ilari und Oskar zu töten. Es sah schlimmer aus als es Bornwulf wahrhaben wollte. Aber er wusste auch, dass sich Cenhelm Barras mit ihrem Gefangenen beschäftigen würde. Deshalb hatte er die Hoffnung, bald die Hintergründe zu erfahren.

„Wer hat nur Oskar mit diesen Schwarzen Reitern losgeschickt, um Ilari zu holen, das frage ich mich ständig, mein König", sagte Herzog Aldwyn gedankenverloren. Er ahnte, dass die undichte Stelle bei den Männern der Stadtwache zu suchen war. Auch Bornwulf kam zu diesem Schluss.

„Cenhelm wird auch das herausfinden und dann die Männer entfernen", sagte er ruhig. Und so war es auch. Die Wachmänner, die mit den Schwarzen Reitern in Verbindung standen und viel Geld erhalten hatten, ihren Platz mit denen der Reiter zu vertauschen, mussten ihre Tat teuer bezahlen. Cenhelm steckte sie für Jahre in den Kerker. Doch wer hinter den Schwarzen Reitern stand, erfuhren sie nicht, weder von den verräterischen Wachleuten, noch von ihrem neuen Gast, der sich nach einigen Tagen selbst tötete. Wer ihm die Waffe dazu in das Gefängnis geschmuggelt hatte, erfuhren sie nie. Doch der Arm des Strippenziehers, der hinter diesen Männern stand, war offensichtlich lang und mächtig.

Hier im Süden ist es warm, dachte sich Ilari. Es war zwar erst Ende März und die Sonne stand noch nicht im Zenit, aber er konnte schon gut ohne Jacke laufen. Zuhause taute gerade das Eis auf dem Meer und man konnte es vorsichtig nach dem langen Winter wieder befahren. Hier blühten schon die Gänseblümchen und die Wiesen sahen frisch und saftig aus.

Er hatte ein Zimmer im Palast, das am anderen Ende gegenüber des Dienstbotentraktes lag. Dort war er für sich und das gefiel ihm, wenigstens bis jetzt. Wie es sich später entwickelte, stand in den Sternen. Das Zimmer war klein und karg möbliert, aber es hatte einen hinreißenden Blick auf die Stadt und über die Stadtmauer hinweg hinunter zum Fluss Tansa, der sich in großen Biegungen ruhig von der Stadt in das fruchtbare Land hinein entfernte. Ilari konnte sich in den ersten Tagen daran nicht sattsehen.

Dinora machte einen leichten, luftigen Eindruck auf ihn, als wäre alles Tagesgeschehen flüchtiger und unangestrengter als zu Hause im Norden. Als lächelten die Menschen mehr und freuten sich an der Natur und ihren Mitmenschen. Die Sonne schien unablässig und am Morgen weckten ihn die fröhlichen Lieder aufgeregter Vögel, die nichts anderes zu tun hatten, als alle mit ihrem Gesang zu erfreuen.

Ilari stand am ersten Morgen auf, nahm nur den Umhang mit und sein Schwert, als er zum König gerufen wurde. Heute sollte er sicher länger mit ihm sprechen. Ilari hatte gut geschlafen, fühlte sich frisch und hungrig. Als er sich umsah, gefiel ihm die Umgebung. Es war hell, grün und saftig hier, nur ein wenig zu warm für seinen Geschmack. Wie heiß sollte es da erst im Sommer werden, dachte er, als die Saalwache sein Schwert einbehielt. Ilari wollte zuerst aufbegehren, aber er zögerte und erklärte sich der Umstände halber damit einverstanden. Wenn er das Schwert nicht unbeschadet wieder zurückbekäme, dann würde er diesem Kerl die Hammelbeine langziehen. Er kannte die Worte dafür noch nicht in der fremden Sprache, aber seine Blicke sprachen Bände und der Mann verstand.

Er betrat den Saal, ging auf den Thron zu und konnte den König zuerst nicht sehen, weil er von dutzenden Untertanen umringt stand. Doch er hörte seine tiefe Stimme, die über die anderen hinwegzutreiben schien. Die Männer schwiegen plötzlich, verneigten sich und zogen sich einer nach dem anderen zurück, nicht ohne Ilari beim Hinausgehen mit einem kritischen Blick zu bedenken. Nur ein einziger lächelte ihm zu, aber bei seinem Anblick warnte Ilari unwillkürlich sein Instinkt. Trotzdem lächelte er zurück. Ganz diplomatisch, dachte er und war für den Augenblick mit sich zufrieden. Ilari spürte eine leichten Griff auf seinem Arm, und als er aufsah, blickte er in Oskars blaue Augen. Dieser ging hinter den anderen aus dem Saal.

„Komm zu mir, Ilari Thorbjörnson", bat ihn Bornwulf und winkte ihn zu sich an den Thron. Er amüsierte sich, wie Ilari Oskar hinterhersah.

„Du erkennst deine Heimat in ihm, Ilari?", fragte der König ihn schmunzelnd. „Du hast recht, er ist zur Hälfte ein Tandhener. Seine blauen Augen und seine Größe haben ihn verraten, vielleicht auch die Arroganz, mit der er auftritt, wenn er mit dem Adel zu tun hat. Er hat nichts Dienendes an sich und er agiert niemals diplomatisch."

Der König lächelte Ilari immer noch aufmunternd zu.

„Wie ist er an euren Hof gekommen, Mylord?", fragte Ilari ehrlich interessiert.

„Er ist der Sohn einer Dienerin, die mit der Königin weiter nördlich gereist war, als eine Horde Männer aus Tandhen sie überfielen. Diese Dienerin aber behielten sie bei sich. Einige Jahre verbrachte sie dort unter den Feinden als Sklavin, nehme ich an. Sie konnte eines Tages fliehen und brachte diesen kleinen Jungen mit, der bei uns aufwuchs. Er ist ein Vermittler zwischen den Welten, so wie ich es sehe. Die Mutter wollte das Kind nicht mehr sehen, deshalb nahm es die Königin zu sich, schickte die Mutter weiter in den Süden zu ihrer Schwester und zog den Knaben auf. Er plapperte anfangs unaufhörlich in dieser fremden Sprache, die zuerst die Königin lernte und dann ich. So war er schon ein wenig für uns von Nutzen. Darüber hinaus ist er intelligent und umgänglich, stolz, aber unbeugsam, wenn er sich ungerecht behandelt fühlt. Wer sein Vater ist, darüber schweigt die Mutter, aber er muss ein wilder, unbezähmbarer Charakter sein, denn genau diese Eigenschaften hat er seinem Sohn mitgegeben. Die Prediger des Tempels in Tamweld, zu denen wir ihn schickten, um ihn unterrichten zu lassen, sind an ihm verzweifelt, und schließlich blieb uns nichts anderes übrig, als ihn aus der Predigerschule zu nehmen und ihn zum Edelmann ausbilden zu lassen. Danach diente er zwei Jahre als Knappe bei einem Fürsten, der mit ihm aber nicht zurechtgekommen ist und ihn wieder zu uns zurückgeschickt hat. Wir stoßen immer wieder an unsere Grenzen bei ihm. Wir sind augenscheinlich ungeeignet, ihn zu erziehen."

Der König schwieg einen Moment und sah auf Ilari, der aufmerksam zuhörte und sich zu dieser Geschichte seine Gedanken zu machen schien.

„Ich dachte an dich, als ich dich gestern sah, und beschloss sofort, du solltest ihn unter deine Fittiche nehmen. Vielleicht liegt dir sein Wesen mehr als uns und möglicherweise bringst du es fertig, ihn uns gegenüber ein wenig gütiger zu stimmen. Die Königin hängt an ihm wie an einem eigenen Sohn."

Ilari hörte zu, stutzte und überlegte sich, wie gerade er mit so einem schrecklichen, jungen Mann zurechtkommen sollte. Oskar erinnerte ihn an Bork Halfdanson. An den Bork, der sich nichts sagen ließ, von niemanden, und der seine Interessen rücksichtslos durchsetzte. War er hierher gekommen, um genau an der gleichen Stelle weiterzumachen wie zu Hause? Sollte er wieder für einen Sprössling des Hochadels den Kopf hinhalten müssen? Er schüttelte sich innerlich und sammelte sich. Ganz diplomatisch antwortete er.

„Mein König, ich fühle mich gänzlich ungeeignet, Oskar zur Vernunft zu bringen. Dazu gehört eine strenge Hand und viel Einfühlungsvermögen und selbst dann kann er euch schneller, als ihr es ahnt, aus dem Ruder laufen. Ich bin nicht der Richtige für diese Aufgabe."

Er verneigte sich und hoffte, dass der ältere Mann, der ihn so durchdringend in Augenschein nahm, ein Einsehen mit ihm hätte.

„Ich habe also recht damit, dass es die nordische Hälfte des Knaben ist, die ihm bei der Eingliederung in unsere Gesellschaft im Weg steht", fragte er Ilari ohne Schnörkel.

„Nun, wenn mich mein erster Eindruck nicht trügt, wirkt er wie ein Abkömmling aus Sweba, dem östlichen Teil des Nordens. An unserer Grenze leben diese sehr widerspenstigen Charaktere, die auch König Halfdan ständig Sorgen bereiten. Oder er ist ein Tandhener, einer der ganz unbeugsamen Klasse, obwohl er mich mehr an die Swebaer erinnert. Ich will die Männer von dort nicht verteufeln, Mylord, und weise euch darauf hin, dass sie die Zuverlässigsten sind in ihrer Anhänglichkeit und Treue, kann man sie erst einmal auf sich einschwören. Dann gehen sie für ihren Herrn in den Tod. Wenn es jedoch misslingt, sie zu erziehen, dann lässt man sie besser ziehen. Es hat wenig Sinn, sich mit ihnen herumzuschlagen. Sie verderben nur das Klima der Umgebung, in der sie leben müssen. Ihre ganze Handlungsweise zielt darauf ab, endlich gehengelassen zu werden oder im schlimmsten Fall hinausgeworfen zu werden. Es ist gänzlich vertrackt."

So wie bei mir, dachte sich Ilari, sah den König an und schwieg bedeutungsvoll.

„Dann hast du also keinerlei Erfahrung mit diesen Leuten?"

„Nun", begann Ilari vorsichtig, „so würde ich es nicht sagen. Mein Vater hat mehr als die Hälfte seiner Männer von der östlichen Grenze geholt. Er schwört auf ihre Treue und Verschwiegenheit. Ich weiß nicht, wie er sie sich gewogen gemacht hat, aber ich habe sie gesehen, zuerst bei ihrer Ankunft und später, wenn sie ausgebildet waren, um ihren Platz in unserem Heer einzunehmen."

Ilari biss sich auf die Lippen. Da war es, das Wort, das auf der Zunge hätte liegenbleiben müssen. Warum war ich nicht ausweichender zum König? Jetzt denkt er nach, überlegte Ilari, und hört nicht wieder damit auf. Bei Königen ist das immer ein schlechtes Zeichen. Einen ihrer Meinung nach dummen Gedanken verwarfen sie sofort. Nur wenn sie alle Gesichtspunkte und Meinungen bedachten, die ihr Vorhaben betraf, schwiegen sie bedeutungsvoll und überlegten. So verhielt sich auch Bornwulf. Als er lächelte, schmollte Ilari innerlich. Sein Gefühl sagte ihm, dass er diese Schlacht verloren hatte. Er bekäme bestimmt diesen halbwüchsigen, wilden Bengel aufs Auge gedrückt. Reizend.

„Ich sehe an deinem Gesichtsausdruck, dass du meine Gedanken richtig liest. Ich möchte, dass du dich mit dem Knaben auseinandersetzt, bis er sich in mein Heer eingegliedert hat. Ich gehe davon aus, dass es so geschehen wird. Wenn dein Vater es schaffte, das Vertrauen der Männer aus dem Osten deiner Heimat zu gewinnen, dann kannst du das auch, glaube mir. Erst wenn du gehst in einigen Jahren, halte ich das Projekt Oskar für beendet. Dann kannst du ihn, wenn er immer noch die eigene Freiheit höher schätzt als den Dienst bei mir, mitnehmen und dich in Norgan mit ihm beschäftigen. Ansonsten habe ich vorerst keinen Auftrag für dich, außer dich umzusehen, unsere Gebräuche zu lernen und unsere Sprache. Dabei wirst du tatkräftige Unterstützung durch Oskar erhalten. Einmal in der Woche tust du Dienst im Tempel, damit du auch in unsere Religion eingewiesen wirst. Und, ehe ich es vergesse, du wirst mir zwei Stunden in der Woche von dir und deiner Heimat, der Politik deines Königs und der Lebensweise der Menschen dort erzählen. Ich werde nach dir rufen lassen."

Der König lächelte noch einmal breit und schickte Ilari nach draußen. Ilari lernte, dass das Lächeln des Königs Bornwulf Paeford nicht direkt mit dem zu tun hatte, was sein Gegenüber meinte. Es wurde anders angewendet als im Norden. Dieser Mann lächelte immer oder gerade, wenn er etwas durchgesetzt hatte oder es noch versuchte. Ein Lächeln von ihm an sich war uninteressant. Die Variation, die der König hineinlegte, war der Schlüssel zum Verständnis dieses Mannes. Ilari musste im Laufe der Zeit feststellen, dass Lächeln zum politischen Geschäft eines jeden Bürgers dieses Teils der Welt gehörte. Dieses Lächeln konnte einen scheinbar in Ruhe wiegen, dazu war es ersonnen worden, aber jeder sollte sich besser davor hüten. Seine erste Lektion hatte Ilari gelernt, andere würden noch folgen.

Die Bibliothek des Königs

Ilari stolperte nachdenklich aus dem Thronsaal, als er vor dem Tor auf Prinz Raedwulf stieß, der bei der Schildwache stand und Ilaris wertvolles Schwert in Augenschein nahm. Etwas an der Art, wie es der Thronfolger Dinoras tat, gefiel Ilari nicht und er hätte ihm die Waffe am liebsten kommentarlos aus der Hand gerissen, so wie er Zuhause mit jemanden aus dem Hochadel verfahren wäre. Hier jedoch hielt ihn etwas davon ab. Vielleicht die mahnenden Worte seines Vaters. Deshalb atmete er nur einmal tief durch und trat abwartend an den Prinzen heran. Dieser, der ihn sicher schon bemerkt hatte, drehte sich nicht zu Ilari um. Er richtete überraschend das Wort an ihn, ohne sich ihm zuzuwenden. Sogar in Norgan war dies ausgesprochen unhöflich, aber hier einen Gast, einen Fremden so herablassend zu behandeln, war unverschämt, und Ilari musste sich zusammennehmen, um ruhig zu bleiben.

„Wie kommt es, dass ein minderwertiger Adelsspross wie du an solch ein herrschaftliches Schwert gelangt ist?", fragte er spöttisch gefährlich, mit einer tiefsitzenden Abneigung in der Stimme. Raedwulf sah sich das Schwert immer noch an, bewunderte seinen Schaft und das edle Material und verglich es mit seinem eigenen, das auch nicht mehr wert war als das Schwert Ilaris. Ein plötzlicher Anflug von Neid keimte in ihm auf und er hatte das Bedürfnis, Ilari zu demütigen. Als er sich schließlich umdrehte, sah Ilari, dass der Prinz Hochachtung von ihm erwartete, doch Ilaris Stolz brachte nur einige abschätzende Blicke für Raedwulf zustande, die unterschwellige Feindschaft ausdrückten. Ilaris Blicke konnten nicht missgedeutet werden.

Prinz Raedwulf trat die Augen gefährlich zusammenkneifend auf Ilari zu. Dieser bemerkte, wie sich das Weiße in den Augen Raedwulfs vor Zorn rötete. Er hielt immer noch das Schwert in der Hand. Raedwulf wollte eben etwas sagen, als er von einer älteren Männerstimme ermahnt wurde, die neben den beiden jungen Männern ertönte. Herzog Aldwyn schien wie aus dem Boden gewachsenen zu sein. Er war auf dem Weg zu König Bornwulf und beobachtete erstaunt die beiden Männer, die ihre gegenseitige Abscheu überdeutlich zur Schau stellten. Er konnte das feindliche Knistern förmlich spüren. Beide sahen den alten Herzog ungläubig in die Augen und der gefährliche Bann war gebrochen. Raedwulf fasste sich als erster wieder.

„Was soll man davon halten, Herzog Aldwyn, dass unser Gast ein solch kostbares Schwert sein eigen nennt?", sagte Raedwulf auffällig beleidigend.

Aber Aldwyn war auf der Hut. Er ließ sich nicht in die Angelegenheiten des Königssohns ziehen.

„Es heißt wohl, Prinz Raedwulf, dass Ilari einem reichen und wohlbegüterten Elternhaus entstammt. Wohl keinem Königsgeschlecht wie ihr, Sir, aber einem, das sich hinter dem meinem nicht zu verstecken braucht."

Herzog Aldwyn lächelte beiden Kampfhähnen beschwichtigend zu, berührte Raedwulf energisch am Arm und zog ihn in die Halle. Vorher nahm er ihm das Schwert aus der Hand, reichte es Ilari und lächelte ihm aufmunternd zu. Er sah die blauen Augen, die ihn an Oskar erinnerten. Sie waren sich schon entsetzlich ähnlich, diese Nordländer, ging es ihm durch den Kopf. Zusammen mit Raedwulf verschwand er in der kühlen Halle, und als sich Ilari umdrehte, stand Oskar unvermittelt grinsend neben ihm.

„Fast wärst du dem Löwen in die Falle gegangen", sagte er provozierend und lächelte Ilari schief an.

„Ach, lass mich nur in Ruhe, sonst spürst du meinen Ärger", knurrte ihn Ilari an, dem nach allem zumute war, nur nicht nach Spott. Er hätte am liebsten dem grinsenden Bündel neben sich einen Hieb verpasst. Aber er sah, wie Oskar damit rechnete, denn er kam nie nah genug an Ilari heran. Ilaris Stimmung kippte plötzlich und er schmunzelte.

„Du stellst dich schnell auf neue Verhältnisse ein. Du hast wohl schon schlechte Erfahrungen gemacht?", sagte Ilari mit einem leisen, kritischen Unterton in der Stimme. Aber eigentlich interessierte es ihn schon nicht mehr, wie der Streit mit Prinz Raedwulf begonnen hatte. Er ahnte nur schon jetzt, dass er irgendwann einmal mit ihm zusammenstoßen würde. Das war unvermeidlich. Was dabei herauskommen würde, wusste er nicht, aber das war ein Problem, mit dem er sich später befassen wollte.

„Raedwulf ist ein ernstzunehmender Feind, wenn man ihn sich dazu gemacht hat", sagte Oskar unverschämt. Diesmal versuchte Ilari, ihm einen Hieb zu verpassen, der jedoch fehlging. Oskar wich lachend aus und drückte sich an Ilari vorbei in eine Seitentür des Thronsaales.

„Komm mit, ich führe dich an ungeahnte Orte", flüsterte er ihm lockend zu. Ilari folgte ihm zuerst zögerlich, danach jedoch mit mehr Aufregung, sollte er doch seine Umgebung kennenlernen, und Oskar, so vermutete er, kannte jeden Winkel des Palastes. Sie liefen durch dunkle Seitengänge, auf denen sie niemandem begegneten, und als die finsteren Flure ein Ende nahmen, befanden sie sich in einer riesigen Bibliothek, deren Regale bis an die Decke reichten. Lange Leitern standen an die Wände gelehnt und ein diffuses Licht fiel durch die Fenster in der Decke herein. Ilari hatte bisher noch nie einen solchen Raum betreten. Er stand für Momente ehrfurchtsvoll hinter Oskar und wäre dort wohl stehengeblieben, hätte ihn Oskars Stimme nicht aus seiner Nachdenklichkeit gerissen.

„Steh nicht so dumm herum", forderte ihn Oskar auf und zog ihn zu den Regalen, in denen in Leder und Goldschnitt gebundene Bücher standen. Er nahm eines heraus und legte es auf einen Tisch, der in der Nähe stand. Dann entzündete er eine Kerze und klappte den Buchumschlag um. Ilari sah Worte auf der ersten Seite stehen, die in glitzernden, bunten Buchstaben geschrieben standen. Auf den Seitenrand waren Figuren gemalt, die in goldene Gewänder gekleidet waren. Ilari fiel aus allen Wolken, als er das fein geschlagene Gold sah, das in diesem Buch verwendet war. Wie wunderbar man Gold verarbeiten konnte.

„Sehe ich richtig, ist das feinstes Gold in diesen Büchern?", fragte er verwundert.

„Ja, dünn ausgerolltes, gepresstes Gold, mit dem man ganze Türme verzieren kann. Die Dächer der Stadt haben einen solchen goldenen Überzug, und hier in den Büchern ersetzt das Gold die gelbe Farbe, die immer ein wenig fade wirkt verglichen mit der Wirkung des Goldes auf Pergament."

„Wie viel ist so ein Buch wert?", fragte Ilari.

„Du kannst es nicht bezahlen. Die Prediger des Tempels stellen die Bücher her und gesammelt werden sie hier, im Inneren des Palastes. Damit sie keiner finden kann, werden sie hier im Aller-heiligsten verborgen. König Bornwulf kommt oft hierher, um darin zu lesen. Kannst du lesen, Ilari?", fragte ihn Oskar erneut.

„Ich lese recht gut, aber diese Sprache hier ist mir fremd. Ich muss erst ihre Wörter lernen, dann ist es leicht zu verstehen, was in diesen Büchern steht. Aber du hast doch hier ganz sicher das Lesen gelernt?", wandte sich Ilari erstaunt an seinen Begleiter, der nur müde grinste.

„Ich sehe mir lieber die Bilder an, und weil ich die Geschichten kenne, brauche ich die Worte nicht zu lesen, denn das fällt mir etwas schwer. Ich kann es, aber ich bin nicht besonders schnell darin und deshalb macht es mir keine Freude."

Oskar schwieg, denn er sah die Bilder und schien in eine fremde Welt unterzutauchen. So standen die beiden minutenlang in der Bibliothek mit dem aufgeschlagenen Buch vor sich auf dem Tisch.

„Wer hat euch erlaubt, hierher zu kommen und sogar in den Büchern des Königs zu blättern?", fragte sie eine Stimme. Ilari dreht sich um und sah den freundlichen Dinoraner, der ihn im Thronsaal angelächelt hatte. Ilari entspannte sich, jedoch nur bis er auf Oskar sah, dessen ganze Körperhaltung Ablehnung und Abscheu ausdrückte. Da erkannte auch er in den Augen des anderen offene Abneigung und Ilaris Stimmung verdüsterte sich sofort.

Er war schon wieder in einer der dümmsten Situationen gefangen, die ihm seit seiner Abreise aus Norgan widerfahren war und es dauerte nur zwei Tage hier in Tamweld, um hineinzugeraten.

„Was würde geschehen, wenn ich euch beide dem König melden würde? Ich könnte mir vorstellen, dass er darüber nicht erbaut wäre", vermutete der Fremde erneut.

„Warum sollte König Bornwulf dir so etwas glauben, Edbert von Turgod", hörte Ilari Oskar sagen. Er merkte, dass seine Stimme zitterte, aber trotzdem erzielten seine Worte die gewünschte Wirkung. Edbert wurde vorsichtig, er sah auf Ilari und als die beiden sich in die Augen sahen, blickte Ilari angewidert zu Boden. Er verachtete die gelben Augen seines Gegenübers und sein Bauch warnte ihn davor, noch länger hierzubleiben. Nichtsdestotrotz griff Ilari unauffällig an seinen Schwertknauf. Oskar sah es und seine Augen leuchteten. Edbert jedoch missinterpretierte Ilaris Verhalten. Er glaubte, der junge Mann würde sich fürchten, weil er den Blick gesenkt hatte. Deshalb gewann in Edbert Überheblichkeit die Oberhand. Das war ein Fehler. Edbert fühlte sich überirdisch leicht und mächtig. Er griff Ilari grob an der Schulter und wollte ihn forsch zur Türe hinausbefördern. Aber als er ihn berührte, riss Ilari das Schwert aus der Scheide und drängte den verblüfften Edbert blitzschnell an die Wand eines der Bücherregale. Dort hielt er ihm die Schwertspitze unter das Kinn.

„Komm du mir nicht mehr unter die Augen, Weichling", drohte er ihm und drückte ihn noch ein wenig fester an die Bücher, bis sich einzelne, hervorstehende Werke in den Rücken Edberts bohrten. Edbert glaubte zu ersticken, wollte schreien, doch dafür fehlte ihm die Luft. Er konnte nicht mehr atmen und wurde langsam blass um die Nase. Da donnerte unerwartet Raedwulfs Stimme über die Szene. Er brüllte Ilari an, stürzte auf ihn zu und entriss ihm das Schwert.

„Das müsste ich als Angriff auf einen unbescholtenen Bürger diese Landes werten, Fremder", dröhnte seine Stimme in Ilaris Ohren. „Du hast hier nichts zu suchen. Dieser Raum ist dem König und seiner Familie vorbehalten. Einzig die Prediger, die diese Werke erstellten, und die königlichen Schreiber wie Edbert von Turgod haben hier Zutritt."

Raedwulf schwieg plötzlich, sah sich um, bemerkte Oskar und erriet die Zusammenhänge. Prinz Raedwulf wusste, wie sehr Edbert Oskar hasste und wie oft Edbert zu fragwürdigen Übergriffen neigte. Raedwulf war deshalb kein Freund Edberts. Und ganz sicher hatte Oskar, dieser verantwortungslose Bursche, Ilari hierher geführt. Es war immer Oskar, der ein Fass zum Überlaufen brachte. Raedwulfs Zorn auf Ilari schwoll ab und er ließ ihn zufrieden. Schließlich hätte er sich an Ilaris Stelle Edbert gegenüber ebenso verhalten. Denn Edbert war ein Wurm, den jeder anständige Mann zertreten mochte. Diesmal konnte der Norganer nichts dafür. Aber ein zweites Mal wollte er sein Erscheinen in der Bibliothek des Königs nicht mehr dulden. Er ließ von Ilari ab, nickte ihm nur flüchtig zu und richtete das Wort unmissverständlich an ihn.

„Entferne dich aus diesen Räumen, Ilari Thorbjörnson, vergiss, dass sie existieren und verschwinde für heute aus meinen Augen, denn das Blau deiner Augen missfällt mir. Wenn ich dich noch einmal an verbotenen Orten treffe, töte ich dich."

Raedwulf stand neben Ilari, der ihn um halbe Haupteslänge überragte und sah Vernunft und Respekt in seinen Augen. Einen Respekt, den Ilari ihm diesmal zollte, nur dieses eine Mal. So waren sie sich einig, als sie sich entfernten.

„Und du, Höfling, geh deiner Wege, sonst vollende ich das Werk des Norganers. Pack dich, du Wurm", hörten sie Raedwulf im Weggehen durch die Bibliothek donnern.

Edbert erschrak, denn noch nie hatte Raedwulf so offen seine Abneigung kundgetan. Dann schloss Edbert für Sekunden die Augen, sammelte sich und schwor dem Thronfolger bittere Rache. Als er die Augen wieder öffnete, sah Raedwulf Edberts aufgeflammten Zorn und musste darüber lachen. Noch lachend verließ er die Bibliothek. Er wusste, er müsste mit seinem Vater über diesen Wurm sprechen. Sollte ihn Vater in die hinterste Provinz schicken. Ihn weiter hier am Hof zu nähren, wäre gefährlich. Wie nahe Raedwulf mit seiner Einschätzung an der Wirklichkeit war, ahnte er nicht, denn sonst hätte er Edbert auf der Stelle getötet.

Oskar führte Ilari nach draußen in die warme, helle Sonne, die Ilari tröstend umfing. Da stand nun Oskar neben ihm, das lausige

Grinsen war ihm gerade vergangen, aber Angst war auch nicht in sein Gesicht geschrieben. Ilari schüttelte sich innerlich. Es war absurd, dass er an König Bornwulfs Hof gekommen war, um sich mit diesem halsstarrigen Jüngling auseinanderzusetzen. In ihm stiegen Kindheitserinnerungen auf von Jungen, die ihn wie frisches Wildbret gehetzt hatten, so lange, bis der Vater eingeschritten war. Sie hatten keinen Respekt vor ihm gehabt und er hatte es nie gelernt, ihren Respekt zu gewinnen. Der Vater nahm ihn häufig mit, wenn er auf die Übungsfelder ging, damit seine Männer ihn kannten und ihn in Ruhe ließen, so dachte Ilari, aber Thorbjörn hatte im Sinn, seinem Sohn diese Männer näherzubringen, denn Thorbjörn war fasziniert von ihrer Wildheit. Er hatte die Swebaer schon auf den Schlachtfeldern kämpfen sehen. Sie agierten mutig, entschlossen und direkt. Sie blickten dem Feind in das Auge und schlugen ihn schon durch ihren wilden Kampfschrei in die Flucht. Wenn sie verletzt wurden, jammerten sie nicht. Sie schwiegen, wenn man ihre Wunden behandelte, und sie gingen respektvoll mit ihren Feinden um. Thorbjörn hielt sie für einen verwegenen Trupp, auf den kein Heer verzichten konnte.

Ilari fand, sie stanken, denn sie hielten nichts von Körperpflege. Wenn der Vater ihn mitnahm, drang schon lange, bevor sie die Behausungen der Männer erreichten, ein durchdringender Geruch nach altem Schweiß und ungewaschenen Hälsen an seine Nase. Dieser Geruch gehörte zu seinen allerersten Kindheitserinnerungen, auch weil ihn einer der Männer als Kind hochnahm und ihn im Lager herumtrug wie eine Trophäe. Die Männer lachten, als er zu weinen begann. Er konnte sich noch an die Worte dieses Hünen erinnern, der ihm in das Ohr flüsterte.

„Wenn du jetzt weinst, ist das in Ordnung, aber bis du erwachsen geworden bist, musst du das Weinen verlernt haben."

Ilari sah dem Mann in die blauen Augen und schwieg.

„Ich weine nicht mehr", sagte er ihm. „Ich weine nicht mehr".

Da sah der Hüne ihn zuerst erstaunt an und begann zu lachen. Er gab Ilari dem Vater zurück mit den Worten, dein Sohn ist auf meinen Armen erwachsen geworden, er hat das Weinen verlernt.

Thorbjörn lächelte nur, aber im Laufe der Zeit erkannte er, dass Ilari tatsächlich weniger weinte, bis er es im Alter von sieben Jahren ganz ließ. Ilaris Weinen war einem gesunden Zorn gewichen und Thorbjörns Sohn hatte die erste Lektion der östlichen Reiter gelernt.

Es war das Blaue in den Augen des Kämpfers, das Ilari von Anfang an faszinierte. Es war ein anderes Blau, als es seine Augen hatten, es war streng, durchdringend und hart. Es strahlte eine Kälte aus wie gefrorenes Wasser und schimmerte im Hintergrund so heiß wie das lodernde Höllenfeuer.

Ilari drehte sich um, er spürte schon wieder eine Berührung. Hört das heute gar nicht auf, schoss es ihm durch den Kopf und er wollte wütend werden, als er in Oskars Augen blickte. Er war nicht gegangen, wie er gehofft hatte. Oskar hatte offensichtlich den Befehl, bei ihm zu bleiben. Ilari wunderte es, dass er sich daran hielt. Er würde Oskar seinen Schatten nennen, beschloss er. Seinen Schatten für die nächsten Jahre. Er würde sich mit ihm abfinden müssen. Aber im Moment hatte er eine ungeheure Wut auf ihn. Oskar hatte ihn aus einer Laune heraus in eine aberwitzige Situation gebracht, die einen Zwist mit dem Thronfolger heraufbeschworen hatte und Oskar hatte es zugelassen, dass Ilari einen dinorischen Bürgen demütigte, der es zwar zweifellos verdiente, schoss es ihm durch den Kopf, der aber auch irgendwie gefährlich war. Sein Instinkt warnte ihn vor Edbert. Es würde sich in der nächsten Zeit zeigen, in welche Schwierigkeit Oskar ihn geführt hatte und was dem verantwortungslosen Jüngling noch alles einfiele.

Es war absurd. Aber weil er nichts anderes mit ihm anzufangen wusste, beschloss er, Oskar als Wörterbuch zu gebrauchen. Er sagte ihm, welchen Gegenstand er meinte oder welches Wort er sagen wollte, und lernte von ihm das dinorische Wort. So verfuhren sie in den nächsten Wochen miteinander und schwiegen ansonsten sehr viel. Ilari wollte sich nicht an Oskar gewöhnen, denn er hatte nicht vor, lange hierzubleiben. Er wollte keine Bindungen aufbauen zu Menschen, die er sowieso bald wieder verlassen würde. Oskar sah ihn stets aufmerksam an und nach einer Weile lächelte er.

„Ich mache mir nichts daraus, dass du mich nicht zum Freund haben möchtest. Das trifft sich gut, denn auch ich mag keine Freunde haben, die ich zurücklassen muss wie du, wenn ich in der nächsten Zeit von hier weggehe", sagte er einmal ruhig zu Ilari ohne Schnörkel oder Gefühlsduselei. Ilari lächelte ihn zum ersten Mal, seit sie sich begegnet waren, verständnisvoll an. Ihn erstaunte dieser Junge, der ihn so völlig durchschaut hatte. „Wie konntest du es wissen?", fragte er Oskar. Dieser blickte ihn wissend an.

„Du verhältst dich wie ich, als ich anfangs gezwungen wurde, hier zu leben unter all diesen blökenden Schafen, die nur dem Reichtum hinterhereilen und sich nicht umeinander kümmern. Sie verbarrikadierten sich vor mir. Dabei hatte ich niemals die Absicht, mich ihnen anzuschließen, den dinorischen Schafen in Tamweld."

Oskars Blick streifte wieder Ilari und ganz kurz blieb er an ihm hängen, nur für den Bruchteil einer Sekunde, gerade lange genug, um Ilari seine Einsamkeit sehen zu lassen.

Alwine, die Magd

Der Morgen graute, leichter Nebel stieg am Horizont auf. Ilari, der die Dunkelheit der Sommernächte nicht vertrug, wurde regelmäßig kurz vor Sonnenaufgang aus dem Bett getrieben, um die Sonne zu finden, die des Nachts in Dinora verschwand. Er stand dann auf und ging zum Fluss hinunter. Wenn er die Sonne aufgehen sah, beruhigte sich sein Gemüt. Er lief am Ufer entlang und kam am anderen Ende der Stadtmauer wieder an ein Einfallstor. Die Wachen dort kannten ihn schon. Als ein neugieriger Wachmann einmal fragte, was ihn zu so früher Stunde hierher ans Stadttor triebe, erklärte es Ilari ihm. Der Mann hörte verträumt zu, denn er konnte sich nicht vorstellen, dass es Plätze auf dieser Welt gab, an denen nicht wie hier die Sonne aufging. Ilari musste damals über den begrenzten Horizont dieses jungen Mannes nachsichtig lächeln. Der Wachmann war kaum älter als er, aber Ilari wurde klar, dass er sich im umgekehrten Fall auch kaum hätte vorstellen können, dass die Tage hier gleichmäßiger verliefen als im Norden.

Heute wurde Ilari ganz besonders früh wach. Er hielt sich deswegen ein wenig für verrückt, zog sich aber an wie an jedem Tag und ging zum Fluss hinunter. Er machte ausnahmsweise einen Umweg über den königlichen Hof. Als er an den Stallungen vorbeikam, fiel ihm ein junges Mädchen auf, das zügig, aber offensichtlich sehr müde zum Stall ging, ohne sich zur Seite umzusehen.

Die junge Magd Alwine trug einen Melkeimer in der Hand. Sie war fünfzehn Jahre alt und erst seit Kurzem hier angestellt. Ilari sah sie im Zwielicht und wunderte sich, dass die Dienerinnen schon so früh auf den Beinen waren. Er sollte seine Milch, die er am Morgen vor sich hingestellt bekam, besser würdigen, denn ein bedauernswertes Mädchen musste dafür schon zu nachtschlafender Zeit arbeiten. Der junge Norganer bemerkte häufig gar nicht, was um ihn herum geschah. Heute jedoch war Ilari ungewöhnlicherweise aufmerksamer als sonst, blickte rastloser um sich und wünschte sich schleunigst in sein warmes Bett zurück. Er fühlte sich unwohl, denn ein mulmiges Gefühl trieb ihn über den Hof an den Fluss hinunter.

Er sah noch ein Weile gedankenverloren dem Mädchen nach, wie es im Stall verschwand, und dachte an Unna, die sicher noch schlief. Sie war eine Langschläferin und lachte, wenn man ihr etwas von der Morgenröte erzählte. Kurz darauf sah er Edbert, der vom Tempel auf ihn zu kam. Ilari war nicht in der Stimmung, mit ihm zu sprechen, deshalb verbarg er sich im Schatten eines Türstocks. Doch das wäre nicht nötig gewesen, bemerkte Ilari mit Erstaunen, denn Edbert lief zügig, ohne seinen Blick abzuwenden, auf den Stall zu, wie es vorher das Mädchen getan hatte. Er verschwand ebenfalls dort in der Türe. Ilari wunderte sich für einige Augenblicke, entschied aber, sich nicht darum zu kümmern. Edberts Geschäfte gingen ihn nichts an. Nur das ungute Gefühl, das sich mit Bauchdrücken und Herzklopfen einschlich und ihn vor einer Stunde geweckt hatte, ihn hierher zog und ihn zugleich warnte zu bleiben, gefiel ihm nicht. Er fing an nachzudenken und ihm kamen die Gerüchte über Edbert in den Sinn, die er von Oskar beinahe zu jeder Mahlzeit aufgetischt bekam. Ilari wollte sie nicht hören. Er verbot Oskar zu tratschen, aber weil die Diener häufig das Nordländische nicht verstanden, kümmerte sich Oskar nicht um seine Anweisungen und plapperte munter drauflos. So war Ilari seinen Berichten hilflos ausgeliefert und er musste hören, was ihn nicht interessierte. Jetzt stellte er entsetzt fest, wie es sich doch in seinem Kopf breitmachte. Der Klatsch der Dienerschaft hatte ihn auch zu Hause nicht interessiert. Aber er wusste, dass immer ein Fünkchen Wahrheit daran klebte und in den weitaus häufigeren Fällen kam der Tratsch der Wahrheit gefährlich nah. Ilari bekam Dinge über Edbert zu hören, die ihm oft genug den Appetit verdarben, denn Edbert war ein unerschöpflicher Quell für hässliche Schauergeschichten.

Eben jener Edbert von Turgod, der sich hinter der Magd in den Stall schlich, verschloss von innen die Türe mit einem rostigen Riegel. Dabei quietschten die Angeln leise und eine der Kühe schaute auf und muhte verwundert. Edbert schlich vorsichtig weiter in den Stall hinein und konnte eine zarte Mädchenstimme leise singen hören. Gut, dachte er, dann hört sie mich nicht. Er schritt behutsam voran, sah zwischen die Tiere und erwartete jedes Mal erregter, sie dort sitzen zu sehen. Er begriff, dass sie am anderen Ende der Reihe zu melken begonnen haben musste und ging nun forsch voran, achtete nicht mehr auf die Geräusche, die er machte, denn er war wie von Sinnen. Er wusste, sie war eine Jungfrau, ganz neu vom Land in die Stadt gekommen. Sie war ganz alleine und hatte keinen Schutz. Wenn er sie sich nahm, dann würde kein Hahn danach krähen. Er würde sie sich greifen und gegen die Wand drücken. Er hatte vorsorglich die Türen verschlossen. So konnte sie nach Herzenslust schreien. Er zog es aber vor, ihr zuerst den Mund zu verstopfen. Er trug immer einen passenden Knebel für solche Gelegenheit bei sich, denn manchmal war ihm das Schicksal hold und er bekam eine Magd völlig unangekündigt dargeboten. Obwohl er sich natürlich lieber auf so ein Ereignis einstellte. Er plante es, malte sich die Situation feinsinnig aus und war immer wieder überrascht, um wie viel aufregender sich die Wirklichkeit gestaltete.

Edbert stand nun bei der Magd, die aufgestanden war, ihn anlächelte und knickste, als der Edelmann vor ihr erschien. Sie schien sich zuerst zu fragen, warum er zu dieser Stunde im Stall war, und hatte im nächsten Moment die Erklärung für sein Erscheinen. Sie begriff, was er von ihr wollte, ihre Miene verriet sie.

Sie erschrak und er sah es auf Anhieb. Oh, es war zu schön, er konnte die lähmende Furcht, die sie ergriff, in ihren plötzlich aufgerissenen, braunen Augen entdecken. Die blanke Panik stand ihr ins Gesicht geschrieben. Das Mädchen begann zu zittern. Edbert genoss diesen furchtsamen Blick, der sich auf ihrem Gesicht zeigte. Er bemerkte das rasende Herz, dessen unregelmäßige, kraftvollen Schläge sich an ihrem Hals abzeichneten. Alwine erinnerte sich, wie die Mutter sie beim Abschied gewarnt hatte, denn sie befürchtete, das hübsche Mädchen könnte jemanden zum Opfer fallen. Edbert betrachtete das junge Ding minutenlang und bemerkte, wie sie rastlos nachdachte, um einen Ausweg für sich zu ersinnen, der ihr die Pein ersparen sollte, die vor ihr lag. Wie konnte sie den Qualen entkommen, die Edberts niederträchtiger Charakter für sie vorgesehen hatte?

Alwine wurde panisch, erkannte, dass Edbert ihr an Kraft und Ausdauer überlegen war. Sie selbst war klein und zart, aber zäh. Sie wollte nicht nachgeben, sie hatte den unstillbaren Drang, sich zu wehren. Wollte er doch nur endlich anfangen, dann würde der Zorn, der in ihr aufstieg, ihr helfen, sich zur Wehr zu setzten. Aber Edbert ließ viel Zeit verstreichen, er fühlte sich übermächtig, er lächelte sein breitestes Lächeln, das gepaart war mit Lust und unbändiger Vorfreude. Er berührte sie im Gesicht, strich leise ihre Lippen entlang, befühlte sachte ihr Kinn und erkundete mit den Händen ihren Hals. Als er erkannte, wie ihre Beine unter ihr nachzugeben schienen, entdeckte er ihren Hass. Das war der Moment, auf den er gewartet hatte. Denn erst jetzt würde sie sich energisch genug zur Wehr setzten, weil sie die Hoffnung hegte zu entrinnen. Ihr unweigerliches Scheitern, ihre Erniedrigung, die von ihm besiegelt werden würde, würden seinen Sieg veredeln.

Er betrachtete sie wie einen Schatz, ein Kleinod, das er in seinem Gedächtnis verwahren würde. Er merkte sich ihren Blick, um ihn später in aller Stille wieder hervorzukramen. Edbert erlaubte sich, sie weiter zu berühren, fühlte ihr Zittern, sie schien zu frieren, das arme Ding. Hatte so zarte Haut, fast so zart wie das kleine Mädchen, das vor einigen Jahren so leidenschaftlich um Hilfe rief und das Edberts rohe Kunstfertigkeit nicht überlebte. An ihrem Leid und seiner Lust maß er seitdem den Grad des Schmerzes, den er allen anderen, die nach ihr folgten, zugefügt hatte. Noch kam diesem Erlebnis kein anderes Ereignis gleich. Es war frustrierend. Sollte das kleine Mädchen das Beste gewesen sein? An Kindern wagte er sich nicht zu oft zu vergehen. Er erregte Missfallen, wenn er sich nicht an die jungen Mädchen hielt. Darüber schwieg man. Deshalb suchte er sich die ganz Jungen, die Unverdorbenen, die wie Kinder wirkten. Er verlor sich in seinen Gedanken und erwachte jäh daraus, als sie versuchte wegzulaufen.

Da wurde er wütend, griff ihr Handgelenk. Es war zart und zerbrechlich, so schmal, wie er es sich wünschte. Sie war gewiss von gertenschlanker Gestalt. Er zog sie zu sich heran, ganz sachte, merkte wie sie sich wehrte und das gefiel ihm. Er lächelte sein breitestes Lächeln, sprach aber kein Wort, als er sie mit seinem Körper an die Wand drängte und sie knebelte. Er suchte ihren Blick, den sie furchtsam abwendete. Nein, sie sollte ihm in die Augen sehen dabei. Sie wehrte sich entschlossener, er musste Kraft aufwenden, aber das war ihm noch nicht genug. Er atmete schwer, Schweiß stand auf seiner Stirn. Er wünschte sich noch mehr Kraft, die sie gegen ihn aufwendete, noch mehr Widerstand. Hoffte auf einen strahlenden Höhepunkt. Er keuchte, öffnete sich die Hose mit einer Hand, war bereit, griff energischer zu.

Aber was war das? Sie hatte unvermittelt aufgehört sich zu wehren. Sie musste sich zur Wehr setzen, so gefiel es ihm nicht. Er wollte der Sieger sein in diesem Spiel. Er wollte ihre Niederlage genießen, jetzt und vollständig. Um danach ihre Ohnmacht und ihre Erniedrigung auszukosten. Edbert wurde wütender, er griff unmissverständlicher, noch grausamer zu, bereitete ihr Schmerzen, riss ihr den Knebel aus dem Mund, weil sie kampflos nachgab. Er erwartete, hoffte, sie würde nun schreien. Bog langsam ihr schmales Handgelenk, bis es krachte. Den Schrei, der sich dabei entlud, empfing er mit heißem Atem. Er zog sie zu Boden, warf sich auf sie, wollte spüren, wie sie sich im brennenden Schmerz verkrampfte, drangsalierte sie mit seinen fordernden Berührungen. Er riss ihre Bluse auf, drängte seinen Kopf an ihre Haut, peinigte sie mit seiner Macht und erst als sie ihren Jammer hinausschrie, gewann die Lust Übermacht über ihn. Er schob ungeduldig ihren Rock nach oben und drang roh in sie ein. Wieder und wieder, hörte sie röcheln und schreien, spürte, wie sie sich wehrte, aber er gab ihr keine Möglichkeit sich zu befreien. Sie schwieg benommen, war hilflos und erst als er fertig war, ließ er noch stöhnend von ihr ab, riss ihr Gesicht zu sich, genoss den angewiderten, abgestoßenen Gesichtsausdruck und wollte ein letztes Mal ihre gehetzte Stimme hören. Doch sie sagte nichts mehr, sah ihn nur irritiert an wie ein Tier, das in eine Falle geraten war. „Sprich", herrschte er sie an. Es nutzte ihm nichts, wenn sie jetzt schwieg. Er wurde wütend, er musste ihre Stimme hören. Die gequälte Stimme eines jungen, unschuldigen Mädchens, das gegen ihn verloren hatte. Er sammelt diese Stimmen in seinen Gedanken. Nur mit der Stimme danach ergab alles für ihn einen Sinn. Sie sollte endlich wieder sprechen, doch sie schwieg beharrlich.

Er sah sie an und geriet in Rage, fing an, sie zu schlagen, prügelte auf sie ein, bis sie ohnmächtig vor ihm lag. Er überlegte kaltblütig, ob er sie töten wollte. Es war eine unerwartete Gelegenheit. Er fand es reizend, ein lebloses Wesen in den Händen zu halten wie das kleine Mädchen, das er genüsslich zu Tode gequält hatte. Es geschah aus Versehen sozusagen, war damals leider nicht geplant, aber es war überwältigend, ihrem letzten Atemzug beiwohnen zu können. Ihn nicht ruhig geschehen zu lassen, sondern ihr noch eine allerletzte, kleine Qual dabei zuzufügen. Hier bekam er eine zweite Gelegenheit dazu. Es würde länger dauern, die junge Magd zu Tode zu bringen. Ein unstillbares Verlangen danach überkam ihn. Er stand in seiner fixen Idee versunken über dem bewusstlosen, blutenden Mädchen, dessen Gesicht zu einer entstellten Maske angeschwollen war, als er ein Rütteln an der Türe vernahm. Er ignorierte es, wusste er doch, dass der Riegel halten würde. Auch das Rufen, das er hörte, schlug er in den Wind, bis er Ilaris Stimme erkannte. Edbert war nun aufs Äußerste gereizt und unzufrieden, schüttelte sich innerlich, geriet in noch stärkere Wut auf diesen Tollpatsch, der ihm den ersehnten Spaß verdarb. Er sollte endlich gehen, der Norganer, aber er blieb. Gut, sollte er eben bleiben. Edbert hatte sich entschieden, er würde sein Werk vollenden, er bestimmte, das Mädchen hatte zu sterben. Sie war selbst schuld daran, denn sie hatte ihn verärgert, sie hielt sich nicht an seine Spielregeln. Die Magd musste dafür büßen, ihm ihre Stimme verweigert zu haben. Er nahm ihr dafür das Leben. Das war gerecht.

Er sah wild um sich, griff nach einem Knüppel, den er aus den Augenwinkeln neben sich liegen sah. Er strahlte. Dieses Stück Holz war geeignet, das Mädchen zu erschlagen. Ach würde ihn dieses Geschrei nur nicht so unendlich stören. Irritiert blickte Edbert zur Türe. Noch immer rüttelte der Dummkopf am Schloss. Edbert blickte wieder auf das Mädchen, atmete tief ein, sammelte sich, versuchte, die gleiche Mordlust in sich heraufzubeschwören, die sich gerade so launisch davonstahl. Er hob den Knüppel, aber als er zuschlagen wollte, ließ er die Hand sinken, denn ein überwältigender Hass auf Ilari übernahm die Regie.

An der Türe wurde von Ilari immer heftiger gerüttelt und da hörte Edbert überrascht, wie sie aus den Angeln sprang. Ilari schien sich gegen das Türblatt geworfen zu haben. Die Türe flog mit einem hohen Surren auf und Ilari betrat den Stall. Edbert hörte, wie er nach hinten zu ihm und dem Mädchen eilte. Jetzt war Edbert rasend vor Zorn, er sah auf das am Boden liegende Mädchen, bemerkte ihre Leichenblässe im Schimmer des Tageslichtes, das nun herein fiel und bedauerte aus tiefsten Herzen, hier nicht zum Ende gekommen zu sein, sah gehetzt auf die Hintertüre und entschied sich.

Er entriegelte sie, sah Ilari am Tatort erscheinen, die heftige Wut, die in ihm aufkochte, verdrängte er zähneknirschend. Es war zu gefährlich, sich noch länger hier aufzuhalten. Wenn er Glück hatte, dann war er noch nicht von Ilari entdeckt worden. Aber er nahm sich in dieser Sekunde vor, dass Ilari anstelle des Mädchens sterben müsste. Bald sollte er elendiglich verrecken. Jetzt jedoch blieb Edbert nichts weiter übrig, als nach draußen zu eilen. Um zu fliehen. Er, Edbert, der in solchen Fällen immer die Macht in den Händen behielt. Der Norganer hatte alles verdorben. Ilari hörte Schritte, kam näher und sah einen Mann weglaufen. Er blickte nur kurz auf die Magd, die scheinbar tot war, und lief ebenfalls nach draußen. Als er sich umblickte, sah er nur noch eine Gestalt zum Fluss laufen, er wollte ihr folgen, aber da er nicht sicher war, ob noch ein Hauch Leben in dem Mädchen war, drehte er sich um, ging in den Stall zurück und kümmerte sich um sie. Er ließ den Flüchtigen schweren Herzens entwischen und glaubte einen Moment lang, es wäre Edbert von Turgod gewesen, den er weglaufen sah. Doch er konnte sich täuschen, obwohl er ihn auch in den Stall hatte verschwinden sehen.

Er bemerkte, wie das Mädchen langsam erwachte, hob es hoch und trug es in die Küche des Schlosses. Als er es in die warme Küche hinein brachte, schrien die Mägde auf. Eine der Küchenmägde kümmerte sich um das Mädchen und schaute den jungen Nordländer nur scheu an.

Wahrscheinlich glauben sie in ihrer Dummheit, ich hätte ihr Gewalt angetan, dachte sich Ilari. Er konnte der Köchin nur kurz erklären, was vorgefallen war, und ging. Verwirrt wie er war, beschloss er, mit Prediger Aidan zu sprechen, ging durch das unverschlossene Predigergebäude zum Tempel und klopfte an dessen Türe. Doch der Prediger war nicht zu sprechen.

„Wer hat dir das angetan", fragte Hildburg, die Köchin, das Mädchen, als es stöhnend erwachte. Am Anfang wollte Alwine nicht sprechen, doch dann überlegte sie es sich.

„Ich habe ihn noch nie zuvor gesehen. Er hatte ein schönes Gesicht und er lächelte die ganze Zeit", flüsterte sie, schloss die Augen und schwieg wieder. Dann begann sie zu weinen.

„Armes Ding, aber jetzt hast du es hinter dir, das passiert dir von ihm kein zweites Mal", sagte die Köchin. Die anderen Mädchen und Diener, die dabei waren, sahen sich wissend an.

„Dann war es nicht der Norganer, der sie herbrachte, denn der lächelt selten. Es war Edbert von Turgod, der Lächler. Wann hört er nur damit auf. Es kommt der Tag, an dem ich ihn töte", sagte der Stallbursche und sein Gesicht verfinsterte sich derart, dass die Köchin einen Schreck bekam.

„Versündige dich nicht, du wirst dafür nur aufgehängt. Ihn kann man nicht stoppen. Ihr Mädchen solltet aber niemals mehr im Dunkeln alleine hinausgehen. Geht immer zu zweit und schaut euch um, wer euch folgt. Dann bekommt er weniger Futter für seine Fantasien", sagte die Köchin und nahm sich vor, Edbert bei der allererster Gelegenheit das Essen zu verderben. Schade nur, dass er nie bei ihr aß. Er wusste schon, dass er den Dienern aus dem Weg gehen musste. Dass man ihm auf die Schliche gekommen war, vermutete er, aber es kümmerte ihn nicht. Edbert fühlte sich unangreifbar.

Als Ilari zum Fluss ging, um sich zu beruhigen, dachte er über den Angreifer nach, den er von hinten gesehen hatte und er wurde sich von Minute zu Minute sicherer, dass es Edbert von Turgod gewesen war, den er hatte weglaufen sehen. Er hatte ihn von Anfang an nicht gemocht, seit er in Tamweld angekommen war, denn diesem ständigen Lächeln misstraute er zutiefst. Er hielt Edbert für fähig, wirklich Böses zu tun. Er hatte ihn dabei beobachtet, mit welcher Menschenverachtung er Oskar ansah, aber das, was Ilari heute gesehen hatte, erschütterte ihn zutiefst, verführte ihn zu dem Gedanken, dass Edbert geisteskrank war. Statt mit viel Macht betraut zu sein, sollte er eingesperrt werden. Ob das arme Mädchen, das kaum älter sein konnte als Prinzessin Leana, sich von dieser üblen Behandlung erholen würde, stand in den Sternen. Ilari beschloss, die Sache vorerst auf sich beruhen zu lassen, wollte aber mit jemanden darüber sprechen. Ilari war fremd hier. Er konnte unmöglich einen angesehenen, dinoranischen Adligen dieser Dinge beschuldigen, auch wenn er es bezeugen könnte. Er brauchte dringend einen Rat, um sich zu beruhigen.

Die Schwarze Horde Edberts

Edbert war in sein Haus in der Stadt geflohen. Dort stieß er die Eingangstüre auf, rannte in den ersten Stock und verschloss die Zimmertüre fest hinter sich. Er legte sich auf sein Bett und versuchte, wieder ruhig atmen zu können. Als er nach einer Weile seine Gedanken klar fassen konnte, stellte er sich seinen Gefühlen. Er hasste Ilari, der hierher kam und ihm ins Handwerk pfuschte. Seine Feindschaft war so grenzenlos, wie er es niemals für möglich gehalten hätte. Er verabscheute ihn noch mehr als Raedwulf Paeford, den Nachkommen dieser emporgekommenen Sippe von Königen, die ihren Platz auf dem Thron Dinoras zu Unrecht einnahmen. Er wusste von den alten Dienern seines Gutes in Turgod, dass seine Familie die rechtmäßige Königsdynastie Dinoras war. Aber vor drei Generationen stahl der Großvater Bornwulf Paefords seinem Urgroßvater das Königsrecht. Eine Untat, die er vorhatte zu sühnen. Er würde den Gang der Geschichte wieder berichtigen. Denn er ertrug es kaum, Bornwulf Paeford und seine verdorbene Sippe im gemachten Nest in der goldenen Stadt in Tamweld sitzen zu sehen. Er, Herzog Edbert von Turgod, Dinoras rechtmäßiger König, diente sich diesen Emporkömmlingen an, wie es die Generationen seiner Familie zuvor getan hatten. Die Turgods waren den Paefords seitdem immer loyale Diener. Solchen, die zu schwach waren, sich gegen die Eindringlinge aus dem Norden zur Wehr zu setzten. Und dann brachte König Bornwulf sogar die Abkömmlinge dieses Raubgesindels aus dem Norden hierher und nahm sie an seinen Tisch. Dieser Ilari setzte dem Ganzen die Krone auf. Seine Anwesenheit hier machte Edbert nervös. Er ahnte, dass sein Erscheinen Ärger für die Turgods bedeutete. Ilaris Eingreifen heute bestätigte diese unfassbare Furcht, die Edbert immer öfter überfiel. Er wusste nun, dass er Ilari und Oskar dringend loswerden musste, denn

Ilari rottete sich mit Oskar zusammen und das konnte nicht gut für Edbert ausgehen. Oskar war einer der wenigen Menschen, die sich nicht vor ihm fürchteten. Oskar hörte viel und wusste fast alles über ihn, denn er war zu lange mit der Dienerschaft zusammen, die ihn in ihrer Mitte aufgenommen hatten. Wenn er ihre Geschichten über ihn kannte, dann dauerte es nicht lange, und Ilari Thorbjörnson wüsste auch alles. Es blieb ihm nichts anderes übrig, er musste die beiden Nordländer zum Schweigen bringen.

Als er so in seinen hässlichen Gedanken verloren war, hörte er, wie die Haustüre geöffnet wurde. Edbert schreckte auf. Sollte ihm Gefahr drohen? Aber da vernahm er die Stimme Rutbert von Eldinghams, der das Haus betrat. Dieser elende Schmarotzer, Edbert duldete ihn nur, weil er wichtig für ihn war, denn Rutbert kannte die Wachen und war ihm treu, dieser Dummkopf. Durch ihn hatte er eine direkte Verbindung ins Königshaus über seinen Vater Herzog Aldwyn von Eldingham. Rutbert war sein ältester Sohn und Nachfolger und damit Edberts bester Freund, denn wenn er die Regentschaft in Dinora eines Tages übernahm, brauchte er treue Herzöge, die zu ihm standen.

Edbert ging hinunter in den großen Speisesaal.

„Ach hier hast du dich versteckt", sagte Rutbert etwas verschlafen. Er stand normalerweise niemals vor dem Mittagessen auf, dafür brachte er die Nächte in den übelsten Spelunken der Stadt zu und versoff das Geld seines Vaters. Wenn er abgebrannt war, dann übernahm Edbert seine Schulden. Im Gegenzug bekam er immer die neueste Kunde aus dem Königshof von ihm.

„Ich habe mich nicht versteckt. Wie kommst du darauf? Hüte deine Zunge, ich war die ganze Zeit hier im Haus. Du hast doch gesehen, wie ich von oben kam", antwortete ihm Edbert gereizt.

Rutbert hob nur ganz unmerklich eine Augenbraue, denn die kleine, süße Magd, die seit einem Jahr hier Dienst tat, hatte ihm gerade lächelnd anvertraut, der Herr sei vor einer halben Stunde, völlig verschwitzt und außer Atem, in sein Zimmer gestürzt. Edbert sollte endlich aufhören, die Dienerschaft zu unterschätzen. Sie wussten alles und, was sie sagten, stimmte, denn Edbert klebten noch einige verschwitzte Strähnen seines Haares an der Stirn. Hatte er sich wieder so ein armes Dienstmädchen vorgenommen. Das bedauernswerte Ding. Rutbert, der oft von Edbert als Seelsorger missbraucht wurde, kannte dessen üble Neigungen und heute hatte Rutbert keine Lust, wieder eine dieser Geschichten hören zu müssen. Er ließ die Sache auf sich beruhen, auch weil er einen riesigen Schuldenberg im Hirschen hatte, den Edbert übernehmen sollte. Dafür hatte er die richtige Nachricht im Gepäck.

„Wusstest du, dass Ilari Oskar das Schwertkämpfen lehrt?", fragte Rutbert in die entstandene Stille hinein, um das Thema zu wechseln. Als er dies hörte, setzte Edbert sofort dieses gefährliche, verschlagene Lächeln auf, denn er wusste, es war Oskar verboten, mit dem Schwert zu kämpfen, vom König höchstselbst, weil er vor einigen Jahren fast einen Knappen mit dem Schwert zu Tode gebracht hatte.

„Bist du dir sicher?", fragte Edbert neugierig und hatte dieses Ottergrinsen bereit, als Rutbert es ihm bestätigte.

„Natürlich, jeden Morgen gehen die beiden auf die Lichtung hinter dem Weiher und üben. Oskar wird richtig gut, hört man."

„Wer plaudert solche Sachen aus?", fragte Edbert nun ganz interessiert. Er wollte wissen, ob alles richtig war, was ihm Rutbert erzählte.

„Nun, der Waffenmeister hat Ilari ein Schwert geliehen. Dabei wunderte sich der Mann, denn das eigene Schwert des Norganers ist tausendmal mehr wert. Aber er hatte die Unterschrift des Norganers und damit war der Fall für ihn erledigt. Und einer der Wachen, mit dem ich gestern Abend im Hirschen war, ist Ilari und Oskar neugierig gefolgt. Dabei hat er sie beim Kämpfen beobachten können."

Sie hörten, wie die Haustüre erneut geöffnet wurde, und einige Männer den großen Flur betraten. Sie sprachen laut und selbstsicher und kniffen die Magd, die ihnen die Umhänge abnahm.

„Da kommt deine abgerissen Rotte. Wie kannst du nur diese Männer in deinen Dienst stellen? Sie sind rücksichtslos, gefährlich und hinterhältig. Keiner von ihnen besitzt ein Gewissen oder Loyalität. Du wirst eines Tages feststellen müssen, dass sie dich in deinem Bett ermorden, weil ein anderer ihnen mehr bezahlt hat als du."

Rutbert war dabei, sich in Rage zu reden, denn er hasste diese Gestalten, die alles für einen Sack Geld machten und die wie Edbert keine Moral hatten. Er beschloss sich zu verabschieden, denn mit ihnen zusammen zu sein bereitet ihm keine Freude. Da waren die versoffenen Wachleute und Soldaten Bornwulfs gestern Abend im Hirschen eine amüsantere Gesellschaft. Edbert sah ihm an, was er dachte.

„Du bleibst, denn ich brauch dich noch", verlangte er in einem Ton, den Rutbert hasste. Da er aber bis zum Hals in Schulden steckte, nickte Rutbert kaum merklich. Kurz darauf öffnete sich auch schon die Türe des Saales und herein kamen acht Männer, die bis zum Hals in schwarzer Kleidung steckten. Rutbert fand es anmaßend, dass sie so auffällig auftraten, denn der Begriff der Schwarzen Horde hatte schon in den Wirtshäusern der Stadt Einzug gehalten. Man wusste nur nicht, was sie hier trieben und wem sie unterstanden. Aber ihr Anführer, Hunter Coith, trat auf wie ein Edelmann, war dabei aber über die Maßen herrisch und ungebildet. Es würde nicht mehr lange dauern, dann würde sich der Geheimdienst seines Vaters mit ihnen beschäftigen und dann käme ihm sein Vater auf die Schliche. Dem alten Herzog Aldwyn war es zuzutrauen, dass er seinen ältesten Sohn dann enterbte. Rutbert beschloss in diesem Moment, sich nicht mehr länger zum Büttel Edberts zu machen. Er musste einen Weg finden, sich davonzustehlen, ohne dass es Edbert bemerkte. Am besten wäre es, auf seine Güter nach Eldingham zurückzukehren. Es ärgerte ihn jetzt schon, Edbert von Oskars Lehrstunde am Weiher berichtet zu haben. Als Edbert zu sprechen begann, wusste er, wie richtig sein Verdacht war.

„Erzähle unseren Freunden von den beiden Nordländern", forderte ihn Edbert unmissverständlich auf. Rutbert wusste, was jetzt geschehen würde, aber er hatte keine andere Wahl. Dieses eine Mal würde er noch mit den Wölfen heulen und sich dann nach Eldingham auf den Weg machen. Als sich eine Stunde später die Männer verabschiedeten, hatte Edbert einen hinterhältigen

Plan mit diesen Gestalten ausgebrütet. Aber auch seine Schulden wurden heute von Edbert übernommen. Rutbert ging mit einem großen Beutel Goldstücke zur Türe hinaus. Hunter Coith, der Hauptmann der Schwarzen Horde, sah es und sein gieriger Blick ließ Rutbert kalte Schauer über den Rücken laufen. Aber er sammelte sich.

„Bemühe dich gar nicht erst", sagte er vermeintlich ruhig. „Der Beutel wandert augenblicklich in den Schwarzen Hirschen. Da kannst du ja versuchen, ihn dir zurückzuholen, aber der Wirt des Hirschen hat ein scharfes Schwert, mit dem er schon so manchem säumigen Zahler das Ohr weghieb. Fordere doch besser den gleichen Betrag von Edbert für deine Dienste. Nimm dich nicht zurück. Die Turgods sind die reichsten Edelmänner des Landes. Du sitzt an der Quelle, mein Freund."

Er nickte Edbert freundlich zu und sah, es hatte Edbert gefallen, ihn den mächtigsten Mann in Dinora genannt zu haben. Edbert war zufrieden mit ihm und Rutbert beschloss auf der Stelle, seinem jetzigen Leben zu entsagen und sich auf eine andere Sache zu verlegen. Als er hinausging, hörte er noch, dass Edbert ein wenig Zeit verstreichen lassen wollte, um dann aber Ilari und Oskar einen morgendlichen Besuch abzustatten.

Besser ich weiß nicht, wann es geschehen wird, dann habe ich auch keine Verantwortung dafür. Den beiden Nordländern weint niemand einen Träne hinterher, dachte sich Rutbert und machte sich eilig davon.

Ein Schwertkampf und ein Hinterhalt

Oskar hatte Ilari eines Tages gebeten, ihn im Schwertkampf zu unterrichten. Ilari war ein sehr guter Kämpfer. Einem jungen Mann im Alter seines kleinen Bruders das Kämpfen zu lehren, gefiel Ilari. Er wunderte sich zwar, dass Oskar es noch nicht gelernt hatte, aber er erinnerte sich an ihre Ankunft. Damals stellte sich Oskar sehr geschickt an beim Kämpfen. Er musste schon einmal Lektionen erhalten haben.

Ilari traf sich jeden Morgen nach dem Frühstück mit Oskar vor der Schlossmauer und gemeinsam ritten sie in den Wald, um auf einer versteckten Waldlichtung nahe eines Weihers, die ihm Oskar gezeigt hatte, zu kämpfen. Das Schwert hatte sich Ilari vom Waffenmeister ausgeliehen, dem er aber nicht sagte, wozu er es benötigte.

Als sie an diesem Morgen losritten, bemerkte Ilari, dass ihnen Raedwulf mit seinem riesigen, schwarzen Hund folgte. Ilari hatte mächtigen Respekt vor diesem Tier, weil es schon zu knurren begann, wenn er sich ihm bloß näherte. Als Raedwulf den Hund eines Tages zurückpfiff und Ilari dabei erklärte, er wäre besonders auf blonde Nordleute abgerichtet, machte es seine Haltung zu dem Tier nicht besser. So kam es, dass Ilari nicht erbaut davon war, Raedwulf hinter sich zu wissen. Oskar hatte die beiden ebenfalls bemerkt, aber weil er mit Raedwulf und dem Untier aufgewachsen und nicht darauf erpicht war, vom Thronfolger entdeckt zu werden, griff er Ilari in die Zügel und zwang den beiden Pferden einen verschärften Galopp auf. Er kannte die Gegend genau, und weil Raedwulf von dem Manöver überrascht war, verlor er sie aus den Augen. Doch das sollte nicht auf Dauer so bleiben. Raedwulf hielt an und setzte für die nächsten Tage einen seiner Leute auf die beiden an. Schon zwei Tage später, Ilari und vor allen Dingen Oskar fühlten sich vollkommen sicher, stürzte unvermittelt der schwarze Rüde des Prinzen aus dem Unterholz hervor und stellte Ilari auf der Lichtung im Wald. Auf ihn hatte es der Hund besonders abgesehen. Ilari erschrak. Weil er aber nie lange in Agonie verhaftete, griff er nach seinem Schwert und preschte damit nach vorne. Dabei hatte er Raedwulf im Sinn, den er in der Nähe wähnte, aber nicht sah.

„Rufe deinen Köter zurück, Prinz, sonst wirst du ihn an mein Schwert verlieren", rief Ilari zornig. Und sein Zorn übernahm tatsächlich die Oberhand. Er verlor die zögerliche Ängstlichkeit des ersten Angriffs und auch der Hund war sich nun nicht mehr sicher, ob er Ilari würde überwältigen können. So klemmte er eilends und vorsorglich den Schwanz ein, jaulte auf das Erbärmlichste auf und zog sich zu Raedwulf zurück, der lauernd hinter einem Buchenstamm verborgen stand.

Raedwulf trat augenblicklich aus seiner Deckung hervor, legte seinen Hund unter der riesigen Buche ab und ging zu Ilari. Raedwulf lächelte überlegen. Ilari sah es und sofort ging ihm dieses überhebliche Gehabe gegen den Strich. Als er den höhnischen Gesichtsausdruck des Kronprinzen sah, ahnte er, mit einer unangenehmen Neuigkeit konfrontiert zu werden, denn Oskar machte gerade einen ungewöhnlich verlegenen Eindruck. Da hörte er ihn auch schon von Weitem, denn Raedwulfs Stimme war laut und trug weit in den Wald hinein.

„Du solltest es besser wissen, Oskar, und dich daran erinnern, was Vater befohlen hat, oder hast du sein Verbot wissentlich umgangen?", fragte ihn Raedwulf mit einem ungewöhnlich gehässigen Unterton in der Stimme.

„Was habe ich denn deiner Meinung nach vergessen?", fragte ihn Oskar unverschämt zurück. Ilari wurde aufmerksam, denn er kannte allmählich Oskars Neigung, sich Verboten und Anweisungen zu widersetzten. Ilari wartete auf Raedwulfs Antwort und wusste bereits, er würde sie nicht mögen. Schließlich sprachen die beiden nicht umsonst Tandhenisch, damit er alles verstand.

„Nun, du hast deinem neuen Freund wohl nicht mitgeteilt, dass du in einem Anfall von Raserei als angehender Knappe einen anderen Knappen mit dem Schwert fast getötet hast und dir Vater deshalb für immer das Schwertkämpfen verboten hat. Man muss bei dir mit dem Allerschlimmsten rechnen, wenn du mit einer solch tödlichen Waffe umgehen kannst." „Hast du dann etwa Angst vor mir, wenn ich den Schwertkampf beherrsche?", fragte ihn Oskar herausfordernd. Er konnte sich einfach nicht geschlagen geben. Ilari sah die beiden erstaunt an, dann musste er lächeln, denn er sah plötzlich sich und Bork. Die beiden hatten nahezu die gleichen Querelen. Nur dass er und Bork sich gleichwertiger waren als Oskar und Raedwulf. Jeder, der diese Szene sah, konnte Raedwulfs Arroganz dem Ziehbruder gegenüber und Oskars wildes Aufbegehren gegen die Macht, die Raedwulf innehatte, erkennen. Ilari begriff das Grundproblem seines neuen Freundes. Er litt unter der untergeordneten Stellung, die man ihm hier zuwies, und dem Unvermögen, ihr zu entkommen. Oskars Jähzorn, den er stets für jeden bereit hielt, erleichterte diese Umstände nicht. Einzig ihm gegenüber benahm sich Oskar vernünftig und hörte auf seinen Rat. Ilari war erstaunt, nicht schon früher die Zusammenhänge begriffen zu haben, und nahm sich vor, dagegen etwas zu unternehmen. Er musste diese zugespitzte Situation entschärfen, sonst hagelte es Konsequenzen für Oskar und wohl auch für ihn. Darauf hatte er wirklich keine Lust. Außerdem würde es sein Ziel zunichte machen, für Oskar von König Bornwulf die Erlaubnis zum Schwertkampf zu erhalten.

„Sieh zu, diesen Wald schleunigst zu verlassen und fasse kein Schwert mehr an, ohne die Erlaubnis des Königs dafür bekommen zu haben. Außerdem hütest du das Haus, bis mein Vater eine Entscheidung getroffen hat.", donnerte ihm Raedwulf kalt entgegen. Dann drehte er sich um und pfiff seinem Hund zu, der augenblicklich aufsprang und zu seinem Herrn lief. Raedwulf ging auf sein Pferd zu, um es zu besteigen.

Oskar war maßlos erzürnt, griff mit grimmiger Miene nach seinem billigen Schwert und stürzte nach vorne, um Raedwulf zu folgen, doch er kam nicht weit, denn Ilari, der so etwas vermutete, trat ihm mit gezücktem Schwert in den Weg, wie er es auch zu Hause mit einem unfolgsamen Jungen getan hätte.

„Bleib stehen und höre auf die Anweisungen deines Bruders, sonst werden wir keinen Tag mehr den Schwertkampf üben, selbst wenn König Bornwulf dir zehnmal die Erlaubnis dazu erteilt."

Dabei ging Ilari erschreckend dicht an Oskar heran und kitzelte seine trotzig hervorgereckte Brust, bis Oskar zähneknirschend nachgab. Ilari war zufrieden, denn so stellte er sich ein ordentliches Verhalten vor. In Norgan hielt man sich als Jüngerer an die Anweisungen der Älteren, wenn sie nicht unsinnig waren oder demütigend. Raedwulf, der sich nach Oskar umgedreht hatte, sah mit erstauntem Blick dieser Szene zu und wunderte sich, dass sich Ilari mit solcher Entschiedenheit durchsetzen konnte. So etwas war noch nie vorher geschehen und Racdwulf schöpfte Hoffnung für den Ziehbruder, dem er in gewisser Weise verbunden war, auch wenn er es niemandem gegenüber zugeben würde. Sie waren zusammen aufgewachsen und kannten sich wie Brüder eben. Deshalb war er erstaunt, dass es hier jemanden gab, der Oskar doch noch Manieren beibringen konnte. Er dachte kurz nach und wurde etwas nachgiebiger.

„Solange der Norganer auf dich aufpasst, kannst du meinetwegen dein Zimmer verlassen", erklärte er Oskar freundlich. Doch weil Oskar glaubte, nur gönnerhaft vom Kronprinzen behandelt worden zu sein, wollte er wieder auf ihn lospreschen, und dabei platze Ilari völlig der Kragen. Er trat Oskar wie eben in den Weg, und hieb ihm ordentlich ins Gesicht, bis Oskar in die Knie ging. Als er sich den Kopf schüttelnd vom Boden erhob, wies seine Miene keine Halsstarrigkeit mehr auf. Er nickte Raedwulf zu, verstanden zu haben, und sprach Ilari an.

„Was soll ich jetzt machen, Ilari?"

„Geh die Pferde holen und lass den Hund in Frieden. Wir reiten nach Hause. Und wage es nie mehr, ohne Grund auf Raedwulf loszugehen, denn sonst breche ich dir deinen Kiefer", drohte ihm Ilari und sah ihn dabei finster an.

Oskar nickte und ging zu den Pferden, die sie weit entfernt angebunden hatten. Als er dort war, glaubte er etwas zu hören. Es war nur ein Gefühl, eine Ahnung vielleicht, die ihn davon abhielt, wie vereinbart weiterzugehen. Er drehte sich unvermittelt mit der Schnelligkeit einer Raubkatze um und stürzte zu Ilari, der erstaunt den Kopf hob. Raedwulf, der den Bruder laufen hörte, runzelte die Stirn, auch weil sein Hund plötzlich zu knurren anfing.

„Greift nach den Waffen, wir werden überfallen", rief Oskar ihnen zu. Da aber weder Raedwulf noch Ilari jemanden sahen, blieben sie zunächst erstaunt stehen. Doch weil sein Hund lauter zu knurren begann und sogar die Zähne fletschte, griff Raedwulf vorsorglich zum Schwert. Ilari zögert noch, denn noch immer sah er keine Bedrohung. Doch das war ein Fehler, denn nun stürzten zehn Männer in schwarzer Kleidung aus ihrem Hinterhalt zwischen den Bäumen hervor.

„Du hattest doch recht", rief Ilari Oskar zu und griff sich blitzschnell sein Schwert. Wir sind drei Männer und ein Hund. Gegen diese Horde werden wir uns mächtig durchsetzen müssen. Ilari dachte kurz darüber nach, dass er Angst haben sollte, aber stattdessen sah er den Anführer, der so widerwärtig anmaßend und über die Maßen selbstgefällig grinste, dass es Ilari zu viel wurde. Er wurde schlagartig zornig und rannte schreiend auf ihn zu, ohne sich um die anderen zu kümmern. Sie waren im Handumdrehen in ein schweres Kampfgetümmel verwickelt.

Raedwulf schlug sich tapfer und brachte zwei der Angreifer zu Fall. Aus den Augenwinkeln nahm er wahr, wie sich Oskar schlug. Er schritt schreiend auf die Angreifer zu, hieb dabei mit dem Schwert um sich, dass den schwarzen Männern Hören und Sehen verging. Dem einen hieb er in die Schulter, so dass er das Schwert verlor und ängstlich schreiend in den Wald floh. Oskar hielt es nicht für nötig, ihm zu folgen. Weil er einen Moment im Kampf innehielt und dem Flüchtenden nachsah, bemerkte er nicht, wie er von hinten angegriffen wurde. Ilari sah es, erschrak und stürzte Oskar zur Hilfe. Da war aber schon Raedwulf an Oskars Seite und zusammen kämpften sie gegen die Überzahl von fünf Männern, die sie gefährlich in die Enge trieben. Ilari lief auf sie zu und von der anderen Seite hörten sie das wütende Knurren von Raedwulfs schwarzem Hund, der sich ohne zu zögern in die Hand eines der Schwertkämpfer stürzte. Der verlor sein Schwert und Raedwulf konnte den wehrlosen Mann an der Seite treffen. Ilari, der einen Angreifer am Oberschenkel verletzte, drang zu den Freunden vor, und wie sie so Rücken an Rücken zusammen standen, grimmig die Gesichter verzogen, schlugen sie die restlichen Angreifer in die Flucht. Die Gegner flohen schnell und, obwohl Raedwulf, Ilari und Oskar sie verfolgten, erreichten die schwarzen Reiter trotz ihrer Verletzungen ihre Pferde und konnten in die Tiefen des Waldes entkommen. Einzig Raedwulfs Hund versuchte noch eine Weile sein Glück, kam aber mit hängender Zunge zurück, ohne jemanden erwischt zu haben. Er hinkte, da er eine Wunde an der Flanke erhalten hatte, die er jaulend leckte. Raedwulf, der sehr an dem Tier hing, nahm es auf seine Arme, sah, dass es stark blutete, und hastete mit ihm zu seinem Pferd. Ilari, der die eigenen Pferde holte, kam auf ihn zu und gemeinsam ritten sie in die Stadt.

Sie waren übel zugerichtet und alle, denen sie begegneten, wichen erschrocken vor ihnen zurück. Raedwulf merkte, dass die Wunde, die man seinem Hund beigebracht hatte, sehr tief war. Weil er nicht glaubte, das Tier würde es bis in den Palast schaffen, machte er an der Schmiede Colan Boyles halt, der sich gut mit dem Prinzen verstand. Sie ritten in die Schmiede hinein und Ilari verschloss das Tor hinter ihnen. Colan, der sich nach den Gästen umsah, war wohl erstaunt, ließ es sich aber nicht anmerken, denn er war ein sehr beherrschter Mann.

„Ihr hattet wohl einen unangenehmen Zusammenstoß, mein Prinz", sagte er mit tiefer, ruhiger Stimme und warf dabei einen Blick auf Ilari, dem er zuvor noch nicht begegnet war, von dem er aber schon viel gehört hatte.

„Mein Hund ist verletzt, kannst du ihn dir einmal ansehen?", fragte Raedwulf den Schmied. Colan nickte, wischte sich die schmutzigen Hände an seiner Schmiedeschürze ab, nahm das Tier aus Raedwulfs Armen und trug es in sein Haus hinter der

Schmiede. Dort stand die schwangere Alwine am Herd und kochte ein Mittagessen für ihren Mann Colan und seine Tochter Cinnia. Alwine sah Ilari und lächelte ihm scheu zu, als sie ihn erkannte. Dann sah sie den Hund, den Colan mitten auf den Tisch gelegt hatte. Das Tier schwieg und lag regungslos dort. Es atmete schwer und schien sehr große Schmerzen zu haben. Alwine schob den Topf auf dem Herd zur Seite und ging zum Hund. Sie untersuchte ihn gründlich und holte einige Dinge aus der Speisekammer. Sie kam mit einen Steintopf zurück und fing an, dem Tier fingerdick eine stinkende, braune Salbe auf die Wunde zu streichen.

„Es ist weißer Rindenauszug, Mylord", sagte sie leise. „Das stillt die Blutung und fördert die Wundheilung. Euer Tier hat sehr viel Blut verloren und es wird schwer werden, es zu retten. Aber wenn ihr es mir einige Tage hier lasst, dann versuche ich mein Möglichstes", sagte sie einfach und sah dem Prinzen in die Augen.

„Gut, versuche dein Glück, ich hänge sehr an dem Tier. Wenn es überlebt, soll es dein Schaden nicht sein. Gib ihm, was du brauchst."

Er steckte Alwine ein blankes Silberstück zu und wandte sich an den Schmied.

„Du hast geheiratet, Schmied, und auch ein Kind ist schon unterwegs. Das hast du aber alles sehr zügig vollbracht", sagte Raedwulf anerkennend.

Er sah auf Colans Tochter Cinnia aus seiner ersten Ehe. Seine erste Frau lag bei ihrer Geburt drei Tage im Kindbett und war dann trotzdem elend verstorben. Das Kind überlebte mit knapper Not und Colan nahm damals zuerst eine Amme für die Tochter in sein Haus auf und später eine Magd, die das Kind erzog und ihm den Haushalt führte. Jetzt musste das Mädchen an die sechs Jahre alt sein. Sie war hübsch und gerade gewachsen. Sie sah dem Schmied ähnlich, war ihm wie aus dem Gesicht geschnitten. Raedwulf freute es, dass das Mädchen wieder eine Mutter hatte, die sich kümmerte. Er strich dem Mädchen liebevoll über das Haar, als es an ihm vorbeiging, um wie die Mutter nach dem Hund zu sehen.

Colan Boyle und seine junge Frau sahen sich bedeutungsvoll an und Alwine nickte, ging an den den Herd zurück und schob den Topf zurecht.

„Nun, geheiratet habe ich, Mylord, aber das Kind, das meine Frau erwartet, ist nicht meines. Sie wurde von einem Edelmann überfallen und muss nun die Frucht seiner Lenden austragen", sagte Colan einfach.

Raedwulf stutze einen Augenblick lang, dann stellte er die Frage, die ihn brennend zu interessieren schien.

„Ein Edelmann, sagt sie? Es ist gewagt, so etwas zu behaupten. Ein Edelmann geht in die Freudenhäuser, wenn er einen unschuldigen Spaß haben will, und überfällt nicht eine einfache Magd. Soll ich so etwas glauben? Und wieso habt ihr sie dann geheiratet, Colan? Ihr seid eine gute Partie unter den Bürgerlichen, ihr hättet ein unverdorbenes Mädchen haben können."

Raedwulf wunderte sich immer mehr, denn er kannte den Schmied als ehrenwerten und gut aussehenden Mann, dem die unverheirateten Frauen der Stadt sehnsüchtig hinterhersahen.

„Nun, ich liebte Alwine vom ersten Moment, als ich sie letzten Sommer sah, und hatte sowieso vorgehabt, sie zu heiraten. Dass sie ein Kind austrägt nach dem Missbrauch eines anderen, stört mich nicht. Weder sie noch das Kind können etwas dafür. Dem Edelmann allerdings würde ich gerne meine Meinung mitteilen, aber seine Stellung ist so sicher und der euren ähnlich, dass ich es nicht wage, an ihn heranzutreten."

Nun wurde Raedwulf erst recht neugierig.

„Sag mir, um wen es sich handelt, dann kann ich vielleicht die Dinge in deinem Sinne regeln. Denn eine junge, unschuldige Magd zu überfallen ist keine rühmliche Tat und keine, die an des Königs Hof geduldet wird, von wem auch immer", befahl Raedwulf dem Schmied.

Aber Colan besann sich anders. Er erlaubte sich zu schweigen. Er kannte seine Stellung sehr genau und das Letzte, was er brauchen konnte, war Ärger mit den Edelleuten. Er wollte einfach in Ruhe gelassen werden, denn er hatte Alwine geheiratet, und wenn ihm jetzt ein Mann in die Quere kam, hatte er alle Rechte dieser Welt, die er gut zu verteidigen wusste. Die alte Schande musste er hinunterwürgen. Aber von jetzt an würde alles ganz anders werden. Raedwulf ahnte, was in dem Schmied vor sich ging, und versuchte es erneut, denn ihm gefiel die kleine Frau des Schmiedes und er wurde ärgerlich, wenn er an diese ehrlose Tat dachte. Außerdem glaubte er den Grund für Colans Schweigen zu kennen.

„Ich werde deine Antwort für mich behalten und werde nicht aus diesem Anlass den Edelmann zur Rechenschaft ziehen, aber er soll trotzdem bestraft werden. Es findet sich sicher einmal eine passende Gelegenheit dafür, wenn er einer ist, der unehrenhaft handelt.“

Doch Colan schwieg beharrlich weiter. Oskar, der dem Ganzen zusah und der dem Schmied in tiefer Freundschaft verbunden war, wurde dieses dumme Hin und Her zu viel.

„Wenn du es genau wissen willst, Raedwulf“, sagte er in die abwartende Stille hinein. „dann werde ich dir sagen, wer es war. Unser Edler Edbert von Turgod hat unerträgliche Neigungen und Alwine war nicht sein erstes Opfer. Er hält sich unter den ganz jungen Mägden schadlos, und wäre nicht Ilari an diesem bedeutungsvollen Morgen zufällig Edbert in die Quere gekommen, dann hätte Edbert sie sogar noch ermordet.“

Raedwulf war für einen Augenblick erstaunt, doch dann wusste er, dass Oskar die Wahrheit sprach. Er nickte bedeutungsvoll und wies Colan und seine Frau an, weiter zu schweigen. Colan solle ihm Nachricht zukommen lassen, wie es dem Hund ginge, und auch Ilari und Oskar sollten sich zurückhalten. Prinz Raedwulf verließ die Schmiede sehr nachdenklich und sah hie und da bedeutungsvoll auf die beiden Nordländer, besonders auf Ilari Thorbjörnson, der in eine verzwickte Sache verwickelt war. Denn Edbert wusste sicher, wer die Magd gerettet hatte, und damit war Ilari nun Edberts größter Feind. Das war kein schöner Gedanke. Raedwulf mochte sich nicht vorstellen, was aus diesen Geschichten für Ilari und Oskar herauskommen würde.

Bist du ein Feigling, Vater?

Sehr nachdenklich betrat Raedwulf den Saal. Er war in Eile und begrüßte die Mutter nur kurz. Er setzte sich und nahm sich von den Speisen, die vor ihm standen. Er hatte keinen rechten Appetit, denn in ihm rumorten die Geschehnisse des heutigen Tages. Als er schweigend neben dem Vater saß und den Braten verzehrte, lächelte Bornwulf.

„Nun, mein Sohn, du bist in Gedanken. Ist es vermessen, dich zu bitten, uns einzuweihen", fragte der Vater fordernd, aber freundlich, denn er kannte Raedwulfs Verschlossenheit und dessen Willen, alle Sachverhalte, mit denen er konfrontiert wurde, alleine zu regeln. Aber er sah die frischen Wunden, die sein Sohn im Gesicht und an den Armen trug, und er wunderte sich, dass Raedwulf ohne seinen Hund an der Tafel erschien. Aber der Sohn hatte wohl seine Gründe dafür.

„Nein, durchaus nicht. Ich finde einige der Dinge, über die ich nachdenke, gehören diskutiert, doch das gemeinsame Mahl ist nicht der rechte Ort dafür, denn es könnte eine heftige Diskussion werden."

„Das denke ich nicht, denn deine jüngeren Geschwister haben die Tafel schon verlassen, weil du dich gar so sehr verspätest hast", sagte die Mutter entschieden. Am Tisch saßen nur die Eltern und Lebuin, der jüngere Bruder.

„Sprich, Sohn, ich will mich deiner Kritik stellen, denn das ist es wohl, weswegen du ein Gespräch unter vier Augen in Erwägung ziehst", sagte Bornwulf und legte die Serviette zur Seite. Raedwulf aß zügig zu Ende und legte die Gabel zurück.

„Vater", begann er mit unterdrückter Energie. „wie kommt es, dass wir mit Abkömmlingen der Tandhener zusammenleben? Wie kommt es, dass ein Mündel König Halfdans von Norgan an unserem Tisch sitzt, und du versuchst, die Lebensweise unserer

Feinde zu begreifen? Wie kommt es, dass du einen Jungen wie Oskar wie einen Sohn aufziehst? Es gäbe lohnendere Aufgaben für uns. Dieses Unterfangen halte ich, mit allem Respekt, für verschwendete Zeit."

König Bornwulf hob kurz die Augenbraue. Sein Gesicht wurde ernst und er wusste, er könnte die Kritik an seiner Staatsführung, auf die es mit ziemlicher Sicherheit hinausliefe, gut vertragen, denn er war es gewohnt, die Meinung der Kinder anzuhören. Er verlangte immer Offenheit von seinen Kindern. Nun fuhr er die Ernte ein, denn sein ältester Sohn würde sich mit ihm besprechen, auch wenn er eine andere Meinung hatte als der Vater.

Raedwulf schwieg wieder. Er fand es schwierig, seine Gefühle und Gedanken zu bündeln und sie vorurteilsfrei und sachlich zu formulieren. Er ahnte jedoch, dass die Fragen, die er an den Vater gerichtet hatte, wie ein einziger Vorwurf klangen. Aber nun waren sie heraus. Nun konnte der Vater oder auch die Mutter, wie er befürchtete, darauf herumkauen. Sein Vater sog die Luft hörbar ein, sah für einen Augenblick aus dem Fenster, sah die untergehende Sonne hinter den Bäumen verschwinden und beschloss, seinem Nachfolger gegenüber ehrlich zu sein.

„Ich halte es für richtig, Raedwulf, den Feind, der vor unseren Toren steht, zu kennen. Die Natur der Nordländer ist wohl einander ähnlich. Die Verhaltensweisen eines Ilari sind denen eines Oskars gleichartig. Das habe ich schon mit Freude bemerkt. Die gleichen Wesenszüge sind klar erkennbar und werden damit für mich einschätzbar. Was mir hilft, bei einem Überfall der Nordländer entsprechend zu reagieren. Ich will nicht unvorbereitet sein, wenn der Ernstfall eintritt."

Bornwulf schwieg. Er ließ seine Worte wirken. Und schon hörte er die Erwiderung des Sohnes. Denn in Raedwulf stiegen Zweifel an der Vorgehensweise des Vaters auf. Er war der Ansicht, man müsste alle seine Kräfte bündeln und den Feind verjagen. Das war ein König seinen Untertanen schuldig. Doch noch hielt er diesen Standpunkt zurück.

„Aber warum ziehst du nicht nur über deine Spione Erkundigungen ein über ihre Verhaltensweisen und Meinungen, dann könnten wir unsere beiden Nordmänner ihrer Wege ziehen lassen?", fragte Raedwulf noch einigermaßen gezügelt.

König Bornwulf lächelte, weil dies auch der Standpunkt Herzog Aldwyns war. Dann sagte er mit einem ernsten Gesicht. „Da ich König bin, kann ich es mir leisten, einige Nordleute persönlich kennenzulernen und mich mit ihnen vertraut zu machen. Oskar ist bei uns aufgewachsen und daher von unserer Kultur geprägt. Aber weil König Halfdan von Norgan Frieden mit uns hält, habe ich den Vorteil, mir eines seiner Mündel an den Hof zu holen. Einen jungen Mann, der aus der Adelsschicht stammt und der in Norgan aufgewachsen ist. Dadurch bekomme ich einen klaren Blick auf die Ansichten und Verhaltensweisen des Adels im Norden. Deshalb lebt Ilari bei uns. Ich will einen ganz unmittelbaren Eindruck haben. Die Einschätzungen anderer, die mir zu Ohren kommen, muss ich bewerten, ihre Darstellungen können den Inhalt fatal verfälschen. Ich hasse es, mich täuschen zu lassen, mein Sohn. Mit Ilari habe ich eine Konstante, die ich mit den Berichten meiner Spione vergleichen kann."

„Aber es ist gefährlich, die Nordleute an unserem Hof zu haben. Das Volk hat etwas dagegen. Es hasst Oskar, seitdem er bei uns ist, und nun auch Ilari. Ich höre vieles, das diese Meinung bestätigt. Darüber hinaus, wusstest du schon, dass Oskar das Schwertkämpfen von Ilari gelehrt bekommt. Sie halten eben immer zusammen, die Nordleute", murrte Raedwulf wie ein verstimmtes Kind. Raedwulf verlor sich in seiner Ablehnung. Woher diese Stimmung kam, wusste er nicht, aber er ließ seinen Gefühlen freien Lauf.

„Davon wusste ich nichts, aber ich bin sicher, dass mir Ilari bald davon berichtet. Ich gehe davon aus, dass ihn Oskar nicht von meinem Verbot in Kenntnis gesetzt hat, wenn ich ihn richtig beurteile, sonst hätte Ilari mich vorher um Erlaubnis dafür gebeten. Ich nehme aber auch an, der Unterricht war erfolgreich. Jetzt müssen wir also mit einem kampferprobten Oskar umgehen. Hoffentlich hat Ilari ihm neben dem Kämpfen auch die Philosophie eines gerechten Kämpfers beigebracht. Und was das Volk angeht, das Volk ist immer dumm, wenn es sich mit Fremden konfrontiert sieht. Ich kann nicht auf die unbestimmten Gefühle meines Volkes Rücksicht nehmen und es wirklich jedem in der Stadt und auf dem Land recht machen. Sie müssen nun wohl oder übel mit meinen Nordländern vorlieb nehmen oder eben umziehen. Es steht jedem frei zu gehen, wohin er will", dachte der König laut nach.

Er nahm einen Schluck vom Wein. Raedwulf schüttelte den Kopf über die Naivität eines solch großen Königs.

„Wie kannst du nur davon ausgehen, dass Ilari dein Einverständnis nachträglich einholt? Wie kannst du annehmen, er sei zu einem solchen Akt der Loyalität dir gegenüber fähig?", Raedwulf verstrickte sich in unsinnigen Vorwürfen, die er selbst nicht glaubte, aber die er immer gehegt hatte und von denen er sich nun ungern verabschiedete.

„Loyalität funktioniert auch über Grenzen hinweg. Sie ist an Personen gebunden. Deshalb kann mir Ilari trotzdem treu sein. Außerdem, warum gehst du davon aus, Ilari hätte einen verschlagenen Charakter? Hat er dir jemals Anlass dazu gegeben? Außer dass sein Haar blond ist, die Augen blau sind und seine Gestalt dich überragt?", fragte ihn der Vater gereizt.

Bornwulf hasste diese Art von Voreingenommenheit an seinem Sohn und an anderen Menschen. Er selbst versuchte, immer hinter die Fassade eines Menschen zu sehen. Das war vernünftiger, als sich von den Äußerlichkeiten täuschen zu lassen.

„Wir mögen uns nicht, das ist alles", sagte Raedwulf aufgewühlt und die tiefe Wunde an seiner Stirn rötete sich und schwoll an. Er war innerlich aufgewühlt und sprach anklagend weiter.

„Ich muss ihn nicht mögen, nur weil er hierher gekommen ist, Vater. Er gibt mir zu verstehen, dass er nicht freiwillig hier ist. Er will mit uns nichts zu tun haben. Seine Ablehnung verachte ich", stieß er wütend hervor.

„Nein, das alles glaube ich dir nicht, mein Sohn", warf ihm der Vater entrüstet entgegen. „Die Sache geht tiefer. Ilari zollt dir nicht den Respekt, den du vorauseilend von ihm erwartest. Er hat einen eigenen Kopf und ist stolz. So wie du es bist. Zudem fühlt er sich dir nicht unterlegen. Das ist etwas, was dir nicht gefällt. Er stammt aus einem hohen Haus und du tätest gut daran, dir zu merken, wie er agiert. Denn mit diesem überheblichen Menschenschlag werden wir es zu tun bekommen, wenn ein Überfall droht. Das Fußvolk macht nur, was man von ihm verlangt. Müssen wir verhandeln, werden wir es mit diesen stolzen, unbeugsamen Adelsabkömmlingen zu tun bekommen. Dann ist es gut, wenn wir ihre Sitten und Gebräuche und ihre Verhaltensweisen kennen. Das verhindert unser Scheitern und das ist tatsächlich im Sinne des törichten Volkes, dem wir verpflichtet sind."

Nun war Bornwulf ärgerlich geworden. Wollte es der Junge nicht sehen oder hatte er keinen Verstand? Oder war er einfach nur ein Sklave seiner Gefühle, so wie er jetzt selbst? Bornwulf mahnte sich zur Ruhe. Ein Blick auf seine Gattin bestätigte seinen Eindruck. Es dauerte nur einen Moment, dann hatte er sich wieder ganz in der Gewalt. Lebuin starrte fasziniert auf seinen Vater. So würde er gerne werden. Leicht unterkühlt, und wenn der Gaul doch einmal mit ihm durch ging, dann schnell wieder zur Vernunft gebracht. Raedwulf entging nicht der Ärger des Vaters, aber ihn störte es nicht, was der Vater dachte. Deshalb bohrte er munter weiter.

„Ja, Vater, du musst nun hoffen, dass Ilari unserem Oskar auch Mäßigung beim Kampf beigebracht hat, denn ich sah einen äußerst begabten Kämpfer. Oskar hat Talent für das Schlachtfeld. Er ist gefährlich, merke dir das", bemerkte Raedwulf trotzig. Aber er sprach immer noch nicht darüber, was heute geschehen war. Denn trotz Ilaris und Oskars mutigem Verhalten hatte er gegen die beiden immer noch erhebliche Vorbehalte. Er konnte sie einfach nicht aus seinem Kopf bekommen. Noch nicht. Er hatte immer noch nicht vor, Ilari in einem guten Licht zu sehen. Dafür war er viel zu wütend auf den dickköpfigen Norganer, der ihm, da hatte der Vater recht, nicht den gewünschten Respekt zollte.

„Ich bin überzeugt davon, dass Oskar ein guter Junge ist. Er kann jetzt richtig von falsch unterscheiden und wird verantwortlich mit dem Schwert umgehen. Er ist älter als damals, als er zum Knappen ausgebildet wurde und mit seinen Gefühlen noch nicht umzugehen wusste", sagte Königin Eadgyth versöhnlich in die gefährliche Stille hinein. Raedwulf musste unwillkürlich lächeln. Seine Mutter versuchte immer, in ihren Kindern das Gute zu sehen. Sie gab ihre Hoffnung auf eine geglückte Erziehung niemals auf, nicht einmal bei Oskar, an dem sie ebenso wie an ihren leiblichen Kindern in zärtlicher Liebe hing.

„Älter ist er", antwortete ihr Raedwulf gelassener als dem Vater. Doch überwog der Zweifel dabei in seiner Stimme. „Aber er ist noch genauso aufbrausend und unüberlegt wie früher. Hat er doch gleich zu Anfang Ilari in die Bibliothek geführt. Dort trafen sie auf Edbert, der ihnen anscheinend zu nahe trat, denn Ilari hat ihn sich mit seinem Schwert vom Leib gehalten und ihn sich dadurch nicht zum Freund gemacht", sagte Raedwulf nüchtern.

„In der Bibliothek, so so", sagte Bornwulf nachdenklich. „Das ist ein interessanter Ort. Und Edbert hatte Ärger mit Ilari. Ich denke, dabei kam Edbert nicht gut weg. Wie kommst du in den Besitz dieses Wissens?"

Raedwulf stutzte. Was versuchte der Vater ihm zu unterstellen? „Ich bin ihnen nicht gefolgt, wenn du das meinst. Ich war schon vorher dort im Nebenraum und habe diese unschöne Szene verfolgen können. Es war interessant zu sehen, mit welchem Mut sich Ilari gestritten hat. Er war unbeugsam und stolz, so wie die Tandhener, die sich die Länder Ambers untertan machen und uns hier überfallen, denke ich." Jetzt war Raedwulf richtig zornig.

„Nun, denkst du nicht, ein jeder Mann ist zu solch ehrenhaftem Handeln fähig, Nordmann wie Amberländer? Wut haben, sie ausleben und kämpfen ist einfach, aber sich in aller Ruhe und Gelassenheit mit den Problemen auseinandersetzen, die vor der Haustüre stehen, ist langweilig. Darüber nachzudenken und eine Lösung zu ersinnen, ist anstrengend und es sieht auch noch weniger eindrucksvoll aus, als sich kämpferisch zu verhalten."

„Ja, es ist ein solch schönes Bild, ein junger Kämpfer in voller Rüstung, wie er mit dem gezückten Schwert furchtlos auf den Feind zureitet und der dem jungen Mann das Leben nimmt. Ein stolzes und schönes Leben fürwahr, das ihm einen dreckigen und unschönen Tod beschert", sagte Königin Eadgyth erbost. Sie kannte das Wesen der Männer und es widerte sie an, wie sie sich sofort lieber als Kämpfer sahen, als zuerst ihren Kopf zu gebrauchen.

„Dein Vater zeigt dir, wie man sich als Regent beweisen kann und sich nicht nur als Dummkopf hervortut, der bei der ersten Gelegenheit den Heldentod sterben will, weil er Nachdenken für fade hält. Das ist nämlich ein Benehmen, das Generationen von Menschen das Leben gekostet, das Land verwüstet und niemandem gedient hat. Nur Vernunft und Aufgeschlossenheit führen in ein goldenes, friedliches Zeitalter, in dem du bis ins hohe Alter eine ausgesprochen gute Figur machen wirst, mein Sohn."

Eadgyth lächelte und zog es vor, die Tafel zu verlassen. Sie hatte die Ahnung, dass der Sohn erst viel später die Zusammenhänge begreifen würde. Und richtig, Raedwulf hielt die Meinung der Mutter für Weibergeschwätz, er sagte es ihr aber nicht, ahnte er doch, dass sie ihn dann in Grund und Boden argumentieren würde. Er kannte sie und fürchtete ihren scharfen Verstand.

Als sie gegangen war, saßen die drei Männer alleine an der Tafel. Lebuin hatte nichts zum Gespräch beigetragen, aber er sagte nie viel. Er schwieg und lernte. Er zog sein Schlüsse aus allem und es waren nicht die dümmsten. Raedwulf legte sich zügiger auf einen Standpunkt fest und musste ständig nachbessern. Bornwulf sah den Konflikt, in dem sich Raedwulf befand. Wollte doch das Schicksal, dass Raedwulf, der ihm nachfolgen sollte, einen gezügelteren Charakter hätte. Aber weil es nicht so war, musste er sich damit abfinden und den Sohn geduldig erziehen.

„Vater, erkläre mir, warum wir nicht gegen unsere Feinde vorgehen. Warum diese Zögerlichkeit? Es ist meiner Meinung nach an der Zeit, Allianzen zu schmieden und in einem gemeinsamen Aufbäumen, einem Aufbäumen aller Völker Ambers meine ich damit, die Feinde zu vertreiben, bevor sie sich noch fester hier einnisten, wie sie es schon in Kelis und Sidran tun."

„Ich sehe noch keinen Sinn darin, mich dem Kampf zu stellen", sagte Bornwulf gelassen. „Unsere Grenzen sind nicht bedroht und ich habe auch noch keine Aufforderung zum Schmieden von Allianzen bekommen. Der Feind ist bald hier und bald dort, immer wieder in anderen Gegenden. Er wandert auf unserer schönen Insel herum, schwer fassbar, weil er immer die Lager wechselt. Sein feiges Erscheinen und sein plötzliches Verschwinden nach dem Angriff machen es schwer, ihn zu bekämpfen. Sollen wir ihm hinterher laufen, um ihn zu bekriegen. Da würden wir ein schlechtes Bild abgeben."

Bornwulf dachte daran, wie verschlagen die Tandhener immer wieder vorgingen, wenn sie sich Güter und Menschenware unter den Nagel rissen. Etwas in ihrem Verhalten machte ihn hilflos, vielleicht war es das Fehlen jeglicher Ehre. Das Taktieren aus dem Hinterhalt, das feige Abschlachten seiner Landsleute. All dies führte dazu, alle Nordländer zu hassen und sie über denselben Kamm zu scheren. So dachte Raedwulf und so dachte einst auch Bornwulf. Denn sein Vater hatte es mit den ersten Überfällen der Nordländer auf Amber zu tun. Sie waren selten damals, aber schon sein Vater erkannte ihre Gefährlichkeit und die Sprunghaftigkeit der Nordmänner. Sie zu bekämpfen, wies er seinen Sohn noch auf dem Totenbett an. Und Bornwulf versprach ihm, die Feinde fernzuhalten. Doch auf die Art und Weise legte er sich damals noch nicht fest.

„Doch was ist, wenn man dich fragt, dich bittet, dich auffordert, eine Allianz einzugehen. Wärst du dann dazu bereit?" fragte ihn Raedwulf, dem die friedliche Haltung seines Vaters so gänzlich gegen den Strich ging und der befürchtete, einen schwachen Vater zu haben. Dabei sah er Bornwulf herausfordernd an. Raedwulf hatte keine zurückhaltende Art, wenn er etwas wissen wollte. Und da explodierte auch schon der Vater. Bornwulf erhob unerwartet laut die Stimme.

„Was glaubst du, was ich bin, Sohn? Ein Feigling vielleicht, so wie du es mir schon mehrfach durch die Blume vorgehalten hast? Ein Zauderer, ein Mann, der sich von Frauengeschwätz unterdrücken lässt? Wohl dir, wenn du einmal eine Frau wie deine Mutter deine eigene Frau nennen kannst. Denn sie ist in ihren Ansichten wesentlich härter und konsequenter als jeder Mann. Ihr ständiges Hinterfragen, ihr Widerstand bringt dich zum Nachdenken. Und du lernst dabei die Dinge von verschiedenen

Standpunkten aus zu betrachten. Denn du siehst nur ein Schwert, ein Heer und einen Krieg, aus dem es kein Zurück mehr geben wird, wenn er einmal angezettelt ist. Das ist allerdings meine letzte Option. Wenn ich einen Krieg beginne, dann richtig. Das heißt gemeinsam mit anderen und nur in einer Allianz, allerdings bis zum bitteren Ende, wenn es sein muss in den Untergang. Wolltest du das von mir hören, Sohn? Dann weißt du, was im schlimmsten Fall geschehen kann. Aber erst, mein junger Freund, wird sondiert und vermieden. Komm du mir nicht dabei ins Gehege, sonst wirst du Federn lassen. Hast du verstanden, Sohn? Höre ich dein Einverständnis dazu?", forderte ihn Bornwulf erregt auf, der aufgestanden war und Raedwulf seine ganze Verachtung für dessen übereilten, kriegerischen Vorschlag entgegenschleuderte. Und Raedwulf nickte. Schwieg erst, dann dankte er dem Vater für seine Offenheit. Er wollte gehen, bekam jedoch die Erlaubnis dazu nicht.

„Sage mir zuerst, woher deine Wunden stammen, mein Sohn", forderte ihn König Bornwulf auf. Raedwulf sah seinen Bruder an und dann den Vater.

„Schicke Lebuin weg, er muss es nicht hören. Das könnte für ihn zu gefährlich werden, denn er müsste schweigen können", sagte Raedwulf ohne Reue. Er wollte den Bruder nicht in seine Angelegenheiten ziehen. Er war zu jung, um mit diesen Dingen konfrontiert zu werden. Doch Lebuin rebellierte.

„Vater, ich werde nicht gehen, ich bin siebzehn Jahre alt und kann schweigen, besser als es Raedwulf kann, wenn es sein muss", sagte der Knabe entschieden. Raedwulf und sein Vater sahen sich abwägend an. Dann nickte Bornwulf und Raedwulf begann zu sprechen.

„Heute Vormittag wurde ich überfallen", sagte Raedwulf ernst. Der Vater sah ihn erstaunt an und runzelte die Stirn, sagte jedoch nichts und nickte ihm auffordern zu weiterzusprechen.

„Nun Vater, ich wusste von einem meiner Männer, dass sich Ilari und Oskar zu Schwertkampfübungen auf der Waldlichtung am Weiher trafen. Daher bin ich ihnen alleine gefolgt. Ich wollt mich davon überzeugen, dass sie es wirklich tun und es bei dieser

Gelegenheit gleich unterbinden. Als wir dort waren, überfielen uns acht bis zehn Männer in schwarzer Kleidung, von denen ich schon früher gehört hatte. Sie treiben seit einiger Zeit hier ihr Unwesen, die Bürger sprechen überall von ihnen. Man weiß nicht, auf wessen Befehl sie sich hier aufhalten, aber sie stiften oft Unfrieden. Oskar hat zu meinen Glück den Schwertkampf schon sicher beherrscht, denn ohne ihn wären Ilari und ich nicht mit den Männern zu Rande gekommen. Erstaunlicherweise muss ich sagen, hat Oskar ein hohes Maß an Mut und Disziplin gezeigt, genauso wie es Ilari tat. Sie haben mir beide das Leben gerettet, das darf ich unverblümt so behaupten, meine ich, obwohl der feige Anschlag nicht mir galt, sondern den anderen beiden. Irgendwer wollte sie mundtot machen. Doch es gelang ihm nicht. Oskar hat einige der Angreifer schwer verletzt und zuletzt haben sie meinen Hund fast getötet. Ich habe ihn bei Colan, dem Schmied, abgegeben und dort erfuhr ich interessante Neuigkeiten."

Raedwulf schwieg, denn er hatte eigentlich nicht vorgehabt, seinem Vater von dieser Geschichte zu berichten, aber in seinem Eifer oder auch, weil es ihm sein Instinkt befahl, schnitt er sie an. Deshalb hielt er für einen Augenblick inne. Bornwulf nickte seinem Sohn auffordernd zu.

„Es ist kein Klatsch, den du zu hören bekommst, sondern ein interessanter Umstand, den man kennen sollte. Ich kann mir gerade keinen Reim darauf machen. Oder besser gesagt erschrecken mich meine Schlussfolgerungen derart, dass ich nicht weiter darüber nachdenken möchte", sagte Raedwulf nachdenklich.

„Sprich, mein Sohn, dann können wir zu zweit darüber nachdenken. Vielleicht verliert dein Problem an Schrecken, wenn man es gemeinsam von allen Seiten betrachten kann", sagte Bornwulf aufmunternd. Raedwulf nickte.

„Nun, Vater, als wir uns beim Schmied aufhielten, erfuhren wir von seiner Hochzeit. Er hat eine sehr junge Magd geheiratet, die schon in anderen Umständen ist. Das Kind, das sie erwartet, ist jedoch nicht seines, denn die Magd behauptet, von einem Edelmann vergewaltigt worden zu sein. Der Schmied hat sie trotzdem zur Frau genommen, hatte sich aber geweigert, mir den Namen des Edelmannes zu nennen." Raedwulf schwieg bedeutungsvoll. Doch nur für einen Augenblick, denn das Gesicht seines Vaters war höchst angespannt.

„Colan weigerte sich beharrlich, mir den Namen des Edelmannes zu nennen. Als wir so unglücklich herum standen, nannte mir stattdessen Oskar seinen Namen. Er behauptete, es handelte sich um Edbert von Turgod, der sich öfter ein solches Vergnügen erlaube, besonders, wenn es sich um ganz junge Mädchen handele. Und dass er die jetzige Frau des Schmieds sogar noch getötet hätte, wäre nicht Ilari, der sich zufällig an Ort und Stelle befand, mutig dazwischengegangen und hätte Edbert damals in die Flucht geschlagen."

Alle schwiegen. Dann stand der Vater auf und trat an das geöffnete Fenster. Er überlegte und nach einer sehr langen Weile drehte er sich zum Sohn um.

„Und wenn du nun genau über alles nachdenkst, dann wird dir eine ganz bestimmte Lösung dieses Rätsels ins Auge fallen, mein Sohn. Wenn du es nicht schon weißt, denn du bist aus gutem Grund erschrocken über deine eigenen Gedanken, die, wie ich meine, aber durchaus richtig gedacht sind. In der Konsequenz tragen sie jedoch noch schwerwiegendere Züge, doch du kannst einige Dinge nicht wissen. Der Vorgang ist allerdings sehr beunruhigend. Wollen wir doch einmal hören, was unser kleiner Lebuin für Schlüsse aus dem Ganzen zieht."

Bornwulf wandte sich seinem jüngeren Sohn zu, der aufmerksam zugehört hatte. Lebuin war klug genug, noch einmal gründlich über alles nachzudenken, bevor er dem Vater antwortete. Dann sprach er mit sicherer Stimme.

„Ich sehe den Fall in folgenden Zusammenhang, Vater. Von außen betrachtet erkenne ich die Geschichte der Magd, die vordergründig nichts mit dem Überfall auf meinen Bruder zu tun hatte, denn der Überfall galt oberflächlich gesehen nicht ihm, wie er richtig bemerkte, sondern Oskar und besonders Ilari. Ich weiß, Oskar hat viel mit der Dienerschaft zu tun. Er ist ständig dort und erfährt von ihnen eine Menge. Er hat sicher recht, wenn er behauptet, Edbert hätte sich an der Magd vergangen. Edbert wiederum kennt Oskar und er ahnt, dass Ilari, der ihm bei der bedauernswerten Magd in die Quere gekommen ist, durch Oskar auch über andere Vorgänge in Kenntnis gesetzt worden ist. So kommt eines zum anderen. Wenn Edbert richtig zornig ist, und ich habe ihn als Knaben einmal so gesehen, dann vergisst er jedes Maß, verliert die Geduld und wird zum grausamen Rächer. Mit Sicherheit hasst er Ilari, der sein düsteres Geheimnis kennt, und Oskar hasst er schon seit Jahren. Darüber hinaus könnten die beiden seine Pläne durchkreuzen und sein hübsch eingerichtetes Leben schlagartig beenden. Die unangenehmen Gerüchte, die über ihn in den Jahren von der Dienerschaft in Umlauf gebracht worden sind und sich bisher nicht bestätigen ließen, könnten ihm gefährlich werden. Es gibt nun einen hochgestellten Zeugen dafür, nämlich Ilari Thorbjörnson. Deshalb wäre es für Edbert am besten, unsere Nordländer würden von der Bildfläche verschwinden. Daher der Überfall auf sie. Und Raedwulf war einfach nur zur falschen Zeit am falschen Ort, möchte man meinen. Interessant daran ist außerdem, dass die Schwarze Horde, von der man immer wieder hört, den Überfall begangen hat. Man muss also mit großer Wahrscheinlichkeit davon ausgehen, dass sie für Edbert arbeitet. Und genau genommen ist es eine Lästerung deiner Macht, Vater, ein solches, wenn auch kleines Heer in deine Stadt zu bringen. Dass nun wiederum halte ich für wesentlich gefährlicher als zwei Nordländer, die mit dem Schwert umgehen können, bei uns zu haben."

Lebuin schwieg wieder und sah den Bruder und den Vater nur aufmerksam an. Bornwulf war stolz auf seinen Sohn. Er hatte die Dinge so verstanden, wie sie sich ihm selbst darstellten.

„Das sehe ich alles genauso, Lebuin, und Raedwulf ist sicher zu dem gleichen Schluss gelangt. Doch noch eine Angelegenheit, die lange vor eurer Geburt stattgefunden hat, rundet das Bild sozusagen ab. Ihr wisst sicher, dass die Turgods vor Generationen auf dem Thron von Tamweld saßen. Euer Urgroßvater hat den Turgods die Königswürde genommen. In einem ehrlichen Kampf wohlgemerkt. Denn die Turgods hatten ein Schreckensregime aufgebaut, das Volk litt und es war nur eine Frage der Zeit, bis auch der Adel die Nase voll hatte von ihnen. Die Paefords haben sich gegen König Aldhelm von Turgod erhoben, gekämpft und gewonnen. Seitdem sind wir die Könige in Dinora. Doch könnte ich mir vorstellen, dass Edbert damit nicht zufrieden ist. Schon der alte Ellis von Turgod, sein Vater, war zwar realistisch genug, nicht an meinem Thron zu sägen. Er wird in den wenigen Jahren jedoch, die er seinen Sohn beeinflussen konnte, bevor er starb, schon die richtigen Meinungen in Edbert Grund gelegt haben. Dinge wie 'Edbert von Turgod ist der künftige König von Tamweld'. Doch damit ist es nicht genug. Als Ellis verstarb, waren die Umstände äußerst mysteriös. Niemals fand jemand heraus, warum er so schnell und schrecklich verstarb. Es war ein Gift im Spiel, sagten die Ärzte, doch sie kannten es nicht, mussten tatenlos zusehen, wie der alte Ellis von Turgod qualvoll verstarb. Das kann Edbert nicht gefallen haben. Sogar die Schuld dafür könnte er uns in die Schuhe schieben. Deshalb nehme ich an, dass Edbert heute Morgen wusste, du würdest dich zur Lichtung auf den Weg machen, Raedwulf. Das würde die hohe Anzahl Männer erklären, die den Überfall begangen haben."

Bornwulf schwieg wieder und sah zum Fenster hinaus. Er nahm sich vor, diese Dinge nicht auf sich beruhen zu lassen. Bis jetzt hatte er wohl Edbert falsch eingeschätzt. Er glaubte immer, der junge Herzog von Turgod fühlte sich ihm zugehörig, denn er wurde hier von ihm am Hof erzogen als Mündel und erst bei Edberts Mündigkeit sollte er im nächsten Jahr auf seine Güter nach Turgod zurückkehren mit Morwenna von Falkenweld als seiner Frau, so war es vereinbart. Edbert lag viel daran, sie zu heiraten. Bornwulf fragte sich allerdings gerade, warum er so vernarrt in dieses Mädchen war. Denn sie entsprach nicht seinen Neigungen, wie er gerade hören musste. Sie war zu alt für ihn. Konnte er dieses unschuldige Kind einem solchen Mann in die Hände geben? So stand er minutenlang still am Fenster, bis seine Söhne ihn in die Realität zurückbrachten. Bornwulf verbot ihnen, auch nur ein einziges Wort über dieses Gespräch zu verlieren. Wenn sie noch andere Ideen hätten, sollten sie sich an ihn wenden. Dann entließ er sie nach draußen.

Dort konnte Raedwulf, als er die Türen hinter sich geschlossen hatte und an der frischen Luft stand, das erste Mal wieder durchatmen. Er wurde immer ruhiger, denn die Aufregung, keinen Feigling zum Vater zu haben und sogar einen, der an seiner Meinung interessiert war, machte ihn glücklich. So wollte er den Vater sehen. Er wusste jetzt, woran er war, und dachte ruhig über die Argumente nach, die er hatte, um einen Krieg vorerst zu vermeiden. Außerdem wollte er sich um Edbert kümmern, denn dieser Mann war unendlich gefährlicher für ihn und seine Familie, als er es jemals angenommen hatte. Er brauchte mutige Männer um sich, auf die er sich in jeder Gefahr verlassen konnte. Und da schwebte ihm schon der eine oder andere vor Augen.

König Bornwulf ließ sofort nach Herzog Aldwyn schicken. Keine Zehn Minuten später kündigte ihn der Diener an.

„Was gibt es, mein Freund, dass du mich zu so später Stunde noch benötigst?", fragte Aldwyn seinen König und trat dichter an ihn heran.

„Raedwulf und meine Nordländer sind heute Vormittag überfallen worden im Wald am Weiher und zwar von Männern in schwarzer Kleidung. Sie konnten sich streitbar zur Wehr setzten und ihnen ist nichts geschehen, aber ich möchte so etwas ein für alle Mal in meinem Land unterbinden. Sind dir die Machenschaften dieser Männern noch nicht zu Ohren gekommen?", fragte Bornwulf etwas gereizt. Herzog Aldwyn verstand ihn und lächelte.

„Die Schwarze Horde, wie sie das Volk nennt, kenne ich wohl. Wir sind ihrer noch nicht habhaft geworden, aber sie treiben ihr Unwesen schon seit geraumer Zeit hier in Tamweld und im ganzen Land. Sie verstören und erschrecken das einfache Volk und drangsalieren deine dir treuen Untertanen. Wir haben schon vereinzelt ihre Spuren verfolgt, aber außer, dass sie zum Herzog von Turgod führen, haben wir keine Lösung gefunden. Richtig ist, dass sich deine Bürger in zwei Lager spalten. Denn es gibt immer mehr Bürger, die für einen Turgod auf dem dinorischen Thron sind. Das muss dir nicht gefallen, aber sie unterstützen schon seit einiger Zeit deinen Schreiber Edbert in seinen Interessen. Sie möchten ihn auf deinem Stuhl sehen. Auch mein Sohn Rutbert hat sich bisher auf die Seite des Herzogs gestellt, aber er kam gestern zu mir und verlangte, nach Eldingham geschickt zu werden. Weil ich das für unsinnig hielt, habe ich ihm auf den Zahn gefühlt und musste zu meinem Schrecken entdecken, dass er die Schwarze Horde kennt. Denn um sie nicht zu kennen, ist er zu häufig in Eberts Haus. Er vertraute mir an, dass die Schwarzen Reiter von anderen Bürgen finanziert werden. Dem Teil der Bürger, die gegen dich sind, weil du die Tandhener nicht energisch genug bekämpfst und noch dazu einige von ihnen in die Stadt bringst", sagte Aldwyn nüchtern. Bornwulf verstand. Die alten, tot geglaubten Geister krochen wieder aus den Winkeln hervor. Es hörte wohl nie auf. Doch sich darüber zu ärgern, half nichts.

„Finde diese verdorbene Meute, deine Spekulationen helfen mir nichts. Rutbert wäre ein guter Zeuge, aber sicher wird er keine Lust haben, öffentlich Edbert anzuprangern. Aber ich erwarte auch, dass du und deine Männer herausfinden, wo sich die Schwarzen aufhalten, und ihr sie ausräuchert. Ich will endlich Ruhe haben hier mitten in der Hauptstadt", verlangte Bornwulf von Aldwyn und das mit Recht, denn er kannte die Fähigkeiten des alten Haudegen gut genug, um sich mit seinen Befehlen so weit aus dem Fenster zu lehnen.

Aldwyn verzog keine Miene, auch wenn er genau wusste, dass Bornwulf viel verlangte. Aber der König hatte Recht. Hier mussten Grenzen gesteckt werden und man musste Edbert unter bessere Beobachtung stellen. Dafür würde er schon sorgen.

„Ich habe gehört, was du dir wünschst, aber ich muss dir auch sagen, dass seit heute Mittag die Schwarze Horde nicht mehr gesehen wurden", sagte Aldwyn ohne zu zögern.

„Dann haben sie sich verkrochen, um ihre Wunden zu lecken, die ihnen Raedwulf, Oskar und Ilari beigebracht haben. Finde heraus, wo dieser Ort ist, an dem sie sind, und töte sie", verlangte

Bornwulf erneut wie ein trotziges Kind, als könnte Aldwyn alles bewerkstelligen, was sich der König wünschte und wollte es nur nicht tun. Es würde noch eine Weile dauern, bis auch Bornwulf gelernt hatte, nicht alles persönlich zu nehmen, auch wenn das hier durchaus persönlich war. Denn den eigenen Sohn überfallen zu wissen, rührt bis ins tiefste Gemüt, auch bei einem nüchternen Menschen wie König Bornwulf.

„Wenn du sonst keine Wünsche mehr hast, werde ich jetzt gehen und meine Arbeit erledigen, die keinen Aufschub duldet", sagte Aldwyn ruhig und schickte sich an zu gehen. Da drehte sich Bornwulf zu ihm um und sprach ihn an.

„Sei mir nicht gram, alter Freund. Ich weiß, ich verlange nahezu Unmögliches, aber das wäre mir im Moment das Wichtigste, denn wenn Ähnliches wieder geschieht, dann kann ich Raedwulf vielleicht verlieren. Es ist nur die Angst des Vaters, die mich treibt", sagte er und drehte sich wieder zum Fenster. Herzog Aldwyn wusste das schon vorher und ging. Erst als Bornwulf die Türe in das Schloss fallen hörte, atmete er hörbar ein. Es war ein Seufzen, das er sich nur gestattete, wenn er alleine war.

Prinz Raedwulf ließ am nächsten Tag nach Ilari Thorbjörnson schicken. Er selbst hielt sich am Turnierplatz auf, wollte sich noch einmal die Ereignisse des letzten Tages vor Augen halten. Er stand gedankenverloren in der Sonne, als sich Ilari bei ihm meldete.

„Gut, dass du gleich gekommen bist", sagte er ihm in einem freundlichen Ton, den Ilari nicht von ihm gewohnt war. Die übliche Herablassung war aus seiner Stimme verschwunden und Ilari wartete gespannt, was dieser temperamentvolle Mann von ihm wollte. Immerhin hatte Raedwulf seinen Hund, den Ilari weiterhin fürchtete, nicht mit dabei. Er lag immer noch in Colan Boyles Schmiede und würde dort mit hoher Wahrscheinlichkeit genesen, so verkündete es Oskar stolz, der bei Colan ein und ausging. Dann könnte Raedwulf das schwarze Vieh wieder ungeniert auf ihn hetzen. Ilari runzelte die Stirn, als der Prinz ihn freundschaftlich an der Schulter fasste und ihn mit sich zu einem Rundgang aufforderte.

„Ich bin an deinem Wissen interessiert und an deiner Loyalität, Ilari. Wenn es dir zusagt, dann hätte ich dich gerne unter mein Kommando genommen. Ich habe eine leistungsstarke Truppeneinheit. Es sind Soldaten, die ich gerne in der Kunst der nordischen Kriegsführung unterweisen möchte. Dein Vater berät, wie ich hörte, König Halfdan Ingvarson. Da du mit seiner Arbeit vertraut bist, habe ich den Wunsch, von dir zu lernen. Auch weil ich die Eindringlinge aus dem Norden verstehen möchte, um mich gegen sie effizient zur Wehr zu setzten, wenn es notwendig wird. Ich erwarte von dir, mit mir vertrauensvoll zusammenzuarbeiten, meine unsinnigen Meinungen mutig zur Seite zu wischen und mich nötigenfalls zu belehren, wenn ich es nicht besser weiß. Ich werde dann auf dich hören, weil du ehrlich bist und dich nicht andienst. Außerdem nimmt dein Land nicht an den Raubzügen auf Amber teil."

Raedwulf sah Ilari in die Augen und wartete ab. Der Thronfolger hatte seit dem feigen Überfall auf ihn begriffen, dass nicht jeder Mann, der aus dem Norden stammte, ohne Ehre ist. Raedwulf wusste, dass er ohne Wenn und Aber in Ilaris Schuld stand. Und Ilari begriff sofort, dass ihm hier eine große Ehre zuteil wurde, und zum ersten Mal seit Monaten machte sein Herz einen Sprung. Er war glücklich und wollte Raedwulfs Wunsch voll und ganz entsprechen.

Ilari hatte von da an eine Handvoll tapferer Männer unter seinem Kommando und auch Oskar war bei ihm, um von ihm zu lernen. Denn Ilari hielt es für notwendig, den jungen Mann in die Kunst der Kriegsführung einzuführen. Oskar hatte den Kopf voller jugendlicher Flausen und musste mit der Realität konfrontiert werden. Ilari war erstaunt, wie umfassend sein Wissen war, obwohl er nie bewusst von seinem Vater gelernt hatte. Doch der tägliche Umgang mit ihm und den Männern hatte seine Sinne geschult. So verbrachte Ilari einen intensiven Sommer mit dem Thronfolger Dinoras und seine Heimat Norgan rückte in weite Ferne.

Das Ende des Sommers

Als die Menschen sich zum Sauinfest am Ende des Sommers trafen, man erwartete an diesem Tag die Verstorbenen, die mit den Lebenden das Fest des Jahreswechsels feierten, brachte Alwine Boyle ihren Sohn Gawen zur Welt. Er war rotwangig und kräftig und schrie in dem Augenblick, als er das Licht der Welt erblickte. Auch wenn es nur das Licht einiger trüben Kerzen war, die der Hebamme ihre Arbeit erleichterten. Alwine kam schnell nieder, die Geburt bereitete ihr keine Schwierigkeiten, sie war für das Kindergebären wie geschaffen. Anders als die erste Frau des Schmieds, die vor sechs Jahren ihre Tochter in diesem Bett zur Welt gebracht hatte und dabei, von der dreitägigen Geburt entkräftet, ruhig in den Tod hinübergeglitten war und ihren Mann mit einer kränkelnden Tochter alleine gelassen hatte.

„Beruhigt euch, Schmied", sagte die Hebamme, als sie das zitternde Bündel Mann in der Küche stehen sah. „Ihr könnt hier sowieso nichts ausrichten. Aber es ist ein gutes Zeichen, dass Alwine an Sauin niederkommen wird."

Sie hatte recht, es war ein gutes Zeichen. Auch wenn Colan nicht wirklich daran glauben mochte. Er feierte es stets gerne, das Fest des Abschieds und der Neugeburt.

Die Kinder, die an solch einem Tag geboren wurden, waren gesegnet und standen unter einem guten Stern. Sie sollten ein glückliches Leben führen und zu großen Taten ausersehen sein. Kurz vor Mitternacht wurde Alwines Sohn geboren.

Colan stand zitternd und aufgelöst in der Küche und betete, ansonsten zur Untätigkeit gezwungen, unter dem Eindruck der unerträglichen Schreie Alwines dafür, dass sie überleben möge. Er liebte Alwine und schwor, das Kind, das sie ihm schenkte, wie ein eigenes zu lieben, wenn sie nur am Leben bliebe. Es verunsicherte diesen Mann zutiefst, gezwungen zu sein, dem Schicksal einer

Geburt so tatenlos seinen Lauf zu lassen. Gerade weil er seine erste Frau vor sechs Jahren verloren hatte, misstraute er der Hebamme, die seiner Frau damals nicht helfen konnte. Aber sie war die einzige Frau in der Stadt, die in den Sachen der Geburtshilfe kundig war. So versuchte er, sich zu beruhigen, und wartete still auf einen Wink des Schicksals. Doch noch ehe er damit rechnete, hörte er schon die kräftige Stimme eines Säuglings und gleich darauf erschien die Hebamme mit einem gesunden Jungen im Arm. Colan, der vor Erleichterung das Kind freudig in die Arme schloss, gab ihm den Namen Gawen. Als er so erleichtert und glücklich sein neugeborenes Kind im Arm hielt, zupfte ihn Cinnia, seine Tochter, am Ärmel, denn sie wollte den Bruder auch sehen. Colan lächelte und nahm die Tochter auf den Arm und als sich Cinnia über Gawen beugte und ihm einen Kuss auf die Stirn hauchte, war es um Colan endgültig geschehen. Er wusste, er würde Alwines Sohn so lieben wie seine Tochter.

Leana Paeford erfuhr von der Dienerschaft im Laufe des Sommers von Oskars Lehrstunden und eines Tages erschien sie unangemeldet auf der Waldlichtung am Weiher. Als die beiden jungen Männer sie sahen, unterbrachen sie ihre Übungen.
„Was willst du hier, Leana", fragte Oskar sie etwas ungehalten. Er hatte nicht damit gerechnet, Zuschauer zu bekommen. Schon gar nicht seine kleine Schwester, die immer etwas an ihm auszusetzen hatte. Sie brachte ihn aber durch ihre ständige Kritik auch stets etwas weiter, brachte ihm Manieren bei und Anstand. Deshalb wartete Oskar erst einmal ab, was sie hier wollte. Sie nach Hause schicken konnte er auch noch später.
„Ich dachte daran, das Schwertkämpfen zu erlernen wie du, und Ilari soll mein Lehrer sein. Dann kann ich mich gut verteidigen, falls die Tandhener in Tamweld einfallen. Schließlich ist es doch albern, immer nur auf einen Mann zu hoffen, der dann vielleicht nicht zur Hand ist, wenn ich ihn brauche", sagte sie mit fester Stimme und einer gewissen Herablassung, die Ilari schon von ihrem Bruder kannte.

„Die hiesigen Gepflogenheiten sehen aber den Schwertkampf für Frauen nicht vor", sagte Oskar etwas erhitzt und fing zu lachen an, als Leana vor seinem Schwert, das er auf sie gerichtet hatte und mit dem er sie ein wenig kitzelte, zur Seite sprang. Er hoffte, ihr eine gehörige Portion Angst einzujagen. Aber Leana Paeford war nicht wie andere Mädchen, die wohl kreischend vor Angst ein wenig zurückgewichen wären. Sie war anders, beherzter, mutiger und durchsetzungsfähiger. Eben eine Königstochter, stellte Ilari für sich fest. Er wusste mit diesem Mädchen nichts anzufangen und wäre wohl noch länger so unentschlossen herumgestanden, hätte sie ihn nicht an die norganischen Sitten erinnert.

„Hier bei uns darf eine Frau keine Männerarbeit verrichten", sagte sie zu Ilari, der immer noch zögerte. „Aber ich habe gehört, im Norden können Frauen ebenso gut mit dem Schwert umgehen wie die Männer." Er wusste, sie hatte recht, und weil er selbst schon Frauen gesehen hatte, die mit dem Schwert kämpften, gab er nach.

„Nimm den Dolch, Prinzessin", sagte er kurz angebunden. Er war nicht einverstanden, sich über die hiesigen Traditionen hinwegzusetzen, jedoch hatte Leana unschlagbare Argumente. Eine Frau sollte sich in jedem Fall verteidigen können. Darauf zu hoffen, immer jemanden dabei zu haben, der sie verteidigen konnte, war unrealistisch.

„Wir werden sehen, wie ihr euch anstellt. Es ist wesentlich schwieriger, als es aussieht, glaubt mir." Er gab ihr kurze Anweisungen, die sie recht geschickt ausführte und dann gab er ihr sein Schwert in die Hand. Sie sollte es heben und es wie den Dolch eben verwenden. Das Schwert war jedoch zu schwer. Leana schaffte es nur mit zwei Händen zu heben und lange in der Luft halten konnte sie es auch nicht. Ilari sah es sich eine Weile an und überlegte. Er hätte jetzt gerne eines der leichten Kurzschwerter zur Hand, mit denen er als Knabe gelernt hatte. Der Waffenmeister sollte eines haben. Er sah in Leanas wild entschlossenes Gesicht und lächelte angesichts ihres Ehrgeizes, doch noch irgendwie mit dem schweren Schwert zu Rande zu kommen.

„Komm morgen wieder, ich versuche ein handliches Schwert für dich zu besorgen", sagte Ilari zu ihr und schickte sie nach Hause.

„Du hast nun ein gewaltiges Problem, du dummer Norganer", sagte Oskar lächelnd zu Ilari, als Leana verschwunden war. „Wenn Bornwulf jemals davon erfährt, dass du seine Tochter das Schwertkämpfen lehrst, dann sitzt dein Kopf nicht nur sehr wackelig und schief auf deinen Schultern, dann hast du keinen mehr, schneller als ein Adler blinzeln kann."

Ilari wusste, dass Oskar recht hatte. Er konnte sich eben nicht vorstellen, wie er dieses Problem lösen sollte. Die Zeit wird es lösen, dachte er und hatte recht. Schon zwei Wochen später erschien mitten in ihren Übungen Raedwulf auf der Bildfläche und war höchst erstaunt, seine kleinste Schwester mit einem Knabenschwert in der Hand hier anzutreffen. Raedwulf wurde nicht gleich bemerkt und sah sich die Künste des Mädchens an. Nach einer Weile war er tief beeindruckt, denn das Mädchen, dem es an Muskelkraft fehlte, glich diese Schwäche durch Schnelligkeit und Geschicklichkeit wieder aus. Einzig ihr langer Rock hinderte sie bei der Beinarbeit. Er dachte sich, sie sollte zuerst einmal mit dem geschürzten Rock lernen. Falls sie jemals angegriffen würde, wäre es ein Leichtes, mit dem gewohnten Griff den Rock zu kürzen und die Angreifer zu bekämpfen. Es wäre dann unwichtig, ob die Schicklichkeit noch gewahrt würde. Einzig der Erfolg zählte. Raedwulf vergaß, dass ihn hier noch niemand bemerkt hatte. Als er unvermittelt aus seiner Deckung trat und zu sprechen begann, erschraken alle. Sie wandten sich mit aufgerissenen Mündern zu ihm herum.

„Leana täte besser daran, ihren Rock zu schürzen, in etwas so", sagte er nüchtern und trat auf seine Schwester zu, um sie festzuhalten. Er wollte nach ihrem Rock greifen, um ihn weiter oben zu befestigen, aber da spürte er schon ihre Schwertspitze an seiner Brust. Sie war sehr geschickt und das Schwert riss ein wenig das Leder seines Wamses ein.

„Oh, tut mir leid, Bruder. Da wirst du eine schöne Erinnerung an mich haben", sagte sie gut gelaunt, denn ihr Angriff war ein durchschlagender Erfolg. Ganz nach Ilaris Anleitungen, der sich schnell an Leanas Schwierigkeiten angepasst hatte und ihr eine besondere Art des Kämpfens beibrachte. Raedwulf griff nach Leanas Schwert und sah, dass es schartig und alt war vom häufigen Gebrauch durch bemitleidenswerte Knaben, die damit gelernt hatten.

„Ich bräuchte ein Besseres, eines wie es Ilari besitzt", sagte Leana enthusiastisch.

„Gleich eines wie Ilaris?", fragte Raedwulf stirnrunzelnd. „Das ist allerdings ein großer Wunsch. Denn sein Schwert ist teurer als meines. Da wirst du deine Wünsche wohl etwas zurückschrauben müssen. Außerdem hast du noch ein anderes Problem, besser gesagt, Ilari hat es, denn wie wollen wir unserem Vater erklären, dass der Schwertkampf eine der schönen Künste der Frauen geworden ist in Dinora und eine Königstochter ihn unbedingt beherrschen muss?"

Die drei jungen Menschen sahen sich bestürzt an. Sie hatten sehr wohl gewusst, sie würden sich irgendwann einmal damit auseinandersetzen müssen, wie man es Bornwulf beibringen sollte. Hatten es aber auch immer wieder verschoben. So kam es, dass Leana, die sehr begabt und geschickt war, jetzt schon sehr gut ihr Handwerk beherrschte.

„Ihr habt Talent, Prinzessin", hörten sie eine Stimme hinter sich. Es war Cenhelm Barras, der Kapitän der Leibwache des Königs, der Raedwulf seit dem feigen Anschlag auf ihn immer öfter begleitete. Der ältere Mann war ganz angetan, ein Mädchen so geschickt kämpfen zu sehen. Es wäre schade, dachte er soldatisch, wenn man den Unterricht jetzt beenden würde.

„Ihr habt recht, mein Prinz, sie braucht jetzt erst einmal ein Schwert", sagte er zustimmend.

„Dann sollten wir Colan Boyle aufsuchen, um ihr eines zu bestellen", sagte Raedwulf energisch.

Leana fiel dem Bruder glücklich um den Hals.

„Ilari ist unschuldig", flüsterte sie ihm ins Ohr. „ich überredete ihn und gab ihm mein Wort, würde Vater jemals etwas davon erfahren, dann nähme ich die ganze Schuld auf mich. Nur deshalb hat er zugestimmt." Raedwulf sah Ilari an und sagte: „Der Norganer ist schon immer ein mutiger Mann gewesen, sonst hätte er sich geweigert, dich zu unterrichten."

Und im Stillen überlegte er, ob er die Veränderungen, die gerade in seinem Land stattfanden, auch mögen würde. Er wusste, dass Ilari norganisch gehandelt hatte. Dort wurden die Frauen den Männern oft gleichgesetzt. Hier könnte er damit auf Granit beißen.

„Warum siehst du gerade so finster drein", frage ihn Leana, die ganz aufgeregt war, ein eigenes Schwert zu bekommen. Sie stieg auf ihr Pferd und ritt allen voran. Sie hatte es eilig, das konnten alle sehen.

„Eure Schwester ist nicht so leicht zu beeindrucken, Sire", sagte Cenhelm stolz, der gar nichts schlecht daran fand. Eine Frau sollte sich selbst verteidigen können und vielleicht gab es ja in ferner Zukunft sogar Frauen, die mit auf das Schlachtfeld ritten. Als er es Raedwulf gegenüber erwähnte, schüttelte dieser nur den Kopf.

„Da seien die Götter davor", sagte er mürrisch.

„Aber es brächte Abwechslung ins Bild", lachte Cenhelm und gemeinsam erreichten sie die Schmiede.

Raedwulf bat Colan Boyle zu schweigen und bezahlte ihm einen schönen Batzen Geld für das Schwert. Colan, der gewohnt war, für Männer die Schwerter herzustellen und der immer genau die Figur und die Körperkraft, die ein Kämpfer besaß, in Augenschein nahm, atmete tief durch. Denn es war schwierig, ein Schwert für solch eine zarte Person herzustellen, das gleichzeitig leicht genug war, um es zu gebrauchen, und stabil genug, um in einem Kampf standzuhalten. Er maß Leana mit zweifelnden Blick.

„Es wird schwer werden, das Passende für eure Schwester herzustellen, Sire", sagte er vorsichtig.

„Sie müsste morgen noch einmal vorbei kommen, damit ich die Idee, die ich gerade habe, in die Tat umsetzten kann."

Colan blickte Raedwulf offen an und der nickte nur. Sollte Leana sich darum kümmern, ein besonderes Schwert zu haben. Als Raedwulf von seiner Schwester zu Colan blickte, sah er Oskar, der stumm und traurig die fertigen Schwerter, die Colan schon hergestellt hatte, an der Wand der Schmiede betrachtet. Raedwulf erkannte, wie wichtig es für den jungen Mann war, sein eigenes Schwert zu besitzen und nicht nur dieses billige, wertlose des Waffenmeisters, mit dem er gelernt hatte. Raedwulf überlegte nicht lange.

„Colan, habt ihr nicht ein Schwert für meinen kleinen Bruder, das ihm passen würde? Es ist kaum auszuhalten, welch wehmütige Blicke er euren Schwertern an der Wand schickt."

Oskar lief rot an. Er hatte gar nicht bemerkt, wie sehnsüchtig er sich in der Schmiede umsah. Cenhelm Barras lachte und sagte: "Wenn ich es richtig sehe, dann ist keines der Schwerter das passende für Oskar. Er ist zu groß und kräftig dafür. Er sähe aus, als hielte er ein Kinderschwert in der Hand, Sire. Er braucht eines von Colans Meisterwerken."

Oskar blickte erstaunt und dann dankbar auf den Kapitän der Garde. Immerhin hatte er sich für ihn eingesetzt. Raedwulf dachte ein wenig nach, dann gab er dem Schmied einen zweiten Beutel mit Goldstücken.

„Stellt für ihn her, was immer er braucht. In der nächsten Zeit werde ich den Wein besser beim Vater zu Hause trinken", seufzte er hörbar. „Falls er mir den Kopf auf den Schultern sitzen lässt, wenn er von all dem erfährt."

Er nickte Colan freundlich zu und verließ mit Cenhelm die Schmiede.

Colan arbeitete die ganze Nacht an einer Methode, das Eisen so zu falten und zu schmieden, dass es einerseits sehr leicht und dünn und andererseits so stabil und biegsam war, dass es kaum brechen konnte. Er brachte es noch nicht ganz fertig, seine Ideen umzusetzen, aber im Laufe der Woche gelang ihm ein wunderbares Frauenschwert, wie er es im Stillen nannte. Was ja auch so stimmte, denn es wurde zum ersten Mal in Tamweld ein Schwert für eine junge Frau geschmiedet. Neue Sitten kehren ein in unsere Häuser, dachte sich Colan und damit war er nicht allein. Als Leana es abholen kam, bestaunte es Oskar. Mit Recht, denn es war wunderbar leicht und grazil.

„Glaubst du, Raedwulfs Geld reicht dafür, mir auch ein solches Schwert anzufertigen?", fragte er den Schmied und Colan, den es freute, dass sein Arbeit geschätzt wurde, nickte. Er wusste zwar, dass es teurer war als der Beutel Gold, den er von Raedwulf bekam, aber wenn Oskar es mit sich führte, war es die beste Werbung für ihn, und auf Dauer würde sich alles für ihn auszahlen.

Raedwulf kam mit, als Oskar das Schwert abholte. Er staunte über die besondere Fertigung und beschloss, im Laufe der Zeit sich selbst solch ein Schwert zu leisten. Der Schmied war froh, Oskar mit einem Schwert zu sehen, denn er kannte Oskar gut und wusste, wie die Burschen hier am Hof dem jungen Mann zusetzten. Wie Raedwulf, der in Oskar einen Ziehbruder sah, war er der Meinung, es wäre nun an der Zeit, dass sich die Meute mit einem besser bewaffneten Oskar auseinanderzusetzen hatte. Besonders Edbert, der Schmeichler, den Raedwulf verachtet. Edbert würde sich angesichts einer blinkenden Schneide in Oskars Hand eines Besseren besinnen. Auch Ilari gewann an Ansehen bei Raedwulf, denn er hatte sich für die passende Seite hier am Hof entschieden. Das war nicht einfach, denn mit den Wölfen wie Edbert und seinem Pack zu heulen, war wesentlich leichter. Dafür achtete Raedwulf Ilari. Er reichte ihm die Hand und lächelte, ohne etwas zu sagen. Leana sah es und war zufrieden damit, denn sie konnte Ilari sehr gut leiden und wollte, dass ihn alle Welt liebte.

Diese Zufriedenheit war verschwunden, als eine weitere Woche später alle vor König Bornwulf gerufen wurden. Er war von einem Diener über die unhaltbaren Vorkommnisse, die sich an seinem Hof zugetragen hätten, unterrichtet worden, sagte er. Aber Leana behauptete gleich, dass ihr Vater log.

„Kein Diener verpetzt uns, sie hätten es schon lange tun können, denn sie wussten seit Wochen davon", verteidigte Leana die Dienerschaft leidenschaftlich und ritt sie damit nur tief in die Angelegenheit.

Bornwulf musste über ihren Eifer, die Diener zu schützen, lächeln. Raedwulf und Ilari waren entsetzt und Lebuin, der innerlich aufstöhnte, riss Leana zu sich und verbot ihr, noch ein Wort zu sagen.

„Das ist eine gute Idee, Lebuin. Ich weiß, ihr seid alle in diese unselige Geschichte verwickelt, die, da bin ich mir sicher, meine Tochter angezettelt hat, weil sie von Oskar informiert wurde, dass Ilari Oskar das Schwertkämpfen beibrachte. Wie nehmt ihr dazu Stellung, meine Kinder?", fragte König Bornwulf in die entstandene Stille hinein, nicht ohne sich über die fünf jungen Menschen ordentlich zu amüsieren. Die Knaben und jungen Männer waren noch ganz damit beschäftigt, sich die Strafen auszudenken, die ihnen blühten, als Leana plötzlich lachte, ihrem Vater um den Hals fiel und ihn küsste. Sie hatte dieses leise, amüsierte Zucken um seinen Mund bemerkt, das er immer bekam, wenn er böse spielen musste. Die anderen waren erstaunt und dann sehr beruhigt, dass ihnen Bornwulf offensichtlich nicht den Kopf abreißen lassen wollte. Bornwulf entspannte die Situation, indem er darum bat, sich ansehen zu dürfen, was Leana von Ilari gelernt hatte. Als Leana ihr Bestes gab, war Bornwulf so beeindruckt wie sein ältester Sohn vor ihm und er sagte besorgt:

„Wie sollen wir das nur der Mutter beibringen, sie wird sehr erbost sein, vor allem weil du, mein Kind, dich immer ihrem Webstuhl entziehst und dich ihren Stickereien verweigerst. Dass du jetzt die Profession der Männer mit einer solchen Leichtigkeit beherrschst, wird ihr nicht gefallen. Ihr müsst euch lieber die Strafe ausdenken, die euch durch sie blüht. Meinen Segen hingegen habt ihr."

Bornwulf beschloss, es seiner Frau sehr schonend beizubringen. Er hoffte, sie würde alles einsehen, und weil sie normalerweise so ein ruhiger und gelassener Charakter war, wagte er es, gleich am selben Abend mit ihr ein Gespräch darüber zu führen.

Aber er hatte wohl die Gelassenheit seiner Ehefrau überschätzt, denn für Eadgyth schien es ein Reizthema zu sein. Sie war zum ersten Mal in ihrer langjährigen Ehe aufsässig und wütend, nein nur einfach zornig, so wie es Bornwulf an ihr noch nie gesehen hatte. Er war beeindruckt und wünschte sich, niemals diesem Zorn selbst ausgesetzt zu sein. Es kam, wie es kommen musste. Die jungen Leute traf die gebündelte Wut der Königin, und wenn sie sich jemals vor Bornwulf gefürchtet hatten, so war ihnen die Strafe der Königin eine Lehre. Die Angelegenheit trieb außerdem einen Keil zwischen die Töchter Bornwulfs. Er musste sich anhören, wie sich Leana mit ihrer Schwester Hrodwyn stritt. Die, so behauptete es Leana, in Ilari verliebt war und deshalb eifersüchtig auf Leana war, weil er dieser das Schwertkämpfen beigebracht hatte und nicht ihr selbst. Bornwulf, dem die Zwistigkeiten der Familie lästig waren, ging zum ersten Mal gerne in den Thronsaal, um sich mit den trockenen Regierungsgeschäften zu beschäftigen. Herzog Aldwyn, der von alledem erfahren hatte, nahm Bornwulf lächelnd zur Seite, denn er sah die Anspannung auf dem Gesicht des Freundes.

„Glaube mir, Aldwyn, ich hätte weniger Kinder in die Welt setzen sollen. Von den acht eigenen und den zwei hinzugekommenen würde ich gerne vier sofort im See ertränken, die Götter verzeihen mir hoffentlich solche Rede, aber ich wage mir nicht auszumalen, was die andern vier eigenen Kinder noch ausbrüten, bis sie erwachsen und verheiratet sind. Ich sollte mich schnellstens dazu aufraffen, ihnen Ehemänner und Ehefrauen zu besorgen, damit sie aus dem Haus verschwinden und wieder die gewünschte Ruhe einkehrt, die ich früher einmal genossen habe. Wenn nur nicht mein Eheweib so entsetzlich launisch geworden wäre. Leana ist es, die ihr die Ruhe raubt und sie wird mir noch am längsten erhalten bleiben. Das Dumme ist, genau das wünsche ich mir im Stillen. Leana möchte ich für immer hier behalten. Wie kann die elterliche Liebe nur so unterschiedlich verteilt sein auf die gemeinsame Kinderschar, sage es mir, Aldwyn. Du hast schließlich auch eine große Familie und viele Querköpfe, die dir das Leben schwer machen."

Herzog Aldwyn lächelte. Denn es war nicht leicht, ihm zu erklären, dass eine objektive Sicht auf seine Kinder die Sache vereinfachte.

„Allzu große Liebe ist für ein Kind nicht förderlich, Mylord, sagte er und lächelte. „Kinder muss man mit Strenge erziehen und gnadenlos in die Rangfolge einfädeln, ansonsten fallen sie über einen her und saugen einen aus."

Er sagte es mit einem Zwinkern in den Augen, das Bornwulf mitteilte, dass sein Leben auch beschwerlicher geworden war durch die Kinder. Die beiden Männer mussten lachen und wandten sich ihren Geschäften zu.

Feuerfest und wilde Jagd

Einige Wochen später lud man die Verwandten und Freunde zum Gimradfest ein. Es war jetzt tiefster Winter. Ein freundlicher und zahmer Winter, fand Ilari, der die dunkle Jahreszeit in Norgan anders gewohnt war. Hier schmückte man die Zimmer mit immergrünen Zweigen und zündete alle Lichter und Kerzen an.

Ilari kam durch die Küchentüre, die er weit öffnete, weil Oskar hinter ihm hereinkam mit einem riesigen, weißen Pferdekopf unter dem Arm. Der Kleine musste sich ziemlich abschleppen, aber er wollte niemand anderen dieses stinkende, alte Rosshaupt in die Küche tragen lassen. Hildburg erwartete ihn schon.

„Da staunst du, mein wilder Norganer", lachte Hildburg so kräftig, dass ihr dicker Bauch sich im Rhythmus des Lachens auf und ab bewegte.

„Wollen doch mal sehen, ob du ein ausdauernder Träger bist, wenn du die wilde Jagd anführst."

Das Feuerfest und die Wilde Jagd fanden an diesem Tag statt. Wenn die Prediger die Misteln geschnitten hatten, dann kochten sie über den heiligen Feuern einen Trank, den man in der Mitte der Gimradnacht der Erde opferte. Die Erde liebte den Mistelaufguss, er machte sie fruchtbar und willig, im nächsten Frühling die Saat aufgehen zu lassen. Das Fest der Sonnengeburt wurde in der längsten Nacht des Jahres gefeiert. Danach kroch die Sonne langsam jeden Tag ein wenig länger am Himmel entlang, bis sie im Frühling kraftvoll die Tage wärmte.

Ilari und Oskar schichteten mit Colan Boyle vor den Häusern das Holz für die ewigen Feuer auf. Danach verteilten sie das restliche Holz in den Zimmern und umliegenden Häusern. Denn heute Nacht sollten die Feuer in und an den Häusern bis zum Morgen brennen. Die Geister der Toten besuchten die Freunde und die Familienmitglieder. Deshalb wurde auch ein Tisch gedeckt mit Tellern und Besteck für die vermissten Toten. Als sie zum Schmied ins kleine Haus gingen, holten sie sich das Feuer aus seiner noch glimmenden Esse.

Alwine stand am Herd, jung und schön und so kräftig, wie man sich eine Frau wünschte. Colan sah sie und wünschte sich eine große Familie. Er hatte Alwine, nachdem sie nach der Vergewaltigung schwanger wurde, zur Frau genommen. Er liebte das Mädchen, seit sie an den Hof gekommen war, und hätte sie früher oder später sowieso geheiratet. Dass ihm ein anderer die Frau vorher verdorben hatte, wie man schnell in den Wirtshäusern unbedacht daherredete, störte ihn nicht. Er fand, sie hatte keine Schuld daran, dass Edbert von Turgod sie überfallen hatte, während sie ihrer Arbeit nachgegangen war. Colan Boyle hätte lieber mit Edbert selbst die Rechnung sofort beglichen, aber davon hielt ihn die Vernunft ab. Als er Alwine mit gewölbtem Bauch zum Altar führte, war er der glücklichste Mensch dieser Welt und als er nach der Geburt des Jungen dieses winzige Bündel in seinen Händen hielt, gelobte er, ihm nie zu sagen, wer sein Vater war, denn das wollte Colan ganz alleine für das Kind sein. Er liebte den Jungen, der nur seiner Mutter ähnlich sah. Edbert sollte es nur wagen, dem Kind zu nahe zu kommen, dann würde er in seinem Zorn fähig sein, ein Unglück geschehen zu lassen. Als seine Tochter Cinnia neben Alwine stand und ihr beim Kochen zur Hand ging, war für Colan das Glück perfekt. Gawen sollte ihm in der Schmiede nachfolgen. Deshalb war das Kind die ganze Zeit über bei ihm.

Heute Nacht wussten alle, die einen geliebten Menschen verloren hatten, dass die Toten zu den Lebenden in die Häuser zurückkehrten, um die lange Nacht mit ihnen zu verbringen. Deshalb würde in keinem Haus das Licht gelöscht werden, und wenn sie nach draußen gingen, um die Wilde Jagd zu sehen oder beim Nachtfeuer im Ort standen, dann wären die geliebten Toten bei ihnen. Das beruhigte auch die traurigsten Menschen wie Colan, der schon zum siebten Mal den Tisch für die fehlende Ehefrau deckte. Heute ging es leichter, dachte er, weil es Alwine gab und er beschloss, sich mit den Kindern die Wilde Jagd anzusehen.

Hildburg befestigte am Abend ein riesiges, weißes Laken an dem Pferdekopf, unter dem sich die beiden Jungen verbargen. Dann liefen sie los, die Wilde Jagd anzuführen. Sie liefen durch die Straßen und die Plätze der Stadt, auf denen sich schon die Menschen versammelt hatten. Ilari machte sich einen Spaß daraus, die einzelnen Gruppen anzusteuern und sie zu erschrecken. Wenn die Kinder dann kreischend vor ihnen davonliefen, war auch Oskar zufrieden. Als sie etwas später um die Ecke bogen, trafen sie auf eine Gruppe gut gekleideter junger Männer. Einige gehörten der königlichen Garde an, aber es waren auch Wachleute der goldenen Mauer unter ihnen. Auch Rutbert von Eldingham und Edbert von Turgod erkannten sie. Ilari sah sie zuerst und machte Oskar auf sie aufmerksam. Ilari war begeistert, dass sie sich am wilden Pferd erfreuten, aber nicht wussten, wer sich unter dem Laken verbarg. Aber Ilari und Oskar waren vorsichtig, sie wollten in dieser Nacht den Frieden halten, denn alle Familien der Stadt standen mit ihren Kindern und den alten Leuten draußen vor den Häusern und in den Straßen und genossen die großen Feuer des Feuerfestes, die sie wärmten. Doch für Ilari schien dieser Winter nicht sehr kalt. In Norgan waren die Nächte zu dieser Jahreszeit eisig und lang. Nur für vier Stunden am Tag ging die Sonne auf. Die frostige Nacht hielt dort das Land in seinem Bann. Niemand würde sich zu dieser Jahreszeit freiwillig vor das Haus stellen. Das Haus überhaupt länger zu verlassen als nötig, wäre unklug. Also genoss Ilari die neuen Umstände, vergaß seine kalten Füße und malte sich aus, wie kalt sie erst zu Hause wären. Als sie nach zwei langen Stunden praktisch jedes Haus und jede Straße in Tamweld abgelaufen waren, sogar den Königshof hatten sie besucht, gingen sie, die Köpfe eingezogen, zur Küche zurück, um sich für die lange Nacht umzukleiden. Oskar klopfte mit dem Pferdekopf vorsichtig an die Küchentüre, aber es war niemand da, der ihnen aus der Verkleidung helfen konnte. Hildburg hatte offensichtlich die Zeit vergessen oder nicht damit gerechnet, das sie länger brauchen würden für die Runde durch die Stadt.

„Was machen wir jetzt", fragte Ilari seinen Freund, der unter dem Gewicht des Kopfes zu schwanken anfing.

„Wir könnten zur Schmiede laufen, dort habe ich Colan gesehen, er hilft uns sicher hier heraus und kann den Pferdekopf in der Schmiede aufbewahren", antwortete ihm Oskar erschöpft. Auch er machte einen müden Eindruck, deshalb stimmte ihm Ilari sofort zu. Denn keine Minute länger wollte er diesen stinkenden Pferdekopf riechen. Der Spaß war vorbei. Jetzt kam der gemütliche Teil der Nacht. Ilari wollte auf keinen Fall das Opfern des Fruchtbarkeitstrankes verpassen. Also sammelten sie ihre letzten Kräfte und rannten im Galopp zur Schmiede. Colan war begeistert, das wilde Pferd noch einmal zu sehen. Er hielt es für ein gutes Zeichen und öffnete das schwere Tor zu seiner Schmiede. Dann ließ er die beiden hinein.

„Hast du das wilde Pferd in die Schmiede laufen sehen", fragte Rutbert seinen Freund, den Anführer der Wache.

„Ich bin so betrunken, ich würde zu jedem Zeitpunkt das wilde Pferd sehen, wenn du darauf bestehst", sagte der Mann lallend und fing zu lachen an. Rutbert blickte auf das Häuflein Elend, das nüchtern einer der gefährlichsten Männer der Stadt war, sich aber jetzt in einem bemitleidenswerten Zustand befand. Er drehte sich zu Edbert um, der auf die Schmiede starrte. Er sah ernst aus und Rutbert wusste, was in seinem Kopf vorging.

„Du hast deinen Bastard dort gesehen?", fragte er ihn. Aber als er keine Antwort bekam, sagte Rutbert, der die Geschichte um Alwine kannte, da Edbert damit bei ihm geprahlt hatte.

„Also ich habe den Knaben schon den ganzen Tag über gesehen. Colan hatte ihn dabei, als er sich das wilde Pferd ansah." Jetzt schwankte Rutbert und war dem Anführer der Palastwache nicht ganz unähnlich. Edbert schwieg noch immer und starrte auf die Schmiede.

„Also, wenn du den Kleinen noch einmal sehen willst, dann schau doch durch die Scheiben des Fensters dort hinten an der Schmiede. Das wilde Pferd ist gerade hinein gelaufen und Colan steht bestimmt noch dort mit dem Kind in seinem Weidenkörbchen in der Schmiede herum."

Rutbert hatte recht damit. Denn jetzt waren alle mit allem Möglichen beschäftigt. Das war für Edbert die Gelegenheit, sich seinen Bastard ganz aus der Nähe anzusehen, denn Colan ließ Alwine nie alleine mit ihm durch die Straßen gehen. Er hatte Angst vor Edbert und davor, was er Gawen und Alwine antun könnte. Der Schmied war nicht dumm und so groß und kräftig, dass Edbert einen gewaltigen Respekt vor ihm hatte. Nie würde er ihn in einen ehrlichen Kampf verwickeln. Eher ihn mit der Schwarzen Horde, die für ihn die Hauptarbeit leistete, aus dem Hinterhalt angreifen. Denn Colan hatte ihm seinen Sohn gestohlen, dachte Edbert jedes Mal aufgebracht, wenn er an Alwine dachte. Aber jetzt würde er sich den Sohn ansehen. Er gab Rutbert einen Wink und ging auf die andere Seite der Straße, um in das kleinste Fenster weit vom Eingang entfernt zu sehen. Dort stand er ein wenig verborgen, so dass er den vorbeieilenden Passanten nicht sofort auffiel.

„Alle Wetter, hast du gesehen, wer unter dem wilden Pferd hervorgekrochen ist", fragte Rutbert aufgebracht. Er war erbost darüber, dass es zwei Fremde waren. Sie konnten gerade noch sehen, wie Ilari das Laken hielt, um Oskar herauszuhelfen. Colan hielt den Pferdeschädel fest und suchte mit den Augen einen geeigneten Platz zum Lagern.

„Wie konntest du es darunter nur aushalten", fragte ihn Colan, denn der Schädel stank erwärmt durch Oskars Körperwärme zum Himmel. Es wäre besser, wir würden Atti draußen lagern, aber dann könnte ihm etwas zustoßen. Wir lassen ihn wohl hinter verschlossenen Türen, damit er nicht wegkommt, sonst haben wir schlechte Karten bei Hildburg", sagte der Schmied lachend und legte ihn über den Korb für das Holz der Esse. Edbert sah die beiden Nordländer und auch in ihm stieg der Ärger hoch, doch noch mehr ärgerte es ihn, dass Colan mit seinem Sohn, er wusste, der Schmied hatte ihm den Namen Gawen gegeben, so vertrauensvoll umging. Gawen war müde und jammerte leise vor sich hin. Colan strich ihm liebevoll über den Kopf und nahm ihn hoch und küsste ihn auf die Stirn. Dann brachte er ihn in die Küche zu Alwine. Ilari nahm Cinnia hoch und ging ihm hinterher.

Als Letzter verließ Oskar den Raum und löschte das Licht. Als er sich dabei umdrehte, glaubte er, Rutbert und Edbert durch die Scheiben eines kleinen Fensters zu sehen, aber er war sich schon nicht mehr ganz sicher, denn mit einem Mal war dieser Eindruck verschwunden und das Fenster schien leer zu sein. Er musste wohl schon sehr müde sein, wenn ihn solche Halluzinationen packten. Aber jetzt noch einmal frisch auf, es ging zum Opferfest. Als Oskar sich von Colan verabschiedete, stockte er für einige Sekunden und Colan fragte ihn aufmerksam geworden, was es damit auf sich hatte.

„Was hast du, Junge, hast du ein Gespenst gesehen und wagst es jetzt nicht mehr, nach draußen zu gehen?"

„Ein Gespenst ist gar kein so falscher Begriff für das, was ich in der Schmiede gesehen habe, besser davor, vor deinem kleinen Fenster ganz hinten in dieser Ecke. Ich dachte für einen Moment, es wären Edbert und Rutbert, die deinen Sohn beobachteten."

Colan dachte nach. Wenn jemand sich ungesehen verbergen wollte, um zu beobachten, was in der Schmiede vor sich ging, dann war das der passende Ort dafür. Er dachte sich schon oft, er müsste dieses Fenster einmal entfernen lassen, denn er hatte den Vater auch immer von dort beobachtet. Aber wie der Vater es schon wusste, gewährleistete diese kleine Öffnung den nötigen Luftzug, den er in der Schmiede brauchte, um zum einen perfekt arbeiten zu können und zum andern im Sommer nicht gänzlich zu garen. Denn er schwitze bei seiner Arbeit nicht schlecht und er liebte es, immer wieder für einen Moment in diesem Luftzug zu stehen. Aber was wollte Edbert bloß dort? Wenn er seinen Sohn sehen wollte, dann sollte er tagsüber kommen durch die Vordertüre und sich nicht wie ein Verbrecher am hinteren Fenster herumdrücken. Konnten die beiden auch gesehen haben, wer die Pferdeträger in diesem Jahr waren? Wenn ja, dann mussten Ilari und Oskar verdammt aufpassen, denn das gefiele wohl keinem der Ortsansässigen. Kein Fremder sollte unter dem Laken stecken, auch wenn offenbar die wirklichen Geister keinen Anstoß daran nahmen. Es gab kaum einen Menschen in dieser Stadt, der offen dafür wäre. Vielleicht Hildburg, die für diesen

Unfug verantwortlich war. Es wäre wohl besser, die Jungen zu begleiten, dachte er sich und wollte Alwine Bescheid sagen, dass er noch einmal gehen würde. Aber die beiden waren schon gegangen, sie hatten es eilig, sagte Alwine und beschäftigte sich mit den Kindern.

„Ich schließe das Haus fest ab, wenn ich hinausgehen", sagte Colan. „Öffne du die Türen nicht, komme, was wolle." Er setze sie knapp von den Vorfällen in Kenntnis und ging.

Colan lief mit einem sehr unguten Gefühl die Straße entlang. Er wurde von allen Seiten gegrüßt. Colan Boyle war ein geachteter Mann, dem niemand gerne in die Quere kam, denn er wusste immer eine zerbrochene Speiche zu reparieren und die Hufe auch dem widerspenstigsten Pferd anzulegen. Und er war auch der kräftigste und beeindruckendste Mann in der Stadt. Dabei hatte er ein ausgleichendes Wesen und seit zwei Generationen war es nicht mehr vorgekommen, dass einer seiner Familie Streit angefangen hätte. Colans Großvater hatte im betrunkenen Zustand einen Mann erschlagen, der bezichtigt wurde, Colans Großmutter verführt zu haben. Doch das war nur ein bösartiges Gerücht und das blieb es bis zum Ende. Colans Großvater wurde wegen Totschlags verurteilt und saß lange Jahre im Kerker. Dadurch war Colans Vater früh gezwungen, die Schmiede zu übernehmen, aber er machte es sogar noch besser als sein Vater. Colan hatte sowohl die Gelassenheit als auch die Verachtung für den Alkohol von ihm geerbt. Das Talent für die Schmiede lag den Boyles schon immer im Blut und so fragten sich die Städter, wie sich wohl der kleine Gawen schlagen würde. Aber sie vertrauten auf die Lehrjahre unter Colan und freuten sich, einen so vernünftigen Schmied in der Stadt zu haben.

Colan grüßte nur abwesend zurück, seine Blicke richteten sich auf die jungen Menschen, denen er begegnete, und wenn er nicht bald auf Ilari und Oskar stoßen wollte, würde ihm die Sorge um sie das Herz zersprengen. Als er an einem Gasthaus vorbeilief, das er nur vom Vorübergehen kannte, da er niemals in den Wirtshäusern der Stadt halt macht, blieb er kurz stehen, denn der

Lärm, der zu ihm hinaus drang, schien Wirtshauslärm zu sein, auf den ersten Blick. Doch irgendetwas erschien Colan falsch daran. Vielleicht weil ihm Ilari erzählt hatte, wie er damals Oskar vorgefunden hatte, als dieser von Edbert in die Zange genommen wurde. Irgendetwas Rhythmisches gab es auch hier zu hören und das ab und zu aufflammende Johlen der Männer war ungewöhnlich. Er war schon oft an einem Wirtshaus vorbeigekommen, hatte aber immer die Geräusche eher wie ein fließendes Gewässer wahrgenommen. Er war neugierig geworden und öffnete interessiert, aber sehr vorsichtig die Türe. Er wollte nur hineinsehen, als er von einer starken Hand hineingezogen wurde. Colan stolperte, sonst hätte er sich besser zur Wehr setzten können, aber als er wieder fest stand, waren schon drei bis vier Männer um ihn.

„Ja wen haben wir denn da?", fragte eine spöttische Stimme, die Rutbert von Eldingham gehörte. Er war betrunken und damit noch gefährlicher als sonst. Wenn er trank, vergaß er seine ganze Erziehung, die sowieso eher löchrig als vollständig war. Colan konnte zwischen den Köpfen der Männer, die ihn umringten, Oskar und dann auch ganz hinten Ilari ausmachen, der heute, weil Feiertag war, kein Schwert dabei hatte. Das war ein Fehler, dachte Colan jetzt. Denn ohne ein Schwert oder sonst eine Waffe saßen sie fest. Colan hatte keine Angst, aber ein Unbehagen beschlich ihn. Noch keimte kein Widerstand in ihm auf. Vielleicht weil der Vater ihm immer beigebracht hatte, sich in allen Lebenslagen ruhig zu verhalten. Die Männer lachten über ihn, weil sie betrunken waren und weil sie den Schmied noch niemals sich prügeln sehen hatten. Auch war er zu ruhig, um von ihnen ernst genommen zu werden. Die alten Geschichten von Colans Großvater kannten sie nicht, deshalb fingen sie an, Ilari, Oskar und Colan in ihre Mitte zu nehmen. Dort stießen sie sie herum, schlugen sie mit der flachen Hand und stellten ihnen ein Bein, damit sie zu Boden gingen, um sie dort zu treten, bis sie bluteten. Die drei sahen sich an und wussten angesichts der Überzahl und des beengten Raumes nicht, was zu tun war. Sie waren einfach überfordert. Ilari wünschte sich sein oder irgendein Schwert. Die drei waren schon fast grün und blau geschlagen, wurden dabei verhöhnt und angespuckt. Sie wirkten hoffnungslos und gedemütigt. Und alle drei glaubten, ihrem Ende nahe zu sein.

Edbert hielt sich dabei wie immer zurück. Er stand erhöht auf einem Schemel, sah zu und merkte sich jede einzelne Szene dieser Begebenheit genau. Da geschah es.

„Lass mich doch endlich auch einmal ein Nordschwein abstechen", hörten Ilari und Oskar plötzlich und sahen eine Wache der goldenen Mauer mit einem Schwert in der Hand auf Ilari zugehen. Auf Ilari hatte es der betrunkene Mann besonders abgesehen und deshalb achtete er nicht auf Edbert.

„Mach dich davon, komm ihnen nicht zu nahe", rief Edbert aufgeregt, denn er wusste, was ein Ilari mit einem Schwert bewerkstelligen konnte. Aber die Rufe Edberts verhalten ungehört, denn die Menge johlte und jubelte. Das sollte noch eine interessante, lange Nacht werden. Der Wachmann stieß einen besoffenen Kumpel und auch Rutbert zur Seite.

„Verschwindet, ihr Feiglinge, den großen Blonden da befördere ich jetzt ins Jenseits, den Feigling. Du dummes Schwein", höhnte er. „Dich steche ich ab wie meine Katze, als ich noch ein Knabe war. Dann schlitze ich deinen Bauch auf und sehe zu, wie deine stinkenden Därme herausquellen. Du bist dann noch nicht ganz tot, denn du spürst noch alles. Es gibt weiter im Süden so eine Tortur, die man Aufschlitzen nennt. Dort werden die Därme bei lebendigem Leib herausgerissen und der Mann wird anschließend verrecken lassen."

Der betrunkene Wachmann war ganz begeistert von seiner interessanten Idee und lächelte dumpf und glücklich.

Die Anwesenden hielten den Atem an, und Edbert, der sich schon viele Grausamkeiten ausgemalt hatte, war fasziniert von dem Schauspiel, dass sich ihm hier in der langen Nacht bieten sollte. Er war ganz aufmerksam und hörte dem Säufer zu, der weiter schrie, und ließ ihn besseren Wissens gewähren.

„Und wenn er dann quiekt wie ein Schwein, das am Spieß steckt, dann werde ich ihn langsam an der Kehle zu Tode drücken, bis er mit herausgequollenen Augen erstickt, dabei rühre ich in seinen Därmen, dass er sich wünscht, schneller zu sterben." Der Mann war so fasziniert von seiner langen Rede, dass er selber darüber lachte und Ilari den Rücken zudrehte.

„Nun begehst du einen Fehler", rief Ilari und stürzte sich unvermittelt auf den Schwertträger und entriss ihn den kalten Stahl. Es ist kein gutes Schwert, dachte sich Ilari, aber es wird seinen Dienst tun. Oskar, der den Tumult ausnutzte, zögerte nicht lange und fing an, seine Fäuste zu nutzen und auch Colan, der sich nicht mehr zurückhielt, schlug einen nach dem anderen nieder. Als sie sich freigekämpft hatten und unter den am Boden liegenden Edbert suchten, waren sowohl er als auch Rutbert von der Bildfläche verschwunden. Sie musste sich gleich zu Anfang davongemacht haben. Ilari war so zornig, dass er nach dem Hinterausgang suchte und Oskar und Colan zu sich rief, als er neben der Türe stand. Das geschah kein Minute zu früh, denn von vorne drangen, von den Nachbarn gerufen, frische Wachmänner in die Stube und fanden nur die am Boden Liegenden vor, die sich nach dem Aufwachen an nichts mehr zu erinnern schienen.

Die, die wussten, was vorgefallen war, schwiegen aus Angst vor Edbert, der als grausamer Feind galt und den kein einfacher Mann gegen sich haben wollte. Ilari und die beiden andern flüchteten sich wie gewohnt zu Hildburg, die ihnen Wein und eine ordentliche Strafpredigt gab. Als sie versorgt waren, meldete sich Colan zu Wort.

„Nichts für ungut, liebe Hildburg, aber hättest du nicht diese Burschen unter dein Laken gesteckt, hätte es heute Nacht keine Rauferei gegeben, die bei Licht betrachtet sehr wohl ins Auge hätte gehen können. Denn wenn nicht Ilari so blitzschnell reagiert hätte, dann wären wir wohl in der langen Nacht wie die Schweine abgestochen worden."

Hildburg sah Colan erschrocken an und bat die Männer, bei ihr zu bleiben, aber sie wollten zur Schmiede zurück. Ilari und Oskar wollten den Freund nicht alleine gehen lassen, aber nur Oskar begleitete ihn, denn Ilari hatte eine Verletzung, die ihn hinderte, noch in dieser Nacht mit den Freunden zu gehen. Colan traute Edbert nicht. Sein Haus stand nur mit Alwine zum Schutz im

Dunkel der Nacht. So drängte es ihn nach Hause wie vorher zu den Freunden. Doch diese Nacht sollte es ruhig bleiben. Nichts geschah mehr, so wie in den nächsten Wochen, bis der Frühling kam. Jedenfalls nicht in Dinora. Woanders aber auf Amber gab es Tote zu beklagen, denn die Tandhener waren mit dem Frühling wieder eingefallen.

Hildburg erzählt von Oskar

Ilari blieb ohne seine Freunde bei Hildburg zurück, die sich ärgerte, die beiden in solche Gefahr gebracht zu haben. Die Nacht war lang und Ilari, der sich um die Freunde sorgte, blickte ungeduldig um sich.

Hildburg sah es, und als sie so in die blauen Augen des jungen Mannes sah, erinnerte sie sich an alte Geschichten, die sie Ilari erzählte, der vor starken Schmerzen nicht schlafen konnte. So begann Hildburg.

Das Jahr, bevor Lady Aethel Ashby verschwand, war trocken, so trocken, dass die Würmer in der Erde sich tief nach unten in die feuchten Regionen verkrochen. Schon lange, bevor der Regen dauerhaft ausblieb, hatten die weisen Frauen die Dürre prophezeit. Sie deuteten die Zeichen des Himmels richtig. Es waren im Winter feuerrote, tanzende Wirbel in der Sonne zu sehen und die Sterne leuchteten des Nachts heller als sonst. Die Feuer brannten im Winter nicht so hoch wie gewohnt und Mal um Mal wurden verendete Tiere gefunden, die doch kein Raubtier gerissen hatte. Sie fielen einfach um und starben. Keiner, und wenn er auch noch so großen Hunger hatte, wagte es, sie zu verzehren. Die Heilerinnen befahlen, sie auf dem Scheiterhaufen zu verbrennen. Es musste im Schutze der Dunkelheit geschehen in den Wäldern, denn wenn der König davon erfahren hätte oder noch schlimmer die Tempelpriester, dann wären die einfachen Leute von ihnen bestraft worden. Die Priester verboten es den Menschen, auf die Seherinnen zu hören, aber alle wussten, dass die Himmelszeichen auch heute noch galten. Als die Frauen eine Hungersnot prophezeiten und behaupteten, der Regen bliebe das ganze Jahr über aus, hielten die Tempelpriester die Frauen für wahnsinnig und verboten ihnen zu sprechen. Weil sie aber von den Riten des

Nachts nichts wussten, die nur noch in Konbrogi im Westen gefeiert wurden, gingen sie nur kopfschüttelnd in ihre Gemäuer und ließen sie in Frieden. Es kam jedoch, wie es vorhergesagt wurde. Der Regen blieb aus.

Schon im Frühling fehlte der nötige Regen in Dinora, und als auch im Frühsommer die Frucht auf den Feldern nicht aufging, entschied sich König Bornwulf schließlich, seine Familie nach Kelis zu seinem Bruder König Arman zu schicken. Am Königshof in der Hauptstadt Derband waren sie vor dem Hunger sicher. Dort regnete es genug und Kelis litt nicht unter der Hungersnot, die Dinora erfasst hatte. Die Königin hielt sich mit ihren Kindern das ganze Jahr dort auf. Hier in Dinora mussten alle den Gürtel enger schnallen. Es gab kaum genügend Nahrungsmittel für die Kinder. Für die Erwachsenen blieb kaum etwas zum Essen übrig. Als nach dem vertrockneten, heißen Sommer die Wälder Dinoras lichterloh brannten und die Flüsse kein Wasser führten, um die Brände zu löschen, und auch noch der Winter früh ins Land zog, zu lang und zu hart für die Verhältnisse im Süden, starben im ganzen Land vor allem die neugeborenen Säuglinge und die alten, schwachen Menschen. Sie hatten, vom Hunger geschwächt, der einbrechenden Kälte nichts mehr entgegenzusetzen. Selbst der König litt Hunger, aber er war froh, wenigstens seine Familie in Sicherheit gebracht zu haben.

Als das zeitige Frühjahr im Jahr darauf hell und scherzhaft ins Land zog, als wäre nichts zuvor geschehen, und mit ihm der ersehnte Regen die vertrockneten Felder nässte und sie daraufhin wieder prall unter der Last ihrer Früchte standen, schickte Bornwulf Boten nach Kelis. Er wünschte sich die Kinder und seine Frau zurück. Als der Tross mit dem dinorischen Gefolge aufbrach, um die Königin zurückzuholen und nicht mehr zu erreichen war, erhielt König Bornwulf beängstigende Nachrichten aus Kelis. Die tandhener Eindringlinge, die sich weit entfernt der Hauptstadt Derband an der der Küste in Kelis eingenistet hatten, drangen lärmend in das Landesinnere ein. Wohin ihre Angriffslust sich genau wendete, wusste man nicht, aber da der Tross der

Königin schon aufgebrochen war, konnte man nur hoffen, dass sie in Frieden gelassen würden. König Arman, der schon früher als sein Bruder von seinen Spionen darüber informiert war, was sich in seinem Land zutrug, wollte seine Schwägerin davon abhalten abzureisen, bevor er die Lage unter Kontrolle gebracht hätte. Aber Königin Eadgyth bestand auf ihrer Abreise. Es war nach Armans Ansicht ein unsinniger und unheilvoller Schritt, aber er konnte die Königin nicht gegen ihren Willen aufhalten. Das Einzige, was er machen konnte, war, seinem Bruder unverzüglich Boten mit Nachrichten zu schicken, damit man der Königin von Dinora aus mit Hilfe entgegenkam. König Arman hatte vermieden, den Tross und die Kutsche mit königlichen Insignien auszustatten, damit bei einem möglichen Zusammenstoß mit den Eindringlingen der Status der Reisenden unbekannt blieb. Man konnte dann nur erahnen, dass es sich um wohlhabende Bürger handelte. Auf eine adelige Herkunft konnte man nur als Einheimischer schließen. Damit würde eine Lösegeldforderung vielleicht vermieden, falls die Mitglieder des Trosses als Geiseln genommen werden würden.

Der Angriff der Nordleute geschah in einer hellen Sommernacht, als die Entourage an einem Fluss lagerte. Königin Eadgyth, die nicht schlafen konnte, hatte ihr Lager verlassen und stand am Flussufer. Sie wollte endlich wieder in Tamweld sein, vermisste ihren Mann und die Sicherheit der Goldenen Mauern. Sie blickte in die Dunkelheit hinein und wähnte zwei leuchtende Punkte gesehen zu haben. Hier in der Wildnis, die ihr keinen Schutz gewährte, waren ihre Sinne geschärft und sie bemerkte mit gestochenem Blick noch mehr Lichter am anderen Ufer sich bewegen. Sie sah ein drittes Mal diese Lichter aufblitzen. Ihr Herz fing augenblicklich an zu pochen, als wollte es aus ihrer Brust springen. Deshalb zögerte sie nicht lange und wies umgehend die Wachen an, die Kinder in Sicherheit zu bringen. Lady Aethel Ashby, die kinderlos war und die die Sicherheit der Königin gewährleisten wollte, blieb im Lager als Grund für den Geleitzug, der sich durch das Land bewegte. Die Königin erklärte sich mit dem Opfer der Dienerin einverstanden, umarmte sie ein letztes

Mal, befahl sie in die Hände der Götter und schlich mit ihren Kindern und einigen Wachmännern vom Flussufer in die Sicherheit des nahen Waldes. Dort auf dem Boden, in der Obhut einer hastig gegrabenen Grube kauernd, beobachtete sie den Angriff der Tandhener, die über den Fluss kamen, an dem die Königin eben noch gelagert hatte. Sie waren dumm genug gewesen, an der flachen Furt zu lagern, durch die die Angreifer jetzt unvermittelt das Lager erstürmten. Die Königin war bestürzt, denn sie hätten weiterziehen sollen, dann wäre Lady Aethels Opfer unnötig gewesen. Die Vorwürfe, die sich Königin Eadgyth von da an machte, raubten ihr noch lange den Schlaf.

Königin Eadgyth musste mit ansehen, wie der übrige Tross von den Tandhenern inspiziert und Lady Aethel gefangengenommen wurde. Lady Aethel, die als eine der schönsten Frauen Dinoras galt, wurde von einem der größten Männer, der in der vordersten Reihe ritt, er war blond, breit und beeindruckend groß, in Augenschein genommen und von ihm auf ein Pferd gebunden. Sie ritten mit ihr davon. Die Güter der Königin stahlen sie, und als sie verschwunden waren, krochen die Königin und ihre Kinder hervor und liefen sehr, sehr lange am Fluss entlang, bis sie an einen Gutshof kamen und von dort, mit Pferden ausgestattet, nach unendlich langer Zeit die dinorische Grenze überschritten.

Lady Aethel blieb von da an verschwunden. Es kam auch keine Lösegeldforderung von den Tandhenern, die man gerne beglichen hätte. Die Feinde hatten sich wieder im Hinterland von Kelis eingenistet. Mehr als fünf Jahre vergingen, und man hatte Lady Aethel schließlich schweren Herzens aufgegeben, als sie eines Tages, verkratzt, zerschunden und abgemagert in Tamweld, der goldenen Stadt Bornwulfs, auftauchte. Sie war gelaufen, alleine, den ganzen Weg von Kelis nach Tandhen. Sie brachte einen abgemagerten, blonden Jungen mit, der schon beachtlich groß war für sein Alter von etwa viereinhalb Jahren. Er war zwar dürr wie eine Bohnenstange, kam aber zäh und temperamentvoll daher. Lady Aethel gestand, dass dies ihr Sohn Oskar war, den sie in der Gefangenschaft zur Welt gebracht hatte. Die jüngere Tochter, die sie im letzten Sommer geboren hatte, war zu klein und schwach, um den langen Weg nach Tamweld zu überstehen. Sie verstarb wohl, sagte die Mutter mit schmerzverzerrtem Gesicht. Sie gestand, das schwache Kleinkind bei Bauern in Kelis gelassen zu haben, die versprachen, sie anständig zu beerdigen, wenn der Fall eintrat. Sie schenkte den Bauersleuten ein goldenes Talerstück für ihre Mühe und war selig, als sie bemerkte, mit welcher Fürsorge sich die Bäuerin um die kleine, dunkelhaarige Tochter kümmerte. Sie trug den Namen Elisa und war der Mutter wie aus dem Gesicht geschnitten, nur blaue Augen hatte sie, das war sehr ungewöhnlich, tat ihrem Äußeren aber keinen Abbruch. Im Gegenteil, die Augen, hell und strahlend wie Oskars, standen ihr gut zu Gesicht. Königin Eadgyth versuchte, die junge Mutter dazu zu bewegen, das Kind zurückzuholen, denn sie sah, wie sehr Lady Aethel an ihr hing, aber diese weigerte sich fest in dem Glauben, das Kind sei schon längst verstorben. Den Jungen hätte sie auch gerne dort gelassen, noch lieber als das Mädchen, aber ihn wollten die einfachen Leute nicht haben, obwohl er kräftig war und ihnen bei ihrem Tagewerk eine gute Hilfe gewesen wäre. Er glich den Eroberern zu sehr, davor fürchteten sich diese einfachen Menschen.

„Er kommt nach seinem Vater", flüsterte Lady Aethel beschämt. Sie liebte ihn nicht. Gegen ihren Willen gezeugt und unter Flüchen und Verwünschungen geboren, zog sie ihn den ganzen Weg über widerwillig hinter sich her, hoffte, wie unbarmherzig sie doch war, er würde wie die Schwester versterben, was er nicht tat. Er hatte die Ausdauer der Nordmänner geerbt, leider. Aber jetzt wollt sie ihn nicht mehr sehen. Sie ließ ihn bei Königin Eadgyth, die ihn wegen ihres schlechten Gewissens Lady Aethel gegenüber und als Buße für ihre Fehlentscheidung vor vielen Jahren, an Kindes statt annahm. Im Stillen imponierte ihr die Zähigkeit des Jungen und ihr gefielen seine blauen Augen, die so außerordentlich temperamentvoll und ehrlich in die Welt sahen. Er war ein unschuldiges Geschöpf, mit reichlich Lebenskraft und Energie ausgestattet, und er konnte nichts dafür, wer ihn in diese Welt gesetzt hatte und zu welchem Zweck. Deshalb beschloss Königin Eadgyth, ihn zu lieben, so wie sie ihre eigenen Kinder liebte. In ihrer Kinderschar war er im Moment das jüngste Kind. Das sollte sich zwei Jahre später noch ändern, aber damals glaubte sie, keine Kinder mehr zu bekommen und freute sich deshalb besonders auf diesen Jungen.

„Du willst dieses Kind wirklich bei uns aufwachsen lassen?", fragte ihr Gatte ein wenig irritiert, denn sie hatten vor einigen Jahren schon Morwenna, die elternlose Erbin von Falkenweld, aufgenommen, die hier groß wurde und für Eadgyth wie ein Kind war. Wie groß konnte das Herz seiner Frau noch sein. Nicht dass er ursächlich etwas dagegen hatte, diese Kinder an seinem Tisch aufwachsen zu lassen. Es gab genug Schmarotzer an seinem Hof, die er auf seine Kosten durchfütterte, aber dieser Junge bildete eine Ausnahme, denn er war ein Teil der Eroberer aus dem Norden, die ohne Gnade hier einfielen und sich breitmachten, den Bauern ihr Land nahmen, sie unterdrückten und sich gnadenlos gaben. Warum sollte er einen Spross dieser Lenden bei sich behalten, so fragte er seine Frau.

„Nun zum einen, weil er ein unschuldiges Kind ist und du den Zweck seiner Geburt nicht kennst, und zum anderen, weil er dein Neffe ist, wenn auch nur zur Hälfte, und du dein Blut nicht verleugnen kannst, egal mit welchem anderen es sich sonst gemischt haben mag. Und weil ich Herzlichkeit und Ehrlichkeit in seinem Wesen gesehen habe. Die gleiche, die du in dir hast. Er hat nicht deine Ruhe, aber das muss er auch nicht. Aethel ist dir immer eine gute und ehrliche Halbschwester gewesen. Sie war dir treu, so treu, dass sie für mich in die Gefangenschaft der Tandhener ging. Offenen Auges und mutig. Mit dieser Tat hat sie ihre Neffen und Nichten gerettet. Was weigerst du dich also, diesen Jungen, den sie gegen ihren Willen empfangen und zur Welt gebracht hat, hier bei uns in Frieden aufwachsen zu lassen, als einen Botschafter seines Landes, der Feinde ja, aber eben auch ein Kind. Seine Mutter will ihn nicht, das kann ich gut verstehen. Lassen wir sie in den Süden gehen, wie sie es wünscht, ohne ihn. Und bereiten wir ihr ein gutes Leben, auf dass sie die Dinge, die geschehen sind, vergessen kann und ihren Frieden findet. Ich kümmere mich um Oskar. Es wird mir schon gelingen, einen guten Menschen aus ihm zu machen."

Die Königin schwieg, so wie es ihr Mann tat, der sah, dass es hier nichts mehr zu entscheiden gab. Die Würfel waren gefallen, sollte der Knabe also unter seiner Führung erwachsen werden. Aber er entschied, dass er mit dem passenden Alter in den Tempel gesteckt werden sollte, damit der Wunsch der Königin, einen guten Menschen aus ihm zu manchen, auch fest untermauert würde.

Lady Aethel wurde in den Süden gebracht und Oskar wuchs nun am Hof des Königs auf. Er kam in den Tempel hier in Tamweld, in dem er auf Rutbert und Edbert traf, die sich beide geschworen hatten, den Nordleuten und den Konbrogi den Garaus zu machen.

„Edbert ist für den Tod eines konbrogischen Dieners verantwortlich", sagte Hildburg aufgeregt zu Ilari. „Wir konnten es ihm nur nie nachweisen, doch wir wissen es. Aber das passierte erst später. Zuerst hielt sich Edbert an Oskar im Tempel schadlos, bis dem Jungen mit acht Jahren und der Größe eines zwölfjährigen der Geduldsfaden riss. Er griff Rutbert an und verletzte ihn ernsthaft. Oskar wurde schließlich aus dem Tempel verbannt und als Knappe an einen anderen Ort gebracht. Kurz bevor du zu uns kamst, wurde er wieder hierher geschickt. Er hatte sich dort nicht einleben können", flüsterte Hildburg. „Er hat dort einen anderen Knappen beinahe zu Tode gebracht. Seitdem war er hier und musste sich von Edbert allerhand gefallen lassen. Der König hat nichts von alledem erfahren, denn Oskar schämte sich über die ständigen Demütigungen, die ihm von Edbert widerfuhren, und verbot allen Dienstboten, ein Wort darüber zu verlieren. Wenn er erfährt, dass du seine Geschichte von mir gehört hast, dann wird er fuchsteufelswild werden, und das ist dann sehr spaßig anzusehen. Wir von der Dienerschaft lieben diesen Jungen, denn wir liebten auch seine Mutter, Lady Aethel. Er sieht zwar aus wie ein Tandhener, aber er hat das Wesen seiner Mutter geerbt. Ihre Treue, Ehrlichkeit und Anhänglichkeit. Oskar geht für jemanden, den er liebt, durchs Feuer, ohne Rücksicht auf sich selbst zu nehmen. Sein Temperament, das alle auf das Erbe seines Vaters schieben, muss er nicht von ihm haben, denn der alte König Hereweald war immer ein aufschäumender Charakter, der stets handelte, bevor er dachte. Oskar gleicht seinem Großvater, das sagen jedenfalls die alten Leute hier in Tamweld. Und das weiß auch König Bornwulf. Er hat durch das Zusammenleben mit Oskar und die Schwierigkeiten, die er machte, jedenfalls begriffen, dass man mit den Nordleuten besser friedlich Verträge aushandeln sollte. Deswegen hat er einen Vertrag mit deinem König Halfdan im Norgan unterschrieben. So bist du zu uns gekommen und hast, ich danke den Göttern, mir meinen Oskar vor Edberts Rache geschützt. Sie küsste Ilari noch einmal und versicherte ihm ihren Respekt.

Ilari war nachdenklich geworden, als er die Geschichten über Oskar hörte. Der junge Mann hatte es sehr schwer gehabt und nie so etwas wie Freundschaft kennengelernt, dachte er. Seine Charaktereigenschaften, von denen Hildburg sprach, passten ebenso ausgezeichnet auf die eines guten Nordländers, die es in der Tat auch gab. Das wusste man hier nicht oder nahm es nicht zur Kenntnis. So dachte er, sagte es aber Hildburg nicht, denn Ilari begriff jetzt auch, wie tief der Hass auf die tandhener Eindringlinge hier im Süden war. So tief, dass man jegliche Vernunft vergaß. Das konnte ihm genauso wie Oskar zuletzt sehr gefährlich werden. Ilari beschloss, von nun an auf der Hut zu sein.

132

Edberts Plan

„Es wird Zeit, diesem Schmied zu zeigen, wo seine Grenzen liegen", schimpfte Edbert vor sich hin. Er war in einer gefährlichen Stimmung, denn der Zusammenstoß im Wirtshaus war nicht in seinem Sinn abgelaufen. Er hätte sich gewünscht, Ilari, Oskar und dem Schmied endlich das Maul gründlich zu stopfen und sie ein für alle Mal zum Schweigen zu bringen. Er hätte die Vorgänge im Nachhinein schon so bereinigt, dass ihre und besonders seine Hände sauber geblieben wären. Wer kümmerte sich schon um einen dahergelaufenen Norganer und diesen Bastard einer Dienerin, mochte sie noch so sehr ein Bastard des alten König Hereweald sein. Wenn er erst einmal Morwenna zur Frau hätte, dann würde er seine Macht gezielt einsetzen, um den Turgods wieder auf den Thron zu verhelfen. Er hätte sich schon intensiver um die Heirat mit ihr kümmern und sich nicht von Bornwulf auf die Warteliste setzten lassen sollen. Aber das würde sich jetzt ändern. Er musste Bornwulf ein Angebot machen, das er nicht ablehnen konnte. Wäre das ganze Land in seinem Besitz, dann würde er seine Truppen an der Grenze zusammenziehen und, falls Rutbert, der einen gewissen Einfluss auf Herzog Aldwyn hatte, sich dazu durchringen konnte, mit ihm eine Allianz bilden. Dann wären Bornwulfs Tage gezählt. Er zöge mit seinem Heer nach Tamweld und würde dem Zauberer den Garaus machen. Herzog Aldwyn selbst hatte kein Interesse an einem Machtwechsel, davon musste sich Edbert überzeugen lassen, als er vor einiger Zeit vorsichtig seine Fühler ausgestreckt hatte. Er hatte von Aldwyn unmissverständlich eine Abfuhr für seinen hypothetischen Vorschlag erhalten. Es war nur gut, dass sich Edbert damals sehr vage ausgedrückt hatte. Der Alte dachte sich nichts dabei, er hätte es sicher bemerkt, wenn dem Herzog seine Absichten klar geworden wären. Aldwyn von Eldingham verhielt sich danach immer noch genauso freundlich zu ihm wie vorher, immer ein wenig zu herablassend und belehrend, aber sich seiner sicher. Er tätschelte Edbert damals freundlich die Wange wie einem unmündigen Kind, dessen Gedanken einen sehr erheitern. Wie auch immer, so war es gut, dann hegte Aldwyn keinen Verdacht. Das alles deckte sich mit den Berichten Rutberts. Der Herzog war einfach einzuschätzen. Wer einmal seine Loyalität besaß, verlor sie durch nichts. Und seine Begriffsstutzigkeit war dieselbe, die er von Rutbert kannte. Rutbert Eldingham hatte keinen Sinn für komplizierte, taktische Vorgänge, aber er war der zukünftige Erbe des Herzogtums der Eldingham, schon alleine deshalb musste er sich mit diesem Einfaltspinsel abgeben, den er ansonsten im Straßengraben verrecken ließe. Und er kannte die ganze Leibgarde des Königs und soff mit den Wächtern der goldenen Mauern. Diese Beziehungsgeflechte waren nicht mit Gold aufzuwiegen. Denn diese Männer waren käuflich und hatten einen Narren an Rutbert gefressen. Sie würden ihm folgen, wenn es zu einem Aufstand gegen König Bornwulf käme. Die Leibgarde des Königs stand hinter Rutbert von Eldingham und die Hälfte der Garde ebenso. Edbert hatte ein Geflecht an Spionen aufgebaut, die sich im Land bewegten und ihn über alle Vorgänge an den Grenzen Dinoras auf dem Laufenden hielt. Edbert wollte nichts dem Zufall überlassen. So war er schon früh darüber unterrichtet worden, dass die Tandhener erneut zu Raubzügen aufgebrochen waren. Würden sie sich Dinora zuwenden, dann wäre Edbert der Erste, der sich mit ihnen zusammenraufen würde. Es sollte ihm nicht schwerfallen, ihnen ein günstiges Angebot zu machen, und wenn er mit ihrer Hilfe der neue König von Dinora wäre, triebe er sie mit aller Macht wieder aus seinem Land hinaus.

Als sich die Türe abrupt öffnete, drehte sich Edbert überrascht um. Rutbert kam herein.

„Hast du deine Manieren vergessen?", bluffte ihn Edbert besonders gereizt an. Rutbert war erstaunt über diese Begrüßung, aber er hatte ein dickes Fell. Er ließ sich seinen Ärger nicht anmerken, denn er kannte Edbert von Kindesbeinen an. Rutbert las in Edberts Launen, wie es sonst keiner konnte, und er hatte vor ihm keine Angst wie alle anderen, die mit ihm zu tun hatten und seinen unberechenbaren Charakter fürchteten. Wusste Rutbert doch, wie ein Ausbruch sofort gezügelt werden konnte.

„Dir ist eine Laus über die Leber gelaufen", sagte er amüsiert und grinste Edbert unverschämt an.

„Was willst du von mir", antwortete ihm Edbert knurrend. Rutbert lächelte verschlagen und ging auf Edbert zu.

„Heißt die Laus etwa Colan Boyle und ist er der Ziehvater deines Bastards Gawen?", fragte Rutbert stichelnd.

„Deine boshaften Anspielungen kannst du dir sparen", warf ihm Edbert wutschnaubend entgegen. Rutbert hob belustigt die Augenbraue, dann entschied er, sich nicht weiter auf Edberts Kosten zu erheitern, denn er wusste, wann das Maß voll war. Rutbert jedoch war immer wieder erstaunt, wie schnell die Stimmung bei Edbert kippen konnte, gerade bei vermeintlich abgehackten Themen, an denen er nach außen keinerlei Interesse zeigte. Rutbert würde zu einem anderen Zeitpunkt auf dieses Thema zurückkommen, das gelöst werden musste, denn Gawen war Edberts Achillesverse. Zudem langweilte Rutbert die ständig wiederkehrende Dramatik, die mit der Person Gawens einherging. Ihn langweilte seit einiger Zeit sowieso viel von dem, was mit Edbert zusammenhing. Die Schwarze Horde war ungemütlich und erhielt zu viel Macht von Edbert. Sie verunsicherte auch Rutberts Sinn für ein angemessenes Gleichgewicht der Kräfte. Denn diese Männer waren allesamt rücksichtslos und ohne Moral. Völlig anders als die käuflichen Männer der Wache oder die anderen Soldaten, die für ein Goldstück einen kleinen Dienst für Edbert ausführten. Rutbert ging an den Tisch und griff sich von den prallen, saftigen Trauben. Er hatte noch nicht gefrühstückt, in der lausigen Pension gab es nur den widerlichen Haferschleim, den Rutbert nach einem Saufgelage nicht herunterwürgen konnte. Sein Vater gab ihm eindeutig zu wenig finanzielle Unterstützung. Der Alte war doch tatsächlich der Meinung, ein Eldingham musste das Maßhalten lernen. Er hatte nicht ganz unrecht, der Alte, dachte Rutbert nachdenklich, denn wenn er sein Geld nicht ständig beim Spielen oder Huren verlieren würde, könnte er sich ein schönes Leben machen. Sein Salär war reichlich bemessen, das immerhin erkannte Rutbert, auch wenn er gerne selbst entscheiden wollte, wie viel Geld er bekam. Rutbert war ungehalten über die Gängelungen seines Vaters, der immer noch glaubte, ihn erziehen zu können. Wie praktisch wäre es doch, der Alte würde einfach verschwinden. Oder auch nicht?

Rutbert dachte nach, er fand an Edberts leidigem Machtstreben keinen Gefallen mehr, denn ein König Edbert war an sich schon eine lächerliche Anmaßung, aber dazu würde es nie kommen, denn ein Edbert von Turgod hätte niemals Macht, gleichgültig wie viel Geld und Land hinter ihm stünde. Denn er war unausstehlich und widerwärtig, ihm würde keiner folgen, auch wenn Edbert davon überzeugt war. Rutbert kannte die Meinungen der Männer, mit denen er saufen ging, denn nichts hält eine Freundschaft besser in Gang als ein Saufgelage und der gelegentliche, gemeinsame Besuch des Hurenhauses.

Edberts sadistische Ausbrüche waren ihm schon seit dem Übergriff auf Colan Boyles Frau lästig und er bemerkte, dass er mit Edbert in immer brenzligere Situationen hineingezwungen wurde. Denn freiwillig nahm er an keiner Unternehmung Edberts mehr teil. Rutbert Eldingham besaß einen eher rustikalen Charakter. Er störte sich nicht an Blut und Schmerzen, teilte aus, steckte ungern ein, das fand er normal. Aber wenn Edbert mit einem Mädchen zugange war, dann musste sich Rutbert des Öfteren hinterher übergeben. Rutbert, der finanziell von Edbert abhängig war, kannte die Geschichte der Magd Alwine. Er hatte sie damals als erster erfahren, auch ein Edbert war nur ein Mensch, wenn auch ein völlig verdorbener, der von der Anteilnahme und Wertschätzung eines anderen Menschen abhängig war. Deshalb brauchte er einen Vertrauten und ausgerechnet Rutbert war von ihm dazu auserkoren worden. Die Magd hatte einiges durchzustehen, und Rutbert war der Meinung, dass Edbert ihren Sohn endlich in Frieden lassen sollte. Der Junge wuchs in geordneten Verhältnissen auf, und falls er den düsteren Charakter des Vaters geerbt hatte, war es dringend nötig, ihn streng und maßvoll zu erziehen. Ein Vorbild wie Edbert könnte sich nur verhängnisvoll auf Gawen auswirken und noch so ein Monster wie Edbert zu erschaffen, daran mochte Rutbert nicht beteiligt sein.

Rutbert sah den Freund an und war erstaunt, wie gebildet und zurückhaltend er wieder wirkte. Kaum einer, der mit ihm zu tun hatte, ahnte, was für eine Bestie er war, möglicherweise war sogar der König damit einverstanden, ihm Morwenna zur Frau zu geben. Das arme Ding, er hoffte, eine Art Instinkt würde Bornwulf davon abhalten. Er jedenfalls würde ihm keinen Hinweis geben, selbst wenn er Morwenna für einen reizenden, kleinen Käfer hielt. Das Leben ist eben ungerecht. Aber egal, dachte er sich, ich brauche jetzt einen Krug Wein und ein ordentliches Frühstück. Das alles finde ich hier, das Gejammer Edberts muss ich eben ausblenden.

„Wir müssen Gawen zu uns holen", sagte Edbert unvermittelt zu Rutbert und griff ihm in den Arm, als sich dieser erneut vom Wein eingießen wollte. Rutbert glaubte, nicht richtig zu hören.

„Warum und wie sollte das geschehen?", fragte er Edbert, aber dieser antwortete ihm nicht.

„Die Nordländer müssen auch sterben, und wenn wir schon einmal dabei sind, wird Colan gleich mit daran glauben müssen, denn schließlich hat er gestern Abend verhindert, dass wir mit den Nordlingen unseren Spaß hatten."

Rutbert rollte mit den Augen und sagte dann jedoch ganz gelassen zu Edbert: „Wie willst du das anstellen, du hast doch gesehen, wie erfolgreich wir gestern mit dieser überragenden Überzahl an Männern waren. Den dreien ist nicht beizukommen. Und ich habe keine Lust in das Schussfeld Colans zu geraten, denn ich kenne die Geschichte seines Großvaters. Vater hat sie mir einmal erzählt. Der Zorn dieses Mannes ist unkalkulierbar, einmal geweckt, geht der Schuss nach hinten los. Colan ist ein geschickter, kräftiger Gegner und kaltblütig, wenn nötig."

„Colan kann außer Gefecht gesetzt werden, ohne ihm auch nur ein Haar zu krümmen, das veranlasse ich schon."

„Dann hast du aber noch mit Ilari zu tun, der sogar, wenn er in Lebensgefahr ist, noch einen kühlen Kopf behält. Wie er sich gestern mit diesem billigen Schwert aus der Bredouille gebracht hat, war beeindruckend. Das habe ich sogar noch im Suff erkannt und Oskar ist ein Temperamentsbündel und ebenso wenig mit dem drohenden Tod zu beeindrucken. Ich lasse meine Finger davon, denn sonst wird mein Vater auch noch ungehalten. Denn wenn Oskar stirbt, vermutet der alte Zausel sicher meine Beteiligung daran."

Rutbert goss sich den Wein endlich ein und machte mit seiner ganzen Haltung klar, dass Edbert zu weit ging mit seinen Vorschlägen.

Edbert platzte fast vor Wut, denn er brauchte Rutbert. Nur für ihn würden die Männer, die nötig waren, seine Pläne umzusetzen, daran teilhaben. Wie der Schmarotzer dasaß und seinen Wein in sich hineingoss, ekelte Edbert an. Aber gerade jetzt musste er sich zum Lächeln zwingen. Hier musste er Stärke zeigen. Ruhe war vonnöten, er konnte es sich nicht leisten, Rutbert zu verprellen. Edbert drehte sich zum Fenster, atmete tief durch, genoss die Sonne, die durch das Fenster fiel und legte den Schalter um. Er hatte sich wieder im Griff. Als er auf Rutbert zuging, lächelte er und Rutbert blieb der Bissen vor Erstaunen fast im Hals stecken. Er wusste, Edbert würde es wieder tun, ihn zwingen, sich an seinem Wahnsinn zu beteiligen. Edbert hatte ihn völlig in der Hand. Rutbert würgte den Brocken Essen und die Wut seiner Abhängigkeit hinunter. Nun ging Edbert entschieden zu weit. Er wollte mit dieser Sache nichts zu tun haben und auch aus den künftigen herausgehalten werden. Zuerst musste er diesen Irrsinn abschwächen. Colan konnte noch gerettet werden und Oskar durfte nichts geschehen, denn dann wäre der König an der Untersuchung des Falles beteiligt. Auch wenn Edbert König Bornwulf für einen Esel hielt, so hatte dieser einen fein gesponnenen Apparat an Spionen aufgebaut, der so ziemlich jede dreckige Geschichte aufdeckte. Rutbert beschloss instinktiv, Ilari zu opfern, denn an ihm wäre Edbert am meisten interessiert. Ilari war mutig und kannte Edberts Abgründe. Das machte Edbert Angst. Ilari wäre das nötige Bauernopfer, an ihm lag niemand in Tamweld etwas. Nach langem Hin und Her hatte Rutbert Edbert schließlich soweit. Ilari war das einzige Ziel und damit geriet Rutbert aus der Schussrichtung. Edbert gab nach. Das wunderte Rutbert zwar für einen kurzen Augenblick, doch dann interessierte es ihn nicht mehr, denn ihm gefiel seine taktische Vorgehensweise. Edbert lächelte immer noch. Edberts hinterhältige Pläne wurden für eine lange Weile auf Eis gelegt, denn es musste erst wieder Ruhe einkehren. Ilari, der unter dem Kommando Prinz Raedwulfs stand, hatte so viel mit den Truppen zu tun, dass kein Herankommen an den verhassten Norganer und seinem Freund Oskar war. Noch nicht. Es würde sich eine Gelegenheit finden. Edbert lächelte zufrieden.

Ein rauschendes Fest

Die Königin lud an Alban Ostar, dem Frühlingsfest der Dinoraner, zu ihrem Geburtstag ein. Sie feierte ihn am Tag der Tagundnachtgleiche. Das war ein einzigartiger und glücklicher Umstand, und Ilari, der vor einem Jahr aus dem Norden nach Tamweld gekommen war, hatte dieses Fest nur um einen Wimpernschlag verpasst. Heute jedoch sollte er daran teilnehmen. Die ganze Dienerschaft war schon vor Sonnenaufgang auf den Beinen. Sie hatten nur kurz geruht, denn am Vortag waren die Lämmer, die man geschlachtet hatte, zum Braten vorbereitet worden. Man war bis in die Nacht hinein beschäftigt gewesen. Oskar hatte Ilari von diesem Fest, das jedes Jahr stattfand und das festlicher gefeiert wurde als des Königs Geburtstag, in den schillerndsten Farben erzählt. Der König hatte im Herbst zur Ernte Geburtstag, doch zu dieser Zeit konnte man keine Hand entbehren. Deshalb wurde für das Volk der Geburtstag der Königin prächtiger gefeiert. Quasi als Entschädigung, weil es viel besser in den Jahreslauf passte.

Auch Ilari Thorbjörnson war schon vor Sonnenaufgang auf dem Hof des Palastes unterwegs. Er kümmerte sich um die Pferde des Festzuges und darum, dass Raedwulfs Männer ordentlich herausgeputzt wurden. Denn aus ihrer kleinen, eingeschworenen Gemeinschaft hatte er im letzten halben Jahr eine verschworene Truppe, kampfstark und mutig, geformt. Diese Gemeinsamkeit drückte der Prinz mit den neuen Uniformen aus, die er seinen Leuten auf den Leib geschneidert hatte. Als Ilari mit Oskar über den Hof ging, stockte Ilari plötzlich der Atem, denn er sah im Garten der Königin ein Mädchen, schöner als die Sonne, das damit beschäftigt war, einen Strauß Blumen zu pflücken. Die Königin, die auch im Garten war, um die Plünderung der Blumen zu beaufsichtigen, lächelte Ilari aufmerksam zu, doch der schien gar nicht ihre Anwesenheit wahrzunehmen.

Ilari ging ohne zu zögern auf den Garten der Königin zu und durchschritt das Tor, ohne Eadgyth zu bemerken.

Das Mädchen, dem er nachsah, lief konzentriert im Garten der Königin umher und schnitt einen Strauß Blumen. Dabei besah sie sich jede einzelne Blüte genau und wertete sie als für geeignet oder, was viel häufiger vorkam, als völlig indiskutabel für den Strauß, den sie sich zusammenstellte. Ilari sah ihr neugierig zu, denn er hatte noch nie eine junge Frau mit solcher Inbrunst Blumen schneiden sehen. Wenn er es richtig bedachte, dann pflückten bei ihm zu Hause nur die kleinen Mädchen manchmal einen Feldblumenstrauß, den sie der Mutter mitbrachten, der dann, bis er verwelkte, in einem Krug in der Küche stand.

Es fesselte ihn, wie diese Person so inniglich mit den Blumen beschäftigt war und wie sie dabei auf die allerschönste Weise sang, die er je gehört hatte. Er bemerkte, dass sie sich besonders leichtfüßig bewegte. Sie hatte einen schlanken Mädchenkörper, der sich immer zu den Rosensträußen hinbewegte. Wenn sie den Kopf senkte, um besser zu sehen, bog sie ihren Hals wie ein Schwan elegant nach vorne. Ihre feuerroten Haare, die unter der züchtigen Haube hervorlugten, brannten lichterloh im Sonnenlicht. Ilari ging näher an das Tor heran, suchte sie, als sie aus seinem Blickwinkel entschwand, so lange, bis er sie erneut erblickte, und dann folgten seine Augen ihrem Weg weiter unbeirrt. Nach einer Weile, in der er die Zeit vergessen hatte, hörte er Königin Eadgyths helle Stimme, die wie ein federleichtes Lächeln klang.

„Es ist schön, dass ihr euch so weit in den königlichen Rosengarten hereingewagt habt. Das ist eigentlich das Refugium der Frauen, und kaum ein Mann kommt mit dieser gleichmütigen Sicherheit hier herein, die ihr an den Tag legt. Für gemeinhin sehe ich Unbehagen und Ängstlichkeit in den Augen der Männer, die hier hereinspazieren müssen. Ihr aber seid mit einer Selbstsicherheit ausgestattet, die ich bewundere. Ist das der legendäre

Mut der Nordländer, von dem man immer wieder zu hören bekommt?", bemerkte sie ein wenig listig.

Sie griff Ilari am Arm, weil dieser offensichtlich nicht mehr von dieser Welt zu sein schien. Ein überraschter Blick von ihm versicherte der Königin aber, dass er wieder bei ihr war.

Königin Eadgyth war die bestaussehende Frau in den Dreißigern, der er je begegnet war. Ihre mädchenhafte Gestalt unterschied sich kaum von der ihrer Hofdamen, obwohl sie acht Kinder zur Welt gebracht hatte. Wenn sie lachte, ging Ilari das Herz über. Ihr Lachen erinnerte ihn an Unnas glockenhelles Lachen, und weil er sie bis dahin schlicht vergessen hatte, stiegen die Erinnerungen an sie nun noch stärker in ihm auf.

„Habt ihr meine letzten Worte gehört?", fragte Eadgyth belustigt, die sah, dass Ilari um sich blickte und das junge Mädchen, das verschwunden war, zu suchen schien.

Er sah wieder seiner Herrscherin in die Augen und fing an, unzusammenhängend auf Norganisch zu stammeln. Königin Eadgyth lachte hell auf und beruhigte dann Ilari, der von sich selbst erstaunt schien.

„Lasst es gut sein, ich verstehen euer Sprache sehr gut."

Die Königin gab dem rothaarigen Mädchen, das unvermittelt wieder bei ihnen aufgetaucht war, eine Anweisung, die Ilari nicht verstand und die auch der jungen Dame nicht gleich verständlich wurde, denn auch sie sah den hochgewachsenen, fremden, jungen Mann erstaunt an. Dann wurde ihr Blick weich und zuletzt, als Ilari ihr in die Augen blickte, überzog ihr heißes Blut ihre Wangen mit einer eindeutigen, tiefen Röte. Sie hatte Ilari augenblicklich ins Herz geschlossen. Vor Aufregung ließ sie beinahe die Blumen fallen, bat die Königin um Verzeihung und floh mit ihrem Strauß in den Armen aus dem Garten und aus dem Blick des jungen Nordländers.

„Sie hat leuchtend grüne Augen", flüsterte Ilari abwesend.

„Ich weiß, die hat sie schon seit ihrer Geburt", sagte Königin Eadgyth lachend und zog Ilari zu sich in den Schatten auf eine Bank, die versteckt zwischen den Rosensträuchern stand.

„Ich bin immer noch gerührt, dass ihr den Weg zu mir gefunden habt, und das am Tage meines Geburtstagsfests", versuchte es Eadgyth noch einmal, aber sie konnte Ilaris Aufmerksamkeit noch immer nicht fesseln.

„Mir fehlt noch ihr Name. Wer sie ist?", sagte Ilari nervös. Königin Eadgyth ahnte, dass sie hier nicht weiterkäme, wenn sie Ilari nicht über die wichtigsten Fakten zu ihre Hofdame in Kenntnis setzte. So schlimm hatte es in der Vergangenheit keinen jungen Mann mehr erwischt, dachte sie und hatte Mitleid mit ihm. Ilari könnte ihr eigener Sohn sein, und weil ihr Zweitgeborener kürzlich in eben einer solchen Situation gefangen war, atmete sie tief durch, denn sie musste diesem sympathischen Menschen eine unangenehme Mitteilung machen.

„Sie ist mein Mündel. Ihre Eltern verstarben bei ihrer Geburt, als die Tandhener ihre Burg überfielen und plünderten. Sie wurde von der Köchin, die bei ihrer Geburt Beistand geleistet hatte, in Sicherheit gebracht. Später kam sie zu uns und wir haben sie, weil sie von hoher Geburt ist, als Mündel in unsere Familie aufgenommen. So wächst sie am Hof auf und ist ein glückliches Mädchen. Im letzten Jahr hielt sie sich bei Verwandten im Westen des Landes auf und kam erst vor einigen Tagen nach Tamweld zurück. Daher habt ihr sie noch nicht gesehen. Sie hat eine stattliche Mitgift und sie ist einem dinorischen Edelmann versprochen."

Eadgyth schwieg, weil sie sah, dass Ilari nicht zuzuhören schien.

„Wie heißt sie denn nur. Ihr habt mir nicht ihren Namen genannt", sagte Ilari verzweifelt und Eadgyth sah, dass es schon sehr schlimm um ihn stand. Ich muss ihm die Wahrheit sagen, noch einmal, diesmal schonungslos, damit er sich keine Hoffnungen macht und das schlimme Gefühl bald überwindet.

„Noch einmal, junger Freund, sie ist fast verlobt, aber auf alle Fälle einem anderen Mann versprochen, sie soll Edbert von Turgod heiraten, wenn sie alt genug ist."

Eadgyth wartete ab, um zu sehen, ob Ilari sie nun verstanden hätte. So eine Leidenschaft ist mir noch niemals vorher begegnet, dachte sie. Der junge Mann ist verloren und auch die Warnung, dass ihre Verlobung bevorstand, half nicht weiter. Bornwulf hatte ihr einmal berichtete, dass sich die jungen Männer im Norden bis auf den Tod um ein Mädchen stritten. Keiner gibt nach. Und das stand ihr nun auch ins Haus, aber sie wollte das junge Kind erst viel später verheiraten, denn sie liebte es, das Mädchen um sich zu haben. Sie liebte ihren klaren, reinen Gesang und die feenhafte Gestalt. Doch jetzt, als sie Ilari aufmerksam musterte, dachte sie über eine Änderung ihrer Pläne nach, denn Edbert hätte in einem Zweikampf mit Ilari keine Chance, das sagte ihr ihr Gefühl und das sah sie. Auch gefiel ihr diese aufrichtige Art, die ihr der junge Mann entgegenbrachte.

„Wie heißt sie, meine Königin", fragte Ilari völlig verzweifelt noch einmal.

„Sie heißt Morwenna", antwortete ihm die Königin innerlich aufstöhnend. Ilari war verloren. Sie konnte ihn nicht retten, vielleicht half die Zeit, die alle Wunden heilt. Doch manchmal blieb danach eine Narbe, aber wir werden sehen.

„Morwenna", murmelte Ilari vor sich hin. „Das ist ein schöner Name, ich habe ihn noch nie gehört. Morwenna, was bedeutet er?"

„Seine Bedeutung ist 'dunkles Mädchen'", sagte Königin Eadgyth verzweifelt, denn sie sah Ilaris verwunderten bis belustigten Blick, den er aufsetzte, bevor er antwortete.

„Der Name ist falsch gewählt, sehr falsch, aber da mir die Bedeutung im Grunde egal ist, auch 'kalter Frosch' wäre mir recht, finde ich, ist er im Klang sehr passend für sie, auch wenn ihre Stimme heller und melodiöser ist. Morwenna", flüsterte er noch einmal, um ihn nicht zu vergessen und tief in sein Gedächtnis einzugraben. Tu es nicht, dachte sich Eadgyth, aber sie sah, dass es schon zu spät war. Ilari war verloren. Aber nun, da er ihren Namen kannte und seine Bedeutung, stellte er ihr die Frage, die sie am häufigsten zu hören bekam, jedenfalls von den Menschen, die Morwennas Eltern nicht kannten.

„Morwenna war ein Säugling ohne Haare, als sie zur Welt kam, und weil sowohl ihr Vater als auch die Mutter tief schwarzes Haar hatten, gab ihr die Köchin diesen Namen, in Erwartung der schwarzen Haare der Eltern. Als sie jedoch endlich sprossen, wurde ihr Schopf immer roter. Fast hatte man es schon erwartet, denn die Augen waren von Anfang an grün. Und jetzt passt ihr Erscheinungsbild aufs Allerbeste, nur ihr Name ist ein wenig falsch gewählt. Aber sie sagt, in Erinnerung an ihre Eltern, die sie niemals kennenlernen durfte, ist es eine gute Wahl und eine vorzügliche Erinnerung. Morwenna kann alle Ding in das richtige Licht setzen. Sie ist wie der Sonnenstrahl der aufgehenden Morgenröte, heiter, verheißungsvoll und unbeschwert."

Eadgyth würde es gerne sehen, dass einer ihre Söhne das Mädchen heiraten wollte, sie würde sie ihm nicht verweigern. Sie hätte dann dieses wunderbare Wesen für immer um sich und müsste sich nicht in absehbarer Zeit von ihr trennen. Denn wenn Edbert auf sein Gut an die westliche Grenze zurückkehrte, würde sie Morwenna in ihrem Leben nicht mehr oft zu Gesicht bekommen. Eadgyth rief sich zur Ruhe, denn ein schweres Herz war das letzte, was sie jetzt brauchte. Sie wollte von Ilari vieles über sein Volk im Norden erfahren, wie die Frauen lebten, wie ihre Stellung in der Gesellschaft aussah und wie die Mode gestaltet war. Doch sehr weit kam sie nicht, denn Oskar stand wie aus dem Boden gewachsen vor ihr und verlangte von Ilari, er solle mitkommen. Raedwulf hatte Pläne für die bevorstehende Truppenparade. Eadgyth nickte enttäuscht, denn sie wusste, er hatte recht. Es gab noch viel zu tun an diesem Tag. So blieb ihr nichts übrig, als den beiden jungen Männern hinterherzusehen, die sich höflich von ihr verabschiedeten und schnellen Schrittes den Garten verließen. Schade um den jungen Norganer, dachte sich Eadgyth. Aber etwas sagte ihr, dass sich Morwenna vorhin bei dieser unvorhergesehenen Begegnung ebenso in Ilari verliebt hatte wie er sich in sie.

„Sie soll Edbert heiraten", brachte Ilari stammend hervor. Dabei sah er Oskar nicht an. Wie sollte er dem Freund begreiflich machen, was gerade mit ihm geschehen war? Ilari musste vor einem Jahr seine Heimat verlassen, weil er Unnas Heirat im Weg stand, und damals dachte er, sich niemals vom Schmerz der Trennung von ihr erholen zu können. Aber nun erkannte er, wie falsch er diese Gefühle eingeschätzt hatte. Der Schmerz, den er vor einem Jahr spürte, war nichts im Vergleich zu dem, was er nun in sich rumoren fühlte. Er war so aufgewühlt, dass er dachte, keinen klaren Gedanken mehr fassen zu können. Er wusste, von dieser Frau würde ihn nur der Tod trennen können. Niemals würde er freiwillig auf sie verzichten. Kein König der Welt konnte ihn des Landes verweisen, nie würde er sie alleine zurücklassen. Er war reifer, erwachsener und verliebter als noch vor einem Jahr. Diese Erkenntnis schreckte Ilari und stürzte ihn aus dem heiteren Leben, das er hier liebgewonnen hatte, in einen dunklen Schlund. Doch seine heiß entbrannte Liebe für Morwenna führte ihn wieder aus den finsteren Abgründen heraus und die Hoffnung auf eine gemeinsame Zukunft mit Morwenna machte ihm Mut. Einen trügerischen Mut zwar, aber auch einen, mit dem das Licht der Sonne heller zu werden schien und die Wärme, die er fühlte, heißer war als jemals zuvor. Oskar ertappte den Freund dabei, dass er grinste und auf die Menschen in seiner Umgebung eine überschießende Lebensfreude versprühte, die alle mitriss. So etwas hatte Oskar niemals zuvor im Gesicht des Freundes gesehen.

„Liebe ist ein sehr gefährlicher Zustand, Ilari“, sagte er mahnend und er wusste, Ilaris Verfassung zwang ihn dazu, besser auf den Freund aufzupassen als zuvor.

„Was ist mit Ilari passiert?“, fragte ihn Raedwulf, der ihn einige Stunden später sah.

„Er ist verliebt, und zwar unrettbar“, sagte Oskar frustriert.

„Dann müssen wir auf ihn aufpassen“, lachte Raedwulf, der nicht fragte, um welches Mädchen es sich handelte, das Ilaris Herz gestohlen hatte. Er war von den Feierlichkeiten zum Geburtstag der Mutter in Anspruch genommen und hielt es deshalb nicht für wichtig. Doch sollte ihn gerade das später noch sehr beschäftigen.

Gaukler befanden sich zur Feier des Tages in der Stadt und sollten das Volk für drei Tage erfreuen. Denn wenn der Geburtstag der Königin gefeiert wurde, dann begingen die Stadt Tamweld und alle Bürger diesen Tag. Oskar brachte an diesem Morgen einen jungen Mann mit auf den Hof des Palastes, der Ilari auffiel, weil er wie ein zu groß gewachsener Konbrogi aus dem dunklen Waldland im Westen Ambers wirkte. Die Konbrogi lebten für sich und besuchten nur selten die anderen Länder. Dunkel, schlank und grazil gewachsen, freundlich und gleichzeitig verschlossen wirkte der Mann. Er hieß Theodric und Oskar fühlte sich dazu gedrängt, ihn Ilari vorzustellen. Als Ilari einige Worte mit Theodric wechselte, fiel ihm dessen scharfer Verstand auf, seine ruhige, Anteil nehmende Art und sein prüfender Blick, der jeden und alles in konzentrierten Augenschein nahm. Auch er wurde von Theodric geprüft, schien aber nach einiger Zeit sein Wohlgefallen zu erregen. Denn wie eine Wolkendecke, durch die das Sonnenlicht bricht, ließ Theodric für einen Augenblick einen Blick auf seine Person zu. Der junge Mann lächelte, und da erkannte Ilari diese Ähnlichkeit mit Edbert von Turgod. Ilari war sich ganz sicher. Die beiden mussten irgendwie miteinander verwandt sein, aber da sie heute zu tun hatten und es unhöflich gewesen wäre, gleich mit der Tür in Haus zu fallen, entschied sich Ilari zu schweigen und nahm sich vor, zu einem späteren Zeitpunkt mit Oskar oder sogar mit Theodric darüber zu sprechen. Denn der junge Theodric Morgenan gefiel ihm, auch wenn ihm sein Verhalten sehr fremd war. Es gab aber keine Falschheit in seinem Blick. Anders als bei Edbert, der nur aus Falschheit zu bestehen schien. Theodric verabschiedete sich von Ilari. Er war der Wahrsager der Gauklertruppe und hatte bis tief in die Nacht hinein zu tun.

Das Wetter war herrlich und die Menschen lächelten sich ununterbrochen zu, so als hätten sie alle alten Feindschaften für diese drei Tage vergessen. Sie lächelten auch Ilari und Oskar zu, die seit einem Jahr für die Bürger Tamwelds unzertrennlich schienen. Für den Moment waren sie Teil der Gemeinschaft der Stadt, so schien es dem oberflächlichen Betrachter. Oskar wurde ärgerlich. Er kannte dieses Phänomen schon von früher. Als ihn Ilari fragend anblickte, stieß Oskar nur einige unverständliche Worte hervor. Ilari stutze, denn er fühlte sich wohl, so wohl wie schon seit

Langem nicht mehr. Er hasste es, eine Randerscheinung der Gesellschaft zu sein, jemand, der nur geduldet wurde und Ängste und Unmut bei den anderen Menschen hervorrief.

„Wieso schaust du so mürrisch aus der Wäsche?", fragte Ilari Oskar, der schon eine Weile ungeduldig neben ihm herschritt. Als Oskar immer noch nichts sagte, wurde Ilari ärgerlich, denn es wurmte ihn, dass ihm der Freund die Freude an diesem Tag verdarb.

„Schau genau hin, Ilari, und vergiss es nicht. Heute sind die Bürger gewillt, dich trotz deines Aussehens in ihrer Mitte aufzunehmen. Es ist ein großzügiger Akt. Heute und in den nächsten drei Tagen. Doch warte es ab, wenn du in vier Tagen einem von ihnen begegnest, dann wäre es an der Zeit, dich schleunigst aus dem Staub zu machen. Wenn sie nämlich ihren Rausch ausgeschlafen haben und mit der Alltagslaune ihrer Frauen begrüßt werden, dann erinnern sie sich ihrer Vorurteile wieder."

Oskar war sich dessen ganz sicher, denn es war in jedem Jahr so, wie er es dem Freund beschrieb.

„Ach was soll's. So lange lasse ich es mir gut ergehen. Hier in diesem Nest, mit den Menschen, die viel zu verlieren haben, wenn die Tandhener sie überfallen", sagte Ilari sarkastisch. Nur immer am Rand zu stehen, war auf die Dauer unbefriedigend.

Als Ilari und Oskar zum Truppenübungsplatz ritten, waren sie erstaunt, mit welcher Energie sich die Menschen daran machten, die Straßen ihrer Stadt zu schmücken. Sie bereiteten die großen Stände vor, auf denen das Essen angerichtet werden würde, das sie zusammen verzehren würden. An jeder Ecke standen Musiker und Gaukler, die das Volk erheitern wollten. Und von Zeit zu Zeit tanzten die Mägde, die aus dem Schloss kamen, mit den Bürgern auf der Straße. Als es Mittag wurde, waren die Stände wie am Markttag gefüllt mit Gerichten, die aus der Palastküche vom König geschickt wurden. Denn einmal ihm Jahr feierten alle zusammen, da gab es keine Standesunterschiede.

König Bornwulf selbst nahm am frühen Nachmittag eine prächtige Parade ab. Auf dem Balkon seines Palastes stehend, sah er stolz auf seine Stadt herab, auf die lachenden Menschen und die prachtvollen Soldaten. Auch Ilari und Oskar ritten mit ihren Kameraden im Zug gleich hinter Prinz Raedwulf und seinen Offizieren. Als Oskar zum Balkon blickte, sah er wie jedes Jahr die Herzöge des Königs hinter ihm stehen und mit dabei war Edbert von Turgod, der in einem Jahr mit seinem Volljährigkeitsalter den Platz an der Seite der Herzöge einnehmen würde, gleich neben Herzog Aldwyn von Eldingham und Herzog Elbin Bryce, einem beherzten Mitvierziger mit grauen Schläfen.

Dass sich Edbert ungeachtet seiner Fehler in dieser illustren Gesellschaft befand, wurmte Oskar, der selbst nie zu diesen Höhen aufschließen würde. Er hatte kein Geburtsrecht, nirgendwo auf dieser Welt. Er war wie das Wetter, nur geduldet und manchmal unerwünscht. Hätte er nicht Ilari gehabt, der ihm beibrachte, dass sich ein Mann im Norden selbst adelte, wäre er vor Schmerz vergangen. Im Norden war es anders, sagte Ilari. Ein Geburtsrecht gab es auch im Norden, jedoch konnte jeder Mann auf Grund seiner Fähigkeiten an Ansehen und Stand gewinnen, zu jeder Zeit. Diese Vorstellung gefiel Oskar und rettete ihn heute davor, in seine frühere Lethargie zu verfallen, die ihn regelmäßig an solchen Tagen heimgesucht hatte.

Die Parade führte an Colans Schmiede vorbei, und Colan stand mit Gawen auf dem Arm und einer glücklichen Alwine an seiner Seite, die Cinnia an der Hand hielt, auf der Straße und winkte seinen Freunden zu. Auch Prinz Raedwulf nickte Colan freundlich zu und die umstehenden Bürger, die es sahen, würdigten Colan und seine Familie mit tiefem Respekt. Alwine war gerührt und beschämt. Eine freudige Röte machte sich auf ihren Wangen breit, und Prinz Raedwulf, der dicht an Colan vorbei ritt und dem Alwines Anblick gefiel, beglückwünschte ihn zu dieser Frau. Colan lächelte und drückte Alwine dicht an sich. Er machte den Eindruck eines Mannes, der alles in seinem Leben erreicht hatte und dem nichts mehr zu seinem Glück fehlte.

Raedwulf dachte darüber nach, ob ihm ein solches Glück einmal widerfahren würde. Noch heute würde er seinen Vater um die Hand Morwennas von Falkenweld bitten, die er dazu auserkoren hatte, an seiner Seite seine Königin zu sein. Er würde sie Edbert sicher nicht überlassen, auch weil er wusste, dass sie ihn nicht liebte und Edbert nur an ihrem Land interessiert war. Denn ihr Besitz ergab zusammen mit seinem Eigentum eine der machtvollsten Ländereien. Edbert wäre im nächsten Jahr der mächtigste Herzog im Land und damit unermesslich gefährlich für die Familie Paeford. Denn das Volk munkelte, dass Edbert die Königswürde wieder erlangen wollte. Weil die Bürger die Schwarze Horde fürchteten, hielt das Volk still. Aber diejenigen unter ihnen, die sich noch erinnerten, fürchteten sich noch mehr vor einem erneuten Schreckensregime der Turgods auf dem Thron von Dinora. Die alten Geschichten wurden noch erzählt, und viele wussten, was ihnen blühte unter einem König aus dem Hause Turgod. Raedwulf hoffte, diese Geschichten wären seinem Vater ebenfalls zu Ohren gekommen. Es waren diese Gerüchte, die überall ihre Runde machten und von denen auch Aldwyn eine umfassende Ahnung haben musste. Warum Bornwulf Edbert die Hand Morwennas noch nicht entzogen hatte, wunderte ihn, aber sicher führte Bornwulf wieder etwas im Schilde, nur so war alles zu erklären. Heute Abend würde er das Eheversprechen von seinem Vater erhalten und im Herbst würden sie heiraten. Drei Tage sollte das Fest dauern und alle würden mit ihm feiern. Ilari sollte in Dinora bleiben und von ihm mit Land und Titel für seine Treue belohnt werden. Er würde ein Graf werden, der in seinen Ländereien eine große Burg sein Eigen nennen konnte. Dann sollte er eine Familie gründen und hier glücklich werden. Er hatte ihn und Oskar tief in sein Herz geschlossen. Für Raedwulf sah die Zukunft rosig aus, auch wenn davor noch den Tandhenern der Garaus gemacht werden musste. Eine Kleinigkeit, dachte er, mit dem Wissen und der Ausbildung, die seine Kampftruppe im letzten halben Jahr mit Ilaris Hilfe erworben hatte. Raedwulfs Herz hüpfte und ein noch nie gekannter Stolz übermannte ihn. Das ließ ihn milde werden und er bedachte im Stillen auch Oskar mit Reichtum und Würden.

Königin Eadgyth begrüßte ihre Gäste im schwarzen Thronsaal.

Als Prinz Raedwulf Paeford lachend im Beisein seiner Gefährten Ilari Thorbjörnson und Oskar Ashby erschien, gefiel ihr der Anblick der drei stattlichen, jungen Männer, die ihr wie eine Erscheinung der Zukunft vorkamen. Raedwulfs Hund lief neben ihrem Sohn und vervollständigte das ungewöhnliche Bild. Der Stolz auf ihren Sohn, der sich über seine eigenen Vorurteile erhoben hatte, spiegelte sich in ihrem Gesicht wider. Doch als Eadgyth in die Runde sah, bemerkte sie die zweifelnden und missbilligenden Blicke der Gäste, die die drei jungen Menschen trafen. Nur ganz vereinzelt waren die Gefühle den jungen Männern gegenüber freundlich gesinnt. Eadgyth sah ihren Mann an, der denselben Eindruck wie seine Frau hatte, doch als Eadgyth, die von der allgemeinen Meinung der Gäste irritiert war, ihm etwas zuflüstern wollte, winkte er ab. Er bemerkte, dass den Dreien die ablehnenden Blicke nichts ausmachten. Es schien eher, als waren sie sich ihrer Stellung und der Kritik, die ihre Einigkeit hervorrief, durchaus bewusst. Sie setzten sich provozierend an die ihnen vorbehaltenen Plätze und Ilari suchte in der Menge Morwenna. Als er sie fand, hatte er nur Augen für sie, die weit von ihm entfernt am anderen Ende der Tafel saß. Oskar, der sowohl dem Blick Ilaris als auch Raedwulfs Blick gefolgt war, stöhnte innerlich auf, denn ihre Harmonie sah er im gleichen Moment bedroht. Durch ein noch nicht ganz heiratsfähiges, rothaariges Mädchen, dem gleich zwei junge Männer verfallen war. Doch nicht nur das, sondern auch Edbert, dem Morwenna versprochen war, verschärfte die Situation. Denn Oskar, der Edbert in der Menge suchte, sah, dass er die anderen beiden Jünglinge auch bemerkte, die Morwenna mit schmachtenden Blicken ansahen. Er kannte Edbert und sah Ärger in ihm aufkeimen. Oskar schüttelte innerlich den Kopf über die Irrungen des Schicksals und nahm einen tiefen Schluck von seinem Rotwein. Er konnte seine Gedanken nicht weiterverfolgen, denn König Bornwulf stand auf und richtete das Wort an seine Frau.

„Geliebte Eadgyth", hörten sie ihn sagen. Ein Schmunzeln ging durch die Reihen, denn nach vierundzwanzig Jahren Ehe sprach kein einziger Mann im Saal mehr seine Frau mit dem Prädikat geliebt an. Es war doch zu schön, einen gestandenen Mann, einen König und Vater von acht Kindern, so verliebt zu sehen. Als die Damen sich ein wenig kichernd hinter ihren Weingläsern verbargen, blickten die Männer genauer auf Eadgyth und bemerkten erstaunt, dass sie immer noch beeindruckend schön war. Schöner als manch junge Frau und auch an Frische und Leidenschaft schien es ihr nicht zu fehlen, denn die Blicke, die ihren Mann trafen, trieben den gestandenen Männern hier im Saal die heiße Röte ins Gesicht. So hatte Bornwulf vielleicht doch recht mit seiner Liebesbezeugung für Eadgyth Paeford, Königin Dinoras, der schönsten der reifen Frauen im Lande. Herzog Aldwyn stand plötzlich auf, das Rotweinglas in der Hand, und brachte einen Toast auf die Königin aus.

Sofort erhoben sich alle Männer des Saales und schickten ihrer Königin ihre aufrichtige Bewunderung. Sogar Edbert erhob sich und schien nicht irritiert zu sein.

„Hoch, hoch", rief Raedwulf, hoch gewachsen und gut aussehend wie die Mutter und alle im Saal stimmten auch in seinen Hochruf mit ein. Mit stolz geschwellter Brust verließ er seinen Platz, um zur Mutter zu gehen und sie in die Arme zu nehmen. Der ganze Saal tobte. Man applaudierte der Mutter und Bornwulf stand freudig erregt neben dem Sohn, der ihn ein ganz klein wenig überragte, und fühlte nur eine tiefe Zufriedenheit in sich. Er ruhte für einige Momente im Hier und Jetzt und alles schien perfekt zu sein. Er fühlte sich wie der glücklichste und stärkste Mann der Welt, mit Macht ausgestattet und allen Unbilden gewachsen, die noch auf ihn zukämen. Er lächelte und genoss die Zustimmung seiner Untertanen zu den Entscheidungen, die er als König Dinoras traf. Er sah seinen Freunden Herzog Aldwyn und Herzog Elbin in die Augen und Zufriedenheit spiegelte sich auch in ihrem Blick.

„Diesen Worten kann ich kaum etwas hinzufügen, sie drücken kurz und prägnant meine Gefühle und meine Hochachtung für meine Frau aus. Nichts als Zufriedenheit und Glück ist in mir und am liebsten teilte ich es mit allen meinen Untertanen. Deshalb sollt ihr diesen Tag an allen Tagen dieser Woche wieder und wieder feiern. Die Kinder eurer Kinder sollen sich noch an dieses rauschende Fest erinnern, an das Glück und die Schönheit meiner Frau und meines ganzen Landes. Mein Stolz auf meine Familie und meine Untertanen ist nicht in Worte zu fassen. Lasst uns daher feiern, so als wäre das Feiern die eigentliche Tätigkeit hier auf Erden."

König Bornwulf erhob sein Glas noch einmal und rief ein dreifaches Hurra, in das alle uneingeschränkt und donnernd einfielen. Das Festessen wurde hereingebracht und die Gesellschaft feierte laut und ausgelassen. Später am Abend erhob sich Morwenna, trat vor die Königin, wünschte ihr Glück und auf ihren sachten Wink hin begannen die Musiker zu spielen. Morwenna konzentrierte sich und dann füllte ihre klare, elfenreine Stimme den Saal, zuerst leise, dann schwoll ihr Gesang an und für die nächste halbe Stunde vergaßen die Menschen ihr Dasein auf Erden und fühlten sich wie im Paradies. Morwenna sang die Lieblingslieder ihrer Ziehmutter, die sie inniglich liebte, und erst als Eadgyth die Tränen in den Augen standen, beschloss sie ihren Gesang und fiel der Mutter um den Hals. Eadgyth war glücklich und schwor sich, dieses Kind niemals gehen zu lassen.

Raedwulf, der seine Augen nicht von Morwenna lassen konnte, sah, als ihr Gesang endete, für einen flüchtigen Moment um sich und streift Ilaris Blick, der gebannt auf Morwenna sah. Raedwulf erkannte Ilaris Liebe zu Morwenna und augenblicklich stiegen Zorn, Wut, Erstaunen, Verwirrung, Zweifel, Trauer und Hass zugleich in ihm auf. Er wusste, was in Ilari vorging, nämlich dasselbe wie in ihm, und seine Vertrautheit mit Ilari wankte und brach und zerbarst im gleichen Moment. Raedwulf, der auch den Freund liebte, neigte den Kopf und hielt sich am Tisch fest, er wollte nicht straucheln. Doch dann rief er sich zur Ruhe und dachte nach. Er wusste, er musste sich nicht sorgen, denn er, Raedwulf, der Thronfolger, würde Morwenna zum Traualtar führen. Er wollte sich dem Vater gleich heute Nacht noch eröffnen. Seine Mutter liebte das Mädchen und wäre seine wichtigste Fürsprecherin. Und auch Morwennas Reichtum sollte sein Faustpfand sein. Ihr Reichtum stattete das Haus Paeford mit Macht aus und Souveränität den anderen Herzögen gegenüber. Edbert würde schon morgen in die Schranken verwiesen und seine Macht eingeschränkt werden. Der ehrgeizige Turgod hatte auf ganzer Linie verloren. Raedwulf atmete tief durch, sammelte sich und wusste, er hatte recht. Er wollte seine Freundschaft zu Ilari nicht gefährden. Deshalb würde er vorsichtig vorgehen. Die Trauer Ilaris würde er mildern, er würde für den Freund da sein und ihn in seiner Nähe lassen. Ilari würde über Morwenna hinwegkommen. Als er aufblickte, sah er Oskar, der alles verstand und traurig um sich sah. Nur Ilari schien von all dem nichts zu bemerken. Er lebte immer noch in seinem Universum. Als Raedwulf Oskar ansah, durchschaute er die Kraft der Freundschaft. Er wusste, ihre Kameradschaft würde alles überwinden. Deshalb lächelte er Oskar zu und dem Vater, der erstaunt diesem Schauspiel zugesehen hatte.

Aber noch bevor sich Bornwulf darauf einen Reim machen konnte, stürmten bewaffnete Soldaten in die schwarze Halle, eilten zum König, verneigten sich entschuldigend und übergaben ihm einen versiegelten Brief.

Sie knieten nieder und verharrten, wie auch die Menschen im Saal erstarrten. Sie verstummten und warteten schweigend ab, was noch geschehen würde. König Bornwulfs Blick verfinsterte sich, während er las. Dann wankte er und er setzte sich, doch nur für einen Augenblick, dann sammelte er sich und erhob sich. Nun stand grenzenloser Zorn in sein Gesicht geschrieben. Seine dunkle Stimme, von Trauer verhüllt, trug bis in die letzten Winkel des Saales.

„Die Tandhener haben König Lius von Lindane getötet. Meine Tochter, Königin Genthild, ist nach dem Erhalt dieser Nachricht zu früh niedergekommen und hat ihr Leben bei der Geburt meines Enkel Draca gelassen. Der Säugling ist auf dem Weg nach Dinora. Lindane ist führerlos und wird weiterhin von den Tandhenern angegriffen, die mordend und brandschatzend auch vor einigen Tagen unsere Grenzen überschritten haben. Das Fest ist zu Ende. Ich will alle meine Herzöge um mich haben. Geht nach Hause und rüstet euch, denn ein unerwarteter und unerbittlicher

Krieg wird auf Amber entfesselt werden. Der Sturm lässt nicht mehr lange auf sich warten."

So endete König Bornwulfs knappe Ansprache und alle sahen ihm schockiert hinterher, als er, gefolgt von seinen beiden ältesten Söhnen und den Herzögen des Landes, den Saal verließ. Königin Eadgyth stand wie zu Stein erstarrt und war bleich wie der Tod. Sie begriff den Verlust ihrer ältesten Tochter Genthild nur vage. Sie verstand die Worte, aber die Wucht der Trauer hatte sie noch nicht erfasst. Das war gut so, denn so konnte sie würdevoll wie ihr Mann den Saal verlassen. Auch sie nickte den Menschen nur flüchtig zu und schritt durch eine schmale Gasse, die ihr die leise murmelnden, verschreckten Menschen auftaten, die betreten und irritiert nach ihr den Saal verließen. Es dauerte nicht lange und Ilari stand mit Oskar erstaunt im leeren Saal, der eben noch vor Glück und Lebensfreude getobt hatte. Nun lag eine beängstigende Stille in der Luft und Ilari begriff, dass er die Tandhener hasste, wie es die Dinoraner taten. Er hasste ihre Überfälle und ihre Störungen. Und er wusste, wem er sich anschließen wollte, würde es, wie König Bornwulf angedeutet hatte, zum Krieg kommen.

Kriegsfürst Bornwulf

„Gebt Ruhe, man versteht sein eigenes Wort nicht mehr", König Bornwulf saß, den Kopf in die Hand gestützt, auf seinem Thron und blickte mit tiefem Ernst auf die aufgebrachten Herzöge, die sich um ihn versammelt hatten. Alle standen mit Hiobsbotschaften aus den entferntesten Landstrichen Dinoras vor ihm. Sie stritten sich wie gemeine Kaufleute auf dem Markttag. Ihr Feilschen und ihr Diskutieren um das richtige Vorgehen gegen die Tandhener war kaum mehr zu ertragen. Weil Bornwulf auch seinen Sohn Raedwulf und dessen jüngeren Bruder Lebuin gramgeladen gestikulieren sah, sie vergaßen gerade ihre Erziehung und ihre Stellung, mahnte er sie alle lautstark zur Ruhe.

Als diese endlich einkehrte, hätte man eine Stecknadel fallen hören können. König Bornwulf sammelte seine Gedanken.

„Wir wissen, dass in diesem Unglücksfrühling viele Familien Verluste zu beklagen haben. Auch meine Familie ist davon betroffen, aber nichtsdestoweniger sollten wir uns zur Ruhe gemahnen, denn nur so können wir die richtige Vorgehensweise gegen unsere Feinde finden."

Bornwulf schwieg und sah finster in die Runde. Herzog Elbin Bryce aus dem Süden meldete sich zu Wort.

„Ihr habt euren Schwiegersohn König Lius zu beklagen, Mylord, der mutig genug war, gegen die einfallenden Horden in den Krieg zu ziehen. Wir dagegen sitzen nur herum und diskutieren unser Vorgehen. Dabei stehen alle Heere hinter euch, wenn ihr zum Aufbruch gegen die Wilden ruft, Sire."

Jubel brandete auf und König Bornwulf hatte Mühe, wieder Stille einkehren zu lassen. Dann stellte er sich der Aufforderung Elbins. Bornwulf schnaubte ungehalten.

„Mein Schwiegersohn hat eurer Meinung nach also mutig gehandelt, Herzog Elbin. Vordergründig mag es euch so erscheinen. Ich sehe jedoch nur Ignoranz und übereilte Rachsucht in seinem Handeln. Er hat das Leben vieler seiner Männer auf dem Gewissen, weil er sich nicht aus dem Feldlager zurückzog, als die Lage verloren war. Das Wetter, die Übermacht der Tandhener und die Unterernährung seiner Männer hätten ihn zum Rückzug zwingen müssen. Stattdessen hielt er eine verlorene Stellung. Meine Tochter Genthild ist bei der viel zu frühen Niederkunft ihres Sohnes verstorben, als man ihr den verstümmelten Leichnam ihres Mannes sandte. Und auch mein Enkel wäre bei der Geburt fast zu Tode gekommen. Er hat glücklich überlebt, aber elternlos wie viele Kinder seiner Generation in Lindane. König Lius hätte seinen Zorn zurückhalten müssen. Hätte er sich an uns gewandt, wir hätten zur Heerschau gerufen und wären ihm zur Hilfe geeilt. So wäre vielleicht das Schicksal Lindanes anders verlaufen. König Lius hat sich nicht wie ein umsichtiger Herrscher verhalten. Er hätte geordneter vorgehen müssen."

Bornwulf machte eine Pause, schwieg auffallend lange und fasste sich wieder.

„Wie alle wissen, habe ich mich zum Vormund meines Enkels Draca bis zu dessen Volljährigkeitsalter bestimmt. Lindane steht unter meiner Herrschaft, denn der Königssitz in Leofan ist verwaist. König Lius hatte keine Geschwister. Ich frage euch nun, wünscht ihr euch ein ähnliches Schicksal, wie es Lindane widerfahren ist, auch für Dinora? Dann rennt kopflos johlend los und bietet euer Leben und euer Hab und Gut den Eindringlingen feil."

Als Bornwulf geendet hatte, waren alle betroffen. Das eisige Schweigen, das sich breitmachte, verunsicherte selbst den verwegensten Heißsporn. Bornwulf sah, dass sein Appell gehört wurde. Er atmete tief durch und sprach erneut.

„Wir sind jetzt eins mit Lindane. Unsere neuen Grenzen im Norden, die an die See angrenzen und im Westen an das konbrogische Waldland, müssen geschützt werden. Bevor ihr weiter nach Krieg schreit, benutzt den letzten Rest Verstand, den ihr aufbringen könnt, und plant euer Vorgehen. Auch wenn es keinem gefällt, die Stunde scheint gekommen zu sein, dem Feind die

Stirn zu bieten. Doch wir legen den Zeitpunkt dafür fest und auch, wie es geschehen soll."

Als Bornwulf jetzt eine Pause machte, schwiegen alle betreten, niemand schrie mehr kriegslüstern in die Runde und auch seine Söhne verstummten beeindruckt, denn ihnen wurde bewusst, dass sich in Amber eine Veränderung vollzog, die die Insel in Gänze ergriff. Sie wussten von dem Blutbad, das Dan Asgerson mit seinen Männern unter hilflosen lindanischen Soldaten angerichtet hatte. Selbst erfahrene Kriegshelden, die sich vor nichts schreckten, kamen traumatisiert zurück. Das Grauen der Tandhener in Lindane suchte seinesgleichen. Selbst Raedwulf, der sich schnell empörte, war nicht an der Wiederholung dieses Unglückes interessiert.

Er begriff, dass sein Schwager, König Lius, wegen der unzähligen Angriffe der Tandhener auf seine Landesgrenzen, bei denen diese das Land verwüsteten, in die Schlacht gezogen war. Sie plünderten die Vorräte der Bauern, töteten die Alten und Kranken und verschleppten die Jungen und Kräftigen als Sklaven. Lius, der der Geduld müde geworden war, griff deshalb verzweifelt zum Schwert und zog wider besseren Wissens in die Schlacht. Raedwulf verstand den Vater, der trotz allem zur Vernunft aufrief und seine Erfolgsaussichten in einer klaren Strategie sah. Einem grausamen Feind war nur so beizukommen. Raedwulf hatte auch den Brief gelesen, den Dan Asgerson, der Anführer der Tandhener, Bornwulfs Tochter Genthild, der Königin Lindanes, überbringen ließ. Darin bestellte er ihr schöne Grüße und ließ ihr ausrichten, dass er ihren Mann nun zu seiner rechten Hand gemacht hätte. Sie könne jedoch über seine Reste gerne verfügen, wie es ihr gefiele. Dan Asgerson hatte Lius zu Tode schleifen lassen und behielt Lius rechte Hand, die er ihm bei lebendigem Leib abtrennte. Er drückte mit anmaßenden Worten seine Hoffnungen aus, sie bald persönlich kennenzulernen, wenn er in ihre Hauptstadt käme und sie seine Mätresse werden dürfte.

Man hatte zwei Heerführer des Lius den Tod ihres unglückseligen Königs mit ansehen lassen und band sie anschließend würdelos auf zwei Pferde. Dann schickte man sie zusammen mit dem

Leichnam König Lius mit den allerbesten Wünschen und unter dem anhaltenden Gelächter der Wilden, das noch meilenweit zu hören war, nach Leofan, um ihrer Herrin von den Vorgängen zu berichten. Raedwulf hatte die Männer persönlich gesprochen, die dies miterlebt hatten. Die Niedertracht und Rücksichtslosigkeit, die diese Barbaren antrieb, war beispiellos. Die beiden lindanischen Heerführer berichteten Bornwulf, dass es anfangs eine Weile so aussah, als könnte man die Nordleute aus dem Land vertreiben. König Lius jagte die feindlichen Truppen vor sich her aus dem Land, bis sich die Schlachtordnung der Tandhener auflöste und sie im Nichts verschwanden. Doch nach zwei Wochen, die die Lindaner in matschigen Feldlagern bei karger Kost verbracht hatten, stürmten die neu formierten, fettgefressenen Feinde mit ungebrochener Kampfeslust in das Feldlager König Lius' ein und machten es dem Erdboden gleich. Sie drangen des Nachts ein, brachten Lärm, Verwirrung und Angst ins Lager, griffen sich König Lius und töteten vor seinen Augen fast alle seine Männer. Es war ein Blutbad, das seinesgleichen suchte. Lius war zu Tode entsetzt, aber er wusste auch, dass seine Stunde geschlagen hatte, denn sie ließen ihn einen letzten Brief an seine Gemahlin schreiben, indem er ihr den Angriff der Feinde in allen Einzelheiten schilderte.

Das Königreich Lindane war danach ohne einen Herrscher den Überfällen Dan Asgersons und seines Bruders Leif schutzlos ausgeliefert. Diese überzogen das Land noch einige Wochen lang mit Schrecken und Grauen und ließen schließlich ihre Männer in die von ihnen besetzten Gebiete im Osten Ambers, ehemalige Gebiete Sidrans, die an Dinora angrenzten, abrücken.

Jetzt im endenden Frühjahr überrannten sie brandschatzend und plündernd die Grenzen Dinoras. Als sie auf Widerstand der dinorischen Truppen stießen, zogen sich die Feiglinge immer wieder hinter ihre schlampig angelegten Schutzwälle an der Grenze zurück. Eine Vorsichtsmaßnahme, die König Bornwulf als unangemessen empfand, denn etliche der dinoranischen Edelleute dieser Regionen zogen schließlich den edlen Schwanz ein, wie Bornwulf bitter dachte, und überließen den Wilden kampflos das Feld. Diese Adligen nun standen hier und redeten sich heiser, suchten den Schutz des Königs und versuchten, die Truppen des dinorischen Heeres zu ihrem eigenen Schutz und dem ihrer Ländereien zu missbrauchen.

Aber außer Herzog Elbin Bryce, einem grimmigen, hochgewachsenen und furchtlosen Edelmann und Herzog Aldwyn von Eldingham zusammen mit seinem Sohn Rutbert, wagte es niemand, ihnen entgegenzutreten. Bornwulf schwieg darüber, aber Prinz Raedwulf begann seinen Ärger in Worte zu fassen. „Was steht ihr hier und redet so geschwollen vom Krieg führen. Ihr hättet doch schon längst zu Hause in euren Ländereien die Möglichkeit gehabt, euch den Tandhenern zu stellen. Stattdessen habt ihr es vorgezogen, hierher zu eilen, um euch bei eurem König auszuweinen. Kein sehr großmütiges Verhalten, möchte ich meinen“, rief Prinz Raedwulf zornig in den Raum.

Bornwulf, der zuerst gegen seinen Sohn einschreiten wollte, unterließ es schließlich, denn die hitzigen Worte Raedwulfs entsprachen der nackten Wahrheit und er überließ es der ungestümen Jugend, sie zu formulieren und ihren ehrlichen Ärger darin auszudrücken, der auch in ihm brodelte. Sein Stand und sein Alter jedoch hinderten ihn daran, ihn öffentlich zu machen, denn er durfte die Herzöge jetzt nicht brüskieren.

Die beiden entschlossenen und unerschrockenen Herzöge Elbin und Aldwyn stellten nach dem ersten Überfall auf ihre Ländereien kleine, effiziente Heere auf, mit denen sie gegen ihre Feinde zogen. Sie kannten ihre Vorgehensweise, denn die beiden alten Haudegen hatten sich oft genug vorher mit Ilari unterhalten, wie die Kriegsmethoden der Nordleute aussahen, und Ilari, der Sohn eines taktischen Heerführers aus dem Norden, war gut vertraut mit den Methoden der Tandhener, die oftmals am Tisch seines Vaters, der die feigen Machenschaften der Tandhener verachtete, gallig kommentiert wurden.

So ritten die Herzöge ebenfalls im Schutze der Nacht, drangen in die Nachtlager der Feinde ein, ließen alle, derer sie habhaft werden konnten, sofort töten und befreiten die Sklaven, die sich eine Waffe griffen und gemeinsam mit Aldwyn und Elbin gegen die Feinde voranschritten. Das verschreckte diese gottlosen Horden zum ersten Mal so sehr, dass sie sich bis weit in den Osten der von ihnen besetzten Gebiete in Kelis und Sidran hinein verschanzten. Dort leckten sie ihre Wunden und gaben vorerst Ruhe. König Bornwulf schöpfte Hoffnung und war zum ersten Mal begeistert und zugleich hoffnungsvoll. Er war gewillt, die ihm geschenkte Zeit sinnvoll zu nutzen. Er dachte zum allerersten Mal über ein Kriegsszenario nach, das Erfolg haben könnte. Als Herzog Aldwyn und Herzog Elbin schließlich im Frühsommer am Hofe einzogen, schloss er sie dankbar in die Arme, eine Geste, die er kaum bei seinen eigenen Söhnen zeigte.

König Bornwulf räusperte sich und sprach wieder.

„Hört nun meine Absichten. Ich werde diese Überfälle nicht mehr ungesühnt hinnehmen. Wir werden uns um Alliierte bemühen. Ich bin mir sicher, dass König Arman Paeford von Kelis, mein Bruder, mir folgen wird. Ich habe schon Boten zu ihm schicken lassen sowie zu König Ingolf Ammadon von Sidran in den Süden. Sogar diese Boten müssten Glansest schon erreicht haben. In nicht allzu langer Zeit erwarte ich Nachricht von ihnen. Bis dahin werden wir uns bei einer Heerschau in Lindane und Dinora umsehen, was uns von der Macht Lindanes geblieben ist. Jeder Mann zählt. Wir werden jeden einzelnen finden und mit ihm unsere Freiheit verteidigen."

Im Stillen hegte Bornwulf einige Zweifel am Erfolg, mit König Ingolf eine Allianz der Länder Ambers schmieden zu können. Denn König Ingolf Ammadon war nur lose an die anderen königlichen Familien Ambers gebunden. Auch wenn Königin Selifur, seine Frau, die Schwägerin seines Bruders Arman war, reichte das unter Umständen nicht, um Ingolf in einen langen und möglicherweise verlustreichen Krieg zu verwickeln. Ingolf sah seinen Erfolg eher im Katzbuckeln und Zu-Kreuze-Kriechen vor den Eroberern.

Ingolf Ammadon machte seit Jahren nützliche Geschäfte mit den Besetzern seines Landes. Die von ihnen eroberten Gebiete hatte Ingolf aufgegeben, sie waren für ihn nicht von großem Nutzen. Sie lagen in wirtschaftlich nicht erschlossenen Gegenden. Ingolf blickte lieber nach Süden und nach dem Westen. Er hatte Krieg mit Konbrogi geführt, auch dort zuerst Erfolg gehabt und dann den Rückzug angetreten. Ingolf trat überall erfolglos auf und war dabei ignorant und machtgierig. Er strebte nur danach, sich zu bereichern. Weil Ingolf so prinzipienlos und kriminell war, waren hier Bluts- und Familienbande vonnöten, denen sich Ingolf unabänderlich verpflichtet fühlte und denen er sich niemals entziehen konnte. Bornwulfs Tochter Hrodwyn war im heiratsfähigen Alter. Sie war schon fünfzehn und hübsch genug für Cedric, Ingolfs Sohn, der im gleichen Alter war wie Hrodwyn. Bornwulf entschied, Boten nach Glansest, der Hauptstadt Sidrans, zu schicken. Nicht nur wegen der Allianz, die er anstrebte. Die Aussichten standen nicht schlecht für Bornwulf, eine Einwilligung zur Heirat der beiden Kinder zu bekommen, denn Königin Selifur war eine vernünftige Frau, die ihren Einfluss auf Ingolf geltend machen würde. Schließlich wollte sie ihr Land nicht isoliert sehen, wenn Amber sich erhob. Auch wenn ihr Mann gute Geschäfte mit Sweba machte und sogar Handel mit den Tandhenern trieb. Ob König Ingolf sich danach trotzdem in einen langewährenden Krieg mit den Tandhenern ziehen lassen würde, der noch dazu schlechte Aussichten auf Erfolg hatte, war ungewiss, aber einen Versuch war es wert. Auch wenn Königin Eadgyth Einwände hatte, ihre zweite Tochter in diese unsichere, arrangierte Ehe zu treiben. Doch um ihrer ältesten Tochter Genthilds willen und der Befürchtung, die Tandhener könnten ganz Amber erstürmen, willigte sie schließlich ein.

So stand es um Bornwulf, den Friedensfürsten, wie er beim Volk genannt wurde, weil er seit zwanzig Jahren regierte und noch keinen Tag mit Kriegsführung zugebracht hatte. Doch Bornwulf war kein naiver Herrscher, der glaubte, immer nur im Frieden leben zu können. Er rechnete immer damit, irgendwann einmal in einen blutigen Konflikt mit den Tandhenern gezogen zu werden.

Die Geschichte seines Landes zeigte, dass sich selbst die Länder Ambers niemals einig waren. Es war noch nicht lange her, dass Sidran im Krieg mit Dinora und Kelis stand. Auch Lindane hatte sich einige Male gegen Dinora erhoben. Erst der Einfall der Nordländer und die Familienbande zwischen den Königshäusern hatten eine trügerische Ruhe nach Amber einkehren lassen. Die Amberländer waren sich jetzt einig, jedenfalls die, die sich der neuen Zeit geöffnet hatten.

Konbrogi, das still, dunkel und uneinnehmbar im Westen Ambers lag, hing den alten Sagen und Mysterien an und verweigerte sich jeglicher Allianz. Die zahllosen, gescheiterten Angriffe auf dieses Land verzeichnete man nicht mehr in den Annalen der Länder Ambers. Sie hatten zu häufig erfolglos stattgefunden und die Landnahmen waren jedes Mal zu gering gewesen, als dass sie einer Notiz wert gewesen wären. Jedoch hatten sie nie aufgehört und die Konbrogi sich immer zur Wehr gesetzt. Worin ihre effiziente Verteidigung lag, interessierte Bornwulf brennend und er ahnte, dass eine Allianz mit Konbrogi unverzichtbar wäre, wenn Amber sich gegen die Eindringlinge zur Wehr setzten wollte.

Herzog Aldwyn hatte, so wusste es Bornwulf, familiäre Kontakte nach Konbrogi. Er war einer, der die alten Bündnisse der früheren Kriege kannte und schätze und daher auf neue drängte. Aldwyn hielt seine Kontakte und Verbindungen nach Konbrogi geheim, selbst Bornwulf kannte nicht jeden seiner Gedanken. Aber das musste er auch nicht, denn er vertraute dem alten Haudegen uneingeschränkt. Aldwyn wie auch Elbin agierten im Stillen. Sie waren leise und unberechenbar für andere. Bornwulf aber kannte Geheimnisse, die keiner außer den beiden wusste. In stillen Stunden berichtete Aldwyn ihm von den Kräften, die in Konbrogi an der Macht waren und die nicht in diese Welt gehörten. Sie überdauerten die Gegenwart und gehörten doch in die alte Zeit. Diese alten Mächte hatten sich auf das Herrschaftsgebiet der Konbrogi zurückgezogen, als die alten Kriege mit den Eindringlingen aus dem Süden beendet waren und das Land unter den überlebenden Menschen aufgeteilt wurde. Damals regierte die Notwendigkeit, Amber wieder aufzubauen, das bis auf die

Grundmauern zerstört lag. Und als die Menschen wieder im Wohlstand lebten, hatten sie die alten Mächte und deren Rituale vergessen und meinten, sie nicht mehr zu benötigten.

Die Konbrogi jedoch achteten die alten Bräuche und waren in der Lage, mit den Fürsten der alten Mächte in Kontakt zu treten. Dafür lebten sie in stiller Koexistenz hinter den grünen Bergen mit ihnen. Sie wurden von ihnen vor Eindringlingen bewahrt, denn sie waren es , so vermutete Bornwulf, die die Feinde Konbrogis zurückdrängten. Aber, so vermutete Aldwyn, jetzt brächen mit der Ankunft der Tandhener neue Zeiten, gefährlichere Zeiten für die Konbrogi an, die gewohnt waren, dass die Angreifer aus Amber nach einer Weile immer die Finger von Konbrogi ließen. Das war jedoch von den Nordleuten nicht zu erwarten, und Aldwyn ging davon aus, dass die Konbrogi und die stillen Mächte dort es schon wussten oder es auf alle Fälle ahnten. Daher grummelte und gärte es neuerdings in diesem Land. Man wollte sich zwar einerseits dort vor allem verschließen, fürchtete aber andererseits, damit den Untergang Konbrogis einzuläuten. Herzog Aldwyn glaubte, eine vernünftige Allianz mit den Amberländern sicherte den Konbrogi und den stillen Mächten ihre Existenz auf der Insel. Bornwulf leuchteten diese Argumente ein und er erwog, Boten nach Konbrogi zu schicken.

„Hast du gehört? Es gibt Krieg", rief Oskar Ilari schon von Weitem zu. Ilari saß auf einer Bank in der Sonne und las einen Brief, den er von Morwenna erhalten hatte. Sie schrieb ihm, wie sehr er ihr fehlte, und Ilari, der selten an den Abendgesellschaften der Königsfamilie teilnahm, hatte Morwenna schon seit Tagen nicht mehr gesehen. Ihm fehlte ihr Lachen, ihr freundlicher Humor und ihre Stimme, wenn sie sang. Morwenna bot ihre Kunst bei hohen Feierlichkeiten und im stillen Kreis der Familie dar. So kam es, dass er sie schon dreimal hatte singen hören und jedes Mal verfiel er diesem Mädchen mehr. Sie hätte alles von ihm verlangen können. Ilari glaubte sogar, er hätte für sie gemordet.

Winfrid, Bornwulfs zweitjüngster Sohn, war ihr Briefbote. Er tat es, weil er in zärtlicher Liebe an Morwenna hing. Ilari musste ihm versprechen, sie nicht mit in den hohen Norden zu verschleppen, sonst hätte er ihnen nicht geholfen.

„Natürlich wird es Krieg geben, du Dummkopf", antwortete ihm Ilari etwas verschnupft.

„Oh, haben wir Liebeskummer", neckte ihn Oskar weiter. Aber als er in Ilaris Gesicht sah, wusste er, wie es um den Freund stand.

„Dich hat es ganz schön erwischt, dabei hast du nicht die allergeringste Aussicht darauf, das Mädchen zur Frau zu bekommen. Deine unglücklichen Liebschaften brechen dir noch einmal das Genick."

Wie recht Oskar doch hatte. Anscheinend hatte er keine Aussicht auf ein glückliches Eheleben. Er würde wohl am Ende Morwenna rauben und mit ihr in den tiefen Wäldern unter erbärmlichen Umständen dahinvegetieren müssen, um mit ihr zusammen zu sein. Sie selbst wäre davon nicht begeistert. Sie führte ein wunderschönes Leben in Luxus und Sicherheit. Kein Mädchen mit Verstand würde wegen eines Mannes darauf verzichten.

Aber Ilari hatte andere Probleme, denn er hatte sich in der letzten Zeit ausführlich mit den Herzögen Aldwyn und Elbin besprochen. Sie wollten von Ilari wissen, wie er taktisch agieren würde, wäre er ein tandhenischer Anführer. Und Ilari, dem an einem Sieg der Tandhener nichts lag, machte sich gründlich Gedanken dazu. Außerdem gab er die Nachrichten weiter, die er von seinem Vater und auch von seinem Onkel Björn Helgison vor einigen Tagen erhielt. Björn, der zur Zeit in Tandhen war bei König Asger, wusste viele interessante Details beizusteuern. Es kam Bornwulf sehr gelegen, aus dem Inneren des feindlichen Lagers seine Informationen zu beziehen. Ilari gab sie ihm ohne die geringsten Gewissensbisse.

„Ich ziehe auf Seiten der Dinoraner in den Krieg", rief Oskar verträumt. Ilari sah ihn ungläubig an, denn Oskar wirkte naiv und zuversichtlich.

„Dann musst du achtgeben, dass dich die Dinoraner nicht für den Feind halten, so wie du aussiehst, und dich erschlagen. Das wäre ein unrühmliches Ende für dich."

„Ich trage doch unsere Rüstung, damit bin ich sicher vor solchen Verwechslungen", sagte Oskar mit einem Ausdruck völliger Überzeugung in der Stimme.

„Dann wirst du wohl von den Tandhener als Deserteur getötet, der sich in einer feindlichen Uniform unerlaubt davon machen will", kommentierte Ilari Oskars Ideen.

„Du kannst einem wirklich alles verderben, weißt du das. Warum sagst du all diese Dinge zu mir? Willst du denn nicht mit uns zusammen in den Krieg ziehen?", fragte ihn Oskar schon fast weinerlich. Er hatte es sich wohl genau so vorgestellt. Wie einen Ausflug ins Grüne zusammen mit Freunden und ein wenig Nervenkitzel. Ilari schüttelt den Kopf darüber.

„Natürlich werde ich mit dir in den Krieg ziehen, doch man muss ein wenig vorausschauend denken und Vernunft zeigen. Versteh doch, Oskar, Krieg ist etwas, das man wenn möglich am besten vermeidet, vor allen Dingen, wenn einen der Krieg nichts angeht. Norgan ist sozusagen neutral. Warum sollte ich also meine Haut zu Markte tragen? Eigentlich hatte ich vor, schon weg zu sein, wenn das Ganze anfängt. Und noch einmal, warum sollte ich für Dinora in den Krieg ziehen? Allenfalls aus Loyalität zu Raedwulf, den ich im letzten Jahr als Freund schätzen gelernt habe. Aber auch er hat von meinem Wissen profitiert. Seine Truppe ist gut gerüstet gegen die Tandhener durch meinen Einsatz und mein Wissen. Es ist eigentlich schon genug, was ich für Dinora getan habe. Ich wollte schon immer das Land verlassen und in meine Heimat zurückkehren. Doch nun gibt es da dieses Mädchen, das ich allerdings niemals erringen werde, denn wieder steht mir ein Königssohn im Weg."

Ilari schwieg enttäuscht. Denn alle seine schönen Pläne, sich mit dem gesparten Geld des Vaters aus dem Staub zu machen, sicher nicht an einem Krieg hier in Amber teilzunehmen, der ihn nichts anging, und wieder in Norgan ein wunderbares Leben zu führen, wurden gerade durch die Ereignisse in Tamweld zunichtegemacht. Es war zum Haare raufen. Und dann noch Oskar, den er als allerbesten Freund kennengelernt hatte. Konnte er ihn so naiv, wie er sich zeigte, einfach alleine in einen gefährlichen Krieg ziehen lassen? Oskar hatte doch gar keine Ahnung, auf was er sich da einließ. Dieser Dummkopf. Ilari erkannte, dass ihm genau die dümmsten Fehler unterlaufen waren, vor denen er sich immer in Acht nehmen wollte. Er hatte Beziehungen zu einzelnen Menschen hier aufgebaut und sich in ein Verpflichtungsgeflecht verirrt, aus dem er nicht ohne eine gehörige Portion Egoismus wieder herauskam. Die entscheidende Frage war sogar, ob er da wieder herauskommen wollte und wie tief er eigentlich schon in Dinora festsaß.

Ilaris Tonfall war beleidigend spitz. Aber er hatte Recht. Man stürzt nicht einfach los in einen Krieg und lässt alles stehen und liegen. Als Ilari Oskar anblickte und die Enttäuschung in dessen Gesicht sah, musste er ein wenig lachen. Wie naiv doch dieser Junge war.

Theodric

„Willst du dich wirklich aus dem Staub machen, wenn dir der Boden hier zu heiß wird, Norganer?", hörte er eine unbekannte Stimme hinter sich sprechen. Ilari drehte sich um und sah sich dem Gaukler gegenüber, der seit dem Geburtstag der Königin einfach hier in Tamweld geblieben war. Was wollte er von ihm, warum kam er hier an seinen Tisch? Er hatte diesen Fremden nicht zu sich gebeten. Ilari schüttelte den Kopf und gab es auf, weil sich dieser Mann einfach zu Oskar setzte, und da fiel Ilari plötzlich auf, dass er Oskar nicht mehr so häufig zu Gesicht bekam. Er trieb sich offensichtlich mit diesem Gaukler herum. Das störte Ilari nicht, denn er hatte von König Bornwulf selbst die Erlaubnis erhalten, in seiner Freizeit in der Bibliothek zu stöbern, in der er bei seiner Ankunft seine unangenehme Begegnung mir Edbert von Turgod gehabt hatte.

„Kennst du Edbert von Turgod?", fragte ihn der Fremde unvermittelt. Ilari stutzte für einen Augenblick. Dachte dieser Fremde eben auch an Edbert? Nein, das ist Unsinn, es war nur ein komischer Zufall. Aber ein Rest von Verwunderung blieb an Ilari haften. Sein nüchterner Verstand blendete es aus, denn es hinderte ihn sonst daran, sich klar mit seinem Gegenüber zu beschäftigen, der offensichtlich an ihm interessiert war.

„Was willst du von mir und warum bringst du Edbert ins Spiel?", fragte Ilari scharf und ein wenig ablehnender, als es seine Absicht gewesen war.

Der Fremde aß süßen Kuchen, den er ganz bestimmt aus der Küche von Hildburg bekommen hatte. Von was lebte er denn eigentlich, schoss es Ilari durch den Kopf, denn er wusste sicher, dass er nicht bettelte. Es gab ein Verbot Bornwulfs für die Bürger seiner Stadt. Nur wer einer geregelten Beschäftigung nachging oder sich auf andere Weise seinen Lebensunterhalt verdienen konnte, durfte in Tamweld bleiben.

„Ich bin Wahrsager und Hildburg war ganz angetan von meiner Vorhersage, die übrigens richtig war. Du musst nicht gleich so ein erstauntes Gesicht ziehen, Norganer. Darüber hinaus bin ich der Laufbursche und Gehilfe von Colan Boyle, dem Schmied, den du ja auch kennst. Mit Betteln habe ich mich noch nie durchgeschlagen. Ich habe mir immer mein Geld ehrlich erworben." Ilari stutze. Es passierte schon wieder, als könne ihm der Fremde in die Gedanken sehen. Das war unglaublich. Aber sicher ist das ein Trick. Oskar hat ihm bestimmt von mir erzählt, und wenn er genug weiß, dann reimt er sich meine Gedanken zusammen. Außerdem sind es die üblichen Gedanken, die man sich macht, wenn man einen wie ihn vor sich hat. Also, da ist gar nichts dabei, dachte Ilari.

Und da lächelt Theodric schon wieder, gerade so als sähe er in seinen Kopf. Ilari beschloss, nichts mehr zu denken, doch das gelang ihm nicht so einfach. Er wusste nur, dass er ihn gleich fragen würde, ob er mit Edbert verwandt sei. Möglicherweise war er sogar ein Spion dieses Ungeheuers. Aber das verwarf Ilari sofort wieder, das war zu absurd, schon fast neurotisch. Davor hätte ihn sein Instinkt gewarnt.

„Du bist ein Nordländer wie der kleine Oskar, ein Norganer, um genau zu sein", sagte Theodric leise zu Ilari, wobei er das „klein" mit einem sonderbaren Unterton hervorhob. Ilari sah auf und runzelte die Stirn. Er störte sich an dieser samtweichen, dunklen Stimme. Er mochte diesen Mann nicht besonders, der so seltsam luftig und durchscheinend wirkte. Das mochte an dem abgezehrten Körper und dem langen Bart liegen, der Theodrics Äußeres vorwiegend bestimmte. Theodric bemerkte Ilaris Ablehnung, deshalb sprach er ihn auf norganisch an.

„Du magst mich nicht, Norganer, aber das ist unwichtig. Wir werden eine ganze Weile miteinander zu tun haben, ob es dir nun gefällt oder nicht", sagte er zu Ilari. Ilari stutzte und war sprachlos, dann fasste er sich und kniff die Augen zusammen. Das alles gefiel ihm immer noch nicht. Was wollte der Konbrogi von ihm? Sollte er doch zuerst damit herausrücken. Ilari verschloss sich innerlich und wartete ab.

„Ich lebte lange genug in Norgan, um die Sprache zu lernen und deine Landsleute zu durchschauen. Sie sind schwer zugänglich und grausam. Sie haben kein Herz, deine Leute", sagte er traurig und sah zu Boden.

„Du verwechselst wohl etwas und hast dich nicht klar genug ausgedrückt. Norganer haben durchaus ein Herz und diejenigen, die hier einfallen in Amber, sind Tandhener, keine Norganer. Denn König Halfdan hat es seinen Untertanen verboten", schloss Ilari ein wenig mürrisch.

„Es halten sich nur nicht alle an König Halfdans Verbot. Sogar du hast einen in der Familie, der sich in Amber unredlich bereichert", entgegnete ihm Theodric. Jetzt wurde es Ilari zu bunt. Wen außer Björn, seinen Onkel, könnte er meine? Björn, und das wusste Ilari genau, segelte oft nach Amber, jedoch nur, um ganz gemeinen Handel zu treiben. Daran war nichts Verbotenes. Wenn dieser Dummkopf nicht seine Behauptung zurücknähme, dann würde er ihn Mores lehren. Ilari richtete sich langsam auf. Aber zu einem Schlagabtausch kam es nicht, denn Oskar mischte sich ein.

„Gebt Ruhe, ihr Kampfhähne, es ist unsinnig, dass sich meine beiden besten Freunde die Köpfe einschlagen wegen einer beiläufigen Bemerkung. Ihr solltet euch lieber beschnuppern, denn ich mag euch, auch wenn ihr so unterschiedlich seid wie Hund und Katze."

Er sah sie beide mit seinen durchdringenden, blauen Augen an, und da gaben Ilari und der Fremde nach.

„Der Wahrsager und Gaukler heißt übrigens Theodric Morgenan. Vielleicht erinnerst du dich an ihn", sagte Oskar aufgeregt. Ilari nickte nur, zog es aber weiterhin vor zu schweigen. Und Theodric stand auf und verabschiedete sich.

„Ich muss gehen und arbeiten, sonst muss ich verhungern", sagte Theodric mit einem leichten Anflug von Sarkasmus in der Stimme. Theodric war einige Jahre älter als Ilari und weltgewandter. Auch wenn er zerlumpt aussah, hatte er etwas an sich, das Ilari an eine umfassende Bildung erinnerte.

Doch bevor Theodric aufbrach, ließ er einiges durchblicken. Warum er es tat, blieb Ilari unbegreiflich, aber die Informationen, die Ilari bekam, waren bizarr genug, ihm zu gefallen.

„Ich war in den Ländern des Nordens, junger Freund, um einen Eindruck von euch zu erhalten. Ich wollte wissen, wie die leben, die in unser Land einfallen. Die Armut und der Hunger, denen ich in Norgan begegnet bin, waren fürchterlich. Die Menschen fielen auf den Straßen tot um, weil sie seit Tagen nicht gegessen hatten. Sie stritten sich in den Provinzen um ein Stück Brot. Die Erwachsenen nahmen es den Kindern weg und niemand fand etwas dabei. König Halfdan ist ein guter König, einer der besten, die ich je kennengelernt habe, aber ihm werden die Dinge in der nächsten Zeit aus dem Ruder laufen. Denn er wird sehr krank werden. Wenn sein Enkel geboren wird, verstirbt er beinahe. Sein ältester Sohn Bork überlässt nichts dem Zufall, das solltest du wissen. Du kennst ihn besser als irgendjemand sonst, wie er mir gesagt hat. Er vermisst dich auf eine Art, die man mit Freundschaft verwechseln könnte. Aber da er ein unverbesserlicher Narzisst ist, kann er Freundschaft nicht wirklich so schätzen, wie es andere Menschen tun. Und ganz nebenbei solltest du wissen, er hasst seine Ehefrau und seinen Vater und sogar dich auf eine unerklärliche Weise. Er ist ganz tief in sich böse, so böse, dass es immer wieder an die Oberfläche drängt. Wie konntest du es nur so lange dort aushalten? Warum wünscht du dir, wieder dorthin zurückzukehren, an einen Ort, an dem dein Leben nicht einen Pfifferling wert ist? Bork ist ein Tier. Ein gefährliches, rohes Tier, das nach der Herrschaft im Rudel drängt und dafür den Vater vom Platz verweisen möchte. Wenn er in Norgan den Thron übernimmt, dann brechen dunkle Zeiten an, hier wie dort. Das gilt es zu verhindern. Aber du wirst nicht derjenige sein, der dabei eine Rolle spielt. Du wirst bald fliehen müssen, so wie es deine Familie im Norden tun wird, weil sie zu Hause nicht mehr sicher sein wird. In etwas mehr als einem Jahr wird kein Thorbjörnson oder Helgison mehr in Norgan leben. Denn einer von eurer Familie wird sich für die Seite Ambers entscheiden. Und dafür muss deine Familie büßen, das Land verlassen und neue Orte entdecken und erkunden, um der Rache Borks und Tandhens zu entgehen."

„Warum erzählst du mir das?" fragte ihn Ilari, die Stirn runzelnd und ihm kein Wort von diesem Gefasel glaubend. Theodric behauptete, Bork persönlich zu kennen, und wollte erahnen, dass sich Ilari in einen Krieg in Amber verwickeln lasse, der die Verbannung seiner ganzen Familie zur Folge haben würde. Das war anmaßend und falsch. Er begann, auf den Konbrogi eine unbekannte Wut zu entwickeln und war kurz davor, ihm den Mund zu stopfen. Solche Behauptungen, laut geäußert, waren gefährlich.

Theodric blieb gelassen angesichts des Zornes, der Ilari erfasste. Er wusste, wie es im Norden war, und er sah Katastrophen für Dinora und ganz Amber heraufziehen. Theodric sammelte sich und sprach leise und deutlich weiter. Er setzte sich wieder, schob die Schüssel Brei, die vor ihm stand, zur Seite, nahm einen großen Schluck Wein und begann.

„Ich habe Zeichen gesehen, die auf eine Katastrophe hinweisen", sagte Theodric. Er wollte die Aufmerksamkeit Ilaris wecken, denn er wusste, dieser und Oskar befanden sich in großer Gefahr. Aber es bestand noch eine verschwindend geringe Chance, ihr zu entkommen.

Ilari jedoch legte nun das wertvolle Buch, in dem er gelesen hatte, endgültig zur Seite und blickte auf das schmuddelige Elend neben sich. Dieser Mann kam aus Konbrogi, dem Waldland im Westen. Einem ebenso wenig zivilisierten Landstrich wie Tandhen, vermutete er. Doch hatte Theodric etwas an sich, das er bei noch keinen Amberländer zuvor gesehen hatte. Er erinnerte ihn absurderweise an etwas oder jemanden. Theodric weckte ein unbekanntes Interesse an sich und seinen Geschichten. Sein Onkel Björn war der Ansicht, sich immer alles anzuhören, wenn jemand etwas zum Besten gab. Die allerwichtigsten Informationen bekam man auf diese Weise, unnützes Zeug konnte man verwerfen. Deshalb überwand Ilari seine Abneigung halbherzig und fragte ihn nach diesen unglücklichen Zeichen, die er sah. Da lächelte

Theodric zum ersten Mal. Er lehnte sich zurück und genoss den Wein, den ihm Oskar eingeschenkt hatte, und die Gesellschaft dieser beiden klugen, jungen Männer. Er selbst war einige Jahre älter als Ilari, aber immer noch jung genug, um sich nach ihrer Freundschaft zu sehnen.

Oskar lächelte zufrieden, knabberte an Ilaris getrocknetem Fleisch und schwieg. Dann begann Theodric.

„Es wird ein Bündnis geben zwischen den einzelnen Königreichen Ambers. Doch nur die Blutsbande werden halten. So wird Sidran isoliert sein und am Ende versuchen, Verrat an den anderen zu begehen."

„Für diese Bemerkung könnte man dich des Hochverrates bezichtigen und hängen", sagte Ilari ruhig. Aber er dachte nach. Er hatte etwas Ähnliches auf den Gängen des Schlosses gehört. Die Gerüchte flüsterten von einem Bündnis ohne Sidran, wenn man es nicht noch in die Gemeinschaft Ambers einfügen konnte. Der Schlüssel dafür war Prinzessin Hrodwyn.

„Außerdem", fügte Ilari schlecht gelaunt hinzu, „kannst du es auch draußen gehört haben, du schleichst doch schon tage- und wochenlang dort herum." Ilari war unbeeindruckt. Er wollte mehr Beweise hören. Theodric sah es und dachte nach.

„Es werden sich die Sonne und der Mond verfinstern in nächster Zeit."

„Gleich Sonne und Mond", lästerte Ilari und grinste Theodric unverschämt an.

„Du konntest dich wohl nicht für einen der beiden entscheiden." Er glaubte dem ungewaschenen Jüngling jetzt kein Wort mehr. Er trug zu dick auf.

„Ich musste mich nicht entscheiden, denn ich berechnete die Bahnen der Sonne und des Mondes und kam so auf das Datum der Ereignisse."

Nun schwieg Ilari. Er wusste durch Aidan von diesen Himmelsbahnen. Astronomen konnten den Weg der Gestirne tatsächlich berechnen. Er hatte gut aufgepasst, als ein Tempelpriester es ihm gezeigt hatte. Ilari vermutete, dass man den Schrecken einer unangekündigten Sonnenfinsternis, die einige Stunden dauern konnte und die den Tag zur Nacht werden ließ, gut für Angst und Verwirrung der Menschen nutzen konnte. Dieses Wissen und die Sicherheit, den genauen Zeitpunkt zu kennen, an dem das Ereignis stattfindet, verlieh den Priestern und auch dem König, wenn er etwas davon verstand, große Macht. Die Tempelpriester, die astronomisches Wissen hatten, blieben ihren Tempeln stets treu verbunden. Sie hatten einen Eid abgelegt. Sie weigerten sich standhaft, dieses Wissen mit dem gemeinen Volk zu teilen. Theodric konnte also nur ein geflohener Tempelpriester sein. Anders konnte sich Ilari nicht erklären, diesen Mann mit diesem Wissen hier sitzen zu sehen. Für Ilaris Verstand fügte sich nun alles harmonisch ineinander. Nur zu welchem Zweck diese Dinge geschahen, wusste er noch nicht.

„Ich vermute, du bist ein geflohener Prediger. Wie hast du dich aus deinem Tempel davonstehlen können? Sag es mir, bevor ich dich dem Oberpriester Aidan übergebe, damit du wieder in dein Heimathaus gebracht und bestraft werden kannst."

Theodric atmete einmal hörbar durch. Er wusste, sein Geheimnis war entdeckt worden, und er ahnte, dass er Ilari nicht gewachsen wäre, wenn dieser sich entschloss, gegen ihn zu agieren. Er konnte es nicht riskieren, Aufmerksamkeit zu erregen. Deshalb entschied er nach einem weiteren, großen Schluck Wein, Ilari einen Teil der Wahrheit zu sagen. So viel, wie nötig wäre, ihn aufzurütteln und dabei sein uneingeschränktes Vertrauen zu erkämpfen. Er blickte auf Oskar, der ruhig dasaß und Ilari in jeder Hinsicht zu vertrauen schien. Deshalb begann er zögernd, aber bestimmt zu berichten.

„Nun, Aidan könnte mich nicht in meine alte Tempelgemeinschaft zurückschicken, denn sie wurde vor zwei Jahren von plündernden Tandhenern überfallen. Sie raubten alles aus, bis kein Stein mehr auf dem anderen stand. Wir waren ein reiches Haus, und wenn die Nordleute nur einen Moment mit den Morden eingehalten hätten, hätten wir ihnen unsere Reichtümer freiwillig herausgegeben. Wir hingen nicht an Schätzen oder Gold. Aber sie kamen wild schreiend über uns wie das personifizierte Verderben und raubten und erschlugen jeden, bis sich nichts mehr rührte.

Dann zogen sie ab und ich sah noch ihre Segel am Horizont verschwinden."

Ilari zog die Augenbrauen zusammen, bis sie nur noch ein einziger Strich waren. Zorn und Misstrauen funkelte in seinen Augen auf, die zu lodern schienen.

„Ich frage mich", begann er wütend, seine Stimme nur mühsam beherrschend, „wie du als einziger dieses Inferno überleben konntest, wenn doch alle deine Brüder von den Tandhenern erschlagen wurden."

Theodric spürte Ilaris Misstrauen beinahe körperlich, wusste aber auch durch seine Ahnungen, dass er Ilari würde überzeugen können. Diese Sicherheit ließ ihn von den letzten Stunden seines Priesterhauses berichten. Es fiel ihm schwer, über die Vorkommnisse dieses traurigen Morgens nachzudenken. Er sammelte seine Gedanken, streckte sich kurz durch und erzählte mit leiser Stimme.

„Am Tag des Überfalls erwartete ich eine Mondfinsternis in den sehr frühen Morgenstunden. Ich hatte die Umlaufbahnen der Sonne und des Mondes schon länger berechnet und hatte viele weitere für die nächsten Jahre herausgefunden. Mein Vorstand wusste davon, bat mich jedoch, diesmal im Haus zu bleiben, weil wir für den Oberprediger, der in diesen Tagen angekündigt war, Inventur machen sollten. Die Bücher des Hauses wiesen einige Unregelmäßigkeiten auf und dies sollte ich mit ihm noch an jenem Morgen vor dessen Ankunft beschönigen. Ich kann es mir selbst nicht erklären, aber ich fühlte einen nie gekannten Unwillen, mir die Mondfinsternis diesmal nicht ansehen zu dürfen. Normalerweise hätte es mir nichts ausgemacht, sie zu verpassen, denn Ereignisse wie diese finden oft statt und ich hatte etliche gesehen. Nur diesmal drängte mich eine unbekannte Furcht nach draußen in den Wald. Bei dem Haus gibt es einen an der Kuppe unbewaldeten Hügel, von dem aus man einen ungestörten Blick sowohl auf den Himmel als auch in alle Richtungen hatte. Dorthin verkroch ich mich an diesem frühen Morgen, den ich im Nachhinein gerne verschlafen hätte. Denn die Ermordung der Prediger mitanzusehen, war schrecklich. Irgendetwas weckte mich noch mitten in dieser Nacht und drängte mich hinaus auf meinen Hügel. Diesmal nahm ich keine Fackel mit wie sonst, denn ich ahnte, dass es gefährlich wäre. Den Weg kannte ich bei Tage genau, aber in dieser völligen Dunkelheit fiel ich oft hin oder wurde von Dornenbüschen gestreift, die auch diesen Kratzer auf meinen Gesicht verursachten an jenem dunklen Morgen." Er deutet auf sein linke Wange, auf der eine Narbe drei Finger hoch zu sehen war.

„Oben auf dem Hügel angekommen, sah ich im Grau des Morgens Schiffe in die Bucht einfahren. Es waren drei, die völlig anders aussahen als unsere Schiffe. Sie ließen den Anker fallen und die Männer verließen, ohne ein Geräusch zu machen, die Schiffe. Sie schlichen zuerst, denn Nordleute sind feige. Sie nutzen die Überraschung, sie überfallen, ohne sich vorher anzukündigen. Schließlich verbreiten sie so den größten Schrecken. Sie brachen leise die Tore auf und stürmten nun schreiend auf den Hof. Dann ging alles sehr schnell. Da alle beim Frühstück saßen und außerdem keiner eine Waffe führen konnte, zogen die Männer die Brüder in den Hof und metzelten sie nieder. Sie hatten nicht so viel Respekt vor ihnen, sie anständig zu morden, sondern ließen die meisten schreiend liegen, bis sie in ihrem Blut verendeten. Die Schreie hallten lange in die beginnende Morgendämmerung. Währenddessen schleppten die Fremden jubilierend die Schätze der Gemeinschaft auf ihre Schiffe und noch bevor der letzte Mann gestorben war, fuhren sie wieder aus der Bucht hinaus. Sie selbst hatten nur zwei Männer verloren, die noch halbe Knaben waren und die von einem unserer Brüder erschlagen wurden. Dafür erlitt Bruder Anselm einen grausamen Tod."

Theodric schwieg und nahm eine langen Schluck Wein. Er zitterte und beherrschte sich, nicht zu weinen. Ilari sah es und wurde milder.

„Warum bist du auf deinem Hügel hocken geblieben und hast zugesehen. Haben dich Wut und Zorn nicht dazu getrieben, ihnen zu helfen?", fragte er Theodric.

Dieser atmete tief durch und gestand Ilari.

„Ich war ein Häuflein Elend, glücklich, nicht dort unten sein zu müssen, glücklich, am Leben zu sein, und wütend auf die Feinde, die dieses Blutbad angerichtet hatten. Ich schäme mich, nicht hinuntergestürzt zu sein, um mit ihnen zu sterben, und manchmal, wenn ich schweißgebadet aufwache, weil ich immer wieder diese Ereignisse im Traum vor mir sehen, frage ich mich, ob ich nicht das grausamere Schicksal erwischte. Die beiden letzten Jahre frage ich mich, was die Götter oder meine Ahnen mit mir vorhaben. Ich überlebte und hörte von Dingen, von denen ich nichts wissen wollte. Ich versuchte, mich selbst zu töten. Das ist uns nicht erlaubt. Wir müssen in der Ewigkeit dafür büßen, wenn wir es tun, aber auch das schreckte mich nicht. Ich habe einen Selbstmordversuch unternommen, mich von einer Klippe gestürzt, allerdings überlebte ich sogar das. Nur den Fuß ziehe ich etwas nach, das ist alles. Danach dachte ich über den Sinn meines Lebens nach. Nach und nach bekam ich Zeichen zu sehen, die mit euch beiden und den nahenden Ereignissen zu tun haben. Ich bekam einen Hinweis auf ein Mitglied meiner Familien, das hier auf dem Königshof in einen Mord verwickelt wurde. Oder war es ein Todesfall? Deshalb kam ich mit den fliegenden Händlern unbemerkt in die Stadt."

Mehr wollt Theodric nicht sagen. Er fand, es reicht vorerst.

Ilari schwieg, dachte nach und ließ sich von Theodrics Worten überzeugen. Es waren nicht allein seine Worte und die Ereignisse, die er ansprach, sondern auch Ilaris Bauchgefühl. Es gab unerwartet Ruhe. Ilari würde Theodric nicht verraten. Denn so viel hatte Ilari begriffen, der Priester war auf der Flucht vor jemandem, den er nicht einmal selbst kannte, und Ilari war klug und beherrscht genug, kein großes Aufheben von seiner Anwesenheit hier zu machen. Was sonst noch geschehen würde, lag nun in Theodrics Händen.

Ilari sah den dunklen Mann an und vermutete, dass er mit dem zweiten Gesicht ausgestattet war. Die Menschen des dunklen Waldes waren davon öfter betroffen als die Dinoraner. Auch in Norgan gab es Menschen, die Ereignisse erahnten oder manchmal träumten. Die Geister der Toten suchten sich Menschen, denen sie die Bürde auflasteten, von zukünftigen Ereignissen zu berichten. Oder waren es die Götter? Ilari war es gleich. Er nahm diese Fähigkeiten hin wie das Wetter. Aber er beneidete keinen Menschen, der sich mit diesen Dingen herumschlagen musste. Er wünschte sich nicht, in die Zukunft sehen zu können. Ihn wunderte es, dass er Theodric so völlig uneingeschränkt glaubte. Eben erst kam ihm wieder in den Sinn, dass er auch ein Verräter oder Spion sein könnte, da er doch die Sprache und die Lebensweise der Tandhener kannte. Aber er begann, ihm zu glauben. Theodric machte einen ehrlichen Eindruck auf ihn. Er vermutete auch, dass noch einige Dinge unausgesprochenen waren, aber er konnte warten. Ilari war geduldig geworden fern der Heimat. Der Vater wäre stolz auf ihn.

„Du solltest jetzt mit Oskar gehen, niemand sollte dich hier sehen. Wenn ich von dir etwas wissen möchte, dann gebe ich Oskar Bescheid, oder du ihm, wenn Dinge eintreten, die ich nicht erwarte. Später wirst du mir von der Gefahr berichten, die über uns schwebt, aber jetzt muss ich zuerst zu den Priestern und dann den Nachmittag mit Waffenübungen in Raedwulfs Truppe verbringen und am Abend dann zum König gehen."

Theodric sah zweifelnd auf Ilari. Würde er ihn verraten? Aber dieser legte ihm beruhigend die Hand auf die Schulter und lächelte. Ilari schwor zu schweigen. Theodric, der schon im Gehen begriffen war, drehte sich noch einmal um und sagte.

„Hüte dich vor Edbert. Er hasst dich. Du hast Dinge gesehen, die ihm gefährlich werden können, und er mag keine Fremden aus dem Norden wie dich. Die Menschen aus dem dunklen Wald sind ihm schon hinlänglich zuwider, aber Nordländer wie dich und Oskar hasst er. Und dich im Besonderen. Du bist ihm ein Dorn im Auge, denn du hast seine dunkle Seite gesehen, und er wird dich nicht mit diesem Wissen überleben lassen. Schon gar nicht, weil du dich nicht vor ihm fürchtest."

Ilari war zum ersten Mal verdutzt. Woher wusste Theodric von diesen Dingen? Doch dann beruhigte er sich, denn er vermutete, Oskar hatte ihm davon berichtet. Aber wieso kannte er Edbert? Es lagen Welten zwischen diesen beiden Burschen. Da sah Ilari den Konbrogi noch einmal etwas genauer an und er meinte, sich in seinem Gefühl von früher bestätigt zu sehen. Theodric kam ihm von Anfang an bekannt vor. Es musste eine Beziehung zu Edbert geben, denn Ilari sah eine gewisse Ähnlichkeit mit Theodric. Oder doch nicht. Sollte er sich täuschen? Ilari stand wie vom Donner gerührt vor Theodric und jetzt war er sich sicher. Seine Vermutung von damals bestätigte sich. Theodric war mit Edbert verwandt. Er konnte es jetzt genau sehen. Ilari wollte Theodric fragen, aber auch dieser sah, wie es um Ilari stand, und unterbrach ihn.

„Später werde ich dir von meiner Familiengeschichte berichten, aber jetzt meide dunkle Ecken und Wege, gehe immer zu zweit, nimm Oskar mit und vermeide den Fluss. Du gehst oft dorthin, ich habe dich dort schon gesehen, auch Edbert weiß von deiner Vorliebe." Dann lächelte er Ilari zu und ging mit Oskar weg und Ilari bemühte sich, ruhig zu werden.

Raedwulf Paeford

„Gib mir Morwenna zur Frau, Vater", bat Raedwulf bei einem Treffen, das er mit seinem Vater gewünscht hatte.

„Morwenna, immer höre ich nur ihren Namen, gibt es in diesem Land keine andere Frau außer Morwenna?", rief König Bornwulf ärgerlich.

Bornwulf sah seinen ältesten Sohn erstaunt an, denn bisher hatte er kaum den Eindruck gehabt, dass ihm Morwenna aufgefallen wäre, und jetzt wünschte Raedwulf, sie gleich zu heiraten. Dabei gab es schon zwei ernstzunehmende Bewerber, die ganz offen um sie buhlten, und alle wussten, dass Morwenna ihr Herz schon an den kühnen Ilari vergeben hatte.

Bornwulf winkte gelangweilt ab. Er hatte nicht vor, seinen Sohn mit Morwenna zu verheiraten. Seine Pläne sahen anders aus. Er ärgerte sich, nicht schon früher auf diese Idee gekommen zu sein und seinen Sohn in jungen Jahren verheiratet zu haben, denn jetzt, als ausgewachsener Mann, würde er Schwierigkeiten machen. Gerade wenn er verliebt war. Raedwulf sah seinen Vater an, der sich seit einigen Monaten verändert hatte. Der nahende Krieg hatte ihn hart gemacht, unerbittlich, und er befürchtete, dass er hätte früher kommen müssen.

„Ich werde sie nicht Edbert zur Frau geben", sagte Bornwulf bestimmt und sah seinen Sohn dabei an.

„Nein, denn das wäre nicht klug. Hast du dir schon einmal überlegt, wie groß sein Besitz mit den Ländereien Morwennas wäre? Alles läge außerhalb deines Einflussbereiches, und Edbert könnte machen, was er wollte, dort an der Grenze zu Lindane und Konbrogi. Er ist nicht wie sein Vater Ellis von Turgod. Der war anders, wenigstens etwas."

Raedwulf schwieg, denn der Vater dachte nach. Bornwulf erinnerte sich an ein Gespräch mit Aldwyn. Der alte Herzog war vor einiger Zeit zu ihm gekommen.

„Hört, Mylord", sagte er. „ich muss dringend mit euch sprechen. Meine Spione, die, mit Verlaub gesagt, sehr viel effizienter arbeiten als eure, haben eine faszinierende Nachricht mitgebracht."

Aldwyn machte es spannend. Aber Bornwulf tat ihm den Gefallen und fragte nach.

„Nun, um was handelt es sich denn, alter Freund." Dabei glaubte er, Herzog Aldwyn hätte eine unwichtige Neuigkeit erhalten.

„Es dreht sich um Edbert, des alten Ellis von Turgods Sohn, euren besten Schreiber. Oder um den Lächler, wie er von der Dienerschaft bezeichnet wird. Dieser unser Freund, der sich so umsichtig und entschieden um Morwenna von Falkenweld bemüht, hat viel vor. Er träumt davon, euch vom Thron zu stoßen."

Aldwyn machte eine kurze Pause, um diese Nachricht wirken zu lassen. Und sie tat ihre Wirkung. Bornwulfs Blick verfinsterte sich zusehends und er dachte an die Worte seiner Frau, die vor einiger Zeit genau dies vermutet hatte. Damals war es nur ein vager Gedanke, und Bornwulf dachte nicht im Traum daran, dass Edbert, dieser Weichling, das Zeug dazu hätte, diesen Gedanken in die Tat um zusetzten. Aber Aldwyn schien Belege dafür zu haben.

„Bringst du mir Beweise für diese Anschuldigung, Herzog?", fragte Bornwulf kühl.

„Beweise wollt ihr, Sire? Nun, Schriftliches habe ich nicht, nur Stimmungen und Zeugen, die im Dunklen gehalten werden wollen. Und meinen Sohn, der sich viel mit Edbert herumgetrieben hat. Er hat mir den einen und den anderen Hinweis auf Edberts Tun gegeben. Dann war es leicht. Denn Edbert ist nicht wohlgelitten, obgleich er über einige treue Männer verfügt, die Schwarzen Horde, die roh genug sind, um einem Führer, wie Edbert einer ist, zu folgen."

„Ja, ich hörte davon, dass Rutbert oft in seiner Nähe war", bemerkte Bornwulf gedankenverloren. „Was wisst ihr noch?", fragte er.

„Die Verschwörung basiert auf Edberts unermesslichem Reichtum, der den euren fast übertrifft." Bornwulf verzog angewidert das Gesicht. Darauf kam es doch gerade nicht an. „Er hat eure Leibwache bestochen, es geht bis ganz hoch hinauf. Das macht die Sache so gefährlich. Denn wer sonst als eure Männer wäre immer um euch herum und könnte einen hinterhältigen Schlag ausführen, ohne ergriffen zu werden, weil die Täter verschwunden wären, bevor irgendjemand davon Wind bekäme?", fügte Aldwyn ernst hinzu.

Er stand ein wenig unschlüssig vor Bornwulf, weil dieser noch keine Reaktion auf die Nachricht gezeigt hatte. Aldwyn befürchtete alles, inklusive eines hysterischen Anfalls, denn seine eigene Familie stellte Bornwulf über alles. Wäre sie gefährdet, dann handelte er irrational, so dachte Aldwyn. Aber Bornwulf war anders geworden. Er wirkte verschlossen und feindlich für einige Augenblicke, dann entspannte sich sein Gesicht wieder, und er reagiert auf Aldwyn.

„Wir sollten diesem Emporkömmling die Möglichkeiten entziehen, so etwas zu tun", sagte er ganz gefasst. „Hast du oder dein Sohn eine Idee, wie das geschehen könnte?", fragte er.

„Ich spreche mit Rutbert und dann werden wir uns mit der Leibgarde befassen müssen. Wenn es nötig ist, werden alle Männer ausgetauscht, die verdorben sind. Viel mehr können wir nicht tun. Wir müssen vor allen Dingen vorsichtig agieren, denn wenn wir Edbert aufscheuchen, dann entgleitet er unserem Zugriff."

So waren sie damals verblieben, aber als Bewerber für Morwenna kam Edbert nicht mehr in Frage. Doch auch sein Sohn nicht. Bornwulf war erstaunt, dass Edbert Morwenna aus rein strategischen Erwägungen heiraten wollte. Zudem war er entsetzt, als er hörte, wie falsch er Edbert eingeschätzt hatte. Es machte ihn zornig, wenn er sich vorstellte, dass sich Edbert ein Reich in seinem Königreich im Grenzgebiet von Konbrogi aufbauen wollte.

Raedwulf sah seinen Vater an, der in Gedanken schien. Als Bornwulf schließlich den Blick hob und er seinen Sohn ansah, gefiel Raedwulf nicht, was er dort bemerkte. Sein Wunsch deckte sich nicht mit dem des Vaters.

„Höre, Sohn", sagte er deutlich und unmissverständlich. „Ich habe anderes mit dir vor. Wie du weißt, bin ich um Bündnisse mit den Völkern Ambers bemüht. Auch Konbrogi habe ich im Blick. Aber auch Bratana, das eine Nachbarinsel ist, aber uns in den Stürmen der alten Zeit schon einmal zur Seite gestanden hat. So etwas wünsche ich mir auch diesmal wieder. Königin Silufee Keigwyn von Bratana hat vier Töchter. Zwei von ihnen sind im heiratsfähigen Alter. Ich habe Boten nach Dulinga in den Glaspalast Königin Silufees schicken lassen, um um die Hand einer ihrer Töchter zu werben, für dich, meinen Thronfolger Raedwulf Paeford. Gestern kamen die Boten zurück mit dem Wunsch Königin Silufees, dich in ihr Land einzuladen. Ich hatte eine Ablehnung erwartet, denn Bratana ist reich, stark und friedfertig. Bratana ist so mächtig und friedfertig, dass es heißt, der fragile Glaspalast Königin Silufees stünde schon seit Menschengedenken. Ich bin überzeugt davon, wenn wir mit Silufee Keigwyn in familiären Verhältnissen stünden, wirkte sich das positiv auf das Verhältnis zwischen Dinora und Konbrogi aus. Denn ich vergesse nie das wilde Waldreich."

Raedwulf hörte aufmerksam zu und erschrak. Er hatte immer gewusst, dass so etwas geschehen konnte. Ein Thronfolger hatte aus strategischen Gründen zu heiraten, wie es sein Vater vor ihm getan hatte. Dass er Eadgyth zur Frau bekam, war ein Glücksgriff. Wäre es anders gewesen, hätte sich der Vater arrangiert. So lagen die Dinge und gerade heute holte ihn seine Stellung wieder ein.

Sein Vater begann wieder zu sprechen.

„Für dich kommt Coira, Königin Silufees zweitälteste Tochter, in Frage. Ein schönes Mädchen, wie es mir meine Boten versicherten. Morwenna nicht unähnlich, denn rotes Haar und grüne Augen sind weit verbreitet unter den Bratanen. Sie ist gut erzogen und gebildet und, wie man mir sagte, sehr anschmiegsam. Doch mit einem stolzen Kopf gesegnet."

Raedwulf schwieg. Er hatte diesen verkrampften, entschlossenen Blick, den er immer schon als Kind dann aufsetze, wenn er Dinge einfach, ohne überhaupt darüber nachgedacht zu haben, ablehnte. Im Nachhinein, dass wusste Bornwulf, war er den Vorschlägen, die man ihm machte, nicht abgeneigt. Aber heute, er konnte es sehen, war seine Einschätzung möglicherweise falsch. Hier ging es um die Liebe, die alle Dinge verkomplizierte. Aber Bornwulf nahm sich Zeit, er hatte noch einige Druckmittel zur Verfügung, um Raedwulf zur Vernunft zu bringen. Und wer konnte schon wissen, wie sich die Geschehnisse entwickelten, vielleicht bekäme er ja aus einer ganz anderen Ecke Hilfe. Er hatte Raedwulf in Kenntnis gesetzt und das reichte vorerst. Raedwulf sah, dass sein Vater keinen Kompromiss machen wollte. Deshalb packte er seine Handschuhe, rief seine drei schwarzen Hunde, die ihm seit einiger Zeit wie drei Schatten folgten, und ging, leicht den Kopf zum Gruß geneigt, nach draußen. Bornwulf konnte sich vorstellen, dass sein Sohn wütend war, und wertete den unhöflichen Gruß nicht. Es kam ihm auf lange Sicht darauf an, dass Raedwulf Coira Keigwyn heiratete. Ein guter Thronfolger musste zum Wohle seines Volkes sein Haupt beugen können. Raedwulf würde es lernen.

Die Flucht

Edbert wankte nach Hause. Er kam eben von Bornwulf, der ihm Morwenna nicht zur Frau geben wollte. Gründe für seine Entscheidung führte er keine an. Er reagierte nicht einmal auf seine Bitten, ihm seine Entscheidung zu erklären. Edbert wurde entlassen und das war es. So reagierten Könige. Das sollte Bornwulf noch büßen.

Edbert beherrschte sich, verneigte sich höflich vor dem König und ging in sein Haus in der Stadt. Das war vor einer Stunde geschehen und noch immer hatte er seine Gefühle nicht vollständig im Griff. Er strich anfangs ohne wirkliches Ziel durch die Stadt, lungerte vor den Wirtshäusern herum, ohne sie jedoch zu betreten. Dabei fiel er Theodric auf, der sich in der Schmiede befand und gerade durch die angelehnte Türe nach draußen gehen wollte. Theodric genügte ein einziger Blick auf Edbert, um gewarnt zu sein. Er kannte diesen Gesichtsausdruck, dieses Durch-die-Straßen-Schleichen, den leicht nach vorne geneigten Oberkörper, eine Haltung, die Edbert wirken ließ, als wäre er gerade auf dem Sprung. Das alles besagte nichts Gutes für die Menschen dieser Stadt. Colan sah Theodric, wie er hinter der halb geöffneten Türe stand und die Gegend beobachtete.

„Willst du dir ein Mädchen suchen", neckte er vom Amboss aus, weil er Theodric wie ein Flitzebogen gespannt in der Türe stehen sah. Als der junge Mann nicht antwortete, legte er den Schmiedehammer zur Seite und ging zur Tür.

„Du beobachtest jemanden?", fragte er leise und spähte kurz zur Türe hinaus. Er sah Edbert nachdenklich in einer Deckung vor der Schmiede stehen und sie eingehend beobachten. Theodric nickte.

„Edbert hat eine seiner Stimmungen, die sind gefährlich, ich muss ihm folgen. Wenn du Ilari und Oskar siehst, behalte sie bei dir im Haus, irgendetwas wird geschehen und Ilari wird mit hineingezogen und auch Alwine."

Theodric drehte sich nur ganz kurz zu Colan um und wollte verschwinden, als er plötzlich in seiner Bewegung innehielt und laut und deutlich sagte: „Schicke nach Astir Carew, er wird einen Dienst für mich verrichten müssen. Gleich, es darf keine Zeit ungenutzt verstreichen."

Colan wunderte sich über Theodric. Da er aber wusste, dass die Konbrogi mit dem zweiten Gesicht gesegnet waren, überfiel ihn plötzlich eine unerklärliche Angst. Sie setzte sich ganz tief in ihm fest und drängte ihn, sofort zu seiner Frau und seiner Familie zu laufen, um sie zu schützen, vor was auch immer. Aber gerade als er sich zitternd davon machen wollte, stand Kundschaft vor ihm, ein Edelmann brauchte neue Hufe für sein Pferd und Colan nickte ergeben, denn das dauerte einige Stunden. Doch danach würde er die Schmiede schließen, um nach Alwine zu sehen, die zum Fluss gegangen war.

An diesem Tag machte Alwine die große Wäsche am Fluss. Dazu nahm sie Gawen in einem Weidenkörbchen mit sich. Cinnia ließ sie bei Colan. Doch Colan, der sich mit einem Kunden beschäftigte, vergaß das Kind, und Cinnia, die Alwine vermisste, lief durch das schwere, geöffnete Tor der Schmiede hinaus, die Mutter zu suchen. Sie durchsuchte das Haus, doch dort war sie nicht, deshalb lief sie an den Fluss, denn dort war sie oft. Am Ufer angekommen, sah sie Alwine die Wäsche waschen.

Sie wollte zu ihr hinunterlaufen, ihr etwas zurufen, aber ein unbestimmtes Gefühl hinderte sie daran. Da sah sie einen fremden Edelmann zu ihrer Mutter gehen. Er trat vorher ganz kurz an das Weidenkörbchen des Bruders heran und lächelte dem Kind zu, dann ging er zu Alwine, die mit dem Rücken zu ihm hockte und ihn im rauschenden Flusstreiben nicht hören konnte.

Cinnia begriff, dass sie Alwine nichts zurufen musste, sie würde auch sie nicht hören können, und außerdem gefiel es ihr nicht, dass der fremde Mann den Bruder so eingehend musterte. Sie hatte die Männer vor einiger Zeit flüstern hören, dass ein Edelmann an Gawen interessiert war und schloss messerscharf aus dem Verhalten des Fremden, dass er ihr den Bruder rauben wollte. So schlich die Achtjährige entschlossen zu dem Weidenkorb des Bruders, denn der Mann ging immer noch auf Alwine zu. Cinnia wurde sich nun immer sicherer, verlor ihre anfängliche Angst und lief, ohne sich um Deckung zu kümmern, direkt auf den Korb zu. Diesen ließ sie stehen, aber sie nahm den Bruder leise beruhigend, damit er nicht schreien konnte, aus dem Korb. Sie legte die weiche Decke so in den Korb, dass es aus der Ferne schien, der Knabe befände sich noch diesem und riskierte einen letzten Blick auf Alwine und den Mann, der diese beinahe erreicht hatte. Dann lief sie, einen plötzlichen Stich der Wehmut in ihrem Herzen spürend, auf das nahe Gebüsch am Fluss zu. Sie kämpfte sich durch die widerspenstigen, dornigen Zweige, schützte mit ihren Armen und Händen ihren Bruder davor und ließ sich die Beine und das Gesicht zerkratzen von den Zweigen, die sie festhalten wollten. Sie hielt durch, erreichte unbemerkt den Wald und lief mit Gawen nach Hause zu ihrem Vater.

Alwine spülte die Wäsche, war so damit beschäftigt, dass sie fast vergaß, ihren eigenen Gedanken nachzuhängen. Sie war glücklich, zum ersten Mal in ihrem Leben, denn sie liebte Colan, der sich als wunderbarer Ehemann erwies. Sie fühlte sich bei ihm sicher, und weil sie ihn so sehr liebte, war sie zufrieden mit sich und freute sich auf das erste gemeinsame Kind. Es kündigte sich für das nächste Frühjahr an. Alwine wusste es seit zwei Wochen, und weil sich sich kürzlich mit der Hebamme besprochenen hatte, die ihr ihre Vermutung bestätigte, setzte sie gestern Colan davon in Kenntnis. Colan nahm sie in die Arme und küsste sie. Er war der glücklichste Mann der Welt, behauptete er, und Alwine glaubte ihm, sie sah es in seinen Augen. Wie einfach es doch war, Colan zu erfreuen. Alwine fand, ihr Leben hätte wieder einen Sinn, und weil sie sich auf das neue Kind freute, machte sie mit Gawen ihren Frieden. Sie konnte zum ersten Mal ohne Schuldgefühle ihren Sohn betrachten, der Edbert von Turgod so gar nicht ähnlich war. Alwine fand, er glich eher ihrem Vater, der ein wunderbarer Mensch war. Colan behauptete immer, Gawen sähe nur ihr ähnlich und deshalb liebte er Gawen wie sie. So in Gedanken verloren, spülte sie die Wäsche, und als sie sich umdrehte, um ein neues Stück zu greifen, sah sie Edbert neben sich. Sie hatte ihn nicht gehört und erschrak bis in ihr Innerstes. Ihr Herz schien sich zu verkrampfen und die lange, wunderbare Zeit seit seinem feigen Überfall im Stall schien nicht vergangen zu sein.

Sie stand wieder Edbert gegenüber, der sie anlächelte, und sie war wieder dieses unscheinbare Nichts, das sich nicht wehren konnte. Sie wollte wie damals weglaufen, aber ihre Beine versagten ihr den Dienst. Sie blickte Edbert in die Augen und da wusste sie, er wollte ihr den Sohn rauben, den sie nicht hergeben wollte. Sie sah zum Weidenkorb und erkannte den Kleinen, der friedlich dort schlief. Sie sah Edbert wieder an und erblickt nur Hass und Abscheu in seinen Augen und sie begriff, dass sie zwar mit dem stärksten Mann der Stadt verheiratet war, er ihr aber gerade in diesem Moment nicht helfen konnte. Sie fürchtet den feigen Überfall Edberts, fürchtete den Verlust ihres Sohnes. Dabei gerieten ihre Gedanken außer Kontrolle. Das blanke Entsetzten überkam sie. Sie vergaß darüber alles andere. Gawen existierte mit einem Mal nicht mehr, auch Colan nicht und auch ihr Leben war hier zu Ende. Sie musste es nur zulassen, weglaufen und sich in die Fluten stürzten. Der Fluss schien ihr der einzige Verbündete zu sein, der ihr blieb. Als sie das dachte, lief sie schon panisch davon. Sie hörte noch Eberts unangenehme Stimme hinter sich herrufen, aber da hatte sie schon die Biegung des Flusses erreicht, vor der man die Kinder warnte. Sie wusste, dahinter nahm er an Fahrt auf. Allen Kindern wurde verboten, sich dort aufzuhalten. Als sie ein letztes Mal zurück sah, erblickt sie nicht mehr Edbert, sondern nur noch einen anderen Mann, der ihr zurief, doch sie kannte ihn nicht und fürchtet sich deshalb. Edbert war zwar verschwunden, aber das Körbchen mit Gawen stand unberührt an seinem Platz. Alles war also in Ordnung. Edbert war gegangen und hatte Colan den Sohn gelassen, den er zu einem ordentlichen Menschen aufziehen würde.

Eine Weile nachdem der Kunde gegangen war, fiel Colan auf, dass seine Tochter nicht mehr bei ihm war. Er lief zuerst ins Haus, sie zu suchen. Weil niemand dort war, eilte er wie Cinnia zum Fluss, denn er wusste, dass Alwine große Wäsche machen wollte. Als er fast dort war, kam Cinnia mit Gawen auf dem Arm auf ihn zugelaufen. Colan erschrak, ihm drohten die Beine zu versagen, aber er sammelte sich und schickte Cinnia nach Hause, wies sie an, das Haus zu verschließen und niemanden hereinzulassen. Als Cinnia gegangen war, liefen Colan vor Angst Tränen über die Wangen. Er rannte los, Alwine zu suchen. Er kam am Weidenkorb vorbei, und als er sich nach Alwine umsah, war sie wie vom Erdboden verschwunden. Da ahnte er, dass sie nicht mehr am Leben war, doch er wollte es nicht glauben. Sie hatte Gawen alleine gelassen, das verhieß nichts Gutes, denn Alwine war eine liebevolle Mutter, die ihre Kinder nicht vernachlässigte oder sie einer Gefahr aussetzte. Was Colan nicht wissen konnte, und es war gut für ihn, es nicht zu wissen, war, dass Alwine erst ganz kurz vor seinem Erscheinen weggelaufen war. Sie konnte ihn noch in der Ferne nach ihr rufen hören, aber sein Rufen erreichte nicht ihre Sinne, denn sie waren von einem breiten, hässlichen Lächeln blockiert. Sie sah es unablässig vor sich, Edberts Lächeln und sein Gesicht und sie erinnerte sich wieder an alles, so als geschähe es gerade ein zweites Mal. Nur dass sie jetzt beruhigt war und davonlaufen konnte. Sie lief vor Furcht getrieben, wurde panisch, denn im Laufen wusste sie plötzlich, dass sie im Leben diesen Erinnerungen nicht entkommen könnte. Niemand konnte ihr mehr helfen, nicht einmal mehr Colan, der stark war und immer eine Lösung wusste, aber hier war ihr Mann, den sie abgöttisch liebte, machtlos. Es gab nur einen Ausweg, er schreckte sie nicht, nicht so sehr wie das Leben, das vor ihr lag, ein Leben, in dem die Dinge, die ihr zugefügt wurden, nicht mehr ungeschehen gemacht werden konnten. Nur der Tod selbst konnte die Schuld tilgen. Da blieb sie stehen, sah die Fluten hastig davon treiben, wurde ruhig und gelassen und wusste, der Fluss würde sie stumm und verschwiegen mitnehmen auf seiner Reise, die sie ins Glück führte. Er hatte es doch schon so oft getan. Sie blickte sich noch ein einziges Mal zögernd um, dachte an ihre Kinder, die sie vermissen würden und daran, dass Colan der beste Vater für sie sein würde. Irgendwann, wenn ihrer aller Lebenszeit beendet wäre, würde sie sie wieder treffen an einem besseren Ort, einem friedlicheren, der Priester hatte es ihr oft versichert.

Da betete sie zu den Göttern, stieg ruhig und gelassen in die eisigen Fluten, tat einige Schritte nach vorne und sofort ergriff sie die Wucht der Strömung, und weil sie sich nicht wehrte, hatte der Fluss ein Einsehen mit ihr und zog sie freudig mit in ihren Tod. Ihre Leiche wurde zwei Tage später flussaufwärts gefunden. Sie hing in Weidenwurzeln verfangen und war schon fast bis zur Unkenntlichkeit aufgedunsen.

Colan brachte die Kinder zur Nachbarin, sammelte einige Männer mit Fackeln um sich und suchte dann zusammen mit ihnen den Fluss ab. Sie waren die ganze Nacht unterwegs, bis die Fackeln im Morgengrauen nicht mehr nötig waren und die Männer enttäuscht in ihre Hütten zurückschlichen. Sie mochten Colan und waren bereit, nach einigen Stunden Schlaf weiterzusuchen, denn sie verstanden seinen Schmerz. Aber sie sahen die Lage realistischer als er. Sie wagten es, die Geschichte zu Ende zu denken, und dabei war es gewiss, dass Alwine nicht mehr unter den Lebenden weilte. Doch keiner der Männer wagte, es Colan zu sagen. Stattdessen suchten sie den ganzen nächsten Tag und die darauf folgende Nacht weiter, bis selbst Colan vor Erschöpfung fast zusammenbrach. Als er einige Stunden geschlafen hatte, waren Bauern eines Ortes flussabwärts gekommen und brachten die Leiche Alwines zu ihm. Colan sah sie und schrie vor Schmerz bis seine Stimme nicht mehr fähig war zu schreien. Dann brach er über ihrem Leib zusammen und nur mit Gewalt konnten sie ihn von ihr befreien.

Theodric sah Alwine zum Fluss laufen, sah sie hinter die Biegung verschwinden und erkannte ihre Absicht, sich vom Leben zu verabschieden. Er wollte ihr nachlaufen, sie daran hindern, aber er erblickte Edbert, der sich zum Weidenkorb aufmachte. Er wollte das Kind stehlen. Theodric erschrak, ließ Alwine ihrem Schicksal entgegengehen und folgte schweren Herzens Edbert, der ihn noch nicht gesehen hatte. Der beugte sich zum Korb herab, griff hinein und fand ihn leer. Edberts Zorn flammte auf, er sah nach vorne und lief vom Ärger getrieben in die Stadt zurück und Theodric folgte ihm. Edbert lief zu seinem Haus. Theodric sah, wie er im geschlossenen Tor seines Stadthauses verschwand. Theodric glaubte, nichts mehr tun zu können, und ging zu Colan und Ilari, um sie zu warnen.

Edbert lag auf seinem Bett und dachte nach. Als seine Gedanken ruhiger wurden, erkannte er, dass er sich seines Sohnes bemächtigen, ihn nach Turgod bringen lassen und ihn dort aufwachsen sehen wollte. Genau das hatte irgendein dummer Zufall heute verhindert. Es war bestimmt Colan, der ihm den Sohn erneut gestohlen hatte. Edbert suhlte sich in seinem Zorn auf Colan Boyle und Alwine, die ihm vorhin zum zweiten Mal entkommen war. In seinem Hass gelang es ihm nun leicht, seine Gedanken zu bündeln. Er dachte an Bornwulf, der ihm Morwenna verweigert hatte, an Ilari, der sie sicher zur Frau bekäme. Sie waren beide doch so verliebt. Edberts Zorn auf Ilari kochte beinahe über. Er stieß mit dem Fuß gegen das Bett, ohne dass es sein Gemüt beruhigte. Sein nächstes Ziel wäre Ilari und danach Bornwulf und seine verdorbene Sippe.

Edbert begriff, dass er hätte Ilari schon längst töten sollen. Aber immer, wenn er sich dazu entschloss, machte Rutbert einen Rückzieher. Er fand immer einen Grund, seine Männer nicht zu sammeln, um gegen Ilari vorzugehen, und ohne Rutbert ging es nicht. Edbert von Turgod wurde zwar von den Männer gefürchtet und, wie Edbert vermutete, auch gehasst, aber sie gehorchten ihm nicht, und Rutbert, der Trottel, hatte zu viel Angst vor seinem Vater, der sich mit Ilari so blendend verstand. Außerdem bekämpfte Rutbert mit seinem Vater zusammen die Tandhener. Er stand ihm nicht mehr zur Verfügung. Ilari würde leben und dabei rebellierte Edberts Magen. Ein dahergelaufener Norganer bekam eine adelige Frau aus einer der besten Familien Ambers zur Gemahlin. Damit wären alle seine Träume zerstört.

Edbert warf die Lampe an die Wand und hieb auf den Tisch ein. Doch so etwas konnte ihn nicht besänftigen. Er brauchte einen Menschen, den er quälen konnte. Er machte sich auf den Weg in ein Freudenhaus.

Theodric, der noch nicht weit gekommen war, sah Edberts Umhang wieder um eine Ecke streifen und folgte ihm. Er sah den gehetzten Mann zuerst zielstrebig auf ein Freudenhaus zusteuern. Dann änderte Edbert offensichtlich seine Meinung und näherte sich unverhofft dem Stadttor, das er durchschritt. Das verwunderte Theodric zwar, aber er folgte ihm unverdrossen auf seinem Weg. Edbert versuchte, sich seinen Ärger vor der Stadt abzulaufen, aber Theodric war überzeugt davon, dass nur das Freudenhaus Edberts Laune dämpfen konnte. Theodric folgte ihm den ganzen Weg und befürchtete, als dieser sich dem Stadtzentrum zuwandte, dass jetzt ein Mensch büßen musste für was auch immer. Theodric erinnerte sich, Edbert früher schon einige Male in dieser unheilvollen Stimmung gesehen zu haben. Theodric hatte noch keinen Plan, was er als nächsten tun würde, er versuchte nur, Edbert nicht aus den Augen zu verlieren. Als Theodric wieder hinter ihm durch das Stadttor in die Stadt hineinschlich, hielt ihn eine Schildwache an seiner Schulter auf. Der Mann wollte sich den Lümmel, der einem Edelmann, noch dazu Edbert von Turgod, folgte, näher ansehen.

„Wer bist du, sprich!", forderte der Wächter ihn unmissverständlich auf. Edbert hörte die beiden, hielt kurz inne und sah zurück. Doch Theodric und der Wächter standen im Dunkeln, Edbert konnte nur schemenhaft zwei Gestalten erkennen. Theodric stockte der Atem.

„Sprich endlich, Mann!", verlangte der Wächter ein weiteres Mal. Als Theodric aber nichts sagte und im Verborgenen stehen blieb, um Edbert nicht aufzufallen, zog der Wächter ihn ein wenig dichter zu sich heran und beäugte ihn eindringlich.

Als er ihm so dicht gegenüberstand, erkannte er nur einen von den Gauklern, die vor Monaten in der Stadt gelagert hatten. Er wusste, das Theodric der Wahrsager war, und weil einer seiner Freunde von seiner Wahrsagerei profitiert hatte, durfte Theodric weitergehen.

„Du bist der Wahrsager, stimmt's?", fragte ihn der Wächter schon ein wenig freundlicher. Theodric nickte schweigend. Edbert hatte sich umgedreht und ging einige Schritte zurück. Er kam Theodric gefährlich nahe und fragte, ob er helfen könne, aber die Schildwache winkte ab.

„Ich komme alleine zurecht, Herr",sagte er entschieden. „Das ist nur einer der Gaukler, die sich vor zwei Monaten hier aufhielten."

Edbert nickte und nahm den verhungerten Mann scharf ins Visier. Er hatte ihn schon einmal gesehen, glaubte er, und fast war er versucht, noch einmal umzukehren und sich den Kerl genauer anzusehen, als der Wächter ihm ein zweites Mal versicherte, er käme alleine zurecht.

„Das ist wirklich nur einer von diesen verlausten Gauklern, die hier waren."

Der Wächter wirkte sehr entschieden, denn er hatte keine Lust, dass sich Edbert von Turgod in seine Angelegenheiten einmischte. Beim Kommandeur kam es nicht sehr gut an, wenn man seine Arbeit nicht alleine erledigen konnte. Wenn sich sogar einer der Edelleute einmischte, hätte er später keinen guten Stand. Edbert nickte, er verstand und ging weiter in die Stadt. Theodric glaubte sich schon erkannt. Der kalte Schweiß stand ihm auf der Stirn und sein Herz raste, ihm wurde schwindelig, denn er wusste, was ihm blühte, erkannte ihn Edbert. Aber da ging dieser weiter. Der Wächter, der diese Szene mitangesehen hatte, lächelte, denn er wusste um die verheerende Wirkung Edberts auf einfache Geister. Er klopfte Theodric auf die Schulter und gab ihm einen halben Penny.

„Damit du auch einmal richtig essen kannst, schaust ganz verhungert aus. Mein Freund hatte wegen dir eine richtige Glückssträhne. Er würde dir jetzt danken, aber er hat erst morgen wieder Dienst. Wenn du dann noch einmal kommst, kriegst du von ihm sicher auch einen halben Penny und vielleicht machst du uns noch eine Wahrsagerei?", fragte der Mann gespannt.

„Morgen gerne, aber heute nicht, ich habe tatsächlich Hunger. Dann kann ich nicht denken", sagte Theodric zitternd.

„Du siehst übel aus, alter Freund. Gut, komm morgen wieder, dann bekommst du auch etwas zu essen von uns", sagte er freundlich und klopfte ihm mitfühlend auf die Schultern, bis es Theodric fast zu viel wurde. Er zögerte noch weiterzugehen, denn Edbert war noch nicht ganz hinter den Hausmauern verschwunden. Der Wächter beobachtete Theodric amüsiert und musste lachen.

„Er macht schon einen grausigen Eindruck, unser Edler von Turgod. Wenn man ihn nicht kennt, dann jagt er einem kalte Schauer über den Rücken. Einzig unser Rutbert von Eldingham kann mit ihm umgehen. Aber der ist zur Zeit nicht in der Stadt."

Der Wächter warf Theodric einen freundlichen Blick zu, als dieser sich schließlich entschloss zu gehen. Theodric entschied, sofort zur Schmiede zu laufen. Sich länger auf der Straße aufzuhalten, hatte keinen Zweck. Er fiel nur unnötig auf. Was Edbert nun tat, konnte nicht verhindert werden. Theodric ahnte, dass einem unschuldigen Mädchen heute Übles widerfahren würde. So ging das Schicksal seinen Lauf, ohne dass sich Theodric um alles kümmern konnte. Er wusste nur, dass Ilari und Oskar sich in großer Gefahr befanden. Er würde die Einzelheiten seines Planes, der sich gerade in seinem Kopf entfaltete, mit Colan und Astir besprechen. Dann müsste man nach Ilari und Oskar schicken. Als Theodric die Schmiede erreichte, war sie verriegelt. Colan hat die Schmiede geschlossen. Das ist ungewöhnlich, dachte Theodric und ging unverrichteter Dinge wieder.

Leana Paeford stand einige Tage später, hinter einen Baum verborgen, am Tempel. Sie wollte Oskar treffen, um mit ihm Schwertkampf zu üben. Sie hatte sich von der Mutter und ihrem Stickrahmen davongestohlen und müsste sicher, wenn sie zurückkäme, mit einer saftigen Bestrafung rechen. Aber das war es ihr wert. Leana war einfach nicht für Handarbeiten gemacht. Ihre

Finger griffen lieber um den Griff eines Schwertes. Sie bewegte sich gerne, schnell und kräftig, lief lieber, bis ihr der Atem fehlte und sie fast umfiel, als dass sie sich still in ein Ecke setzte, um zu lesen oder Handarbeiten herzustellen. Um mit den Jungen um die Wette laufen zu können, raffte sie sich die Röcke, aber Mutter sagte, sie sei dafür schon zu alt, sie müsse lernen, sich wie ein gut erzogenes Mädchen zu benehmen. Als wenn man ab einem bestimmten Alter still sitzen könnte. Hätte sie nicht Vater, der immer, wenn die Mutter sehr harsch mit ihr ins Gericht ging, dazwischen fuhr, dann wäre sie im Schloss schon vor Langeweile gestorben.

Raedwulf hatte sie beim Schwertkampf erwischt, aber er hatte nichts gesagt, jedenfalls nicht der Mutter, jedoch hatte er ihr später einige Tipps gegeben, wie sie sich verbessern könnte. Und ihr ein Schwert geschenkt. Sie dankte es ihrem großen Bruder, der immer öfter in den Frauentrakt des Schlosses zu Mutter kam. Anfangs dachte sich Leana, er hätte Heimweh nach seiner Kindheit, aber mit der Zeit lästerten die Dienerinnen, Raedwulf wäre in Morwenna verliebt. Leana fand es aufregend, dass sich ein junger Mann in ein Mädchen verlieben konnte. Raedwulf war nun um so viel aufmerksamer zu Morwenna und auch zu ihr, die immer mit der schönen Morwenna zusammen war. Leana amüsierte sich, wie gesittet ihre Freundin mit Raedwulf umging, obwohl sie doch in den jungen Norganer Ilari verliebt war. Alle wussten es, sogar Raedwulf, aber er tat, als ob ihm das gleich sein konnte, als müsse Morwenna ihn zum Mann nehmen.

„Bloß weil er der Thronfolger ist", schimpfte Morwenna, wenn sie alleine waren. Denn nichts und niemand konnte ihr Ilari ausreden. Immer, wenn Morwenna Ilari traf, glühten ihre Wangen, ihr Busen bebte und sie konnte manchmal keinen zusammenhängenden Satz formulieren. Ein wenig so ging es Leana auch mit Ilari. Sie hatte ihn von Anfang an gemocht, hatte ihn bewundert und später dachte sie, sie liebte ihn. Aber als er sich Morwenna zuwandte, verschloss sie ihr Herz vor diesen Gefühlen, denn sie sah, dass Morwennas Liebe von Ilari erwidert wurde. Sie wollte sich nicht lächerlich machen. Doch ganz verschwunden war ihre

Sympathie für Ilari noch nicht. Sie versteckte ihre Gefühle für ihn, unterbinden konnte sie sie nicht.

Oh würde doch Oskar bald da sein, dachte sie. Da endlich sah sie ihn. Er ging auf den Tempel zu. Sie wollte auf ihn zulaufen, als sie einen fremden Mann bemerkte, der neben ihm ging und mit dem er sich angestrengt unterhielt. Der Fremde sah aus wie ein Konbrogi, ein zu groß geratener Konbrogi, musste sie lächelnd feststellen. Er war wie in die Länge gezogen und ein wenig zu hell, und was das sonderbarste war, er sprach Oskars Sprache. Alle Wetter, dachte sich Leana, sind heute wirklich alle Dinge verdreht? Sie überlegte sich, hinter ihnen herzulaufen, als Oskar und der Fremde im Tor verschwanden und sie noch andere Gestalten auf das Priesterhaus zugehen sah.

Oh nein, es ist Edbert, dachte sich Leana. Sie konnte diesen Kriecher nicht leiden. Warum er ihr so verhasst war, konnte sie gar nicht sagen, sie bekam immer nur Bauchschmerzen, wenn sie ihn sah. Außerdem hassten die Mägde und Dienerinnen ihn, das musste seinen Grund haben. Wie auch immer, ihm mochte sie jetzt gar nicht begegnen. Leana bemerkte zu ihrem Schrecken, dass er nicht alleine war. Er hatte mindestens zehn, eher vierzehn fremde Männer, in langweiliges Schwarz gekleidet, mitgebracht, die Leana noch nie zuvor gesehen hatte. Sie verbargen sich alle in den Winkeln der Hausmauern und nahmen das Tor ins Visier. Ihre Aufmerksamkeit war so verbissen darauf gerichtet, dass Leana Angst bekam und von hier weg wollte. Aber das schien ihr jetzt unmöglich, denn was sollte sie ihnen für einen Grund nennen, hier so lange hinter dem Baumstamm gestanden zu haben. Am Ende kümmerte sich Edbert noch um sie. Darauf konnte sie wirklich verzichten. Sie verbarg sich also noch entschiedener hinter dem breit ausufernden Stamm, der leider glatt war, sonst hätte sie sich nach oben in die Baumkrone verzogen. So musste sie am Boden stehen bleiben. Edbert, der Idiot, sollte sie ganz sicher nicht sehen, denn sonst brachte er sie am Ende noch nach Hause zur Mutter und ihrem Spinnrad und den Spindeln.

Da ist es besser, ich schlage hinter diesem Baum Wurzeln, bis alle weg sind, dachte sie.

Jetzt stand sie also herum und sah dem gemeinen Edbert zu, wie er seinerseits die Tür zum Tempel im Auge behielt. Und da, geschah da nicht etwas? Edbert verbarg sich hinter der Mauer, und Leana tat es ihm gleich, rückte ein wenig am Baumstamm nach hinten, um nicht gesehen zu werden. Aus dem Tempel kamen Oskar und der fremde Mann wieder. Sie blickten kaum um sich, bemerkten die Meute nicht, die verborgen in ihrer Nähe stand, und gingen zügig zum Fluss. Edbert wollte ihnen schon verstohlen folgen, gab seinen Männern ein Zeichen, als auch Ilari das Kloster alleine verließ. Der schlug den Weg zum Schloss ein und Edbert folgte Ilari statt Oskar und dem fremden Mann. Ilari schritt nachdenklich und zügig voran, sah nicht um sich und schien ein großes Problem zu wälzen. Edbert rückte auf, Leana konnte es sehen, denn sie war dicht hinter der Gruppe Männer. Warum ihre Füße den Männern folgten, wusste sie nicht. Manchmal machten ihre Beine mit ihr, was sie wollten. Alle Männer, allen voran Edbert, hasteten Ilari hinterher, der über eine freie Fläche ging und so dumm war, sich nicht umzusehen. Leana hätte ihm am liebsten etwas zugerufen, aber sie fürchtete sich. Edbert rückte auf, Leana vermutete, er wollte verhindern, dass Ilari in das Stadtinnere kam. Dort konnte er wohl nicht mehr den Norganer überfallen, wie er es sicher vorhatte. Leana erkannte seine Absicht nun ganz klar, denn sie konnte sehen, wie Edbert in seine Tasche griff und einen Dolch von beachtlicher Größe herauszog. Er nahm Deckung hinter Bäumen, die in einer überschaubaren Entfernung von der Stadtmauer standen. Jetzt wurde es Leana zu bunt. Sie wusste nun, dass Ilari in großer Gefahr war, sie wusste aber auch, wie sie ihm helfen konnte. Denn sie würde über ein anderes Tor in die Stadt hinein schlüpfen, hinter dem Colan der Schmied wohnte. Ihn könnte sie zur Hilfe holen. Colan war stark und mutig und er kannte Leana, die immer nach dem Schwertkampfüben mit zu ihm ging und zu viel aß. Sie atmete tief ein und lief davon, geschwind wie der Wind, die langen Röcke raffend. Es war gut, dass sie sich immer im Laufen geübt hatte. Als sie einmal zurückblickte, sah sie, wie einer der Männer sie erkannte, sich aber entschied, sie laufen zu lassen.

Leana war zu weit entfernt und zu schnell, als dass er sie noch hätte einholen können. Sie lief in das andere Tor hinein, die Wachen erkannten sie, und zur Schmiede hin. Sie musste nicht viel sagen, schon griff Colan nach dem schweren Schmiedehammer, sein Lehrling Tavish griff ein fast fertiges Schwert und beide liefen wie der Teufel zum Stadttor. Leana vergaßen sie, denn Colan malte sich das Schrecklichste für Ilari aus. Deshalb folgte Leana ihnen. Als Colan dort ankam, hatten Edbert und die Männer Ilari schon übermannt, der zwar automatisch sein Schwert zog, aber gegen die Übermacht nicht ankam. Ilari lag am Boden und Edbert stand über ihn, lächelnd, triumphierend, wollte ihm gerade den riesigen Dolch in die Brust treiben, als ein schwarzer, hochgewachsener Schatten wie aus dem Nichts gewachsen, auf Edbert zu stürzte, ihm den Dolch entriss und ihn zu Boden schlug. Edberts Männer wollten sich auf den Fremden stürzen, als Colan mit einem lauten Schrei, über die Angreifer herfiel. Edberts Männer, ein Haufen gedungene Strauchdiebe in imponierender, schwarzer Kleidung, waren das Gold nicht wert, das ihnen Edbert bezahlte. Sie waren keine Helden. Als sie sahen, mit wem sie es zu tun bekamen, liefen sie wie die Hasen davon. Edbert, der am Boden ausgestreckt lag, kam wieder zu Bewusstsein, stand ärgerlich auf, als ihn die Faust des Schmieds traf, der geistesgegenwärtig genug war, den Edelmann nicht zu töten. Colan wusste, dass sich, wenn seine Faust die richtige Stelle traf, der Mann nur sehr langsam wieder erholen würde. Als Edbert erneut zu Boden ging, fiel sein Blick auf Leana, die wie versteinert die Dinge beobachte. Und sein Blick glitt auf den Fremden, der ihn zuerst niedergestreckt hatte und der ihm bekannt vorkam. Richtig, bevor er bewusstlos wurde, erkannte er Theodric Morgenan, den verhassten Diener seines Vaters. Da kam Dunkelheit über ihn und er sank wie leblos zu Boden.

Leana stand versteinert, hatte einen starren Gesichtsausdruck, aber sie war nicht ängstlich, sondern erstaunt und dann verärgert, weil Edbert sie erkannt hatte. Ilari, dem Theodric aufstehen half, zog sie zur Seite und atmete sehr unruhig ein und aus. Er hatte sein letztes Stündlein schlagen sehen und war glücklich, als Theodric, der Schmied und Tavish Weller jetzt neben ihm standen und ihn nach Schäden untersuchte.

„Mir geht es gut, Colan", sagte Ilari erleichtert. Er war verdammt glücklich, den Schmied und seinen Gesellen Tavish hier zu sehen.

„Wir müssen von hier verschwinden, Ilari", sagte Colan so ruhig, als säße er zu Hause am Esstisch. Ilari musste lächeln.

„Dich bringt aber auch gar nichts aus der Ruhe", sagte er glücklich und lächelte zum ersten Mal entspannt.

„Selten, aber diese Geschichte wird noch ein Nachspiel haben, glaube mir."

„Wo wolltest du hin", fragte Theodric Ilari.

„Zum König, er hatte mich rufen lassen, ich bin sicher schon zu spät. Das hier hat ein wenig Zeit in Anspruch genommen."

Er nestelte an seiner Kleidung herum, um sie wieder in Ordnung zu bringen. Er war fest entschlossen, zum Palast zu gehen.

„Du solltest auch nach Hause gehen, Prinzessin", sagte Colan zu Leana und schickte sie mit seinem Lehrling zum Schloss zurück. Leana ging nur widerwillig zu ihrem Webstuhl zurück, aber Colan ließ ihr keine Wahl. Ilari atmete noch einmal tief ein und nickte Theodric und Colan zu. Er ging in Richtung Palast und Colan mit Theodric zurück in seine Schmiede. Er war sogar so geistesgegenwärtig, seinen Hammer wieder einzusammeln und mitzunehmen. Edbert ließen sie zurück, nicht ohne sich versichert zu haben, dass er noch lebte.

Auf dem Weg zum Schloss fragte Ilari sich, wie Theodric zu ihm gefunden hatte. Er dachte an die sonderbaren Fähigkeiten dieses Mannes und bekam gerade einen höllischen Respekt vor dem sogenannten zweiten Gesicht, so nannte man diese Dinge wohl. Er hatte ihm das Leben gerettet und dafür schuldete er Theodric etwas und natürlich auch Colan. Er hoffte, sie würden keinen Ärger bekommen, und verscheuchte diese Dinge aus seinem Kopf.

Der Lehrling des Schmieds vergewisserte sich, dass Leana sicher das Schlosstor durchschritt und lief zurück in die Schmiede. Ilari kam einen Augenblick später dort am Schlosstor an. Er sammelte sich und versuchte, seine Gedanken auf das Treffen mit König Bornwulf zu konzentrieren, das außerplanmäßig angesetzt war. Er fragte sich, was es für einen Notfall gab, der Bornwulf veranlasste, ihn zum Schloss zu rufen. Aber er würde es gleich erfahren. Ein ungutes Gefühl blieb zurück, als er den Thronsaal betrat, aber das schuldete er den Ereignissen gerade eben.

Bevor er den Saal betrat, wies er einen der Wächter an, sich um Edbert zu kümmern, der auf der Straße lag. Der Mann wirkte ein wenig unbestimmt, denn er hatte noch niemals Befehle von einem Norganer angenommen und sei es auch Ilari, der bei Prinz Raedwulf sehr beliebt war. Aber dann nickte er und ging zur Stadtmauer. Ilari ging zum König.

Der Thronsaal war normalerweise ein stiller Ort, an dem man sich der Ruhe hingeben konnte, da er meist nur zu besonderen Zeiten genutzt wurde. Ilari hoffte, der König würde sich verspäten, damit er sich Gedanken zu dem eben Geschehenen machen konnte. Aber sein Wunsch wurde ihm nicht erfüllt. Im Gegenteil, heute befanden sich zahlreiche fremde Menschen im Saal, die wild diskutierten und deren Dialekte er kaum verstand. Hatte der König ihm einen falschen Termin genannt? Es schien Ilari eher so, als ob er hier nicht gebraucht würde. Vielleicht hatte der Diener, der ihm geschickt wurde, etwas verwechselt. Ilari stand unschlüssig herum, aber zu seinem Erstaunen waren alle Menschen mit ihren Dingen beschäftigt und kümmerten sich nicht um ihn. Nur hie und da traf ihn ein erstaunter Blick.

Er stellte sich in ein Ecke und wartete auf den König, der irgendwann kommen musste.

Als er so im Schatten der Wand stand, konnte er die Gespräche mitverfolgen. Er hörte von einem neuerlichen Einfall der Tandhener und von Plünderungen. Ein Tempel war im Norden dem Erdboden gleichgemacht worden und in Kelis hatten die Feinde einen Tempelpriester getötet. Sie machten sich einen Spaß daraus, ihn, nachdem er schon tot war, anzuzünden. Aber zu ihrer Überraschung brannte der Mann nicht, hieß es. Er hing, wie es von einfachen Menschen beschrieben wurde, tot an dem Pfahl, um in herum brannte das Holz lichterloh, aber er und der Pfahl standen unversehrt, als alles andere schon niedergebrannt war. Die Eindringlinge machten, weil sie ihres Spaßes beraubt waren, das Nachbardorf dem Erdboden gleich, griffen sich zahlreiche Gefangene und ritten in die Nacht hinein. Die Überlebenden, es war auch ein Priester bei ihnen, hoben den Leichnam vom Scheiterhaufen und beerdigten ihn auf die primitivste Weise ohne Sarg. Aber die Priester wollten nicht riskieren, dass der Körper des Getöteten ein weiteres Mal von den vielleicht zurückkehrenden Tandhenern geschändet wurde.

Am Abend danach sahen die Menschen in Amber drei Tage hintereinander einen Scheiterhaufen im Mond stehen, der die ganzen Nächte hindurch zu beobachten war und alle, die es bemerkten, verbrachten die Nacht im Gebet.

König Arman von Kelis sandte Boten nach Dinora, um seinen Bruder König Bornwulf um Unterstützung gegen die Teufel des Nordens zu bitten. Bornwulf begrüßte diese Bitte. Es war in seinem Sinne, sich gegen die Überfälle der Fremden zu verbünden und die Kräfte zu bündeln. Das feige tandhenische Verhalten verbreitete erfolgreich Angst und Schrecken in seinem Land und Bornwulf glaubte wie sein Bruder König Arman, dass die Eroberer, drängte man sie in eine klassische Schlacht, die sich hinzöge und militärisches Geschick erforderte, mit eingezogenem Schwanz das Schlachtfeld verließen.

Zur gleichen Zeit waren von Lindane aus ebenfalls Boten unterwegs, die eine große Hungersnot ankündigten, denn es wurden im Laufe des Frühjahres mehrmals die Felder der Bauern durch heftige Wirbelstürme verödet, die so stark waren, dass sie auch erwachsene Menschen durch die Luft schleuderten und ihnen beim Aufprall auf die Erde das Kreuz brachen. Einige der erbarmungswürdigen Menschen waren dabei sogar zu Tode gekommen. Die Menschen harrten ängstlich aus und fürchteten die Dinge, die geschehen würden. Wahrsager hatten von Feuersbrünsten und Sintfluten gesprochen, und die Menschen beteten schon am helllichten Tag.

Ganz Lindane war in Aufruhr. Es tobte ein Zorn, den der Stadthalter in Leofan, von Bornwulf eingesetzt, um für Ruhe zu sorgen und um informiert zu sein, nicht im Zaum halten konnte. Die Geschehnisse drohten aus dem Ruder zu laufen. Deshalb fühlte sich Bornwulf gedrängt, schleunigst für den Truppenaushub in Lindane und Dinora zu sorgen, damit die Menschen das Gefühl bekämen, man kümmerte sich. Angesichts der unverschämten Raubzüge, die weiterhin stattfanden, war es ohnehin allerhöchste Zeit, Präsenz zu zeigen, sollte Amber nicht unter das Joch der Nordleute fallen.

Einige Tage später sahen die Menschen in der Sonne viele rote und gelbe Wirbel, die von dunklen Schatten durchzogen waren. Sie baten die Götter um Erbarmen, denn sie befürchteten, die vorhergesagten Katastrophen ereigneten sich noch in diesem Jahr. Als die frische Saat aufgehen sollte, fehlte schon das Wasser dafür. Es regnete nicht mehr genug und es wurde heiß. Das Land wurde mit heißen Winden überzogen, die die gequälten Menschen in ihre Hütten zwang. Niemand, der nicht dringend musste, trat vor seine Haustüre. Schon in der ersten Zeit verdursteten Säuglinge und die Alten, und das Wehklagen erweichte sogar die Herzen der härtesten Gutsherren, die ihre Flüsse, fast ausgetrocknet, aber noch etwas Wasser führend, für die Bevölkerung freigaben. Das Getier auf den Feldern lag schwach und leidend auf den vertrockneten Wiesen.

Wohingegen auf den beiden vorgelagerten Inseln vor Lindane eine Regenfront nach der anderen die Inseln sintflutartig überflutete. Die Bauern wurden von ihren Feldern direkt in das Meer gespült und noch Wochen später trieb die Flut ihre toten, aufgeblähten Körper an den Küsten Lindanes an. Die Belange um Lindane betrafen König Bornwulf jetzt unmittelbar, weil er die Herrschaft darüber übernommen hatte. So hörte es Ilari und dachte an die Worte Theodrics, der wohl von all dem gewusst hatte. Außerdem hat er mir das Leben gerettet, besann sich Ilari. Wie konnte er nur so schnell bei mir sein. Er versuchte, es zu begreifen, aber außer dadurch, dass Theodric das zweite Gesicht hatte, war nicht zu erklären, warum er verhindern konnte, dass Edbert und sein gedungenes Pack ihn umbrachten.

Ilari stand so gedankenverloren in seiner Ecke, als ihn einer der Boten, nach denen Bornwulf gesandt hatte, genauer ansah. Er trug die Kleider eines Mannes aus Kelis und sein Blick wanderte an Ilari herauf und wieder hinunter. Dann trat er mit seinem Freund dichter an ihn heran und wollte wissen, wer er war. Als ihm Ilari nicht antwortete, sondern nur nachdenklich ansah, wurde der Bote ärgerlich. Er erblickte in ihm den Feind und rückte mit einigen anderen, die ebenfalls aufmerksam geworden waren, noch dichter an ihn heran. Ilari erinnerte sich an die drei erhängten Soldaten Bornwulfs in Leofan, die wie Dinoraner ausgesehen und nur den Leuten nicht gefallen hatten. Es wurde ihm mulmig zumute. Hatten es heute denn alle auf ihn abgesehen? Aber er stand gerade und mit durchgestrecktem Kreuz vor den schimpfenden Männern, nicht wissend, was er am besten tun sollte, um diesem Mob zu entkommen, als ein großer Mann von hinten an die Gruppe aufgebrachter Keliser herantrat.

„Beruhigt euch, Männer", sagte eine ihm bekannte Stimme. Es war Herzog Aldwyn, der den Männern besänftigend eine Hand auf die Schulter legte.

"Lasst den Jungen in Frieden, er gehört an des Königs Hof und steht unter seinem persönlichen Schutz. Seht ihr nicht, dass er nach Art eines dinorischen Edelmanns gekleidet ist? Außerdem kommt er aus Norgan, das mit Amber seit jeher Frieden hält."

So sprach Herzog Aldwyn beruhigend auf die Männer ein und sah den angriffslustigsten streng in die Augen. Sie kannten ihn offensichtlich, denn sie fingen an, sich zu beherrschen, bis auf einen, der es genauer wissen wollte.

„Aber er ist ein Nordländer, und mir ist es egal, ob er aus Norgan oder Sweba oder Tandhen kommt. Nordmann ist Nordmann, gefährlich und hinterhältig, es muss ihm der Garaus gemacht werden, bevor er aus unserer Mitte heraus ein Verbrechen begeht. Wir haben diese Rotte genau gesehen in Kelis, als sie plündernd das Land zerstörten. Mein Bruder war dabei und hat dort sein junges Leben verloren. So alt wie dieser Nordländer war er, und der hier soll ohne Strafe davonkommen?"

„Ja, er ist ein Nordländer, aber er ist auch ein Mündel des Königs Halfdan von Norgan, der keine Männer nach Amber schickt. Er schützt im Gegenteil die Zufahrten nach Amber mit seinem Schiffen, und wenn ihr euch an ihm vergreift, habt ihr schlechte Aussichten auf König Bornwulfs Unterstützung, die ihr doch so dringend braucht."

Er trat auf Ilari zu, legte ihm seinen Arm um die Schulter und führte ihn, mitten durch die Männer hindurch, auf den Thron zu.

„Was macht ihr hier", fragte er Ilari leise und schüttelte verwundert den Kopf.

„Habt ihr des Königs Nachricht nicht bekommen? Er wollte, dass ihr euch in den nächsten Tagen von ihm fernhaltet. Denn er hatte bei eurem Anblick genau diese Reaktion vor Augen. Jetzt habt ihr ganz schön Öl in dieses heiße, lodernde Feuer geschüttet, und wir müssen sehen, wie ihr mit eurem Leben davonkommt." Ilari war erstaunt.

„Ich habe aber genau die gegenteilige Anweisung von König Bornwulf erhalten. Leider hatte ich mich verspätet, weil ein hinterhältiger Angriff Edbert von Turgods und einer Horde gewalttätige Männer mich aufhielten. Erst das mutige Eingreifen eines Freundes und des Schmieds Colan Boyle verhinderten, dass ich ernsthaft zu schaden kam. Prinzessin Leana war ebenfalls dabei, sie hatte sich dort unerlaubter Weise aufgehalten, weil sie wohl Oskar treffen wollte. Edbert hat sie wie mich und meine Freunde erkannt. Er wurde betäubt auf der Straße gelassen und ich habe ihm Hilfe gesandt, aber ich bin nun nicht in der rechten Stimmung, mir von euch Vorwürfe machen zu lassen. Die ganze Sache war für mich schwierig genug. Gerade fühle ich mich in Dinora an keinem Ort mehr sicher. Aber eine passende Lösung habe ich auch nicht parat." Ilari schwieg und Herzog Aldwyn, der ihm mit zusammengezogenen Augenbrauen zuhörte, dachte angestrengt nach. Hier tat sich etwas auf, das seinen Händen zu entgleiten drohte. Denn Edbert war ein ernstzunehmender Feind, der, einmal in eine Idee verbissen, sicher nicht mehr locker lassen würde. Dass Ilari, der Schmied und der Konbrogi, von dem er schon von Oskar gehört hatte, in der Sache bis zum Hals steckten, war unangenehmem genug. Dass sein Patenkind Leana Paeford auch mit im Spiel war, machte die Sache zu einer brandheißen Angelegenheit. Er dachte angestrengt nach, führte Ilari dabei weiter hinter zum Thron und rief einen Diener zu sich, den er schnell in Kenntnis setze. Er sah kein bisschen beruhigter aus, als er Ilari verabschiedete und zurück zu den Boten der Regionen Dinoras ging. Vorher jedoch schickte er nach dem Hauptmann der Wache, Cenhelm Barras. Er wies ihn an, einige Männer zu beauftragen, den Palast zu schützen, mit ihrem Leben im Notfall, denn es drohte vielleicht ein Angriff Edbert von Turgods.

Herzog Aldwyns Knappe, ein Junge, den Ilari kannte, aber nicht mochte, der aber immer intelligente Ideen ausbrütete, trat dichter an Ilari heran. Ihn wies der Herzog an, Ilari nach draußen zu führen. Ilari überlegte, wie das gehen sollte, aber noch ehe er damit fertig war, nahm der Knappe schon seine Hand und führte ihn hinter dem Thron aus dem Saal. Die Augen vieler begleiteten die beiden und einige der zusehenden Männer wurden angewiesen, ihnen zu folgen, doch der Knappe ahnte es und führte Ilari hinter dem Thron durch eine geheime Türe, die er von innen verschloss, in ein dunkles Gewölbe. Von dort tastete er sich an der Wand entlang und zog ein weiteres Mal an einem Strick, bis sich die nächste Türe öffnete. Es fiel ein wenig Licht in den Gang hinein, und von einem kleinen Feuer in einer Mulde der Wand stiegen Schatten auf. Ilari erkannte eine Wendeltreppe, die sich nach unten schlängelte. Als er plötzlich ein helles Licht aufflackern sah, erschrak er, aber der Knappe hatte nur eine Fackel angezündet, die sie hier dringend benötigten und die zum Gebrauch bereitlag.

„Die werden wir brauchen, wenn wir den richtigen Weg nehmen wollen. Die Gänge hier unter dem Schloss sind sehr verzwickt. Schnell ist man fehl gelaufen und rennt seinen Häschern direkt in die Arme."

Ilari machte erstaunte Augen, aber der Knappe lächelte schadenfroh und führte ihn die Treppe hinunter. Hier roch es modrig und nach abgestandener Luft. Vor ihren Füßen huschten Ratten entsetzt davon. Licht schien ihnen nicht zu gefallen und der Anblick dieser großen, schwarzen Biester jagte Ilari eisige Schauer über den Rücken.

Der Knappe sprach kein einziges Wort mehr und ging unbeirrt weiter. Sie liefen geduckt und krochen schon fast. Ilari, dem es nie an Orientierungssinn mangelte, geriet einige Male in Bedrängnis, aber er nahm seinen Kopf zusammen und merkte sich den Weg durch die Katakomben. Es dauerte nicht lange, bis der Knappe ein letztes Mal an einem Strick zog und sich eine Türe nach draußen auftat. Es eine Türe zu nennen, wäre vermessen gewesen, es war eher ein Durchschlupf, aber schon allein die frische Luft, die durch sie hereindrang, entschädigte Ilari für das entwürdigende Kriechen durch die modrige Enge. Einmal noch trat Ilari fehl und stürzte an der rauen Mauer entlang auf den Boden des Ganges. Dicke, stinkende Ratten stoben vor ihm quiekend auseinander und Ilari musste seine ganze Beherrschung aufwenden, um nicht laut aufzuschreien. Endlich waren sie draußen. Der Knappe löschte die Fackel, hängte sie an eine Halterung und verschloss mit einem Ast, den er herunter zog, die Luke. Dann ließ er den jungen Mann einfach stehen, verabschiedete sich nicht und wollte gehen. Ilari, der nicht wusste, wo er war, rannte dem Knappen hinterher. Der setzte, als er ihn sah, wieder sein fieses Grinsen auf. Er wusste, dass Ilari sich hier verlieren würde, würde er nur einen Fuß ohne ihn vor den anderen setzten. Deshalb sagte er ihm, dass er nur warten müsse, er solle sich zwischen dem Gesträuch verbergen. Ein Freund käme vorbei, ihn zu holen.

„Ein Freund?", fragte Ilari, „Ist es ein Bote Herzog Aldwyns?"
Aber der Knappe lächelte nur.

„Nun, es ist kein Diener Edberts", fügte der Knappe lächelnd hinzu. Er musste mitangesehen haben, was Edbert getan oder wenigstens versucht hatte. Wie kam sonst die Sprache auf ihn. Ilari wurde ungeduldig. Er betrachtete den Knappen genauer, denn es fiel ihm eine gewisse Gemeinsamkeit mit Theodric auf. Der Knappe kam also auch aus den dunklen Wäldern. Er wurde von Theodric geschickt, so hoffte Ilari wenigstens.

„Stimmt es, du kennst Theodric", schoss Ilari ins Blaue. Das Gesicht des Knappen verfinsterte sich, aber er antwortete ihm.

„Erwähne seinen Namen nicht. Er wird dich holen lassen. Wer auch immer kommt, geh mit ihm und dann mach dich mit Oskar davon, euer Leben ist hier nichts mehr wert." Ilari erschrak. Er dachte an Oskar und plötzlich fiel ihm Leana ein, die den Angriff Edberts auf ihn mitangesehen hatte und die von diesem mit Sicherheit auch erkannt worden war.

„Was geschieht mit Prinzessin Leana? Sie hat alles mitangesehen, und wenn Edbert noch lebt, dann weiß er es. Denn er sah und hörte sie. Wenn ich in Gefahr bin, dann ist es auch die Königstochter."

Ilari bemerkte, wie der Knappe ins Nachdenken kam, und dann sah er, wie er etwas beschlossen hatte.

„Dann muss sie ebenfalls für eine Weile verschwinden. Ich kümmere mich um sie, denn ihr seid nicht mehr in der Lage, ihr zu helfen."

Das sah Ilari ein und er hatte nicht die allergeringste Lust, noch einmal ins Schloss zurückzukehren. Fast ärgerte er sich schon, sie erwähnt zu haben. Denn eigentlich mochte er das aufdringliche Hühnchen nicht besonders. Nur ihre dunklen Locken gefielen ihm, sie erinnerten ihn an Unna.

„Ich komme besser mit, vielleicht brauchst du Hilfe. Zu zweit tut man sich leichter. Nicht dass ich erpicht darauf wäre, den fetten Ratten in den Gängen noch einen weiteren Besuch abzustatten." Ilari grinste etwas schief.

Der Knappe war erstaunt, lächelte aber zum ersten Mal ohne Bosheit in den Augen.

„Das ist wohl besser so, du kennst die Gänge jetzt und kämst irgendwie heraus, falls mir etwas zustoßen sollte. Es ist zwar unsinnig, dass ich eine Tochter der Besetzer unseres Landes rette, aber Theodric sagte, ich muss alles tun, um dich zu beschützen. Wenn du also Leana holen willst, muss ich wohl oder übel mitgehen."

„Besetzer eures Landes?“, fragte Ilari. „Soll das etwa heißen, ihr Konbrogi kämpft einen Freiheitskampf mitten in dem Getümmel um die Einfälle der Nordländer?“

Ilari fand es faszinierend, dass er erst jetzt etwas davon erfuhr.

„Es ist uns egal, mit wem Bornwulf kämpft, denn wenn er von den Nordleuten geschwächt ist, dann können wir ihn aus dem Land jagen, und wenn die Nordleute versuchen, sich in unserem Land breitzumachen, erleiden sie das gleiche Schicksal.“

„König Bornwulf besetzt euer Land?“, fragte Ilari interessiert, der davon bisher noch nichts gehört hatte.

„Seit dreihundert Jahren sitzen sie schon in unseren Wäldern. Ein Konbrogi vergisst nichts, und es wird die Zeit kommen, da sie die Gebiete an uns zurückgeben müssen.“

Seine Selbstsicherheit war fast schon arrogant, aber genau das war es, was Ilari auch an Theodric faszinierte. Aber um den Gedanken weiterzuführen, fehlte nun die Zeit. Sie öffneten die Luke, drängten sich durch sie zurück in die muffigen Gänge und versuchten, Leana zu finden. Ilari passte auf, wie sie gingen, und als er schon an unzähligen Ratten und Abzweigungen vorbeigegangen war, krochen sie wieder eine enge Wendeltreppe nach oben und gelangten in die Gemächer der Frauen. Sie schlichen leise auf den Gängen des Frauentraktes voran, der Knappe schien sich hier auszukennen, und endlich, Ilari fürchtete schon entdeckt zu werden, öffnete er eine Zimmertüre. Leana saß am Fenster mit einer ihrer verhassten Spindeln in der Hand. Die Mutter hatte ihr Verschwinden bemerkt und ihr Stubenarrest verordnet. Nicht einmal etwas zu essen bekam das erboste Mädchen. Neben ihr saß Morwenna, die Schöne. Als sich die Türe öffnete, sahen sie kurz auf und wollten erschrecken, aber sie sahen in zwei ihnen bekannte Gesichter. Morwennas Augen drückten Erstaunen und dann, als sie Ilari in die Augen sah, Liebe und Sehnsucht aus. Sie stand sofort auf und ging auf die beiden zu. Leana und sie schienen den Knappen zu kennen, der bei Ilari stand. Ilari fasste kurz ihre Situation zusammen und sagte dann:

„Lady Leana, ihr seit in Gefahr, ihr müsst augenblicklich mitkommen. Wir müssen nach draußen, uns in Sicherheit bringen, denn Edbert wird es uns nicht verzeihen, seinen hinterhältigen Mordversuch mitangesehen und vereitelt zu haben."

Ilari sprach sehr hastig und wollte doch das Mädchen nicht erschrecken. Aber Leana war nicht so wie die andern Mädchen. Sie war kaum zu erschrecken. Sie dachte auch schon die ganze Zeit über die Folgen ihrer zufälligen Teilnahme an diesen Geschehnissen nach. Als jetzt Ilari mit Astir Carew vor ihr stand, beschloss sie, sich nicht lange bitten zu lassen, denn es war damit zu rechnen, dass entweder die erzürnte Mutter bald käme oder ein gedungener Mörder Edberts, dem sie alles zutraute. Sie zog sich einen Mantel über und nahm Ilari bei der Hand.

„Aber was geschieht mit Morwenna. Wenn sie hier bleibt, wird sie Edbert oder Raedwulf heiraten müssen, wo sich doch nur dich liebt, Ilari?", fragte Leana verstört und stellte Morwenna eine Zukunft in Aussicht, die ihr offensichtlich gar nicht gefiel. Morwennas Augen wurden scharf grün und dann antwortete sie:

„Wenn ihr mich zu Frau nehmen wollt, Ilari aus Norgan, dann komme ich augenblicklich mit euch mit. Mich hält nichts an diesem Hof, schon gar nicht die Aussicht, einen Bewerber heiraten zu müssen, den ich nicht haben will. Ich bin reich, müsst ihr wissen, für unser Leben wäre gesorgt", sagte sie sehr selbstsicher.

„Für gar nichts wäre gesorgt, denn wenn ihr als Verschwörer mit Ilari flieht, kann euch der König euren ganzen Besitz nehmen und ihr seid arm wie eine Kirchenmaus, so wie wir alle anderen, außer ihr natürlich, Prinzessin Leana", sagte Astir süffisant und glaubte, so die schöne Lady zum Dableiben zu motivieren, denn er wollte nicht noch einen Klotz am Bein haben. Das edle Fräulein macht einen schwächlichen Eindruck und hält nicht viel aus, dachte er. Aber seine Hoffnungen wurden getrübt. Seine Einwände bestärkten Morwenna nur noch in ihrem Drang, mit Ilari mitzugehen. Sie sahen sich noch einmal in die Augen und dann waren sie sich einig. Morwenna von Falkenweld war bereit, mit ihrem Geliebten zu fliehen und das bequeme Leben, dass sie führte, hinter sich zu lassen. Morwenna nahm wortlos Ilaris Hand. Astir schüttelte erstaunt den Kopf und fragte sich besorgt, wie er die ganze Gruppe durch die Gänge bringen konnte und später durch die Wälder, ohne dass sie entdeckt würden. Aber das musste später geklärt werden, denn auf den Gängen machte sich ungewöhnlicher Lärm breit. Die vier horchten gespannt nach draußen, bis Ilari wie aus einem Traum erwachte und sein Schwert zückte. Das war der Startschuss für Astir. Er und die anderen zögerten keinen Augenblick mehr.

„Wir müssen durch die Gänge, Astir", sagte Leana an den Knappen gewandt.

„Es bleibt uns kein anderer Weg übrig. Oh, wie ich es verabscheue. Können wir ohne die Fackel gehen, denn dann sehe ich die Ratten nicht, die mich immer alle sofort fressen wollen."

Astir lächelte über die Ideen des jungen Mädchens.

„Wir brauchen dringend die Fackeln, sonst sind wir zu langsam und verlaufen uns vielleicht", sagte er unerwartet freundlich an Leana gewandt. Leana nickte zerknirscht, denn diese Antwort hatte sie schon befürchtet.

Astir öffnete die Türe vorsichtig und sah, dass niemand im Flur war. Dann eilten sie nach draußen, Astir voran. Als sie die Geheimtüre erreichten, glitt zuerst Ilari in den Gang, nach ihm folgte Morwenna, die die junge Königstochter an der Hand hinter sich herzog, und dann Astir. Bevor er die Türe schloss, blickten Leana und er noch einmal zurück und sahen Königin Eadgyth auf dem Gang stehen, die erstaunt den Flüchtenden hinterhersah. Für einen kurzen Augenblick stieg Trauer in Leana auf. Einem plötzlichen Impuls folgend wollte sie zurücklaufen zur Mutter. Damit brächte sie sie aber in Gefahr, wenn Edbert mit seinen Schergen hier erschiene. Denn Leana wusste sicher, dass Königin Eadgyth jetzt nicht die Wachen rufen würde. Sie würde zuallererst ihre Spione befragen, was es mit der versuchten Flucht der Tochter auf sich hatte, denn sie sah sehr wohl auch Astir im Gang verschwinden. Deshalb blieb Leana bei den anderen. Dann begriff sie. Ihre Mutter stand schon einen Augenblick länger dort und hätte längst Alarm schlagen können. Vielleicht ahnte Königin Eadgyth, dass hier mächtigere Dinge am Werk waren und dass es nötig war, die jüngste Tochter in Sicherheit zu bringen. Denn sie erriet wohl schon, dass ihr Ziel die Heimat Astirs war.

Leana stiegen Tränen in die Augen, aber bevor jemand es sehen konnte, schloss Astir die Tür hinter sich.

Der Verrat

Die Türe schloss sich keinen Augenblick zu früh hinter den Fliehenden, und Astir Carew, der einiges ahnte, verschloss sie so von innen, dass ihnen keiner, der das System nicht kannte, folgen konnte.

Königin Eadgyth, die versonnen einen letzten Blick auf ihre jüngste und verspielteste Tochter warf, stand ohne Schutz alleine mitten im Flur der Frauengemächer. Es wäre für sie Zeit gewesen, sich zu verbergen, aber sie konnte sich als Mutter nicht von dem endgültigen Schauspiel des Verlustes ihrer Tochter abwenden. Sie wusste, was sich Stunden vorher auf der Straße zugetragen hatte. Der Überfall auf Ilari war ihr bekannt, denn ihre Spione waren aufmerksam und Leana ging weit seltener, als sie glaubte, ohne deren Schutz in die Welt hinaus. Nun musste es so sein, denn die Ereignisse überstürzten sich. Sie wollte zugleich die Wachen rufen, und während sie es in Angriff nahm, hoffte Eadgyth auf Astir und das Wohlwollen Herzog Aldwyns, der im Hintergrund die Fäden zog.

Als sie sich umwendete, standen schon Männer, die sie nicht gehört hatte und die hier in diesem Trakt des Schlosses nichts zu suchen hatten, wie aus dem Boden gewachsen vor ihr. Sie sah sie an, ohne erschrocken zu sein, denn dafür war keine Zeit mehr. Sie erkannte im Hintergrund Edbert, der sein Schwert in den Händen hielt und sie angewidert musterte. Er trat nach vorne auf sie zu und ergriff ihr schmales Handgelenk. Er hatte Ilari nicht töten können, auch Oskar war ihm, wie es schien, entwischt. Wenn er schon nicht Leana bekam, die er für sein persönliches Vergnügen vorgesehen hatte, dann konnte er sich ihrer Mutter bedienen, der schön gebliebenen Königin Eadgyth. Er nahm ihr Gesicht in die Hände mit einer Ruhe, als stünde ihm alle Zeit der Welt zur Verfügung, sah ihr gealtertes Gesicht, das von feinen

Fältchen um die Augen durchzogen war. Sie war eine reife, schöne Frau von Ende Dreißig und sah immer noch bemerkenswert aus. Ihr Körper wirkte wie der eines Mädchens. Er nahm sich das Recht, sie zu berühren und stellte erstaunt fest, dass ihre Brüste immer noch so straff und fest waren, wie er es von seinen minderjährigen Spielgenossinnen gewohnt war. Als er näher trat und ihr zwischen die Schenkel griff, wehrte sich die Frau und Edbert war entzückt. Er sah sich nach einem geeigneten Ort um, als er von hinten festgehalten wurde. Einer seiner Männer, Hunter Coith, der Anführer der Schwarzen Horde, der viel größer und kräftiger und auch viel entschlossener als Edbert war, griff ihm in die Arme.

„Lasst das, Herr, dafür ist keine Zeit. Wir haben anderes vor. Die Flüchtigen entwischen. Wenn wir uns an der Königin vergreifen, dann blüht uns Schreckliches vom Volk, denn sie ist sehr beliebt bei ihren Untertanen. Ich habe keine Lust, für eure Sauerei geradezustehen. Außerdem respektiere ich sie als meine Königin, auch wenn sie bald ins Exil gehen muss, wenn ihr König seid im Land, Herr. Denn ohne ihren getöteten Gatten, den sie nie betrogen hat, steht sie hilflos in dieser Welt."

Edbert sah dem Mann noch einmal in die Augen und erkannte seinen Mut, und als auch die anderen Männer zu murren begannen, lenkte er ein.

„Nun gut, wie ihr meint, Hunter. Ihr habt recht, sie ist schon alt und verbraucht. Sucht ihr einen Platz, knebelt und fesselt sie, damit sie Ruhe gibt, und holt sie später ab, wenn alles getan ist", befahl er seinen Männern.

Edbert rief ihr hinterher.

„Ihr wart immer ein wenig zu hochnäsig zu mir, werte Königin, ihr mochtet mich nicht. Ihr wart auch gegen eine Hochzeit mit Morwenna. Das verhinderte es, meinen Traum einfacher wahr werden zu lassen, als es jetzt sein wird. Meinen Traum vom Königreich der Turgods in Dinora, das nur unserer Familie zusteht, wie ihr wisst. Ich hätte euren Mann vom Thron stoßen können, ihn in den Kerker werfen können mit meiner Macht und war kurz davor, alles zu erreichen. Doch nun stehe ich mit leeren Händen vor euch, dank eurer Einmischung. Dafür verspreche ich euch, eure Tochter zu finden, sie zu misshandeln und zu töten. Euren Mann werde ich erdolchen und mir sein Königreich nehmen. Morwenna wird meine Frau werden, wie ich es vorhatte, und eure Söhne und Töchter werden lichterloh auf dem Scheiterhaufen brennen." Edbert lächelte, wie er es immer tat, wenn er mit sich zufrieden war. Die kleine Ansprache gab ihm seine Selbstsicherheit zurück. Schließlich glaubte er an das, was er von sich gab. Als er Eadgyths versteinertes Gesicht sah, wurde ihm leicht ums Herz wie immer, wenn er Menschen großes Leid zugefügt hatte. Er drehte sich um, wollte die gefesselte Königin sich selbst überlassen und zog sein Schwert.

Edbert wollte mit seinen Männern weiter in den Palast vordringen, als die Türen aufgerissen wurden und Herzog Aldwyn und seine Männer in den Gang stürmten. Edbert wich erschrocken zurück, befahl seinen Männer zu fliehen und verschwand durch die Vordertüren des Flures. Er warf Aldwyn eine Blick voller Hass zu und war verschwunden. Die Tür war schwer zu entriegeln und als es vollbracht war, drangen die Männer des Herzogs hinter Edbert her zur einer weiteren Türe. Diese führte in einen Geheimgang. Aber sie ließ sich nicht öffnen, jedenfalls nicht, wenn man das System nicht kannte. Sie mussten erst Eadgyth holen lassen, aber bis dahin ging ihnen Edbert durch die Lappen. Denn wenn er sicher die Gänge, die die Keller des Palastes durchzogen, erreicht hatte, war er unauffindbar für seine Verfolger. Edbert brachte seit frühester Jugend viel Zeit damit zu, die Gänge zu erkunden. Er würde im Leben nicht fehl gehen. Eadgyth jedoch atmete auf, denn sie wusste, dass zu viel Zeit vergangen war, um die Fliehenden noch zu erreichen. Sie waren bestimmt schon entkommen. Astir und Leana kannten die Gänge wie ihre Westentasche. Sie fragte sich nur, ob sie Leana im Leben noch einmal sehen würde. Bornwulf würde es das Herz brechen, wenn er sie verlöre. Eadgyth, die niemals leichtfertig den Stab über einen Menschen brach, empfand plötzlich finstersten Hass auf Edbert und wusste, würde sie ihm je begegnen, würde sie ihn ohne zu zögern töten.

„Wie geht es euch, Mylady?", fragte Aldwyn die Königin, als er zu ihr zurück kam. Er half ihr dabei aufzustehen und stütze sie, denn sie zitterte.

„Mir geht es gut, eilt euch, Edbert doch noch irgendwie zu erreichen. Die anderen sind wohl schon in Sicherheit. Und rettet meinen Mann."

Herzog Aldwyn fragte sich, wo er Edbert habhaft werden sollte, aber er wollte es gerne versuchen. Er verneigte sich vor ihr und stürzte los.

Astir und seine Schutzbefohlenen flohen zuerst zu Fuß zum Fluss und Astir versteckte die Frauen im Gebüsch am Ufer.

„Hier solltet ihr eigentlich sitzen", lästerte er und blickte Ilari auffordernd an. Aber in den letzten Stunden hatte er einen ungeheuren Respekt vor Ilari bekommen, der Astir daran hinderte, ihm wieder mit blanker Verachtung zu begegnen. Ilari fragte ihn, wie es weitergehen würde, und Astir sagte ihm, dass sie zur Schmiede müssten. Dort warteten die anderen. Sie wären aber noch nicht in Sicherheit, denn Edbert wäre ihnen auf den Fersen, wie Astir glaubte.

„Warum glaubst du das", fragte ihn Ilari erstaunt.

„Das ist nur so ein Gedanke, den ich habe. Er ist hinter uns her, es wird Zeit, dass wir uns nach Konbrogi aufmachen."

Er sagte es mit Bestimmtheit und zusammen ging sie zur Schmiede. Dort fanden sie Colan, Theodric und Oskar. Als die drei von den Geschehnissen im Palast in Kenntnis gesetzt waren, packte Colan schweigend einige Dinge in einen rauen Sack und zog seine Kinder an. Seine Schwester, die seit Alwines Tod den Haushalt führte, bat er, sofort zu den Nachbarn zu gehen und sich zu verstecken, um dann zu den Verwandten zurückzukehren, wenn die Zeit es zuließe. Sie sollte abseits der großen Wegen einen Pfad nach Hause finden und Edbert und seinen Häschern aus dem Weg gehen. Dann küsste er sie ein letztes Mal und versprach ihr, sich bei ihr zu melden. Er nahm seine Kinder auf den

Arm. Den Sack mit den wenigen Habseligkeit und dem Essen hatte er sich umgebunden. Dann verließ er die Schmiede. Die anderen hatten begriffen, bepackten sich auch mit Vorräten, nahmen das Pferd des Schmieds und gingen in die herabsinkende Dunkelheit hinein, Prinzessin Leana und Morwenna abzuholen. So verließ Colan, der Schmied, sein Haus, das seiner Familie seit Generationen ein Heim gewesen war. Er bedauerte jedoch nichts, denn den Schatz, den er hüten musste und der ihm am wichtigsten war, seine beiden Kinder, hatte er bei sich und damit war ihm alles recht. Er würde eine Zukunft in Konbrogi haben. In den Wäldern versteckt, würden sein Kinder groß werden und mit ihnen auch Ilaris und Morwennas.

Sie waren endlich auf dem Weg in die dunklen Wälder.

Björn Helgison

„Meine Leute haben in Erfahrung gebracht, dass sich sowohl Sweba als auch Tandhen dafür rüsten, mit einem großen Heer nach Amber zu ziehen, Sire."

Thorbjörn stand vor Halfdan, der mit seinem kleinen Enkel auf dem Arm am Fenster stand und hinausblickte. Halfdan hing an diesem Kleinen, und weil er früher nicht für die eigenen Kinder da war, genoss er eben jetzt die Anwesenheit seines Enkels. Er war erstaunt, dass aus so etwas Kleinem, Verletzlichem und Zartem wie diesen Kindern einmal Menschen werden sollten, die das Land regierten, in die Kriege zogen oder wieder Kinder gebären würden.

„Das Leben ist ein erstaunliches Ding, Thorbjörn", sagte Halfdan. „Wir vermehren uns, erwarten, dass die Kinder vernünftig sind, alles richtig machen, und können uns nur fragen, was geschehen ist, wenn ein Kind aus dem Ruder läuft."

Halfdan schien Thorbjörn nicht verstanden zu haben. Er wirkte seit einer langwierigen Erkrankung, an der er fast verstorben wäre, häufig nach innen gerichtet und verletzlich und machte im nächsten Augenblick jedoch eine unerwartete, scharfe Kehrtwendung zurück in die Gegenwart. Er war in der Wahl seiner Mittel noch konsequenter, unbeugsamer und entschlossener geworden als jemals zuvor. Milde schloss sich an Härte, und hatte Bork, der ihn vergiften wollte, jemals gehofft, den König zu zerstören, so ging seine Rechnung nicht auf. Er hatte ihn lediglich entschiedener in seinem Handeln gemacht. Halfdan ging jetzt notfalls über Leichen, auch über die seiner Kinder, wenn es die Situation erforderte. Nur so, behauptete er, könne er das Land umfassend regieren. Er delegierte Aufgaben, machte entschlossene und intelligente Männer aus dem Volk stark, die seit Jahren in den Startlöchern saßen. Er nutze ihr Potenzial, forderte sie bis an ihre Grenzen, belohnte sie über die Maßen und errang dadurch ihre bedingungslose Loyalität. Des Abends zog er sich in den sicheren Kreis seiner Familie zurück. Sie schien ihm unermessliche Kraft zu geben, Kraft, die er vorher niemals gespürt hatte.

„Du musst einen Boten nach Dinora schicken", befahl er Thorbjörn, „oder besser mehrere. Alle mit der gleichen Botschaft. Wir müssen König Bornwulf warnen, dass ihm ein schreckliches und gewalttätiges Heer ins Haus steht, um Amber zu vernichten und zu besetzen. Er muss sich mit den anderen Ländern Ambers verbünden. Die Macht in Lindane hält er schon in den Händen, wie ich neulich erfahren habe. Er muss sich mit Kelis und Sidran einigen. Dann musst du Ilari befehlen, nach Hause zurückzukehren. Er soll sich unverzüglich bei mir melden, denn seine Position dort ist nicht mehr sicher. Er ist der Feind im eigenen Land, so werden es die Einwohner Dinoras sehen. Zudem will ich seinen Rat und sein Wissen hier in Norgan haben und natürlich auch seine Person, die ich immer sehr geschätzt habe. Ich habe ihn ungern dorthin geschickt, aber mit einem Sohn wie Bork und Unnas Liebe zu deinem Sohn blieb mir keine andere Wahl. Ich hoffe, du verstehst das, Thorbjörn."

Er sah seinem Freund tief in die Augen. Thorbjörn hatte immer ergeben zu ihm gestanden, auch wenn er damals nicht damit einverstanden war, Ilari des Landes zu verweisen und ihm die Liebe seines Lebens zu verweigern. Thorbjörn war jedoch immer noch Halfdan verbunden. Um so mehr freute es ihn, dass er Ilari bald wiedersehen würde.

„Wenn du erlaubst, Halfdan, dann würde ich gerne Björn, meinen Bruder, damit beauftragen, Ilari nach Norgan zurückzubringen. Er läuft übermorgen mit drei Schiffen nach Amber aus. Danach kann er Ilari zurückbringen. Ihm vertraue ich und ihr solltet das auch tun."

Halfdan stand nachdenklich am Fenster. Er überlegte, wie er mit Thorbjörn über seinen Bruder Björn Helgison sprechen sollte. Er wusste Dinge über Björn, die er Thorbjörn besser verschweigen wollte. Er straffte sich, drehte sich zu ihm um und begann.

„Nun, mir ist so einiges über deinen Bruder Björn zu Ohren gekommen, Thorbjörn", begann Halfdan leise und trat ein wenig dichter an den Freund heran. Thorbjörn wartete ab, was er zu hören bekäme, denn ihm war nichts bekannt, was seinen kleinen Bruder betraf, und er saß schließlich an der Quelle der Informationen, die dieses Land betrafen.

„Du kannst einige Dinge nicht wissen, weil ich verfügt habe, sie mit mir persönlich zu besprechen. Daher mache dich auf einiges gefasst."

Er legte dem Freund die Hand auf die Schulter und zog ihn zum Fenster. Dort waren sie ungestörter.

„Dein Bruder hat enge Beziehungen nach Amber. Das weißt du. Du glaubst jedoch, es handele sich dabei um ungewöhnlich ertragreiche Handelsbeziehungen, doch damit liegst du völlig falsch. Er macht schon seit Jahren Plünderungsfahrten nach Amber. Er widersetzt sich wissentlich meinen Anordnungen. Dort plündert er reiche Tempel, tötet die Priester und fährt entweder gleich wieder nach Hause oder, was häufiger vorkommt, verkauft sein Beutegut in Bratana oder gar in Tandhen selbst. Denn ambische Sklaven lassen sich nicht besonders gut in Bratana verkaufen, man hat sie dort nicht gerne als Sklaven. Sie werden meist nach Tandhen gebracht. König Asger hat den bedeutendsten Markt für sie in seinem Land geschaffen und dein Bruder sich den Ruf erworben, dort die hochwertigsten Sklaven zu verkaufen. Von diesem Handel her kennt Björn, der ja auch ein Bruder eines mächtigen Hersen aus Norgan ist, die Söhne Asgers, die ebenfalls plündernd in Amber sitzen und von ihren Lagern in Sidran und Kelis aus Dinora und Lindane terrorisieren. Dan und Leif, Asgers ältere Söhne, teilen sich die besetzten Gebiete in Amber und leben dort wie die Barbaren. Sie herrschen roh, grausam und erbarmungslos. Für sie gibt es keine Grenzen."

Thorbjörn war für einen Moment sprachlos, was bei ihm selten vorkam. Aber im Stillen wunderte er sich, von alldem nie etwas erfahren zu haben. Geahnt hatte er es schon, aber weil ihm Björn immer wieder versicherte, es seien nur die wunderbaren Geschäftsbeziehungen, die ihn reich machten, wollte er es ihm glauben. Er sah Halfdan an und entschuldigte sich für den Bruder bei ihm. Er hielt es für nötig, aber Halfdan winkte ab.

„Denk nicht, er wäre der Einzige, der sich in Amber schadlos hält. Es sind einige Norganer, die sich dort bereichern und die für Sweba oder Tandhen Informationen besorgen. Dies nun tut Björn nicht. Er ist kein Spion, diese Dinge interessieren ihn nicht. Er ist einzig am Gold interessiert, aber dafür vergisst er auch alle Menschlichkeit. Wie er auf die Idee des Plünderns kam, ist mir noch nicht ganz klar, weil er anfangs immer nur nach Bratana gefahren ist. Dort im Herzogtum von Asgers jüngsten Sohn Egil hat er eine Frau und fünf Bastarde, die auf ihn warten. Ich vermute, er plant auf Dauer dort im milden Klima Bratanas zu leben, denn der Reichtum, den er mit nach Norgan nimmt, ist nur ein Bruchteil dessen, was er in Bratana bei Egil hortet. Du hast Familie in Bratana und einen schwerreichen Bruder, ich gratuliere, Thorbjörn", sagte Halfdan ein wenig zynisch.

Thorbjörn wäre am liebsten in den Boden versunken, aber ihm fiel ein, dass Halfdan Björn noch kein einziges Mal mit Strafen, die er zu erwarten hätte, in Verbindung gebracht hatte. Deshalb fragte er den König.

„Du scheinst ihn nicht wirklich zu verdammen, so wie du mir den Tatbestand seiner Schuld mitteilst", sagte Thorbjörn vorsichtig.

„Nein, das tue ich nicht, denn ein Mann ist seines eigenen Glückes Schmied und ich wüsste nicht, was aus mir geworden wäre, wenn das Schicksal mich nicht an diesen Platz gesetzt hätte oder ich mit Eigenschaften, wie sie meinen Vater Ingvar plagten, ausgestattet gewesen wäre. Bork ist ein armer Mensch, der eigentlich nichts dafür kann, dass er so geworden ist. Björn jedoch", und da schwieg Halfdan für eine Weile. „Björn soll mir auf seine Weise nützlich sein. Denn dein Bruder verfügt über Macht in diesem Teil der Welt, über Reichtum und über wichtige Kontakte, die ich nicht habe und die für mich nützlich sind. Er soll mir zuerst Ilari wiederbringen, dann möchte ich seine Informationen über die Brüder Dan und Leif, denn sie planen einiges zusammen mit Asger und Erjk, bei dem sich Bork aufhält. Ich möchte auch wissen, wie es sich mit der Insel Sneland im Norden verhält, denn wenn ich mich nicht irre, war dein Bruder schon einmal dort. Von Farra aus, wo Teile deiner Familie ansässig sind, ist es nur noch ein Katzensprung nach Sneland, wenn man weiß, wie man hinkommt. Also schicke deinen Bruder zu mir. Ich muss einige Dinge mit ihm besprechen."

„Soll ich nicht schon ein paar Sachen mit ihm besprechen, bevor er zu euch kommt", fragte Thorbjörn.

„Wenn ich ganz ehrlich sein soll, dann möchte ich ihn nicht verschrecken. Er soll glauben, sein König verlange nach ihm, weil mir die Sorge um seinen Neffen umtreibt. Wenn er jedoch kommt, dann wird er feststellen, dass er sich gut überlegen muss, ob er mir auf meine Bitten eine Absage erteilt. Du kannst ihn auch gut gebrauchen, falls ich versage und der Moment kommt, dass uns vielleicht Bork oder König Asger in die Enge treiben. Ich gehe nicht unbedingt davon aus, dass es eintreten wird, auch weil ich es zu vermeiden gedenke."

„Ich versichere dir, Halfdan, dass Björns Lotterleben diesmal für Norgan von Vorteil sein wird", antwortete Thorbjörn.

„Dessen bin ich mir sicher", sagte Halfdan zu Thorbjörn. Als er den Ärger in Thorbjörn Gesicht sah, lächelte er. „Und, alter Freund, lass deinem Bruder den Kopf auf den Schultern sitzen. Ich brauche ihn noch, er hat eine Schlüsselfunktion in meinem Plan."

Thorbjörn nickte nur und ging. Er hatte eine außerordentliche Wut auf Björn und wollte jetzt alleine sein. Außerdem fragte er sich, woher Halfdan all diese Informationen hatte, die man ihm vorenthielt. Aber er glaubte, die undichten Stellen zu kennen.

Björn Helgison erschien zwei Tage später vor Halfdan. Er war arrogant und beeindruckend unsensibel im Umgang mit den Hofschranzen. Sein Einzug in den Thronsaal von Torgan war eindrucksvoll und einige der schmalen Damen fielen fast um. Sie mussten sich festhalten, denn seine stattliche Erscheinung übertraf noch die Gerüchte über sein Aussehen.

Er glich Thorbjörn in Größe und Haarfarbe, aber Thorbjörn, der einen schlauen, gewieften und gelassenen Eindruck hinterließ, unterschied sich vom lauten, einnehmenden Charakter seines Bruders. Björn war dunkel und hatte dunkle Augen, die alles zu durchbohren und sich über jeden zu amüsieren schienen. Er ging durch die Reihen der Adligen am Hof wie ein wildes Tier durch einen Ziegenstall. Er lächelte nach links und rechts, nickte den mürrisch blickenden Männern freundlich, fast auffordernd zu und stand lässig und entspannt vor dem König. Man bemerkte die heimliche Macht, über die er verfügte, aber man wusste nicht, wo diese herrührte. Die Kraft und die Eigenmächtigkeit, die er ausstrahlte, beeindruckte auch König Halfdan und er war froh, diesem Mann übergeordnet zu sein. Denn Björn war in seiner latenten Aggressivität ein schwer einzuschätzender Gegner. Wie konnten nur zwei Brüder derart ungleich sein?

Aber wenn er genauer hinsah, dann sah er den gleichen, renitenten Charakter, der ihm an Ilari aufgefallen war, an Björn wieder und ebenso die Furchtlosigkeit angesichts einer Bestrafung. Der Neffe war dem Onkel ähnlicher als dem Vater. Halfdan wusste vom ersten Augenblick an, obwohl er über Björns unredliches Wirken im Bilde war, dass er diesen Mann mochte und sogar zu ihm Vertrauen aufbauen konnte. Er richtete ein kleines Festessen für ihn aus und am Abend, als alle mit Essen und Feiern beschäftigt waren, nahm er ihn zur Seite und besprach die Dinge mit ihm, die ihm wichtig waren.

„Schön, dass ihr gekommen seid", begann Halfdan mit einem freundlichen Lächeln und bat Björn sich zu setzten.

„Ich stehe lieber", antwortete Björn und blieb herausfordernd stehen. Er blickte auf Halfdan und fragte sich, was dieser Mann von ihm wollte. Er hatte ihn vor einigen Jahren einmal gesehen, als ihn Thorbjörn mitgenommen hatte. Da war Halfdan eine andere Erscheinung gewesen. Er war noch jünger, auch jünger im Geiste, dieser Mann schien gereift zu sein. Sein stahlgraues Haar, das er damals noch nicht besaß, gab ihm etwas Hartes, Mächtiges und auch seine Augen, die früher nur Milde ausdrückten und Besonnenheit, hatten etwas Funkelndes, Grausames bekommen. Doch das gefiel ihm, er fand, früher hatte das Volk in Halfdan einen weichgewaschenen Taktiker am Ruder, der das Land zwar einte, aber ihm keinen Charakter gab. Heute jedoch, schien es ihm, war alles möglich. Die Krankheit, von der er genesen war, hatte seine Konturen geschärft.

Halfdan war amüsiert. Er kannte von Ilari dieses aufsässige Verhalten, ihn ungeniert zu beäugen, und war erstaunt, wie sehr er es vermisst hatte. Um ihn herum taten alle unterwürfig und zurückhaltend. Das langweilte ihn, denn er war ständig gezwungen zu ergründen, wie es um die Worte der Menschen stand.

Björn wartete ab, deshalb sagte Halfdan.

„Ich wünsche, dass ihr mir euren Neffen Ilari unverzüglich nach Norgan zurückbringt. Sein Aufenthalt wird in nächster Zeit auf Amber zu unsicher werden."

Halfdan sah Björn an und bemerkte ein schiefes Grinsen, das sich in seinen Mundwinkeln breitmachte.

„Ihr wünscht", sagte Björn mit einem unterdrückten Schmunzeln. „es ist schön, dass Ihr euch noch etwas wünschen könnt, denn eure Krankheit hat euch beinahe besiegt, hörte ich. Aber wenn ich richtig weiß, befindet sich mein Neffe Ilari in Dinora und dort habe ich keine Geschäfte zu erledigen. Ich fürchte, ich kann euch euren Wunsch leider nicht erfüllen."

Björn hatte seine eigene Meinung zu der Geschichte, die seinem Neffen widerfahren war. Er hatte sich damals zurückgehalten, weil ihn Thorbjörn darum gebeten hattte, aber er fand es anmaßend, wie sich Halfdan in die Angelegenheit seiner Familie einmischte. Björn bot seinem Neffen damals an, mit ihm zusammen nach Amber zu fahren und bei ihm zu leben, fern jeden höfischen Zwanges, frei und ungebunden. Ilari gefiel ihm und einen Wimpernschlag lang meinte er, auch in Ilaris Augen die Lust zu sehen, sich auf und davon zu machen. Aber dann kam Thorbjörn und befahl Ilari nach Dinora zu gehen, zu diesem kriecherischen König Bornwulf, um dort zu Katzbuckeln. Björn war der Ansicht, man könnte ganz gut ohne diese Königtümelei existieren und fand jetzt Halfdans Bitte unangemessen.

Halfdan konnte sich vorstellen, was in Björn vor sich ging. Er beschloss, den Druck auf ihn zu erhöhen, denn seine entschiedene Absage ärgerte ihn.

„Mir ist bekannt, dass ihr noch nie in Dinora wart. Eure Aktivitäten in Amber beschränken sich auf die Küstengebiete, die ihr ausplündert, und die Waren, die ihr gestohlen habt und auf den Märkten in Tandhen verhökert", sagte Halfdan ruhig und war interessiert an Björns Reaktion.

Björn lächelte. Er hatte Halfdan nicht zugetraut, über so viel Wissen zu verfügen, aber es störte ihn nicht wirklich, da er wusste, es gab immer Leute, die sich daran stießen, wie er sich seinen Lebensunterhalt verdiente. Deswegen alleine würde er sich nicht nach Dinora aufmachen, seinen Neffen zu suchen und ihn heimbringen.

„Es missfällt mir nicht, dass Ihr über mich Bescheid wisst. Aber ich werde trotzdem eure Bitte ablehnen. Es gibt nichts, mit dem ihr mich zwingen könnt. Das sollte euch klar sein. Ein König sollte wissen, was er befiehlt, damit seinen Anordnungen auch immer Folge geleistet wird. Warum schickt ihr nicht einfach einen Boten oder zwei, die dann den Kleinen mit zurücknehmen nach Norgan?"

Er stand immer noch gleichmütig und uninteressiert vor Halfdan. Er würde sich nicht beugen, fuhr es Halfdan durch den Kopf, man müsste ihn wohl überzeugen.

„Es geht nicht alleine um euren Neffen, auch das Wohl der Dinoraner steht auf dem Spiel. Ich war König Bornwulf immer ein verlässlicher Partner, habe gute Geschäfte mit ihm gemacht, ehrliche Geschäfte im Gegensatz zu euch. Und ich, so wie ihr, weiß, wie es um die Zukunft Ambers gestellt ist. Ihr habt schon großen Gewinn an der Existenz und dem Fleiß dieser Menschen gemacht. Ihr seid ein mächtiger Mann, der seine Reichtümer außerhalb in Bratana hortet. Ihr braucht nicht noch mehr Gold und König Bornwulf ist euch nie in die Quere gekommen. Jetzt aber, da er der Herrscher von Lindane ist und sein Bruder auf dem

224

Thron von Kelis sitzt, ist er gezwungen, die Gefahren für sein Volk abzuwenden. Dabei kommt ihr ins Spiel. Ihr kennt die Nordleute Dans und Leifs, die sich dort schmarotzend festgesetzt haben und das Land und die Menschen unterdrücken. Ihr hattet in der Vergangenheit ständig mit ihnen zu tun, seid befreundet, macht eure Geschäfte mit ihnen. Ihr habt nichts von ihnen zu befürchten, wenn ihr euren Neffen von dort wegholt. Dan und Leif Asgerson würden euch sogar unterstützen, je nachdem, wie ihr es begründet. Aber wenn ich Boten schicke, dann werden sie zum einen nicht bis nach Dinora vordringen und zum anderen könnten sie auf dem Rückweg nicht den jungen Mann so schützen, wie ihr es könntet, denn sie wären wie Kinder, die man in den dunklen Wald schickt und die von dort ihren Weg zurück nach Hause finden sollen."

„Ein schöner Vergleich, aber wolltet ihr von mir nicht auch noch, dass ich König Bornwulf warne, damit er sich gegen Asger und Erjk rüsten kann? Euer Sohn Bork ist an der Allianz zwischen Sweba und Tandhen nicht ganz unbeteiligt. Nicht, dass sie lange halten würde, aber gerade lange genug, um Amber einzunehmen, die Pfründe untereinander aufzuteilen und sich dann dort bis in alle Ewigkeit zu bekämpfen. Weil es so kommen wird, werde ich mich noch ein einziges Mal dorthin begeben, einen satten Gewinn machen und mich dann in sicherer Entfernung in Bratana niederlassen. Denn wenn sich die beiden Königreiche Sweba und Tandhen vereinen und Amber besiegen, dann werden sie für eine gewisse Zeit auch zu einer beträchtlichen Gefahr für euch und euer Norgan. Denn Bork wird mit einem Heer, dem ihr sicher nicht standhalten könnt, zurückkehren und euch vom Thron stoßen. Er wird immerhin so klug sein, nicht in Amber zu verrecken, sondern seinen angestammten Thron in Besitz zu nehmen. Dann müsstet ihr, Königin Sigrun, Unna Tisdale und mein lieber Bruder mit der ganzen Familie und dem Gesinde so schnell wie möglich verschwinden, sonst würde es euch an den Kragen gehen. Wäre es da nicht viel vernünftiger, ihr würdet euch mit eurem Reichtum schon jetzt ein hübsches Fleckchen

Erde suchen, auf dem ihr euren Lebensabend verbringen und euren Enkeln beim Großwerden zusehen könnt?"

Björn lächelte, denn er hatte die Drohungen Halfdans elegant abgewehrt und ihm seine Meinung zur Zukunft Ambers und Norgans kundgetan. Dabei hatte er ihm einen Köder angeboten und würde jetzt die Freude haben zuzusehen, wie ihn sich Halfdan schnappte.

Halfdan dachte nur einen Moment lang nach. Die Gefahr, die sich für ihn, seine loyalen Diener und seine Familie auftat, war perfekt zusammengefasst. Björn hatte nicht unrecht, genau das hatte er sich auch schon oft überlegt. Er fand es sehr erfrischend, jemand anderes dieselben Schlüssen ziehen zu sehen wie er selbst, und musste daher unwillkürlich lächeln.

Björn zog eine Augenbraue hoch und war beeindruckt. Das Szenario, das er entwickelt hatte, hätte manch anderen vor Furcht zur Türe hinauslaufen lassen. Aber Halfdan war wohl doch nicht der Zauderer, den Björn erwartet hatte. Er mochte ein Taktiker sein, weil er Gründe hatte, sich so zu verhalten, aber ein Feigling schien er nicht zu sein. Diese Reaktion nahm Björn für seinen König ein. Daher erwartete er fast schon die Antwort, die er jetzt erhielt.

„Wie ihr sehr genau zusammengefasst habt, gibt es eine gewisse Gefahr für mich, für Norgan und meine Familie. Das waren auch meine Gedanken, das ist die Logik der Situation. Aber ich sehe durchaus noch Möglichkeiten, das Blatt zu wenden. Sicher werde ich nicht unvorbereitet abwarten, bis mein Sohn kommt und ich ihm meine Kehle entgegen recke, damit er sie bequem durchschneiden kann. Man muss sich den nächsten Schritt überlegen. Die Karten stehen nicht schlecht, allen anderen an das Bein zu pinkeln, wenn ich diesen Ausdruck in eurer Gegenwart verwenden darf. Ihr seid mein erster Schachzug, mit dem keiner der Feinde Norgans rechnet. Und wenn man stets einen ruhigen Kopf behält, macht man den nächsten Zug noch besser."

Björn lächelte erst fasziniert, dann lachte er leise und zu guter Letzt brach er in langanhaltendes, amüsiertes Lachen aus. Er war auf Halfdans Seite, jedenfalls teilweise. Er würde sich bis zum

Ende nicht in die Karten sehen lassen, aber es war ein Anfang gemacht.

„Gut, ich werde mich um meinen Neffen kümmern." Damit würde mich schließlich auch mein Bruder Thorbjörn früher oder später unter Druck setzten. Ich wundere mich sowieso schon, dass er es noch nicht getan hat. Aber ich könnte mir vorstellen, dass ihr dahintersteckt. Was König Bornwulf angeht, so würde ich ihm notfalls noch einen Brief von euch zukommen lassen, den ihr mir mitgebt. Ich bin dann ja sowieso in der Gegend. Aber verlangt nicht von mir, ihn persönlich von der angespannten Lage in Kenntnis zu setzten, denn meine Geschäftsbeziehungen zu Dan und Leif Asgerson werde ich nicht riskieren. Das käme einem Selbstmord gleich. Dazu neige ich nicht und eure politischen Spielchen interessieren mich nicht. Die Macht, die ich in den Händen halten möchte, habe ich schon in Bratana unter dem Schutz Egil Asgersons. Er ist verlässlich, loyal und ungebunden. Er ist und war nie abhängig von König Asger und seinen Machenschaften. Meine Loyalität besitzt Egil, aber ihr habt meine Sympathie, König Halfdan, und das ist mehr, als ihr von mir erwarten konntet."

Björn verneigte sich vor Halfdan, nicht zu tief, es wirkte selbstsicher und nicht unterwürfig und er machte Anstalten zu gehen.

„Bleibt, Björn, ich möchte euch näher kennenlernen und vielleicht gefällt euch auch, was ihr in mir erkennt", bat Halfdan ehrlich und fasste Björn an der Schulter, zog ihn aus dem Zimmer heraus in den Trubel des Saales, dessen Lärm sie augenblicklich gefangen nahm. Björn nickte und blieb. Er war nicht der Mann, der sich beleidigt davonmachte. Er hatte nichts dagegen, einen Abend prallen Lebens mitzuerleben und lächelte aufmerksam einigen Hofdamen zu, denen das Blut blitzschnell in den Kopf schoss und die Wangen aufgeregt rötete. Halfdan sah zu und bat:

„Macht langsam, Björn Helgison, ich muss einige der Damen noch gut verheiraten und das geht besser, wenn sie dabei nicht eure Nachkommen unter dem Herzen tragen."

Beide Männer lachten herzhaft und Halfdan spürte das Leben in den Adern pulsieren wie schon lange nicht mehr. Er bedauerte es fast, dass sich Björn schon übermorgen auf den Weg machte. Er war ein wesentlich anregenderer Gesprächspartner als Thorbjörn, der immer ein wenig unterkühlt wirkte. Doch Halfdan, der sich lange Zeit nicht so wohlgefühlt hatte, wusste zu jedem Zeitpunkt, wie gefährlich Björn war. Aber er schob es für diesen Abend zur Seite.

Björn lief am Ende der Woche aus. Er hatte seine drei Schiffe beladen, die Mannschaft war guter Dinge und er hatte zwei Briefe an Bornwulf und an Ilari dabei. Beim Abschied versuchte König Halfdan ein letztes Mal, Björn von den Beutezügen abzuhalten, die er im Sinn hatte, aber Björn winkte ab.

„Versucht es nicht, Halfdan", sagte er lächelnd. „Ihr müsst nicht alles wissen, und wenn ich schon den Boten für euch spiele, dann brauche ich auch ein wenig Freiraum für mich und meine Unternehmungen. Sie müssen finanziert werden und das Leben ist noch lang, die Kinderschar groß und sie wird weiter wachsen. Daher nehmt mir nicht alles übel, ich mag euch und eure Friedenspolitik, auch wenn ich wenig Aussicht auf Erfolg für eure Absichten sehen kann."

Er lachte sein dunkles Lachen und reichte dem König die Hand. Halfdan fragte sich, ob er diesen Mann in seinem Leben noch einmal sehen würde. Vielleicht, wenn er Ilari heimbrachte, aber das war fast schon ein aussichtsloses Unterfangen. Die Lage in Dinora spitzte sich dramatisch zu und Halfdan bekam nur noch einen Bruchteil der Informationen, die er gebraucht hätte, um sich ein exaktes Bild zu machen. Er sah zu, wie die Schiffe mit Björns schneller Möwe voraus aus dem Fjord fuhren. Thorbjörn stand neben ihm, und als sie sich ansahen, fragte Halfdan ihn:

„Sag mir, wie verlässlich ist dein Bruder?"

„Nun, er wird sich zuerst ein wenig bereichern, einigen Männern die Köpfe abschlagen, Sklaven nehmen, vergewaltigen und brandschatzen und dann hoffentlich Zeit finden, zu Ilari vorzudringen, um ihn zurückzubringen. Deine Botschaften wird er hoffentlich nicht verlieren. Da ich weiß, wie erfolgreich seine Unternehmungen immer waren, er hatte das Glück schon immer auf seiner Seite, bin ich trotzdem guter Dinge, dass er mir meinen Erstgeborenen nach Hause bringt, früher oder später. Auf eine Nachricht von ihm könnt ihr aber nicht hoffen. Er geht und kommt, wie es ihm gefällt."

Halfdan war ernüchtert, aber Björn war sein heißestes Eisen im Feuer. Er müsste ein wenig mehr Gottvertrauen haben. Dann entschied er sich, an den Erfolg zu glauben, sonst würde ihm sein Leben keinen Spaß mehr machen.

Ianu

Bran stand an das kalte Tempelfenster gelehnt. Er sah wütend auf das Meer, sah auf die gleichmäßig schaukelnden Wellen und das nur einen Steinwurf entfernte Festland Ambers. Er war wütend auf Lehrer Finnegan. Sein Unterricht war langweilig, aber heute überbot er sich. Die einschläfernde, quälende Eintönigkeit war kaum auszuhalten. Die Wut keimte in Bran auf. Sollte er sich doch auf das Altenteil zurückziehen und nicht versuchen, junge Menschen zu langweilen. Was blieb ihnen denn anderes übrig, als sich ein wenig die Zeit zu vertreiben. Außerdem hatten andere geschwätzt, und nur weil er gerade zustimmend lächelte, als sich Lehrer Finnegan zu ihnen umdrehte, musste dieser ihn nicht gleich vor die Türe setzen.

Immerhin verlangte er auch von Ciaran, der den Spaß angezettelt hatte, das Klassenzimmer zu verlassen. Der grinste jedoch nur und freute sich über ein Stündchen freie Zeit.

Bran und er wurden in die Meditationsklause verwiesen, deren Fenster direkt auf das Meer hinausging. Es hätte schlimmer kommen können, dachte sich Bran und begann, es zu genießen, eine Weile in diesem besonders schönen Raum sein zu dürfen. Er war nüchtern eingerichtet. Zwischen den beiden Fenstern, die zum Meer hinausgingen, hing ein schlichtes Bild an der Wand. Davor stand ein kleines Bänkchen mit einer Kerze daneben, die man bei Dunkelheit anzünden konnte, wenn man wollte, denn bei hellem Mondschein wurde das Zimmer in silbernes Licht getaucht.

An das rechte Tempelfenster gelehnt, kam Bran endlich zur Ruhe. Die stille Weite des Meeres, das vor ihm lag, wurde durch nichts getrübt. Bran sollte sich eigentlich mit alter Geschichte beschäftigen, wie es ihm der Lehrer beim Hinausgehen noch aufgetragen hatte, und über sein ungebührliches Verhalten nachdenken. Bran lächelte, denn er wusste, der Lehrer hätte bis zum Mittag schon wieder alles vergessen. Brans Familie lebte schon seit Jahrhunderten auf den vorgelagerten Inseln Ambers. Wenn die bratanischen Priester auf die Kinder wütend waren, dann nannten sie sie ungläubige Lindaner, die ohne Verstand durch das Leben gehen.

Ihr müsst in den rechten Glauben geprügelt werden, schimpfte Finnegan, aber die Hand zum Schlagen erhob er niemals.

„Das überlasse ich den Göttern im Jenseits", schimpfte er, wenn er es wieder einmal nicht wagte, die Kinder zu schlagen. Er war sanftmütig und klug, keine guten Eigenschaften für einen Lehrer, meinte er, aber für einen guten Menschen schon. Geht nach Hause und lasst euch von euren dummen Vätern verprügeln, hörten sie oft von ihm.

Die Priester waren schon vor über zwei Jahrhunderten aus Bratana nach Ianu gekommen und hatten ihnen den neuen Glauben gebracht. Anfangs wollten die Einwohner von Ianu ihn gar nicht haben, diesen fremden Glauben. Sie hatten ihre eigenen Götter und deshalb lehnten sie die Priester und Lehrer ab. Die wenigen, die kamen, fingen an, einen Tempel und Wohnstätten der Prediger zu bauen. Sie waren mildtätig und schließlich legte sich die Unruhe im Dorf. Denn die Männer hatten weitreichende Kenntnisse in der Anwendung von Heilkräutern, verfügten über fremdländisches Wissen und gaben den Einwohnern Arbeit beim Tempelbau. Zudem lehrten sie sie alles über Ackerbau und Viehzucht. So wurden sie auf die Dauer geachtet und respektiert.

Ianu entwickelte sich unter ihrer Führung zu einer wohlhabenden Enklave. Die einfachen Bauern gaben immer einen der jüngeren Söhne in den Tempel. Dort lernten sie lesen und schreiben oder ein gutes Handwerk und wurden darüber hinaus noch von den Priestern ernährt. Manche der jungen Männer, die dort herangewachsen waren, blieben ihr Leben lang dort oder heirateten und lebten tagsüber das Leben eines Priesters. Dem Oberpriester war wichtig, dass die tägliche Arbeit verrichtet wurde. In das Leben der Männer mischte er sich nicht ein.

Ianu lag im Königreich Lindane und galt als heilige Stätte. Im Tempelhof waren unzählige Könige des Reiches begraben. Bran dachte, es seien beinahe hundert, aber es waren nur um die zwanzig. So kam es, dass die reichen Bauern und Händler des Festlandes ihre Kinder gemeinsam mit den Ortsansässigen in die Schule schickten, um sie ausbilden zu lassen.

Bran dachte häufiger darüber nach, ob es nicht klug wäre, Priester zu werden, denn er war belesen und freute sich, den kleinen Geschwistern von den verschiedenen Kontinenten erzählen zu können. Wenn er seinen kleinen Schwerstern von der Geschichte der Welt erzählte, wie die vier größten Flüsse der Erde entsprangen, dann bekamen sie ganz runde Augen. Aber für Bran blieb dieser Weg verschlossen. Er war der älteste Sohn und würde den blühenden, väterlichen Hof übernehmen. Aber es war egal, wie er sich seinen Lebensunterhalt hier verdingte, er wusste nur, dass dies der schönste Ort der Welt war und dass er ihn niemals verlassen würde, egal, wie sich sein Leben entwickelte. Er hatte nichts dagegen, zu heiraten und hier seine Kinder großzuziehen und als alter Mann in der Erde Ianus beerdigt zu werden. Nicht das Schlechteste, dachte er bei sich, als ihm ein fremdes Schiff auffiel, das sich langsam und wie selbstverständlich in die Bucht von Ianu schob. Ciaran, der mit ihm in diesem kleinen, stillen Stübchen saß, langweilte sich.

„Stiere nicht dauernd zum Fenster hinaus, rede mit mir", hatte Bran ihn gerade noch sagen hören, als er ebenfalls die Fremden kommen sah.

Große Schiffe mit Drachenköpfen am Bug fuhren langsam in die Bucht von Ianu ein. Der leichte Nebel, der wie ein Dunstschleier darüber lag, tauchte die Umrisse der ersten beiden Schiffe in ein weiches Schattenbild. Ein fesselndes Schauspiel bot sich seinen Augen. Bran blickte wie gebannt durch das schmale Fenster der Klause und konnte sich kaum daran sattsehen. Er wusste, dass früher immer Nordmänner hierher gekommen waren, um Handel zu treiben. Aber er hörte auch die Gerüchte von den Überfällen auf die Tempel, die in den letzten Jahren stattgefunden hatten.

Erst als sich Zug um Zug eine größere Anzahl Schiffe in die Bucht schoben und sich ihre Konturen schärften, weil sich die Nebelschwaden verzogen und die klare Luft den Blick auf die gefährlichen Langschiffe der gefürchteten Nordmänner freigab, stellte sich jählings eine panische Angst bei ihm ein. Bran wusste, dass mit diesen schnellen Schiffen kein Handel getrieben wurde. Er spürte die Bedrohung tief im Inneren seiner Brust, und weil ihn eine lähmenden Beklemmung ergriff, starrte er ohne Unterlass durch das Fenster auf die Bucht hinaus. Die Schiffe traten immer deutlicher in sein Blickfeld. In seinem Kopf begann es zu pochen und die grausamen Geschichten, die er schon als kleines Kind gehört hatte, hämmerten sich in sein Bewusstsein. Jetzt erst regte sich die Erkenntnis, dass er es mit den lebendig gewordenen Geschichten zu tun hatte, mit denen seine Großmutter und sein Vater ihm von frühester Jugend an den Sinn für die Gräueltaten der Nordmänner geschärft hatten.

Sie kommen meist im Morgengrauen, hörte er Großmutters sanfte Stimme noch immer. Sie ankern in der Bucht, und wenn sie schreiend ihre Schiffe verlassen, kennen sie nur ein Ziel, den Tempel. Dort rauben und morden sie, bis es richtig Tag geworden ist, um dann ins Dorf zu stürmen, dort die Männer zu töten, die Frauen zu schänden und die lohnenswertesten und kräftigsten Bewohner zu rauben. Noch ehe der Abend über die Insel zieht, haben die Fremden das Brandschatzen beendet und sind, wenn die Überlebenden Glück haben, mit allen ihren Gefangenen auf den Weiten des Meeres verschwunden. Deshalb denke daran, wenn du jemals ein Nordmännerschiff erblickst, dann muss alles sehr schnell gehen, dann laufe, mein Kind, eile so schnell wie der Wind, zwinge deine Beine, dich dorthin zu tragen, wo dich die Erde oder der Wald vor ihren grausamen Augen verbirgt. Denn sonst ist es um dich geschehen und du wirst das Leben, die Heimat und deine Familie verlieren.

Bran war sich nun völlig sicher, eine Flotte von Erobererschiffen vor sich zu haben, denn sein Vater hatte ihm die Schiffe beschrieben. Schnell und schlank sollten sie gebaut sein und auch geeignet, um ins flache Wasser einer seichten Bucht wie die Ianus einzufahren. Er erkannte die rechteckigen Rahsegel, die farblich in leuchtend blau und rot gehalten waren, gerade so, als wollten die Nordmänner ohne Umschweife auf sich aufmerksam machen und jählings mit ihrem Auftauchen Schrecken verbreiten.

Bran sah, wie die Schiffe ankerten. Da riss ihn Ciarans Stimme aus der Betäubung.

„Hör auf zu glotzten, da draußen sind Räuberschiffe. Wir müssen die Priester warnen. Komm mit, wir läuten die Sturmglocke".

Ciaran riss ihn am Arm hinter sich her und sie liefen hinaus auf den Gang und zum Hof. Im Laufen drängte ihn Vaters Stimme: „Die Schiffsbesatzungen verlieren nicht gerne Zeit. Sie stürmen von ihren Schiffen zügig auf ihr Ziel zu. Atempausen sind ihnen fremd. Der Tod scheint sie nicht zu schrecken und den Tod bringen sie den Landbewohnern sicher und gewissenlos."

Er wusste, dass die Fremden gezielt, zügig,und ganz augenscheinlich auch ohne Angst auf ihr Ziel losgingen. Die alte Kendra hatte eine Invasion der Nordmänner verborgen im Dickicht einer Dornenhecke erlebt und den Kindern davon erzählt. Sie hatte gesehen, wie sie mit den Küstenbewohnern erbarmungslos kämpften, wie die Horden die Reichtümer des Tempels plünderten und die Dörfer und Siedlungen der unmittelbaren Umgebung brandschatzten. Als das Ausrauben des Tempels beendet war, gesellten sich die Kämpfer zu den Plünderern und sichteten die Schätze der Höfe. Sie interessierten sich für die Vorräte der Scheunen und Ställe. Kräftige Kinder und Frauen trieben sie wie Vieh zusammen und suchten sich skrupellos die lohnenswertesten heraus. Sie waren für die Sklavenmärkte im Süden oder für die eigenen Höfe daheim im Norden bestimmt. Man erzählte sich, die Reisen dorthin seien lang und entbehrungsreich, und daher überlebten nur die Kräftigsten die Überfahrt. Alte Weiber und Babys oder kleine Kinder wurden daher meistens verschont und zurückgelassen, es sei denn, das Kämpfen mit den Küstenbewohner hatte sie in einen wahnsinnigen Blutrausch versetzt, der nur durch den Blutzoll der Alten und Kleinkinder gestillt werden konnte. Dann töteten sie alle. Sie fegten damals über die Landschaft hinweg wie ein ungebärdiger Sturm, der auf die Küste traf, und hinterließen nach ihrem Brandschatzen zerstörte und verbrannte Erde, ausgelöschte Großfamilien und den Verlust unwiederbringlicher, wertvoller Kulturgüter.

Als Bran im Laufen durch die Fenster blickte, sah er, dass sich immer mehr der feindlichen Schiffe in die weitläufige, flache Bucht schoben und die ersten Männer mit gezückten Schwertern aus einem Schiff sprangen. Er realisierte die drohende Gefahr. Hass, Angst, Furcht und Entsetzten stiegen in ihm auf, aber er verlor keine Zeit damit, seine Gefühle zu ordnen, sondern stürzte jählings weiter, um die Tempelgemeinschaft zu warnen.

Bran dachte im Losstürzen an alles, was der Vater ihm jemals von den beiden letzten Überfällen der Nordmänner auf den Tempel von Ianu erzählt hatte. Zu oft schon hatte er sich vorgestellt, wie es wohl damals war, als die grausamen Männer mit der kehligen, harten Sprache in die Bucht eingefahren kamen. Immer wieder packte ihn dabei Unbehagen, aber auch angenehm gruselige Schauer liefen ihm den Rücken hinunter, und stets war er betrübt, nicht dabei gewesen zu sein. Wie es sich kleine Jungs eben so vorstellten. Manchmal hatte Iain, sein Vater, regelrecht mit ihm geschimpft, weil sich Bran die Nordmänner allzu heldenhaft vorstellte und dies auch laut äußerte. Erst als Lehrer Finnegan auf Iains Veranlassung im letzten Sommer eine Führung durch den Tempel machte und den Schülern erklärte, wie stark er nach dem letzten Angriff beschädigt gewesen war und sie die Gräber der getöteten Priester besuchten, verstand Bran allmählich die Furcht in den Augen seiner Mutter, die als junges Mädchen einen solchen Angriff überlebt hatte. Noch heute weiteten sich ihre Augen angsterfüllt, wenn sie an die Ereignisse dachte, und ihre Stimme nahm einen anderen Klang an, wenn sie von der harten Sprache der Eindringlinge berichtete, die laut und unerbittlich über die behüteten, heimatlichen Felder und Wiesen schallte.

All das schoss ihm durch den Kopf und er wusste mit einem Mal auch genau, was er zu tun hatte. Er würde das Tempelbuch, das die Priester schrieben, schnell in Sicherheit bringen. Ciaran und er liefen in die kleine Weihestätte und von dort in den Turm, in dem die Sturmglocke hing. Ciaran läutete sie kräftig und un-ablässig. Er sah auf seinen Freund, der unschlüssig neben ihm stand, nachdachte und dem alles zu langsam zu gehen schien. Bran sah Ciarans Blick und sagte entschlossen: „Ich muss das Tempelbuch retten. Läute du weiter und bringe dich dann in Sicherheit. Warte nicht auf mich, denn ich muss in die Schreibstube am anderen Ende des Tempels."

„Wie willst du dann wieder aus den Mauern herauskommen? Sie werden dein kaltes Grab werden. Lass das dumme Buch, dein Leben ist weit mehr wert."

„Ich krieche durch die Gänge, wenn mich die Ratten nicht fres-sen, dann habe ich eine Möglichkeit, mich durch die Wälder zum Hof zu retten", sagte Bran und berührte Ciaran leicht am Arm, als bräuchte er dessen Zustimmung, um losstürmen zu dürfen. Ciaran sah dem Freund in die Augen, sah, dass Bran nicht umzu-stimmen war, und nickte leicht. Da lächelte Bran und lief los.

„Wenn du kannst, sieh bei meinen Schwestern vorbei, warne sie und verstecke sie in der Bodenluke, dass die Nordmänner sie nicht zu fassen bekommen."

Ciaran nickte und Bran winkte ihm zu. Im nächsten Moment war er schon verschwunden.

Ciaran war ein kräftiger Junge und sehr ausdauernd und die Angst, die sich seiner bemächtigte, ließ den Glockenschwengel einen grausamen Tanz tanzen. Er zog unentwegt an der Glocken-schnur und fast erschien es ihm, dass die Glocke für diese Stunde einen besonders schrillen Ton übrighatte, der durch die dicken Tempelmauern hinaus ins Land schallte, weithin vernehmbar für alle. Schließlich warnte er auch die weiter entfernten Bewohner des Dorfes. In seinem Kopf hallte das Hämmern der Töne wie-der und er glaubte, nahezu auf der Stelle taub zu werden. Er ge-riet in eine Art Trance und erst als Lehrer Finnegan ihm von hin-ten die Hand auf die Schulter legte, befand sich Ciaran wieder in dieser Welt. Er erschrak zu Tode, als er die Hand des Mannes spürte. Ciaran sah den Lehrer an und keuchte nur noch atemlos.

„Überfall. Die Nordmänner kommen. Sie sind schon in der Bucht."

Die Priester, die aus allen Richtungen zur Sturmglocke gelaufen kamen, hörten es, sahen sich an und handelten sachlich und routiniert. Ein Teil lief zu den Waffenbänken, andere brachten die Schätze des Tempels in Sicherheit und Finnegan schickte die Kinder, die sich in den Lehrstuben befanden, nach Hause.

„Geht auf verschlungn Wegen, eilt euch, haltet nicht inne und lauft weg, wenn ihr die fremden Männer seht. Lasst euch nicht gefangennehmen!"

Er strich einigen der Kinder flüchtig über das Haar und ahnte, dass er sie in diesem Leben nicht mehr wiedersehen würde.

Als er sich umdrehte, sah er Enya, Brans kleine Schwester. Sie stand wie betäubt neben ihm und schien die Gefahr nicht zu begreifen, die auf sie zukam.

„Wo ist Bran?" fragte sie ihn.

„Er ist schon geflohen, laufe du nun los, warne die Eltern. Dann nimm deine kleinen Geschwister und verstecke dich mit ihnen in den Erdhöhlen im Wald. Legt euch dort lautlos in die Erde und seid mucksmäuschenstill. Die Nordmänner gehen für gewöhnlich nicht so tief in den Wald hinein. Sie wollen bloß plündern und leichte Beute machen. Sie sind zu faul, um gründlich zu suchen. Seid also unbesorgt. Solange ihr euch unsichtbar macht, können sie euch auch nicht entdecken".

Er sah ihr tief in die Augen, strich ihr über das Haar und segnete sie kurz. Sie war seine beste Schülerin. Er wusste, was ihr im schlimmsten Fall ihrer Entdeckung geschehen würde. Die Plünderer nahmen gerne kleine Kinder mit, um sie auf den Sklavenmärkten des Orients zu verkaufen. Besonders gerne die Kleinen mit den goldenen Haaren und den großen, blauen Augen, denn sie brachten eine schöne Stange Geld ein. Enya sah Finnegan an und erkannte hinter seinem Lächeln die Gefahr, die ihr drohte. Sie nickte nur kurz, lief los und wollte noch ihren Bruder warnen, aber Ciaran, der mittlerweile neben ihr stand, packte sie unsanft am Arm, drehte sie zu sich und herrschte sie an.

„Begreife doch, er hat die Nordmänner zuerst gesehen und ist schon weg. Lauf du nach Hause und fliehe!"

Enya blickte ihn aus ihren erstaunten, blauen Augen an und zögerte jetzt keinen Augenblick mehr. Sie stürzte atemlos aus dem Tempelhof in Richtung Dorf.

Bran hastete indessen in die Bibliothek des Tempels, begleitet von dem Wimmern der Sturmglocke. Hier kannte er sich aus. Er griff blindlings ins richtige Regalfach an die richtige Stelle, hatte er doch bestimmt schon tausendmal vorher das Buch aus dem Regal geholt, heimlich, wohlgemerkt, aber ehrfurchtsvoll, und sich die Kunst der Priester angesehen. Er kannte das Buch vollständig auswendig und hütete es wie einen Schatz. Manchmal kam er unter einem Vorwand hierher, bloß um den Buchrücken zu berühren, und einmal hatte ihn sogar fast einer der Lehrer hier unten entdeckt.

Er griff sich eine der Wolldecken, die auf einem der Stühle in der Bibliothek lagen, hüllte das Tempelbuch hinein, damit es keinen Schaden nehmen konnte, und lief gehetzt zur Türe hinaus. Er hastete durch den Mittelgang des Tempels nach hinten, an dem kleinen Andachtsraum vorbei, in die unterirdischen Gänge. Dort kroch er durch das enge Gemäuer und drückte sich, sich ekelnd, an den Ratten vorbei, die ängstlich davonhuschten. Als er wieder Licht sah, war er im Hinterland des Tempels. Er hatte einen kleinen Streifen flachen Landes zu überwinden, danach würden Sträucher und Bäume ihn vor den Blicken der Angreifer schützten. Er stürmte los, blickte nicht zurück, eilte nur voran zum Waldstreifen, um allen Blicken zu entgehen. Als er dort angekommen im schützenden Dickicht untertauchen konnte und nur noch keuchend eine niedrige Anhöhe zu erklimmen hatte, erlaubte er sich einen Blick zurückzuwerfen in die Bucht, die sich mittlerweile mit dem Verderben Ianus angefüllt hatte.

Das erste Schiffe war schon angelandet. Sie hatten den Anker geworfen und die Männer verließen schreiend und Äxte schwingend das Schiff. Bran verharrte kurz, weil er sich um seine Schwester Enya sorgte, und blickte zweifelnd auf den Schatz, den er in seinen Händen trug, das wertvolle Buch der Priester. Er wusste, es war Finnegan vielleicht noch heiliger als die gesamten, weltlichen Schätze des Tempels. Aber war dieses Buch auch das Leben seiner Schwester wert? In Brans Brust schlugen zwei Herzen. Er sollte auf seine kleine Schwester aufpassen, seine Mutter würde es ihm nie verzeihen, wenn er, anstatt Enya zu retten, nur ein Buch in Sicherheit gebracht hätte. Aber er entschied sich weiter zu fliehen, da er annahm, dass sie mit dem ersten Sturmläuten schon nach Hause geflohen war und den schützenden Wald sicher bereits erreicht hatte. Von dort würde sie nach Hause laufen. Er hastete weiter, das Buch wog schwer in seinen Armen. Er stand kurz still, um Atem zu schöpfen. Sein Herz hämmerte in seiner Brust und die Schweißtropfen rannen ihm über das Gesicht. Die Lungen stachen und er glaubte, nie mehr Luft holen zu können. Aber dann drängte die Verzweiflung ihn weiter und er vergaß seine Erschöpfung. Er war allein und wusste nicht, wie weit die dreisten Mörder schon auf der Insel vorgedrungen waren. Er konnte nur annehmen, dass sie eine Schneise der Verwüstung auf der Insel hinterließen.

Als er an Kendras alter Hütte vorbei kam, beschloss er instinktiv, das Buch, das ihm beim Laufen schon reichlich hinderlich war, in ihrem Holzstapel zu verbergen. Er nahm die oberen Scheite weg, legte das Buch hinein und schichtete die Scheite wieder darauf. Er wusste, dass Kendra eine bestimmte Art hatte, die Scheite aufzuschichten. Ihr würde mit Sicherheit auffallen, dass etwas an diesem Holzstapel nicht stimmte, wenn alles vorüber war. Sie würde das Buch finden und es retten, falls ihm etwas zustoßen würde und er sich nicht mehr kümmern könnte. Jetzt war es besser, er stürmte erleichtert weiter bis zur Köhlerhütte. Sie lag tief inmitten der kleinen Insel im Wald versteckt. Um die Köhlerhütte herum gab es Erdhöhlen. Einige davon hatten er und Enya schon häufig zum Spielen benutzt. Sie waren von außen nicht einsichtig und weit ins Erdreich gegraben. Dorthin wollte er gehen, um sich zu verstecken. Dorthin trieb ihn sein Verstand. An seinem Ziel angekommen, versagten seine Beine endgültig ihren Dienst. Er sackte erschöpft zu Boden und lag dort beinahe leblos. Regungslos für eine fast unendliche Zeitspanne, wie es ihm schien, lag er auf der kühlen Erde. Als sein Lebenswille zurückkehrte, raffte er sich auf, zwang sich aufzustehen und ging zielstrebig auf die Erdhöhlen zu. Plötzlich hörte er Stimmen näherkommen und erschrak. Kopflos stürzte er zum Köhler, weil dieser näher lag, und verbarg sich dort. Kein sehr gutes Versteck, dachte er bei sich, aber besser als nichts. Als nach einer kurzen Atempause sein Grausen abflaute und sein Verstand wieder die Herrschaft übernahm, unterschied er die Stimmen. Er hörte keine Männerstimmen, kein hartes Bellen, wie es die Mutter beschrieben hatte, sondern die Stimmen seiner Geschwister. Ein wohliger Schauer durchlief seinen Körper und für den Bruchteil einer Sekunde fühlte er sich wohl. Doch dann riss ihn sein Verstand zurück in die raue Wirklichkeit. Er gab seine Deckung auf, zeigte sich ihnen und übernahm die Verantwortung für die Geschwister.

Bran war es peinlich, gerade noch so ängstlich gewesen zu sein und gezittert zu haben. Deshalb sammelte er sich, streckte seinen Rücken gerade durch und besprach sich mit Enya.

„Überlege mal, am besten wäre es, wir trennten uns und versteckten uns in den weiter entfernt gelegenen Erdhöhlen. Sie sind kleiner und verborgener. Man kann sie nicht so leicht ausfindig machen. Außerdem werden wir dann vielleicht nicht alle gleichzeitig entdeckt“.

Enya stimmte ihm zu. Genau das hat Finnegan auch vorgeschlagen. Aber ihr wurde auch klar, was er und der Priester von ihnen verlangte. Sie sollten sich trennen, aber gerade dazu hatte sie keinen Mut, auch wenn ihr Verstand ihr dazu riet. Sie sah sich erschreckt um und überlegte. Als sie die Augen ihrer kleineren Geschwister sah, die sich angstvoll weiteten und sich mit Tränen zu füllen begannen, entschloss sie sich zu handeln. Enya wusste, sie würden gleich anfangen zu weinen und das musste verhindert werden. Die Gefahr war einfach zu groß, dass die Nordmänner das Weinen der Kinder hörten. Sie ergriff die kleinen Hände, die sich furchtsam in ihren krallten, und machte sie los. Sie sah kurz ihren Bruder an und wusste, er wollte sich auch unter keinen Umständen trennen. Bran wurde unsicher, denn er kannte seine kleinen Geschwister und bemerkte, dass Nara wild entschlossen war zu schluchzen. Besorgt wurde ihm klar, wie schwierig es dann sein würde, sie wieder zu beruhigen. Die Zeit drängte und sie hatten immer noch kein passendes Versteck. Jeder, der sich in ihrer Nähe aufhielt, könnte sie diskutieren und weinen hören. Denn schließlich wusste er, dass man, wenn man dicht am Köhler war, sogar den dort arbeitenden Männer beim Sprechen zuhören konnte. Auch Enya wusste es, machten sie sich doch hie und da einen Spaß daraus, den arbeitenden Männern zuzuhören. Sie erfasste die Gefahr und drängte deshalb Bran:

„Warum gehen wir nicht in die Spielhöhle gleich dicht am Köhler. Wenn wir uns alle ganz klein machen, passen wir schon hinein. Außerdem wissen wir nicht, wie lange wir dort ausharren müssen, und können uns, so eng aneinander geschmiegt, gut wärmen".

Ihre Augen sahen ihn bittend an und Bran begann zu überlegen. Er war zwar noch nicht ganz überzeugt von den Argumenten seiner Schwester, aber angesichts Naras Ängstlichkeit stimmte er Enya unsicher zu. Es blieb ein Rest Unbehagen, denn ihm war klar, dass sie in der großen Erdhöhle, die sich so dicht am Köhler befand, rascher gefunden werden konnten. Wenn dies geschähe, wären sie alle auf einmal verloren. Aber was half alles Zaudern, die Zeit drängte und Enya nickte ihm zu. Sie ergriff schon die Händchen der kleinen Geschwister, die verstanden hatten, dass sie sich nicht trennen würden, und hastete los. Bran schob an der Höhle angekommen zuerst die kleine Nara, den Bruder und zuletzt Enya in die Höhle. Als er selbst hinein kroch, zog er die Zweige, die den Einschlupf verbergen sollten, hinter sich her über den Boden, um ihre Fußspuren zu verwischen und verschloss den Eingang möglichst dicht. Er wusste, dass die Männer des Ortes diese Höhle noch nie gefunden hatten, und schöpfte daraus ein wenig Hoffnung. Er korrigierte sich aber gleich wieder, weil er wusste, dass die Männer üblicherweise zum Arbeiten herkamen und ihre Zeit nicht auf kindisches Suchen verwandten. Da fiel ihm das Buch wieder ein, das er eilig und ein wenig unglücklich versteckt hatte. Er fand das Versteck dafür nicht sehr gelungen und hätte es außerdem lieber bei sich gehabt, aber daran ließ sich jetzt nichts mehr ändern. Er dachte kurz nach und überlegte, dass sie, während sie vor dem Köhler standen, wohl tausende kleiner Fußabdrücke hinterlassen hatten. Jedem, der sie sehen wollte, würden sie auffallen und sie führten genau auf die Spielhöhle zu. Bis auf die, die er eben wegwischte, waren sie ein untrügliches Zeichen, wo sie sich befanden. Er raunte Enya eilig zu.

„Ich muss noch eine Kleinigkeit erledigen. Ich habe etwas vergessen. Verschließe den Eingang hinter mir, wenn ich draußen bin. Es dauert nicht lange."

Dabei schob er die Zweige und Äste vor dem Eingang ein wenig zur Seite und wollte gerade nach draußen kriechen, als die kleine Gruppe das dumpfe Stampfen von schweren Männerfüßen vernahm. Der Boden unter ihnen zitterte. Siegessicheres Geschrei begleitete das regelmäßige Wummern, das auf sie zukam, und die Kleinen konnten den Erdboden vibrieren fühlen. Sie begannen, leise zu weinen, und wurden von Enya ruhig ermahnt, still zu sein. Sie zog sie ein wenig dichter zu sich heran. Bran schob überstürzt wieder die Zweige über den Einschlupf zurück und wartete gespannt ab. Hier saßen sie also in ihrer Spielhöhle und Bran hoffte, dass sie ihre übliche Tarnung mit Zweigen und Geäst vor dem Erdhöhleneingang schützen würde. Er hätte gerne noch ihre Spuren verwischt, aber was nutzte es. Alle Dinge sind irgendwann getan und im Nachhinein lassen sie sich nicht mehr ändern, sagte seine Mutter immer zu ihm und Bran wusste, sie hatte recht. Nun hieß es abwarten und die Ruhe bewahren. Er musste sich damit abfinden, dass er sich vorher so entschieden hatte. Jetzt galt es in erster Linie, das Leben der Geschwister zu schützten. Wenn nur die Kleinen mit dem Weinen und dem Jammern aufhören wollten. Es war düster im Innern, außerdem viel zu eng für die vier Kinder. Nara begann, nach der Mutter zu jammern, und als Bran sie bat, still zu sein, schmiegte sie sich ganz dicht an Enya. Immerhin wimmerte sie etwas stiller, wenn auch noch deutlich vernehmbar in Enyas Rock hinein. Durch das Gestrüpp des Eingangs drang kaum Licht. Als der kleine Bruder unentwegt nach etwas mehr Licht bettelte, war Bran überfordert und begann, leise mit ihm zu schimpfen. Beinahe hätte er sich mit Enya, die den kleinen Bruder zu schützen versuchte, gestritten, als Enya einfiel, dass sie noch einige Streifen vom leckeren Trockenfleisch in der Schürze hatte. Sie gab den Kleinen davon und augenblicklich versiegten ihre Tränen. Das Wimmern verstummte und Bran konnte nach draußen lauschen. Er rückte etwas dichter an den Eingang und spähte hinaus, zuckte jedoch augenblicklich zurück, als er einen hochgewachsenen, blonden Mann auf den Köhler zugehen sah. Er trug ein reich verziertes Schwert in der Hand und sah sich um. Sein Blick wanderte über die kleine Lichtung, streifte den Eingang der Erdhöhle und blieb daran haften. Bran konnte dem Fremden durch die Zweige direkt in die blauen Augen sehen und erschrak. Ihm war klar, dass ihn der Fremde unmöglich hinter dem Gestrüpp erkennen konnte, aber da dieser wie gebannt den verborgenen Eingang fixierte, gefror Bran vor Angst das Blut in den Adern. Schon glaubte er sich und die kleine Gruppe verloren, weil der Hüne aufmerksam spähend auf den Eingang zuging, als er von einem anderen, hochgewachsenen Nordmann zum Köhler zurückgerufen wurde und das Interesse an der Höhle verlor.

Bran war erleichtert. Er beobachtete, wie die beiden mit ihren Schwertern in der Asche des Köhlers herumzustochern begannen. Sie taten es eher lustlos und unwillig, so als erwarteten sie keinen spektakulären Fund. Sie unterhielten sich und lachten. Die beiden Fremden besahen sich den Köhler eingehender, begannen sich anscheinend für die Bauweise und die Funktionstüchtigkeit des Bauwerks zu interessieren. Bran sandte ein kurzes Stoßgebet zu den Göttern und fand sich ergeben mit den Tatsachen ab. Als er ein Rascheln an seiner Seite hörte, sah er, dass Enya nach vorne gerutscht war und durch die Zweige spähte. Sie erblickte die Männer, die immer noch den Köhler und die Umgebung untersuchten. Sie starrte gebannt nach draußen und war fasziniert von der fremdartigen Kleidung und der rauen, etwas kehligen Sprache der Männer. Bran und Enya konnten sehen, wie die Nordmänner diskutierten und dann mit schnellen Schritten die Lichtung verließen.

„Wie geht es dir, Bran," fragte Enya ihn mit aufgerissenen Augen, als die Männer gegangen waren. „Hast du die Fremden gesehen? Sie gehen zurück zum Schiff."

Sie sah ihren Bruder in die aufgewühlten Augen und begann, ihn zu rütteln.

„Was ist los mit dir. So sag doch etwas."

Gerade als sie ihm, vor Besorgnis getrieben, einen festen Stoß verabreichen wollte, kam wieder Leben in Bran.

„Ja. Ja sicher habe ich sie gesehen", murmelte er und versuchte, seine Angst vor ihr zu verbergen.

„Ich habe gebetet, wie Pater Finnegan es uns immer gesagt, mit geschlossenen Augen, damit es intensiver war", raunte er ihr zu.

Enya bekam Stielaugen vor Überraschung, als sie sich vorstellte, wie ihr ruppiger Bruder gebetet haben sollte, und als Bran sie ansah, herrschte er sie gleich an.

„Du wirst das Ganze für dich behalten. Ein Mann betet nicht aus Furcht. Wenn das meine Freunde erfahren, dann mache ich mich nur lächerlich."

Er schob wütend die Zweige zur Seite und trat vorsichtig nach draußen. Dort war niemand mehr. Als er die ganze Lichtung in Augenschein genommen hatte, holte er Enya und die kleinen Geschwister aus dem Versteck. Enya nahm die Kinder an die Hand und gemeinsam gingen sie langsam durch den Wald zurück zur Siedlung, immer dicht an Sträucher oder Bäume gedrückt.

Als sie das Feuer rochen, das ihnen vom Dorf entgegenwehte, kehrte ihre Angst wieder zurück und sie blieben stehen. Von ihrem Standort aus konnten sie sehen, dass beinahe jedes Haus im Dorf brannte. Auch aus ihrem Elternhaus züngelten die Flammen senkrecht und lichterloh empor. Enya war erschüttert, aber Bran behielt die Nerven.

„Da ist nichts mehr zu machen," flüsterte er ihr zu.

„Hoffentlich ist Mutter nichts geschehen," stammelte Enya immer noch verwirrt. Die Flammen eroberten gerade den Rest des Daches ihres Elternhauses.

„Denk nach, Schwester," sagte er. „Mutter und die anderen sind nicht mehr im Haus, sie werden sich zur Scheune geflüchtet haben. So wie wir es immer mit Vater vereinbart hatten. Aber ich werde alleine nachsehen, ihr bleibt hier am Waldsaum zurück und haltet euch verborgen. Geht nicht ohne mich zum Hof zurück. Ich komme euch holen, wenn es ungefährlich geworden ist. Wenn ich bis zur Abenddämmerung nicht wieder zurück bin, geht ihr zum Köhler und versteckt euch. Dort werde ich dann auch später nach euch suchen."

Bran ließ die Kinder am Waldsaum zurück und schlich sich geduckt näher an das Dorf heran. Als er sich bis zum Zaun des Hofes vorgearbeitet hatte, glaubte er, etwas vor ihm hätte sich bewegt. Also kauerte er sich hin und kroch am Zaun entlang. Als er schließlich an die Stelle kam, die ihm so unheimlich erschien, tastete er nach vorne, um einen Gegenstand, den er undeutlich sehen konnte, zu berühren. Er lag ihm reglos im Weg und Bran wollte ihn aus dem Weg zu räumen, zog aber die Hand bestürzt zurück, als er lebloses, kaltes Fleisch berührte. Er hatte an einem Fuß gezogen, der, wie er glaubte, als er ihn in Augenschein nahm, zum Altknecht gehörte. Er kroch ganz auf die Leiche zu und sah tatsächlich ihren Altknecht in einer großen Lache seines Blutes liegen. Er war erstochen worden. Seine Hand hielt den Schaft seines wertlosen Schwertes umklammert, das in zwei Teile geborsten neben ihm lag. Bran sammelte sich, stieg über den Mann hinweg und kroch weiter. Er konnte ihm nicht mehr helfen, das hatte er erkannt, aber Bran musste in Erfahrung bringen, was mit den Eltern geschehen war. Er gelangte von hinten ans Haus, das immer noch brannte, und wagte es, leise zu rufen. Es antwortete jedoch niemand. Das Haus war verloren, aber er sah, dass der Stall offen stand und vollkommen unversehrt war. Er blickte um sich und lief ein kleines Stück, ohne Deckung zu haben, über den Hof, um in den Stall zu kommen. Dort angelangt, ging er an den

Plätzen der Kühe vorbei, die jetzt allerdings fehlten, auf eine Bodenluke zu, die verborgen neben dem Futterlager in den Boden eingelassen war. Er wusste, dass sich seine Familie im Falle eines Überfalls genau hierhin flüchten musste. Dass die Luke noch sorgfältig verschlossen und bedeckt war, freute Bran. Denn das hieß, dass die Mutter und die anderen Frauen noch lebten. Keiner hatte das Versteck gefunden. Er ging, ohne noch Vorsicht walten zu lassen, in den Stall hinein, räumte die Bodenluke frei und öffnete sie. Er konnte im Dämmerlicht das erschreckte Gesicht der Mutter sehen, die ihre Hand nach oben zum Licht steckte. Bran erkannte ihren Armreif und griff nach vorne um ihr zu helfen, da packte eine andere Hand, eine Männerhand von hinten den Arm der Mutter, und Bran spürte, wie er von jemanden von der Luke weggezogen wurde. Ein großgewachsener, blonder Nordmann hielt ihn an den Armen fest und lachte, denn die Mutter und die anderen Frauen wurden aus dem Versteck gezogen. Sie standen nach einem kurzen Moment verängstigt vor ihren Feinden. Es hatten sich mittlerweile viele Männer eingefunden, die die Frauen betrachteten und sie lüstern ansahen.

Niamh, Brans Mutter, wusste, was ihnen bevorstand und dass sie nur mit viel Glück mit dem Leben davonkämen. Sie versuchte, Bran, der rebellisch wurde und sie befreien wollte, mit einem Blick zur Ruhe zu bewegen. Dass ihr selbst etwas geschah, war für sie erträglich, ihren Sohn in Gefahr zu wissen, war unvorstellbar und unfassbar. Sie blickte um sich und sah ihre drei anderen Kinder nicht dabeistehen. Für einen Moment machte ihr Herz einen Sprung vor Freude. Sie musste also nur alles überstehen und konnte sich dann um ihre Kinder kümmern und das zerstörte Haus wieder aufbauen. Wenn sich nur der Junge ruhig verhielte, dann würden sie ihn vielleicht bei ihr in Ianu zurücklassen. Sie ahnte jedoch, dass er mitgenommen werden würde, denn er war der perfekte Sklave, der viel Geld einbrachte. Niamh vermutete, dass ihr nur drei Kinder bleiben würde. Aber wie auch immer, ihr Sohn sollte sehen, dass sie sich vor den Männern nicht fürchtete. Als ein besonders großgewachsener, schwarzhaariger Teufel sie in

Augenschein nahm und ihr das Kinn mit der Schwertspitze hob, um ihr Gesicht näher betrachten zu können, spuckte sie ihm ins Gesicht.

Björn Helgison lachte. Er griff nach dem Handgelenk der jungen Frau. Als er den Jungen so ungeduldig und zornig zappeln sah, wusste er, es musste ihr Sohn sein. Der Widerstand der Frau gefiel ihm und er beschloss, sich näher mit ihr zu befassen.

„Nehmt den Kleinen weg, ich mache mir ein schönes Stündchen mit ihr", sagte er den Männern und hielt die störrische Frau fester an der Hand. Bran sah, wie sich die Mutter wehrte, und eine unbekannte Wut stieg in ihm auf. Er wurde augenblicklich wie toll und biss dem Mann, der ihn festhielt, in die Hand. Als dieser vor Schreck leise fluchte, lies er Bran für den Bruchteil einer Sekunde los. Als Bran merkte, dass er frei war, stürzte er auf Björn los und zog ihm das Schwert aus der Scheide. Dann ging er in Angriffshaltung, konnte aber das gewaltige und schwere Schwert nicht richtig schwingen und streifte Björn bei seinem Angriff nur an der Wade. Björn stutzte und war beeindruckt. Er hielt Niamh mit einer Hand und schnappte sich mit der anderen den tollkühnen Burschen. Er hielt ihn an beiden Handgelenken gleichzeitig fest und Bran war gefangen. Er sah Björn tief in die Augen und der Norganer konnte das Feuer in den Augen des Jungen sehen. Als er ihn zuerst sah, hatte er sich vorgenommen, ihn mitzunehmen auf die Sklavenmärkte. Er wäre ein guter Fang, hatte er gedacht. Aber jetzt war ihm klar, der Junge würde ihm nur Ärger machen. Er hatte den Starrsinn in seinen Augen gesehen, deshalb beschloss er, ihn zu töten. Da spürte er einen Schlag im Nacken, den ihm Niamh zugefügt hatte. Sie hatte mit ihrer freien Hand einen Stock ergriffen. Björn saß in der Zwickmühle. Ein rebellisches Volk ist das, dachte er noch und rief einen seiner Männer zur Hilfe, der ihn spöttisch neckte, da er offensichtlich mit einem Kind und einer Frau nicht alleine zurechtkam. Die Männer lachten und Bran wurde weggeführt und an einen Baum gebunden.

Als der Abend kam, waren alle Geschäfte erledigt und Bran, der am Baum zusammengesunken war, dachte sich nur, weil die Mutter noch vor einiger Zeit so hilflos schrie, sie würde leben. Er sah, wie sie zurückgebracht wurde. Sie saß am Stall zusammengesunken angelehnt und blickte beschämt zu Boden. Als er seine Mutter so sitzen sah, schwor er sich, sie zu rächen, wann immer das auch sein mochte. Er würde nichts vergessen. Er würde stärker und größer werden und dann sollte sich der dunkle Eindringling in Acht nehmen.

Die Nordleute plünderten das Gold und Silber, das sie in der Bodenluke fanden, und schafften es auf das Schiff. Sie wollten sich davonmachen und Bran und Niamh glaubten, sie würden gehen und alle bis auf den Vater, der wohl erschlagen irgendwo herumlag, wären gerettet, arm zwar, aber am Leben. Da sah Niamh einen der Hünen mit Enya und Niamhs beiden kleinen Kindern aus dem Wald kommen. Verschüchtert ging Enya neben dem Mann und die Kinder hingen wimmernd an ihrem Rock. Björn sah die kleine Prozession von Wald kommen und bemerkte, dass es Niamhs Kinder sein mussten. Er mochte die Frau, er hätte ihr gerne die Kinder gelassen, aber er war Geschäftsmann und besah sich seinen Fang erst einmal in aller Ruhe. Als er die Kinder ruhig inspiziert hatte, kam er zu dem Schluss, dass das ältere, blonde Mädchen einen guten Preis bringen würde und die beiden Kleinen ihm auf der Fahrt nur versterben würden. Deshalb schob er sie zur Mutter und wies seine Männer an, Enya auf die Schiffe zu bringen. Niamh schrie auf, sie war verzweifelt und auch in Bran kam wieder Leben. Er zerrte und zog an seinen Fesseln, die nicht nachgeben wollten. Die Männer lachten, sammelten die Reste zusammen und gingen zum Strand. Enya weinte und Niamh, die ihnen immer wieder folgte, wurde grob zurückgestoßen. Sie wollte aber nicht aufgeben, bis sie verstand, dass man ihr noch ein Kind nehmen würde, wenn sie nicht zurückbliebe. Sie rief ihrer Tochter zu, dass sie sie liebte, und weinte und Enya antwortete ihr und stolperte mit Tränen in den Augen vorwärts immer weiter weg von der Mutter. Man verbot ihr schließlich, den Kopf zu wenden und trieb sie zur Eile an. Sie stürzte zu Boden und wurde unsanft wieder aufgerichtet und weiter gedrängt. Ihr Bruder Bran riss verzweifelt an den Seilen, bis er sie nicht mehr sah. Sie waren hinter der Bergkuppe verschwunden.

Niamh, die bis zuletzt hinterhergesehen hatte, sank, ihre kleinen Kinder weinend an sich drückend, zu Boden und schrie, bis sie heißer war. Sie hörte Bran nicht, der sie bat, ihn endlich von den Fesseln zu befreien. Als Niamh verstand, was er von ihr wollte, schüttelte sie nur schweigend den Kopf. Er würde hinter der Schwerster herlaufen und versuchen, sie zurückzubringen. Man würde ihn entweder töten oder ebenfalls mitnehmen und sie verkraftete den Verlust eines weiteren Kindes nicht mehr. Deshalb ging sie weg von Bran, um seine Vorwürfe nicht mehr zu hören, denn der Junge begriff allmählich, warum die Mutter ihn festgebunden ließ. Er schrie und brüllte, aber keiner band ihn los. Sie waren alle weg. Als er innehielt und sich umsah, bemerkte er ein kleines Messer am Boden. Eigentlich war es nur ein abgesprungenes Stück Klinge eines minderwertigen Schwertes, aber er konnte es verwenden. Die Seile hatten sich etwas gelockert und er konnte sich zu Boden gleiten lassen. Mit dem linken Fuß kam er an das scharfe Stück, stupste es vorsichtig in seine Richtung, bis er es mit einen Finger der Hand zu fassen bekam. Er schob es vorsichtig weiter und nach einer, wie es ihm schien, endlosen Zeit konnte er es in einer Hand halten. Allerdings schnitt sich die scharfe Kannte tief in sein Fleisch ein. Er verbiss sich den Schmerz, fasste fester zu und schnitt langsam, aber sicher das Seil in zwei Teile. Es lockerte sich und Bran kam nach kurzer Zeit frei. Er sah im Licht der untergehenden Sonne noch ein letztes Mal auf seine zerstörte Heimat, hätte gerne noch die Mutter gesehen, verdrückte sich die Tränen und lief den Nordleuten hinterher. Es war nicht schwer, ihnen zu folgen, denn sie zertrampelten die Erde und schon nach einigen Minuten scharfen Laufens konnte er sie sehen. Sie waren fast bei den Schiffen. Einer der Männer drehte sich um, als könnte er Brans Anwesenheit spüren, sah aber nichts, denn Bran verbarg sich auf dem Boden gedrückt vor seinen Blicken. Dann sah er auf und entdeckte, wie seine Schwester auf einem der Schiffe war. Sie stand an der Reling und sah auf ihre Insel. Sie musste auch den Tempel sehen wie er. Er war zerstört. Praktisch alle Priester lagen auf dem Boden und er konnte Rauch in der Bibliothek aufgehen sehen. Da merkte er, er war zu lange in seinen Gedanken verhaftet. Die Nordleute lichteten schon ihren Anker und stachen in See. Bran erschrak, lief in Windeseile zum Ufer und sah die Schiffe aus der Bucht segeln.

Björn war erstaunt, den kleinen, schwarzen Teufel am Strand stehen zu sehen, und wartete ab, was nun geschehen würde. Denn er vermutete, dass Bran noch nicht am Ende war. Ihm würde sicher noch etwas Spektakuläres einfallen. Richtig, in eben diesem Moment sprang der Junge schreiend in die Fluten und schwamm ohne zu zögern auf die auslaufenden Schiffe zu. Die Wellen, die schon sehr hoch schlugen, trieben ihn immer wieder unter Wasser und immer, wenn Björn dachte, dass er diesmal den schwarzen Krauskopf zum letzten Mal gesehen hätte, tauchte er, jedes Mal ein wenig entkräfteter, in den Fluten auf. Er merkte, wie der Junge immer schwächer wurde, und überlegte, ob er ihn untergehen lassen sollte. Sein Instinkt warnte ihn, Bran mit an Bord zu nehmen. Denn der Bursche war zäh, schien unbeugsam, aber auch mutig zu sein. Er hätte gewaltigen Ärger mit ihm. So kämpften, als der Krauskopf in den Fluten verschwand, Vernunft und Bewunderung in ihm. Aber Björns impulsives Wesen amüsierte sich über die Eigenschaften des Jungen. Bran imponierte ihm und deshalb winkte Björn seinen Bootsmann heran und befahl ihm, den Jungen aus dem Wasser zu fischen. Wenn er schon so erpicht darauf war mitzukommen, dann wollte ihm Björn diesen Gefallen tun. Ihm tat es nur für einen Moment für die Mutter leid. Sie war ein Leckerbissen und er bedauerte, sie nicht auch noch mitgenommen zu haben. Aber sein eigener Leckerbissen wartete in Bratana auf ihn und sein sechstes Kind wäre wohl schon geboren. Er liebte seine Kinder und vielleicht würde die resolute Sarah diesen tollkühnen Krauskopf aus Ianu zur Räson bringen.

Als Bran tropfnass aus dem Wasser gefischt wurde, stürzte er sogleich auf Björn zu, der sich anstrengen musste, ihn in den Griff zu bekommen. Er veranlasste, dass er an den Mast gebunden wurde, und gab Enya den Auftrag, ihm die Wunden zu verbinden, die er sich offensichtlich beim Befreien von den Fesseln zugezogen hatte.

Bei Dan und Leif Asgerson in Tettis

Sie segelten während der Nacht und den nächsten Tag, ohne Halt zumachen, in Richtung Osten. Gegen Abend erreichten sie die Küste Kelis, an der sie ankerten. Sie sahen sich nach frischem Wasser um, zündeten ein Lagerfeuer an und stellten Zelte auf. Sie jagten sich Wild und warfen den Gefangenen Essen zu. Bran, der die ganze letzte Nacht in feuchten Kleidern, frierend und halb ohnmächtig am Mast festgebunden, zugebracht hatte, war schon tagsüber erfreut, die Sonne auf dem Leib zu spüren, aber jetzt mit dem Essen im Bauch und dem warmen Feuer im Rücken kehrten seine Lebensgeister zurück. Er sah sich um und bemerkte, dass außer ihm und Enya noch viele junge Mädchen aus den Nachbarorten und sein Freund Ciaran mitgekommen waren. Die Mädchen, auch seine Schwester, kauerten zusammen in einer Ecke am Lagerfeuer und senkten scheu die Blicke, weil die Nordländer sie begehrlich ansahen. Björn und der Steuermann bemerkten es und schickten die Männer an ihren Platz zurück.

„Ihr haltet euch von den Mädchen fern, wie immer", donnerte Björns laute Stimme über das Lager.

„Ich bin in erster Linie Geschäftsmann und werde meine Ware nicht verderben. Ihr hattet gestern euren Spaß mit ihren Müttern. Diese Mädchen bringen mir mehr ein, wenn sie Jungfrauen sind. Sie werden in Tandhen untersucht und alle, die von euch verdorben sind, bringen nur den halben Preis. Ich kann natürlich die Differenz von eurem Gewinn abziehen, dann bedient euch."

Björn wusste, dass den Männern bei zu wenig Gewinn zu Hause die Hölle heiß gemacht wurde, denn ihre Frauen verglichen die Ausbeute, die ihre Männer mit nach Hause brachten, und machten sich den richtigen Reim darauf, wenn einer mit weniger Gold nach Hause kam als der andere. Björn mochte dann nicht in der Haut desjenigen stecken, dem die Hammelbeine langgezogen wurden. Daher murrten die Männer etwas, sahen sich noch ein wenig die Mädchen an und hielten sich freiwillig abseits. Mit Björn hätten sie sich noch auseinandergesetzt, wenn ihnen eines der Mädchen am Herzen gelegen hätte. Aber ihre Frauen waren gefährlicher, so etwas lohnte sich nicht.

Am nächsten Morgen brachen sie das Lager ab und fuhren so noch mehrere Tage weiter an der Küste Kelis entlang. Eines Tages ankerten sie zur Mittagsstunde in einer wunderschönen Bucht. Sie lag etwas versteckt und war, von Norden kommend, nicht sofort erkennbar. Aber Björn schien dieser Ort bekannt zu sein, denn ortskundig, wie er war, wich er vom Kurs ab, fuhr unvermittelt nach Westen und landete dort, wo schon unzählige andere Langschiffe ankerten. Die Segel dieser Schiffe waren anders gefärbt und die Schilde, die sich außen an der Reling reihten, trugen das Zeichen eines Wolfes. Björn und einige seiner Männer sattelten ihre Pferde und ritten davon.

Der Schiffsführer eines der Schiffe Björns, Hallvard Jonsson, ein großer, ruhiger und besonnener Mann, der sich bei Streit stets durch seine ungewöhnliche Ruhe auszeichnete, blieb bei den Schiffen zurück. Wenn Björn nicht im Lager war, dann hatte er das Sagen und Björns Männer wussten, dass mit Hallvard nicht gut Kirschen essen war, verursachten sie einen Streit oder näherten sie sich unerlaubt den Gefangenen. Sein Bruder war mit Björns Schwester verheiratet. Hallvard fuhr lange Jahre mit seinem Bruder Jon Jonsson auf Handelsfahrt, bis ihm Björn ein unschlagbares Angebot machte. Er war durch absolutes Stillschweigen an ihr Unternehmen gebunden, denn Björn versuchte zu verhindern, dass sein Tun an die Oberfläche drang. Hallvard war nicht dumm. Er durchschaute die Zusammenhänge und wusste, dass Björns Bruder Thorbjörn seinem König verpflichtet war. König Halfdan hatte ein Handelsabkommen mit dem Königreich Dinora geschlossen und Björn missachtete bewusst die direkte Anweisung des Königs, die Plündern an Ambers Küste verbot und unter Strafe stellte. Das Strafmaß war nicht über Gebühr hoch, aber doch schmerzlich, und weniger eigensinnige Männer als Björn hielten die Dekrete des Königs vom Plündern ab. Hallvard fand in Björn einen verlässlichen Partner. Sie vertrauten einander in allen Lebenslagen. Daher wusste Hallvard auch, dass Björn, der sich auf seiner vorerst letzten Fahrt befand, nun Vorbereitungen traf, um seinen Neffen aus Dinora hinauszuschaffen. Björn würde ihn aber nicht persönlich nach Norgan bringen. Dazu hatte sich Hallvard bereit erklärt, vorausgesetzt, sie fanden ihn und alles lief so ab, wie Björn es sich vorstellte. Aber Hallvard wusste, dass alles auch anders ausgehen konnte, wenn man sich auf ein so lebensgefährliches Terrain begab, wie sie es hier in Kelis vorfanden, und mit solch unberechenbaren Partnern wie Leif und Dan Asgerson. Daher gab Hallvard im allgemeinen nicht viel auf Björns Pläne. Er durchdachte ruhig, wie es seine Art war, alle möglichen anderen Szenarien, damit er bei einer unerwarteten Wendung nicht überrascht wäre und ohne Alternativen dastünde. Björn lief jederzeit relativ unüberlegt in eine Begebenheit hinein und je nachdem, wie es sich entwickelte, traf er, einem plötzlichen, inneren Impuls folgend, eine Entscheidung. Diese unreifen Entschlüsse entpuppten sich oftmals als folgenschwer. Deshalb gab Hallvard Björn diskrete, beherzte und praktische Ratschläge, die Björn ungewöhnlich oft befolgte. Heute nun musste er die Männer aus ihren Hängematten holen, in denen sie faul lagen, und sie antreiben, denn an den Schiffen mussten leichte Schäden behoben werden. Und wie es sich Hallvard dachte, war dies keine leichte Aufgabe.

Dan Asgerson

Am nächsten Morgen kehrte Björn mit vielen fremden Nordländern zurück. Der Lärm, den sie hervorriefen, weckte das Lager. Ciaran und Bran sahen, wie beinahe fünfzig Männer mit fremder Kleidung und Schilden in das Lager einritten. Die beiden hatten die Münder offenstehen und staunten, denn die Nordländer waren ein beeindruckender Anblick. Sie waren kraftstrotzend, hatten einen rücksichtslosen Blick auf die Dinge und Menschen, die sie anblickten. Sie ritten auf diesem Flecken Erde, als gehörte er ihnen. Auch konnten sie trotz der schlechten Versorgungslage im Land keinen Hunger gelitten haben. Bran dachte bei sich, dass die Gerüchte stimmen mussten, die selbst bis nach Ianu gedrungen waren. Die Tandhener beuteten das Volk auf Amber aus und bereicherten sich mit allem, dessen sie habhaft wurden. Bran hatte miterlebt, wie Björn und seine Männer ihr Dorf zerstört hatten. Er könnte das niemals vergessen. Er schwor sich in diesem Augenblick, berührte seine Hand jemals wieder ein Schwert, dann wäre er vorbereitet. Er würde es schwingen können, es Björn an die Kehle setzten und zustoßen. Und wenn es das Letzte wäre, was er in dieser Welt täte. Bran war so in seinem Zorn gefangen, dass er nicht auf Ciaran hörte, der ihm etwas mitzuteilen versuchte.

„Jetzt höre endlich hin, Bran. Schau dir mal die Schilde an. Sie sind unterschiedlich. Siehst du das auch?"

„Muss mich das interessieren?", fragte Bran düster. Er sah auf die Fesseln an seinen Händen und fühlte sich unendlich entehrt und gedemütigt.

„Natürlich, denn damit wissen wir, dass Björn nicht zu den Tandhenern gehört. Wir halten die Nordländer alle für das gleiche Volk, aber sie kommen aus völlig unterschiedlichen Ländern."

Ciaran war ganz aufgeregt, denn er war von Kindesbeinen an brennend an den Nordländern interessiert und hatte in einer sehr wohlwollenden Stunde von Priester Finnegan die Unterschiede im Auftreten dieser Menschen erklärt bekommen.

„Priester Finnegan hat mir gesagt, die Männer aus Tandhen tragen das Zeichen des Falken oder des Wolfes. Dagegen tragen Nordländer aus Sweba, das liegt ein wenig nördlich von Tandhen, den Bär auf ihren Schilden. Björns Pferd auf seinem Schild kann ich nicht einordnen, aber es bleibt ja nicht viel übrig, denn es gibt nur noch ein Land dort oben, nämlich Norgan. Dann müssten Björn und seine Leute aus Norgan sein, vermute ich."

„Das interessiert mich noch weniger", sagte Bran. „Dann kommen die eben auch noch zu uns und plündern. Wir sollten uns endlich auf die Hinterbeine stellen und sie aus dem Land jagen."

Ciaran schwieg für einige Sekunden, denn er dachte daran, dass ihm Finnegan gesagt hatte, das man sich erzählte, König Bornwulf von Dinora hätte vor langer Zeit ein Handelsabkommen mit dem König von Norgan abgeschlossen und seine Männer nähmen nicht an den Plünderungen hier in Amber teil. Das konnte so aber nicht stimmen, außer Björn kam doch nicht aus Norgan oder er kümmerte sich nicht um die Abkommen, die sein König getroffen hatte, und handelte im eigenen Interesse. Bran hörte nur mit einem halben Ohr zu. Ihm war das alles egal. Er hatte keine Lust, sich Finnegans Märchen berichten zu lassen, denn er war tot wie all die andern Priester des Tempels in Ianu, und Bran hatte man hierher verschleppt, gebündelt wie einen Fuder Heu. Sollte Ciaran doch reden, wenn er sich damit bei Laune hielt. Die seine war schon verdorben. Er hasste alles an den Eroberern, die Sprache und ihre lüsternen Blicke, die sie den Mädchen zuwarfen. Er fand, sie stanken, und er mochte ihr Brot nicht, das sie lieblos auf heißen Steinen buken. Es war außen hart und innen zäh und es schmeckte wie Pferdefutter, aber der Hunger zwang es ihm jeden Abend hinunter. Aber mit dem Brot würgte er auch den Hass auf sie hinunter. Sonst wäre er eines Tages verrückt geworden. Außerdem bat ihn Enya immer noch, er solle sich ruhig verhalten, was ihm nur mühevoll gelang. Ja und dann diese Sprache. Sie klang so hart und kehlig und widerstrebte seinen Vorstellungen von einer schönen, melodischen Sprache. Bran spielte Flöte und war an die wohltönenden Klänge gewohnt. Daher missfielen ihm diese rauen, scharfen, aggressiven und schmetternden Laute.

Und jetzt hörte er es. Björn sprach anders als diese fremden Männer, die mit den Schilden des Falken ritten. Ja, jetzt hörte er es ganz deutlich, auch Hallvard sprach anders. Sie sangen ein wenig mehr, waren melodischer, hatten nicht nur den harten Brocken im Maul, den sie ihrem Gegenüber entgegenschleuderten. Sie sprachen etwas weicher, aber doch noch so, dass sie sich gegenseitig verstanden.

„Du hast recht", sagte Bran mit etwas mehr Leben in der Stimme. „Sie sprechen anders, ich meine unsere Nordländer. Es könnte also schon etwas mit ihren Schilden und ihrer Herkunft zu tun haben, aber wir können es nicht richtig interpretieren, weil wir sie nicht verstehen. Von daher ist unser Wissen nutzlos."

Bran sank in sich zusammen, als er ein begeistertes Lachen hörte. Es kam von der anderen Seite und als er sich mühsam umsah, stand ein junger Amberländer vor ihnen. Er war groß und dunkel, hatte graue Augen und einen roten Mund. Waldmensch aus Konbrogi, dachte Ciaran sofort. Er hatte früher viel zu tun gehabt mit den Leuten aus Konbrogi, denn sein Vater handelte mit ihnen. Sein Vater stammte aus Konbrogi, hatte die Mutter gesehen, als er zufällig ins Dorf kam, und seinen Stamm in Konbrogi sofort verlassen, als sie ihn heiraten wollte. Er hatte es keinen Tag bereut und Ciaran, der viel Verwandtschaft in Konbrogi hatte, war ein Mensch, der zwei Kulturen in sich trug. Und der beide Sprachen verstand, wenn er das Konbrogi auch nur schlecht sprach.

„Der Kleine neben dir, dein Freund will ich meinen, hat recht. Die, die den Falken tragen, sind grausam, metzeln die Menschen nieder, rauben, plündern und morden. Sie verkaufen alles an jeden, ohne sich zu kümmern. Und sie fressen sich die Wänste fett, während die Keliser verhungernd dabeistehen. Nicht einmal den Kindern lassen sie etwas, sondern schwängern unsere Frauen und setzten zahllose Bastarde in die Welt, die wie sie fettgefüttert werden."

Der Junge trug auch den Hass auf die Nordleute in sich, aber er schien sich mit ihnen auszukennen.

„Wohnst du in Kelis?", fragte Ciaran irritiert. Sollte er den Knaben falsch eingeordnet haben?

„Nein, ich war eigentlich nur zu Besuch bei Verwandten in Lindane, als die Tandhener einfielen und meine Familie ermordeten. Warum sie mich am Leben ließen, weiß ich nicht, aber ich habe ihre Sprache gelernt und mich angepasst."

„Du bleibst also aus Dankbarkeit bei ihnen?", fragte Ciaran stirnrunzelnd. Hatte er es hier mit einem Spion zu tun? Finnegan erwähnte solche Amberländer, die sich mit den Tandhener zusammentaten und sich ein schönes Leben machten.

„Willst du mich beleidigen? Ich bin gezwungen, hier bei ihnen zu leben, und sobald ich eine Möglichkeit sehe, sie zu verlassen, verschwinde ich. Ich war anfangs noch zu klein und schwach, um den Weg bis Konbrogi zu schaffen, denn von dort her stamme ich wie du, der du ein halber Konbrogi bist", sagte er an Ciaran gerichtet und grinste ihn auffallend an.

„Wir kennen uns, wir aus dem Waldland. Auch wenn du nur zur Hälfte mein Blut hast, würde ich dich trotzdem nicht verraten. Verstanden, du zweifelnder Trottel?"

„Ich bin kein Trottel", sagte Ciaran, in seinem Stolz beleidigt. Ciaran sah sich den Jungen genauer an, merkte, wie er ärgerlich wurde, und meinte, seine Augen seien nicht mehr grau wie eben noch, sondern gänzlich schwarz. Es stimmte also, was Vater behauptete, dass die ganz hellhäutigen Konbrogi, wenn sie wütend wurden, schwarze Augen bekämen. Ciaran lächelte und hatte augenblicklich zu ihm Vertrauen gefasst.

„Wie heißt du? Unsere Namen kennst du schon vom Zuhören", sagte er ein wenig verletzt.

„Ich heiße Gavin und komme aus dem Norden Konbrogis. Und dorthin möchte ich auch wieder zurück. Und wenn ihr euch nicht so dumm anstellt, wie ihr es bisher getan habt, dann nehme ich euch mit, wenn sich eine Möglichkeit ergibt. Drei beinahe erwachsene junge Männer kommen gut durch, wenn sie jemanden dabei haben, der sie führt und der Tandhenisch spricht", sagte Gavin selbstsicher und sah auf die beiden Jungen. Da berührte ihn sachte eine Hand an der Schulter. Er drehte sich um und sah auf Enya, die alles mitangehört hatte.

Bei den Göttern, was ist das für ein Mädchen, dachte sich Gavin und starrte gebannt auf diese Erscheinung. Aber sie schien aus Fleisch und Blut zu sein, kein wunderschöner Geist, der sich bei Berührung in Luft auflöste. Denn sie hatte ihn eben angefasst. Er konnte es genau spüren. Jetzt brannte die Stelle an der Schulter wie Feuer. Und Gavin musste sich zusammennehmen, damit die anderen nichts von seinen heftigen Gefühlen bemerkten.

„Du wirst auch mit mir vorliebnehmen müssen", sagte Enya keck und blitzte mit den Augen. Sie würde nicht hier bleiben und Bran ziehen lassen.

„Das ist meine Schwester und ohne sie gehe ich nicht weg. Das muss dir klar sein."

Gavin sah sie immer noch an. Da bin ich mir ganz sicher, dass ich sie mitnehme, denn ohne dieses Mädchen gehe ich nirgendwo hin, dachte er. Er nickte zustimmend und war nicht mehr von dieser Welt.

„Da ist er also, mein Gavin", donnerte es über die Kinder hinweg. Ein riesiger Mann mit blonden Haaren und gewaltigen Armen stand bei ihnen.

Wir haben ihn nicht kommen sehen, dachte Gavin, was bedeutete, er hatte Dan nicht kommen sehen, denn sonst hätte er sich gleich aus dem Staub gemacht. Das war unklug, schoss es ihm durch den Kopf. Er würde sich gleich auf Enya stürzen. Gavin kannte diesen alten Kinderschänder. Sie würde ihm so sehr gefallen, dass er einen Krieg beginnen würde. Gegen wen, wäre ihm völlig egal. Hauptsache er hätte am Ende dieses Mädchen in seinem Bett. Dan erfasste ihren rechten Arm und drehte sie zu sich. Als er sie musterte, schwieg er und wanderte nur genießerisch mit seinen Augen ihren Körper entlang. So ein Mädchen hatte er unter Björns Sklaven nicht erwartet, und wie es Gavin schon vermutete, hörte er ihn schon nach Björn rufen.

„Was hast du mit dem goldenen Engel vor, Björn, wolltest du ihn vielleicht an mir vorbeischleusen? Was für erstaunlich schöne, junge Mädchen dieses Land hervorbringt, nicht war? Was willst du für sie, ich zahle einen hohen Preis."

Björn hatte aufmerksam zugesehen. Ihm fiel, durch die Augen seines Freundes betrachtet, Enyas Schönheit zum allerersten Mal auf. Er wusste, sie war hübsch, aber nein, sie war schön. Sie hatte ein ebenmäßig geformtes Gesicht mit hohen Wangenknochen, weit auseinanderstehenden, strahlend blauen Augen und eine Haut wie Milch. Ihre blonden, dicken Haare hatten den Schimmer von Gold, und wenn sie sich drehte, dann sah man ihren grazilen Mädchenkörper, der sich bei jeder Bewegung geschmeidig bog und einem Mann die größten Freuden verhieß. Björn verstand, warum Dan so fasziniert war, und er beschloss, gerade dieses Mädchen nicht wegzugeben. Er würde sie wahrscheinlich nicht einmal verkaufen. Es konnte sein, das er einfach zusehen wollte, wie sie erwachsen wurde. Zum ersten Mal überhaupt hatte er Skrupel, ein Mädchen gestohlen zu haben, denn er sah die Augen der Mutter vor sich, die vor Trauer verstarben, als er sie wegführte. Und er konnte Brans Zorn mit einem Mal verstehen und seinen Eifer, sie zu schützen und ihr zu folgen, als sie schon auf dem Schiff war und er sich für sie in die Fluten stürzte. Er hatte es gewusst. Sie hatte das gewisse Etwas, wegen dem sich ein Mann für sie in den Tod stürzen würde, und es würde kaum etwas ändern, wenn sie verheiratet wäre. Denn der Ehemann müsste höllisch gut auf sie aufpassen und die Kraft besitzen, seinen Schatz zu verteidigen. Björn wusste, dass jeder einzelne seiner Männer eine Torheit für sie begehen würde. Sie war ein ungeschliffener Edelstein, mit dem er noch nichts Konkretes anzufangen wusste, und deshalb beschloss er, sie zu behalten.

„Du kannst sie nicht haben, ich habe sie für die Märkte im Süden vorgesehen", sagte Björn entschieden.

„Den Weg kannst du dir sparen, denn ich zahle für sie, was sie dir dort geben. Außerdem bekommt so einer Haut die Sonne im

Süden nicht. Sie ist ein Kind des Nordens, lass sie mir hier", bat Dan Asgerson schon fast.

Björn begann nachzudenken. Er brauchte mächtige Unterstützung von Dan oder Leif, um seinen Neffen aus Dinora herauszuholen. Wenn Dan so versessen auf das Mädchen war, dann konnte sie das Pfund sein, mit dem er wuchern konnte.

Dan Asgerson sah, wie Björn über seinen Vorschlag nachdachte und damit war er zufrieden. Er kannte Björn. Man musste ihm nur ein richtiges Angebot machen, dann gab er meist nach. So wäre es Dan auch am liebsten, denn Björns impulsiver Charakter hatte in einem Streit schon mehreren seiner Männer das Leben gekostet. Männer, von denen er selbst annahm, sie wären Björn überlegen. Aber dieser Mann war eine Kampfmaschine, wenn es nötig wurde. Was ihn dazu antrieb, hatte Dan noch nicht verstanden. Aber er war sich sicher, mit ihm niemals Streit anfangen zu wollen. Deshalb machte er lieber ein gutes Angebot, das festigte die Freundschaft und hielt alles friedlich.

„Ich denke über deinen Vorschlag nach und auch über einen eventuellen Preis für das Mädchen. Aber jetzt machen wir uns einen schönen Abend. Wenn ich sie dir verkaufe, dann kannst du diesen Abend noch oft genug mit ihr nachholen."

Björn lachte und Dan nickte ihm zu. Dann nahmen sie Leif in die Mitte und traten zur Seite. Es war nicht nötig, dass die Männer allzu viel von ihren Geschäften mitbekamen.

Bran, der noch am Baum festgebunden war, warf Björn einen zornigen Blick zu. Er sah, dass Dan kaum seinen Blick von Enya abwenden konnte. Es störte ihn, wie er sie mit den Augen auszog, lüstern an ihren Brüsten hängen blieb und sie mit seinen Blicken zu durchbohren schien. Enya senkte schamhaft ihre geröteten Wangen. Björn, der Enya für einen Moment mit den Augen des Bruders sah, verstand die Wut und die Aufregung des Jungen. Er hatte selbst eine wunderschöne Schwester, die seiner Meinung nach den falschen Mann geheiratet hatte und ihre Schönheit an ihn vergeudete, weil sie jetzt ein Kind nach dem anderen bekam. In einigen Jahren würde sie nur noch durchschnittlich wirken. Er hätte Bran gerne den Gefallen getan, ihn zusammen mit seiner

Schwester bei sich aufwachsen zu lassen, aber Geschäft war Geschäft. Björn war sich sicher, sie würde ein schönes Leben bei Dan führen. Er ging sehr vernünftig mit seinen Frauen um für einen Tandhener. Sie müsste auf alle Fälle niemals hungern und arbeiten. So gesehen hätte sie es schlechter treffen können.

Björn kam Dans Verlangen gerade recht, denn er hatte sich schon stundenlang den Kopf zerbrochen, wie er Dans Unterstützung für Ilaris Rettung bekommen könnte. Enya würde sein Faustpfand sein. Als er Hallvard beobachtete, stand ihm genau dieser Gedanke in seinem Gesicht geschrieben. Wie simpel das Schicksal doch manchmal zuschlug, dachte sich Björn, denn es gab ihm mit Enya die Macht, alles von Dan verlangen zu können.

Was er hingegen mit Bran anstellen wollte, war ihm noch nicht klar. Bran war immer noch verteufelt wild und unruhig. Die Anwesenheit der Schwester dämpfte sein Gemüt. Wenn er sie bei Dan ließe, dann wäre schwerer mit ihm auszukommen. So schob er diese Gedanken erst einmal zur Seite. Das Leben würde schon eine Lösung für sein Problem finden. Denn im Augenblick war Ilari wichtiger als die beiden. Enya blieb eine teure Ware, die man zum eigenen Vorteil verkaufte. Björn bemerkte, dass Bran richtig einschätzte, um wen das Geschacher ging. Er versuchte, sich zu befreien, und warf Björn und sogar dem Furcht einflößenden Dan finstere Blicke zu. Brans Gesicht war wutverzerrt und Dan lachte angesichts dieses erbärmlichen Schauspiels.

„Der schwarze Junge da ist wohl scharf auf die Kleine", stellte er fest und lachte über Bran und darüber, dass der Junge sie nie bekommen würde. Er musterte ihn und seine Wildheit, und der Zorn, der ihm entgegen schlug, überraschte ihn.

„Diesen Burschen hängst du besser am nächsten Baum auf, den kannst du niemals als Sklaven verkaufen. Hast du das nicht bemerkt? Er ist zu widerborstig", sagte Dan mit einem angewiderten Blick und wunderte sich, denn er wusste, dass Björn sich bei Sklaven niemals vergriff. Er drehte sich zu Björn um, der neben ihm stand und amüsiert lächelte.

„Wenn du das Mädchen haben willst, dann wirst du es ganz sicher mit diesem Burschen zu tun bekommen, denn er ist ihr

Bruder und damit gefährlicher als jeder Freier. Ich wollte ihn nicht mitnehmen, aber er ist ihr waghalsig in die Fluten nachgesprungen, als ich sie auf mein Schiff gebracht hatte, und schwamm uns hinterher. An die zehnmal ist er fast ertrunken. Er hat aber nicht aufgegeben. Deshalb habe ich ihn aus dem Wasser fischen lassen. Ich weiß nicht einmal genau warum, er hat mir wohl einfach imponiert. Dabei wusste ich von Anfang an, er würde mir Schwierigkeiten machen."

Björn sagte es gedankenverloren und Dan sah, wie sehr Björn den Jungen in sein Herz geschlossen hatte. Auch ihm gefiel diese Geschichte. In Tandhen liebte man Mut, selbst wenn es der Mut der Verzweiflung war. Darum dachte er nach.

„Man müsste Vertrauen zu ihm aufbauen. Seinen Willen wirst du niemals brechen können, aber wenn du das Vertrauen dieses Jungen hast, ist das viel wert."

„Wenn du seine Schwester gegen ihren Willen in dein Bett nimmst, wirst du sicher nie sein Vertrauen erlangen", sagte Björn lachend.

„Nun, dann werde ich ihn eben doch töten müssen. Das macht die Schwester umso gefügiger und ist des Nachts nicht so kräftezehrend", schrie Dan in die Menge und ein schallendes Lachen folgte seinen Worten, das die Männer mit lautem Jubel entgegneten.

„Dass ihr mir ja die Finger von ihr lasst. Und den Jungen lasst ebenfalls in Frieden. Ich will mir in der ersten Nacht nicht von ihr die Augen auskratzten lassen."

Dan tat so, als würde ihm Enya schon gehören, und Björn sagte nichts Gegenteiliges. Deshalb hob Dan Enyas Kinn hoch, prüfte mit einer Hand ihre Brüste und ging zufrieden mit Leif und Björn ins Zelt.

Gavin, der die Männer bediente, hatte das Gespräch in groben Zügen mitbekommen und wunderte sich darüber, wie die Männer über das Schicksal eines unschuldigen Mädchens schacherten. Als er ihnen nachsah, fiel sein Blick auf Enya und Bran, die zusammensaßen und sich Geschichten erzählten. Enya hatte sich, nachdem Dan und Björn verschwunden waren, entspannt und lachte wieder. Dieses Lachen ging den Männern durch Mark und Bein. Sie wussten, sie durften sie nicht berühren, sie war für jeden tabu. Also sahen sie sich mit Blicken satt.

Gavin ging lächelnd auf die beiden zu. Bran war immer noch erstaunt, dass ein Lindaner im Dienste der Tandhener stand.

„Wenn das Leben davon abhängt, machst du keinen Unterschied, wem du dienst, den Tandhenern oder den Lindanern. Es sind alles nur die Besetzter meines Landes."

„Oho, haben wir da einen Freiheitskämpfer aus den dunklen Wäldern vor uns?", fragte Bran amüsiert und Ciaran, der dabei stand, lachte mit.

„Woher kommt ihr?", fragte Gavin interessiert.

„Wir kommen aus Ianu", sagte Enya mit ihrer dunklen Stimme, die im seltsamen Kontrast zu ihrem Aussehen und ihrem hellen Lachen stand. Hoffentlich hörte keiner sie je sprechen, dachte Gavin, denn dann ist es um alle geschchen. Ein Bruderkrieg würde wohl entstehen, dieses Mädchen hatte das Zeug, Allianzen zu spalten.

Die Insel Ianu lag zwar vor Lindane, aber auch sehr dicht an den dunklen Wäldern, und Gavin wusste, dass in grauen Vorzeiten viele Waldmenschen dorthin ausgewandert waren. Sie waren damals von der Vorstellung begeistert, auf einer Insel zu leben, ohne Einflüsse von Außen zu spüren. Viele hundert Jahre war es so gewesen, aber dann stürmten eines Tages die Männer aus Lindane auf die drei kleinen Inseln und besetzten sie. Daher fand man auch dort so verschiedenartige Menschen. Die einen wirkten wie Lindaner, andere glichen den Waldmenschen und man fand sogar einige, die aus dem Norden, aus Tandhen, stammen mussten. Zu diesen gehörten Enya oder Bran. Ciaran war ein ein Konbrogi wie er.

Das gefiel Gavin, der nicht freiwillig bei den Tandhenern blieb, sondern immer an Flucht dachte, doch bisher noch nie eine Möglichkeit dazu gesehen hatte. Denn keiner, dem er es anbot, hatte den Schneid gehabt zu fliehen. Diese drei waren anders. Sie wollten nicht nur fliehen, sie würden elend versterben, hielte man sie in Gefangenschaft. Besonders Bran hatte einen sehr unheilvollen Charakter. Er wollte immer mit den Kopf durch die Wand. Das war ihm unheimlich und auch gefährlich, denn so eine Flucht musste geplant werden. Ciaran war aus einem andern Holz geschnitzt, er konnte zuhören und mitdenken. Er hatte vor allen Dingen genug Angst, die ihn vorsichtig machte. Bran war ein Temperamentsbündel und deshalb überlegte er, ob er der richtige wäre, um mit ihm zu fliehen. Aber Enya käme ohne ihn niemals mit. Gavin setzte einen Probeschuss ab, um zu sehen, wie sie reagierten. Besser gesagt, wie Bran reagierte, und wieweit er vernünftigen Argumenten zugänglich war.

„Ihr habt gehört, dass Dan deine Schwester kaufen wollte", sprach er zu Bran gewandt. Bran zeigte sich erst erstaunt, doch dann verfinsterte sich sein Blick und schließlich zog er an den Fesseln, bis ihm das Fleisch an den Knöcheln weiß wurde.

„Beruhige dich, Björn wollte sie nicht verkaufen, jedenfalls noch nicht gleich, nicht heute Abend. Aber ich hatte den Eindruck, er führt etwas im Schilde, wofür er deine Schwester als Pfand nötig hat. Ich habe Björn Helgison schon im letzten Jahr kennengelernt und diesmal glaube ich, dass er Dan Asgerson etwas aus dem Kreuz leiern will."

„Warum erzählst du uns das alles", fragte Enya und sah ihn genauer an. Sie war ebenfalls erschrocken, denn sie fand Dan Asgerson schrecklich und sie wollte unter keinen Umständen an ihn verkauft werden. Vor allen Dingen würde ihr Bruder Bran sicher nicht von ihm gekauft werden. Von ihm getrennt zu sein, war eine fürchterliche Vorstellung für sie. Sie würde alles dafür tun, mit ihm und Ciaran zusammenzubleiben. Außerdem mochte sie Gavin und nicht nur, weil er der erste Mensch seit Tagen war, den sie verstand und mit dem sie sprechen konnte.

„Nun, ihr seht nicht so aus, als wolltet ihr hier bei den Tandhenern bleiben und ebenso wenig wollt ihr in andere Länder verkauft werden. Denn dann würdet ihr niemals mehr nach Hause kommen. Einige meiner Freunde sind vor einigen Jahren geflohen. Damals war ich noch zu klein, um von ihnen mitgenommen zu werden. Zwei wurden erwischt und getötet, aber drei andere haben es nach Hause geschafft. Und das ist auch mein Ziel, ich kann nur nicht alleine gehen", sagte Gavin etwas verlegen. Enya lächelte, denn wenn sie taktisch dachte, wie es der Vater ihr beigebracht hatte, dann war er das fehlende Teil in ihren Planungen. Gavin sprach die Sprache, konnte ihnen alles Nötige beibringen und war hier schon herumgekommen. Er kannte wohl auch den Weg nach Konbrogi und war dadurch ihr bester Freund. Auch Bran dachte wieder klar. Er saß ruhig zurückgelehnt und dachte strategisch. Gavin war sein Mann. Er nickte ihm gelassen zu und Gavin war erstaunt, wie schnell er seine Laune im Griff hatte. Er hatte den Test bestanden. Erstaunlicherweise war Ciaran nicht überzeugt. Das könnte alles eine Falle sein, sagte er, aber Bran lachte nur, und Enya tröstete ihn, dass er ja jederzeit im Lager bleiben könnte. Sie hätten gerne weiter darüber gesprochen, aber sie sahen Hallvard kommen. Gavin ging, versprach aber, sich bei ihnen zu melden, wenn er mehr wüsste.

"Beeile dich", flüsterte ihm Enya ins Ohr, „denn ich möchte nicht verkauft werden und ich habe Angst." Gavin ging keinen Moment zu früh. Denn Hallvard bog um die Ecke und rief Gavin zu sich. Er musste ein paar Dinge für ihn erledigen. Gavin bekam große Augen und sein Herz schlug ihm bis zum Hals.

Björn führte Dan in sein Zelt, setzte sich, lächelte und sagte ganz freundlich.

„Komm, lass uns über unsere Angelegenheiten sprechen. Über das Mädchen habe ich mir noch kein endgültiges Urteil gebildet. Ich wollte sie eigentlich im Süden verkaufen. Du weißt, wie beliebt dieser Typ Mädchen dort ist. Meine Männer waren auch kaum im Zaum zu halten, aber sie muss unverdorben sein, dann bringt sie das Doppelte. Es wäre sogar möglich, dass man ihr Gewicht in Gold aufwiegt. Das wäre für mich kein schlechtes Geschäft. Außerdem muss ich sie dringend loswerden, denn sie bringt Unfrieden auf die Schiffe. Aber komm, wir essen etwas und denken dann nach. Es geht dann alles leichter.

„Du hast sie noch nicht gehabt?", fragte Dan vorsichtig.

„Bist du verrückt, ich bin Geschäftsmann, ich verderbe mir wegen eines schönen Gesichts nicht meine Ware. Außerdem trenne ich das Geschäftliche immer vom Vergnügen. Und du weißt, in Bratana habe ich eine Wildkatze sitzen, die mir beide Augen auskratzen würde, wenn ihr das zu Ohren käme. Und die Männer würden darüber reden."

„Aber", und da schwieg Björn für einen Moment. Er sah, wie gespannt Dan zuhörte. „Ich hatte ihre Mutter, bevor wir wegfuhren, und einen kurzen Augenblick lang wollte ich sie mitnehmen. In ihr brannte ein sehr heißes Feuer."

Die Männer lachten und ließen sich Wein bringen. Björn wurde ein wenig ernster.

„Das sind Dinge, die mich im Moment nicht beschäftigen, denn es gibt für mich noch eine Menge hier in Amber zu tun, bevor ich mich nach Bratana auf den Weg machen kann", sagte Björn beiläufig. Er griff nach einem Stück Brot und trank vom Wein, den die Männer vom Schiff gebracht hatten. Er hatte soeben Dan den Mund wässrig gemacht und Hallvard sah erstaunt, dass dieser billige Winkelzug tatsächlich funktionierte.

„Wenn du nicht immer einige sonderbare Dinge zu tun hast, bist du nicht glücklich", sagte Dan mit einem verschlagenen Gesichtsausdruck. Ihm ging das Mädchen nicht mehr aus dem Sinn. Björn sah es ihm an und war zufrieden mit seinem geschickten Manöver. Auch Leif sah es und sein Blick verfinsterte sich. Er schwieg noch. Dadurch ließ sich Björn aber nicht aus der Ruhe bringen.

„Ja, habe ich. Und diese Sache ist richtig schwer zu bewerkstelligen. Wie du weißt, hat mein dummer König Halfdan, dessen bester und unterwürfigster Speichellecker mein Bruder Thorbjörn ist, ein Handelsabkommen mit Dinora abgeschlossen."

„Davon bin ich unterrichtet, denn wegen Halfdan müssen wir auf eure Hilfe beim großen Sturm auf Amber verzichten. Ich weiß davon, weil mich Vater darüber in Kenntnis gesetzt hat, dass wir ein Heer ohne Norgan aufstellen müssen. Dieses Handelsabkommen bereitet mir zusehends auch hier Schwierigkeiten", sagte Dan und trank schon den nächsten Becher Wein. Björn wusste, dass er schon immer viel vertragen hatte, aber wenn er in diesem Tempo weitertrank, dann könnte es in der Nacht Schwierigkeiten geben. Er sah Hallvard an und der begriff bereits, was Björn von ihm wollte. Hallvard ging nach draußen und brachte Enya auf das entfernteste Schiff, das man nicht ohne Boot erreichen konnte. Dann stellte er Wachen auf und wies sie an, niemanden außer ihn oder Björn durchzulassen. Er ging zurück zum Zelt und setzte sich wieder an seinen Platz. Dan hatte ihn nicht vermisst, nur Leif blickte ihn interessiert an. Björn sprach weiter.

„Und zu allem Überfluss hat Halfdan meinen Neffen vor einem Jahr nach Dinora geschickt, damit er dort wie ein Edelmann erzogen wird. Ilari sollte die Sprache lernen und ihm dann in Norgan die Bräuche und Sitten von Dinora erklären. Das alles geschah gegen den Willen meines Bruders und vor allem gegen Ilaris Willen, der lieber zu Hause geblieben wäre, um Unna Tisdale zu heiraten. Aber er stand einer Ehe zwischen Unna und Bork im Weg."

Dan lachte. Denn er war auch gut darüber informiert, wie es um Unna stand.

„Die Ehe von Bork mit Unna ist völlig gescheitert, da hätte sie genauso gut Ilari heiraten können. Dann müsste sie jetzt nicht damit rechnen, irgendwann von ihrem Ehemann getötet zu werden. Schade um sie, denn Unna war ein leckerer Happen." Dan schwieg und dachte an die schöne Unna, die er im Grunde diesem Verlierer und Angsthasen Bork nicht gönnte.

„Unna ist jetzt noch schöner als früher und inwieweit sie in Gefahr ist, darüber weiß ich nicht Bescheid, denn jetzt rasseln dein Vater und Erjk mit den Säbeln und für meinen Neffen Ilari wird die Sache zu heiß in Dinora. Sie haben mich geschickt, ihn zurückzubringen. Das stört mich nicht, denn ich war sowieso auf dem Weg nach Amber und habe mich auch diesmal in erster Linie um meine Geschäfte gekümmert. Auch wenn Halfdan, der mir hinterherschnüffelte und von ihnen weiß, versucht hat, mir die Daumenschrauben anzulegen. Vorerst bin ich zum letzten Mal in Amber. Ich hole Ilari und nehme ihn mit nach Bratana, denn ich glaube, dass das Pflaster für ihn in Tamweld zu heiß wird. Er soll sich mein sechstes Kind ansehen und sich eine Bratanerin suchen, dann kann er heiraten und viele Bastarde in die Welt setzten."

Leif hatte die ganze Zeit unbeteiligt zugehört und lächelte jetzt zum ersten Mal.

„Ja, unser Vater kann ganz schön mit den Säbeln rasseln", sagte Leif, der bisher geschwiegen hatte. Er war kein Mann von vielen Worten und daher auch für jeden schwer einzuschätzen. Aber er lächelte dabei. „Bork hat ihm und Erjk den Mund wässrig gemacht, so wie du meinem Bruder gerade eben. Der wünscht sich nun dieses lindanische Mädchen ins Bett", sagte er ärgerlich, seine Stimmung kippte. „Du machst ihn damit verrückt, und ich will, dass du das lässt. Denn ich denke, du hegst damit eine ganz bestimmte Absicht. Er soll dir helfen, deinen Neffen zurückzuholen, dann würdest du im Gegenzug dafür auf das hübsche Mädchen verzichten, das dir im Grunde nichts wert ist."

Leif und Björn kannten sich seit Jahren, und wenn sie zusammentrafen, verging kein Moment, an dem sie sich nicht unterschiedlich zu den gleichen Dingen äußerten. Im Grund mochten sie sich nicht besonders und ihre Vorstellungen deckten sich selten. Das lag an ihren unterschiedlichen Charaktereigenschaften. Leif war ein eiskalter, intelligenter Mann. Er wirkte nicht nur zurückhaltender als Dan, er war es auch. Ihn interessierten persönliche Umstände nicht, wenn es um die Beurteilung und die Umsetzung eines Sachverhaltes ging. Auch die eigenen Interessen rückten in den Hintergrund, wenn sie mit den Interessen Tandhens kollidierten. Er überblickte einzelne Vorkommnisse und setzte sie in das richtige Verhältnis zur Gesamtstrategie Tandhens. Er schacherte nicht und in Verhandlungen ließ er sich nicht gängeln. Er setzte seine Interessen, die immer auch die Interessen Tandhens waren, erbarmungslos durch. Die Angelegenheiten Tandhens betrachtete er mit einem nüchternen, kühlen Blick, den er sich durch seine persönlichen Gefühle nicht verstellen ließ. Ereignisse wurden von ihm effizient und kaltblütig beurteilt. Er hatte seine Stimmungen im Griff. Er wirkte distanziert, frostig und spröde und es war schwer, ihn aus der Reserve zu locken. Wenn er Gefangene nahm, ließ er sich nicht von Gefühlen, sondern von Argumenten leiten. Er hätte ohne zu zögern an Björns Stelle Bran ertrinken lassen, denn es war die Entscheidung des Jungen, sich in die Fluten zu stürzen. Ihn mitzunehmen hätte Ärger bedeutet, den er nach Möglichkeit vermied.

Leif war nicht herzlich und er hasste es, wenn jemand mit dem gerne zitierten Bauchgefühl argumentierte oder nicht erklären konnte, warum er impulsiv gehandelt hatte. Für seine Männer war es sehr einfach, ihn einzuschätzen und damit Fehler zu vermeiden, aber ihnen fehlte bei ihm das Element des Risikos. Es machte einfach keinen Spaß, mit Leif Asgerson umzugehen. Er war ein gefühlloser Diktator, der kein Überraschungsmoment bot. Keiner seiner Männer wäre für ihn ohne ausdrücklichen Befehl ein Risiko eingegangen, denn er hatte ihnen eingebläut, Risiken abzuwägen, und sie wussten, er ginge für niemanden eines ein. Einen Mann aus Vernunftgründen zu opfern, war seine übliche Vorgehensweise. Seine Befehle führten sie ohne nachzudenken aus. Befehlsverweigerung oder ein Scheitern war unverzeihlich und wurde von ihm schwer geahndet.

Seine Intelligenz und Distanziertheit wirkte immer unangebracht auf Björn, denn es zerschoss ihm häufig seine Vorhaben. So wie gerade eben. Björn wusste es nicht, aber er war so ziemlich der einzige Mensch, der Leif zum Rasen brachte.

In Björn stieg nun Ärger auf, weil er gehofft hatte, dass Dan selbst auf die Idee gekommen wäre, ihm seine Hilfe anzubieten. Aber das war offensichtlich zu viel verlangt, denn Dan erschien immer viel dümmer als sein kleiner Bruder Leif. Obwohl er es nicht war, wie Björn vermutete. Er mochte Dan lieber, weil Dan verlässlicher war als Leif. Dan baute auf Freundschaften und war loyal, selbst wenn dabei die Interessen Tandhens nicht immer gewahrt blieben. Björn hatte gehofft, ihn noch ein wenig mehr in die gewünschte Richtung steuern zu können, damit Dan verstand. Ihrer beider Gesicht wäre dann gewahrt worden. Aber Leif hatte es wie immer verdorben. Leif wollte Björn offensichtlich nicht helfen. Björn hätte diesen Besserwisser gestern nicht aus Tettis mitnehmen sollen. In Dans Lager hatte er sich jedoch wie eine Klette an sie gehängt und konnte nicht abgeschüttelt werden. Björn sah Hallvard an und der riet ihm mit Blicken, ruhig zu bleiben und erst einmal abzuwarten.

„Es ist, wie es immer war, ihr streitet schon wieder." Dan amüsierte sich, denn er kannte die beiden. Leif war auf Björn wütend, weil der ihn wie einen Dummkopf gängeln wollte. Aber Dan war zufrieden damit, Enya für eine vergleichsweise unbedeutende Hilfe seinerseits zu bekommen. Er musste nicht einmal Geld für sie aufbringen. Mit einem Freundschaftsdienst, den er Björn leistete, wäre die Sache vergolten. Eine angenehme Vorstellung. Denn Dan hatte schon Angst gehabt, sich mit seinem Freund Björn um Enya ernsthaft zu streiten.

Dan gefiel diese Sache langsam. Darüber hinaus würde er mit Björns Hilfe eine andere wichtige Sache ganz nebenbei erledigen. Dafür war der Norganer genau der richtige Mann. Dan hätte niemals seinen Bruder Leif damit betrauen können. Um Björn für seine Sache zu gewinnen, brauchte er freie Hand und eine einvernehmliche Stimmung, deshalb pfiff er Leif zurück. Als Leif nicht auf ihn hören wollte, standen sich die beiden gegenüber und Dan, der zwar einen halben Kopf kleiner war als Leif, aber um vieles aggressiver, brachte den Bruder zur Räson, für den Moment.

„Es ist schon eine beschlossenen Sache für mich. Björn soll ein Dutzend tandhenische Reiter bekommen, die das Gebiet kennen und die Sprache sprechen. Sie sollen mit norganer Kleidung und Schilden ausgestattet werden und mit Björn nach Tamweld zum Schloss König Bornwulfs reiten, dort Ilari holen und zügig ins Lager zurückkommen. Ich bekomme nach ihrer Rückkehr Enya und Björn soll mit Ilari nach Bratana ziehen. Was mit Bran zu geschehen hat, soll später entschieden werden und hängt von seinem Verhalten hier im Lager ab."

Dan lächelte, denn sein Plan gefiel ihm. Björn war versucht zu lächeln, aber etwas warnte ihn davor, die Angelegenheit gleich als beendet zu sehen. Da kommt noch etwas nach, vermutete er, denn er kannte Dan. Auch er wollte etwas von ihm.

„Auf ein Wort, Björn", sagte Dan und nahm Björn zur Seite, als die anderen das Zelt verließen. „Ich möchte noch einen Augenblick eine dringende Sache mit dir besprechen."

Björn nickte. Er blickte Hallvard beim Hinausgehen in die Augen, der sich auch keinen Reim auf Dans Ansinnen machen konnte, und setzte sich Dan gegenüber. Björn nahm sich vom Wein und wartete ab. Er hatte nicht vor, Dan zu fragen, worum es sich bei dieser Sache handelte. Dan lächelte und begann.

„Du bekommst die Reiter für dich, um nach Tamweld zu reiten, sei beruhigt, das ist es nicht, über das ich mit dir sprechen will", versicherte ihm Dan sofort.

„Sie werden dir helfen, Ilari herauszuholen, aber ich muss mich um gewisse andere Dinge kümmern. Es ist mir vor Kurzem zu Ohren gekommen, dass Bornwulf Paeford seine zweitälteste Tochter Hrodwyn mit Sidrans Thronfolger Cedric Ammadon verheiraten möchte."

Björn dachte nach, er war nicht ganz auf dem Laufenden, aber soviel wusste er, dass die Königreiche Lindane und Dinora unter dem Befehl König Bornwulfs standen und dass dessen Bruder der Herrscher von Kelis war. König Ingolf hingegen war nur entfernt mit Bornwulf und König Arman verwandt. Ingolf war ein unabhängiger, eigensinniger Geist, der immer in die eigenen Tasche wirtschaftete und sich um die Belange Ambers bisher einen Dreck kümmerte. Das zeigte sich schon daran, dass er vor einiger Zeit sein Herrschaftsgebiet auf Konbrogi ausweiten wollte. Er hatte sich dabei aber ganz ordentlich die Finger verbrannt, denn die Überfälle, die er auf Konbrogi begangen hatte, um es zu erobern, hatten nur einen mäßigen Erfolg. Die Konbrogi waren sture Menschen, die sich keiner fremden Macht unterordnen wollten. Er hatte schließlich einen kleinen Teil des Südens besetzt und mit einem schwachen Verwalter versehen, den die Konbrogi zügig hinausgeworfen hatten. So wie alle anderen Sidraner, die jemals gehofft hatten, sich dort dauerhaft einzunisten.

„Hat nicht König Ingolf einen gewaltigen Arschtritt bekommen von den Konbrogi, von dem er sich nur deshalb erholen konnte, weil er insgeheim Geschäfte mit euch macht? Geschäfte, die seinen Nachbarn schaden, bei denen er sich aber als euer Verbündeter nicht festlegen will?", fragte Björn interessiert. Dan lachte.

„Das ist genau er. Als Ingolf Ammadon mit uns Ärger bekam, verzichtete er kurzerhand gleich ganz auf die von uns besetzten Gebiete, denn er will uns aus seinem restlichen Hoheitsgebiet heraushalten. Sidran ist ihm groß genug und hat eine fleißige Bevölkerung. Er kann es sich leisten, auf diesen Teil seines Landes zu verzichten. Auch wenn es hie und da im Volk Murren gegen uns gab, nahm er die rebellischen Parolen seiner Landsleute nicht ernst und unterdrückte ihren Widerstand." Dan wurde ein wenig nachdenklich.

„Ein Sturm auf Amber würde ihm jedoch nicht gefallen, denn es würde seine Macht schwächen. Er würde sein Königreich verlieren und wäre im besten Fall nur noch ein Statthalter seines eigenen Reiches. Er müsste sich uns bedingungslos unterordnen und dafür ist Ingolf nicht geschaffen. Also schlug er sich opportunistisch, wie er ist, wieder auf die Seite der Amberländer. Er stimmte einer Hochzeit seines Sohnes mit Hrodwyn Paeford zu, denn es erscheint ihm im Augenblick ratsam, mit den anderen Königreichen auf Amber näher verwandt zu sein, die Kräfte zu bündeln und uns endlich aus dem Land hinauszuwerfen. Sprunghaft, wie er ist, gefiel es ihm plötzlich, sich als Rächer einer gerechten Sache zu fühlen. Weißt du, Björn, er war schon immer ein verteufelt schlechter Verbündeter, besonders jetzt für Tandhen." Dan schwieg bedeutungsvoll.

Daher versucht wohl Dan, diese Hochzeit zu hintertreiben, dachte Björn. Wie er das anstellen wollte und wie seine Rolle bei dieser Aktion aussehen sollte, fragte sich Björn, aber er brauchte nur zu warten, Dan würde es ihm gleich sagen.

„Du fragst dich sicher, wie ich diese Angelegenheit regeln will", sagte Dan verschlagen. Björn nickte und lächelte vielsagend, heftete aber einen kritischen Blick auf Dan.

„Ganz einfach, ich habe vor, die Königstochter zu rauben und je nachdem, wie sie aussieht, zu töten oder zu verkaufen." Dan lachte, denn er fand seinen Plan außerordentlich gut. Björn lachte ebenfalls und sagte dann.

„Das ist nicht dein Ernst, oder? Daher die vielen Reiter, die du mir mitzuschicken gedenkst." Björn wirkte einen Moment lang unzufrieden und fühlte sich leicht unbehaglich. Dan wollte ihn mitten in die Angelegenheiten Ambers ziehen, in die Vorbereitungen des Sturmes auf Amber. Es war keine Kleinigkeit, eine Tochter Bornwulf Paefords zu rauben. Sie hätte bestimmt zahlreiche Wachmänner auf ihrer Reise nach Sidran und die Rache, die sich König Bornwulf ausdachte für die Entführer seiner Tochter, wäre sehr unangenehm. Aber Björn hatte keine Angst, er sah die Gefahren und wog die Vorteile ab, die für ihn auf der Hand lagen. Außerdem würde er sich diese Hilfe von Dan vergolden lassen. Er war Geschäftsmann und dieses Geschäft barg immense, unkalkulierbare Risiken. Das wusste auch Dan und das kostete ihn etwas.

„Und ich soll wohl bei der Entführung der jungen Dame mithelfen, sie sozusagen vor Ort organisieren und unterstützen. Warum schickst du nicht Leif, er wäre, könnte ich mir denken, brennend an dieser Sache interessiert", stellte Björn sachlich fest. Dan nickte und wurde sehr ernst.

„Es ist nicht unvernünftig, wenn einer dabei ist, der das richtige Gespür für diese Sachen hat und der befehlen kann. Leif kann zwar befehlen, aber er hat keinerlei Instinkt und keinen Sinn für Improvisation. Mit ihm kann so etwas nur schiefgehen. Du, Björn, würdest nicht leer ausgehen, denn die kleine Hure bringt sicher ein großzügiges Geschenk des Vaters mit, um die geschäftliche Seite nicht außer Acht zu lassen", bemerkte Dan lächelnd, denn er sah, dass Björn schon halb auf seiner Seite stand.

„Und den würdest du mir vollständig für meine großzügige und uneigennützige Hilfe überlassen", spöttelte Björn, der wusste, dass Feldzüge Geld kosteten, das Dan irgendwie aufbringen musste. Björn rechnete mit einem Zehntel oder einem Fünftel des Wertes, den der Brautschatz ausmachte, und er staunte nicht schlecht, als er Dan zuhörte. Dan lacht laut und zufrieden, denn er begriff, dass er Björn gerade geködert hatte.

„Wir machen halbe-halbe, mein Freund." Er blickte Björn in die Augen. So, jetzt hatte er ihn im Sack. Dan kannte Björn, er war ein Ehrenmann. Und wenn noch dazu eine ordentliche Summe Geld winkte, würde er sich nicht verweigern. Zudem bekam er sehr viel Unterstützung von Dan bei der Rettung seines Neffen, das war Björn klar. Björn dachte auch nicht mehr lange nach, es ging ihm nicht gegen den Strich, was Dan vorhatte. Er konnte ihn verstehen und sie hatten durchaus gute Chancen, das Mädchen zu entführen und es wegzubringen, bevor ihnen Bornwulf auf die Schliche kam. Vor allem, weil Ilari wohl das Mädchen kannte, um das es ging. An ihm sollte es nicht liegen, den Plan Bornwulfs scheitern zu lassen. Doch danach würde er sich gleich aus dem Staub machen. Er hatte mit den Vorgängen hier auf dieser Insel nichts im Sinn.

„Gut, meine Hilfe hast du. Wie viele Männer ich jedoch für nötig halte, im Hintergrund zur Verfügung zu haben, darüber denke ich noch nach. Das Dutzend, das ich brauche, um nach Tamweld zu reiten, ist gut berechnet, nur die Entführung sollte gut geplant sein und du solltest dafür einige Männer mehr an einem bestimmten Punkt im Hintergrund warten lassen. Morgen hast du meine Empfehlung, doch heute muss ich schlafen, ich hatte zu viel Wein."

Björn erhob sich und schickte sich an zu gehen. Er sah, dass Dan mit seiner Antwort zufrieden war und sie verabschiedeten sich freundlich. Jeder hatte das Gefühl, bei der Sache nicht übervorteilt worden zu sein. Diese beiden Männer verstanden sich gut. Dan hing sehr an Björn und er überlegte, wie er es verhindern konnte, dass sich Björn nach Bratana absetzte. Denn er war ein ausgesprochen guter Taktiker und beherzt, genau so jemanden brauchte Dan in seiner Kommandoebene. Außerdem war er vertrauenswürdig. Dan wollte ihm bei seiner Rückkehr ein verteufelt gutes Angebot machen.

Als Björn am nächsten Tag sein Lager verließ, folgten ihm zwölf Männer. Vier von ihnen waren seine eigenen Leute, es waren Hallvard, Petur, Finn und Anders. Ihnen vertraute Björn blind, deshalb hatte er trotz der Gefahr für sie darauf bestanden, sie mitzunehmen. Magnus Ragnarson hatte er schweren Herzens bei den Schiffen zurückgelassen mit dem Auftrag, spätestens nach vierzehn Tagen in der Nacht heimlich die Anker zu lichten und nach Bratana zu segeln. Denn dann wäre ihnen etwas zugestoßen und Egil Asgerson müsste in Dulinga seinen Nachlass regeln oder, wenn es nötig wäre, eine Rettungsaktion veranlassen. Magnus Ragnarson hatte seine Order und Björn machte seinen Leuten klar, dass sie Magnus zu folgen hätten, so als stünde er vor ihnen. Dans vier Männer, die mitkamen, wurden von Jökull kommandiert. Auch er hatte seine Aufträge direkt von Dan Asgerson erhalten und nahm nur ungern Arni und Kari mit, Leifs Leute, auf die Leif bestanden hatte. So ritten sie davon, um eine Woche später zu den zwanzig Männern zu stoßen, die an einer Flussbiegung der Tansa, schon auf dem Staatsgebiet Sidrans, auf sie warteten. Jökull und seine Männer kannten die Stelle und waren zuversichtlich, in Wochenfrist dorthin zu gelangen. Spätestens nach zehn Tagen sollten sie dort sein, sonst würde es für die zehn Männer in Sidran zu gefährlich werden und sie würden nach Hause zurückkehren. Als die dreizehn Männer davonritten, wurden sie mit einem finsteren Gesicht Leifs und dem freudigen Grinsen Dans, das Zuversicht und Vorfreude ausdrückt, verabschiedet.

Gavin, Ciaran und Bran, der an den Händen gefesselt im Lager spazieren durfte, was Dan angeordnet hatte, um das Vertrauen des Jungen zu erwerben, sahen die Abreise der dreizehn Nordleute und Gavin murmelte vor sich hin, dass er zu gerne wüsste, was es bedeutete, dass man die Männer Leifs und Dans in norganische Kleidung steckte. Er vermutet zu recht einen Überfall oder einen Hinterhalt für wen auch immer. Auch hatte er häufiger davon gehört, dass eine Prinzessin aus Dinora einen sidranischen Prinzen heiraten sollte. Das ist doch sehr romantisch, dachte Gavin gallig, denn wenn man versuchte, Allianzen zu hintertreiben, und eine reine Allianz schien eine Heirat zwischen den amberischen Königshäusern darzustellen, dann musste man hier ansetzten. Er wusste, Dan könnte es nicht gefallen, wenn die Allianzen in Amber sich festigten.

Björn erreichte Tamweld fünf Tage nach dem Verschwinden Ilaris, Prinzessin Leanas und Lady Morwennas. Die ganze Stadt befand sich noch in heller Aufruhr. König Bornwulf Paeford hatte den feigen Überfall auf den Frauentrakt des Palastes noch nicht überwunden. Eadgyth lag noch zu Bett, berichtete ihrem Mann genau von den Vorfällen und der Rolle Edbert von Turgods. Bornwulf stöhnte durch seine geschlossenen Zähne und schluckte die Wut hinunter, seine Tochter verloren zu haben. Aber er wusste sie in den Händen Ilaris und Astirs. Ihm war ganz klar, dass es ihr gut gehen musste, denn Astir und Ilari waren ihm wohlgesonnen. Trotzdem war es zu gefährlich, sich draußen im freien Feld zu bewegen, wenn der feige Edbert von Turgod ihnen auf den Fersen war. Bornwulf erkannte, dass Edbert sein hinterhältiges Werk vollenden wollte und schickte ihm seine eigenen Männer hinterher, um den kleinen Trupp aufzuspüren. Da die Stadt im Moment ohne Schmied war, mussten auch Colan Boyle und seine Kinder mit auf der Flucht sein. Und da Oskar nicht auftauchte, war er ebenfalls mit von der Partie. König Bornwulf schickte seiner Tochter Leana vertrauenswürdige Männer hinterher, die von Herzog Aldwyn ausgesucht wurden und die sich alle in Konbrogi auskannten, weil sie familiäre Verbindungen dorthin hatten. Um sich ein Bild zu machen, wie Edbert weiter vorgehen würde oder wohin er geflohen sein könnte, brauchten sie Rutbert von Eldingham. Als er erfuhr, was geschehen war, verdunkelte sich sein Gesicht und er bat König Bornwulf um Erlaubnis, selbst einen Tross mit vertrauenswürdigen Männern zusammenstellen zu dürfen, die ihm bedingungslos auf der Jagd nach Edbert folgen würden. Es waren Männer, die Edbert kannten, hassten und wussten, wie er im Ernstfall reagieren würde. Rutbert setzte König Bornwulf schonungslos über Edbert ins Bild, entschuldigte sich bei seinem Vater, der doch nicht der schläfrige alte Tattergreis war, den Edbert ihm gegenüber gezeichnet hatte. Rutbert von Eldingham war sich plötzlich seiner

Stellung bewusst, die er als Sohn eines Herzogs von Eldingham einnahm und schlug sich bedingungslos auf die Seite des Königs. Aldwyn nahm seinen Sohn erfreut und glücklich in die Arme und durch ihre gemeinsamen Anstrengungen hofften sie, Leana unversehrt zurückbringen zu können. Der alte Herzog blieb in Tamweld zurück, denn der Aufbruch Prinzessin Hrodwyns und ihre sichere Reise musste veranlasst werden und dabei mussten Raedwulf und Lebuin davon abgehalten werden, sich wie zwei Wahnsinnige zu verhalten.

Prinz Raedwulf Paeford wollte den Flüchtigen auf der Stelle nach Konbrogi folgen, weil sich seine Schwester und Morwenna von Falkenweld unter ihnen befanden, und Prinz Lebuin, der an seiner Schwester Hrodwyn hing, wollte sie auf der Reise nach Glansest beschützen. König Bornwulf, dem langsam der Geduldsfaden riss, musste ein Machtwort sprechen, denn er wollte nicht noch mehr seiner Kinder verlieren. Lebuin durfte zwar die Männer aussuchen, die Prinzessin Hrodwyn begleiten sollten, er nahm die Kandidaten sehr genau unter die Lupe, aber er durfte nicht mit ihnen reiten. Prinz Lebuin konnte anschließend wieder einigermaßen ruhig schlafen, denn er hatte sein Bestes getan und auch sein Vater war mit der Auswahl seiner Männer zufrieden.

Prinz Raedwulf hatte weniger große Pflichten. Er überprüfte ebenfalls die Männer, die Ilari und Oskar folgen sollten. Herzog Aldwyn bestimmte sie und Rutbert, der mit ihnen den Flüchtigen folgte, musste sie befehligen. Als er begriff, nach welchen Kriterien man die Männer ausgewählt hatte, strahlten seine Augen, denn er erkannte die ganze List des alten Herzogs, aber er schickte auch zwei Männer seines Vertrauens mit, die von Zeit zu Zeit Boten mit Nachricht an ihn und den König senden sollten. Ansonsten war er an den Ratsstuhl des Vaters gebunden und musste sich mit den Vorgängen einer Allianzbildung der Länder Ambers auseinandersetzen, die sich einer geballten Übermacht aus dem Norden gegenübersahen. Sie konnten sich hier leidlich vorstellen, wie sie bei einem Sturm auf Amber vorgehen müssten, trotzdem fehlte ihnen ein vertrauenswürdiger Berater wie Ilari.

„Ich hätte nie gedacht, das Ilari einmal eine solche Lücke hinterlassen würde", sagte Bornwulf irritiert. Er sann Tag und Nacht darüber nach, wie man sich gegen wen formieren müsste und kam immer mehr zu dem Schluss, dass alles Nachdenken unsinnig war, denn ihm fehlten die Informationen, um präzise denken und planen zu können.

So verbrachten sie die nächsten Tage und erregten sich beim Abendessen über die Boten aus Kelis und Sidran, die enorme und unsinnige Forderungen an König Bornwulf stellten, der als Organisator dieser Allianz auftrat. Er ließ sich Zeit damit, die Wünsche zu prüfen, ehe er sie als unsinnig verwarf. So war er in die inneren Angelegenheiten Ambers gebunden und in den Ängsten um Leana, Morwenna und Hrodwyn verhaftet. Als er an einem persönlichen Tiefpunkt angelangt war, traf Björn Helgison, König Halfdans Bote aus Torgan, bei König Bornwulf ein.

Björn Helgisons Entscheidung

„Ich überbringe euch Grüße König Halfdan Ingvarsons, Mylord", sagte Björn Helgison, der unaufgeregt vor König Bornwulfs Thron stand.

„Euer König, Halfdan Ingvarson, schreibt mir, was ihr sicher selbst schon wisst, Björn Helgison. Die Länder des Nordens bereiten einen Sturm auf Amber vor. Sie bündeln ihre Kräfte, vor denen wir uns vorsehen sollen. König Halfdan, dem Dinora schon immer freundschaftlich verbunden war, versichert mir, dass sich Norgan diesem Sturm nicht anschließen wird. Aber es kann uns auch kaum mit Hilfe zur Seite stehen. Deshalb hat er euch geschickt, um mir für eine Weile mit Rat und Tat zur Seite zu stehen und um die Situation einzuschätzen, die auf uns zurollt."

König Bornwulf, der mit dem Brief in der Hand auf seinem Thron saß, schwieg, um den Boten des befreundeten Königshauses näher zu betrachten. Vor ihm stand ein beeindruckender Mann, der Ilari Thorbjörnson in Statur und Aussehen im Wesentlichen glich. Sogar der zweifelnde Blick, den Ilari am Anfang seines Aufenthaltes in Tamweld jedem Mitglied des Hofes zugeworfen hatte, war der gleiche. Es wäre interessant herauszufinden, ob Ilaris Onkel sich als ebenso zuverlässig erweisen würde wie der junge Mann, der seit einer Woche verschwunden war. Björn Helgison wusste noch nichts vom Verbleib seines Neffen und das brachte König Bornwulf zum zweiten Brief, den Björn ihm mitgebracht hatte. Björn schwieg noch immer. Außer einem freundlichen Gruß hatte dieser Mann noch nichts verlauten lassen. Auch die beiden Männer im Hintergrund, die er mitgebracht hatte, standen ohne eine Miene zu verziehen dabei und beobachteten die Vorgänge. Es musste schwer sein, sich in vermeintlichem Feindesland aufzuhalten ohne die Rückendeckung des eigenen

Landes. Man sah es den Männern an, dass sie nicht gerne hier waren. Björn Helgison jedoch stand nachdenklich, aber ungezwungen vor ihm. Er schien sich seiner selbst ungewöhnlich sicher zu sein, so sicher, dass er sehr kritisch die Vorgänge hier im Thronsaal beobachtete.

König Bornwulf nahm den zweiten Brief zur Hand. Björn Helgison wusste, dass er sich mit seinem Neffen befasste. König Bornwulf sah Björn an, dass er von seinem König über den Inhalt der Briefe wenigstens teilweise in Kenntnis gesetzt worden war. Denn jetzt, das konnte Bornwulf sehen, hatte er die ungeteilte Aufmerksamkeit dieses Mannes.

„Eurer Reaktion nach zu urteilen, scheint es mir, ihr wisst über den Inhalt der Briefe Bescheid. Dieser hier befasst sich mit Ilari, eurem Neffen, den ihr mit euch nach Norgan zurücknehmen wollt, weil seine Situation hier zu unsicher wird, und den ich euch ungern mitgeben würde, befände er sich noch an meinem Hof."

Bornwulf Paeford machte eine kleine Pause, um seine Worte wirken zu lassen. Björn hatte den König gut verstanden, denn er runzelte die Stirn und sagte nur diesen einen Satz.

„Es wäre dann wohl in diesem Moment angebracht von euch, mich über den Verbleib meines Neffen in Kenntnis zu setzten."

Björn sagte es kurz angebunden ohne Ehrerbietung und auf eine herausfordernde Weise, wie sie Bornwulf noch nie zuvor erlebt hatte. Was wäre aus Ilari geworden, dachte sich Bornwulf lächelnd. Er ahnte, dass Ilari ein ebenso aufbrausendes Temperament besaß wie der Onkel, es aber verdrängte, weil er sich hier alleine gefühlt hatte. Würde er als Mann gekommen sein, wäre nicht so gut Kirschen essen mit ihm gewesen. So hatte sich Ilari ungewöhnlich gut an die hiesigen Verhältnisse angepasst und Bornwulf vermisste ihn und Oskar wie verlorene Söhne. Daher wurde es ihm auch schwer, Björn in Kenntnis über die Ereignisse der letzten Woche zu setzten. Er tat es so ausführlich und mit so viel Einzelheiten, wie es für Björn nötig war, und er tat es vor allen Dingen mit einem aufrichtigen Bedauern, wie Björn bemerkte. Deshalb verzieh Björn dem Mann, der den Schutz seines Neffen nicht hatte gewährleisten können. Björn Helgison war in seinem Inneren zutiefst aufgewühlt. Er verachtete diesen vermeintlich schwachen Mann, der so bedauernswert vor ihm saß, reimte sich aber fehlende Stücke zusammen und machte sich ein umfassendes Bild der Ereignisse. Er erkannte, dass der König gegen die heimtückisch geschmiedeten Ränke eines Verrückten machtlos gewesen war und überlegte sich, wie er seinen Neffen wiederfinden konnte. Dazu würde er die Hilfe des Königs benötigen und daher war es wichtig, ihn nicht zu verprellen. Also hielt er sein Temperament im Zaum und bat um eine Unterredung im privateren Rahmen.

„Ein Gespräch unter vier Augen wäre wohl nötig, vielleicht auch unter sechs. Ich hätte gerne meinen Berater Hallvard Jonsson dabei, Mylord." Björn verneigte sich ein wenig, gerade so viel, wie er es für angebracht hielt, denn er hatte diesem Mann noch nicht die Treue geschworen, so wie er es noch bei keinem Monarchen getan hatte. Auch vor König Asger verneigte er sich nicht, sollte der sich dafür Speichellecker suchen, er wäre nicht darunter. Bei diesem König war etwas anders, vielleicht weil er hier nicht zu Hause war. Oder weil Bornwulf seine Sprache sprach, oder weil er ihm einfach gefiel. Wie auch immer, der Thronsaal hatte zu viele Ohren. Bornwulf beobachtete Björns Reaktion und dachte nicht lange nach. Er stand auf, berührte Björn an der Schulter, dieser Mann war einen ganzen Kopf größer als er selbst, das kam nicht häufig vor, und bat ihn in seine privaten Räume. Auch Hallvard Jonsson sollte mitgehen. Petur ließen sie bei ihren Waffen und verließen den Saal.

„Lasst uns einen kleinen Umweg über den Rosengarten der Königin machen", bat Bornwulf. „Ich brauche etwas Tageslicht und frische Luft. Außerdem würde ich gerne nach meiner Frau sehen, die gestern zum ersten Mal wieder ihr Lager verlassen hat. Sie sitzt meist bei diesem milden Wetter bei ihren Rosen. Ihr solltet sie kennenlernen, denn sie war eurem Neffen sehr verbunden, so wie er uns, hoffe ich."

Björn und Hallvard sahen sich um, es gefiel ihnen hier. Die Dinge waren ordentlich angeordnet und der Garten war in weiches Licht getaucht. So erschien ihnen Königin Eadgyth, die in den letzten Tagen sehr schmal geworden war, wie ein zarter Lufthauch, der ihnen freundlich entgegenwehte.

Björns Atem stockte. Diese Frau sollte acht Kinder zur Welt gebracht haben? Diese mädchenhafte Schönheit faszinierte ihn. Frauen ihres Alters waren sonst viel robuster und handfester, aber Eadgyth glich einem Schleier, den man nur vorsichtig berühren durfte.

„Ihr seit Ilaris Onkel", stellte Königin Eadgyth erfreut fest. „Die Ähnlichkeit ist unübersehbar. Ein wenig größer als der Neffe seid ihr, aber sonst im Wesentlichen eine gelungene Kopie."

Sie sagte es mit einem leisen Lachen und reichte Björn Helgison die Hand. Er nahm sie und küsste sie und betrachtete sie mit einem schelmischen Lächeln, das der Königin eine zarte Röte in die blassen Wangen trieb.

„Ich wurde noch nie als Kopie bezeichnet, gemeinhin schätzt man mich als das Original. Und das Original ist immer besser als die Kopie, Mylady", antwortete Björn amüsiert. „Ihr wurdet überfallen, berichtete mir euer König. Ich will hoffen, dass es euch bald wieder besser geht." Björn lächelte und verneigte sich diesmal mit dem gebührenden Respekt, den er ihrem Mann verweigert hatte. Bornwulf sah mit Erstaunen, wie seine Frau diesen Fels von Mann in Windeseile in kleine Stücke zerschlug. Er war Wachs in ihren Händen.

Björn sprach lange mit König Bornwulf und begriff, dass er Ilari nicht hatte schützen können. Edbert von Turgod war der Schlüssel und er hatte sich nach dem Überfall auf die Königin aus dem Staub gemacht. Man wusste nur, dass er mit seinen gedungenen Mördern und Strauchdieben Ilari und Prinzessin Leana verfolgte. Bornwulf war sich sicher, dass sie sich in Richtung Konbrogi halten würden, denn von dort stammten Theodric Morgenan und Astir Carew, der ein vertrauenswürdiger Knappe Herzog Aldwyns war.

„Das wäre keine unkluge Entscheidung, denn dort haben die beiden Diener Verwandtschaft. Astir, der Knappe Herzog Aldwyns, ist völlig vertrauenswürdig und entstammt einer alten

Adelsfamilie. Dadurch haben die Flüchtenden den Schutz, den sie gegen Edbert benötigen. Edbert wird überhaupt Schwierigkeiten haben, ihnen zu folgen, denn kein Dinoraner kennt sich in den dunklen Wäldern aus. Das Land ist bergig und fast überall bewaldet, so dass man als Fremder leicht den Überblick verliert. Die Konbrogi besitzen eine Art Urinstinkt, sich in ihrem Land zu orientieren. Ich will hoffen, dass Ilari und Oskar mit Leana und Lady Morwenna nicht auf eigene Faust versuchen, in die Heimat Lady Morwennas von Falkenweld zu gelangen. Aber da sich unser Schmied, ein bodenständiger Mann, mit seinen Kindern bei ihnen befindet, werden sie wahrscheinlich zusammenbleiben. Für alle Fälle habe ich Männer nach Falkenweld geschickt, die dort auf sie warten. Sie halten Ausschau nach ihnen und bringen sie nach Tamweld zurück, falls sie dorthin gelangen."

Es klopfte und gleich darauf stürmte ein junger Mann herein, ging auf König Bornwulf zu und flüsterte ihm etwas in das Ohr. Björn sah die Ähnlichkeit mit Königin Eadgyth, sagte aber nichts. Er wartete ab, bis ihm Bornwulf seinen Sohn vorstellte. Prinz Raedwulf stand stolz und aufrecht vor Björn und sah dem Fremden in die Augen. Als sich ihre Blicke kreuzten, ging ein Lächeln durch Raedwulfs Gesicht. Er fand den Norganer sympathisch und freundlich. Er machte einen gutmütigen Eindruck, genau wie Ilari. Die Frauenherzen in Tamweld würden ihm zufliegen, egal wie lange er bliebe. Er reichte dem älteren Mann die Hand zum Gruß und auf eine wunderbare Weise verstanden sie sich ohne Worte.

Wie sehr Bornwulf und seine Familie an den Umgang mit Norganern gewöhnt waren, fiel ihnen erst heute auf, als sie mit Björn und Hallvard zu Abend aßen. Sie kannten die Gebräuche und die Speisen der Norganer. Hildburg stellte ein Menü zusammen, wie Ilari es gerne hatte, und Björn kam nach dem Essen selbst in ihre Küche, um sich bei ihr zu bedanken. Hildburg stand ihm gegenüber und fand keine Worte mehr. Dieser Mann war gar zu schön anzusehen, und weil er einmal wie Ilari lächelte, erinnerte sie sich plötzlich an ihn und daran, wie sehr sie ihn vermisste. Da brach diese resolute und kräftige Person in Tränen aus.

Björn war sehr erstaunt und überfordert. Frauentränen waren Angelegenheiten, denen er immer aus dem Weg ging. Man wusste nie genau, wie eine Situation, in der sie gebraucht wurden, endete. Aber hier war es noch schlimmer. Er verstand die Sprache nicht und dadurch auch nicht die Zusammenhänge. Er stand ratlos vor Hildburg, als ihn ein kleines Mädchen sachte am Arm berührte. Sie war die Tochter einer Dienerin, die bei Oskar Tandhenisch lernte, und übersetzte ihm die Worte der Köchin. Björn blickte erstaunt auf sie, war gerührt davon, dass sie so gut Tandhenisch sprach, und überrascht, wie sehr der Verlust seines Neffen dem Gesinde Schwierigkeiten bereitete. Er fand, Ilari hatte eine wunderbare Zeit hier in Dinora verlebt.

Das kleine Mädchen, Ermintrude, hatte an Björn einen Narren gefressen. Sie versuchte, immer bei ihm zu sein, und ließ sich in den nächsten Stunden kaum abweisen. Sie war da, wo er ging oder stand. So lernte sie am nächsten Tag die Männer kennen, die er mitgebracht hatte. Sie alle fanden das Mädchen lästig und Arni versuchte sogar, sie zu verscheuchen, aber sie blieb hartnäckig bei ihnen. Weil Björn ihnen verbot, sie wegzuschicken, mussten sie sich mit ihr abfinden. Die Männer vermuteten, dass sie die Sprache nicht sprach, weil sie hartnäckig schwieg. Deshalb warfen sie ihr ab und zu einen Brocken ihres Essens zu und kümmerten sich nicht mehr um sie. Schließlich lief sie zwischen ihnen umher, ohne von ihnen beachtet zu werden. Ermintrude fand es spannend, ihnen zuzuhören, denn einige sprachen wie Oskar, aber die meisten sprachen einen anderen Dialekt, wie ihre Mutter meinte. Aber Ermintrude bestand darauf, dass es kein Dialekt war, sondern eine andere Sprache, die man nach einer Weile ganz gut verstand. Die Mutter wunderte sich darüber, verschwendete aber keinen Gedanken mehr daran. Ermintrude war am übernächsten Tag wieder bei den Männern, weil sich Björn mit Raedwulf zur Jagd begeben hatte. Auch Hallvard war nicht da, und als sich Petur, Anders und Finn auch aus dem Staub machen wollten und sich weigerten, Ermintrude mitzunehmen, wurde das Mädchen ungehalten. Sie trat nach Finn, als der sie auf den Schoß nehmen wollte. Sie erinnerte ihn an seine kleine Schwester zu Hause und Finn musste zuerst lachen, wurde dann aber ärgerlich, als die kleine unaufhörlich vor Wut auf ihn einschlug.

„Mach langsam, Kleine, wir können dich nicht mitnehmen, dazu müsstest du ein eigenes Pferd haben und reiten können", sagte Finn gemütlich zu Ermintrude und stieg auf sein Pferd.

„Keiner will mich bei sich haben, ihr seid genauso, wie es Ilari war, als er zu uns kam. Deshalb kann mir auch keiner von euch helfen, wenn der König und die Königin heute Nacht ermordet werden. Ich will nicht, dass es passiert, aber wenn ihr mir nicht helft, dann sterben sie eben beide."

Die Männer lachten über Ermintrude. Sie wunderten sich zwar, dass sie ihre Sprache sprach, glaubten jedoch, das Mädchen habe sich diese wilde Geschichte ausgedacht, um ihre Aufmerksamkeit zu erregen. Weil die Männer immer noch lachten, stampfte Ermintrude wieder wütend mit dem Fuß auf und fing dann zu weinen an. Finn, der diese Ausbrüche von seiner kleinen Schwester kannte, hatte Mitleid mit ihr und stieg wieder vom Pferd. Er nahm das wütende Mädchen in seine Arme, und als es sich nicht beruhigen ließ, sprach er leise auf sie ein. Ermintrude antwortete ihm und als er sie fragte, ob ihre Geschichte erfunden sei, schüttelte sie energisch den Kopf und Finn grübelte nachdenklich.

„Jetzt komm schon, Finn, wir müssen los. Das Kind kommt auch ohne dich zurecht, sie ist nicht deine kleine Schwester", neckten die beiden anderen ihn gutmütig.

„Sie sagt, sie hätte heute von den anderen Männern gehört, dass der König und seine Frau ermordete werden sollen, gleich nach dem Abendessen, wenn sie sich im Rosengarten befänden, denn dort ruht die Königin gerne am frühen Abend. Der Rosengarten ist selten bewacht. Das weiß ich von Raedwulfs Knappen, der gebrochen Norganisch spricht. Alle wissen, dass das Herrscherpaar dort gerne alleine ist. Die Königsfamilie fühlt sich dort sicher, weil es nicht sehr wahrscheinlich ist, dass irgend jemand diesen Frieden stört. Die Diener der Familie sind die einzigen, die in diesen Familientrakt gehen dürfen. Die Wachen halten alle anderen davon ab. Der private Bereich ist tabu für alle anderen.

Einzig ein Geheimgang führt dort hinein und hinaus, den aber nur wenige kennen. Er ist eine Art letzte Zuflucht, wenn der Palast bedroht ist. Diesen Weg müsste auch Ilari genommen haben, als er mit dem Knappen des Herzogs die Prinzessin gerettet hat. Und jetzt kommt das Beste. Wisst ihr wer die beiden Mörder sein sollen?"

„Mörder", knurrte Petur verächtlich, denn er hasste es, hier herumzustehen und einem kleinen Mädchen zuzuhören, das voller Vorurteile steckte und glaubte, alle Nordleute rannten herum und begingen Anschläge auf unbescholtene Bürger.

„Also wer wohl", fragte er dann doch, daran interessiert, endlich von hier wegzukommen.

„Arni und Kari, Leifs Leute. Und Ermintrude hat auch noch gehört, dass niemand anderes davon erfahren dürfte, also auch nicht Jökulls Leute, die zu Dans Männern gehören. Ist das nicht seltsam?"

Finn sah alle mit einem triumphierenden Grinsen an. So etwas konnte sich ein kleines, dinorisches Mädchen einfach nicht ausgedacht haben. Sie kannte schließlich nicht die Hintergründe. Allmählich dämmerte es den anderen auch.

„Schöner Mist, wir sollten einfach noch am Nachmittag abreisen, dann müssen wir uns nicht kümmern", sagte Anders empört. „Wir müssen dann gar nichts tun und uns vor allen Dingen nicht entscheiden. Denn wie auch immer man sich entscheidet, es kommt nichts dabei heraus außer einer Menge Ärger."

„Im Ernst, was sollen wir da machen? Vielleicht ist ja Björn mit den Dingen einverstanden, die hier geschehen sollen, vielleicht ist er sogar in diese Pläne eingeweiht. Aber wenn nicht und wir wussten davon und berichten es ihm nicht, dann wird es uns schlecht ergehen."

Petur wusste, wovon er sprach. Er hatte vor Urzeiten Björns Ärger abbekommen und das war kein Zuckerschlecken gewesen. Deshalb entschied er, Björn zu suchen und ihn davon in Kenntnis zu setzten. Dann müsste der einen Entschluss fassen.

„Weiß jemand, wo er ist?", fragte Finn die anderen Männer. Doch die wussten nur, dass er schon zeitig den Palast verlassen hatte.

„Er ist mit Raedwulf zur Jagd gegangen", rief Ermintrude aufgeregt, sie hatte den Tross vom Stall aus wegreiten sehen.

„Und wohin sind sie geritten?", fragte Finn sie.

„Dorthin." Ermintrude wies in Richtung Norden mit ihrem Arm. Petur wusste, dass das zu ungenau war, und schüttelte nur ungeduldig den Kopf.

„Ermintrude, gibt es ein Gebiet, in das der Prinz normalerweise gerne zur Jagd reitet?", fragte Finn das Mädchen. Sie nickte.

„In die blauen Wälder, dort gibt es Rotwild in Mengen, dorthin geht er oft und das liegt dort", sie wies wieder mit ihrem Arm in Richtung Norden. Finn wusste, diese Angaben waren zu ungenau, und deshalb beschloss er, jemanden zu finden, der ihnen erklären konnte, wo das beliebte Jagdgebiet des Prinzen lag. Sie standen etwas ratlos herum, bis Ermintrude einen guten Vorschlag machte.

„Tavish, der Geselle des Schmieds, war oft mit bei der Jagd und er wird, jetzt wo sein Herr gesucht wird, sicher niemandem erzählen, was ich euch gesagt habe. Er kann Edbert nicht leiden und war mit Ilari befreundet. Ich weiß schon, dass ich auch mit niemandem darüber sprechen darf, was ich gehört habe, dafür müsst ihr mir aber auch eine schöne Kette schenken, denn die wollte ich immer schon einmal haben."

Sie sah die Männer triumphierend an und versicherte ihnen wieder, mit niemandem über die belauschten Pläne zu sprechen.

Tavish, der Schmiedegeselle, war schnell gefunden. Er sprach recht gut norganisch, was sehr hilfreich war. Als er mit seinem Kunden fertig war, schloss er die Schmiede, sattelte sein Pferd und ritt mit ihnen in die blauen Wälder. Finn verstand sich sofort mit ihm, denn er war wie sein großer Bruder, ein wenig schweigsam, aber freundlich und hatte ein offenes Wesen.

Am Ziel angekommen, suchten sie an allen Tavish bekannten Orten nach Björn. Sie wollten schon enttäuscht aufgeben, als sie plötzlich Männerstimmen hörten. Zuerst lief ihnen Tavish, flink und selbständig wie er war, entgegen, aber dann hielt er wie vom Donner gerührt inne, denn er merkte, dass es nicht Dinoraner waren, sondern sich Fremde im Wald befanden. Er ging in die Hocke und schlich leise zurück, warnte die Männer und zusammen führten sie ihre Pferde etwas weiter weg und banden sie dort an einen Baum. Sie zogen ihre Schwerter und gingen auf die Männer zu. Finn hörte sie sprechen und ahnte, mit wem er es zu tun bekäme. Als sie nahe genug herangekommen waren, legten sie sich auf den Bauch und robbten auf einen Abhang zu, der ihnen am Rand hinter Gestrüpp Schutz vor ungebetenen Blicken bot. Sie konnten staunend die Szene miterleben, die sich im Talkessel abspielte.

Sie sahen ungefähr zehn dinorische Wachmänner an Bäume gebunden. Daneben lagen, ebenfalls an Händen und Füßen gebunden, Prinz Raedwulf und Björn Helgison nebeneinander. Zwei Nordleute, sie konnten nur vage ahnen, um wen es sich handelte, schnitten gerade einem dinorischen Wachmann die Kehle durch.

„Das war Arni, das Schwein. Er tötet einfach einen Mann, der nur seine Arbeit tut. Er hätte ihn auch sicher am Baum gebunden lassen können, der widerliche, gemeine Kerl", flüsterte Finn Petur zu und sein gutmütiges Temperament wallte auf. „So ein Dreckskerl. Sie fangen hier schon einmal an mit dem Blutbad. Sie können schon an Björn und dem Königssohn üben. Und ein paar von Jökulls Männern sind auch dabei. Diese Schweine, wenn ich sie nur zu fassen bekäme." Er wollte wütend los laufen, aber Petur hielt ihn am Arm zurück.

„Wenn du jetzt los rennst, dann wirst du auch getötet, denk doch nach. Wir müssen zuerst die am Baum gebundenen Männer befreien und dann Björn und den Prinzen. Sonst haben wir schlechte Karten. Kannst du sehen, wo die Waffen der Männer liegen?"

Finn sah sich um und Anders war es, der sie hinter den Bäumen blinken sah. Sie entschieden, zuallererst die Schwerter zu holen, als sie Tavish bemerkten, den sie bei ihren Überlegungen vergessen hatten und der offensichtlich gerne eigene Entschlüsse fasste.

Er war schon unten im Talkessel bei den Wachmännern und schnitt ihnen in aller Seelenruhe die Fesseln durch, so als befände er sich mitten auf einem Sonntagsausflug und spielte Räuber und Gendarm mit den Kindern.

„So ein Teufelsbraten, den haben wir ganz vergessen, und wie der rangeht. Wenn der wüsste, was für ein Schweinehund Arni ist, dann wäre er vorsichtiger."

Petur war außer sich vor Wut, aber auch voller Bewunderung für diesen Jungen. Die Männer hier hatten Schneid. Der Sturm auf Amber könnte ganz schön in die Hose gehen, wenn alle Männer so wie Tavish waren, dachte sich Petur und gab den Männern Befehl, sich so weit wie möglich ungesehen auf die Gruppe zuzubewegen und dann auf die Tandhener loszustürmen.

„Ihr könnt die feige Bande auch gleich umbringen, dann ist die Arbeit wenigstens ordentlich getan ", sagte er ihnen erbost.

Die Wachmänner fühlten, dass sie frei waren, wagten es aber nicht, ohne Waffen loszulaufen und blieben an die Bäume gelehnt stehen. Tavish hatte ihnen zugeflüstert, dass er sie gleich mit Waffen versorgen würde. Die Spannung stieg, denn die Wut der Wachleute war kaum im Zaum zu halten, und Tavish, der einige von ihnen kannte, hoffte, schnell genug mit den Schwertern zurück zu sein, sonst konnte es passieren, dass die Männer mit bloßen Händen auf die Nordleute zustürmten. Sie mussten gerade mit ansehen, wie man einen anderen ihrer Kameraden abschlachtete. Endlich spürten sie einer nach dem andern, wie ihnen Tavish den kalten Stahl in die Hände drückte. Als nun einer der Feinde zu ihnen kam, um sich den nächsten Mann zu schnappen, den er töten wollte, traf ihn ein tödlicher Hieb mit dem Schwert gerade von dem Mann, vor dem er stand.

„Du wirst heute keinen mehr umbringen, du Dreckskerl", presste der Wachmann wütend zwischen seinen Zähnen hervor und stürmte mit den andern nach vorne. Das war das Signal für Petur und seine Leute. Finn lief auf die Gefangenen, die am Boden lagen, zu und schnitt ihnen die Fesseln durch, und bevor er sich überlegen konnte, wo er Waffen für sie bekam, stand Tavish schon mit drei Schwertern in der Hand bei ihnen. Björn, der schnell aufgesprungen war, dankte dem jungen Mann mit einem kurzen Kopfnicken und dann kämpften sie. Sie metzelten die Tandhener nieder und stellten am Ende fest, dass ihnen Arni und Kari fehlten.

„Mist, ausgerechnet diese beiden", knurrte Petur wütend und berichtete kurz gefasst die Geschichte des kleinen Mädchens. Björn dachte nicht lange nach und beschloss, zum Palast zu reiten, denn er kannte Leif. Er hatte diesen Mördern bestimmt unermessliche Reichtümer in Aussicht gestellt, wenn es ihnen gelänge, Bornwulf und Eadgyth zu töten, und einen bitteren Tod, falls sie scheiterten. Man musste annehmen, dass die beiden ihren Plan, wenn auch ein wenig geändert, noch ausführen würden. So ritten Raedwulf, Björn und Hallvard von Grauen getrieben los in Richtung des Palastes. Die restlichen Norganer und Tavish sprangen auf ihre Pferde und ritten wie die Teufel hinterher. Björn hoffte, das Schlimmste noch verhindern zu können. Sie hätten jedoch nicht gewusst, wohin sie sich wenden sollten, hätten sie nicht Raedwulf bei sich gehabt, der den geheimen Gang und den richtigen Einschlupf dorthinein wusste. Als sie zum Eingang des geheimen Ganges kamen, sahen sie die Pferde der beiden gedungenen Mörder. Tavish wurde angewiesen sie wegzubringen, damit die beiden nicht flüchten konnten, falls sie entwischten.

Raedwulf öffnete die Luke und trat in den dunklen Gang hinein. Er wollte sich die Fackel greifen und sie entzünden, musste aber feststellen, dass beide fehlten. Die Mörder waren also schon vor ihnen im Gang, vielleicht sogar in den privaten Räumen. Raedwulf begann zu zittern, mahnte sich aber zur Ruhe. Sie brauchten ihn, denn nur er kannte den Weg und musste ihn jetzt sogar im Dunkeln finden. Und dabei schnell sein, sonst starben möglicherweise seine Eltern und die Geschwister. Er traute sich kaum, einen Fuß vor den anderen zu setzen, als eine Hand sich auf seine Schulter legte.

„Ich bin dicht hinter euch, Prinz, nur geht endlich los, das Grauen des Ganges ist nichts im Vergleich zu dem, was euch erwartet, wenn ihr hier noch länger zögert", sagte Björn mit seiner dunklen, ruhigen Stimme. Raedwulf wusste, dass er recht hatte und er schämte sich für seine Angst. Dann ging er langsam vorwärts. Weil er immer noch sehr aufgeregt war, lief er zweimal falsch, schaffte es aber dann doch, den richtigen Ausgang zu den Gemächern des Königs zu finden. Sie rissen die Türe auf, die zu ihrem Glück nicht sachgemäß von außen verschlossen war, sonst wären sie machtlos gewesen. Raedwulfs Angst war nun völlig verschwunden. Er stürmte voran, denn er wusste, welche Türe er öffnen musste, um auf dem schnellsten Weg zu den Gemächern der Eltern zu gelangen. Als sie in das Schlafgemach der Mutter kamen, stand Kari über der Königin gebeugt und versuchte sie zu töten. Doch Eadgyth hatte enorme Kräfte und eine unbekannte Wut entwickelt seit Edberts Überfall. Deshalb kam Kari nicht mit ihr zu Rande. Als er Raedwulf in das Zimmer stürmen sah, ließ er von ihr ab und rannte nach draußen, um Arni zu warnen. Raedwulf sah eine geöffnete Türe und lief entschlossen hinein. Dort rang Bornwulf, der einen Dolch in den Händen hielt, mit Arni und Kari gleichzeitig, der versuchte, dem Freund zu Hilfe zu kommen. Doch beiden gelang es nicht, Bornwulf niederzuringen, denn dieser war ein kräftiger, durchtrainierter Mann. Aber weil Raedwulf und Björn im Zimmer waren, verstärkte Arni seine Kräfte, denn er sah in Björns Augen, dass er die Seiten gewechselt hatte. Er wusste instinktiv, Björn machte in jedem Fall mit ihm kurzen Prozess. Dann sollte der verdammte König wenigstens sterben, dann hätte er Leif einen Dienst erwiesen, sonst ließe Leif, der Dreckskerl, seinen Ärger auf ihn an seiner Familie aus. Arni ärgerte sich, dass er sich überhaupt auf das Unterfangen eingelassen hatte, Bornwulf zu töten. Er beschloss, es jetzt auf der Stelle zu tun. Arni griff sich sein Schwert, das am Boden neben ihm lag, wendete sich blitzschnell zu Bornwulf um und wollte zustoßen, als sich Bornwulf, der aus den Augenwinkeln diese Gefahr auf sich zukommen sah, seine Bemühungen verstärkte, sich aus Karis Griff befreien konnte und Arni seinen Dolch blitzschnell mitten in das Herz stach. Arni fiel mit einem undefinierbaren Grunzen nach hinten und blickte nur noch starr an die Decke. Kari, der seinen

Freund zu Boden gehen sah, verließ der Mut. Er ließ von Bornwulf ab, der eilends seine Chance erfasste, Kari ergriff und ihm den blutigen Dolch an die Kehle setzte. Da ließ Kari das Schwert fallen. Er wusste, es war alles verloren. Er wusste auch, dass ihm und seiner Familie nicht mehr zu helfen war, genauso wie Arni vorher. Er verfluchte Leif Asgerson und seine Sippe.

Königin Eadgyth, der nichts geschehen war außer ein paar Kratzern am Arm, stand mitten im Zimmer und lächelte Björn und Hallvard dankbar zu, fiel zuerst ihrem Sohn um den Hals und ging dann zu ihrem Ehemann und prüfte, wie es ihm ginge. Da richtete König Bornwulf sein Wort an Björn und die Männer.

„Ich danke euch, ihr mutigen Männer, ihr habt mich und meine Familie vor einem unwürdigen Tod gerettet. Das soll nicht umsonst gewesen sein. Ein jeder, der hier steht, hat die Dankbarkeit Dinoras erworben und zwar auf Lebenszeit. Ihr werdet alle in den Stand eines Ritters und Edelmannes erhoben, Land wird euch zugeteilt werden und euren Kindern wird das Privileg gewährt, an meinem Hof erzogen zu werden. Das Haus Paeford ist euch im Leben wie im Tod verbunden."

Bornwulf dankte jedem einzelnen und bat sie, am morgigen großen Fest teilzunehmen, das er auszurichten gedachte.

Björn nickte beiläufig und sah nicht völlig glücklich aus, denn er dachte an Prinzessin Hrodwyn, die auf dem Weg zu ihrem Ehemann gerade ihren Häschern in die Arme lief. Es gäbe für ihn etwas zu tun, doch noch hatte er sich nicht ganz für Hrodwyn entschieden. Er musste vorher einige Dinge regeln, nur dann konnte er sich von den anderen Verpflichtungen freimachen.

„Du scheinst mit dem Ausgang der Ereignisse nicht zufrieden zu sein", bemerkte Hallvard, als sie endlich alleine waren. Ihm war aufgefallen, dass Björn sich ausnehmend schweigsam verhielt und sich ein wenig absonderte, wie es sonst nach einem solchen Triumph nicht seine Art war.

„Ja, ich muss nachdenken", murmelte er und ging nach draußen. Die stickige Hitze des warmen, dinorischen Abends drückte ihm zusätzlich auf die Seele. Als wolle die Hitze ihn bestrafen, ihn und seine Unschlüssigkeit. Dabei hatte er sich schon entschlossen, aber durch seine Entscheidung wurde alles unglaublich kompliziert. Er würde Dan, einen Freund, verprellen, der sich auf ihn verließ. Er hatte Dan sein Wort gegeben. Er wusste auch, das er Dan verpflichtet war, bei Hrodwyns Entführung zu helfen, weil er von ihm die Hilfe bekam, seinen Neffen zu retten. Wäre Ilari an Ort und Stelle gewesen, wären sie verschwunden gewesen, bevor es zu dem feigen Mordanschlag auf König Bornwulf gekommen wäre. Dan wusste mit Sicherheit nichts von den Plänen seines Bruders Leif, der undankbaren Ratte. Denn er hätte ihn sonst niemals ins offene Messer laufen lassen. Er sah es daran, dass ihn Arni im Wald töten wollte. Es glich alles eher einer Abrechnung mit Leif, mit dem er viele Rechnungen offen hatte. Aber Dan verließ sich auf ihn, er brauchte ihn, damit Hrodwyn in Gefangenschaft geriet und der Sturm auf Amber gelingen konnte, weil man so König Bornwulfs Allianzen schwächte. Björn wusste, er fiele seinem Volk in den Rücken, was ihm normalerweise nichts ausmachte, aber im Moment der Entscheidung doch Gewissensbisse verursachte. Aber was ging ihn der große Sturm auf Amber eigentlich an? Er wollte nur in Bratana leben, seine Sarah in den Armen halten und endlich sein neues Kind sehen. Dort scherte es ihn einen Dreck, was sich hier auf dieser Insel abspielte.

Dumm war nur, dass er sich unglücklicherweise auch Bornwulf verpflichtet sah. Er ärgerte sich schon darüber. Wie konnte das nur passieren? Er kümmerte sich niemals um Loyalität, Gefolgschaft und Treue. Er hielt nichts davon, weil er sich durch diese Gefühle in seiner persönlichen Freiheit eingeschränkt sah. Er fühlte sich seiner Familie verpflichtet, natürlich, deshalb war er überhaupt hier in Tamweld. Aber er behielt sich das Recht vor, sich ganz wie es ihm beliebte oder es die Situation erforderte oder einfach aus einer Laune heraus zu entscheiden. Björn dachte an seine Männer, von denen er aber genau diese Haltung uneingeschränkt erwartete. So wie von Magnus Ragnarson, der in Dans Lager seine Schiffe schützte. Würde er sich König Bornwulf Paeford gegenüber loyal verhalten, verlangte er von ihm, mit seinen

Schiffen nach Bratana zu segeln, mit seinem ganzen Hab und Gut, sich für ihn in Gefahr zu begeben, ohne eine Sekunde zu zögern, nur um ihm zur Seite zu stehen, ohne die Hintergründe zu kennen. Es war sehr nützlich für ihn, die Treue solcher Männer zu besitzen, aber auch sehr viel verlangt von den Männern. Jetzt verstand er, wie es sich anfühlte, einem anderen Mann treu zu sein. Bornwulf hatte sich ihm gegenüber schon loyal gezeigt, indem er seinem Neffen Ilari zur Seite stand, und dieser hatte sich Bornwulf verpflichtet gefühlt, seine Tochter Leana zu retten. Es schien an diesem Mann etwas Ehrenwertes zu haften.

Und betrachtete man Dan Asgerson, dann hätte er ihm, als Freund und ehrenhafter Mann, seine Hilfe für Ilaris Rettung ohne Wenn und Aber anbieten müssen. Er hat aber einen verdammten Kuhhandel daraus gemacht, der für ihn selbst mit vielen Vorteilen behaftet war. Wenn Björn es so betrachtete, dann war er durch nichts an sein Wort Dan Asgerson gegenüber gebunden. Er lächelte still in sich hinein, denn er zog seinen Bruder Thorbjörn regelmäßig mit seiner unantastbaren Loyalität zu Halfdan Ingvarson auf. Und jetzt fühlte sich Björn plötzlich gebunden an einen Mann, den er vor zwei Wochen noch skrupellos getötet hätte. Das alles setzte er Hallvard auseinander und der staunte nicht schlecht, was in Björn vorsichging. Aber er erkannte schneller und genauer, dass Björn einen Mann gefunden hatte, für den er sein Leben geben würde, unabhängig von seiner eigenen Abneigung diesen Gefühlen gegenüber.

„Ja, so ist das nun mal, mein Freund. Wenn einen die Pflicht erwischt, dann kann man nicht anders. Du solltest, wenn du hier bleiben willst, Magnus Bescheid geben, dass die Schiffe und die Gefangenen nach Dulinga gebracht werden. Und du musst jemanden nach Torgan schicken, um Thorbjörn zu warnen und ihm die Ereignisse auseinanderzusetzten. Denn dein Handeln wird in Tandhen als Verrat gewertet werden. Damit gefährdest du deine Familie und Thorbjörns Familie, denn Bork ist immer noch am Leben und sitzt an König Asgers Hof in Assers an der richtigen Stelle, um dir und ihnen Ärger zu machen. An König Halfdan wirst du auch Nachricht senden müssen, und wenn du schon einmal dabei bist, gib Egil Asgerson in Dulinga einen kleinen Hinweis darauf, was du in nächster Zeit zu tun gedenkst und wie alles dazu gekommen ist. Er wird deine Sarah im Zaum halten und sie gleichzeitig schützen müssen vor seinen Brüdern, allen voran Leif, der deinen Verrat sicher voll auskosten wird. Das bedarf eines ganzen und vor allen Dingen völlig überzeugten Egils. Dann musst du dir überlegen, ob du jemanden zu Dan schickst. Du kannst Dan erklären, warum du seinen Auftrag nicht ausführst und wie Leifs Rolle in diesem Spiel sich gestaltet. Ein dinorischer Bote deines Vertrauens muss es sein, der die Sprachen spricht und den Mut hat, mitten ins Wespennest zu gehen, um deine Nachrichten zu überbringen. Und dafür fällt mir nur ein einziger ein, dir sicher auch, oder."

Hallvard schwieg und sah zu, wie Björn die Nuss knackte, die er ihm gegeben hatte.

„Tavish, sicher meinst du ihn, er ist ein Teufelskerl. Er könnte alles schaffen. Aber ob er will?", fragte sich Björn. Er schwieg, dachte nach und schien sich entschieden zu haben.

„Dan werde ich gar nichts auseinandersetzen. Für Dan bin ich einfach gleich aus Tamweld verschwunden zusammen mit Ilari. Das kann passieren, manchmal ändert man seine Pläne, weil die äußeren Umstände es erfordern. Von dem feigen Mordanschlag seines Bruders Leif auf König Bornwulf hingegen muss er erfahren, denn er muss wissen, dass Leif hinter seinem Rücken die Strippen zieht. Dan wird nichts gegen den Tod Bornwulfs gehabt haben, aber dass er nicht in die Pläne seines Bruders eingeweiht wurde, ist ein entscheidender Vertrauensbruch auch unter Brüdern. Er vermutet es sicher schon längst, aber es sicher zu wissen, hilft ihm. Das ist der Freundschaftsdienst von mir, den er erhält. Und Tavish muss man erklären, dass nur er durch sein Handeln die Weichen so stellen kann, dass seine Prinzessin Hrodwyn gerettet wird. Denn ich werde erst mit Bornwulf über diese Dinge sprechen, wenn ich sicher weiß, dass meine Männer, die Schiffe und das Hab und Gut gerettet und auf dem Weg nach Bratana sind. Dabei gehe ich einfach davon aus, das Tavish seinen Auftrag erfüllt und nicht wie ich aus einem Impuls heraus wortbrüchig wird. Wenn er unseren Auftrag annimmt, dann sollte er sich vorstellen, wie die Nordländer eine gehörige Schlappe einstecken müssen, weil die Bildung einer allumfassenden Allianz auf Amber funktioniert hat. Das ist doch schon etwas, auf das ein Mann in seinen alten Tagen mit Stolz blicken kann. Das ist mehr, als ein gewöhnlicher Mann in seinem ganzen Leben erlebt. Und Mut wird aus Verzweiflung geboren, vergiss das nicht."

Björn nickte Hallvard zu und ließ nach Tavish schicken. Als Tavish erschien, bat er ihn, über das Gespräch, das sie nun führen würden, für immer zu schweigen. Tavish müsse in Ruhe eine Wahl treffen, die sein ganzes Leben beeinflussen würde. Er wäre nicht gezwungen zu tun, um was ihn Björn bäte. Aber er sollte vorher gründlich darüber nachdenken. Am Abend hätte Björn gerne seine Entscheidung und dann würde er einen Auftrag bekommen, der im schlechtesten Fall sein Leben kostete, aber im besten den Sieg Ambers über die Nordländer in greifbare Nähe brächte. Tavish nickte einfach und hörte zu. Als Björn zum Ende kam, erwartete er, dass Tavish sich nun verabschiedete, um in Ruhe nachzudenken. Dass der junge Mann spontan anbot, ihm zu helfen, überraschte Björn dann aber auch wieder nicht, denn sein Entschluss, König Bornwulfs Leben zu retten und dabei das eigene zu riskieren, war genauso spontan gewesen. Er fand in dem Jungen einen Teil seines Charakters wieder, der mit zunehmendem Alter träger und vernünftiger wurde. Aber Vernunft hatte bei diesem Unternehmen nichts zu suchen. Er nahm Tavish noch in derselben Stunde mit zum König, um ihn über die Gefahr aufzuklären, in der sich seine Tochter befand. Er erbat einige Reiter, um Hrodwyn zu Hilfe zu eilen, die sie nur noch sehr knapp erreichen würde, denn die zwanzig Männer, die im Hinterhalt lagen und auf sie warteten, hätte ihr Tross demnächst erreicht.

König Bornwulf setzte sich zuerst einmal. Es ging im Moment ein Hammerschlag nach dem anderen auf seine Familie nieder. Er beugte sich schon fast unter der Last. Hätte nicht Björns Zuversicht ihn aufhorchen lassen, er hätte jetzt besser ein Gebet zu

Hrodwyns Rettung beten lassen, denn es sah so aus, als könne man nichts mehr für das Mädchen tun.

Aber Björn schien da ganz anderer Meinung zu sein. Er wirkte entschlossen, sein ganzes Leben zu verändern und alles aufs Spiel zu setzten, was ihm etwas bedeutete. Und Bornwulf wusste, er musste sich aufraffen. Forsch voran gehen, nach hinten zu schauen behinderte ihn nur. Er gab Björn, was er benötigte, und schickte Tavish Männer mit auf seine riskante Mission. Dann verabschiedete er Björn und seine Männer, die sofort aufbrachen zur Rettung einer fremden Prinzessin. Bornwulf verweigerte jedoch Raedwulf und Lebuin die Teilnahme an dieser gefährlichen Fahrt. Er schickte Raedwulf nach Bratana, denn dort wartete Königin Silufee auf ihn. Prinz Lebuin blieb ihm als Ratgeber und Dritter in der Thronfolge, denn man wusste nie, was Raedwulf auf seiner Reise nach Bratana geschehen mochte. Bornwulf Paeford war erstaunt, wie schnell sich die Zahl seiner Kinder reduzierte in einer Weise, wie er es niemals für möglich gehalten hätte.

„Bringt mir mein Kind bitte heil und gesund wieder oder gleich nach Glansest", bat Königin Eadgyth Björn Helgison und seine Männer. Diese versprachen, ihr Möglichstes zu tun und Eadgyth ahnte, dass dieser beeindruckende Mann ihre beste Option war. So eilte Björn noch in derselben Nacht hinaus in die Dunkelheit Dinoras mit einem Auftrag, den er vor einer Woche nicht für möglich gehalten hätte. Eine Weile ritt noch Tavish mit ihnen und Björn und Hallvard setzten ihn über vielen Einzelheiten ins Bild, bis der Junge und seine drei Männer abbogen und in der düsteren Nacht verschwanden.

Hrodwyn Paefords Sieg

Die Kutsche schaukelte über den unebenen Weg und stieß Hrodwyn unzählige Male die Sitzbank in den Rücken. Draußen war es unerträglich heiß, aber in der Kutsche, die Gardinen vor den Fenstern hatte, war es stickig und bleiern. Es nutzte nichts, dass man den Stoff vor den Fenstern abnahm, die Hitze staute sich trotzdem im Inneren. So schaukelte die junge Prinzessin ihrer Ehe mit Cedric Ammadon und ihrem neuen Leben in Sidran entgegen. Hätte sie ohne Gewissensbisse und Verpflichtungen selbst entscheiden dürfen, wen sie heiraten wollte, sie wäre keine Vernunftehe eingegangen. Sie hatte den Bräutigam noch nicht einmal gesehen. Die Boten aus Sidran schilderten ihn zwar in den höchsten Tönen, aber sie traute diesen Beschreibungen nicht. Schließlich wollten alle Hrodwyns Wohlwollen und Einverständnis. Hätten sie ihr berichtet, was sie jetzt immer häufiger von der Dienerschaft hörte, dass er sehr klein und ängstlich war und rote Wangen vor Aufregung bekam, dann wäre sie vor einer Ehe mit ihm zurückgeschreckt. Aber Hrodwyn war ein vernünftiges Mädchen. Sie hatte die Fähigkeit, die Angelegenheiten, die sie selbst betrafen, von allen Seiten zu betrachten. Es war nun einmal das Los einer Prinzessin, einen hochgestellten Mann zu heiraten, den man nicht liebte, und im besten Fall sogar Königin eines Landes zu werden, selbst wenn der Gatte klein und ängstlich war.

Ihre Schwester Genthild hatte ihr Königinnendasein mit dem Leben bezahlen müssen, weil sie sich nicht gegen ihren Mann durchsetzten konnte. Wäre König Lius ihr Ehemann gewesen, dann hätte sie darauf bestanden, ein Bündnis mit den anderen Ländern Ambers zu schmieden, bevor er zu einem Feldzug gegen die Tandhener aufgebrochen wäre. So hatte Lius sein Leben und das seiner Frau verwirkt und das Leben seines einzigen Kindes, des kleinen Draca, aufs Spiel gesetzt. Ihr Neffe Draca hatte die

Tragödie überlebt, aber es würde Jahre dauern, bis er seinen Thron besteigen könnte. So viel stand schon vor ihrer Eheschließung mit Cedric fest, sie würde sich von ihm niemals bevormunden lassen, denn sie war es gewohnt, sich gegen ihre Geschwister und vor allen Dingen die älteren Brüder vom Format eines Raedwulf oder Lebuin durchzusetzen. Diese Durchschlagskraft musste Cedric erst noch beweisen. Erst recht, wenn Cedric ein Hampelmann war, wie sie es verstohlen munkeln hörte. Er war der Thronfolger Sidrans und durch ihn wurde sie eine Königin, das war alles.

Oh wie gerne wäre sie jetzt oben beim Kutscher gesessen, aber das konnte sie nicht, denn sie war kein Kind mehr und außerdem schadete es der Haut, behauptete die Mutter so trefflich. Hrodwyn kämpfte mit sich, hielt es aber keinen Augenblick länger in dieser dampfenden Kutsche aus. Sie ließ den Tross anhalten, auch wenn der gestrenge Kommandant wieder käme, um ihr einen Vortrag über die Trägheit eines Geleitzugcs zu halten, und ihr ins Gewissen zu reden, so schnell wie nur möglich Glansest zu erreichen. Es wäre so umständlich, alle Fahrzeuge zum Halten zu bringen, und Hrodwyn wusste, dass er, wenn es nach ihm gegangen wäre, der an der frischen Luft auf einem Pferd in leichter Kleidung ritt, den Tross niemals angehalten hätte. Am Morgen wären sie losgefahren und hätten abends nur widerwillig pausiert.

Aber es geht nicht nach deinem Kopf, Kommandant, entschied Hrodwyn und ließ den Zugführer rufen. Es dauerte eine Weile, bis er kam. Doch dann stampfte sie alle seine ihr schon hinlänglich bekannten Argumente ein und befahl ihm energisch, sofort und ohne weitere Ausreden anzuhalten. Sie schickte ihn mit einer laxen Handbewegung weg, schließlich hatte er jetzt eine Menge zu tun. Sie sah noch seine wütende, unzufriedene Miene, aber auch das störte sie im Grunde nicht wirklich. Sie war schon immer unempfänglich für die Launen und Schwierigkeiten ihrer Diener gewesen. Es gab nun einmal Arbeiten, die man zu erledigen hatte. Er muss den Geleitzug zum Stehen bringen und ich muss den Königssohn von Sidran heiraten, der nachweislich ein Dummkopf ist. So ist es nun mal. Gott, es war heiß.

„Und bringt meine Kutsche im Schatten zum Stehen", rief sie dem davonreitenden Kommandanten hinterher.

„Ja, Mylady", knurrte er zwischen seinen Zähnen hervor und Hrodwyn konnte sich vorstellen, welche Schimpfwörter er im Geiste für sie übrig hatte. Sie lächelte, weil sie wusste, dass er ein überaus begabter Kommandant war. Nicht jeder konnte es ihr recht machen. Sie nahm sich vor, es ihm irgendwann zu sagen. Doch jetzt musste sie ein kühles Lager unter den Bäumen finden, sonst würden Köpfe rollen.

Der Kommandant Cenhelm Barras, dem die Verantwortung, auf die Thronfolgerin Sidrans aufzupassen, schwer auf der Seele lag, wünschte sich nichts mehr, als endlich die sicheren Mauern Glansests zu erreichen. Er hörte von den Spähern, die er vorausschickte, Unterschiedliches. Doch sortierte er alle unwichtigen Mitteilungen aus, blieb trotzdem ein möglicher Angriff auf den Geleitzug der Prinzessin durch tandhenische Reiter übrig. Alle Späher sagten, dass Feinde in der Gegend der Straße nach Sidran gesichtet wurden, und Cenhelm Barras, der aus einer Hauptmannsfamilie stammte und der die strategischen Diskussionen des Vaters schon von Kindesbeinen an zu hören bekommen hatte, hatte ein untrügliches Alarmsystem entwickelt für die Gefahren, denen er in seinem Beruf begegnete.

Ein solch sicherer Instinkt trieb ihn vorwärts, denn jede Meile, die er hinter sich brachte, führte ihn zwar näher an eine Gefahr heran, die ihnen durch die Nordleute drohen könnte, aber er vermied unter Umständen die Zusammenrottung unterschiedlicher, feindlicher Kräfte. Je weniger Feinden er begegnete, desto besser waren seine Chancen, sie zu vernichten. Er fühlte sich unwohl, belauert und umzingelt und er wusste, er wäre besser beraten, er könnte der jungen Prinzessin sein Dilemma erklären, damit der Zug endlich vorankam. Aber König Bornwulf hatte ihn vor seiner Abreise zu sich gerufen und ihm das Versprechen abgenommen, dem jungen Mädchen keine Angst einzujagen. Er hatte als Vater erhebliche Gewissensbisse, seine Tochter aus Staatsgründen zu verheiraten. Sie alleine über Land zu schicken, war eine heikle

Angelegenheit und eine verängstigte Prinzessin würde die Lage nicht verbessern. Cenhelm verstand ihn, doch würde sie Glansest erreichen, heiratete sie Cedric und sie würde ein standesgemäßes Leben führen. Ein Überfall der Tandhener jedoch hätte unangenehmere Folgen, wie die Gefangenschaft, das Sklavendasein oder sogar den Tod für sie. Er konnte die Unannehmlichkeiten der Prinzessin auf dieser Reise verstehen, war jedoch fast nicht mehr in der Lage, die unsinnigen Befehle des naiven Mädchens stoisch entgegenzunehmen. Von Natur aus sehr ruhig und besonnen, schlummerte in ihm ein sechster Sinn, der bisher sein Überleben gesichert hatte, wenn er die Möglichkeit gehabt hatte, sich die Dinge nach seinem Ermessen einzurichten. Genau mit dieser Intuition kollidierten die Befehle der Prinzessin. Dabei amüsierte es ihn beinahe schon, mit welcher Bestimmtheit sie seine Leute herumkommandierte. Die Männer behaupteten des Abends an den Feuern, dass sie nicht mit Cedric tauschen würden. Hrodwyn war sehr hübsch und reizte die Sinne der Männer, aber sie hatten im eigenen Haus gerne selbst die Hosen an. Mit einer Frau von Hrodwyns Format war das unmöglich.

Seine Soldaten kannten Cenhelm schon seit Jahren und sie rochen eine Gefahr wie er. Bornwulf ließ Cenhelm seine besten Männer für diese Unternehmung aussuchen und als er ihnen jetzt befahl, den Tross anzuhalten, fingen einzelne zu murren an. Cenhelm verübelte es ihnen nicht. Er hätte am liebsten mit gestreikt. Aber er musste Hrodwyns Befehle ausführen lassen, sehr zügig, damit der Tross noch vor dem Abend wieder in Gang käme und noch einige Meilen hinter sich brächte. Er wünschte sich, das nächste Dorf zu erreichen, das noch elf Meilen in ihrer Reiserichtung vor ihnen lag. Dort war eine kleine Kommandantur mit zwanzig Soldaten eingerichtet und das alleine bot ihnen einen erklecklichen Schutz und größere Überlebenschancen bei einem Überfall. Seine Männer kannten diese Station und hätten einiges auf sich genommen, um möglichst schnell dorthin zu gelangen.

Aaran Dering trat auf ihn zu und fragte höflich, aber mit angespannter Stimme, warum es schon wieder notwendig war, den Geleitzug anzuhalten.

„Der Prinzessin ist es in der Kutsche zu heiß", brummte Cenhelm in seinen Bart hinein.

„Ihr wird es erst richtig heiß werden, wenn ihr die tandhenischen Schwerter um die Ohren sausen und sie nicht weiß, wohin sie sich wenden kann, weil die Feinde sie umzingelt haben. Wir werden dann niedergemetzelt und vergießen unser Blut, weil es einer verzogenen Prinzessin zu heiß war auf der Reise zu ihrem buckelnden Ehemann. Dafür bin ich nicht in den Dienst der Königswache eingetreten, Cenhelm, und das weißt du auch. Ich will keinen meiner Männer verlieren. Deshalb wäre es klug, die Prinzessin mit den Realitäten vertraut zu machen. Und zwar sofort. Anschließend sollten wir sie auf den Kutschbock setzen, damit sie ein wenig Farbe bekommt und sich abkühlt. Oder noch besser, einige unserer Leute sollten sie auf ein Pferd setzten und mit ihr durch die Felder und Wälder in Richtung Sidran reiten. Ohne sie ist die Fahrt weitaus ungefährlicher. Hast du daran schon einmal gedacht, Kommandant?", fragte Aaran spitz und nicht ohne eine bestechende Logik. Denn genau das hatte sich Cenhelm auch einige Male überlegt. Sie sollten das Mädchen in Sack und Asche kleiden und mit einem Teil der Männer nach Glansest schicken. Eine ihrer Dienerinnen könnte ihren Platz während der Weiterfahrt einnehmen. Das wäre für das erbarmungswürdige Mädchen dann zwar ein großes Unglück, falls sie angegriffen würden, aber die Allianz mit Sidran wäre bei einem Überfall gesichert und Cenhelm rechnete fest damit, dass die Tandhener etwas ausbrüteten. Ein Tross dieser Größe machte sich nicht durch das Land auf den Weg, ohne dass jemand etwas davon erfuhr. Wenn nicht Dan Asgersons Spione schon länger von ihren Absichten wusste und ein Angriff im Detail geplant war. Der Einfall der Nordländer bekam dem Land nicht und die Zerrissenheit der Dinoraner und ihrer Nachbarn machte ihr Handeln unklar und gefährlich. Es gab viele, die sich mit den Tandhenern zusammentaten und davon gut profitierten.

Er dachte an König Bornwulf und daran, was dieser von ihm erwartete. Aber die Dinge, die sich hier entwickelten, machten gewisse Änderungen erforderlich. Deshalb beschloss er, noch einen kritischen Blick auf Aaran werfend, nach seinem Sinne zu handeln. Er machte lieber seine eigenen Fehler als die der anderen. Das war das Prinzip seiner Familie und so ziemlich der erste Rat, den er von seinem Vater als kleiner Junge erhalten hatte, als er einem Freund ohne nachzudenken ins Unglück hinterhergelaufen war. Damals bestrafte ihn der Vater nicht, aber er kündigte ihm an, dass er als Speichellecker kein erfülltes Dasein führen würde. Das ist unbefriedigend und steht einem Barras nicht zu Gesicht, argumentierte er damals. Seitdem war Cenhelm sehr oft in ein Fettnäpfchen getreten. Wenn er jedoch die richtigen Argumente für sein Handeln hervorbrachte, wurde seine Handlungsweise meist akzeptiert, zwar gerügt, aber hingenommen und er begann einen Sinn für die richtige Taktik zu entwickeln und sie seinen Vorgesetzten zu vermitteln oder sie bei ihnen sogar durchzusetzen. Er würde sich für seine Entscheidungen, die er jetzt traf, einmal vor Bornwulf verantworten müssen, aber er würde nicht seine Männer in einer ausweglosen Situation sinnlos und gedankenlos opfern.

Er sah die Prinzessin auf der kühlen Lichtung weilen und ging auf sie zu.

„Auf ein Wort Prinzessin", sprach er sie an, als sie mit dem Rücke zu ihm stand und ihn nicht hatte kommen sehen. Sie drehte sich um und lächelte ihm zu.

„Es ist kühl hier und schattig, ein wundervoller Flecken Erde. Ich danke euch dafür. Ihr habt ein großes Talent, wisst ihr das eigentlich?", fragte sie ihn und hoffte, er wäre von ihrem Lob angetan. Er nickte und bedankte sich, sah aber genauso ernst aus wie in den Tagen zuvor. Ihr Lob schien ihn nicht zu erfreuen. Ihre Miene verfinsterte sich. Jetzt erwartete sie eine unangenehme Unterredung, denn sie kannte Cenhelm schon sehr lange und wusste, dass der sonst so geschmeidige Mann mit irgendeinem schwerwiegenden Problem beschäftigt war. Er wirkte seit gestern, als die Reiter, die er vorausgeschickt hatte, zurückgekommen waren, ausgesprochen angespannt, reizbar und ruhelos. Sie nickte nur und schwieg. So begann Cenhelm so vorsichtig wie möglich.

„Prinzessin, wenn mein Gefühl mich nicht täuscht und die Mitteilungen richtig sind, die mir meine Späher zugetragen haben, dann ist jede Verzögerung des Geleitzuges gefährlich." Er stand vor ihr, knetete seine Hände und versuchte, seine Erregung im Zaum zu halten. Dann sah er ihr in die Augen, als hätte er sich soeben entschieden, sie mit allen unangenehmen Details zu konfrontieren. Er räusperte sich.

„Die tandhener Besetzer haben mit an Sicherheit grenzender Wahrscheinlichkeit Kunde von eurer geplanten Vermählung mit Cedric erhalten. Deshalb erwarten wir in nächster Zeit einen Überfall auf unseren Tross. Wir haben uns in den letzten Tagen viel langsamer fortbewegt, als ich es eigentlich geplant hatte. Einige Kontrollpunkte haben wir noch nicht ansteuern können und auch den nächsten, das Dorf Henselt, in dem sich Truppen eures Vaters befinden, ist wahrscheinlich heute auch nicht mehr zu erreichen. Dieser Halt wirft uns wieder um einen Tag zurück. Deshalb habe ich mir überlegt, wäre es für eure Sicherheit am besten, ihr würdet euch als Dienerin getarnt mit einer Handvoll meiner Männer aufmachen, von der Hauptstraße entfernt wohlgemerkt, einen Weg durch die Wälder und unbewohnten Gebiete nach Glansest zu finden. Eine eurer Dienerinnen soll euren Platz im Zug einnehmen. Ihr könnt das Mädchen selbst bestimmen oder wir suchen uns eine passende Person aus und machen uns auf der Hauptstrecke weiter auf den Weg nach Glansest. Wenn sich nichts ereignet, erreichen wir in einigen Tagen die sichere Grenze Sidrans und können kurz nach euch in der Hauptstadt ankommen. Werden wir aber überfallen, haben wir größere Möglichkeiten, uns zur Wehr zu setzten, weil wir euch nicht schützen müssen. Oder wir werden nur ausgeraubt, wenn ihr nicht mit im Geleitzug seid. Ihr wäret dann schon in der Sicherheit der Mauern der Hauptstadt und ich müsste eurem Vater nicht Kunde von eurer Gefangennahme oder Schlimmerem überbringen. Mit eurer Vermählung wären auch die Allianzen auf Amber gesichert und damit die Freiheit Ambers. Und das ist eure allererste Aufgabe. Auch wenn ihr euch gegen meinen Vorschlag verwehren wolltet, ihr habt nicht wirklich die freie Wahl. Ihr habt wie ich Verpflichtungen, denen wir uns beide beugen müssen." Er schwieg und sah Hrodwyn streng in die Augen, damit sie begriff, wie es um sie stand. Cenhelm fürchtete, Angst in ihren Augen zu sehen, wie er es so oft zuvor an Zivilisten, die in einen blutigen Konflikt hineingezogen wurden, gesehen hatte. Er wartete ab, aber nach einer Weile bemerkte er, dass Hrodwyn so nüchtern und ernst aussah wie immer. Das Mädchen ähnelte dem Vater, wenn er mit unangenehmen Nachrichten konfrontiert wurde. Sie nickte entschlossen und sagte mit entschiedener Stimme: „Es ist gut, dass ihr mich endlich ins Bild gesetzt habt, Kommandant. Ihr hättet es nur schon früher tun sollen, dann hättet ihr mir das entwürdigende Verhalten einer verzogenen Prinzessin erspart. Aber ich denke, es war Vaters Entscheidung, mich im Unklaren zu lassen. Deshalb danke ich euch jetzt noch mehr, mir reinen Wein eingeschenkt zu haben. Euer Vorschlag scheint durchdacht zu sein, aber ich habe Gewissensbisse, euch und vor allen Dingen ein unschuldiges Mädchen der Gefahr auszusetzen, die ihren Tod bedeuten könnte und den euren, nur weil ihr mich in Sicherheit brachtet. Aber ich weiß um meine Verantwortung, deshalb werde ich eurem Vorschlag zustimmen und das Mädchen, das meinen Platz einnimmt, aussuchen. Euch werde ich mit dieser Entscheidung nicht belasten. Dann wählt fünf oder sechs Männer aus, wenn ihr sie wirklich entbehren könnt, und ich werde mich auf den Weg nach Glansest machen. Von dort werde ich euch Truppen und Unterstützung schicken. Vielleicht gibt es an der Grenze schon Soldaten, die hilfreich eingreifen können. Wie auch immer, ich werde mich kümmern und euch nicht gewissenlos eurem Schicksal überlassen. Wir sollten alles sofort regeln, dann schafft ihr es vielleicht noch, heute nach Henselt zu kommen, und genießt den Schutz der dortigen Truppen. Ich werde keine Pausen machen und keine Mühe scheuen, zeitig Glansest zu erreichen. Das verspreche ich euch. Und ich werde mich nicht gefangennehmen lassen. Sorgt euch nicht, ich bin es gewohnt, große Strecken zu reiten. Meine Brüder haben in dieser Hinsicht auf mich nie Rücksicht genommen. Das Jammern habe ich gerade aufgegeben, eure Männer werden sich also nicht mit mir herumplagen müssen."

Hrodwyn lächelte, denn nun war ihre bleierne Unentschiedenheit und Unruhe endlich verschwunden. Es tat sich etwas. Sie handelte lieber, als in einer Kutsche zu sitzen und wie ein Gepäckstück transportiert zu werden. Es war paradox, aber ihre Stimmung besserte sich zusehends. Sie hoffte nur, dass den zurückbleibenden Menschen nichts zustoßen wollte. Denn sich selbst sah sie keiner Gefahr mehr ausgesetzt. Es gefiel ihr besser, auf einem schnellen Pferd zu sitzen und einem selbstbestimmten Schicksal entgegenzureiten.

Aaran Dering erschien bei ihr mit fünf seiner Männer, alles ältere, kampferprobte Hünen, die sie seit ihrer Kindheit kannte. Mit manchen hatte sie auf der Schlossmauer gelacht und nun sollten sie ihr Leben für sie geben. Sie behandelte sie mit dem nötigen Respekt und sah genauer auf Aaran, der erst seit einigen Jahren in der Wache des Königs Dienst tat. Er war groß, kräftig, dunkel, hatte einen Bart und blaue Augen. Hrodwyn fragte sich, wie er zu blauen Augen kam, aber sie wollte es nicht wissen, denn er wirkte wie ein dunkler Ilari. Also war er ein Bastard, von einem Tandhener gezeugt. Doch das schreckte sie nicht, im Gegenteil, sie hatte sofort Vertrauen zu ihm, auch wenn er einen etwas störrischen Geist zeigte. Unabhängig hätte es der Vater genannt, aber störrisch nannte sie es. Sie würde sehen, wie sie mit ihm zurechtkam. Sicher ließ er sich nur ungern etwas von einer Frau sagen, aber da musste er durch. Er bekäme seine Befehle wie jeder andere, denn sie war die zukünftige Königin Sidrans, basta.

Sie ritten am frühen Nachmittag davon. Hrodwyn hatte nur einen kleinen Beutel dabei, in dem sich die persönlichsten Dinge befanden wie die Kopie des Siegelrings König Bornwulfs, der ihre Identität sicherte. Sie wechselte die Kleidung mit ihrer Hofdame, einer jungen Frau, die ihre Größe und Statur hatte. Sie war ihr auch ähnlich. Eine zweifelhafte Ehre, dachte sich Hrodwyn und gab ihr beim Abschied einen Kuss auf die Wange. Sie wünschte ihr Glück und auch den anderen im Geleitzug. Cenhelm drückte sie die Hand und bedankte sich bei ihm für sein offenes Wort, das ihm nicht zum Nachteil gereichen sollte. Dann ritten sie los, sie stürmten über ein freies Feld und in einen nahegelegenen Wald. Einer von Aarans Männern kam aus dem Grenzgebiet zu Sidran und kannte den Weg. Nach ein paar Minuten sah Cenhelm Barras nur noch einige wenige Punkte am Horizont, denn sie verschwanden gerade zwischen den Bäumen des nahen Waldes, als Pferdegalopp an sein Ohr gelangte. Als er sich umdrehte, sah Cenhelm, was er befürchtet hatte. Es waren tandhener Reiter, die auf sie zuritten. Er verwünschte seine Vorahnung, nahm die vermeintliche Prinzessin am Arm, stürzte mit ihr davon und warnte seine Männer. Ein kläglicher Rest von zwanzig berittenen Soldaten stand ihm zur Verfügung und schon jetzt sehnte er sich nach Aarans Fähigkeiten, ohne die er jetzt auskommen musste. Aber es war kaum Zeit zu überlegen, denn sein Leute hatten die Eindringlinge ebenfalls entdeckt und versteckten Mara, die Dienerin, um sie vor einem Zugriff zu schützen. Sie war ein hübsches Ding und einer der Soldaten lächelte ihr aufmunternd zu.

„Wir werden dich schon nicht an die Tandhener verlieren", versicherte Cenhelm ihr und drückte sie ein wenig am Arm. Das gab ihr etwas der verlorenen Sicherheit wieder und sie lächelte. Dann schob er sie hinter einen großen Baumstamm und fragte sie, ob sie fähig sei, dort hinaufzuklettern. Es sei nur ein Vorschlag. Mara sah den Stamm hinauf und schätzte, dass sie es schaffen könnte, hätte sie etwas weniger Röcke an. Sie blickte auf den Soldaten, der ihren Dialog gehört hatte. Dieser knöpfte ihr das Kleid auf, zog das Überkleid aus und bat sie, auf den Baum zu steigen. Der schweren Kleidung entledigt kletterte sie flink wie ein Wiesel den Stamm hinauf und war in größerer Sicherheit. „Kommt auch hoch", bat sie den Soldaten, „dann seid ihr sicher". Doch der lächelte nur grimmig und sagte, er hätte hier noch ein Tagewerk zu erledigen.

„Bleib du da oben sitzen, egal was passiert." Dann ging er zurück.

Der Angriff der Tandhener kam schnell und effizient. Sie ritten brüllend auf die Lichtung und jagten den Frauen Angst ein. Cenhelm hatte eine kleine Anhöhe gesehen, auf die er zulief. Sie sollte ihm und der Dienerschaft, die er dorthin jagte, Schutz geben. Die Soldaten und die Männer, die begriffen, was er vorhatte, stürmten ihm hinterher und als Cenhelm sah, dass sie ihn verstanden hatten, blieb er zurück, um dem Ansturm entgegenzutreten. Die Diener, sie hatten fast die Anhöhe erreicht, verbargen sich und zwei Soldaten sicherten ihr Versteck. Die anderen Soldaten versuchten, die Wucht der übermächtigen Tandhener aufzuhalten und sich dabei auf die Anhöhe zurückzuziehen, die leichter dem Ansturm standhalten konnte. Cenhelm kämpfte mit zwei tapferen Freunden und hielt den anderen den Rücken zum Rückzug frei. Es sah alles gelungen aus, als ein Tandhener seine Chance sah. Er stürmte nach vorne aus der Kampfformation heraus auf Cenhelm zu. Denn er sah in ihm nur einen älteren Mann, der eine leichte Beute zu sein schien. So sein Gegenüber unterschätzend, musste er im Zweikampf mit ihm sein Leben geben. Als er tot am Boden lag, dachte Cenhelm an seine eigenen Söhne und wünschte sich, sie niemals bei der königlichen Wache zu sehen.

Cenhelm und die anderen erreichten die Anhöhe und von dort hatten sie die Angreifer im Griff. Cenhelm sah nach Osten und hoffte, sie hätten alle Tandhener abgelenkt von der Prinzessin, aber genau würde er es jetzt nicht erfahren. Er musste abwarten und weiter hoffen. Einer der Männer sollte den Sturm durchbrechen und nach Henselt reiten, um Hilfe zu holen, aber das war bei Tage aussichtslos. Sein Kopf arbeitete auf Hochtouren, aber er kam auf keine schlüssige Lösung. Aber vielleicht war es ihr Schicksal, hier von der Flucht der Prinzessin abzulenken und schließlich einfach vom Feind abgeschlachtet zu werden. Prinzessin Hrodwyn war schon außer Reichweite, das wusste er, wenn er ihr Tempo in Rechnung stellte. Jetzt musste Aaran nur die kleinen Zusammenstöße mit den Splittergruppen der Tandhener vermeiden und die Zukunft Ambers wäre gesichert. Cenhelm konnte nicht anders, er saß auf dieser Anhöhe und war mit dem Lohn seines Lebens zufrieden. Auch wenn keine Heldenlieder auf ihn gesungen würden, hatte er Amber einen Heldendienst erwiesen. Er lächelte und fühlte sich endlich erleichtert.

Hätte er geahnt, was nun geschah, seine Unzufriedenheit wäre wieder aus den Ritzen gekrochen. Aber er war ahnungslos und glücklich in der Erwartung des sicheren Todes.

Aaran hörte aus der Entfernung das Brüllen der Angreifer. Auch Hrodwyn drehte sich auf ihrem Pferd herum, dann hielt sie es an, um zu lauschen, und immer noch hörte sie die fremden Laute zu sich dringen. Da begriff sie, dass der Geleitzug angegriffen wurde. Aaran hatte ein versteinertes Gesicht. Er schien hin und her gerissen zu sein zwischen seiner Loyalität seinem Kommandanten gegenüber und der Hilfe, die Hrodwyn erwartete.

„Der Gelcitzug wird angegriffen", flüsterten die Männer.

„Was tun wir jetzt?", fragte einer von ihnen Aaran. Der jedoch sah immer nur stur geradeaus. Er wusste eine Lösung, doch die würde nur ihm gefallen und sie wäre aus seiner Sicht die für ihn mit Sicherheit schlechteste. Außerdem würde ihn Cenhelm töten, wenn Aaran ihm und dem Tross zu Hilfe eilte und damit die Prinzessin im Stich ließe. Er schüttelte innerlich den Kopf, knurrte Unzusammenhängendes in seinen Bart und verweigerte Hrodwyn oder seinen Männern einen Blick. Er wollte sich nicht beeinflussen lassen. Dies wäre seine Entscheidung, mit der niemand etwas zu tun hätte. Doch es war unnötig, Hrodwyn etwas zu erklären. Sie erkannte, wie es um ihn stand. Raedwulf hatte ihr außerdem an die hunderte Male erklärt, wie es sich mit den Loyalitäten unter Soldaten verhielt. Hier war Aaran mit dem größten Loyalitätsproblem seines Lebens konfrontiert, denn er war im Besitz einer Macht, nämlich seiner Männer, die er ungenutzt lassen sollte, um ein junges Mädchen zu schützen, das seiner Meinung nach sowieso gerade in Sicherheit war. Währenddessen würden die Soldaten des Geleitzuges in einem sinnlosen Gefecht versterben, so wie er und seine sechs Männer, wenn sie ihnen zur Hilfe eilen würden.

Der Lärm der Kampfhandlungen ebbte ab, um einen Augenblick später umso erbitterte wieder aufzubranden. Hrodwyn sah Aaran hilflos und versteinert vor sich stehen. Er hatte sich gerade entschieden, weiterzueilen nach Glansest, weg von dem unerträglichen Gefechtslärm.

„Aufsitzen, Männer, wir reiten weiter. Cenhelm hat es so entschieden. Ich werde mich seinem Befehl nicht widersetzten."

Er drehte sich zu seinem Pferd um, nahm die Zügel in die Hand, seine Backenzähne mahlten unaufhörlich und dann stieg er eilig auf sein Pferd. Als die Männer ihn verständnislos anblickten, herrschte er sie an, sich zu beeilen, um möglichst schnell viele Meilen zwischen sich und dem Getöse zu bekommen.

„Ich bin es leid, dem Ganzen weiter zuzuhören", knurrte er in seinen Bart und wendete sein Pferd. Da sah er Hrodwyn noch neben ihrem Pferd stehen und Ärger stieg in ihm auf. Wollte dieses dumme Ding ihn weiter zur Verzweiflung treiben? Er sah sie an und bemerkte ihren trotzigen Blick.

„Steigt endlich auf, Prinzessin Hrodwyn", befahl er ihr mürrisch. „Treibt mich nicht zum Äußersten, sonst lernt ihr meine unangenehme Seite kennen."

Da sah er nicht nur ihren Trotz, sondern auch Skrupel in ihren Augen und er hatte zum ersten Mal Respekt vor ihr. Denn er ahnte, was sie gleich sagen würde. Und Aaran hatte recht, denn in Hrodwyn regten sich moralische Skrupel, dumme Skrupel, wie ihr einige Berater ihres Vaters sicher unterstellen würden, aber in dieser Situation genau die richtigen. Hrodwyn entschied sich, wie es ein anständiger Soldat getan hätte. Sie wollte den Tross nicht ungeschützt lassen. Sollte mit ihr geschehen, was auch immer ihr Schicksal für sie bestimmt hatte, denn die Rettung ihres kleinen Lebens war es, was zu dieser absurden Schlacht geführt hatte. Sie verbot sich, über die Pflichten ihres Daseins nachzudenken, über Amber und die zukünftigen Bündnisse und begriff, dass sich nur das Schicksal Ambers zum Guten wenden würde, wenn man nicht schon in der ersten Schlacht alle moralischen Pflichten aufgab. So entschied sie sich, wie es ein tugendhafter Mensch getan hätte.

„Lasst die Männer aufsitzen, Aaran, wir werden zurückreiten und kämpfen, bis auf einen einzigen Mann, der nach Henselt reitet und die dortigen Truppen zur Unterstützung holt. Es muss euer schnellster Reiter sein, der den Weg kennt und der keine Angst hat."

Ein junger Mann nickte strahlend, wendete sein Pferd und ritt ohne einen Befehl abzuwarten wie der Teufel los. Hrodwyn war erstaunt, aber Aaran sagte nur, dass er ihn auch gewählt hätte.

„Er ist ein flinker Bursche. Er wird es schaffen, denn er kennt alle Schleichwege, auf denen er sicher ist und die Soldaten sicher wieder zurückbringt. Ihr aber dürft nicht mit in den Kampf ziehen. Falls wir überleben, werden mir zwei Könige den Kopf abreißen wollen und sie werden so wütend auf mich sein, dass sie sich darum streiten werden, wer es zuerst tun darf. Das ist zu entwürdigend. Also bleibt hier, wo ihr seid und lasst uns losreiten, bitte, Prinzessin. Ich möchte nicht auch noch den Zorn Cenhelms vor Ort ertragen müssen."

Er lächelte etwas schief, fast schon bittend, und Hrodwyn nickte, denn sie wusste immer genau, wann sie nachgeben musste. Sie war durch eine harte Schule unter Geschwistern gegangen. Deshalb versicherte sie ihm ihrer Vernunft und schickte ihn los.

„Geht und bringt mir den Sieg, Aaran", sagte sie ihm bestimmt, sah ihn an und wünschte sich, ihr zukünftiger Mann hätte dieses Format und wäre kein solcher Jämmerling wie Cedric. Aaran lächelte freudig und nickte ihr zu. Dann ritt er mit den anderen zurück, um sein Leben im Kampf zu riskieren und es mit einiger Sicherheit zu verlieren. Und Hrodwyn schwor sich in diesem Moment, wäre sie erst einmal Königin, dann würde sie jede Möglichkeit nutzen, einen Konflikt friedlich zu lösen. Sie wollte Verträge aufsetzten, Allianzen aufbauen und Netze spannen, damit ein Konflikt mit Waffengewalt für immer vermieden würde. Sie band ihr Pferd an einen Baum und stellte sich daneben in den Schutz des rauen Stammes.

Aaran sah nach einigen Minuten die Eindringlinge, ritt mitten in den Haufen der Tandhener hinein und brachte einigen von ihnen mit dem unerwarteten Angriff den Tod. Er hieb wütend um sich und seine Männer taten es ihm gleich. Sie kämpften und hatten Cenhelm und die Kameraden wieder an ihrer Seite, die die Anhöhe sofort verlassen hatten, als sie die Hilfe bemerkten. Sie blickten in grimmige Gesichter und blinkende Schwerter und wussten, sie bekämen einen schönen Tod, einen verdienten, dessen sie sich nicht zu schämen brauchten. Tapfer hatten sie den Sieg schon beinahe errungen, als einer der Fremden ihnen zu rief, die Waffen fallen zu lassen. Er hatte die Dienerin mitgebracht, die eigentlich auf ihren Baum sitzen sollte. Als Cenhelm sie sah, rief er seinen Männern zu, nicht auf das Leben des Mädchens zu achten. Sie kämpften weiter, bis einer der Fremden lachte und sie eine zweite junge Frau hinter sich hervor zauberten. Es war Hrodwyn Paeford.

„Wollt ihr das Leben dieses Mädchens ebenso riskieren wie das des ersten?", fragte er in gebrochenem Dinorisch. Cenhelm sah Hrodwyn in die Augen und befahl, die Waffen augenblicklich niederzulegen.

„Tut es nicht, ihr seid dumm, schont nicht mein Leben, Kommandant", rief Hrodwyn wütend, aber Cenhelm hatte sich entschieden. Er gab auf. Auch Aaran, der die Szene entsetzt mitverfolgte, legte widerwillig sein Schwert nieder und ließ sich von den fremden Männern die Hände hinter dem Rücken binden. Es dauert eine Weile, bis alle Männer Cenhelms gefangen und gefesselt in einer Ecke zusammengesunken waren. Sie schwiegen beschämt, sahen sich nicht an und hatten keine Hoffnung mehr. Cenhelm erriet, was geschehen war. Die Nordleute mussten Hrodwyns Flucht aus dem Hinterhalt mitangesehen haben. Sie hatten wohl einen oder mehrere ihrer Männer hinterhergeschickt, und als der Trupp mit der Prinzessin anhielten und sich Aaran für eine Rettung des Geleitzuges entschied, die zurückgebliebene Prinzessin ergriffen und hierher gebracht. Auch die Dienerin hatte man so beobachtet, nur wusste man nicht mit Sicherheit, welche der Frauen die Prinzessin war. Aber durch Cenhelms übereifrige Entscheidung, Hrodwyn zu schonen, hatte er die Prinzessin den Angreifern ausgeliefert. Er schämte sich bis auf die Knochen, als er sah, wie man sie wie ein gefangenes Tier beäugte. Die

Augen aller Tandhener waren auf sie gerichtet und erst einer der Anführer der Tandhener machte diesem Schauspiel ein Ende. Er ging auf sie zu und führte sie zu ihren Dienerinnen. Dort ließ er sie bleiben und sichtete mit seinen Leuten den Geleitzug und die Schätze, die er barg.

„Der Sturm auf Tandhen ist gesichert", sagte der Mann hocherfreut und lachte siegessicher. „Und wir müssen nicht einmal Björn Helgison davon etwas abgeben, denn er hat sich verspätet. Er hat es verpasst, uns bei der Ergreifung der Prinzessin zu helfen. So soll er eben leer ausgehen, geschieht ihm recht."

Er redete und lachte so laut, dass es Cenhelm hörte, der sich am liebsten verkrochen hätte.

„Wir haben uns nicht an unsere Befehle gehalten, Cenhelm, das tut mir leid. Aber sie haben uns bestimmt vorher schon im Visier gehabt und hätten uns über kurz oder lang ebenso überfallen wie euch", flüsterte Aaran leise, denn ihm war es unheimlich, diesen Mann so zusammengesunken herumsitzen zu sehen. Er sollte Charakter zeigen, ihnen mitteilen, wie es weiterginge. Stattdessen saß er da und weinte fast. Das war eines dinorischen Kommandanten unwürdig. Aaran wurde ungeduldig.

„Fasse dich, es ist eben geschehen. Wir müssen nur sehen, wie wir aus dieser misslichen Lage wieder herausfinden", sagte er aufmunternd und erntete nur ein angedeutetes Lächeln von Cenhelm.

„Denke nach, Freund, wir kommen hier niemals frei. Sie hatten sogar noch einen Freund erwartet, wenn ich den blonden Hünen richtig verstanden habe, einen Björn Helgison, der sicher Truppen mitbringt. Selbst wenn wir gewonnen hätten, wäre er uns in den Rücken gefallen und hätte uns vernichtet. Diese Nordleute haben einen sehr hinterhältigen Charakter. Ihnen müsste man Anstand beibringen, aber wir werden das nicht sein. Unser Tod steht bevor. Björn Helgison wird kommen und unser Schicksal besiegeln."

Von da an schwieg Cenhelm Barras. Er wähnte sich und die Seinen verloren. Aber Aaran wollte ihm nicht glauben. Er war zornig. Dennoch fürchtete er, dass Cenhelm recht hätte.

Die Nacht sank herab und die Tandhener legten sich von ihrem Sieg berauscht schlafen. Kurz vor Morgengrauen, als alle schliefen bis auf die vier Wachen, die das Lager bewachten, rückten Männer vor. Einige von ihnen waren Soldaten König Bornwulfs aus Henselt und die andern waren Björn Helgison, seine vier Männer und die zehn Wachleute Bornwulfs, die zu seiner Unterstützung mitgekommen waren. Sie nahmen das feindliche Lager in die Zange. Björn, der sich mit dem blutjungen Kommandanten Henselts angefreundet hatte, setzte sich mit seinen Angriffsplänen durch. Sie waren erst am späten Nachmittag in Henselt angekommen, hatten einen Ring Bornwulfs gezeigt und den dinorischen Männern die Befehle erklärt, die sie direkt von Bornwulf erhalten hatten. Sie hatten an diesem späten Nachmittag in die ungläubigen Gesichter der Männer geblickt und waren, als diese alles begriffen hatten, von der Not gedrängt, hastig los geritten.

Jetzt, da sie ihr Ziel erreicht hatten, drangen sie leise, aber zügig in das Lager ein, Björn und seine Norganer zuerst. Als eine der Wachen ihn erblickte, erklärte er ihm, dringend Ulf, den Anführer, sprechen zu wollen. Hallvard, der in der Morgendämmerung verschwommen das Lager einschätzte, kam ihm hinterher und flüsterte ihm ins Ohr. Das alles kam der Wache ungewöhnlich vor, aber sie erwarteten Björn, deshalb führten sie ihn und Hallvard in ein Zelt.

Petur, Anders und Finn gingen leise im Lager umher und schätzten die Zahl der Gefangenen.

„Können wir uns mal die Mädchen genauer ansehen", fragte Finn neugierig einen Mann im Lager. Der sah spitzbübisch in Finns Gesicht, das keinen Argwohn bei ihm erregte, und führte ihn zu den Frauen.

„Sie sind erst morgen etwas für dich, wenn Ulf sich entschieden hat, welche er nimmt", warnte ihn der Mann und ging lachend davon. Finn nickte ihm wissend zu.

„Ich sehe sie mir nur einmal an, sie sollen hübsch sein, die ambischen Frauen", sagte er lüstern und grinste. Er trat ein wenig dichter an die Frauen heran, die um ein niedergebranntes Feuer saßen und ihn schweigend und erschrocken ansahen.

„Hrodwyn Paeford, welche von euch ist Hrodwyn", fragte er in schlechten dinorisch. Hrodwyn verstand zuerst nur ihren Namen. Sie zuckte zusammen und verhielt sich ruhig. Sie versuchte, den fremden Mann nicht anzusehen, denn ihr Mut war am Abend in sich zusammengesunken. Finn versuchte es weiter.

„Euer Vater schickt mich, Ich soll euch retten, Hrodwyn"; flüsterte er und hielt ein Tuch in die Höhe, das Hrodwyn als das Lieblingstuch der Mutter erkannte. Da zögerte sie nicht mehr.

„Ich bin es", antwortete sie leise und lächelte erleichtert über diese glückliche Fügung. Finn ging eilig auf sie zu, sah sich um und schnitt ihr die Handfesseln durch. Dann führte er sie aus dem Lager zu den dinorischen Soldaten, die auf ihn im Unterholz verborgen warteten. Als Petur, der Finn beobachtete, seinen Freund mit dem Mädchen verschwinden sah, ging er in Ulfs Zelt und gab Björn einen Wink. Der lächelte, ging auf Ulf zu und zog einen Dolch, den er ihm in aller Seelenruhe an den Hals hielt.

„Sage deinen Freunden, sie sollen sich von ihren Waffen trennen, sonst steht es schlecht um dein Leben, Ulf Hurensohn", knurrte Björn und drängte den grimmigen Tandhener aus dem Zelt hinaus. Draußen fielen die Männer, die die beiden herauskommen sahen, aus allen Wolken. Sie griffen instinktiv zu ihren Schwertern, zogen sie aber nicht. Sie erkannten die prekäre Lage, in der sich Ulf befand, und sie beugten sich den gezogenen Schwerter der drei anderen Norganer. Die noch lebenden Dinoraner, die von Anders schon befreit waren, griffen sich die Waffen der entsetzten Tandhener. Sie hatten keine andere Wahl. Sie ergaben sich und wurden alle gefesselt.

So kam es, dass, als der neue Tag anbrach, ohne einen Tropfen Blut zu vergießen oder viel Lärm zu verursachen, Hrodwyn Paeford aus den Händen der Tandhener befreit war und Cenhelm seine Ehre zurückbekam.

„Ich danke euch, Björn Helgison", sagte Hrodwyn lächelnd zu diesem überaus gutaussehenden und eleganten Mann. Sie war entzückt und überglücklich und prägte sich diese Vorgänge in ihr

Gedächtnis ein, gewillt, sie niemals zu vergessen. Björn verneigte sich galant vor ihr, lächelte sie an und streckte seinen Rücken durch, als er auf die tandhener Hunde zuging. Er zog den Dolch, den er eben schon benutzt hatte, ging zu jedem einzelnen der Männer und schnitt ihnen in aller Ruhe und Gelassenheit die Kehlen durch. Er war stark und wie sehr die Männer auch schrien und sich wehrten, sie hatten das Spiel verloren. Auch Hrodwyn glaubte zu schreien. Sie wusste es später nicht, aber die anderen Frauen kreischten hysterisch und einige fielen in Ohnmacht.

Hrodwyn blieb stehen, sie war eine Prinzessin, sie musste dieses Schauspiel ertragen können. Nur der ohrenbetäubende Lärm, der sich an diesem frühen Morgen auf den dinorischen Feldern breitmachte, raubte ihr in späteren Nächten den Schlaf. Das unglaubliche Blutbad, das sich vor den Augen der jungen Frau ereignete, machte sie für die Zukunft hart und unnahbar. Sie begann zu beten, befahl sich in die Hände ihrer Götter und sie erkannte, wie unterschiedlich ihre Kulturen in Wirklichkeit waren und wie grausam selbst die charmantesten Männer des Nordens sein konnten. Sie war angewidert und als die Hälfte der Männer Björns Dolch schon zum Opfer gefallen waren, fasste sie sich und versuchte, ihn vom weiteren Morden abzuhalten. Sie trat nach vorne und fiel ihm blitzschnell in den Arm, aber er stieß sie grob zurück. Ein Blick von ihm, der ihr seine Eiseskälte zeigte, erschreckte sie und brachte sie zur Vernunft. Sie ließ ihn widerstandslos gewähren. Doch sie durchschaute die Tiefen seines Charakters. Er war einer der gefährlichsten Männer, denen sie je begegnet war. So lernte sie in diesen langen Minuten alle Männer durch einen gänzlich anderen Blickwinkel zu betrachten und vor allen Dingen verinnerlichte sie, jedem alles zuzutrauen. Sie würde sich ab jetzt immer nur überlegen, was machbar wäre, und nicht, was man aus moralischen Gründen unterließe. Gerade im Hinblick auf die kommenden Zusammenstöße mit den Tandhenern und Swebaern wäre diese Sichtweise außerordentlich vernünftig und sollte in nicht allzu ferner Zukunft zur Schwächung der Tandhener beitragen.

Björn Helgison beendete dieses Schauspiel ebenso routiniert und leichter Dinge, wie das professionelle Eindringen in das Lager. Als Hrodwyn schwer schockiert war und sich nicht trösten ließ, erklärte ihr Cenhelm, dass dieser Mann, dem sie alle ihr Leben verdankten, alle Spuren verwischen musste, die auf ihn hinwiesen. Er schien viel für sie riskiert zu haben, wollte aber sein Leben noch retten.

„Und hätten wir ehrenvoll gekämpft, dann wären die meisten sowieso erschlagen worden von uns, macht euch darüber keine Gedanken mehr, Prinzessin", erklärte ihr Aaran Dering, der Björn fasziniert zugesehen hatte. „Es braucht viel Mut und Selbstvertrauen, um so zu handeln, wie es dieser Norganer heute gezeigt hat. Er ist bewunderungswürdig und er ist ein ganzer Mann, denn er hat die Drecksarbeit selbst erledigt und sie nicht seinen Leuten aufgezwungen. Dinge, die getan werden müssen, werden beschlossen und ausgeführt. Wer die Entscheidung über Leben oder Tod eines Menschen trifft, muss auch die Ausführung erledigen können. Sonst hat man es mit einem windelweichen Charakter und verdorbenen Menschen zu tun."

„Ich sehe euch an, wie ihr ihn bewundert", gab Hrodwyn entsetzt zurück. „Seht ihr nicht, dass dieser Mann nur ein selbstverliebter Mörder ist. An ihm ist nichts bewunderungswürdig, glaubt es mir, Aaran."

Hrodwyns Gesicht war noch blass, aber sie hatte vorhin nicht geschrien und war auch nicht in Ohnmacht gefallen. Aaran war erstaunt. So wie sie sich im Geleitzug verhalten hatte, war er sich sicher, sie wäre ein verzogenes und verwöhntes Mädchen. Aber da lag er falsch, und auch wenn sie ihn jetzt verschiedener unangenehmer Dinge beschuldigte, so war er doch ganz und gar von ihr entzückt. Sie gefiel ihm, diese Person, mit der man so schlecht Kirschen essen konnte.

Tavish Weller

Tavish ritt mit seinen Männern schon seit eineinhalb Tagen durch sein Heimatland, das er nicht kannte und dessen Schönheit ihn faszinierte und atemlos machte. Sie ritten auf dem schnellsten Weg nach Sidran, nach Südosten, und an jeder Wachstation Dinoras, an der sie vorbeikamen, wechselten sie die Pferde, aßen einen Happen, wuschen sich den Staub vom Gesicht und hatten bisher erst einige wenige Stunden geschlafen. Auch heute würden sie die ganze Nacht keinen Schlaf bekommen. Gleichwohl machte es ihm nichts aus, denn Tavish fühlte sich zum ersten Mal in seinem Leben wichtig und gebraucht, weil er einem Abenteuer entgegen ritt, das bei seinem Gelingen die Geschicke Ambers vor dem großen Sturm der Nordleute ein klein wenig in Richtung Sieg verschöbe. Seine Bedenken hinsichtlich der Gefahr, die er einging, wischte er mit jugendlichem Leichtsinn vom Tisch. Er war ein einfacher Schmiedegeselle, der nie damit gerechnet hatte, etwas Heroisches zu tun. Denn sein Leben war in klaren Bahnen vorgezeichnet und wäre wohl langweilig, aber vermutlich recht zufrieden verlaufen. Ein Held zu werden, wünschte er sich wie alle anderen jungen Männer, deren ungebremste Lebensenergie sie in die erstaunlichsten Situationen beförderte. Dass es einmal wahr werden sollte, hatte er jedoch bei klarem Verstand für ausgeschlossen gehalten.

Als Colan Boyle mit Ilari und Theodric eines Tages überstürzt verschwand, übernahm er Colans Schmiede. Auf unbestimmte Zeit sollte er das Geschäft seines Lehrherren weiterführen. Das war ein immenses Vertrauen, das Colan in ihn setzte, und eine großartige Möglichkeit, ein wohliges Leben zu führen. Denn die Wahrscheinlichkeit, dass der Schmied noch jemals in Tamweld erschiene, war verschwindend gering. Doch es war nichts im Vergleich zu der Aufgabe, die er jetzt vor sich hatte. Es gäbe sicher

Leute, die ihn für verrückt hielten, wüssten sie, was er zu unternehmen gedachte. Vielleicht auch seine Eltern, wenn sie noch lebten, aber sie waren seit Jahren tot, gestorben am zehrenden, bitteren Dasein von Bauern, die immer arbeiteten und nie aßen. Die Kinder, die gezeugt wurden, starben oder überlebten, wie es den Göttern gefiel, und man selbst lebte das erbärmliche Dasein, ohne dagegen aufzubegehren, bis ein lästiger, unschöner Tod es einem wieder nahm. Namenlos und tatenlos in die Reihen der Vorväter aufzugehen, zu verschwinden als hätte man niemals existiert, das waren die stillen Ängste eines Tavish Weller. Ihm würde es nicht passieren, lieber starb er bei einer ehrenhaften und aufregenden Unternehmung, als vierzig Jahre ungenutzt zu verdösen.

Sie steuerten den Grenzposten der dinorischen Grenze an. Danach würden die Soldaten zurückbleiben. Er würde sich eine Karte ansehen, die ihm den Weg nach Tettis in Sidran wies, zu Dan Asgersons Lager, das am Meer lag. Man würde das Meer riechen können, lange bevor man es sah, sagten ihm die Männer. Er wüsste schon, wann es soweit wäre. Würde er die Grenze überschreiten, wäre er mit seinem Pferd, einem schönen, schlanken Braunen, allein und ungeschützt auf sich gestellt. Er müsste die Menschen in den Dörfern fragen, wie er zum Meer käme, wenn er zweifelte. Der Abschied von Dinora fiel ihm schwer, aber die Wachleute hatten ihm ein großes Paket zusammengestellt. Darin gab es Essen, eine Decke und einen ausgezeichneten Dolch. Tavish besaß kein Schwert und die Männer wollten ihn nicht ohne eine Verteidigung in die Höhle des Löwen lassen. Tavish bekam feuchte Augen vor Rührung und wollte nur den Dolch haben, aber die Männer erklärten ihm, dass es auffällig wäre, wenn er ohne Gepäck reiste. Er müsste dann immer erklären, weshalb er durch das Land ritte. Ein Mann mit Gepäck sei unterwegs zu irgendwem, wie viele andere auch. Im Notfall wäre er ein Schmiedegeselle auf der Suche nach einer neuen Anstellung. Tavish nickte und verabschiedete sich. Lange wollte er den Abschied nicht hinauszögern. Kurz und schmerzlos sollte er sein. Er wünschte den Männer Glück, bedankte sich für ihre Hilfe und ritt davon. Es wurde Nacht, und da er den Weg nicht kannte, machte er in einem Dorf halt. Er durfte in der Scheune eines Bauern schlafen, der Braune neben ihm. Er kaufte am anderen Morgen dem Bauern ein Frühstück ab, das er reichlich bezahlte, denn der König hatte ihm viel Geld mitgegeben, das er dicht in Leder gebunden am Leib trug. Der Braune bekam noch Hafer und dann ritt er weg. Den Weg zum Meer kannten die Leute und er entschied, sich parallel zur Hauptstraße zu halten. Er kam gut vorwärts und nach einem Tagesritt roch er das Meer. Es musste ganz einfach das Meer sein. Die ganze Luft roch frei, wie nach einem erfrischenden Regenguss, der die Hütten vom Staub reinigte. Er ritt weiter und konnte in der Stille des Tages ein fernes Rauschen hören. Das müssen Wellen sein, die das Land berühren. Er hatte davon gehört und wollte es jetzt sehen. Tavish wurde ganz aufgeregt und unvorsichtig, ritt in Richtung des Meeres, ohne nach rechts oder links zu hören. Das konnte nicht gut gehen. Ehe er sich versah, waren zwei Reiter neben ihm aus dem Boden gewachsen und stießen ihn vom Pferd. Als er aufwachte, lag er am Boden und fühlte zwei riesige Hände, die ihn an den Armen zogen und ihn auf die Beine stellten.

„Was haben wir denn da gefunden", hörte er einen Mann sagen, dessen Stimme Furcht einflößend tief war und der seine blauen Augen in Tavish Körper bohrten.

„Heb ihn auf die Beine und rede nicht so dumm", kommandierte ein anderer Mann, der kleiner und klüger aussah als der hirnlose Hüne, der ihn zu Fall gebracht hatte. Erst jetzt konnte sich Tavish wieder erinnern. Er war mit einem Faustschlag von dem Riesen aus dem Sattel befördert worden, dann hatte ihn Dunkelheit umfangen. Er war für einen Moment ratlos. Was sollte er jetzt tun? Dass er sie verstand, damit rechneten sie nicht. Er hatte auch nicht vor, es ihnen auf die Nase zu binden. Allenfalls gebrochenes Tandhenisch sollte er sprechen können, kämen sie ihm auf die Schliche.

„Was macht der Kleine hier", begann der Riese noch einmal. „Oh, oh, er sieht aus wie mein Bruder Olaf. Ich bin wirklich schon lange nicht mehr zu Hause gewesen, bei Olaf zum Beispiel", jammerte er weiter.

„Hör auf damit und lass mich machen", forderte der kleine Tandhener. Er wendete sich an Tavish, sprach ein schlechtes Sidran, aber Tavish verstand ihn. Allerdings war Tavish so erstaunt, einen leibhaftigen Tandhener zu sehen, dass er nicht antwortete, sondern ihn nur völlig entgeistert anstarrte.

„Starre mich nicht so an, Junge! Woher kommst du, wie heißt du und was machst du? Kannst du mich verstehen?" Der Zwerg schüttelte erstaunt und irritiert den Kopf, würde aber weiter nachbohren, so viel begriff Tavish. Er wusste, dass er irgendwie reagieren musste. Tavish räusperte sich und begann.

„Ich bin Schmiedegeselle", stammelte er ehrlich aufgeregt. Er dachte schon, sie könnten sein Dinorisch nicht verstehen, aber so wie er mit seinen wenigen Brocken Norganisch das Tandhenische verstand, so konnten ihn die fremden Reiter offensichtlich auch verstehen. Er war fasziniert.

„Ein Schmied also", murmelte der Kleine. „Den kann man immer gebrauchen. Kannst du das beweisen?"

„Natürlich", antwortete Tavish sichtlich beruhigter und lächelte den Kleinen an. „Gebt mir eine Schmiede und ich zeige euch, was ich kann."

„Er hat Schneid, der Knabe", sagte der Riese amüsiert und klopfte ihm so glücklich auf die Schulter, dass Tavish für einen Augenblick befürchtete, seine Schulter bräche entzwei.

Sie brauchten einen Schmied, so viel verstand er. Den letzten hatte Einar Olafson, der Trottel, versehentlich totgeschlagen, weil er dachte, der Schmied sei ein Betrüger. Dan Asgerson hatte daraufhin Einar fast im Meer ertränkt, aber weil er der kräftigste Kerl im Lager war und die unangenehmsten Aufgaben widerstandslos übernahm, hatte er ihn nur auspeitschen lassen. Allerdings hatte Dan Einar verboten, noch jemals eine Schmiede zu betreten, denn er hatte schon in der Vergangenheit einen Schmied zu Tode gebracht. Offensichtlich kam er mit diesem

Menschenschlag nicht gut zurecht. Woran das lag, interessierte niemanden, denn man holte sich immer einen neuen Schmied. Nur gerade eben gab es keinen mehr in der Gegend und die Situation wurde langsam prekär. Der kleine Tandhener überlegte nicht lange. Wäre der Junge ein Aufschneider, würde er am nächsten Baum aufgeknüpft, wäre er aber wirklich ein Schmied, dann hätte er bei Dan Asgerson einiges gut. Deshalb beschlossen sie, Tavish Weller eine Chance zu geben. Sie nahmen ihn mit in das Lager.

Als sie dort ankamen, traute Tavish seinen Augen kaum. Es waren viele hundert Männer hier versammelt, zum Teil lebten sie hier mit ihren Frauen, die alle Sidranerinnen waren, und mit ihren Bastarden. Als er tiefer in das Lager hineinkam, sah er die Sklavenhütten und die Gefangenen, die es dort gab. Er sah in müde und zerknirschte Gesichter, die kein Lächeln oder Interesse für ihre Umwelt zeigten. Er konnte Männer ausmachen, die dunkler und größer als die anderen waren. Sie sprachen norganisch, das hörte er sofort, und er war ganz neugierig, ihre Schiffe auf dem Meer zu sehen. Aber er ritt mit seinen Begleitern in eine andere Richtung, tiefer in das Lager hinein. Dort hielten sie vor einer sehr kleinen und sehr gut ausgestatteten Schmiede. Auf einen Wink des Kleinen entzündete Tavish das Feuer in der Esse und begann, sich mit den Gegebenheiten bekannt zu machen. Er fand, sein Vorgänger hatte die Schmiede sehr sinnvoll eingerichtet. Alles war zweckmäßig platziert und es waren alle Gegenstände in ausreichender Menge und ausgezeichneter Qualität vorhanden. Tavish bekam angesichts dieser Schmiede fast feuchte Augen. Er vergaß für einen Moment, wo er war und wie sein Auftrag lautete, denn er war angekommen am Ort seiner Wünsche, auch wenn es sich um eine tandhenische Schmiede handelte. Er hatte beim Reiten durch das Lager die schlecht beschlagenen Hufe der Pferde gesehen und fragte sich, wie lange sie schon keinen Schmied hatten. Als er fragte, grinste der Kleine und schwieg. Der Riese antwortete ihm, dass sie schon seit zwei Monden ohne Schmied waren und dass er jetzt endlich zeigen sollte, was er konnte. Tavish nickte und wartete, bis das Feuer ordentlich heiß war. Dann ging er zum ersten Kunden, der sein Pferd beschlagen lassen musste, und arbeitete. Er machte seine Sache bedächtig und gründlich und als das Pferd erneut beschlagen war, sah sich der Mann das Eisen an und war begeistert. Tavish verdiente gleich sein erstes halbes Goldstück, ein guter Verdienst, denn der Kunde war sehr zufrieden mit seiner Arbeit. Andere im Lager hörten den Schmiedehammer fallen und kamen und brachten ihre Pferde und gebrochenen Speichen. Tavish arbeitete bis zum Umfallen und wäre es wohl auch, wenn er nicht mitten in der Arbeit von einem großen, blonden Tandhener am Arm berührt worden wäre. Tavish drehte sich um und sah in das Gesicht Dan Asgersons, der durch den Lärm in der Schmiede angelockt worden war und eine Weile schweigend zugesehen hatte. Er hatte sich auch Tavish Arbeit angesehen und war sichtlich entzückt. Er fand, Tavish war eine Bereicherung für das Lager, und lud ihn zu sich in das Zelt ein.

„Junge, du siehst so aus, als fällst du gleich um vor Hunger. Hattest du schon ein Essen gehabt seit Tagesanbruch?", fragte ihn Dan und Tavish, der hoch aufgeschossen, aber schmal und kräftig war, hielt einen Augenblick inne, dachte nach und fand, er konnte gut eine Mahlzeit vertragen. Er blickte direkt in Dans Augen und zu seiner Überraschung fand er sein Gegenüber sehr sympathisch und auf eine simple Weise sehr umgänglich. Das ist doch Unsinn, Tavish, sagte er sich, wie sollte ich einen Eindringling von seiner Sorte sympathisch finden? Aber es war nun einmal so. Er bemerkte auch, dass ihn Dan sehr nett fand und so kam es, dass Tavish Weller den größten Führer der Nordmänner auf Amber kennenlernte und er ihm gefiel.

Als Tavish einige Zeit später vor einer reich gedeckten Tafel saß und das Essen mit beiden Händen in sich hinein stopfte, es dauerte, bis der ausgehungerte Junge endlich satt war, konnte er sich ein besseres Bild von Dan machen. Tavish hatte seine Anweisungen im Umgang mit Dan Asgerson von Björn Helgison selbst in Tamweld erhalten und er stellte fest, dass Björn einen sehr nüchternen Blick auf Dan hatte. Er erkannte die Gefahr, die von diesem Mann ausging und vor der ihn schon Björn Helgison gewarnt hatte. Tavish wusste, was er zu vermeiden hatte, und trotz aller Vorsicht fand er Dan sehr umgänglich. Als sie sich unterhielten, begriff Dan erstaunt, dass Tavish noch nie das Meer gesehen hatte. Deshalb beschloss er, ihn zusammen mit Gavin noch am Abend an den Strand zu schicken. Sie unterhielten sich eine Weile sehr angeregt, bis mit der Ankunft Leif Asgersons die Stimmung kippte. Vor ihm hatte ihn Björn noch mehr gewarnt. Tavish Blick wurde ernst, als er Leif gegenüberstand, der ihn nur abschätzig betrachtete und dann seinem Bruder eine geharnischte Standpauke hielt, weil dieser wieder viel zu vertrauensselig diesen Fremden gleich in sein Herz schloss. Dan winkte lachend ab, erklärte Leif, wie unwichtig als Person dieser grüne Junge für ihn war, aber welch tragende Rolle ihm als Schmied im Lager zukam. Leif kniff die Augen nachdenklich zusammen und setzte sich schweigend an die Tafel. Er nahm sich auffallend zurückhaltend von den Speisen. Die Art, wie er aß, passte zu ihm, der ein wenig hager und leidenschaftslos wirkte. Tavish, der ein umgänglicher Geselle war, fand an Leif gar nicht so viel auszusetzen, wie es ihm Björn prophezeit hatte. Erst als er von ihm in die Zange genommen wurde, weil Leif ergründen wollte, was ihn hierher geführt hatte, wurde es Tavish zu viel und er hätte, wäre er nicht von Björn instruiert worden, diese Prüfung nicht bestanden.

Aber so fand seltsamerweise sogar Leif verhalten Gefallen an ihrem neuen Schmied. Auch weil er wusste, wie dringend sie einen brauchten, denn sie wollten sich schon bald daran machen, neue Waffen zu schmieden für den Sturm auf Amber. Leif stand auf, nickte Dan kühl sein Einverständnis zu und verließ das Zelt.

Gavin war fasziniert, denn er roch den Braten. Hier konnte etwas nicht stimmen. Es gab so gut wie keinen Menschen, der vor Leif vorbehaltlos bestand. Dieser Dinoraner musste ein Heiliger sein, denn sonst hätte Leif ihn sofort zum Zelt hinausbefördert. So hatte es Gavin erwartet und auch Dan staunte nicht schlecht.

„Soll ich dich jetzt zum Zelt hinauswerfen, weil du die Prüfung durch meinen kritischen Bruder bestanden hast?", fragte Dan erstaunt, lachte laut, und ließ seinen Worten allerdings keine Taten folgen.

„Wenn du es jetzt nicht aus Versehen versaust, dann hast du bei uns ein wunderschönes Leben", sagte Dan ehrlich und stand ebenfalls auf.

„Gavin, du gehst mit unserem neuen Schmied zum Meer, er soll es sich noch ansehen, bevor er morgen den ganzen Tag und die Nacht über arbeiten muss. Denn wir haben reichlich zu tun für ihn." Dan wendete sich an Tavish.

„Wenn du möchtest, dann kannst du dir einen Schmiedegehilfen suchen. Du wirst ihn brauchen. Aber sei umsichtig, denn die Arbeit muss vernünftig erledigt werden. Sieh dich um und wähle deinen Mann mit Verstand." Dann klopfte er Tavish noch einmal auf die Schulter und ging.

Als Tavish und Gavin am Meer standen, schwieg Tavish atemlos, denn das Schauspiel anbrandender Wellen und die untergehende Sonne am Horizont des Meeres waren ein beeindruckendes Spektakel. Tavish bekam feuchte Augen und war glücklich, hier zu sein. Gleichzeitig wünschte er sich nach Tamweld zurück, denn ein ungekanntes Heimweh packte ihn so unmittelbar, wie er es nie für möglich gehalten hätte. Gavin sah es und war erstaunt. Er beschloss, sich diesen jungen Mann näher anzusehen, obwohl ihn sein Gefühl warnte, mit Tavish stimme etwas nicht. Tavish vergaß für einen Augenblick, warum er hierhergekommen war. Das hatte alles Zeit bis morgen, jetzt musste er sich ausschlafen. Er war so müde wie schon lange nicht mehr und so schlief er im feindlichen Lager Dan Asgersons so friedlich wie ein Baby auf dem Bauch seiner Mutter.

Tavish arbeitete von da an hart, erntete den Respekt der Tandhener und freundete sich mit Gavin Garth an, der sein Schmiedegeselle wurde. Wenn die Schmiede geschlossen war, brachten sie die Abende immer am Meer zu. Tavish war weiterhin vorsichtig, denn er bemerkte, dass ihn Leif noch im Auge behielt. Das hatte er so erwartete. Björn hatte es ihm prophezeit. Er hatte ihn auch vor unüberlegten und zu schnellen Entschlüssen gewarnt. Tavish litt also nicht an Verfolgungswahn, wenn er immer dieselben Männer sah, die ihn im Auge hatten. So war es ihm unmöglich zu versuchen, Magnus Ragnarson zu sprechen, dem er noch nicht begegnet war. Ein gnädiger Zufall richtete es leider nicht ein, dass sie von allein zusammentrafen. Tavish wurde allmählich unruhig, denn er wusste, dass Björn Helgisons Leben an seinem Auftrag hing. Und das wollte er nicht riskieren. Er konzentriere sich daher auf Gavin, von dem er sich ein Bild gemacht hatte, weil dieser sich so aufrichtig um ihn bemühte. Warum er es tat, konnte Tavish noch nicht wissen, aber dass Gavin etwas beabsichtige, verstand er.

Es trug sich an seinem dritten Tag im Lager zu, dass einige Männer einen Streit ausfochten und Tavish neugierig mit anderen aus dem Lager um sie herumstand. Als Tavish über einen Witz, den einer der Kontrahenten machte, verhalten lachte, sah ihn Gavin erstaunt an.

„Du sprichst Tandhenisch?", fragte er ihn unvermittelt und Tavish erschrak und verschloss sich. Er fasste sich und antwortete kurz angebunden, wie es sonst nicht seine Art war.

„Ein wenig, was man eben so auf seiner Reise durch Dinora aufschnappt."

„Das ist sicher nicht so viel, um diesen Witz hier verstehen zu können", antwortete Gavin zweifelnd und legte seine Stirn in Falten. Weil er aber sah, wie sich die Leute nach ihnen umdrehten, nahm er Tavish zur Seite und stellte ihn in den Schatten der Bäume zur Rede.

„Sag mir, sprichst du Tandhenisch, oder sollte ich mich so irren?", seine Stimme war fordernd und ließ keine Ausflucht zu. Tavish, dem normalerweise das Herz auf der Zunge lag, gefror die Stimmung. Hatte er es hier mit einem Spion zu tun? Konnte er Gavin vertrauen oder würde er gleich morgen am nächsten Baum aufgeknüpft werden? Tavish war unschlüssig. Er musste unbedingt seine Nachricht an Magnus weitergeben. Er hatte schon zu viel Zeit vertrödelt, und wenn es so weiterging, dann lebte er bis zum Ende seiner Tage hier in diesem Lager, weil er sich nicht traute, die Sache voranzubringen. Da kam ihm Gavins Frage eigentlich schon recht. Er sammelte seine Gedanken, hörte auf sein Herz und verließ sich auf sein Gefühl. Schließlich antwortete er Gavin ein wenig umständlich.

„Eigentlich spreche ich ein wenig Norganisch und kann Tandhenische schlecht verstehen."

Damit hatte er die Katze aus dem Sack gelassen. Er sah, wie Gavin anfing nachzudenken. Gavin nahm sich viel Zeit, seine Gedanken ordentlich zu sortieren, und das beruhigte Tavish, denn wenn er ihn verraten wollte, dann hätte er es gleich getan. Tavish wartete kaltblütig ab. Mit der Frage, die nun folgte, hatte Gavin mitten ins Schwarze getroffen.

„Hast du vielleicht bei Björn Helgisons Neffen Ilari Thorbjörnson in Tamweld Norganisch gelernt?"

Tavish war erstaunt von Gavins Fähigkeit, Zusammenhänge zu erkennen. Er nickte einfach und sah Gavin ehrlich in die Augen. Zuerst geschah nichts, dann nahm ihn Gavin schweigend mit zum Meer und sie tauschten sich im Schutze des Gemurmels des Meeres aus. Tavish erfuhr von Gavins Fluchtplänen und Gavin davon, wie wichtig es für Tavish war, Magnus Ragnarson zu sprechen.

„Der kommt seit Wochen kaum an Land, weil ihm Björn Helgison befohlen hatte, alle seine Sklaven an Bord zu lassen. Björn hatte wohl irgend etwas vor, von dem aber außer Dan und Leif im Lager niemand etwas weiß.

„Nun, ich weiß nicht, was Dan und Leif wissen, ich weiß aber sicher, dass sie von meiner Nachricht nichts erfahren dürfen. Das habe ich Björn Helgison versprochen."

Mehr sagte Tavish nicht. So war es mit Björn vereinbart und nun war Gavin am Zug. Er dachte nach und entschied sich.

„Ich kann dich nicht auf sein Schiff bringen, das wäre zu auffällig, aber ich kann ein Treffen mit Magnus vereinbaren, wenn dir das hilft", sagte Gavin einfach und wartete ab, wie Tavish reagieren würde.

„Wo sollte das stattfinden? Es müsste ein Ort sein, der keine Ohren hat, und Augen habe ich schon genug, die mich verfolgen."

„Nun, wenn ich wüsste, wie wichtig deine Nachricht ist, dann könnte ich gezielter reagieren."

„Ich darf dir nichts sagen, das habe ich Björn versprochen", antwortete Tavish bedauernd. „Aber wenn ich mich mit Magnus abgesprochen habe, dann werde ich dich nicht vergessen", versprach Tavish. Gavin nickte, er konnte eins und eins zusammenzählen und erwartete, dass er sich unter Umständen schnell zur Flucht entscheiden müsste.

„Sei morgen früh bei Sonnenaufgang am Strand, hier an unserer Stelle. Alle wissen, wie vernarrt du ins Meer bist. Da dürfte es nicht schwer sein für dich, alleine zu kommen, denn deinen Bewachern ist deine Lust, das Meer zu so früher Stunde aufzusuchen, schön gründlich verleidet, besonders, wenn sie noch den Rausch des Vorabends ausschlafen müssen. Magnus Ragnarson wird hier sein", versprach Gavin und ging ohne großen Abschied. Er war zu aufgeregt, um noch länger tatenlos hier herumzustehen. Wenn es so ging, wie er es erwartete, dann wäre er morgen schon auf dem Schiff und segelte in Richtung Heimat, jedenfalls ein Stück weit.

Anderntags, lange vor dem Morgengrauen wartete schon Magnus Ragnarson auf Tavish. Er nahm den Ring, den ihm Tavish gab, und forderte ihn auf zu sprechen. Magnus' Gesicht verfinsterte sich, während er zuhörte. Er kam ins Nachdenken, und als er fertig war, drehte er sich zu Gavin um, der bei ihnen stand.

„Wenn euch beide nichts mehr hier hält, dann nehme ich euch mit auf mein Schiff. Ihr müsst euch nur gleich entscheiden, denn ich werde sofort die Anker lichten lassen. Aufschub ist nicht ratsam. Noch ist das Lager ruhig und die Leute bemerken frühestens in zwei Stunden unser Fehlen. Bis dahin sind wir unterwegs nach Bratana."

Er sah beiden Jungen in die Augen und zusammen bestiegen sie die kleine Jolle, die sie auf Björns weiße Möwe brachten. Eine Stunde später waren die drei Schiffe Björn Helgisons in der aufgehenden Sonne verschwunden. Sie segelten nach Nordwesten in Richtung Bratana und Gavin, der den Stand der Sonne lesen konnte, war ganz aufgeregt. Plötzlich innerhalb eines Tages hatten sich alle seine Wünsche erfüllt, und auch wenn ihm Magnus

Ragnarson sagte, dass er nicht mehr an der Küste Ambers halten würde, schreckte es ihn nicht, denn von Bratana aus würde sich ein Weg nach Konbrogi finden. Er hatte schon in Schlimmerem festgesteckt. Hier ließ es sich leben. Magnus fuhr auch bei Nacht. Er war ein ausgezeichneter Navigator, der sich auch auf das offene Meer hinauswagte. Er hatte es nicht nötig, Halt zu machen, denn im Stillen hatte er schon mit einer solchen Wendung der Geschehnisse gerechnet. Er kannte Björn Helgison und sein impulsives Wesen lange genug, um stets mit dem Schlimmsten zu rechen. Das Wasser und die Nahrungsvorräte reichten leicht rationiert bis nach Bratana. Sie mussten alle ein wenig den Gürtel enger schnallen, aber das war besser, als von Dans verfolgenden Schiffen aufgebracht zu werden, die dieser ihnen sicher schon hinterhergeschickt hatte. Björn wusste hoffentlich, welchen Mann er sich zum Feind gemacht hatte. Es würde in Zukunft schwer werden, ruhig die See zu befahren. Außerdem war er neugierig, wie Egil Asgerson auf Björns Ideenreichtum reagierte. Die Ankunft in Dulinga würde sehr aufregend werden. Magnus Ragnarson lächelte. Björn war einer der interessantesten Männer, mit denen er je zu tun gehabt hatte, außerdem freigiebig und treu. Diese Unternehmung würde sich auszahlen für ihn. Er war glücklich, Björns Vertrauen zu besitzen.

Nebel

Gawen weinte schon seit dem Morgengrauen. Er wurde von heftigen Bauchkrämpfen geplagt. Colan Boyle, der seinen Sohn in den Armen hielt, wurde es bang ums Herz. Er ritt im Galopp und hatte ihn fest an sich gedrückt. Er bemerkte, dass der Junge keine Ruhe fand, weil sich die Krämpfe verschlimmerten. Colan hatte erhebliche Schwierigkeiten, dabei das Tempo zu halten. Er war wohl ein kräftiger Mann und ein versierter Reiter, aber das nützte ihm im Augenblick nicht viel, denn wenn Gawen sich vor Schmerzen wand, musste er alle seine verbliebenen Kräfte aufbieten, ihn nicht während des Ritts vom Pferd fallen zu lassen. Colan hätte darauf bestehen müssen, endlich eine Pause einzulegen, denn Gawens Weinen ging stetig in ein klägliches, schwächer werdendes Wimmern über. Als Theodric, ihr Führer, zu Colan aufschloss, warf er einen prüfenden Blick auf den kleinen Jungen. Sein Gesicht wurde ernst und er dachte nach.

„Wir können noch nicht rasten, Colan, auch wenn du dir das inständigst wünschst", rief er dem besorgten Vater zu. „Edbert ist uns noch auf der Spur. Es wäre am vernünftigsten, die schützenden Wälder Konbrogis zu erreichen. Dort gibt es auch die Kräuter und Kräfte, die Gawen bei seiner Genesung helfen können. Außerdem wird es Edbert nicht wagen, unsere Wälder zu betreten, vorerst nicht. Eben deshalb verstärkt er seinen Einsatz, uns vorher zu stellen."

Colan nickte nur. Er wusste um die Gefahr, die Edbert darstellte, und wollte wegen Gawen nicht das Leben der anderen in der Gruppe riskieren. Deshalb biss er die Zähne zusammen, lächelte Theodric verhalten zu und gab seinem Pferd die Sporen, damit man ihm nicht nachsagen konnte, die anderen zu behindern. Er ritt nach vorne, um beschäftigt zu sein. Er konnte sich nicht länger mit Gawens Krankheit auseinandersetzten. Wenn er sterben sollte, dann wenigstens in seinen Armen, aber noch hatte er Hoffnung, wenn auch eine trügerische. Er trieb sein Pferd so rüde zur Eile an, dass es laut wieherte. Sollte es ruhig wie er selbst sein Letztes geben, um bis zum Abend die schützenden Wälder zu erreichen. Dann konnte es seiner Meinung nach gerne tot umfallen.

Ilari, der dicht hinter Colan ritt, wunderte sich, denn er wusste, dass der Schmied kein eisernes Herz besaß. Als er sah, wie er das Tempo erhöhte, ahnte Ilari, dass es schlimm um Gawen bestellt war. Er ritt zu Theodric, um mit ihm zu reden. Aber dieser winkte nur gelangweilt ab.

„Ich habe das Wohl Gawens im Auge, das versichere ich dir. Aber ich sehe auch die Notwendigkeit, die Wälder in den nächsten Stunden zu erreichen, auch mit Blick auf Gawen."

Theodric kniff die Lippen zusammen und schien nicht gewillt zu sein, noch weiter über diese Sache zu reden.

„Aber wenn wir nur eine kleine Rast einlegen, damit sich Gawen erholen kann, nur eine halbe Stunde."

„Hör auf damit, Ilari", unterbrach ihn Theodric. „Gawen ist in einem Zustand, in dem ihm die halbe Stunde nicht helfen würde. Er dämmert schon in den Tod hinein. Ein so kleines Kind mit auf eine solch beschwerliche Reise zu nehmen, ist immer riskant. Ihm können nur noch die heiligen Frauen der Konbrogi helfen. Deshalb, auch wenn es dir widersinnig erscheint, tut Eile not. Für das Wohl Gawens und das der Gruppe, denn Edbert reitet seine Pferde gerade zu Schanden, um uns endlich den Weg vor den dunklen Wäldern abzuschneiden. Er weiß um seine geringen Chancen, uns hier noch zu erwischen, und in Konbrogi hat er gar keine mehr."

Theodric sagte es zu Ilari, wand dann den Kopf ab und beachtete Ilari nicht mehr, sondern drängte die Gruppe noch entschiedener zur Eile. Im Stillen war er sich gar nicht mehr so sicher, ob Edbert nicht irgendeine Teufelei ausheckte, um auch in Konbrogi Unfrieden zu stiften und ihrer habhaft zu werden. Er musste diese Möglichkeit einkalkulieren und einen Weg finden, diese Schurkerei früh genug zu unterbinden. Das Leben hatte ihn gelehrt, dass immer irgendein Übel aus einem verborgenen Winkel herauskroch und alle Hoffnung zunichtemachte. Und Edbert war wie geschaffen dafür, solch ein Übel über sie zu bringen. Als Ilari sich umwandte, blickte er in Morwennas Gesicht. Sie war ebenfalls erschöpft, aber die Angst vor Edberts Söldnern hetzte sie weiter. Ihr Blick richtete sich auf den Horizont, wo sich die dunklen Hügel Konbrogis verschwommen in der Ferne erhoben. Ilari folgte ihrem Blick und schwieg. Ihm gefiel diese Reise nicht und nicht das Ziel. Dieses Land Konbrogi, dessen Grenzen so unwirklich wirkten, so schleierhaft und entschieden zu rätselhaft für ihn. Er war sich darüber hinaus sicher, diese Hügelkette niemals zu erreichen und schon gar nicht vor der Dunkelheit. Diese Bergkette Konbrogis war einfach zu weit entfernt. Ilari war in der Lage, Entfernungen realistisch einzuschätzen. Er müsste sich schon gewaltig täuschen, wenn Theodric recht hätte. Wenn er die Gesichter der anderen betrachtete, dann sah er in ihnen seine eigenen Zweifel. Außerdem würde er Edbert und seinen Schergen zutrauen, auch die Grenzen Konbrogis zu überschreiten. Denn bisher hatte noch nichts dieses Scheusal aufgehalten, wenn sein Hass auf einen Menschen einmal geschürt war. Und in ihrer Gruppe war ihm jeder bis auf Cinnia und Astir verhasst. Und doch war Ilari erstaunt, mit welcher Ruhe und Sicherheit Theodric sein Ziel verfolgte. Ilari war weit davon entfernt, Theodrics Zuversicht und sein Zutrauen in dieses unwirkliche Land zu teilen. Er beobachtet auch erstaunt, mit welcher Sehnsucht Theodric nach Hause strebte, aber er hielt es einfach für den Wunsch, nach Hause kommen zu wollen. Ilari sah noch einmal zweifelnd auf die Entfernung, die ihn und die hoffnungsvollen Menschen von den Grenzen Konbrogis trennte. Angst und Not trieben Ilari letztlich an, seinen Schimmel die Sporen zu geben, um den Horizont entgegen besseren Wissens schleunigst noch vor dem Abend zu erreichen.

Als die Abenddämmerung sich über das Land senkte, machten sie eine kurze Pause. Die jungen Mädchen der Gruppe und Gawens bedauernswerter Zustand machten es schließlich nötig. Selbst Leana, die immer frohgemut und optimistisch war, begann über die Strapazen, die ihnen Theodric zumutete, zu jammern. Sie war so erschöpft, dass sie nicht zu essen vermochte, und auch Morwenna, die oft einen aufmunternden Zuspruch für ein Gruppenmitglied übrig hatte, schwieg beharrlich. Hie und da stöhnte sie leise auf, weil ihr das Reiten zu beschwerlich wurde. Ihre Gliedmaßen waren angeschwollen und sie grauste sich, ihr Pferd wieder besteigen zu müssen. Als Ilari sich um sie bemühte, gestand sie ihm, sie befürchtete, keine Kraft mehr zu besitzen, sich im Sattel zu halten.

„Ich falle bestimmt beim nächsten strengen Galopp vom Pferderücken und bin verloren", witzelte sie verhalten, aber Oskar, der zuhörte, und auch Ilari wussten, es war durchaus ernst gemeint.

„Wir sollten sie auf dem Gaul festbinden", spekulierte Oskar leise, der die Dinge oft von ihrer praktischen Seite betrachtete. „Dann verlieren wir sie nicht unterwegs", verteidigte er seinen Vorschlag.

Ilari lächelte unvermittelt, solange bis sich Morwenna einmischte, die Oskars geflüsterte Worte durchaus verstanden hatte.

„Ich lasse mich nicht auf dem Pferd festschnallen wie unbequemer Ballast, Oskar Ashby", schimpfte sie. Ihre Lebensgeister schienen durch die wenigen Minuten auf dem ebenen Boden zurückgekehrt zu sein und damit auch ihr verloren gegangener Widerspruchsgeist.

„Dann müsst ihr euch eben wie ein einfacher Pferdeknecht in der Pferdemähne mit aller Kraft festkrallen, wenn es nötig wird, Mylady", entgegnete Oskar mit einem spitzbübischen Lächeln. Ilari wurde ernst. Er wusste, dass Morwenna niemals verlorengehen würde. Diese Diskussion war unnötig, denn die panische Angst, die einen Menschen ergreift, wenn er seinem Tod ins Auge sieht, verleiht ihm unermessliche und unvorstellbare Kräfte, die er vorher nicht in sich vermutete. Ilari sah sich um und bemerkte Astir, der in Richtung Süden blickte. Seine scharfen Augen erkannten eine Gruppe Reiter, die ihnen folgte. Er sah ihnen eine Weile zu. Er konnte sich denken, um wen es sich handelte. Astir drehte sich um, warf Ilari einen bedenklichen Blick zu und ging zu Theodric. Ehe er jedoch etwas sagen konnte, nickte dieser nur.

„Ich habe sie schon vor zwei Stunden gesehen. Sie schließen auf. Sie scheinen frische Pferde zu haben. Unsere brechen vor Erschöpfung beinahe zusammen. Es wird schwer sein, einem Kampf mit ihnen auszuweichen. Aber vielleicht ist der auch gar nicht nötig. Wozu haben wir schließlich dich und Oskar in unserer Gruppe."

Theodric schwieg wieder, ließ die Freunde aufsitzen und ritt weiter an die Spitze, ohne sich noch um die anderen zu kümmern. Er holte Colan ein, der vor Angst um Gawen die Gruppe anführte. Theodric sprach einige Worte mit ihm, dann nahm er Gawen mitten im rasenden Galopp von Colans Pferd und setzte ihn vor sich auf seinen Rappen. Theodric beugte sich über das Kind und flüsterte dem Pferd einige Worte ins Ohr. Daraufhin beschleunigte das Tier seinen Galopp und sie sahen Theodric auf seinem Rappen in Windeseile in der Ferne verschwinden.

Ilari, der nur sah, wie Theodric davon geritten war, kniff die Augen erstaunt zusammen, denn er traute ihnen nicht mehr. Was er sah, war schier unmöglich. Wohin ritt Theodric nur und wieso ohne sie und wie schaffte es sein erschöpftes Pferd, obwohl es eine zusätzliche, wenn auch geringe Last tragen musste, so eilig zu beschleunigen.

Er war darüber derart in Gedanken versunken, dass er nicht bemerkte, wie Oskar neben ihm aufschloss. Der Junge hatte den ganzen Tag über kaum ein Wort gewechselt und jetzt grinste er neben Ilari auf seinem Pferd.

„Warum grinst du so wissend", fragte ihn Ilari mürrisch, denn ohne Theodric verließ ihn etwas die Zuversicht.

„Werde nicht gleich brummig. Theodric hat sicher wieder einen Taschenspielertrick auf Lager. Das hat er immer, wenn die Situation sich für uns andere als ausweglos darstellt. Dann kramt der verrückte Waldmensch etwas aus seinem Gedächtnis hervor, mit dem er jeden überraschen kann, sogar dich, glaube mir."

Oskar klang zuversichtlich, aber Ilari rutschte trotzdem das Herz in die Hose. Er glaubt nicht an Tricks und sah sein Geschick eher in einem ehrlichen Schwertkampf. Er griff kurz an sein Schwert, um sich seines Daseins zu versichern. Oskar sah es und wurde ernst.

„Ich glaube nicht, dass wir damit Erfolg haben werden, denn Edberts Männer sind uns zahlenmäßig haushoch überlegen und wir haben zwei Frauen und ein Kind dabei. Wir werden wohl alle einzig auf Theodrics Glück und Eingebungen vertrauen müssen."

Oskar wirkte nun noch nachdenklicher als Ilari. Er machte für einen jungen Mann ein zu ernstes Gesicht. Aber schon nach einigen Minuten hellte sich seine Miene wieder auf. Er war eben ein heilloser Optimist. Durch einen zornigen und grausamen Edbert ließ er sich nicht die Stimmung verderben, allenfalls legte sich ein grauer Schatten über sein Gemüt. Denn Oskar wusste, sein Glück lag in den Wäldern, und er kannte Theodric, der eben wie vom Erdboden verschluckt zu sein schien. Sie sahen ihn nicht mehr, so sehr sie sich auch anstrengten. Hier ging etwas nicht mit rechten Dingen zu. Theodric konnte unmöglich schon die rettenden Wälder mit Gawen erreicht haben. Ilari schüttelte den Kopf darüber, aber Gedanken über Theodric unvermitteltes Verschwinden verbot er sich, denn mit einem logischen und klaren Menschenverstand kam man dieser Sache nicht bei. Sie ritten stoisch weiter und gerade, als sie am Verzweifeln waren, schlossen Edberts Leute so dicht auf, dass ihnen einzelne ihrer Pfeile um die Ohren schossen. Sie sahen sich um und konnten fast ihre Mienen erkennen. Es waren vierzehn Soldaten und Edbert, der in der zweiten Reihe ritt. Natürlich hatte er einen Puffer um sich, der Dreckskerl, dachte sich Ilari und wurde von einem unmittelbar aufkeimenden Zorn berührt. Die Angreifer schossen im Galopp weiter Pfeile auf sie.

Leana schrie erschrocken auf, weil sie fast von einem getroffen wurde. Sie duckte sich gerade noch geistesgegenwärtig unter ihm hinweg und hörte erschreckt, wie der Pfeil surrend sein Ziel verfehlte und im Nirgendwo seinen Abschluss fand. Leana, die bisher alles mit gleichmütiger Gelassenheit ertrug, zuckte eingeschüchtert zusammen und für einen Moment verlor sie den Mut.

Doch Ilari war unvermittelt neben ihr und versicherte sich ihrer Gesundheit. Leana nickte ihm dankbar zu und jagte dann mit hochrotem Gesicht weiter nach vorne. Ilari sollte nicht ihre Freude darüber sehen , dass er sich um sie kümmerte. Sie war vernarrt in Ilari seit seiner Ankunft in Tamweld und schämte sich ihrer Gefühle, seit sie begriffen hatte, dass er Morwenna liebte. Doch sie war völlig machtlos gegen ihre Verliebtheit und ihren Gefühlen heillos ausgeliefert. Sie wollte Ilari nicht aufgeben, konnte sich ihm aber auch nicht öffnen und er selbst schien sie nicht als Frau wahrzunehmen. Aber das war ihr jetzt gleichgültig, denn immer häufiger schwirrten ihnen die Pfeile um die Ohren, und es grenzte an ein Wunder, dass bisher noch niemand getroffen worden war. Außer weiter zu stürmen blieb ihnen nun nichts mehr anderes übrig. Edbert holte sie in der nahenden Abenddämmerung fast ein.

„Ilari, wie geht es dir", vernahm der junge Norganer plötzlich Edberts verhasste, gehässige Stimme, so als befände er sich dicht neben ihm. Ilari hatte nicht zurückgesehen und war erstaunt, Edbert so dicht und gut zu hören, ohne ihn aber sehen zu können. Hätte er ihn gesehen, wäre er mit dem Schwert auf seinen Feind losgegangen. Gerade als er sich umwenden wollte, denn es interessierte ihn über die Maßen, wo sich dieser Feigling verkroch, hörte er jemanden anderes sprechen.

„Drehe dich nicht um, Ilari", rief Oskar ihm zu, der neben ihm zu sein schien, obwohl er alleine ritt. „Jede Sekunde zählt, er will dich nur aufhalten."

Warum auch nicht, dachte sich Ilari erregt und war fast außer sich. Er griff nochmals an sein Schwert.

„Nein, Ilari, lass dich nicht dazu verleiten", hörte er wieder Oskars Stimme. Oder war es Theodrics? Ilari wunderte sich, denn er glaubte tatsächlich, eher Theodrics Stimme zu vernehmen, der nicht bei ihnen, sondern schon vor Stunden in der Dämmerung verschwunden war. Sollte er unter Halluzinationen leiden? Er hatte davon gehört, dass Kämpfer vor Angst verrückt wurden. War es mit ihm soweit? Aber das schloss er aus. Er war kein Feigling, im Gegenteil, er war sich jetzt völlig sicher, Theodrics Stimme vernommen zu haben, woher sie auch immer kam. Es erschien ihm zwar unsinnig, ließ sich mit nichts erklären, aber er hörte auf sie und gab seinem Pferd entgegen seiner Stimmung unnachgiebig die Sporen, denn er glaubte, Edbert schon fast zu riechen. Da wieherten die Pferde freudig und Ilari spürte ihren kräftigen und entschlossenen Zug nach vorne. Fast wäre er vom Pferd gefallen. Es wehte ihm ein fremder Duft um die Nase und ein schleierhafter, unscheinbarer Nebel zog aus dem Gras herauf. Es wirkte gespenstisch, wie die Hufe der Pferde so plötzlich im Nebel verschwanden und kurz darauf auch die Füße und die Fesseln der Reiter. Es ging alles sehr schnell, sie wurden sekündlich mehr in einen süßlich duftenden, undurchsichtigen Schleier eingehüllt und Ilari fragte sich, ob sie sich gegenseitig noch erkennen würden, wenn dieser Dunst sie vollständig einhüllte. Er wollte zurücksehen, aber weil die Pferde immer schneller wurden, musste er sich an den Zügeln festhalten. So stürmten sie voran. Er konnte sehen, dass es den anderen nicht anders erging. Sie saßen verkrampft und in die Mähnen ihrer Pferde geklammert und stürmten vorwärts.

Der Nebel wurde dichter und hatte sie jetzt völlig eingehüllt. Sie erkannten sich gegenseitig noch, aber nach draußen schien er undurchdringlich zu sein.

Die Pferde wieherten erneut und Theodrics Rappe antwortete. Ihr Ritt wurde langsam gezügelt, ohne dass sie einen Einfluss darauf hatten. Ilari riskierte einen Blick nach hinten, sah aber nur einen strahlend weißen, undurchdringlichen Dunst, der sie umfing und ihnen frische Kraft zu geben schien. Das Atmen fiel ihnen leichter und sie gewannen wieder an Zuversicht. Sie hielten an und stiegen ab. Die Pferde waren seltsamerweise kaum verschwitzt nach diesem Ritt, der sie hätte das Leben kosten müssen. Sie sahen im Gegenteil frisch und glücklich aus, was unmöglich war. Seltsame Dinge geschahen, unerklärlich und merkwürdig, aber zum Nachdenken blieb Ilari keine Zeit, denn Colan stürmte zu Theodric, der plötzlich in ihrer Mitte stand, um Gawen zu sehen.

„Er ist nicht mehr hier, aber sorge dich nicht. Er wird es überleben. Lass die Nacht vergehen und hab Vertrauen", sagte ihm Theodric lächelnd, der jetzt größer wirkte als noch Stunden zuvor. Doch er schien auch erschöpfter zu sein. Ilari unterließ das Spekulieren und schuldete alles dem Nebel, müde wie er war.

Sie standen alle eng zusammen und lauschten nach draußen, wenn man es so nennen wollte. Alle konnten die Stimmen ihrer Verfolger hören, die sich anhörten, als wären sie dicht bei ihnen, fast schon neben ihnen. Die Stimmen erkennen wäre wohl richtiger gesagt, denn das gesprochene Wort verstanden sie nicht, nur die Melodie ihrer Sprache wehte an ihre Ohren. Sie schienen gleichzeitig ganz nah, aber dabei unfassbar weit weg zu sein. Ilari versuchte, sich nüchtern einen Reim darauf zu machen, was hier geschah. Angst hatte er keine, er war eher ein wenig verwundert und es gefiel ihm nicht, in irgendetwas zu stecken, das seiner eigenen, erklärbaren Welt fremd war. Leana begann erstaunt zu lächeln. Sie schien ebenfalls keine Angst zu verspüren, so wie Oskar, der mit irgend so einem Zauber gerechnet zu haben schien. Nur Colan und Cinnia, die auf dem Arm des Vaters saß, waren unruhig, doch das schien eher mit Gawen zu tun zu haben, der irgendwo in diesem Nebel verschwunden war.

Sie machten auf Theodrics Geheiß ein Feuer und bereiteten ein einfaches Abendessen. Cinnia wollte ohne ihren Bruder nichts essen, aber als Theodric ihr versprach, dass er gerade gesund würde und sicher morgen böse mit ihr wäre, würde sie hier nichts essen, griff sie hungrig zu. Sie saßen zusammen am Feuer und wärmten sich und schwiegen mehr, als ihnen lieb war. Denn sie vertrauten diesen unwirklichen Umständen nicht völlig. Aber dennoch verlangte die Natur ihren Tribut und es dauerte nicht lange, bis die Frauen und Cinnia eingeschlafen waren. Ihnen fielen schon im Sitzen vor dem Feuer vor Erschöpfung die Augen zu. Als es still geworden war, trat Ilari an Theodric heran. Colan folgte ihm und Theodric ahnte, was die Männer von ihm wissen wollten. Astir lächelte sein verschlagenes Lächeln, aber er schwieg beharrlich. Oskar grinste und Theodric, der die gespannten Atemzüge der Männer hören konnte, begann zögernd.

339

„Wir befinden uns hier in einer Zwischenwelt, um die Fragen, die dich seit dem Abend quälen, zu beantworten, Ilari Thorbjörnson", sagte Theodric und blickte dem Freund ernst in die Augen. Ilari hob die Augenbrauen etwas und er wirkte erstaunt. Wusste dieser Waldteufel alles über ihn? Theodric wurde ihm langsam unheimlich und diese Dinge, die wohl auf Theodrics Geheiß entstanden waren, schützten gewiss die Gruppe, aber sie schienen in einer ihm fremden Welt entstanden zu sein. Er fürchtete schon, sich im Jenseits zu befinden, wunderte sich jedoch, nichts von dem immer beschworenen Übergang in die andere Welt empfunden zu haben. Und doch begriff er, dass er mit seinen Empfindungen recht hatte, denn im Laufe des Abends waren die Stimmen ihrer Verfolger leiser geworden und seit einer Stunde hörten sie sie gar nicht mehr. Gleichzeitig glaubte er zu schweben, sich fortzubewegen und dabei stetig auf der Stelle zu stehen. Das erschien ihm nun völlig absurd.

Es brachte Ilari dazu zu spekulieren. In seiner Familie orakelte man gerne, besonders wenn von Zauberern und Waldgeistern die Rede war an den warmen Feuern der Häuser des Nordens. Meist geschahen diese Dinge im kalten Winter, wenn man sonst nichts zu tun hatte und die frostige Nacht das Haus umfing. Es war dann schön, vor dem Schlafengehen mit der Gewissheit unter die Decke zu schlüpfen, dass alle Vermutungen auch solche blieben und man sich wohliglich an ihrer gefahrlosen Gegenwart ergötzen konnte.

Hier war es anders. Denn die fremden, bedrohlichen Ahnungen schienen in Theodrics Welt hier in Konbrogi Wirklichkeit geworden zu sein. Dinge geschahen hier, von denen er noch nichts gehört hatte, und offensichtlich hatte Theodric die Macht, sie bewusst heraufzubeschwören. Das war für ihn beeindruckend, denn er sah bisher Theodric immer ein wenig kleinwüchsig und kaum kraftvoll. Hier jedoch hielt er plötzlich mehr Macht in den Händen als Ilari in seiner Welt, sogar mehr als König Bornwulf Paeford jemals besessen hatte. Er schüttelte erstaunt den Kopf, wollte nicht glauben, was er von Theodric gehört hatte.

„Zwischenwelt, eh", sagte Ilari leicht belustigt und zweifelnd. „Was soll das heißen, sind wir hier nur zwischengelagert und fallen über kurz oder lang wieder hinaus und unseren Feinden zu Füßen?"

„Nein", sagte Theodric nun lächelnd, er bewunderte den geradlinigen Sinn Ilaris. „Hier bist du sicher, bis sich uns die Tore Konbrogis eröffnen. Wir nähern uns ihnen stetig und am frühen Morgen wird der Nebel, der uns umfängt, verschwinden und wir werden uns an einem sicheren Platz in den Wäldern befinden. Wir müssen nur abwarten."

„Daran soll ich glauben", zweifelte Colan jetzt, denn die Angst um Gawen schien ihn zu zermürben. Sein Gesicht war um Jahre gealtert und Astir, den das Leid des Vaters berührte, bat Colan um Geduld. Der Morgen würde bald grauen, er könne etwas ruhen oder sich zu Tode grämen. Das wäre seine Entscheidung. Cinnia, die wach geworden war und hörte, dass der Vater sterben sollte, klammerte sich weinend an Colan. Der hob die Tochter hoch. Als er in das Gesicht des Mädchens blickte, sah er ein Lächeln und er wurde ruhig.

„Nein, meine Tochter, ich werde sicher einmal sterben, aber heute noch nicht, ganz sicher nicht." Er küsste das Mädchen und brachte sie zu den Feuern zurück. Dort sah er, dass Morwenna und Leana wach waren und ihren Gesprächen gelauscht hatten. Doch zu seinem Erstaunen sah er in den Augen der beiden jungen Frauen keinerlei Angst, sondern nur freudige Erwartung. Es schien Colan, als hätten die beiden mit so etwas gerechnet, und er begriff, dass er ungebildet war, sonst wüsste er von den Erzählungen über Konbrogi und den wunderbaren Erscheinungen, an denen man leibhaftig Teil haben konnte. Und nun waren sie mittendrin in irgendeinem Zauber der grauen Vorzeit, der die Jahrhunderte überlebt hatte und hier seine Früchte trug. Die Konbrogi waren schon immer ein komisches Völkchen gewesen, darüber war sich Colan bewusst, und dies hier schien einer der Gründe dafür zu sein. Jetzt wurde Colan ruhig. Er war froh, sich in den Fängen der Konbrogi zu befinden, denn das schien ein sichereres Geschäft zu sein, als sich auf die Truppen des Königs zu verlassen, die Edbert und seine Männer noch immer nicht zu Fall gebracht hatten. Er befolgte wie die anderen Theodrics Rat und schlummerte traumlos bis zum Morgengrauen.

Dann wurden sie wach. Der Nebel war verschwunden und sie sahen auf grüne, dichte Bäume, die hoch über ihren Köpfen endeten. Sie bestiegen frisch gestärkt ihre Pferde und ritten voller Hoffnung los.

Nach Norden dachte Ilari, nach Westen wünschte es sich Colan und Oskar fand, sein Wunsch wurde erfüllt, denn sie ritten mitten hinein in das fremde, traumhafte und abenteuerliche Land. Woher Oskar die Richtung erkannte, war ihm schleierhaft, aber er hatte so eine Ahnung. Er ahnte viel, seit er sich in der Nähe dieses Landes befand. Es war ungewohnt für ihn, fühlte sich fremd und bekannt gleichermaßen an. Und weil er sich nie viele Gedanken darüber machte, warum etwas so und nicht anders war, nahm er seine Empfindungen hin wie den Regen und machte sich mit ihnen vertraut. Er stellte fest, dass er außer der Richtung noch einige andere Dinge wahrnahm. Da er aber nicht wusste, um was es sich handelte, beschloss er, später Theodric zu fragen. Der wüsste sicher eine Antwort, vermutete er.

Als sie so reitend eine Weile zugebracht hatten, lichtete sich der dichte Baumbestand und sie erreichten den Fuß der wirbelnden Berge Konbrogis.

Die wirbelnden Berge

Als sich das Sonnenlicht auf die Lichtung ergoss, waren sie überwältigt von der Schönheit und der Wildheit des Landes, das sie bisher so gastfreundlich empfangen hatte. Sie befanden sich auf einer grünen Lichtung, deren Boden mit unzähligen, weißen Blüten übersät war. Es waren Windrosen, die nur wenige Tage blühen. „Es bedeutet Glück, sie blühen zu sehen", erklärte ihnen Theodric und vor Rührung traten ihm Tränen in die Augen. Denn auch er hatte bisher nur einige Male Windrosen blühen sehen und das letzte Mal lag sehr lange zurück.

„Du wirst gefühlsduselig auf deine alten Tage", lästerte Ilari, der mit diesen Rührseligkeiten nichts anzufangen wusste und dem die Gefühlsduselei zu viel wurde. Warum machte Theodric und jetzt sogar dieser sarkastische Astir, der immer einen unfreundlichen Ton für ihn übrig hatte, so viel Aufhebens um den Wald. Als Ilari sich umsah, stellte er fest, dass dieses Stück Erde nett aussah. Ja fast schön und Ilari fühlte sich für einen Moment in seine Heimat versetzt. Diesen kräftigen und dichten Baumbestand hatte er über ein Jahr lang vermisst. Aber dieser Wald war ihm zu licht, zu hell, zu grün, zu lieblich, zu rätselhaft und zu fremd. Zu viele Unklarheiten und zu viel Argwohn umgaben ihn, als dass er in diesem Wald ganz zufrieden gewesen wäre. Hier fehlte die klare, raue und einfache Kraft der Bäume des Nordens. Und hier waren unbekannte Kräfte im Spiel, die er mit großer Sorge wahrnahm und die ihn antrieben, diesen Wald schleunigst zu verlassen. Er fühlte sich hier beileibe nicht wohl und wunderte sich, dass die Konbrogi, die doch für alles Übernatürliche so ausgesprochen empfänglich waren, sich hier in Sicherheit wähnten. Eine Macht war hier am Werk, die ihn, Ilari Thorbjörnson, ablehnte. Er fühlte es beinahe körperlich. Das jagte ihm kalte Schauer über den Rücken. Diese Zurückweisung durch ihm unbekannte Mächte machte ihn misstrauisch und wachsam und die heitere Freude, die alle ergriff, ließ ihn skeptisch werden. Seine Stirn legt sich in Falten und der Zweifel an diesem Phänomen spiegelte sich deutlich auf seinem Gesicht wider.

Fast erschienen ihm diese Bäume wie freundliche, lächelnde Kinder, interessiert, verspielt und damit gefährlich. Und wechselhaft. Es lag etwas Unfassbares zwischen ihnen. Ilari trat auf Theodric zu und sprach mit ihm über seine Eindrücke. Statt ihn wegzuschicken, lächelten ihn Theodric und Astir, der daneben stand, nur anerkennend zu.

„Es wäre tatsächlich ein Fehler, Ilari Thorbjörnson, diesen Wald auf Grund seiner ansprechenden Äußerlichkeit zu unterschätzen.

„Für Fremde wie euch ist hier gar nichts lieblich", fügte Astir Carew hinzu. „Denn ihr steht unter äußerst kritischer Beobachtung. Ihr werdet von allen sichtbaren und unsichtbaren Lebewesen belauert und ausgespäht. Je nachdem, wie es einem von uns oder denen beliebt, wird ein Urteil über euch gefällt, das im schlimmsten Fall euren Tod bedeuten kann. Ließen wir euch alleine in dieser grausamen und verführerischen Wildnis, ihr würdet keinen Ausweg mehr finden und dem Wald in die Fänge gehen.

„Hör auf damit, Astir, lass das Märchenerzählen", rief Oskar, der hinzugetreten war, lachend in diese angespannte Atmosphäre. „Man findet schon wieder aus diesem alten Wald heraus. Man umgeht einfach seine Fallen und Fallstricke, lässt sich nicht verlocken und dringt beharrlich in die Richtung vor, die man gewählt hat." Oskar lächelte, denn er schien sich hier im Gegensatz zu Ilari rundum wohlzufühlen.

Theodric sah sich diesen Jungen an und atmete erfreut durch.

„Du bist ein unbeirrbares Wesen, das sich in allen Welten zurechtfindet. Du verlierst niemals den Mut und deine gute Laune." Theodric lächelte und drückte Oskar die Schulter.

„Du hast nicht unrecht mit deiner Einschätzung, immer schön der Nase nach und dann findest du deinen Weg schon. Aber um dir ein Geheimnis anzuvertrauen. Anderen Personen fällt es nicht so leicht, sich in diesem Wald nicht zu verlieren. Und auch du solltest dich erst eine Weile hier aufhalten mit einem geistigen Führer, der die Tücken des freundlichen Grün kennt, sonst gehst auch du verloren."

„So ein Unsinn, die Wege durch diesen Wald über die Wirbelnden Berge liegen doch klar vor uns. Sicher, man könnte die Richtung verlieren, gerade wenn man bei der Überquerung auf einen der Wirbel trifft und die Orientierung für einen Moment verliert, aber es dauerte nicht lange, dann fände man wieder einen direkten Weg, geradewegs über die Höhen der Berge hinaus. Nur Angst darf man nicht haben, denn die macht den Wald wütend."

„Oder die Geister, die hier wohnen", ergänzte Leana begeistert. „Glaubst du, wir begegnen einem der Waldgeister oder einem kräftigen Seegeist?", fragte sie Theodric gespannt. „Meine Amme hat mir von ihnen erzählt. Ihr Konbrogi sollt die Kraft besitzen, sie herbeizuzaubern. Bitte Theodric, zeig uns einen Zauber." Leana bat ohne Arg und List und Theodric, der zuerst wütend werden wollte angesichts Leanas beharrlicher Bitten, wurde, als er in ihr junges Gesicht sah, freundlich und väterlich.

„Es ist nicht so, dass ich nicht Geister heraufbeschwören könnte, aber nur zur Befriedigung der eigenen Neugierde sollte man sie nicht rufen. Denn nicht nur der Wald ist unberechenbar, sondern alles, was hier kreucht und fleucht. Gebt euch zufrieden damit, unbehelligt weitergehen zu dürfen. Das ist ein seltenes Privileg, das man euch gewährt, und ich würde es für einen fadenscheinigen Zauber nicht aufs Spiel setzen wollen", ergänzte jetzt Theodric entschieden und beendete jede weitere laute Spekulation.

Sie machten sich daran, die Berge zu überqueren. Sie gingen zu Fuß. Anfangs hatten sie keine Probleme mit der Steigung und den Anforderungen an ihre körperliche Leistungsfähigkeit. Als sie aber die Höhe des zweiten Drittels erreichten, fiel ihnen das Atmen schwerer und ihnen wurde von Zeit zu Zeit schwindelig. Morwenna war diese Höhe nicht gewohnt und sie wurde ganz blass. Theodric griff ihr unter die Arme und beschloss nach einigen weiteren Minuten, sie auf eines der Pferde zu setzten, denen es unerwarteter Weise leicht fiel, sich hier anzupassen. Morwenna gewann beim Reiten wieder an Farbe und Lebensfreude. Sie ist keine Frau aus Amber, fiel es Astir wie Schuppen von den Augen, als er sie beim Reiten beobachtete. Sie gehört nach Bratana. Sie ist auch keine Falkenweld, denn er erkannte ihre bratanische Aura. Sie musste ein Findelkind sein, das den toten Eltern in Falkenweld ins Nest gelegt worden war. Astir musste unwillkürlich lächeln, denn ihm gefiel der Gedanke, dass irgendjemand einem toten dinorischen Fürsten so ein Kuckucksei untergeschoben hatte. Er behielt seine Erkenntnisse aber vorerst für sich. Es gab keinen Grund, Morwennas Status anzuzweifeln. Für alle war sie eine Falkenweld. Astir fiel plötzlich auf, dass er den zweiten Fremden hier, Ilari, nicht mehr sah. Er stutzte. Konnte man die Fremden wirklich keinen Augenblick aus den Augen lassen? Sie verliefen sich einfach zu schnell. Astir war verwirrt, denn gerade noch hatte er ihn gesehen. Wo sollte dieser Norganer nur hingeraten sein? Er lief nach vorne zu Theodric, und als dieser von Ilaris Verschwinden erfuhr, wurde er blass und ließ sofort die Gruppe anhalten. Er drehte sich um und veranlasste, dass alle Mitreisenden stehenblieben und sich auf das Äußerste ruhig verhielten.

„Bleibt in Gruppen stehen und nehmt euren Gegenüber in den Blick." Colan hörte es und wurde stutzig. So schnell verschwindet ein Mensch nicht. Wo sollte Ilari hingeraten sein? Als Cinnia seine Hand fasste, musste sich Colan zusammennehmen, um ein liebevolles Lächeln für seine Tochter übrigzuhaben. Er sah ihr an, dass sie voller Angst war. Deshalb nahm er sie auf den Arm. Sollte auch er verschwinden, wie es Ilari geschehen war, dann würde er immerhin sein Kind dabeihaben. Er wollte nicht auch noch von ihr getrennt werden. Er zuckte ein wenig zusammen, als Leana ihn fragte, ob er sich darauf einen Reim machen könne.

„Nein, ich dachte, ihr hättet viel über die konbrogische Welt gelernt von euren Ammen und Kindermädchen, Prinzessin. Ich bin nur ein einfacher Schmied und habe mich nur mit den Dingen des dinorischen Alltags befasst." Colan war leicht ungehalten, riss sich aber zusammen, als er Leanas Befürchtungen sah. Seine Stimme wurde weicher, als er erneut mit ihr sprach.

„Ängstigt euch nicht. Ilari war schon in aussichtsloseren Situationen, aus denen er unverletzt wieder herausgefunden hat."

„Seid ihr davon wirklich überzeugt?", fragte ihn Morwenna mit ersterbender Stimme. Sie vermisste Ilari und mochte sich nicht vorstellen, was ihm gerade geschah. Astir warf einen Blick auf die Gruppe, die zaudernd und zusammengedrängt herumstand. Theodrics Äußerung hatte ihnen gehörig Angst eingejagt.

„Was soll das, Theodric. Ich sehe ein, dass Ilari gefunden werden muss, aber ist damit diese ganze Aufregung zu rechtfertigen?" Astir sah Theodric bei seiner Frage durchdringend an, und als er eine kleine Furche in dessen Stirn bemerkte, die er nur bei extremer Gefahr bekam, schwieg Astir erstaunt und wartete ab, wie sich Theodric als nächstes verhalten würde. Der stand ruhig neben seinem Pferd und lauschte in die Ferne. Warum tut er das, fragte sich Astir, als gleich darauf Theodric die Antwort gab.

„Das hier ist der Ort der flüsternden Angst. Du solltest ihn aus den Erzählungen deiner Amme kennen. Rana war oft hier als junges Mädchen. Sie widerstand den Einflüssen der flüsternden Geister, denn ihr Verstand war frei von Angst und Zweifel. Als sie als reife Frau des Kinderhütens bei deiner Familie überdrüssig war, ging sie hierher und heiratete den flüsternden Fürsten. So sagt man es sich, seitdem sie hier heraufgekommen ist und von da an nie wieder gesehen wurde. Ihre Eltern verwünschten diesen Ort und den flüsternden Fürsten dazu, der ihnen ihre Tochter nahm. Aber es wurde nie bestätigt, dass Rana freiwillig ging, möglicherweise wurde auch sie, wie viele andere vor ihr, von dem flüsternden Fürst entführt."

Theodric schwieg wieder und lauschte erneut dem Flüstern, von dem man sagte, es sei in heißen Nächten besonders schlimm. Wollte Ilari doch nur keine Furcht zeigen, dann bestand die Möglichkeit, dass sie ihn gehen ließen wie dereinst Rana, eine Schönheit und ein wahrhaft unerschrockenes Ding. Astir verstand, dass ihnen jetzt nichts anderes übrig blieb, als einfach hier eine Weile zu lagern, denn es würde dauern, bis sich der flüsternde Fürst entschied, was er als nächstes zu tun gedachte.

Ilari erwachte wie nach einem überflüssig langen Schlaf und bemerkte, dass er sich in einem leichten Dunst befand, der merkwürdigerweise trocken zu sein schien und nur den Blick nach draußen versperrte. Im Innern war sein Blick ungetrübt und frei. Schon wieder Nebel und Dunst. Es langweilt mich langsam. Kann sich dieses Land nicht etwas anderes ausdenken, um Menschen zu erschrecken, dachte sich Ilari und stand auf, denn er lag der Länge nach auf dem trockenen Waldboden. Hier blühen keine Blumen, fiel ihm auf. Er war doch gerade noch auf einer blühenden Wiese gewesen. Und wo sind die anderen jetzt? Wo ist Oskar? Ilari wurde ärgerlich. Er hatte diese unvorhergesehenen Geschehnisse satt. Er war allein hier. Wenn man glaubte, er bliebe hier ewig, dann verrechnete sich jemand ganz gehörig. Ilari stand jetzt sicher auf seinen Beinen. Die leichte Benommenheit war verschwunden und er versuchte, sich mit seiner Umgebung vertraut zu machen, die anfangs nur eine begrenzte Lichtung aus ihm und seinem Leben zu sein schien. Aber wenn sich seine Augen nicht täuschten, dann formte sich in diesem Dunst eine Art Gang, ein Durchgang, dem er, wie er annahm, folgen sollte. Woher wusste er so etwas? Er stutze und es widerstrebte ihm, dieser plumpen Aufforderung nachzukommen und irgendwo hinzugehen. Er wartete ab. Weil sich diese Gasse aber nicht veränderte, schien ihm nichts anderes übrig zu bleiben, als vorwärts zu gehen, denn der Dunst war undurchdringlich für seine Augen und er fühlte sich an wie eine feste, trockene Wand, wenn man die Hand darauf legte. Also trat er einige Schritte weiter nach vorne und bemerkte, dass der Dunst ihm im gleichen Maße folgte, wie er sich auf den Gang zubewegte. Auch schön, so weiß ich wenigstens, wo ich hingehen muss, ohne mich zu verlaufen, dachte er sich, war sich aber gar nicht mehr so sicher, ob er nicht schon längst weit entfernt von seinen Kameraden war. Wieso Kameraden, dachte er sich, ich war doch nur mit Oskar hier. Es wollte ihm nicht einfallen, wer seine Kameraden sein sollten, dabei hatte er eine klare Vorstellung von ihnen. Es waren viele und sie waren schon eine Weile zusammen hier. In welchem Hier? Nun, so klar waren seine Vorstellungen wohl doch nicht, aber immerhin wusste er noch seinen Namen. Ich bin …. Ilari dachte nach und stutzte. Wer bin ich, warum bin ich hier, warum sind die Kameraden nicht bei mir? Ilari fing an zu zittern. Jetzt machte ihm sein Leben plötzlich keinen Spaß mehr. Er kannte seinen Namen nicht, wusste nicht, woher er kam, und außer einem Oskar hatte es wohl nie jemanden gegeben. Er fürchtete sich, doch dann bekämpfte er seine Furcht. Angst haben war nichts für einen wie ihn. Er wurde stattdessen wütend und fing an, sich die Wände im Gang erneut anzusehen, einen Fluchtweg zu suchen. Die Wände waren wie eine Haut, weich, warm und fest wie ein Körper, in dem er sich befand. Es war völliger Unsinn. Er war in keinem Körper, denn von draußen schien die Sonne zu ihm herein. Er glaubte jedenfalls, dass dieses Ding Sonne hieß, das da schien. Es konnte natürlich auch nur ein helles Licht sein. Was war es nun, wie nannte man das helle Ding, das zu ihm hereinschien? Nun war er ganz verärgert.

Ich habe keine Lust, alles zu vergessen. Bin ich ein alter Mann, der dem Tode entgegengeht? Ilari sah auf seine Hände, die voller Runzeln waren. Er wich erschreckt davor zurück. Das sind nicht meine Hände, aber die meines Großvaters könnten es sein. „Hört auf damit, ihr könnt mir keine Angst einjagen", rief er in den Dunst hinein. Runzelige Hände sind nicht beängstigend, tröstete er sich, denn ich fühle noch viel Kraft in ihnen. Ilari griff an seine rechte Seite und wollte entschlossen sein Schwert ergreifen, aber er konnte den Schwertgriff nicht umfassen. Der Griff erschien ihm riesig. Es war da, immerhin. Er spürte das Gewicht des Schwertes in der Scheide, die an seinem Körper hing, aber immer, wenn er das Schwert greifen wollte, war es ihm unmöglich, es zu umfassen. Als er es fast ergreifen konnte, verspürte er keinen Widerstand mehr. Es schien einmal vorhanden zu sein und dann wieder nicht. Solche dummen Spielchen. Ilari wurde ärgerlich und das vertrieb die Angst. Da hörte er es, dieses Flüstern, das ihn schon, seit er erwacht war, verfolgte. Er hörte es bisher nur im Hintergrund wie ein verschwommenes Rauschen. Das Flüstern wurde lauter, aber er verstand die Sprache nicht, in der geflüstert wurde.

„Wenn ihr mit mir sprechen wollt, dann redet lauter und in meiner Sprache", sagte er laut und forsch in das ihn umwehende Flüstern hinein. Erst geschah jedoch nichts. Ilari lauschte gespannt, als er plötzlich eine Antwort bekam.

„Welches ist deine Sprache", fragte man ihn. Es schienen viele Stimmen auf einmal zu sein, ein Chor, der flüsterte, mit einer tragenden Stimme, die aus ihm herausstach. Das gefiel Ilari. Einer zeigte sich ihm, wenn auch nur durch seine Stimme.

„Du, der du hervorstichst in diesem Geflüster, sprich alleine mit mir, dieses Durcheinander missfällt mir. Ich bin es gewohnt, immer nur mit einem Einzigen zu sprechen. Das Dazwischenplappern gehört sich nicht, sagte mir meine Großmutter immer. Und du weißt selbst, welches meine Sprache ist, denn du sprichst in ihr. Frage mich also nicht so hinterhältig."

„Dazwischengeplapper", hörte er die anderen Stimmen sagen und er meinte, sie kichern zu hören. Sie sind amüsiert. Wie dumm, dachte Ilari, der sich nicht mit der Figur des dummen August anfreunden konnte. Deshalb sprach er für eine ganze Weile kein Wort mehr. Auch nicht, als er wieder von der einzelnen, hervorstechenden Stimme angesprochen wurde.

„Sag mir, woher kommst du!", befahl ihn die Stimme.

„Sag du es mir, ich habe es vergessen. Aber du weißt es, sonst würdest du mich nicht so dumm fragen." Ilari hatte keine Lust, sich auf irgendetwas einzulassen.

„Wieso hast du deine Erinnerungen verloren? Denke darüber nach!", forderte ihn die Stimme auf.

„Was weiß ich, wozu es für dich gut ist, dass ich keinerlei Erinnerung mehr habe an mein Dasein. Sollte ich vielleicht für dich eine Gefahr darstellen, dann wirst du bald wissen, dass andere mir nachfolgen. Mich alleine auszulöschen, ist keine Großtat. Die anderen, die kommen, sind nicht so geduldig wie ich, aber gib mir meine Waffe, dann kannst du kommen und dich mit mir messen." Ilari bestand nun nur noch aus Wut. Er wusste nicht, wer er war, wusste nur, dass sein einziger Freund Oskar ihm genommen worden war und er nun hier in diesem Nichts stand, um sich in müßigen Dialogen mit einem zu messen, der mehr über ihn wusste als er selbst. Er rettete sich in den Mut, der ihm geblieben war und an den er sich besser erinnerte als an alle anderen Dinge und Vorkommnisse seines früheren Lebens. Sein Mut machte ihn sicher. Er würde ihn über alle Hindernisse hinwegtragen, die ihm von jemanden in den Weg gelegt werden würden.

Sollte dieses Irgendwas doch kommen. Er war bereit mit oder ohne Waffe.

„Du denkst darüber nach, dich mit mir zu messen. Das wäre ein schlechtes Unterfangen, denn du würdest nicht gewinnen. Niemand kann gegen mich gewinnen, deshalb versuche es erst gar nicht."

„Dann kann ich eben nicht gewinnen, aber ich kann gegen dich kämpfen. Das will ich und mir ist es egal, ob ich gewinne. Denn ich kann auch nicht viel gegen dich verlieren."

„Du sprichst mit viel Sicherheit und einem großen Mut. Willst du wirklich gegen mich kämpfen und dein Leben verlieren, junger Mann?", fragte ihn die Stimme interessiert. Fast schien es Ilari, dass er geprüft wurde, aber auch das interessierte ihn schon nicht mehr. Er hatte den Mut der Gläubigen, die der Tod nicht schrecken kann.

„Den Tod stellst du mir in Aussicht. Hast du nicht mehr, mit dem du mich schrecken kannst? Die Hölle schreckt mich ebenfalls nicht, denn ich glaube nicht daran. Das einzige, das du mir schenken kannst, ist die Ehre, einen anständigen Tod gestorben zu sein. Dafür wäre ich dankbar, also gib mir endlich mein Schwert und verstecke dich nicht länger. Tritt hervor und nutze die Gunst der Stunde, einen mutigen Mann zu ehren".

Ilari wartete ungern noch länger, deshalb fing er an sich zu bewegen. Er trat zornig an die Wände des Nebels, hieb mit der Faust auf sie ein und wünschte sich einen ehrenvollen Tod so sehr, dass er für einen Moment das Bewusstsein verlor.

Als er erwachte, lag er auf einem weichen, feuchten Waldboden umgeben von weißen Blüten und er sah die Sonne wieder. Ilari wusste, wer er war, woher er kam, wer ihm folgte und wohin sie wollten und er blickte Morwenna direkt in die Augen. Seiner lieblichen Morwenna, die er, ohne sich an sie zu erinnern, so schrecklich vermisst hatte im weißen Nebel seines verlorenen Bewusstseins.

Morwenna schrie auf, als sie Ilari so plötzlich auftauchen sah. Er erschien wie aus dem Nichts. Wie ein Geist, der die Lebenden besucht. Theodric stürzte auf ihn zu, half ihm auf die Beine und dann senkte er einen prüfenden Blick in Ilaris Augen. Aber er sah keinen Fehler in ihnen. Nur den klaren Blick eines treuen und ehrenhaften Norganers. Er schloss Ilari in die Arme, war glücklich, ihn nicht an den flüsternden Fürsten verloren zu haben und er schämte sich nicht, gerührt zu sein.

Ilari fühlte sich ungewöhnlich müde und erschöpft. Er dachte, nur einige Stunden in diesem Nebel zugebracht zu haben. Tatsächlich war er jedoch die ganze Nacht dort gewesen. Seine Begleiter konnten ihn aus der Ferne schwach reden hören. Es gab einen Bereich im Wald, der nicht betreten werden konnte. Man stieß an ungewohnte und unsichtbare Hindernisse und dort konnte man Ilaris erschöpfte Stimme hören und das Flüstern vieler fremder Stimmen. Oskar machte sich große Sorgen um Ilari und auch Theodrics ständige Versicherungen, dem Freund stieße dort sicher nichts zu, denn Ilari besitze einen eisernen Willen, konnten Oskar nicht überzeugen. Oskar sah Theodric ins Herz und ahnte, in welcher Gefahr sich Ilari befand. Deshalb ging er an diese unsichtbare Barriere heran und blieb dort stehen, um dicht bei seinem Freund zu sein.

Ilari hatte eine ungewöhnliche Konstitution. Als er ein wenig geschlafen hatte, machte sich die Gruppe erneut auf den Weg. Astir wollte endlich den Kamm des Gebirges erreichen und dann so schnell wie möglich den Abstieg wagen. Sie hatten den Wald der flüsternden Angst hinter sich gebracht und keinen aus ihrer Gruppe verloren. Astir, der kein Hasenfuß, aber durchaus vertraut war mit den Heimtücken der wirbelnden Berge, sehnte sich nach den ungefährlichen Ebenen und seiner Heimat, von der er, wenn alles gut verlief, nur noch drei Tagesreisen entfernt war. Seine Mutter und seine Schwestern hatte Astir vier Jahre lang nicht mehr gesehen. Es konnte sein, dass seine älteste Schwester seit dem letzten Laghdane schon verheiratet war. Wenn ihnen die

Götter hold waren, dann könnte er schon bald Onkel werden. Er merkte schmerzlich, wie sehr er das Familienleben vermisste. Es war nicht seine Idee, bei Herzog Aldwyn Knappe zu werden. Sein Vater fand es wichtig, dass er die Kultur der anderen in Amber kennenlernte und die Bindungen zu ihnen verstärkte. Dafür nahm er es in Kauf, seinen Sohn nicht mehr bei sich zu haben. Aber in Konbrogi war man mit vierzehn Jahren sowieso ein Mann. Da nutzte es nichts, weiter an den Rockschößen seiner Mutter zu hängen. Sie weinte nicht, als er sie verließ, besaß sie doch das zweite Gesicht und war ihm auf diese Weise nahe. Doch wusste sie auch, dass sie von den Unglücken, die ihm widerführen, nur Kenntnis haben würde. Einfluss darauf nehmen oder ihn gar schützen, könnte sie nicht. Sie hatte aber die Sicherheit, dass sich Astir nicht in den weiten Ambers verlieren würde, denn die Konbrogi blieben nicht in der Fremde. Sie kehrten nach Hause zurück und gründeten dort eine Familie. Sie musste also nur abwarten und das Beste hoffen. Es war egal, wie weit sich ein Konbrogi von seinem Land entfernte, er würde immer wieder zurückkehren. So wie Theodric, der sich sogar in den Ländern des Nordens jenseits des Meeres aufgehalten hatte. Mit dem Wissen, das er mitbrachte, wäre er ein geachteter Mann. Er würde seiner Familie große Ehre machen.

Sie ritten hintereinander auf dem schmalen Pfad, der sich in steilen Serpentinen nach oben wand. Der Berg bot ihnen Sicherheit auf der einen Seite, aber auf der anderen Seite fiel das Land steil ab und Leana, die nicht gerne in der Höhe saß, traute ihren Augen kaum. Sie konnte nicht zur Berg abgewandten Seite sehen, denn dort hauste das Grauen für sie. Doch Astir redete es ihr aus, denn das wirkliche Grauen wartete auf dem Kamm des Berges, wenn ihnen das Schicksal nicht hold war. Und sie mussten mit allerlei Unbilden rechen. Denn sie brachten Fremde mit und sie wollten diese Menschen tief mit in das geschützte Land hineinbringen. Das sahen viele Kräfte des konbrogischen Territoriums ungern und so manche würde es verhindern wollen. Die Maßnahmen, die dabei ergriffen würden, wären gefährlich. Astir stöhnte kurz auf und Ilari, der hinter ihm ritt, bemerkte es. Ilari, der sich niemals Vermutungen hingab, bemerkte an Astir eine gewisse Unruhe und er hatte das Bedürfnis, darüber zu sprechen. Denn er entdeckte an sich eine neue Begabung, seit er in den Nebeln gefangen war. Ihn beschlichen Ahnungen. Obwohl das für einen Konbrogi zu viel gesagt wäre. Die Vorgefühle oder dunklen Vorahnungen, die er hatte, wären denen eines Kindes der Konbrogi gleichzusetzen. Für einen Norganer jedoch waren es Fingerzeige und Hinweise. Das ängstigte Ilari, und als er mit Astir darüber redete, bekam er eine Antwort, die ihm nicht gefiel.

„Nun, wenn du so ein Mensch bist, dann achte darauf, dass sich dieses Gespür für dunkle und düstere Geschehnisse nicht noch verstärkt. Denn es ist schon geschehen, dass vermeintlich unbedarfte Menschen zu uns kamen, die an diesen faulen Zauber nicht glaubten und im Laufe der Zeit zu Experten für Omen und Erschcinungen wurden. Sie entwickelten diese Begabungen und nahmen sie mit in ihr Land. Denn einmal erworben, blciben sie einem erhalten, ein Leben lang."

Astir grinste, denn er sah in Ilaris zuerst entsetztes und dann verärgertes Gesicht. Er konnte sich vorstellen, dass der Norganer, der sich von seiner Logik nicht gerne abbringen ließ, keinen Bedarf für Andeutungen und Zeichen hatte. Würde sich aber bewahrheiten, was sich jetzt schon zeigte, dann müsste er dringend in die Deutung der Zeichen eingewiesen werden. Dafür wäre aber Theodrics Familie zuständig. Astir wollte, sobald sie die Ebenen erreicht hätten, ein ernstes Wort mit ihm reden.

Doch jetzt strengte sich Astir an, sich mit den Gegebenheiten dieser Bergkette auseinanderzusetzen. Er wusste, sie näherten sich dem Gebirgskamm und die Sturmhöhen machten sich bereit. Er sah, wie sich das Wetter zusammenballte, gerade so, als wollte es die Feinde Konbrogis abwehren, die mit ihnen kamen.

„Entschuldige, Ilari, ich muss mich mit Theodric beraten. Es gefällt mir einiges nicht. Hier braut sich etwas zusammen."

Die Sturmhöhen

Der Himmel wurde grau und dunkel, schwere Wolken türmten sich auf. Sie verdrängten die Sonne und den Tag. Zwischen ihnen drang nur noch vereinzelt helles, blaues Himmelslicht an ihre Augen. Denn es zog sich stetig zurück mit einem wehmütigen Seufzer, der auch ein nahendes Gewittergrollen gewesen sein konnte. Als sich die Wolken haushoch auftürmten, begann es zu regnen. Zuerst nur ein weiches Nieseln, dann jedoch wurde der Regen stärker und schon bald stürzten die bleischweren Tropfen in prasselnden Kaskaden trommelnd auf ihre Körper ein. Die weichen Mäntel und deren Mützen nutzten ihnen nichts gegen die kalten, klatschenden Schläge, die sie trafen und die sie augenblicklich bis auf die Haut durchnässten.

Leana wusste plötzlich, was sie so sehnlichst vermisst hatte in den letzten eineinhalb Wochen, die sie nun schon unterwegs nach Konbrogi waren. Es war der Wunsch, endlich wieder ein Dach über dem Kopf zu haben. Vier feste Wände um sich. Zu wissen, kein Wetter oder Feind hatte direkten Zugriff auf sie. Leana ahnte, was sie schon immer befürchtet hatte. Sie war wohl doch nur eine verzogene Göre, eine richtige Prinzessin, verwöhnt und nicht belastbar. Sie blickte verwundert auf Morwenna, die beinahe stoisch alle Unannehmlichkeiten ertrug, und wunderte sich, dass sie so verschieden waren. Sie war doch mit ihnen am Hof wie eine Tochter erzogen worden und Leana, die als Bornwulf Paefords schöne Tochter selten Neid erlebt hatte, konnte Morwennas Anmut nicht mehr ohne Eifersucht ertragen. Wie sie so ritt im niedergehenden Regen, ihre Haltung immer noch aufrecht, die roten Haare zwar nass, aber wunderschön ihren Teint unterstreichend, der nicht rot gefärbt an den Wangen und abgekämpft wirkte wie ihr eigener. Sogar jetzt auf diesem Berg, in diesen schwindelnden Höhen machte Morwenna noch eine gute Figur.

Und Leana sah, wie die Männer sie ewig anblickten. Colan Boyle nahm sie interessiert und bewundernd wahr. Er kannte Schönheit, seine Frau war eine gewesen und in Cinnia sah man schon das Versprechen aufkeimen, zeitlosen Liebreiz zu entwickeln. Theodric und Astir waren eher von ihrer Lieblichkeit überrascht und Oskar sonnte sich darin, neben ihr reiten zu dürfen. Er bewunderte ihre Eleganz. Und Ilari war sprachlos und hingerissen von ihrer Ausstrahlung. Er hielt sich fortwährend in ihrem Bannkreis auf und machte keine Anstalten, sich je wieder weit von Morwenna entfernen zu wollen. Er war verliebt, sagte ihr Oskar, und Leana empfand seine Worte wie ein Schwert, das sich in ihre Eingeweide bohrte und einen nimmermehr schwindenden Schmerz hinterließ. Doch selbst die größte Verliebtheit Leanas in Ilari hatte ihre Grenzen. Jetzt sehnte sich ihr Körper durchaus immer noch nach Ilari und seiner Aufmerksamkeit, die sie, wie sie dunkel ahnte, niemals erringen konnte, aber ein warmes Feuer und ein Dach über dem Kopf wären ihre ersten Wünsche gewesen angesichts des Dramas, das sich das Wetter eben ausdachte. Wie sollten sie diese Nacht verbringen? Außer einer notdürftigen, feuchten Höhle im kalten Stein des Berges konnte sich Leana keinen anderen Unterschlupf vorstellen. Dort würde es kalt sein, so kalt wie alle ihre Gliedmaßen, die sie kaum noch spürte und die sie, fielen sie ab und gingen verloren, keinen Moment vermissen würde. Sie seufzte deutlich vernehmbar. Morwenna, die die Schwester hörte, hielt an und drehte sich zu ihr um. Als sie Leana erblickte, sah sie sofort, dass es ihr nicht gut ging. Sie schien bleicher als sonst. Selbst ihre dunklen Locken waren grau und ihre Augen senkten sich trübe in ihr Gesicht, als wollten sie sich ducken vor dem nächsten Blick, der nichts Angenehmes brachte. Wir müssen rasten, kam es ihr als erstes in den Sinn. Aber sie kannte inzwischen Astir und vor allen Dingen Theodrics unbarmherziges Drängen. Sie alle hier sollen weiterreiten, bis einer vom Pferd fiel, was bei Leana kaum noch ausgeschlossen war. Als sie ihr Pferd länger anhielt, um zu überlegen und schließlich auf dem schmalen Pfad zu wenden versuchte, hörte sie schon Astirs unmissverständlichen Vorwurf.

„Was soll das, warum hält der Zug an. Wie müssen weiter. Wisst ihr nicht, was euch blüht, wenn wir nicht bald diese Steigung verlassen?"

„Leana kann nicht mehr weiter, ich fürchte, sie ist krank.", rief ihm Morwenna zu. Sie ignorierte die unerträglichen Regentropfen, die sie peinigten, weil sie das Gesicht nicht mehr herunternehmen konnte, um ihnen zu entgehen. Sie war jetzt fest entschlossen, keinen Schritt mehr weiterzureiten, bevor sich der Zustand Leanas nicht gebessert hätte. Aber mit Astir war schlecht Kirschen essen, wenn er einmal von etwas überzeugt war. Morwenna hatte es oft in Tamweld erlebt und auch Leana schien sich daran zu erinnern, denn sie straffte sich und machte Anstalten, ihre Zügel fester zu greifen. Lange würde dieser Wille wohl nicht anhalten, befürchtete Morwenna und beschloss, diesem Konbrogi wesentlich eigensinniger entgegenzutreten. Sie verlangte, dass Theodric von Leanas Zustand in Kenntnis gesetzt wurde.

„Macht, was ihr wollt, ich jedenfalls werde zu Theodric gehen und ihm berichten, dass ihr hier alleine im Gebirge verbleiben wollt, weil ihr keinerlei Anstalten macht, endlich weiterzukommen", warf ihr Astir wütend entgegen. Er scherte aus, suchte sich einen Weg an den anderen Reitern vorbei nach vorne. Astir hatte die Marotten dieser Dinoraner jetzt endgültig satt. Er wusste, dass Leana nicht gesund war, wollte es aber unter keinen Umständen wahrhaben. Warum hatte man die Mädchen überhaupt mitgeschleppt. Ihnen wäre sicher nichts passiert, redete er sich in seinem Zorn ein, während er zu Theodric vordrang. Leana wäre von ihrem Vater geschützt worden und Morwenna hätte Edbert heiraten müssen. Es gab Frauen, die ein schwereres Schicksal ertrugen mit weniger Unvernunft. Astir war aber kein Unmensch. Er war nur zornig und er wusste zugleich, dass er mit allem Unrecht hatte.

Als Theodric Astirs zornig hervorgebrachte Einwände hörte, lächelte er. Astir war wirklich noch ein dummer Junge. Er hatte schon befürchtet, dass die Kräfte der jungen Frauen irgendwann nicht mehr ausreichen würden. Sie hatten sich bisher sehr zäh gezeigt, aber der Moment der Schwäche hier am Aufstieg war unglücklich gewählt und nun nicht mehr zu ändern. Er las Astir gehörig die Leviten und machte ihn kurzerhand zum Zugführer. Damit ritt er am Anfang und hatte eine Aufgabe, die ihn forderte. Er selbst konnte ruhig zu Leana reiten und herausfinden, warum das junge Mädchen von dieser plötzlichen Schwäche ergriffen wurde. Davon machte er auch sein Urteil darüber abhängig, wie sie die nächsten Stunden verbringen würden.

Das Wetter würde noch schlechter werden, Sturm würde aufkommen. Er ahnte es bereits. Auch hier hatte man Vorbehalte gegen die Ankunft der Fremden, die in das Land eingedrungen waren. Theodric wusste von einer Wetterhöhle in der Nähe. Sie war zwar erreichbar, aber nur unter sehr schwierigen Bedingungen und er wollte es von Leanas Gesundheitszustand abhängig machen, wohin sie weiterritten. Wären er und die Männer allein gewesen, dann pausierten sie einfach unter einem der dunklen, großen Bäume. Danach ginge es stetig weiter auf den Kamm zu und so schnell wie möglich hinunter in die sichere Ebene.

Aber davon waren sie weit entfernt, erkannte Theodric, als er Leana in Augenschein nahm. Ihr Zustand hatte sich in der letzten halben Stunde rapide verschlechtert. Sie fror und zitterte wie Espenlaub. Der nasse Körper wurde von einem Fieber gepeinigt, das aus dem Nichts gekommen zu sein schien und ihren Körper völlig beanspruchte. Leana war sehr krank. Sie mussten die Wetterhöhle auf der Anhöhe erreichen, es gab keine andere Lösung. Als wenn uns jemand mit aller Macht dorthin ziehen würde, dachte Theodric. Wenn nur das Gebirge nicht so widerwärtig unfreundlich wäre. Als er um sich sah und einen Blick den Berg hinunter riskierte, meinte er, einen roten Wolf gesehen zu haben. Diese Eingebung hatte er verschiedentlich gehabt, denn er glaubte seit einigen Stunden, ein Wolf würde ihnen hartnäckig folgen, aber absolut sicher war er sich bis jetzt nicht gewesen. Als er soeben jedoch genauer hinsah, blieb das Tier stehen und blickte ihm genau in die Augen. Es war ein ungewöhnlich großes Tier für einen roten Wolf, die kleiner waren als die grauen Wölfe, die hier im Gebirge hausten. In der Regel lebten sie weiter unten in den Ebenen, wo sie sich ab und zu ein zahmes Haustier rissen.

Theodric war erstaunt über diese Begegnung, aber als Leana erneut aufstöhnte und fast vom Pferd gefallen wäre, entschied er, sich in jedem Fall in die Wetterhöhle zurückzuziehen. Denn der Weg über den Kamm des Gebirges könnte ihr Ende sein. Er hielt die Wut zurück, die sich schleichend seiner bemächtigen wollte. Er verachtete die dunklen Kräfte des Gebirges. Sie schienen hier eindeutig am Werk zu sein, denn sie waren allem Fremden feindlich gesinnt. Sogar ihm, der ein Konbrogi war, wenn auch nur zur Hälfte. Die Lebewesen hier in den Bergen wollten keinen Kontakt zu den Lebenden und schon gar nicht zu den Fremden haben im Gegensatz zu den Mächten im Tal. Sie führten lieber alle ins Verderben, wenn es darum ging, die wenigen Menschen loszuwerden, die ihrer Meinung nach nicht hierher gehörten. Er legte Leana seine Hand auf die Stirn und murmelte einige Worte. Er setzte alle seine Kraft in sie hinein, so wie er es von seiner Mutter gelernt hatte. Als er ihre Wangen sich etwas röten sah, ließ er alle aufsitzen und steuerte die Wetterhöhlen an. Der Wolf folgte ihm und noch ein anderer kam hinzu. Sie sollten sich beeilen. Theodric fühlte sich gehetzt.

„Täusche ich mich oder folgt uns schon seit einer Weile ein Wolfsrudel", rief Ilari Theodric zu, als er an ihm vorbeikam. Theodric holte tief Luft, ihm kam einiges als Antwort in den Sinn, dass besser passen würde, aber er nickte nur und sagte nichts dazu. Er war also nicht der einzige, der die Wölfe sah, und wenn Ilari von einem Rudel sprach, dann hatte er wohl recht, denn er ließ sich nicht so leicht täuschen, nur weil er es mit der Angst zu tun bekam.

Der Aufstieg wurde mörderisch. Aber die Aussicht wurde schlagartig wunderbar, als die Wolkendecke aufriss und der Berg die Sicht auf das Tal freigab. Theodric war als Junge mit seinem Vater in der Wetterhöhle gewesen, als sie ein Unwetter apokalyptischen Ausmaßes überrascht hatte. Was sie angestellt hatten, um den Berg so zu erzürnen, wusste der Vater bis heute nicht. Aber so, wie der Vater es sich zusammenreimte, war der Berg eben nur heimtückisch und verschlagen. Sie waren aus einer üblen Laune heraus in diese Situation gekommen. Theodric glaubte jedoch später, dass sich der Berg gegen sein fremdes Erbe gewehrt hatte. Das Beruhigende damals war gewesen, dass der Berg zu keinem Zeitpunkt ihr Verderben im Sinn gehabt hatte.

Das war jetzt völlig anders und so gesehen waren ihr Chancen, die Wetterhöhle zu erreichen, kaum vorhanden. Sein Vater war ein ausgezeichneter Bergführer, was Theodric nicht von sich behaupten konnte. Er musste sich auf seine Intuition verlassen und im Zweifelsfall Kontakt mit dem Berg aufnehmen, wenn der es zuließ und Theodric den Mut dazu fand. Den Mut der Verzweiflung, höhnte er innerlich. Ein wenig Hoffnung blieb ihm, bis er mit Astir sprach.

„Wohin gehen wir? Du willst doch sicher nicht zur Wetterhöhle eilen, das wäre dumm. Weißt du nicht, dass sich irgendetwas in der Wetterhöhle breit gemacht hat. Jedenfalls sagte man es immer in meiner Stadt. Es haust immer dort und Neues habe ich nicht gehört. Wenn wir uns der Höhle nähern, könnte uns etwas Unangenehmes überraschen."

Astir blickte Theodric an, um zu sehen, ob er aus dem Takt geriet. Aber Theodric blieb äußerlich ruhig. Wie es in ihm aussah, musste niemand wissen. Seine Gefühle hatten ihn also nicht getrogen. Irgendetwas versuchte, ihn daran zu hindern, dorthin zu gehen, aber er sah bisher keine bessere Alternative, um Leana zu retten. Sie wurde immer schwächer.

„Wir müssen dorthin, denn Leana braucht nur eine kurze Rast und etwas Wärme, dann erholt sie sich und wir können weiter", rief Theodric dem Freund zu. Doch Astir wollte sich mit dieser Auskunft nicht zufriedengeben. Er wurde ärgerlich und sehr laut.

„Hast du mich gehört oder wandern deine Gedanken immer weiter von uns weg?", fragte Astir noch einmal. „Außerdem folgen uns Wölfe. Ich kann mich nicht erinnern, die roten Meute jemals hier gesehen zu haben. Sie meiden diese Gegend. Sie sind nicht mit ihr vertraut und wagen sich niemals hierher. Hörst du mich, Theodric", versuchte es Astir erneut und wurde langsam ärgerlich, denn die Angst kroch ihm bleiern in die Glieder. Sie hatten die Wahl zwischen dem Grauen in der Wetterhöhle oder von einer hungrigen, roten Wolfsmeute gefressen zu werden.

Keine schönen Aussichten. Jetzt in der Sonne sahen die anderen die Wölfe ebenfalls. Astir, der zurückblickte, erkannte das Entsetzten in den Augen der Mädchen. Sogar Leana, die an der Schwelle des Todes stand, erschrak. Und Ilari hatte wie Oskar schon sein Schwert gezogen. Sie machten sich bereit, den Wölfen entgegenzutreten. Das würde aber nichts nützen. Nur einen guten Kampf würde es geben, dessen Ende jedoch die Vernichtung der Gruppe war. Astir hatte die Hoffnung verloren und griff ebenfalls nach seinem Schwert.

„Wir gehen weiter zur Wetterhöhle", ließ sich Theodric entschlossen vernehmen und er wies alle an, ihm zu folgen. Astir schüttelte den Kopf und ritt nach hinten zu Ilari und Oskar, um mit ihnen die Gruppe vor den Wölfen zu schützen, die stetig aufschlossen.

„Hast du genug vom Voranschreiten?", begrüßte ihn Oskar ein wenig spöttisch und überraschte damit Astir, der diesen Mut in diesem jungen Mann nicht vermutete hatte. Er war immer noch guter Dinge, wie es schien, und ritt tapfer voran.

„Wie kommt es, dass du immer noch den Glauben an ein gutes Ende nicht verloren hast?", fragte ihn Astir erstaunt, als er hinter ihm ritt.

„Ich bin noch nicht tot und so lange ich lebe, kann ich kämpfen und dem Schicksal ein Schnippchen schlagen", antwortete Oskar und fing an zu lachen. Ilari, der es hörte, drehte sich um und grinste seinen besten Freund breit an.

„Genau, und um uns zu fressen, müssen sich diese Biester schon ganz schön anstrengen. Dabei werden einige mit in den Tod gehen", rief Ilari grimmig und ritt zu Leana, die fast aus dem Sattel gefallen wäre.

Theodric, der vorausritt, wusste, dass die Wetterhöhle hinter der nächsten Serpentine zu sehen sein würde und er wagte es kaum, weiter zu stürmen. Es regte sich Widerstand dagegen in ihm und als er schließlich fast an der Biegung angekommen war, sah er noch einmal zweifelnd nach hinten. Er konnte sehen, wie sich das Wetter verschlechterte. Zwei turmhohe Wolken verdüsterten den Blick und die rote Meute lag in grauen Schatten unter ihnen. Sie hätten schneller aufschließen können, und Theodric fragte sich angestrengt, warum sie es unterließen. Da schien es ihm, als ginge die eine Wolke, die sich über ihnen aufgetürmt hatte, auf die andere los. Das war der blanke Unsinn, denn der Wind, der aufkam und schon fast einem Sturm ähnelte, wehte doch normalerweise beide Wolken in die gleich Richtung. Aber wieder sah er, wie die Wolken den Kampf gegeneinander aufnahmen. Sie nahmen die Gestalt von riesigen Wölfen an. Der eine hatte einen aufgerissenen Rachen, den er dem anderen, der zu fliehen begann, in die flüchtende Flanke stieß. Es war ein Schauspiel, über das die Gruppe fast vergaß weiterzueilen. Alle standen in dem beginnenden Sturm und blickten fasziniert auf das Schauspiel am Himmel. Auch Leana sah zu, aber nach einigen kurzen Sekunden fiel sie vom Pferd und lag wie leblos am Boden. Ilari, der es sah, wollte zu ihr stürzen, als ein riesiger, roter Wolf vor Leana auftauchte, sein Maul aufriss und sie verschlingen wollte. Oskar und Ilari zögerten keinen Augenblick. Sie schrien auf und stürmten mit den gezogenen Schwertern in der Hand auf die am Boden liegende Prinzessin zu. Sie waren beide blitzschnell, aber der Wolf war geschickter und weitaus schneller als die beiden jungen Männer. Ehe sie das Mädchen erreichten, sahen sie entsetzt zu wie der Rachen des Wolfes das unscheinbar erscheinende Mädchen zwischen die Zähne nahm und mit ihr im steilen Galopp verschwand. Sie standen alle wie angewurzelt dabei und waren gebannt von diesem grausamen Spiel, als es Theodric wie Schuppen von den Augen fiel.

„Folgt dem roten Wolf, folgt ihm. Gleich. Zögert nicht. Lauft."

Er selbst hatte begriffen, wozu die rote Meute gekommen war. Sie bedeutete keine Gefahr für die Gruppe, sondern wollte ihnen zur Hilfe eilen. Die Gefahr lauerte an der Wegbiegung, die sie schon fast erreicht hatten. Theodric begriff, dass das Unheil in der Wetterhöhle die unsteten Geister sein mussten, die sich gegen die Regeln verhielten und die Vereinbarung mit den Menschen gebrochen hatten, als Wiedergänger keinen Schaden anzurichten. Seine Mutter hatte ihm davon berichtet in ihrem letzten Brief. Sie wusste, sie hatten sich in die Wetterhöhle verzogen, und wenn es ihn nicht täuschte, käme eine unentrinnbare Gefahr auf sie zu. Er wendet sein Pferd blitzschnell, als die andern schon fast den Kamm erreicht hatten, und gerade, als er davon eilen wollte und einen letzten Blick zurück warf, stürzte sich ein riesiger, grauer Wolf knurrend auf ihn. Er hatte das Maul aufgerissen und sein stinkender Atem nahm Theodric die Luft zum Atmen. Er wurde beinahe ohnmächtig, verlor sein Schwert und fiel zu Boden. Er sah sein Ende gekommen und war nur glücklich, die anderen in Sicherheit zu wissen. Astir würde sie in die Ebene geleiten und seine Mutter sich um sie kümmern. Sein Leben hatte einen Sinn gehabt und er war zufrieden. Er wollte sich nicht wehren und sich seinem Schicksal ergeben, als er die zornige Stimme seiner Mutter in seinem Kopf hörte.

„Sei nicht dumm, Sohn. Nimm endlich deine Waffe und kämpfe, die Rote Horde wird dich unterstützen. Deine Zeit zu sterben, ist noch nicht gekommen. Steh auf und kämpfe, um zu überleben."

Da sprang Theodric blitzschnell zur Seite, griff das Schwert, das am Boden lag, und der Biss des Wolfes ging ins Leere.

„Glaubst du, mir zu entkommen, Theodric Halbmensch", knurrte ihn der Wolf an und kam näher auf ihn zu. Theodric hatte plötzlich nur noch ein abfälliges Lächeln für dieses Geschöpf übrig und stellte sich dem Kampf breitbeinig.

„Du kannst mich nicht bezwingen. Ich bin dir überlegen, komm nur und hole dir die Wunden ab, die ich für dich bereithalte", hörte er den grauen Wolf knurren. Er war sich seiner absolut sicher, und gerade als er sich bereit machte, der graue Wolf hatte seinen Kopf angriffslustig gesenkt und knurrte gefährlich, stürmten hinter ihm einige rote Wölfe aus dem Dunst des Regens vorwärts an ihm vorbei und auf den Feind zu. Sie schienen sich ohne ersichtliche Macht vor seinen Augen zu vermehren und drängten den grauen Leitwolf tapfer zurück. Er bekam jedoch Hilfe von den Seinen und Theodric, der mittlerweile zu weit abgedrängt stand, um unmittelbar in den Kampf einzugreifen, sah, wie sich die beiden Horden ineinander verbissen unter bitterlichstem Knurren und Bellen. Wölfe jaulten vor Schmerzen auf und eine Weile schien es ihm, dass die Rote Meute verlieren würde, als sich das Blatt wendete. Die Roten drängten die Grauen hinter die Wegbiegung zurück und Theodric stand allein und verloren dabei und lauschte. Das Gemetzel hielt eine Weile noch an und dann sah er die Graue Meute über die Berge ins Hinterland verschwinden. Die zerfetzten roten Wölfe kamen zurück, hielten kurz vor ihm an und einer senkte, so schien es Theodric, sein Haupt für einen knappen Augenblick. Dann eilten sie ins Tal und nur der größte unter ihnen sah ein letztes Mal zurück und Theodric in die Augen. Der junge Konbrogi wusste, dass dies nicht seine letzte Begegnung mit ihm sein würde. Theodric bestieg sein Pferd, nickte dem roten Leitwolf dankbar zu, verneigte sich und ritt den anderen hinterher, die schon über dem Kamm waren und den Abstieg ins Tal begonnen hatten. Er sah sie ins Tal reiten, als er auf dem Kamm des Gebirges stand und der Himmel jählings aufriss. Die Sonne brach gleißend hervor, und Theodric wurde von Ilari und den anderen gesehen und fast schien er ihnen, er wäre in weißen Rauch gehüllt, unermesslich groß. Als er jedoch später bei ihnen ankam, sie waren schon fast im Tal, war er wieder der alte, schmale Theodric, den alle kannten.

„Aber ich habe mich nicht getäuscht. Er sah beeindruckend aus, nicht war Ilari", sagte Oskar leise zu seinem Freund und war stolz darauf, diesen Mann zu kennen.

Im Tal der glücklichen Menschen

„Wo ist Leana", fragte Ilari Theodric, als er im Tal zu ihnen stieß. Theodric gab ihm keine Antwort, er nickte ihm nur zu, berührte ihn leicht an der Schulter und ging wortlos weiter. Er scheint sich keinerlei Sorgen um das Mädchen zu machen, schoss es Ilari durch den Kopf. Er jedoch hatte nicht Theodrics Vertrauen und ging ihm hinterher, ihm eine Antwort abzutrotzen. Er kam aber nicht weit, denn Astir stellte sich ihm in den Weg, weil er sah, wie Ilari auf das große Haus der Heilerinnen zuging.

„Er geht zu den Heilerinnen. Dahin darfst du nicht gehen, wenn es nicht der ausdrückliche Wunsch der Obersten Heilerin ist."

„Warum darf dann Theodric das Haus betreten", fragte ihn Ilari beleidigt, denn er fühlte sich nicht schlechter als Theodric.

„Nun, er geht in sein Elternhaus", begann Astir selbstgefällig. Er liebte es, Ilari ratlos zu sehen, so wie damals, als sie aus Tamweld fliehen mussten. „Er ist Keita Morgenans erstgeborener Sohn. Und sie ist die Tochter der größten Wahrsagerin der Konbrogi, Ceit Morgenan, die die ständige Beraterin der Familie Königs Alasdair Dowells war. Ihre Tochter Keita berät seit dem Tod ihrer Mutter die Königsfamilie und ich bin mir sicher, sie wusste von unserem Kommen."

Ilari wirkte ein wenig verwirrt, fasste sich aber sehr schnell wieder und versuchte, seinen Verdruss zu verbergen.

„Und du warst natürlich die ganze Zeit darüber im Bilde, wer Theodric in Wahrheit ist, nämlich nicht der kleine, schmächtige, uns zugelaufene und verlauste Konbrogi, der um ein Stück Brot und Wasser bei uns bettelte", erwiderte Ilari grimmig und betrachtete Astir, der wieder dieses überlegene Grinsen aufsetzte, das Ilari auf den Tod nicht ausstehen konnte.

„Du bist fremd hier bei uns. Du solltest dich schleunigst daran machen, die Verhältnisse hier zu begreifen. Lerne also und schlucke deinen Ärger hinunter, du zorniger Norganer", antwortete ihm Astir mit der ihm allzeit zur Verfügung stehenden Hochmütigkeit, die bei Ilari endgültig den Geduldsfaden reißen ließ. Er hatte die Nase gestrichen voll von diesem überheblichen Getue. Seit er ihm in König Bornwulfs Palast begegnet war, hatte er dieses dumme, siegesgewisse und sarkastische Benehmen für ihn bereit, als wäre er ein begriffsstutziger Junge, der nichts zu melden hatte.

Ilaris Blick funkelte, aber Astir schien es nicht zu sehen. Da riss Ilari sein Schwert aus der Scheide, griff Astir grob bei der Schulter, drängte ihn mit Macht zurück an eine Hauswand und hielt ihm das Schwert unter die Nase.

„Damit du es endlich begreifst, du einfältiger Trottel. Ich lasse mich nicht ständig von dir belehren. Ich war schon öfter in der Situation, ein Fremder zu sein. Aber sei dir sicher, nicht nur ich lerne nun etwas über fremde Sitten, was ich bisher immer bereitwillig getan habe. Auch du lernst jetzt deine allererste und wichtigste Lektion im Umgang mit gefährlichen Norganern. Du wirst dich im Ton mäßigen, wenn du mich zukünftig ansprichst, und du wirst mir Respekt zollen, wie es einem jeden erwachsenen, tapferen Mann gebührt. Das sind die Regeln bei uns, und wenn du damit nicht einverstanden bist, wirst du schnell mit meinem Schwert Bekanntschaft machen, das dich schon seit längerem beäugt. Dein Gesicht wird danach weit weniger hübsch aussehen, glaube mir, du Stück Rotz."

Damit beendete Ilari die Konversation, stieß Astir angewidert in den Staub und steckte sein Schwert wieder in die Scheide. Das war nun gar nicht so diplomatisch, wie du es mir empfohlen hast, Vater, dachte sich Ilari und atmete tief ein, denn er hatte etwas getan, nach dem es ihn dürstete, seit er seine Heimat verlassen hatte, und er war seit langen nicht mehr so rundum zufrieden mit sich gewesen.

Als er sich umdrehte, sah er sofort, dass sie nicht mehr alleine waren. Es hatten sich die Dorfbewohner, angelockt durch die lauten Worte, eingefunden und seine Freunde standen dabei. Sie sahen erstaunt auf ihren ruhigen Ilari, der kaum einmal die Geduld verlor. Morwennas Gesichtsausdruck schien Belustigung auszudrücken und Theodric nickte beständig. Neben ihm stand eine zarte, dunkle Gestalt, in weiße Kleidung gehüllt. Sie hatte Theodrics Augen und auch sie lächelte wissend. Oskar grinste breit über das ganze Gesicht und nur Colan Boyle schien sich darüber Gedanken zu machen, ob Ilaris Verhalten nicht zu unfreundlich war. Aber da sprach auch schon Theodric. Zu Colans Erstaunen war er offensichtlich nicht überrascht, Ilari so agieren zu sehnen.

„Ich fragte mich schon die ganze Zeit, wann dein Temperament endlich mit dir durchgeht, Ilari Thorbjörnson. Wir haben nun eine anschauliche Lektion norganischer Wut kennengelernt, die aus deiner Angst um Leana Paeford erwuchs. Sie ist jedoch am Leben und im Haus der Heilerinnen zusammen mit Gawen Boyle. Der rote Wolf brachte sie direkt zu uns in das Haus, das die beiden in einigen Tagen bestimmt verlassen dürfen. Und ich bin mir sicher, dass sich Astir Carew in Zukunft in seinem Verhalten dir gegenüber mäßigen wird. Auch wenn er als Mitglied der Königsfamilie einige Schwierigkeiten damit haben dürfte, denn seine aufgesetzte Arroganz rührt einzig daher. Deshalb war es schon lange an der Zeit, ihm gehörig die Flügel zu stutzen. Er wird es sich bestimmt merken. Aber du wirst ihm auch die Achtung entgegenbringen, die seinem Stand gebührt, Ilari", forderte ihn Theodric auf.

Doch Ilari zögerte, ihm eine Antwort zu geben, aus dem einzigen Grund, weil sich in ihm Widerstand regte, einem selbstgefälligen Egozentriker Respekt zu zollen einzig auf Grund seiner Geburt. Er hatte sich ihm gegenüber noch nicht so ehrenvoll erwiesen, als dass er ihm zu irgendetwas verpflichtete wäre. Und so sagte er es Theodric auch.

„Soll er beweisen, dass er ein ganzer Mann ist. Sein Geburtsrecht interessiert mich nicht. Bisher hat er kaum bewiesen, zum Adel zu gehören. Außerdem adelt sich bei uns ein Mann durch seine Taten und nicht dadurch, durch welchen Schoß er kroch", sagte Ilari trotzig und wusste im selben Augenblick, dass er mit seiner Einschätzung nicht ganz richtig lag. Oskars Blick bewies es ihm.

„Er hat dich immerhin aus dem Schloss befreit und Leana und Morwenna dazu. Dabei hat er ein ziemlich kaltblütiges Verhalten bewiesen. Auch hatte er entschlossen gegen die rote Meute gekämpft. Er hat dir wie uns keinen Respekt gezollt, aber das ist üblicherweise die Natur der Konbrogi, die immer weitaus unabhängiger sind als wir anderen in Amber. Dich wird er wohl in Zukunft anders behandeln, darauf lief deine Verhaltensweise wohl auch hinaus. Aber er ist nicht feige und nicht hinterhältig. Und in Zeiten der Not ein zuverlässiger Freund, denke daran, bevor du ihn ein nächstes Mal beleidigst."

Ilari sah ein, dass Oskar recht hatte. Er hatte haushoch über das Ziel hinaus geschossen und war ein wenig zu vorschnell gewesen. Deshalb verschwand seine Wut auf Astir, wie sie gekommen war, und er reichte dem Jungen versöhnlich die Hand, die dieser nicht sogleich abwies und schließlich zögernd ergriff.

„Nun nimm schon, fange nicht wieder an, dich zu zieren, Adelssprösslein, sonst überlege ich es mir noch anders und ich trete dich erneut in den Dreck", sagte Ilari grinsend und Astir, der nachtragend war wie alle Konbrogi, war erstaunt, wie schnell sich die Stimmung eines Norganers wandeln konnte. Und wie ehrenvoll er behandelt wurde. Darüber musste Astir lachen und er gab Ilari die Hand. Dann zogen sie beide lachend und einen Krug Bier suchend von dannen. Ilari neigte nur einen kurzen Moment Keita Morgenan zum Gruß den Kopf und lächelte sie an. Sie gefiel ihm so gut wie ihr Sohn.

Als der Abend ins Land zog, suchten Astir, Ilari und Oskar das Gästehaus der Heilerinnen der Konbrogi auf. Dort wurden sie schon von Colan Boyle und Morwenna erwartet. Sie setzten sich in der großen Halle zusammen und aßen ein reichliches Mahl.

„Also mir gefällt es hier", sagte Oskar zufrieden. „Die Gastfreundschaft der Konbrogi ist besser als ihr Ruf", lästerte er und rief damit Astir auf den Plan.

„Was willst du damit sagen", fragte er ihn aufgewühlt. Oskar musste lachen, denn es war ganz erstaunlich, wie schnell man Astir verärgern konnte.

„Lass deine Bemerkungen, Oskar", bat ihn Colan versöhnlich. „Es ist nicht angemessen, den Gastgeber zu beleidigen."

Oskar versuchte es noch einmal.

„Wenn man euch ließe, dann verstecktet ihr euch hier in dieser Einöde ohne Kontakt zu den anderen Völkern Ambers aufzunehmen. Seid ihr wirklich so etwas Besonderes oder wollt ihr nur einfach eure Ruhe haben?"

Oskar wollte es nun ganz genau wissen. Er beugte sich zu seinem neuen Freund über den Tisch, der schnell beleidigt sein konnte, und wartete auf eine entsprechende Antwort. Doch die erhielt er nicht von Astir. Stattdessen hörte er Theodric die Große Halle betreten. Theodric schien gute Ohren zu haben, denn er rief Oskar schon von Weitem zu.

„So einfach, wie du dir das vorstellst, Oskar Ashby, ist es mit den Konbrogi nicht. Hier gibt es viele unterschiedliche Bewohner. Diejenigen, die du einfach siehst, mit denen du reden kannst und dich raufen, wie Astir und mich. Dann gibt es eine andere Welt, die neben der unseren liegt. Sie ist uns bekannt und wir haben Möglichkeiten, mit ihr in Kontakt zu treten, wenn es erforderlich ist. Die Bewohner der Nebelländer, die sich selbst die Silven oder Korrigener nennen, je nachdem, ob sie eher die Lüfte oder die feste Welt beherrschen, besuchen auch unsere Welt. Sie leben unter uns, manchmal das Leben toter Menschen, in die sie geschlüpft sind. Sie können sich auch verwandeln und unsere Leute zu sich in die Nebelländer locken oder sich ganz einfach nicht um uns kümmern, was uns dann jedoch nicht gefällt. Denn wir waren schon immer begierig auf ein Zusammentreffen mit Silven und Korrigenern und ihrer anderen, fremden Welt. So wie die Neugierde auch von dort kommt. Wir sind damit beschäftigt, alle Belange der andersartigen Bewohner Konbrogis unter einen Hut zu bringen. Es wird uns nie langweilig und unsere Zeit, uns mit den anderen Völkern auf Amber zu befassen, ist kurz bemessen. Ganz willentlich, auch weil die anderen Amberländer meist nur Ärger machen, denn sie halten uns für schwach und wunderlich und fallen daher regelmäßig in unser Land ein. Dann staunen sie gehörig, warum sie es nie ganz erobern können. Doch das geschieht durch die Hilfe der Nebelländer, die keine Fremden leiden können. Du siehst, Oskar, wir sind alles in allem richtig kompliziert und nur wenige Fremde halten es bei uns aus."

„Das war ja eine schrecklich lange Ansprache", sagte Oskar sichtlich erstaunt. So eine erschöpfende Antwort hatte er von Theodric niemals erwartet. Erst freute er sich darüber, dann aber dachte er darüber nach, denn Oskar hatte gelernt, dass Theodric nie etwas ohne eine ganz bestimmte Absicht sagte. Also versuchte Oskar zu ergründen, worauf Theodric hinauswollte. Aber ihm fiel nichts Schlüssiges ein. Deshalb zog er es vor abzuwarten.

„Wie geht es für uns weiter?", fragte Morwenna in die entstandene Stille hinein. Theodric schwieg, dann räusperte er sich und sah Morwenna in die Augen.

„Ich möchte meiner Mutter, der Oberpriesterin, nicht vorgreifen. Sie hat gewisse Pläne mit euch, doch dazu muss sie euch über viele Dinge in Kenntnis setzten. Das wird sie in den nächsten Tagen tun. Bis dahin muss sie die Zeichen bewerten, die eure und die Zukunft Konbrogis betreffen. Das wird nicht leicht werden, denn ihr seid ein bunt gemischter Haufen und werdet von vielen Gefahren verfolgt. Ihr tragt neue Zeiten in unser Land, und wenn ich mich nicht völlig irre, wird es in Konbrogi Veränderungen geben. Doch wie diese sich auswirken, weiß niemand genau zu beantworten. Und das gilt es zu diskutieren."

Jeder aus der Gruppe machte sich dazu seine eigenen Gedanken, denn sie wussten, von wem sie verfolgt wurden, wussten, wer Amber bedrohte. Und Astir Carew, der Neuerungen verabscheute, fragte sich, wie seine Zukunft aussehen würde. Dabei warf er sowohl Oskar als auch im besonderen Ilari einen abweisenden Blick zu. Theodric sah ihn und fühlte die verschiedenartigen Ängste. Er nahm sich einen Stuhl und setzte sich zu seinen Freunden, blickte sie aufmerksam an, schloss für einige Sekunden die Augen und versetzte sich in ihre Lage.

„Egal was auch immer kommt, wie fremd ihr euch seid, wie unvereinbar euch eure Kulturen erscheinen, ihr solltet nicht verzweifeln und nicht über den anderen richten, denn ihr seid Freunde, die schon durch große Gefahren gegangen sind und zusammengehalten haben. Das Neue ist ungewohnt, aber nicht immer falsch. So wie das Alte auf Dauer nur Rechthaberei und Ablehnung zulässt. Und manchmal steckt in einer fremden Hülle ein bekannter Geist. Begreift es, ihr seid die neue Welt und ihr habt es in den Händen, die Veränderungen sinnvoll zu gestalten. Also genießt diese seltenen Momente des Friedens und des Zusammenseins. Es kann gut sein, dass ihr schneller getrennt werdet, als euch lieb ist, und ihr den Schmerz, verlassen zu werden, kaum ertragen könnt."

„Schöne Worte, Theodric, so weise und unverrückbar. Aber ich bin gerade im hohen Maße an einem kühlen Bier und einem großen Teller Festessen interessiert", sagte Oskar wieder lachend und ohne Gewissensbisse in die trübe Stille hinein. Dabei sah er jeden einzelnen an und sein Gesicht strahlte, denn er wusste plötzlich, dass er jeden mochte, der am Tisch saß. Das war selten. Prost.

Leana und Gawen wurden wieder gesund. Doch Leana hatte einen wächsernen Schimmer auf der Haut zurückbehalten. Sie wirkte bei einem besonderen Licht der Sonne durchscheinend, so weiß wie Nebel. Doch wenn sie sich bewegte, hatte sie eine frische, braune Hautfarbe wie früher, die die neue, kühle Blässe in Schach hielt. Ansonsten war sie wie immer, neugierig, temperamentvoll und wissbegierig.

Sie hing, nachdem sie die heilenden Häuser verlassen hatte, Theodric am Rockschoß. Hier sah sie die größten Möglichkeiten, das Land genau zu erkunden. So nahm Theodric sie mit in die verschiedenen Bezirke Konbrogis zusammen mit Morwenna, die eine Leidenschaft für die grüne Vielfalt Konbrogis entwickelte. Bei den Ausritten musste Theodric mit den Dorfbewohnern sprechen. Die beiden jungen Frauen waren sich dann selbst überlassen.

„Wäre es vermessen, dich nach deinen Erlebnissen mit den roten Wölfen zu fragen?", fragte Morwenna Leana eines Tages. „Du musst mir nicht antworten, doch es sah beeindruckend aus, wie dich der Leitwolf raubte und mit dir über die scharfkantige Bergkette eilte."

„Du kannst gerne fragen", antworte Leana freundlich. „Doch ich habe kaum eine Erinnerung daran, denn ich fieberte so stark, dass ich die Wirklichkeit wohl kaum von einem Fieberwahn trennen kann. Ich habe lange darüber nachgedacht und Keita, Theodrics Mutter, hat versucht, meine Erfahrungen zu deuten. Sie konnte sich aber auch keinen schlüssigen Reim darauf machen oder sie weiß etwas und behält es noch für sich. Sie kann sehr verschwiegen sein, diese kleine, dunkle Frau." Leana musste lächeln, als sie an Keita dachte, deren Gesicht das erste war, das sie nach dem Aufwachen erblickt hatte. Ruhig und freundlich hatten ihre dunklen Augen auf Leana geruht und sie hatte sich geborgen wie nie zuvor gefühlt.

„Ich kann mich nur erinnern, wie mich ein fester Griff packte und ich mich leicht wie eine Feder fühlte, denn ich glaubte zu schweben. Der Griff des Wolfsrachens war weich und fest und verletzte mich nicht. Ein warmer Windhauch umwehte die ganze Flucht lang meinen Körper und je weiter wir von euch wegkamen, umso weniger fiebrig fühlte ich mich. Ich bemerkte, wie ich stetig auf das Tal zuschwebte und unten angekommen lief der große rote Wolf zum Haus der Heilerinnen. Dort hielt er vor der Türe, ging mit den Vorderbeinen in die Knie und legte mich sanft und vorsichtig auf die Stufen. Dann blickten mich seine grünen Augen durchdringend an, doch sie machten mir keine Angst, denn das Gesicht des Wolfes war beherrscht und konzentriert. Dann schien es mir, als lächle der Wolf. Aber ehe ich mich von diesem Eindruck überzeugen konnte, lief er in Windeseile davon, weil die Türe des Hauses sich öffnete und eine Frau in weißer Kleidung vor die Türe trat. Sie sah dem Wolf erstaunt hinterher, sammelte sich aber zügig, rief nach jemanden und nach einigen Augenblicken trugen mich Diener in das Haus hinein.

Ich bekam ein Bett neben Gawens, der ruhig und friedlich schlief. Er sah zufrieden aus und ich war überzeugt, er würde leben. Dann als ich die Bettdecke über mir fühlte, fiel ich in einen gesunden Schlummer, aus dem ich erst vorgestern erwacht bin. Da ich gleich gehen durfte, nahm ich an, nicht ernsthaft zu Schaden gekommen zu sein. Und ich fühle mich auch sehr gesund. Nur manchmal überfällt mich plötzlich ein warmes Gefühl, als flöge ich wieder durch die Luft. So wie es war, als mich der Wolf forttrug. Das war alles und sonst gab es nichts Besonderes. Außer, dass ich nach dem Aufwachen einen Anhänger aus Silber um den Hals trug, der einen kleinen Wolf abbildet", sagte Leana geduldig, denn sie sah in Morwennas Augen, dass sie mehr erwartet hatte.

„Du hast es wunderbar erzählt", sagte Morwenna beeindruckt. „Ich wünschte mir, so etwas Aufregendes auch zu erleben, doch ich glaube, mein Leben wird viel gewöhnlicher sein als deines, denn du bist von einem warmen Hauch des Schicksals gestreift worden, der sicher noch eine gewaltige Nachwirkung haben wird."

„Also jetzt sicher nicht", sagte Leana. „Ich möchte mich lieber mit dir zusammen mit den Pflanzen hier in Konbrogi beschäftigen. Viele dieser Pflanzen habe ich noch nie zuvor gesehen. Es ist nicht zu glauben, dass sie auf der selben Insel wachsen, die auch meine Heimat ist."

Sie nahmen Theodric in ihre Mitte und zwangen ihn, ihnen die Pflanzennamen und ihre Bedeutung und Wirkung für den Menschen zu erklären. Morwenna, die einen Stoffbeutel bei sich trug, sammelte die Samen und Blätter der Pflanzen und hatte das Gefühl, dass sie noch einmal zu gebrauchen wären in einer fernen Zukunft. Leana saß in einem bunten Blütenmeer am Boden und flocht einen Blumenkranz nach dem andern. Als sie fertig war damit, brachte sie allen Freunden einen mit nach Hause. Außer Cinnia waren die anderen irritiert, als Leana und Morwenna sie zwangen, sie aufzusetzen. Bei den verdutzten Gesichtern, die die Männer machten, mussten die Frauen lachen und Cinnia lachte

Freudentränen, bis sie sich nicht mehr halten konnte und kichernd am Boden lag.

„So werde ich jeden einzelnen von euch im Gedächtnis behalten, falls wir uns trennen müssen", sagte Leana glücklich. Und im gleichen Moment wurde sie ernst, denn sie fragte sich, wie sie daraufkam. Doch wollte sie heute nicht traurig sein, wischte die trüben Gedanken zur Seite und ergötzte sich lieber noch an den verwirrten Gesichtern der mit Blumen bekränzten Männer.

Noch zwei weitere, glückliche Tage verbrachten sie im Tal, dann wurden sie zu Keita Morgenan in das Haus der Heilerinnen gerufen. Sie betraten es ehrfürchtig, denn die Steine, aus denen es gebaut war, waren weiß wie frisch gefallener Schnee. Es war kühl und hell in den Räumen und als sie die große Eingangshalle durchschritten, glaubten sie, süße Düfte durchzögen die lichten Gänge des Hauses. Sie wurden von Theodric in einen Garten im Innern des Hauses geführt, der zuerst klein und überschaubar auf die Besucher wirkte, doch wich er immer weiter zurück und öffnete sich in unermesslichen Weiten, je tiefer sie in ihn traten.

Zuletzt hatten sie den Eindruck, sie befänden sich auf einer Lichtung mitten in einem Wald, der in der Ferne von schneeweißen Mauern umsäumt wäre. Das Sonnenlicht fiel großzügig herein und die hohen Bäume, die vereinzelt im Garten standen, boten ausreichend Schatten vor den sengenden Strahlen. Denn heute war ein heißer Tag, der alle Bekümmernis des Winters vergessen ließ. Aus nahen Quellen ergoss sich frisches Wasser in unversiegbaren Kaskaden in schmale Bäche und floss durch das frische Gras. Die Vögel, die sich in den Bäumen tummelten, waren bunt und laut. Sie zwitscherten wie ein fließender Strom. Keiner der Ankömmlinge hatte jemals einen der Vögel zuvor in freier Wildbahn gesehen.

Sie unterhielten sich gedämpft, bis leise Musik an ihre Ohren drang. Das erstaunte sie, denn sie sahen keine Musiker. Aber schon bald vergaßen sie diesen Umstand und genossen die Musik. Sie fingen an, sich ungezwungen und laut zu unterhalten. Ihr Lachen harmonierte mit der Musik, die bald wie ein Echo ihrer eigenen Stimmen klang. Ilari, der gemeinhin nicht sehr empfänglich für diese Art der Gefühlsduselei, wie er es nannte, war, bewegte sich frei und harmonisch in diesem Umfeld. Wenn er später an diesen Ort dachte, dann glaubte er, noch immer wäre ein Teil von ihm dort, bis in alle Ewigkeit glücklich und unsterblich. Ein tröstlicher Gedanke, selbst für einen Norganer, der in der Nüchternheit sein Heil sah und nicht in der Nebelwelt eines Landes.

Keita Morgenan erschien. Sie kam eilig und lächelnd auf sie zu. Als sie die Gäste erreicht hatte, nickte sie ihnen aufmunternd zu, denn die leichte Stimmung verflog und die Gesichter wurden wieder ernst.

„Setzt euch", bat sie die Anwesenden und die kleine Gruppe schaute verwundert auf die kleinen Steinbänke, die bei ihnen standen und die sie vorher nicht bemerkt hatten.

Als alle einen bequemen Platz gefunden hatten, blickte ihnen Keita Morgenan in die Augen und es fühlte sich an, als sähe sie in ihre Herzen. Dann entspannten sich ihre Züge und sie berichtete.

„Wir werden morgen Abschied nehmen vom Tal der glücklichen Menschen und nach Wallis reisen, der Hauptstadt Konbrogis, mitten in das tiefe, grüne Herz des Landes hinein. König Alasdair Dowell erwartet uns dort. Er erlaubt euch allen Zutritt zu seiner grünen Burg und der Stadt, die vor euch nur wenige Fremde gesehen haben.

Dort werden wir den großen Rat der Fürsten der Nebelländer einberufen. Es gibt sieben von ihnen und sechs haben ihre Anwesenheit zugesichert. Der letzte Rat tagte vor Hunderten von Jahren, und bisher war es nicht mehr nötig, alle Fürsten gleichzeitig um Hilfe zu bitten. Doch bis auf den Fürsten der Abtrünnigen wollte sich uns keiner verweigern.

Wir haben wohl zuallererst Arano, dem Fürst der Verwandlung, die Zusammenkunft zu verdanken. Er war es, der die Rote Meute der Wölfe angeführt und Leana zu ihrer Rettung ins glückliche Tal getragen hat.

Wir treffen dort auch Rhianar, den Fürst des scheinbaren Wassers, der auf der Burg Abrat auf dem Grund eines Sees wohnt.

Dann wird Fürst Hagun kommen, der die mystischen Nebel regiert. Ilari hat ihm in den Bergen widerstanden." Ilari staunte, denn er erinnerte sich an die vielen Stimmen, die sich über ihn lustig gemacht hatten und die einzelne, tragende, die sich mit ihm unterhalten hatte, wenn man etwas so Gewaltiges so nennen darf.

„Hagun ist sehr aufgebracht, denn durch Ilari hat er die Kraft und die wilde Entschlossenheit der Eindringlinge aufAmber erkannt", fuhr Keita weiter fort.

Auch Kosos, der Fürst der magischen Wolken, konnte einen Blick auf Oskar und Ilari werfen und sich von ihrer Stärke und Selbstsicherheit überzeugen.

Die Fürstin der silbernen Zweige, Cialae, ist noch guter Dinge, wie sie es immer war, und freut sich, euch kennenzulernen. Sie ist die freundlichste, aber deshalb nicht gleich die ungefährlichste der Fürsten, auch wenn sie euch so erscheinen mag. Geht vorsichtig mit ihr um, denn sie hat die Gabe, euch zu bezaubern, und die Wirkung ist nachhaltiger als Angst, die man verbreitet.

Ewen ist ein sehr alter Fürst, der schon in unserem Land lebte, als die anderen Fürsten erst nach und nach geboren wurden. Er regiert die Pflanzen und die Feuer in seinem Land und er ist schwer einzuschätzen. Er hat einen wandelnden Charakter und Ansichten, die schon Jahrtausende die unseren überdauerten.

Berrex, der Fürst der Abtrünnigen, ließ sich verleugnen. Wir wissen nicht warum, denn selbst wenn er nicht gerne mit uns zu tun hat, war er bisher immer zu einem fairen Handel bereit. Er hat nicht auf unsere Bitten reagiert und auch die anderen Fürsten wurden von ihm abgewiesen. Selbst Ewen, der der Erste unter ihnen ist und seine Teilnahme eingefordert hat, erhielt keine Antwort. Wir müssen also mit allem Möglichen rechnen, auch dass der Rat vielleicht durch ihn gestört wird. Doch sollten wir dessen ungeachtet alle hoffnungsvoll in die Zukunft sehen und die Gefahr auf Amber bannen."

Keita hatte geendet und die Anwesenden waren beeindruckt und sprachlos bis auf Oskar, dem man auch mit solchen Nachrichten schwer imponieren konnte.

„Nun, wenn Fürst Berrex, so heißt er wohl", sagte er in die ehrfürchtige Sprachlosigkeit und angespannte Unsicherheit hinein, „keine Lust hat, sich uns anzuschließen, dann ist das auch kein Drama, denn die andern Fürsten halten wohl genug Macht in den Händen, so dass man auf die seine gut verzichten kann. Das sind doch alles in allem recht gute Aussichten", sagte er fröhlich. „Weshalb auch immer wir uns treffen müssen. Es sollte doch schon genügen, wenn die Konbrogi den anderen Völkern zur Hilfe eilen. Aber die Hauptsache ist, man spricht miteinander, sagte König Bornwulf immer, und das stimmt, denn es gibt nichts Lästigeres als launenhaftes Schweigen vieler und einen grummeligen Einsiedler, der allen die Stimmung verdirbt."

Oskar blickte freimütig in die Runde derer, die ernst die Stirn in Falten gezogen hatten. Er war erstaunt, wie sich solch gelehrte und begabte Menschen so schnell verunsichern ließen. Er war glücklich, wieder einem Abenteuer entgegenzusehen. Wallis, die Hauptstadt, interessierte ihn, denn er hatte gehört, sie sei so schwer erkennbar, dass einfallende Horden glatt an ihr vorbeieilen würden. Wie die Konbrogi solch eine Täuschung vollbrachten, war erstaunlich, und er war schon gespannt, die Wirkung selbst zu sehen.

Keita lächelte über Oskars Einfälle. Sein unerschütterlicher Frohsinn und sein Optimismus gefielen ihr, denn in ihrem Land waren alle ein wenig schwermütiger und sorgenvoller, als es Oskar war. Sie war erstaunt, wie der junge Mann immer wieder die Vorteile hervorhob, die sich aus einer Situation ergaben oder ergeben konnten. Auch schien es ihr, dass Oskar ehrlich zuversichtlich war. Auch so eine Eigenschaft, die den Konbrogi fehlte.

Und sogar Ilari, den man weniger oft lachen sah als Oskar, blickte zuversichtlich und sicher in die Runde. Er hat Fragen, die er gerne beantwortet haben mochte, dachte sie sich und deshalb sagte sie zu ihm: „Ilari Thorbjörnson, wenn dir so manche Frage noch auf den Nägeln brennt, hast du in den nächsten zwei Tagen

Zeit, sie meinem Sohn zu stellen. Er ist kundig genug, dich in alle Einzelheiten einzuweihen. Aber ich habe zu tun. Ich muss jetzt hier die Dinge regeln, die getan werden müssen, solange ich nicht da bin. Ihr entschuldigt mich."

Keita stand auf, lächelte und ging. Als sie weg war, sagte Morwenna traurig: „Die Vögel haben aufgehört zu singen und die Sonne ist vergangen. Ich denke, wir gehen besser zu Bett und packen vorher unsere Sachen, denn an diesen Ort werden wir nie mehr zurückkehren."

Sie sah unglücklich aus. Hier hätte sie leben wollen zusammen mit Ilari. Und hier wäre sie glücklich gewesen. Aber sie wusste in ihrem Innern genau, dass nur durch ihr stetes Vorwärtsdrängen die Sicherheit dieses Ortes gewährleistet wäre und damit ein Verweilen hier für sie und die andern unmöglich war.

Am nächsten Morgen brachen sie auf. Sie ritten bei taunassem Gras los und bekamen von Theodric Antworten auf Ilaris Fragen.

Die Fürsten der Nebelländer und ihre Untertanen waren Silven oder auch Korrigener, wie sie sich nannten. Sie lebten schon hier in ihrer Nebelwelt, bevor die Menschen aus dem Süden heraufgekommen waren und sich auf dem brachliegenden Land ansiedelten. Die Menschen nannten sich Konbrogi, was in ihrer Sprache so viel wie Waldmenschen bedeutete. Als sie schon Generationen lang hier lebten, bemerkten sie einige ungeheuerliche Vorgänge.

Manchmal geschah es, dass nach Missernten die Kornspeicher trotzdem vor dem Winter gefüllt waren oder die zerstörten Häuser nach einem Sturm, der die Menschen versprengt hatte, bei ihrer Rückkehr wieder aufgebaut waren.

Auch Flüsse, die über ihre Ufer zu treten drohten und die die Menschen in ihren Siedlungen bedrohten, wurden wie durch Zauberhand vorher umgeleitet oder verschwanden für eine Weile, um danach größer und wirkungsvoller wiederzuerscheinen.

Und manchmal verschwanden leider besonders abenteuerlustige Mitglieder ihrer Gemeinschaft, die sich auf Wanderschaft begaben und nie wieder zurückkamen. Als sie mit den Silven engeren Kontakt hatten, hörten sie von den Wäldern mit den silbernen Zweigen der Fürstin Cialae, die sie meiden mussten, weil ihre Lieder alle, die sie vom Wind komponiert hörten, in das Land des Vergessens zogen. Aber anfangs wussten sie nichts davon.

Sie wunderten sich über all diese Vorgänge, aber sie ängstigten sich nicht und gaben ihre Siedlungen nicht auf, denn sie gehörten einem tapferen Menschenschlag an.

Selbst dann nicht, als Fürst Ewen, der ihrem Erscheinen am ablehnendsten gegenüberstand, anfing, ihre Dörfer zu bedrohen und sie mit Feuer, das urplötzlich aufflammte, und verbrannten Büschen und Bäumen schreckte. Ewen brannte ihre Kornspeicher und Scheunen nieder, tötete ihr Vieh und brachte so manchen an den Rand seiner Existenz. Er hörte jedoch eines Tages damit auf, weil er sah, dass sie ihre niedergebrannten Siedlungen immer wieder neu aufbauten und tapfer daran gingen, sich ihr Leben erneut einzurichten. Sie blieben, auch gegen Ewens Wunsch. Die Menschen stellten fest, dass es bestimmte Orte gab, an denen man häufiger auf die Silven stieß. Sie markierten sie und hielten sie auf ihren Karten fest. Diese Orte wurden ihnen heilig. Es waren oft Felsspalten oder besonders angeordnete Buchenhaine, die als Übergangsorte dienten. Oder Inseln in Seen, die den Menschen verlockend erschienen. Obwohl die Konbrogi nicht die Erlaubnis erhielten, ungefragt in die Welt der Silven vorzudringen, blieben sie trotzig dabei, die heiligen Orte zu ehren.

Die Konbrogi entdeckten die Übergangsorte, weil sie hartnäckig genug waren, die Völker des Nebels kennenlernen zu wollen, die ebenfalls, von unstillbarer Neugierde getrieben, vorsichtig auf die Konbrogi zukamen.

Als die Konbrogi endlich mit Hilfe der Silven ihr Überleben gesichert hatten, bekamen sie Lust darauf, ihre Insel zu erkunden. Die Konbrogi nahmen Kontakt zu den anderen Völkern Ambers auf, von denen die Silven ihnen erzählten. Die Silven kannten jeden Winkel der Bernsteininsel und lebten noch überall in Amber, aber sie zogen sich immer mehr in die Waldgegend in den Westen zurück, dem Land der Konbrogi, weil sie bemerkten, dass sich die anderen Völker ihnen entzogen. Die Amberländer nahmen

Kontakt zu anderen Inseln wie Bratana auf oder fuhren über das Meer in den Süden. Dorthin trug sie die starke Meeresströmung. Die Völker der Bernsteininsel wagten sich aus ihrer Deckung heraus und verloren dabei ihre Unschuld. Und als eines Tages von Süden her immer mehr Menschen kamen, die die Länder Ambers bedrohten, kam es zum ersten großen Krieg in Amber.

Die Amberländer hätten dem Ansturm der Südländer nicht standgehalten, wären ihnen nicht die Silven und Korrigener, die sich den Völkern Ambers verpflichtet fühlten, gegen die Eindringlinge zu Hilfe gekommen. Die Südländer wurden erfolgreich vertrieben und eine lange Zeit des Friedens senkte sich über Amber.

Nun herrschte eine Epoche des Glückes in Amber. Die Menschen lebten wieder zusammen mit den Silven und Korrigenern.

Doch dann kam Unstimmigkeit in die einzelnen Menschenvölker. Sie lebten alle in immerwährendem Wohlstand und waren trotzdem neidisch geworden auf ihre Nachbarn und wollten Macht über die anderen erringen. Die Dämme ihrer Unzufriedenheit brachen und die Amberländer, die gelernt hatten, gefährliche Waffen zu schmieden, stellten nun Waffen her, die sie auch gegeneinander gebrauchen wollten.

Sie schlossen sich anfangs zu großen Verbänden zusammen und fielen bei ihren Nachbarn raubend und plündernd ein. Bruderkriege flammten auf und wurden erbittert geführt. Zum Schutz wurden zum ersten Mal Grenzen errichtet und die Völker der Bernsteininsel isolierten sich voneinander. Nach Jahrhunderten ständiger Grenzstreitereien fingen einzelne Völker an, die Übergangsorte der Nebelvölker nicht mehr zu pflegen. Sie drangen darüber hinaus ungefragt und raubend in die Länder der Silven ein und zwangen damit die Fürsten dazu, Barrieren gegen sie zu errichten. Daraufhin zerstörten die Amberländer ihre Übergangsorte, weil Hass entstand und weil sie den Zorn der Silven fürchteten. Sie hatten vergessen, wem sie vor Jahrhunderten den Sieg über die einfallenden Horden aus dem Süden verdankt hatten. Der menschliche Geist ist vergesslich, denn Generationen von Menschen wurden seit dem Großen Krieg geboren. Es gab zwar die alten Schriften, in denen davon berichtet wurde, aber nur die Gelehrten erinnerten sich daran. Der gemeine Amberländer begriff die Silven nur mehr als gefährlich. Man hatte vergessen, wie sich die Völker einst verstanden und unterstützt hatten. Als sie die Übergangsorte sämtlich vernichtet hatten, waren die anderen Länder Ambers für die Silven verschlossen. Sie erreichten sie noch über Konbrogi, einen direkten Zugang gab es aber nicht mehr. Die Nebelvölker waren von den Amberländern enttäuscht und verloren das Interesse an ihnen. Einzig zu den Konbrogi hielten sie ihre Freundschaft aufrecht. Sie zogen sich tief in die Wälder zurück, hinter die Berge, die von den Fürsten als Schutzwall gegen die Inselbewohner gehalten wurden. Die Konbrogi hielten an der alten Religion und den Verträgen fest und lebten in einer einzigartigen Koexistenz mit den Nebelvölkern, die ihnen bei Grenzstreitigkeiten zur Seite standen. Die Konbrogi lernten von den Silven ihre magische Kraft. Nicht alles, aber doch sehr viel Wissen gaben die Silven an die Konbrogi weiter. Und es gab einzelne Nebelvölker, die in guter Nachbarschaft zu den Konbrogi lebten.

So in ihre eigene, friedliche Welt eingebunden, vergaßen die Konbrogi fast die Existenz der Amberländer und nur vereinzelt hielten einige vorausschauende Familien von dort Kontakt zu ihnen.

Seit jedoch die Horden aus dem Norden in Amber einfielen, wurden die Konbrogi aufgeschreckt und einzelne dieser konbrogischen Familien verstärkten ihre Kontakte nach Amber. Sie sahen eine Gefahr lauern, von der sie nicht verschlafen und dösend in ihren Wäldern überrascht werden wollten. Auch die Fürsten der Silven und Korrigener sahen die Einfälle der Nordleute mit Misstrauen. Doch hofften sie, die Grenzen Konbrogis gegen die Eindringlinge halten zu können.

Das Erscheinen Oskars und besonders Ilaris, den Fürst Hagun schon im Nebel prüfte, stellte ihre Einstellung zur totalen Abschottung des Waldlandes jedoch in Frage. Sie waren hin und her gerissen und die Meinungen unter den Silven gingen auseinander, wie sie sich den Nordländer gegenüber verhalten sollten. Sie erkannten, dass sie es mit einem völlig anderen Menschenschlag zu tun hatten, als dem, der Amber in grauen Urzeiten besiedelt hatte, oder dem, der beim großen Krieg von Süden her nach Amber eingedrungen war.

Der große Sturm der Nordleute auf Amber, der vorbereitet wurde und von dem nun nicht einmal nur hinter vorgehaltener Hand gemunkelt wurde, könnte weitreichendere Konsequenzen für die Nebelvölker haben, als diese bisher angenommen hatten. Fürst Ewen war derjenige, der den Eindringlingen aus dem Norden mit extremer Ablehnung entgegensah und der mit aller Kraft ihre Besiedlung der Bernsteininsel zu verhindern suchte. Daher hatten die Fürsten der Nebelländer einer Ratssitzung in Wallis zugestimmt, zu der die Freunde gerade aufbrachen.

„Bist du schon einmal leibhaftig einem Silven begegnet?", fragte Ilari Theodric, der nach dem Bericht über die Geschichte seines Landes sehr einsilbig war. „Wie sehen sie eigentlich aus?", wollte Ilari wissen. Als diese Frage gestellt wurde, rückte Oskar zu ihnen auf, der nur aus der Ferne Theodrics Bericht gelauscht hatte.

„Ich habe gehört, sie hätten Flügel und wären sehr klein, dabei mächtig durchtrieben und hinterlistig. Sie machten die Milch sauer und ließen das Korn welken, und wenn man sich nicht immer nach ihnen umsähe, dann kicherten sie hinter dem eigenen Rücken."

„So ein Unsinn", gab Theodric missgelaunt zurück. Er hatte einen tiefe Furche in seine Stirn gegraben, die nichts Gutes verhieß. Oskar kannte sie, aber sie war ihm wie immer egal. Einen Zornesausbruch von Theodric überstand er schon, aber die Geschichten über die Silven, die dieser kannte, waren zu aufregend, als dass er sie sich entgehen lassen konnte. Und wann sonst als bei dieser Reise fand Theodric die Muse, sie ihnen zu erzählen. Deshalb ließ Oskar nicht locker und er wusste, dass Theodric immer, wenn er einen ganz großen Unsinn vermutete, die Dinge richtig stellen wollte. So auch diesmal. Oskars Rechnung ging auf. Der junge Tandhener rückte noch ein wenig auf, setzte sich bequem in den Sattel und nahm sich vor, sicher kein einziges Wort zu vergessen.

„Nun, ihr wollt wissen wie die Silven aussehen?“, fragte Theodric gereizt, aber im Grunde verstand er den Wunsch der anderen zu wissen, mit wem sie es zu tun bekämen.

„Deine Vorstellung von den Silven ist völlig falsch. Sie sind nicht klein und hinterhältig. So etwas wie die Dinge, die du beschrieben hast, würden sie gar nicht tun. Denn das haben sie nicht nötig. Das Wissen über sie ist schon vor Jahrhunderten bei den Völkern Ambers verlorengegangen und diese Gemeinheiten, die ihr von ihnen berichtet, zielen nur auf die Ablehnung in der Bevölkerung ab.“ Theodric atmete tief durch, denn er wollte die Vorstellungen dieses Jungen richtig stellen. Es war haarsträubend, wie man sich in Amber diese großen Nebelvölker vorstellte.

„Silven und Korrigener gleichen sich, und dann auch wieder nicht. Sie habe es gemeinsam, dass sie groß und athletisch sind. Uns Konbrogi überragen sie manchmal um mehr als Haupteslänge.“

„Das ist nicht sonderlich schwer, denn das tue ich auch“, mischte sich Oskar erfreut ein. Theodric runzelte die Stirn.

„Willst du nun endlich etwas über sie wissen oder nur dich selbst sprechen hören?“, fragte Theodric sehr gereizt. Oskar schwieg und nach einer angemessenen Weile fuhr Theodric fort.

„Die Silven haben blondes, helles Haar, fast silbrig, wenn man es genau betrachtet oder die Sonne darauf fällt. Ihre Haut ist hell und wirkt manchmal durchscheinend wie durchsichtiges Wachs. Doch ihre Augen sind dunkel und schwarz wie unser guter Mutterboden, der die besten Feldfrüchte hervorbringt. Sie haben eine hohe Stirn und ein gewinnendes Lächeln. Sie tragen lange Beinkleider und die Hemden reichen ihnen bis zum Knie. Das Haar tragen sie schulterlang und offen, nur am Kopf durch eine Spange nach hinten befestigt.

Ich bin einem Silven begegnet, einmal, als Kind. Er war ein Bote des Fürsten Arano, der engen Kontakt zu meiner Mutter hielt. Er kam des Winters und trug einen silbrigen Umhang, der bis zum Boden ging. Als er bei Tageslicht in der Türe des Hauses der Heilerinnen stand, frischer Schnee war gefallen und die Hausmauern verschmolzen mit dem Schnee, hat man ihn fast nicht erkannt. Er wirkte wie ein verdichteter Nebel, ohne feste Konturen, denn das silberne Haar stand in keinem Kontrast zu seiner Umwelt. Nur die Augen verrieten ihn. Sie schienen wie dunkle Kohlenstücke inmitten frisch gefallenen Schnees. Erst als er sich bewegte, verflog dieser Eindruck und man nahm ihn als Person war. Er lächelte mir freundlich zu und lobte meine dunklen Augen, die ihm ausnehmend gut gefielen. Dann schenkte er mir eine kleine Kugel, die aus Glas zu sein schien und die, wenn man sie bewegte, die unterschiedlichsten Farben annahm. Ich hatte Angst, sie könnte mir zerbrechen, wenn sie mir aus der Hand fiele, aber Getso, so hieß der Bote, erklärte mir, dass sie unzerstörbar sei in meiner Welt. Es gab kein Mittel, sie zu vernichten. Nur im Land der Silven wäre das möglich.

Getso hatte eine Stimme so tief wie alle Wasser und ich nahm seine Hand und ging mit ihm hinein. Dort vergaß er mich aber einfach, als er meine Mutter sah, denn die Silven haben immer nur Größeres im Sinn. Ihre Kinder sind sehr schnell auf sich alleine gestellt, weil sie sie manchmal vergessen für eine Weile. Und wären sie nicht so praktisch veranlagt und früh entwickelt, überlebten sie das Verhalten der Eltern nicht. Sie übernehmen frühzeitig Aufgaben in der Gemeinschaft ihren Neigungen entsprechend. Das ist wohl auch das Geheimnis dahinter, dass die Silven unendlich schöne Dinge herstellen oder atemberaubende Musik machen. Sie sind exzellente Handwerker. Einzig mit dem Wort haben sie ihre Schwierigkeit. Sie sind keine guten Schreiber und Geschichtenerzähler, denn ihnen fehlt es an Phantasie dazu. Aber sie sind im hohen Maße an unseren Geschichten interessiert, und wenn ein Silv zu uns kommt, dann verschwindet er immer, wenn es sich einrichten lässt, in unserer Bibliothek. Denn die Silven sprechen unsere Sprache und können lesen.

Damals als die ersten Silven zu uns kamen, wurden sie durch die Gespräche, die man sich am abendlichen Feuer erzählte, angelockt. Sie verstanden schnell unsere Sprache und haben uns zugehört. Weitaus mehr von ihnen waren bei uns, um zu lauschen, als wir vermuteten, denn in ihrer Kleidung sind sie häufig für uns nicht wahrnehmbar. Dabei kam es oft vor, dass sich ein Silv in eine Konbrogi verliebte. Wenn eine Verbindung zustande kam, dann gingen die Frauen immer mit ihnen ins Nebelland. Aber ihre Kinder kamen häufiger zu uns zurück und einige wenige von ihnen wählten sogar unsere Sterblichkeit und blieben bei uns."

„Dabei finde ich eure Frauen gar nicht so begehrenswert", stellte Oskar erstaunt fest.

„Nein, was missfällt dir denn an ihnen?", fragte Theodric erstaunt, der sich keine schöneren Frauen als die der Konbrogi vorstellen konnte.

„Sie sind zu klein und nicht kräftig genug, zu zerbrechlich und zart, um belastbar zu sein. Denn ich will später einmal große und starke Söhne haben, die Baumeslänge erreichen und Schultern haben, so breit und stark wie eine Eiche. Und das Erbe der Konbrogi ist dafür nicht geeignet." Oskar schwieg und dachte über seinen Frauentyp nach, der seiner Ansicht nach die beste Verschmelzung von Frauen und körperlicher Kraft erklärt.

Ilari lächelte, denn er hatte auch solche Ansichten, eigentlich, aber seit er Morwenna kannte, war das alles vergangen. Es ist richtig, Unna würde Morwenna um Haupteslänge überragen und sie ist fast so kräftig wie ein Mann. Er musste sich bei Morwenna wohl auf andere Dinge einstellen, aber das störte ihn nicht, denn wenn sie anders wäre, dann wäre sie nicht Morwenna. Das musste Oskar noch begreifen. Denn stünde die Richtige vor ihm, wäre es ihm ganz gleich, wie sie wäre. Doch Theodric sprach weiter. Ilari ermahnte sich zur Aufmerksamkeit.

„Arano, der jüngste der Fürsten und mit einem Temperament gesegnet, das dem Oskars gleicht, fing schon vor Zeitaltern an, als Tier getarnt oder verwandelt mit seinen Männern in der Welt der Menschen zu leben. Zuerst unbemerkt, lernte er viel von ihnen und war fasziniert, mit welcher Liebe die sterblichen Menschen an ihren Familienmitgliedern hingen. Er studierte ihre Lebensweise und vor einigen Jahrhunderten geschah es, dass sich Arano in eine Konbrogi verliebte. Er heiratete sie gegen ihren Willen. Weil er mit ihr in sein Reich zog und sie dort vor der Welt verschloss, da er fürchtete, sie würde ihn sonst vor Sehnsucht nach ihren Leuten verlassen, starb sie eines Tages, obwohl sie durch ihn unsterblich geworden war. Die Trauer, von ihrer Familie getrennt zu sein, ließ ihre Lebensgeister welken.

Fürst Arano wurde danach verschlossen, obwohl er nie aufgab, bei den Menschen vorbeizusehen. Doch er nahm sich keine Frau mehr, sondern lebt ein einsames Junggesellendasein. Keita kennt ihn gut und war erstaunt, dass ihn niemals mehr die Liebe traf, aber er lacht immer nur und wünscht sich kein Weib mehr, wie er sagte. Doch Keita glaubt ihm nicht.

Fürst Kosos und Fürst Hagun sind Zwillingsbrüder, die sich das Reich der Luft teilen. Sie sind Korrigener und groß und dunkel. Sie haben tiefschwarzes Haar, grüne Augen und breite Schultern. Sie sind kleiner als die Silven, dafür jedoch ist die Gestalt kompakter und noch kräftiger. Sie wurden so geboren und ihre Völker gleichen ihnen. Sie haben wunderschöne Gesichter und schöne Hände, aber einen dunklen Sinn, den man mögen muss, wenn man mit ihnen zu tun hat. Sie leben zahlreich in Konbrogi. Es waren die dunklen Nebelvölker, die sich sehr vermehrten, denn das Reich der Lüfte ist von anderen unbewohnt. Sie haben genug Platz, um sich auszubreiten.

Sie sind immer schnell erzürnt und ebenso schnell wieder gut Freund, so wie man es von den Norganern kennt. Und sie sind genauso stolz. Ihre Kunst ist es, die Menschen in die Nebelhaftigkeit zu locken und ihnen Dinge vorzugaukeln, die sie fürchten. Fürst Hagun war schon oft mit einer Konbrogi verheiratet. Er hat diesen Frauen aber nie die Unsterblichkeit geschenkt, dazu ist er zu stolz. In seinem Haus wurde über die Jahrhunderte ungewöhnlich oft gestorben, seine Söhne kannten dies von frühester Jugend an.

Er war Vater von vielen Söhnen, die wählen konnten, ob sie ewig leben wollten oder sterben. Sie wählten alle das unsterbliche Leben, hatten sie doch immer den Tod der Mütter vor Augen, der sie tief schockiert hatte.

Er hatte einen Lieblingssohn, sein jüngster, dessen Mutter gleich bei seiner Geburt verstarb. Er war es, der lieber wie ein

Mensch leben wollte mit dem drohenden Lebensende vor Augen. Er war Zeit seines Lebens glücklich und heiratete eine Konbrogi.

Fürst Hagun versucht bis zuletzt, den Sohn zu einem unsterblichen Dasein zu überreden und ihn zurückzuholen in sein Reich der Lüfte, liebte er den fernen Sohn doch über alle Maßen. Aber er verweigerte sich dem Vater. Als er hochbetagt starb, er hatte die zähe Lebenskraft der Korrigener geerbt, hinterließ er acht Söhne, vier Töchter und unzählige Enkel.

Fürst Hagun, der den Verlust seines Kindes fast nicht verwinden konnte, zog sich Hunderte von Jahren zurück, bis sein Schmerz gedämpft war. Dann bemerkte er mit Erstaunen, dass sich sein Geschlecht, das auch den Menschen entsprungen war, vermehrt hatte. Sie nahmen im Laufe der Jahrhunderte das Land in ihre Hände, regierten es als Könige und hielten das Schicksal der Konbrogi in ihren Händen als Heiler und Wahrsager. Das versöhnte ihn mit den Menschen, deren Sterblichkeit ihm den geliebten Sohn geraubt hatte. Denn er sah, dass diese Menschen, die Teile seines Blutes und seiner Familie waren, all das nur durch seine Stärke und die seines Sohnes geschafft hatten. Seitdem verteidigt er zusammen mit Kosos, seinem Bruder, die Konbrogi mit aller Härte gegen ihre Feinde."

Ilari war ehrlich erstaunt. Er sah Theodric an und lächelte. Wie konnte er so etwas nicht bemerkt haben? Aber wenn man genauer hinsah, erkannte man die Größe und die Gelassenheit, die Theodric in den Nebelbergen gezeigt hatte.

„Dann stammst du also von einem großen Nebelfürsten, einem Korrigener ab. Das erklärt wahrlich alle deine Fähigkeiten. Du hast die Möglichkeit, einem deiner Urväter, nein, wenn man es recht bedenkt, dem Urvater deines Geschlechts noch begegnen zu können. Das ist wahrlich bemerkenswert."

Ilari blickte Theodric für ungefähr zehn Sekunden ehrfurchtsvoll an, dann war sein Erstaunen jedoch wieder verschwunden und seine norganische Nüchternheit gewann die Oberhand.

„Mit diesem Pfund lässt sich doch wuchern, vor allen Dingen, weil der gute alte Hagun ein ziemlich harter Brocken ist, wenn ich das so einfach bemerken darf. Ich hatte schon mit ihm zu tun", sagte Ilari und lächelte verschmitzt. Die Vorstellung von Theodrics Abstammung war doch gar zu putzig. Aber sie war auch beeindruckend, das musste man ihm lassen. Wunderlich waren die Wege der Götter.

„Hast du ihn schon einmal kennengelernt, Hagun, meine ich?", fragte Ilari nun ohne irgendwelche Spöttelei.

„Nein, nur seine Anwesenheit erahne ich, wenn man das so nennen darf. So ging es mir auch in den Bergen, als er dich in die Nebel gehüllt hatte."

Theodric wurde nachdenklich, denn er fragte sich in stillen, einsamen Stunden, ob er die Macht hätte, jemals in das gefährliche Spiel des Fürsten Hagun einzugreifen. Er müsste mit seiner Mutter sprechen, denn er las in den alten Geschichten von einem Weg, der dafür geeignet schien. Er wusste, er sollte alles versuchen, dem alten Haudegen in die Parade fahren zu können. Die alten Aufzeichnungen, die genauer darauf hinwiesen, mussten in Wallis liegen, tief in der heiligen Bibliothek verborgen. Er würde jede freie Minute nutzen, um die alten Schriften zu studieren, obwohl er wohl kaum Zeit dafür finden würde, dachte er kummervoll.

„Sind die anderen Fürsten miteinander verwandt wie Hagun und Kosos?", fragte Oskar in die Stille hinein, die durch die Herkunft Theodrics entstanden war. Oskar nahm zur Kenntnis, von wem Theodrics Familie abstammte, und auch, dass er wohl einige Fähigkeiten besaß, die den seinen weit überlegen waren. Aber er hatte, schon bevor er von Theodrics Abstammung wusste, ein ziemlich klares Bild von Theodric gehabt, von dem er jetzt keinen Fußbreit abrückte. Oskar war Theodric in tiefer Freundschaft verbunden, Freundschaft bis in den Tod. Das war genug für Oskars Begriffe. Und wer weiß, wann Theodric seine Freundschaft einmal nötig hätte. Dann stünde Oskar an seiner Seite, ob er nun Abkömmling der gefährlichen Nebelfürsten oder eines einfachen Bauern war. Das war alles.

Die grüne Burg in Wallis

Sie erreichten Wallis am dritten Tag ihrer Reise durch das liebliche, grüne Tal Konbrogis. Theodric machte sie darauf aufmerksam, als sie sich einem dichten Waldsaum näherten, in dem die Bäume und Farne dicht an dicht standen. Sie sahen von Efeu und anderem Grün bewachsene Pfade, auf denen sie ritten. Die Pflanzen wurden niedergedrückt, als sie darüber ritten, aber sie richteten sich sofort wieder auf, wenn sie darüber hinweg waren.

„Siehst du das, Oskar? Die Pflanzen nehmen keinen Schaden, obwohl wir alle sie niedergewalzt haben", sagte Ilari erstaunt. Oskar hatte es ebenfalls bemerkt.

„Das ist eine phantastischen Art, unbemerkt zu entkommen. Denn kein Verfolger erkennt den Weg, den du genommen hast. Hinterher sieht alles aus wie unbenutzt. Das ist eine trickreiche Erfindung. Wie Theodrics Taschenspielertricks. Hast du den schon gesehen..."

„Sei ein wenig ehrfürchtiger, Oskar", hörte der junge Mann Theodric sagen. Oskar runzelte die Stirn und ritt dichter an Ilari heran.

„Wie konnte er das nur hören?", fragte er flüsternd den Freund.

„Ich habe eben gute Ohren, Oskar", antwortete ihm Theodric aus der Ferne. Ilari schmunzelte.

„Das ist sicher sein silvanisches Erbgut", sagte Ilari freundlich, aber nicht ohne eine kleine Priese Spott.

„Mein korrigenisches, Ilari, um genau zu sein. Auch für dich gilt, hier am Saum der Burg des König Alasdair Dowell deine Zunge zu hüten", meldete sich Theodric schulmeisterlich zu Wort.

„Wir sind an der Stadtmauer der Hauptstadt", murmelte Ilari erstaunt leise vor sich hin, denn er konnte wirklich außer einer grünen Ödnis nichts erkennen.

„Es wird außer uns schon niemand gehört haben", antwortete ihm Ilari leicht ungehalten.

Als hätten die Wälder hier Ohren. So ein Blödsinn, dachte er sich.

„Sie haben Ohren. Sie stehen auf den Wachmauern der Burg und sehen sehr verwundert besonders auf euch beide herab."

Theodric zeigte schräg nach oben. Nachdem Oskar und Ilari eine ganze Weile dorthin gesehen hatten, fielen ihnen dunkle Männer in grüner Kleidung auf, die auf einem hochgewachsenen Saum aus grünen Blättern wandelten. Ilari stutzte. Wie konnte das gehen? So sicher liefen die Männer dort oben, dass es ihm schien, sie gingen auf dem Erdboden. Nach einer weiteren Minute sahen sie etwas, das einer Mauer gleichkam, nur eben grün überwachsen, eher völlig eingewachsen. Der Pfad, auf dem sie kamen, endete am Stadttor, so dachten sie, denn wenn man sich erhebliche Mühe machte, sah man ganz schwach die Konturen eines riesigen Einfallstors in die Stadt hinein. Hoffentlich geht der Bewuchs nicht kaputt, wenn man das Tor öffnet, dachte sich Ilari und fast wartete er auf eine Entgegnung Theodrics, der aber mit dem Torwächter sprach. Danach öffnete sich das Tor und sie durften weiterreiten. Als sich das Tor hinter ihnen schloss, sah Ilari zurück. Er konnte nicht sofort erkennen, wo es sich befand. Auch die Stufen hinauf auf die Stadtmauer waren grün bewachsen, und von roten Blumen umsäumt zog sich das Treppengeländer in steilen Windungen nach oben.

Sie ritten tief in die Stadt hinein, deren Straßen völlig grün und mit robusten kleinen Fetthennen bewachsen waren, die ein wenig unter den Sohlen der Einwohner quietschten. Ilari fehlte das gewohnte Getrappel der Pferdehufe auf einem Kopfsteinpflaster. Das gab der Umgebung einen unwirklichen Anstrich. Die Konbrogi schienen von freigelegten Steinen nicht viel zu halten und vom Anstreichen der Mauern auch nicht. Aber da das Wetter so heiß und feucht war, hatten sie es auch nicht nötig. Hie und da ein kleiner Schnitt am Bewuchs der Mauer entlang und alles hatte wieder seine Richtigkeit. Ilari fielen die unzähligen, kleinen Brunnen auf, die die Plätze und Straßen der Stadt säumten. Die Kinder liefen zu ihnen und bespritzten sich mit dem kühlen Wasser. Und keinen Erwachsenen schien es zu stören, da die Kleider der Kinder in der Hitze der Stadt sofort wieder trockneten. In den Häusern der Bürger war es wegen des dichten Pflanzenbewuchses der Mauern kühl und freundlich. Die Hitze des Tages blieb in den Straßen der Stadt Wallis hängen. Zwischen den Häusern, die weit auseinander standen, lagen Höfe und Gärten, die von grünen Toren oder hohen Mauern vor fremden Blicken geschützt wurden. Man konnte nicht einmal in die Gärten hineinsehen, selbst wenn man auf einem Pferd sitzend vorbeikam. So ritten sie, gemeinsam vor Erstaunen stumm geworden, Theodric hinterher, der den Weg zur Königsburg kannte. Die Häuser, die neben der Straße standen, waren nur zweistöckig und hatten flache Dächer, die ebenfalls einen grünen Pflanzenteppich trugen, auf denen aber die Menschen, wie es schien, ihre Abende zubrachten. Und nun gewöhnten sich ihre Augen an diesen ungewohnten Anblick und sie wussten schließlich, nach was sie Ausschau halten mussten. So bemerkten sie mit Erstaunen die von blühenden und duftenden Blüten umsäumten Fenster, die keine Fensterläden hatten. Selbst die Türen hatten ihre Besitzer mit leuchtend roten Pflanzen einwachsen lassen. Das erschien Ilari einleuchtend. Es wäre doch sicher sehr beschwerlich, immer die Türe des Hauses zu suchen, durch die man treten wollte. Das Rot dieser Pflanzen schien auch zur Markierung der weitläufigen Außentreppen genutzt zu werden, die von der Straße direkt auf die Dächer der Häuser führten. Diesen Zugang nach oben schienen die Walliser niemandem zu verwehren. Es sah freundlich und nett aus, wie sich die rote Farbe vom Grün der überwucherten Hauswände abhob. Die Straßen waren enger und unübersichtlicher angelegt als in Tamweld, und es war dunkler, weil die Pflanzen alles Sonnenlicht, das immer noch reichlich in die Stadt hereindrang, zu verschlucken schienen. Sie ritten über grüne Plätze, die von blühenden bunten Blüten eingerahmt waren. Kleine Holzbänke, die zwischen den Blütenmeeren standen, luden die Menschen zum Verweilen ein, und da es in Konbrogi heißer war als in Tamweld, war es angenehm, dass der Sonne an vielen Stellen der Einlass verwehrt war. Die Menschen schienen den Schatten zu schätzen und auch Ilari, der sehr unter der Wärme litt, schätzte die wundervolle Beschattung der Stadt Wallis. Es war schier unglaublich. Als Ilari kurze Zeit später für einen Moment den Kopf zu lange vom Weg abgewandt hatte, wieherte sein Schimmel. Ilari hielt sofort an und verstand, dass er absteigen musste. Er stieg vom Pferd, nahm die Zügel in seine Hand, sah kurz nach den anderen und wollte weitergehen, als sein Schimmel scheute und stehen blieb. Ilari sah, als er den Blick nach oben richtete, in eine nicht enden wollende grüne Wand, breit, ausladend und ganz zuoberst von einem bunten Blütenmeer umringt. Das musste Alasdairs Burg sein.

„Das ist ein bewohnter Organismus, keine Burg", sagte Oskar fasziniert. „Ich bin begeistert. Hoffentlich beißt es uns nicht, das Grün, und frisst uns auf." Oskar lachte und freute sich, so weit gekommen zu sein.

Dass der Grund dafür ein drohender Krieg, ein alles vernichtender Konflikt war und der feige Verrat und die Bedrohung durch Edbert von Turgod, der möglicherweise schon die Grenzen überschritten hatte und ihnen auf den Fersen war, hatte Oskar angesichts dieser grünen Großartigkeit einfach vergessen. Denn Oskar genoss den Moment, wie er sich ihm bot. Eine Fähigkeit, die viele gerne besäßen, für Oskar aber überlebenswichtig gewesen war in den letzten achtzehn Jahren. Jetzt fuhr er die Ernte ein, immer noch begeistert sein zu können und niemals rückwärts zu denken. Es war eine wahre Kunst. Und er fühlte sich hier plötzlich zu Hause wie lange nicht mehr. Geborgen, wäre der bessere Ausdruck. Wenn er es recht bedachte, hatte er sich nicht mehr so gefühlt, seit ihn die Mutter bei König Bornwulf gelassen hatte. Seitdem suchte er immer Schutz in einer eng gezogenen Umgebung. Doch bis eben war es ihm noch nicht bewusst. Er hatte ja diesen Platz auf Erden vorher noch nicht betreten. Erst jetzt dachte er kurz über die Zusammenhänge nach und hoffte dann, noch sehr lange hier sein zu dürfen. Vielleicht für ewig.

König Alasdair Dowell

„Wen habt ihr mir in mein Reich gebracht, Keita Morgenan? Und woher kommen diese beiden fremdländischen Männer?", fragte König Alasdair Dowell mit gedrosseltem Unwillen seine Beraterin, die in Armeslänge abwartend vor ihm stand.

„Ich höre Widersprüchliches über die Fremden, aber ausnahmslos schwingen Unbehagen und Zweifel mit, wenn mir meine Herzöge und Fürsten von ihnen berichten."

Alasdair Dowell und seine Frau Brae saßen nebeneinander auf dem Thron und sahen Keita Morgenan erwartungsvoll an. Alasdair hatte das schwere Kinn auf seine Hand gestützt und erwartete eine ausführliche Erläuterung. Theodric, der neben der Mutter stand, betrachtete den Mann, dem er erst einmal in seinem Leben begegnet war. Das war vor genau einem Jahrzehnt gewesen. Damals war Theodric ein junger Mann, etwas jünger als Ilari und sehr rebellisch. Er wagte es damals, mit König Alasdair zu diskutieren, diesem riesigen und mächtigen Mann, der zu dieser Zeit schon einen gewaltigen Bauch sein eigen nannte. Theodric mahnte die Rechte des Volkes an und rügte König Alasdairs zögerliche Haltung, sie umzusetzen. Dass Theodric überhaupt mit dem Leben davongekommen war, lag an Alasdairs gemütlicher Geduld im Umgang mit Heranwachsenden. Er hatte eine große Kinderschar aus den häufig wechselnden Beziehungen zu seinen Frauen und Nebenfrauen, die sich ihrerseits oft mit Alasdair auseinandersetzten. Die spitze Kritik seiner Kinder rüttelte jedoch nicht an den Grundfesten seiner Person. Es waren interessante Nadelstiche, die sich dabei erstaunlich oft mit seinen eigenen Vorstellungen von Staatsführung deckten. Theodric erkannte trotz seiner schneidenden Kritik damals schon in Alasdair einen echten Reformer, der mehr zugelassen hätte, doch die Abhängigkeit von den Fürsten und Herzögen seines Landes bremst seinen reformatorischen Eifer erheblich.

Alasdair war vor über fünfzig Jahren, es war kaum zu glauben, von ihnen zu ihrem König gewählt worden und nach ihm würde sich einer seiner Söhne bei ihnen durchsetzen müssen. Im Prinzip wurde bisher immer ein Dowell auf den Thron gewählt. Es könnte aber auch anders gehen, denn es standen zu jeder Zeit einige mächtige Herzöge in der zweiten Reihe bereit, die das Zepter zu übernehmen wünschten. Darunter waren seine eigenen Brüder, Herzog Catan und Herzog Loarn, die von seinem Vater damals bei der Nachfolge übergangen worden waren.

Alasdair, der vom Temperament eigentlich überschäumend und aufbrausend war, wartete bei seinen Regierungsentscheidungen stets in aller Ruhe ab und ließ Kritik an sich abprallen, ohne sich sofort seinem Gegenüber zu erklären. Und das obwohl Alasdair sich gerne in großen Zusammenkünften reden hörte. Besonders gerne vor dem Thronrat, der geduldig seinen Argumenten standhalten musste. Aber es gab Gelegenheiten, zu denen er das Schweigen gelernt hatte. Wenn Dinge einer genauen Betrachtung bedurften, nahm er sich Zeit bei der Entscheidungsfindung. Hatte er aber einen klaren Standpunkt und eine fast unverrückbare Meinung, brachte er sie sofort hervor, ohne auf die Anwesenden Rücksicht zu nehmen. Dabei konnten einfachere Gemüter sehr leicht Schaden nehmen.

Mit diesen Eigenschaften gesegnet, regierte die Familie Dowell seit Generationen meist gerecht und vor allen Dingen sehr lange, denn sie waren mit den zähen Lebensgeistern aus dem Erbe der Korrigener gesegnet.

So verhielt es sich seit fünfzig Jahren, denn Alasdair war ein beeindruckender Machtpolitiker, der sich gegen seine zwei älteren Brüder durchgesetzt hatte bei seinem Vater, als dieser damals einen Nachfolger auswählte. Der alte König Kinnon Dowell wollte sein Land nicht in einzelne, kleine Königtümer spalten, denn er sah damit die Stärke des Reiches schwinden, das bisher einzig durch dem Umstand zusammengehalten wurde, dass es immer nur einen einzigen männlichen Erben gegeben hatte. Er jedoch, der mit drei starken Söhnen gesegnet war, Catan dem Erstgeborenen, Loarn dem Zweitgeborenen und Alasdair dem Jüngsten, hatte die Qual der Wahl. Nach reiflicher Beobachtung und noch längerer Überlegung und Beratung fiel sie auf seinen jüngsten Sohn Alasdair.

Die Herzöge Catan und Loarn waren wütend auf den Vater, der sich im Herbst seines Lebens befand und den sie daher für schwach hielten. König Kinnon versuchte, die drei Brüder trotz seiner Wahl Alasdairs auf das Reich zu verschwören, aber es misslang ihm. Sie misstrauten seinem Urteil und beschlossen, ein jeder sein Glück auf eigene Faust zu versuchen.

Deshalb brachen nach König Kinnons Tod erbitterte Erbstreitigkeiten aus, gegen die sich Alasdair durchsetzen musste. Es kam sogar zu kriegerischen Auseinandersetzungen, aber es gelang Alasdair schnell zu siegen. Der Sieg war zwar mühevoll, aber er hatte eine beharrliche Natur und war konsequent in dem, was er tat. Er brachte mit geschickten Winkelzügen die Mehrheit der Herzöge Konbrogis hinter sich und schließlich lenkten seine Brüder ein. Doch ließen sich seine Brüder dadurch nicht mundtot machen. Herzog Catan und Herzog Loarn erhoben stets Einspruch, wenn König Alasdair eine Entscheidung traf. Doch damit rechnete er und er verübelte es ihnen nicht, sondern nutzte die Möglichkeit, zwei ehrliche und unabhängige Urteile zu erhalten. Das führte schließlich dazu, dass Alasdair, bevor er mit einer Idee an die Herzöge Konbrogis herantrat, sich immer vorher überlegte, worüber es Diskussionen geben könnte. Alasdair war unkompliziert und bodenständig. Er erlaubte es seinen Herzögen, nach Belieben Einspruch zu erheben, wenn er seine Argumente aber vorgebracht hatte und man keine Gegenargumente mehr erheben konnte, erwartete er, dass seine Entscheidung wortlos akzeptiert wurde.

Catan und Loarn waren seine schärfsten Kritiker, denn sie missachteten regelmäßig seine absolute Autorität. Sie hatten ihn zwar zum Herrscher gewählt, aber nur, weil ihnen nichts anderes übriggeblieben war.

Alasdair hatte es sich zu eigen gemacht, ihnen nicht offen im Thronrat entgegenzutreten, sondern sie an der Familientafel in seine Entscheidung zu zwingen. Denn in den Familienkreis gehörten die Zwistigkeiten unter Brüdern. Es waren Konflikte, die nicht nur in seiner Familie aufflammten, wie er ganz genau wusste. Denn er lebte nicht so weit vom Volk entfernt, als dass er nicht dessen Querelen vor Augen gehabt hätte. So sah er auch seine Familie. Sie war zwar dazu ausersehen, das Land Konbrogi zu führen, er wusste aber auch, dass innerhalb einer Familie Unstimmigkeiten entstehen konnten. Deshalb geschah in Konbrogi nicht der gleiche Fehler wie in anderen Landen, dass nämlich der Herrscher seine widerspenstige Familie auslöschte, sondern die Brüder Catan und Loarn wurden sowohl sein Gewissen als auch seine Kritiker. Deshalb, so verstand er es selbst, machte Alasdair weitaus weniger Fehler als die Herrscher der früheren Epochen, die manchmal über ihre eigenen Füße gestolpert waren.

Alasdair war hungrig, das sah Keita Morgenan. Sie wusste, es wäre ungünstig mit dem König zu diskutieren, wenn er an seine Mahlzeit dachte. Er aß praktisch immer und genoss es. Man sah es ihm auch an, denn sein unangemessener Kugelbauch wuchs zusehends. Königin Brae hatte wohl den gleichen Gedanken, denn sie kannte die Gefährlichkeit angesichts eines hungrigen Magens. Sie wusste, er traf immer dann die härteren Urteile und weigerte sich, einsichtig zu sein, wenn ihn der Hunger plagte. So führte die Königin ein, dass der König öfter als andere zu einer reichhaltigen Mahlzeit kam. Deshalb bat sie jetzt auch darum, die heutige Zusammenkunft besser in den Speisesaal zu verlegen, denn dort, das wusste sie, hatten die Mägde schon die Tafel gedeckt. Alasdair sah seine Frau zwar etwas verwundert an, stimmte aber augenblicklich ihrem Vorschlag zu. Als sie den Saal betraten, trafen sie dort auf Catan und Loarn, die beide keine großartigen Esser waren, aber sich bereit erklärten, mit ihnen an der Tafel Platz zu nehmen.

Keita nickte Herzog Loarn zu. Sie kannten sich Zeit ihres Lebens und Loarn hatte in seiner Jugend einmal um Keitas Hand angehalten. Doch sie beschloss damals, nach dem Tod ihres Mannes alleine zu bleiben. Alasdairs Stimmung besserte sich sofort, als er sich mit einem gebratenen Huhn beschäftigte. Er sprach Keita scheinbar beiläufig an.

„Also sprecht nun frei und offen darüber, wen ihr mir mitgebracht habt und warum der Rat der Fürsten der Nebelländer einberufen wurde. Ich tat es aufgrund eures Drängens, denn so etwas gab es schon lange nicht mehr."

„Es steigt euch doch hoffentlich nicht in den Sinn, den Rat wieder zu beenden, bevor er angefangen hat?", fragte Keita prüfend in die Stille hinein.

„Nein, bei den Göttern, das werde ich sicher nicht tun. Aber deshalb ist es langsam nötig zu wissen, auf was ich mich eingelassen habe, als ihr mich um die Zusammenkunft batet."

Alasdair nickte Keita aufmerksam zu und verlangte von ihr, ihm Rede und Antwort zustehen. Keita räusperte sich, denn ihr saß ein Kloß im Hals. Sie wusste, sie musste ihren König mit sehr unangenehmen Wahrheiten vertraut machen und manche dürften ihn erzürnen.

„Wir haben euch, Sire, zwei Fremde aus dem Norden mitgebracht. Das ist keine allzu genaue Beschreibung, denn Ilari Thorbjörnson ist ein Norganer. Sein Volk beteiligt sich nicht an den Überfällen auf Amber. Er ist ein Mündel König Halfdan Ingvarsons aus Torgan und lebte an König Bornwulf Paefords Hof. Er war an der Rettung Leana Paefords beteiligt zusammen mit Astir Carew, eurem Großneffen. Mit ihm und meinem Sohn Theodric ist er nach Konbrogi geflohen."

Keita machte ein Pause, denn sie dachte nach, wie sie die Nachricht von Oskars Ankunft am besten bei Alasdair platzieren konnte. Ihr Schweigen dauerte sehr lange an, was sie selbst nicht bemerkte. Doch Alasdair, dem Geduld eigen war, erinnerte sie. Er hatte trotz des Essens aufmerksam zugehört.

„Nun sprecht weiter. Ihr habt mir noch nichts von dem anderen Mann berichtet, der mit euch kam, und auch nicht, warum Bornwulfs Tochter gerettet werden musste." Alasdair hielt sich zurück, eine Bemerkung zu Ilari zu machen, auch wenn es die anderen von ihm erwarteten. Er streifte ihn nur mit einem prüfenden Blick. Er war zu lange König, um sich hier in die Karten sehen zu lassen. Keita gab sich einen Ruck.

„Ihr erinnert euch sicher noch an Lady Aethel Ashby, Sire, eure Großnichte?", fragte Keita rasch in den Raum hinein. Alasdairs Augenbrauen bewegten sich beinahe unmerklich.

„An Lady Aethel, die Halbschwester König Bornwulfs und den Bastard des Königs Hereweald Paeford, kann ich mich gut erinnern. Was hat sie mit der ganzen Sache zu tun? Ihr scheint ein wenig weit auszuholen bei euren Ausführungen, denn schließlich sprecht ihr von zwei Nordländern, die doch mit meiner Großnichte nichts zu tun haben, oder doch?"

Er sah Keita intensiv in die Augen. Fragen türmten sich dort auf, das sah sie, die sie ihm nun beantworten musste. Alasdair war leicht erregt. Das kannte Keita nicht von ihm und deshalb geriet sie unter Zugzwang. Sie hatte nicht vor, den König länger in Unwissenheit zu lassen, denn sie wusste, dass seine Geduld sehr schnell erschöpft sein konnte.

„Nun, Lady Aethel ist die Mutter dieses jungen Mannes, Oskar Ashby, der am Hof König Bornwulfs aufwuchs. Er hat ihn wie seinen eigenen Sohn erzogen, da..."

„Lasst diese Ausführungen! Wie kommt es, dass Lady Aethel ein Kind zur Welt gebracht hat, von dem ich nichts weiß?", fragte Alasdair recht ungehalten.

„Lady Aethel war mit Königin Eadgyth unterwegs zur Zeit der großen Hungersnot in Dinora. Sie lebte in Kelis, bis die Gefahr gebannt war. Dann auf der Rückreise nach Dinora wurde der Geleitzug der Königin von den tandhener Eindringlingen überfallen. Dabei kam Aethel in Gefangenschaft. Sie lebte dort einige Jahre. Sie konnte eines Tages fliehen und brachte einen kleinen Jungen mit sich, der vermutlich der Sohn eines tandhenischen Heerführers ist. Auch eine Tochter brachte sie in der Gefangenschaft zur Welt, Elisa, die jedoch von ihr bei kelischen Bauern zurückgelassen wurde, weil das Kind zu schwach schien, um die Strapazen der Rückreise zu überleben. Lady Aethel nahm sicher an, es würde dort versterben. Ihr Sohn Oskar überlebte. Er kam mit Ilari Thorbjörnson in Kontakt, der als Mündel am Hofe Bornwulfs den jungen Oskar in seine Obhut nahm. Sie sind unzertrennliche Freund geworden und haben sich in mancher Gefahr zusammen mit Astir Carew tapfer geschlagen."

Nun schwieg Keita, denn sie hatte König Alasdair, wie sie sah, einen gehörigen Brocken zum Daraufherumkauen gegeben. Sie erwartete von ihm noch einige Zeit des Nachdenkens. Doch da verrechnete sie sich gründlich, denn der Ärger über die Nachrichten, die ihn seiner Meinung nach viel zu spät erreichten, stiegen ihm zu Kopf und Alasdair, der sehr schnell die richtigen Zusammenhänge erkannte, explodierte praktisch augenblicklich.

„Sind hier denn alle wahnsinnig geworden? Habt ihr, Keita, den Verstand verloren? Wie konntet ihr mich völlig unvorbereitet mit diesen Dingen konfrontieren? Ihr habt Gefahr in mein Land gebracht und habt mir wichtige familiäre Ereignisse nicht auseinandergesetzt. Ich habe einen Urgroßneffen, der zur Hälfte ein tandhener Eindringling ist. Wie soll ich eurer Meinung nach damit umgehen? Es ist ein unhaltbarer Zustand, in den ihr mich gebracht habt. Und Lady Aethel sollte so viel Anstand besessen haben, mich eindeutig in die Umstände einzubeziehen, als sie letzten Winter hierherkam und um Aufnahme bat, die ich ihr natürlich gewährte. Denn sie sah elend aus. Und was ist das für eine Geschichte mit meiner Urgroßnichte Elisa, die in Kelis zurückgeblieben ist? Hätte sich Bornwulf nicht all die Jahre wenigsten die Mühe machen können, in Erfahrung zu bringen, ob sie noch am Leben ist, um sie dann in seine Obhut zu nehmen? Ich schätze es nicht, wenn meine Familienmitglieder in alle Winde zerstreut werden. Das hätte sich dieser einfallslose Dinoraner doch sehr gut vorstellen können. Bornwulf hätte auch den Anstand haben können, mich von der Existenz meiner Verwandten in Kenntnis zu setzen, dann wären sie bei mir aufgewachsen und nicht als Unerwünschte in einem fremden Land. Außerdem hätte ich mich gleich darum gekümmert, was mit dem Mädchen geschehen ist. Ich werde sofort Erkundigungen über sie einziehen und ich will diese beiden jungen Männer sofort sehen. Darüber hinaus möchte ich wissen, wer noch in mein Land gekommen ist, denn eure

Gesellschaft scheint sehr groß zu sein, wie ich vernommen habe. Es müssen auch Frauen dabei sein. Also sprecht sofort und lasst diesmal nichts aus."

Alasdair war aufgestanden, als er sich in Rage geredet hatte, und bekam einen hochroten Kopf, den nicht einmal seine Brüder von ihm kannten, die schweigend am Tisch saßen und über den Familienzuwachs höchst erstaunt waren. Sie hatten sich schon jetzt eine Meinung dazu gebildet, aber entgegen ihres sonstigen Vorgehens wagten sie angesichts Alasdairs Gereiztheit diesmal nicht, sofort Kritik zu üben oder ein vorschnelles Urteil zu fällen. Sie begriffen, dass die Umstände sehr ungewöhnlich waren und einige Konsequenzen nach sich zogen. Nur welche, dazu brauchten sie den Verstand Keitas und ihres Sohnes, der wohl besser in die Umstände eingeweiht war als seine Mutter, die alles bisher nur aus zweiter Hand wusste.

„Es sind zwei Dinoranerinnen mitgekommen", sagte Keita nun sehr direkt und ohne ihre vorherigen Umschweife. „Eine von ihnen ist Leana Paeford, die jüngste Tochter Bornwulfs, die einen Verrat und Mordversuch an Ilari Thorbjörnson mitangesehen hatte und deshalb in Todesgefahr schwebte. Als Ilari das Land verlassen musste, floh auch Bornwulfs Tochter. Denn die Übeltäter drangen in seinen Palast ein, um ihn dort zu überfallen. Dabei kam Leanas Ziehschwester Morwenna von Falkenweld mit, die sich unsterblich in Ilari verliebt hatte und keinen Augenblick zögerte, die Flucht auf sich zu nehmen. Zum einen, weil sie die Königstochter nicht verlassen wollte, und zum anderen, da sie ihren von Bornwulf auserwählten Mann nicht heiraten wollte, der die Überfälle auf Ilari und davor auch schon einige Male auf Oskar begangen hatte und nun vermutlich auch in unser Land eingedrungen ist. Denn er hat die jungen Menschen verfolgt, die hierher geflohen sind mit Astirs und Theodrics Hilfe. Er hat sie durch ganz Dinora gehetzt und sie sind ihm nur mit knapper Not entgangen. Auch durch die Hilfe des Fürsten Arano, der Leana Paeford vor dem sicheren Tod bewahrte und sie ins das Tal der glücklichen Menschen brachte. Auf ihrem Weg hierher hat Ilari Thorbjörnson eine Prüfung durch den Fürsten Hagun bestanden, als sie sich in den Nebelbergen befanden, und durch diese Begegnung, die für den Nebelfürsten sicher sehr aufschlussreich war, was den Charakter der Nordländer anbetrifft, ist die Zusammenkunft der Fürsten erst möglich gemacht worden."

Keita schwieg und hoffte, nichts Wesentliches vergessen zu haben. Sie dachte an Colan und seine kleine Familie, war aber der Meinung, dass ihre Anwesenheit hier nicht von Bedeutung war. Sie konnte Alasdair davon später unterrichten. Wenn er sich dann erregte, würde doch ihr Kopf auf den Schultern bleiben, denn Colan war zu unwichtig für die Ereignisse, dachte sie. Doch dann erinnerte sie sich, dass Gawen, sein Stiefsohn, Edberts Sohn war und das machte Colan unter Umständen zum Hauptgewinn für Alasdair. Es war bemerkenswert, wie schnell sich Alasdair wieder gefangen hatte. Deshalb nahm sie ihren Mut zusammen und begann laut und deutlich zu sprechen. Alasdair sah sie erstaunt an, doch sie ließ sich davon nicht beirren.

„Einen Mann habe ich noch nicht erwähnt, der mit seinen Kindern hierher kam. Er ist Dinoraner und ein Schmied. An sich keine wichtige Person, aber sein Sohn ist der Bastard des Mannes, der die Gruppe verfolgte und der den Überfall auf Bornwulfs Schloss beging."

„Wer ist denn dieser Mann nun, den ihr immer so verschleiert erwähnt?", fragte Alasdair leicht gereizt, denn er war es leid, ständig im Ungewissen gehalten zu werden und die Nachrichten häppchenweise zu erhalten. Keitas Gesicht verdunkelte sich, sie holte tief Luft und zögerte immer noch. Ein wenig zu lange für Alasdairs Geschmack und deshalb kniff der König die Augen ein wenig zusammen, denn er erwartete eine noch üblere Nachricht. Heute schien der Tag der Abrechnung gekommen zu sein.

„Es ist Edbert von Turgod, Sire, des verstorbenen Ellis von Turgods rechtmäßiger Sohn. Er ist der Halbruder meines Sohnes Theodric, den ich gegen meinen Willen empfangen habe, aber dennoch liebe. Ich befinde mich also in allerbester Gesellschaft Lady Aethels", bemerkte Keita Morgenan sehr spitz.

Alasdair blickte Keita prüfend an und sah, dass sie gefasst war. Er erkannte die Brisanz in der letzten Nachricht und ahnte, dass

Edbert nun unter allen Umständen in sein Reich eingedrungen war. Denn wenn ein Mann hasste, waren seine Unternehmungen gefährlich, aber wenn er seinen Sohn zurückbekommen wollte, waren das ernstzunehmende Vorgänge. Es war viel für einen Vormittag, was er eben erfuhr. Sehr interessante Dinge spielten sich hier ab. Er setzte sich und dachte ruhig nach. Dann setzte er zu sprechen an.

„Nun, das sind alles in allem interessante Nachrichten. Und ich kann auch mit einer aufwarten. Denn so weit ich weiß, ist die kleine Morwenna von Falkenweld nicht die rechtmäßige Tochter des Fürsten von Falkenweld. Sein Kind verstarb in der Nacht der Geburt ebenso wie ihre Eltern bei diesem Unglück, das über Falkenweld hereinbrach. Eine bratanische Dienerin und ihr Mann waren Morwennas Eltern und sie kam, wie der Zufall so spielt, einige Stunden vor Lady Falkenwelds Niederkunft zur Welt. Das rechtmäßige, tote Kind vertauschte noch in derselben Nacht die Köchin mit Morwenna, die in dieser Nacht auch ihre Eltern verlor. Man machte die Kleine damit kurzerhand zur rechtmäßigen Erbin von Falkenweld. Es gelang, weil die Köchin die Hebamme gut kannte und diese beiden verschwiegen genug waren. Morwenna hat nun die Rechte einer Lady Falkenweld, an denen ich sicher nicht rütteln werde, denn die Vorgänge in Dinora gehen mich nichts an. Ich erfuhr davon nur zufällig von einem konbrogischen Knappen, der dort seinen Dienst tat. Hier handelt es sich nicht um meine Familie. Aber nebenbei bemerkt glaube ich mich zu erinnern, dass der Besitz des alten Ellis Turgod sehr groß ist, aber bei weitem nicht die Größe des Besitzes der Falkenwelds bemisst. Wenn nun Morwenna diesen Edbert geheiratet hätte, dann könnte ich mir vorstellen, dass sich ein riesiger Besitz in den Händen eines einzigen Edelmannes, der die Charaktereigenschaften eines Edbert von Turgod hat, für Bornwulf als sehr gefährlich hätten erweisen können. Weil dieser junge Mann unter Umständen sogar nach dem Königreich selbst greifen will. So gesehen war die Flucht der kleinen Falkenweld vielleicht zu voreilig gewesen, denn ich kann mir vorstellen, dass wenigstens Königin

Eadgyth so viel Verstand hatte, sich die Konsequenzen einer solchen Verbindung vorzustellen."

Und wieder stieg ihm der Ärger über die ungewisse Zukunft seiner Urgroßnichte Elisa zu Kopf. Aber diesmal nahm er sich zusammen.

„Lasst nach den jungen Männern schicken und bringt auch gleich Astir mit. Ich habe ihn lange nicht gesehen", befahl König Alasdair und setzte sich. Er blickte kurz auf seinen gefüllten Teller und schob ihn resigniert zur Seite, denn heute hatte er keinen Hunger mehr.

„Wir sollen zum König kommen", sagte Astir erfreut. Ilari und Oskar sahen sich erstaunt an.

„Was, nur wir drei, was ist mit den anderen? Haben wir etwas ausgefressen, dass uns der alte Alasdair zu sich ruft?", fragte Ilari aufgebracht. Er war nicht im Allergeringsten daran interessiert, dem König von Konbrogi zu begegnen. Ihm war die Lust darauf, Könige kennenzulernen, gehörig vergangen. Er hätte jetzt nichts dagegen einzuwenden, kurz bei König Halfdan vorbeizusehen, der alten Zeiten wegen und weil es der einzige König war, den er gut einschätzen konnte. Aber das war nur Nostalgie. Er wusste es selbst, denn Halfdan war schließlich für diesen Schlamassel verantwortlich. Ilari sah Oskar an, der grinsend sein Schwert umband.

„Musst du immer grinsen?", fragte Ilari stirnrunzelnd, als er Oskar ansah. „Du freust dich auch noch, zu diesem alten Zausel gehen zu müssen", sagte Ilari sichtlich erstaunt. Er konnte den Knaben einfach nicht verstehen. Oskar sah immer zuversichtlich in die Zukunft. Das war schon richtig krankhaft. Er lächelte und freute sich. So ein Dummkopf. Wusste er nicht, dass man um Könige besser einen Bogen machte? Ihnen fiel selten etwas Vernünftiges ein und man war gezwungen, ihnen zu gehorchen, wie unsinnig ihre Befehl auch immer sein mochten. Ilari dachte an Björn, seinen Onkel, der sich stets von Halfdan fernhielt. Björn Helgison war sein eigener Herr und das geht nur, wenn man einen König meidet. Das hatte Ilari frühzeitig von ihm gelernt.

Und er war sich sicher, sein Onkel lebte ein vernünftigeres Leben als sein Vater, der tief in die Angelegenheiten eines Königs verstrickt war. Ilari wäre noch zu Hause, wäre sein Vater ein unwichtiger Adliger. Aber es war müßig, sich dauernd damit zu befassen.

Kurz bevor er am Thronsaal stand, atmete Ilari tief durch, verbannte die trüben Gedanken wieder in den hintersten Winkel seines Kopfes und beschloss, sich Alasdair Dowell etwas genauer anzusehen. Es hieß, er wäre so alt wie die Welt oder sogar noch älter. Das war für den jungen Mann unvorstellbar.

Astir nickte dem Türsteher zu und betrat als erster den hellen Thronsaal. In der Mitte des Saales standen der Thron Alasdairs und seiner Frau, Königin Brae, saß sehr gerade auf dem Thron und sah den Dreien ernst entgegen.

Alasdair hatte Geschmack, was Frauen anging, stellte Ilari anerkennend fest. Brae war noch jung, kaum älter als er selbst, sehr groß und hatte die dichtesten schwarzen Haare, die Ilari jemals gesehen hatte. Die Augen waren tief schwarz und die Haut hatte einen Ton, den Ilari nur von den Sklavinnen aus dem Süden kannte. Olivfarben, nannte es sein Onkel einmal, der schon Oliven, eine Frucht von einem mannshohen, verkrüppelten Baum im Süden, gegessen hatte. Sie schmeckten leicht bitter und hatten eine eigenartige Konsistenz. Wie Ilari auf diese Gedanken kam in Gegenwart dieser berauschenden Schönheit, war ihm unklar. Aber irgendwie passte es. Er war so in seine Gedanken gefangen, dass er nicht wahrnahm, wie Alasdair Dowell, vor dem er stand, ihn erstaunt ansah. Alasdair stellte mit sichtlicher Freude fest, dass es dem jungen Mann die Sprache verschlagen hatte beim Anblick seiner jungen Frau. Dabei war Ilari ein sehr gutaussehender und beeindruckender Mann, zwar blond und hell, aber schön, wenn Alasdair diesen Begriff für einen Mann zulassen wollte.

„Wenn ihr mit dem Betrachten der Königin von Konbrogi fertig seid, dann meldet euch. Ich werde mich sofort mit euch beschäftigen, denn die wahren Bewunderer echter Schönheit verschaffen sich einen Vorsprung bei mir," sagte Alasdair lächelnd ohne irgendwelche Hintergedanken. Der junge Mann gefiel ihm.

Ilari wachte aus seinen Gedanken auf und erschrak, denn alle bedachten ihn mit einem leichten Schmunzeln. Er trat einen Schritt auf den König zu, verneigte sich und bat um Verzeihung. „In der Tat, ihr habt eine bewunderungswürdige Frau, Mylord. Ich hatte, als ich von zu Hause fortging, nicht damit gerechnet, so vielen Schönheiten hier im Süden zu begegnen. Ich hoffe, ihr entschuldigt mein aufdringliches Starren." Ilari verbeugte sich noch einmal, als er ein helles Lachen hörte. Es gehörte Brae, die sehr geschmeichelt war von Ilaris Worten. Ihr gefielen seine tiefblauen Augen, die sie hier selten zu sehen bekamen.

König Alasdair blickte noch ein einziges Mal auf den Norganer, dann beschäftigte er sich mit seinem Großneffen. Dabei behielt er aber auch seinen Urgroßneffen Oskar Ashby im Auge. Er hatte sich noch kein Urteil zu diesem jungen Mann gebildet, aber auf den ersten Blick konnte er nichts Anstößiges an ihm entdecken außer diesen bleichen Haaren und den hellen Augen.

„Du hast also deinen Weg wieder nach Hause gefunden zu uns, Astir", sagte der König erfreut zu Astir Carew, der entspannt neben dem Thron stand.

„Ja, aber ich habe Mutter noch nicht gesehen, denn sie verweilt weiter im Süden bei meinen Großeltern. Wenn hier alles erledigt ist und du mich nicht mehr benötigst, dann werde ich zu ihr reisen, denn ich sehne mich nach ihr."

Astir sagte es mit ehrlicher Aufrichtigkeit und der König war glücklich, den Neffen um sich zu haben.

„Rechne nicht damit, so schnell in die Heimat zurückzukehren, denn es kann sein, dass ich dich noch hier benötige. Es wäre besser, du schreibst deiner Mutter. Das würde ihr wenigstens helfen, die nächste Zeit zu überbrücken", sagte Alasdair mit einem gewissen Ernst in der Stimme.

Alasdair wusste, er würde sich nun seinen Urgroßneffen genauer ansehen müssen, und er befürchtete, ihm gefiele nicht, was er von ihm zu sehen bekäme. Er wendete sich konzentriert dem lächelnden Oskar zu und blickte ihm durchdringend prüfend in die Augen.

Dies war ein Blick, der selbst gestandene Herzöge in Nöte brachte, aber Oskar war weitaus Schlimmeres gewohnt, denn die Prediger zu Hause starrten ihn seit frühester Kindheit durchdringend an, als versuchten sie, ihm direkt in den Kopf zu sehen. Oskar empfand das stets als sehr unhöflich, hatte sich aber schon vor Jahren abgewöhnt, sich darüber aufzuregen. Stattdessen blieb er gelassen und dachte an angenehme Dinge, bis sich sein Gegenüber an ihm sattgesehen hatte. Dann erst erlaubte er sich seinerseits, den anderen genauer zu betrachten. Und genauso verfuhr er auch mit König Alasdair.

Dieser fing nach einigen Sekunden zu lachen an, denn er war erstaunt, wie offensichtlich sich dieser junge Mann seiner eigenen Verhaltensweise bediente. Oskar meisterte diese Probe mit Bravour, und deshalb hatte ihn der König sofort tief ins Herz geschlossen. Schneller, als ihm lieb war, doch das war nun einmal seine Natur, ein Grundsatz. Familie gehört zusammen. Familie stützt sich, egal woher die Familienmitglieder stammten. Oskar wunderte sich immer noch, wie lange dieser König sich offensichtlich über ein Geheimnis erfreuen konnte, das er mit niemanden teilte, und wartete geduldig ab.

„Du wunderst dich sicher über mich, einen alten Mann", sagte Alasdair mit einem Zwinkern in den Augen.

„Nein, durchaus nicht. Ihr seit sehr hochbetagt, so hörte ich von den Dienern, aber ihr werdet es nicht glauben, ich hätte euch keinen Tag älter als König Bornwulf geschätzt, der jedoch gute zwanzig Jahre jünger ist als ihr", sagte Oskar aufrichtig und ohne schmeichelnde Hintergedanken. Alasdair war erstaunt, denn er sah, wie gelassen, spontan und ehrlich der junge Mann sein Herz auf der Zunge trug. Das wird dir einmal zum Verhängnis, dachte er sich. Er musste ihn dringend in der Kunst der Täuschung unterweisen.

„Ich sehe dich deshalb so prüfend an, Knabe, weil du mit mir verwandt bist, wenn du das auch noch nicht von irgendwem gehört hast. Denn Theodric war sicher diskret genug, es für sich zu behalten. Das stimmt doch, mein Junge", sagte Alasdair in die Richtung, in der Theodric Morgenan stand. Dieser lächelte leicht unterkühlt und nickte nur. Er schwieg, denn sonst hätte er sich den Fragen Oskars stellen müssen. Er wusste es und versuchte, es dringend zu vermeiden, jedenfalls hier im Thronsaal. Es wäre unpassend, aber Oskar ließe sich sicher nicht davon abhalten. Oskar dachte jedoch noch über das Gehörte nach. Er schüttelte innerlich den Kopf, traute seinen Ohren nicht. Denn wie sollte so etwas zustande kommen? Da er aber nur für einen Moment erstaunt oder verärgert war und er gleichzeitig sah, wie sich Theodric hinter seinem Schweigen verbarg, blieb ihm nichts anders übrig, als sich an Alasdair zu wenden, der die Katze schließlich aus dem Sack gelassen hatte.

„Also ich versteh euch nicht. Wärt ihr kein König, ich würde empört den Raum verlassen. Denn mir ist von einer Verwandtschaft mit euch nichts bekannt. Und wie, so fragt ihr euch sicher auch, sollte ich mit euch verwandt sein. Ich bin euch und eurer Familie noch nie begegnet. Ich habe keine Erinnerung an euch, genauso wenig wie an meinen Vater, den ich als ganz kleines Kind zum letzten Mal gesehen habe , wie ich annehme. Ihr könntet also die Güte haben, mir die Zusammenhänge zu erklären, Sire, wenn ihr schon solche Behauptungen aufstellt", sagte Oskar mit einem Anflug von Ungeduld und fordernder Bitte in der Stimme, die zwar anmaßend war, aber für Oskar typisch, der sich noch nie für einen König verbogen hatte. Ihm war dieses Rätselraten unangenehm. Alle hörten seinen angeborenen, arroganten Tonfall in der Stimme und lauschten interessiert. Denn sie kannten diesen Tonfall nur allzu genau, den bisher nur der König selbst pflegte. Sogar seine Söhne wagte es nicht, ihn zu benutzen, denn sie wussten alle, dass es ins Auge gehen konnte.

Aber Alasdair war aufrichtig erfreut, schon wieder eine Familienähnlichkeiten in Oskar zu erkennen. Er stand vom Thron auf und ging auf ihn zu. Der Junge wich nicht zurück, legte seine Stirne aber in Falten und erwartete nichts Gutes. Stattdessen war er erstaunt, als ihn der alte Herr in die Arme nahm und ihn an sein Herz drückte. Solche überschwänglichen Ausbrüche kannte er nicht, auch nicht so unumwunden ins Herz geschlossen zu werden und schon gar nicht von einem König, der behauptete, mit ihm verwandt zu sein. Oskar wusste, dass noch eine schlimme Eröffnung auf ihn wartete. Warum, konnte er nicht sagen, aber seit er die Grenzen dieses Landes überschritten hatte, waren seine Sinne geschärft. Und da geschah es auch schon.

„Deine Mutter, mein Junge, Lady Aethel Ashby, ist meine Großnichte, die seit dem letzten Winter auf meiner Burg verweilt. Ich habe sie noch nicht von deiner Ankunft unterrichtet, denn ich hätte sie verschwiegen, wärst du mir zuwider gewesen. Aber nun bin ich freudig erstaunt, dich in meinem Familienkreis zu haben, auch wenn mir dein Äußeres noch ein wenig Unbehagen bereitet. Du siehst aus wie die Eindringlinge aus dem Norden. Das ist ungewöhnlich, aber nicht zu ändern", sagte Alasdair nachdenklich. Eine kleine Pause entstand, die die Anwesenden als peinlich empfanden. Aber sie kannten Oskar nicht und sein Talent, Konflikte zu entschärfen.

„Das ist nun einmal so, wenn der eigene Vater ein Eindringling ist, Mylord. Ich kann mein Äußeres kaum dem Geschmack der Anwesenden anpassen. Dazu braucht es schon eure Phantasie. Aber ich habe gelernt, dass man schnell das ungewöhnliche Äußere vergisst, wenn man sich stattdessen mit den inneren Werten eines Menschen beschäftigt. Der erste Eindruck verliert bei einem wahren Freund dann schnell an Bedeutung. Schließlich kann ich Theodric wohl als einen meiner besten Freunde bezeichnen, dem ich auch sein kleines Geheimnis, was mich betrifft, verzeihen werde. Jedenfalls in einigen Minuten, denn so lange wird er mit meiner Verärgerung leben müssen", sagte Oskar mit einem leichten Schmunzeln auf den Lippen. Alasdair hielt den Atem an, denn er sah die königliche Haltung und diesen unbeirrbaren Charakter des Neffen, der ihm sofort gefiel.

„Dann, Mylord, wenn ihr erlaubt, würde ich gerne meine Mutter sehen, die ich seit ihrem Verschwinden vermisse", sagte Oskar einfach und meinte es ernst. Er hielt sich tapfer, war aber innerlich aufgewühlt. Das zeigte er aber nicht, dazu war er zu stolz. Doch Alasdair erahnte es und klopfte dem Neffen aufmunternd auf die Schultern.

„Wir werden sie für dich kommen lassen, ob sie nun will oder nicht. Weibliche Weigerung wird nicht anerkannt, denn hier habe ich das Sagen, glaube mir, Oskar Ashby", sagte Alasdair erfreut und ließ nach Lady Aethel schicken.

Personenverzeichnis

Königreich Norgan (Torgan)

- Halfdan Ingvarson, *König von Norgan*
- Sigrun Ragnardottir, *Königin von Norgan*
- Bork Halfdanson, *Thronfolger von Norgan*
- Keldan Halfdanson, *dritter Sohn Halfdans*
- Sigurd Halfdanson, *erstgeborener Sohn Halfdans*
- Unna Tisdale, *Ehefrau von Bork Halfdanson*
- Olaf Tisdale, *Vater Unnas, Jarl der nördlichen Länder Norgans*
- Ilari Thorbjörnson, *Sohn des Hersen Thorbjörn Helgison, Mündel König Halfdans*
- Thorbjörn Helgison, *Vater Ilari Thorbjörnsons, Berater und Freund König Halfdans*
- Björn Helgison, *jüngerer Bruder von Thorbjörn Helgison, Onkel Ilaris*
- Runa Helgidottir, *Ehefrau Jon Jonssons*
- Jon Jonsson, *Schwager Thorbjörn Helgisons, Grundbesitzer in Surnadal*
- Ragnar Jonsson, *Sohn von Jon Jonsson und Runa, Neffe Thorbjörn Helgisons, Besitzer der Hundes Schwarzauge*
- Hjördis und Tove Jondottir, *Töchter von Jon und Runa, Zwillinge*

Königreich Dinora (Tamweld)

- Bornwulf Paeford, *König von Dinora,*
- Eadgyth Paeford, *Königin von Dinora*
- Raedwulf Paeford, *Thronfolger von Dinora*
- Genthild Girven, *Königin von Lindane, älteste Tochter Bornwulfs, Ehefrau von König Lius Girven*
- Hrodwyn Paeford, *zweitälteste Tochter Bornwulfs*
- Leana Paeford, *jüngste Tochter des Königs Bornwulf*
- Lebuin Paeford, *zweitältester Sohn Bornwulfs*
- Winfred Paeford, *vierter Sohn Bornwulfs*
- Morwenna von Falkenweld, *Dinoranerin, Herzogin, Mündel König Bornwulfs*
- Oskar Ashby, *Dinoraner, Mündel König Bornwulfs*
- Aethel Ashby, *Mutter Oskar Ashbys,*

- Aldwyn von Eldingham, *Herzog, Dinoraner, Berater Bornwulfs*
- Rutbert von Eldingham, *erster Sohn Herzogs Aldwyn von Eldinghams*
- Albert von Eldingham, *jüngerer Sohn Herzog Aldwyn von Eldinghams*
- Elbin Bryce, *Herzog, Dinoraner*

- Edbert von Turgod, *Herzog, Dinoraner, königlicher Schreiber am Hof König Bornwulfs*
- Ellis von Turgod, *Vater von Edbert, Herzog von Turgod*
- Hunter Coith, *Führer der Schwarzen Horde*

- Colan Boyle, *Schmied in Tamweld*
- Alwine Boyle, *Magd, Ehefrau Colan Boyles*
- Cinnia Boyle, *Tochter des Schmieds Colan*
- Gawen Boyle, *Sohn Alwines*
- Tavish Weller, *Schmiedegeselle in der Schmiede Colans*
- Hildburg, *Köchin im Schloss Tamweld*
- Cenhelm Barras, *Hauptmann der der Wache in Tamweld*
- Aaran Dering, *Hauptmann der Wache in Tamweld*

Königreich Konbrogi (Wallis)

- Alasdair Dowell, *König von Konbrogi*
- Brae Dowell, *Königin von Konbrogi*
- Arailt Dowell, *erster Sohn König Alasdairs*

- Oskar Ashby, *Dinoraner, Mündel König Bornwulfs*
- Aethel Ashby, *Mutter Oskar Ashbys*
- Elisa Ashby, *Schwester Oskars*
- Astir Carew, *Konbrogi, Knappe Herzog Aldwyns*

- Theodric Morgenan, *Konbrogi, Sohn der Priesterin des Nebels*
- Keita Morgenan, *Erste Priesterin des Nebelordens in Konbrogi*

- Kinnon Dowell, *König Konbrogis, Vater von Alasdair*
- Catan Dowell, *ältester Sohn von König Kinnon, älterer Bruder Alasdairs*
- Loarn Dowell, *zweitältester Sohn von König Kinnon, zweitältester Bruder Alasdairs*

Königreich von Sidran (Glansest)

- Ingolf Ammadon, *König von Sidran*
- Selifur Ammadon, *Königin von Sidran, Schwägerin von König Bornwulf Paeford, Schwester von Königin Bergis Paeford von Kelis*
- Cedric Ammadon, *Thronfolger Sidrans, Sohn von König Ingolf*
- Hrodwyn Paeford, *zweitälteste Tochter Bornwulfs*
- Aaran Dering, *Hauptmann der Wache in Tamweld*

- Brandon Cone, *Herzog, Berater und Vertrauter von Königin Selifur*
- Hale Bunyan, *Herzog, Berater und Vertrauter von Königin Selifur*
- Lucan Brees, *Hauptmann Königin Selifurs in Glansest*
- Selby Brees, *jüngerer Bruder von Lucan, Vertrauter Aaran Derings*
- Cadan Burr, *Schiffsführer*

Königreich Lindane (Leofan)

- Lius Girven, *König von Lindane*
- Genthild Girven, *Königin von Lindane, älteste Tochter von König Bornwulf*
- Draca Girven, *Sohn König Lius und Königin Genthilds, Enkel von König Bornwulf*

Königreich von Tandhen (Assers)

- Asger Sverrison, *König von Tandhen*
- Dan Asgerson, *Thronfolger von Tandhen, Heerführer auf Amber*
- Leif Asgerson, *zweitältester Sohn von König Asger Sverrison, zukünftiger König von Amber*
- Egil Asgerson, *jüngster Sohn des tandhenischen Königs, Ehemann von Fenella Keigwyn, verstorbene Thronfolgerin von Bratana*
- Barne Danson, *Dan Asgersons ältester Sohn*
- Dagur Danson, *Dan Asgersons zweitältester Sohn*
- Sebe Danson, *Dan Asgersons dritter Sohn*
- Narve Danson, *Dan Asgersons jüngster Sohn*
- Geva Svendsdottir, *Dans Ehefrau*

- Fenno Leifson, *Leif Asgersons ältester Sohn*
- Karri Leifson, *Leif Asgersons zweitältester Sohn*
- Ebbe Leifson, *Leif Asgersons jüngster Sohn*
- Tale Olafsdottir, *Leifs Ehefrau*

- Geiri Erikson, *Heerführer Dans auf Amber*

Königreich Bratana (Anglea)

- Silufee Keigwyn, *Königin von Bratana*
- Alana Keigwyn, *Thronfolgerin von Bratana*
- Coira Keigwyn, *Tochter Königin Silufees*
- Fenella Keigwyn, *verstorbene Thronfolgerin von Bratana, Tochter Königin Silufees, Ehefrau von Egil Asgerson*

- Björn Helgison, *Onkel Ilaris und Bruder Thorbjörn Helgisons*
- Sarah Helgison, *Ehefrau Björns*
- Arrild Björnson, *ältester Sohn Björns,*
- Tjara Björnsdottir, *älteste Tochter Björns,*
- Rina Björnsdottir, *Tochter Björns*
- Kjartan Björnson, *zweitältester Sohn Björns*

- Barra Björnson, *Sohn Björns*
- Metta Björnsdottir, *Tochter Björns*
- Donnan Björnson, *jüngster Sohn Björns*

- Magnus Ragnarson, *Schiffsführer Björn Helgisons*
- Hallvard Jonsson, *Schwippschwager, Berater und Steuermann Björn Helgisons*
- Ari Gudmundson, *Schiffsführer Björn Helgisons*

Königreich Kelis (Derband)

- Arman Paeford, *König von Kelis, Bruder von Bornwulf Paeford*
- Bergis Paeford, *Königin von Kelis, Schwester von Königin Selifur Ammadon von Sidran*
- Coinred Paeford, *Thronfolger von Kelis*
- Ealhmund Paeford, *zweiter Sohn von König Arman und Bergis*
- Saefrida Paeford, *erste Tochter von König Arman und Bergis*
- Angala, *zweite Tochter von König Arman und Bergis*
- Asric, *jüngster Sohn von König Arman und Bergis*

- Mairi Conant, *Tochter von Herzog Conant in Kelis, Geliebte des König Arman*
- Bean Conant,Herzog, *Vater von Mairi Conant*
- Aldhelm Conant, *erster Sohn von Arman und Mairi Conant,*
- Mulle Conant, *zweiter Sohn von Arman und Mairi Conant*
- Effe Conant, *dritter Sohn von Arman und Mairi Conant*
- Redburga Conant, *einzige Tochter von Arman und Mairi Conant*
- Skelt Waters, *unehelicher Sohn von König Arman Paeford*

Nebelfürsten

- Arano, *Fürst der Verwandlung, Silv*
- Ewen, *Fürst des Feuers, Silv*
- Hagun, *Fürst der magischen Nebel, Korrigener*
- Kosos, *Fürst der magischen Wolken, Korrigener*
- Cialae, *Fürstin der tönenden Zweige, die jüngere Schwester Ewens, Silv*
- Rhianar, *Fürst des scheinbaren Wassers, Silv*
- Berrex, *Fürst der abtrünnigen Silven*
- Kalia, *die gerechte Fürstin, ältere Schwester des Fürsten Rhianar, Silv*
- Ceel, *Richterfürst, Silv*

- Ledan, *Hauptmann der Silven auf Amber, Fürst Berrex Cousin*

Danksagung

Man kann kein Buch schreiben und glauben, es völlig alleine zu schaffen. Wer das annimmt, ist verrückt. Die Kunst, ein Buch zu schreiben, ist es, eine Handvoll Menschen, die einem wohlgesonnen sind, mit in dieses Projekt einzubinden. Um von ihren Meinungen und ihrer Kritik zu lernen. Ich kann mich glücklich schätzen, diese ehrlichen und einsatzfreudigen Menschen zu kennen und ihre bedingungslose Hilfe und Unterstützung erhalten zu haben. Ich bin froh, ihnen nun endlich danken zu können.

Das Manuskript zuerst gelesen haben, wie das oft der Fall ist, meine engsten Familienmitglieder. Mit strenger und mahnender Kritik standen mir mein Mann Stefan und meine Tochter Hannah zur Seite. Unermüdlich haben sie mitgeholfen, das Manuskript in eine vernünftige Form zu gießen. Sie waren meine Lektoren für Inhalt, Aufbau, Rechtschreibung, Ausdruck und Grammatik. Bei ihnen war ich immer in guten Händen.

Stefan hat die Veröffentlichung möglich gemacht, weil er die computertechnische Seite einer Selbstverlegung übernommen hat.

Charlotte Paaskesen, meine dänische Lektorin, hat ihren professionellen Blick auf mein Manuskript geworfen. Ihr abschließendes Urteil, sofort in die Veröffentlichung zu gehen, war der Funke, der das Projekt zündete. Sie hatte in einem frühen Stadium den Selbstverlag vorgeschlagen, damit das Manuskript nicht im Schubfach versauert.

Antonia Rösler hat sich mit unermüdlichem Enthusiasmus meines Manuskriptes angenommen. Sie hat mir die Sichtweise und Meinung eines kritischen Vielsers vor Augen geführt und mir die Einschätzung der jungen Generation gezeigt. Antonia hat zwar energisch kritisiert, mich aber mit ihrer Begeisterung für mein Projekt angesteckt, so wie es auch in dunklen Momenten meine Tochter Hannah getan hat.

Harald Bogner hat mir durch seine direkte und ehrliche Kritik in einigen wichtigen Punkten auf die Sprünge geholfen und außerdem, neben meinem Mann und meinem Sohn David, die Meinung der Männer vertreten.

Barbara Gaab hat mich motiviert, weil sie mein Buch - ist ja Fantasy, so was lese ich normalerweise nicht - doch richtig gut fand. Sie hat mir ihre Korrekturen geschickt und mich ermutigt weiterzuschreiben.

Birgit Perleth hat die letzte wichtige Korrektur des Buches übernommen und sich dabei von einem Fantasy Werk überzeugen lassen.

In einem frühen Stadium brauchte ich eine Karte, die mir Hannah Ludwig gekonnt zur Verfügen stellte. Diese Karte war die erst gültige Vorlage für die Amberkarte des Buches.

Über die Maßen ausgereift und professionalisiert wurde sie von Patryk Rybacki, der seine immense Kompetenz in die Waagschale zur Realisierung des Buches geworfen hat. Er war begeistert und unermüdlich in der Erstellung der Karten und der Cover des vierbändigen Werkes. Dabei habe ich ihn mit meinen Wünschen zuerst fast in den Wahnsinn und anschließend in die Perfektion getrieben. Er hat sich von Anfang an enthusiastisch ans Werk gemacht und mir schon mit der Erstellung der genialen Cover einen völlig neuen Blick auf ein Fantasy Werk ermöglicht und sich mit seinen Karten selbst übertroffen.

Ohne Helene Jakobs Fragestellungen gäbe es die Prologe nicht, die dem Werk den letzten Schliff geben.

Zusammen haben wir ein richtig gutes Projekt auf die Beine gestellt.

Danke.

Über das Buch

Die Insel Amber droht in einem blutigen Konflikt mit ihren Nachbar-ländern zu versinken; die Situation scheint hoffnungslos, da sich alle alten Verbündeten des Landes von ihnen abgewandt haben. Mitten hinein in diesen Konflikt gerät der junge Nordländer Ilari Thorbjörnson, der als Botschafter seines Königs zu König Bornwulf von Dinora in dessen golde-ne Stadt Tamweld geschickt wird. Am Hof des Königs hat Ilari, heraus-gerissen aus seiner Welt, vor allem mit den Vorurteilen und der Ableh-nung der Bevölkerung zu kämpfen, findet aber auch treue Freunde und Verbündete. Als sich die Situation weiter zuspitzt muss Ilari mit seinem bestem Freund Oskar Ashby, einem nordländischen Bastard, und Leana Paeford, der Tochter König Bornwulfs, in das verwunschene Land Kon-brogi fliehen, dessen Grenzen von den geheimnisvollen magischen Fürsten der Nebelländer bewacht werden und ersucht diese um Hilfe. Das Schick-sal Ambers, und damit das der Nebelländer und aller anderen friedlichen Völker, hängt nun von Ilari ab und von der Bereitschaft der Fürsten, an der Seite ihrer alten Verbündeten um den Frieden auf der Welt zu kämpfen.

65362805R00252

Made in the USA
Charleston, SC
27 December 2016